CONSTANCE HEAVEN

Wilde Augen

ROMAN

PAUL ZSOLNAY VERLAG
WIEN · HAMBURG

Berechtigte Übersetzung von
Heinz von Sauter

CIP-Kurztitelaufnahme der Deutschen Bibliothek
Heaven, Constance:
Wilde Augen: Roman / Constance Heaven
[Berecht. Übers. von Heinz von Sauter]
– Wien, Hamburg: Zsolnay, 1980
   Einheitssacht.: Lord of Ravensley ‹dt.›
   ISBN 3-552-03226-6

Für Elisabeth und Peter
in Liebe

Weites Flachland von Cambridge, schönster Platz der Erde,
Wo ich zur Welt kam, lebte – und einmal sterben werde . . .

Über wogende Weizenfelder segeln einher
Schneeweiße Schmetterlinge, gleich Schiffen am Meer
Und die Wolken am blauen Himmelszelt
Ziehen lautlos wie Geister durch eine friedvolle Welt.

Über den Grenzfluß seh ihre Schatten ich gleiten
Wie schon die Ikenier, vor undenklichen Zeiten.

FRANCES CORNFORD

Erster Teil

OLIVER

1829

Sie nahm mich mit in ihre Elfengrotte
und weinte dort und seufzte gar sehr,
und dort schloß ich ihr die wilden, wilden Augen
mit vier Küssen.

Und dort sang sie mich in Schlaf,
und dort träumte ich, wehe mir,
den letzten Traum, den ich je träumte
am kalten Hügelhang.

JOHN KEATS

(In der Übersetzung von
A. v. Bernus)

1

„Halte nie etwas für selbstverständlich. Das Schicksal oder der Teufel versetzt dir gerade dann einen Tritt in den Hintern, wenn du es am allerwenigsten erwartest", pflegte mein Großvater in seiner rauhen Art zu sagen, obwohl es ihn nie so rücksichtslos behandelt hatte. Und wie recht er gehabt hatte, erkannte ich erst in einer Sommernacht des Jahres 1829.

In dieser Nacht, nach Wochen quälender Ungewißheit, wußte ich ohne den leisesten Zweifel, daß ich mit einem Schlag alles verloren hatte, das Haus, das ich über alles liebte, die von meinen Vorfahren schon seit Generationen gepflügten und bestellten reichen schwarzen Äcker, mein ganzes Erbe. Nur eines war mir geblieben, und daran klammerte ich mich mit einer Art Verzweiflung. Ich blickte auf die in meinen Armen liegende Alyne hinab.

„Für uns wird sich nichts ändern", flüsterte ich eindringlich. „Wir müssen ein wenig warten, aber ich schwöre, ich lasse mich von keinem schändlichen Trick des Schicksals oder des Teufels unterkriegen."

Sie lag einen Augenblick still, löste sich dann von mir und setzte sich aufrecht gegen die Polster.

„Da irrst du dich", sagte sie ganz ruhig. „Es ändert sich alles. Ich werde dich nicht heiraten, Oliver."

Ich lächelte, weil ich ihr nicht glaubte. Sie macht Spaß, dachte ich, sie neckt mich wie so oft, provoziert einen Streit, nur um nachher die köstlichen Freuden der Versöhnung zu erleben. Sanftes Mondlicht drang durch das Fenster und schimmerte auf den zarten Linien ihrer Brust. Ich streckte die Hand aus, doch sie stieß sie fort.

„Laß das", sagte sie, „ich meine es ernst."

„Das kann ich nicht glauben!" widersprach ich heftig. „Wenn Vater nicht dagegen gewesen wäre, hätten wir vor Monaten geheiratet. Was sollte uns jetzt, da er nicht mehr lebt, noch daran hindern?"

„Alles", erwiderte sie. Sie wandte den Kopf, und ihre Augen waren sehr groß und klar und von jener seltsamen Ausdruckslosigkeit, die ich so gut an ihr kannte, wenn sie sich mir entziehen wollte. „Er war klüger, als er selbst wußte."

„Was meinst du damit? Du und ich, so war es doch immer, von Anfang an. Wir hatten geplant . . .“

„Du hast, nicht ich.“

„Willst du bestreiten, daß du mich liebst?“

„Oh, Liebe!“ Ihre Handbewegung schien alle gemeinsam genossenen Stunden der Liebe und der Seligkeit einzuschließen. „Aber heiraten wollte ich Lord Aylsham von Ravensley . . .“

„Mein Gott, das ist doch unmöglich!“ Zorn stieg in mir hoch. Ich packte sie am Arm und schüttelte sie. „Das ist nicht wahr. Das kann nicht dein Ernst sein.“

„Es ist wirklich wahr und mein voller Ernst.“

Sie machte keine Anstalten, sich zu wehren. Meine zitternden Hände begegneten keinem Widerstand. Die rasende Wut, die mich einen Augenblick lang überkam, ließ mich begreifen, warum Männer oft töten, was sie lieben. Dann verging sie, und zurück blieb eine eisige Kälte. Ich ließ Alyne los.

„Warum?“ fragte ich. „Um Himmels willen, warum?“

Sie schlüpfte aus dem Bett und zog ihren Schlafrock an. „Du hast es nie begriffen, Oliver, wie solltest du auch? Du hast seit deiner Geburt in Luxus gelebt. Aber ich hatte nichts, keinen Namen, keine Eltern . . . Wer bin ich schon? Der Findling, der Wechselbalg, das Gör, irgendwo in der Marsch geboren . . .“

„Du hattest Liebe“, sagte ich tief entrüstet. „Du warst eine von uns . . .“

„Nicht wirklich. Nicht Liebe, wie sie andere Kinder kennen“, sagte sie bitter. „Almosen und meistens widerwillig gegeben.“

„Nicht von meinem Vater und von mir . . .“

„Von allen anderen, sogar von deiner Schwester. Cherry ist die ehrenwerte Miss Aylsham und hat es mich nie vergessen lassen, so jung sie ist. Ich weiß, was alle über mich reden, aber es hat mir nichts ausgemacht, denn eines Tages würde ich die Herrin von Ravensley sein, dann wären sie die Dummen geblieben, aber so . . .“

„Und was hast du jetzt vor?“ stieß ich mit gepreßter Stimme hervor.

„Ich weiß es noch nicht, aber ich werde schon einen Ausweg finden.“ Und als ich sie ansah, wußte ich, daß sie die Wahrheit sprach. Die Macht, den Zauber, die mich gefesselt hatten, konnte sie auch auf andere Männer ausüben. Diese Erkenntnis war mehr, als ich ertragen konnte. In meinem Schmerz schrie ich sie an.

„Hast du mich denn nie geliebt?“

„O doch“, erwiderte sie, „sehr oft. Wir können das immer noch haben, wenn du möchtest.“

10

„Niemals", entfuhr es mir laut, „nie, nie! Ich habe nicht nur das gewollt, und du weißt es."

„Schrei nicht", sagte sie ruhig. „Willst du, daß dich das ganze Haus hört?"

„Es ist mir gleichgültig, wer mich hört. Du gehörst mir, wirst immer mir gehören . . ."

„Nein, Oliver, ich gehöre niemandem. Du wirst morgen früh anders darüber denken."

„Nein, ich werde nie anders darüber denken." Ich sprang aus dem Bett und wollte sie zurückhalten, aber sie war schon hinausgegangen und machte mir die Türe vor der Nase zu. Ihr in den Gängen des schlafenden Hauses nachzulaufen, war undenkbar. Ich blieb mit meinem Jammer und meiner Verzweiflung allein.

Ich ging zum Fenster und öffnete die Flügel weit. Draußen stand eine warme Juninacht, und schwaches Licht tauchte den Garten in gespenstische Blässe. Hinter der Buchsbaumhecke erstreckte sich, soweit das Auge reichte, die Marsch. Gäste, die uns besuchten, sagten geringschätzig, Ostengland wäre nur zum Galoppieren geeignet, etwa auf dem Weg nach Newmarket oder querfeldein auf der Fuchsjagd. Was wußten sie schon von der Weite, dem Gefühl der Freiheit, von Wolken und Himmel in ewigem Wechsel, dem Zauber verborgener Wasserläufe und ihrer schilfreichen Ufer, den Blumen und Wildvögeln? Ich liebte das Land leidenschaftlich, alles an ihm, von der reglos stillen Hitze des Juni bis zu den beißenden Stürmen und der rauhen feuchten Kälte des November, und der Abschied davon würde mir das Herz brechen. Aber mit Alyne hätte ich ein neues Leben beginnen können . . .

Von neuem packte mich der Schmerz über die Zurückweisung, und ich schmetterte die Faust auf den Fenstersims. Ich konnte es nicht glauben. Sie machte sich aus einem unerfindlichen Grund über mich lustig, und beim nächsten Wiedersehen würde sie in meine Arme kommen und über meine Dummheit lachen. Es ist leicht, sich selbst etwas vorzumachen, wenn die Wahrheit zu schmerzlich ist, um sie zu ertragen.

Ich verliebte mich mit vierzehn in Alyne, was sonderbar war, denn wir waren wie Bruder und Schwester aufgewachsen, aber von nun an änderte sich alles. Es war der Anfang von Seligkeit und Enttäuschung, Ekstase und Qual. Doch damals wußte ich nichts von alledem, nur war es, als gingen mir die Augen auf, als würde ich sie zum ersten

Mal sehen, und ich empfand eine unbändige Freude.

Was hatte sie an sich, welche Zauberkraft besaß sie? Ich verstehe es immer noch nicht ganz, aber ich kann mich genau an den Augenblick erinnern, als es geschah. Es war während meiner ersten Ferien zu Hause, nachdem ich ins Internat geschickt worden war. Ich hatte seit Morgengrauen mit Jake in den Gewässern des Greatheart geangelt, wie wir dies im Sommer oft taten. Als Jake dann eilig zu seiner Arbeit auf den Feldern zurückkehrte, vertäute ich das Boot fest und ging mit einem Bärenhunger den Damm entlang zurück. Ich hatte Glück gehabt, ein paar schöne dicke Brassen lagen in dem über meiner Schulter hängenden Korb. Es war ein wunderschöner Tag, die Lerchen jubilierten hoch über mir am Himmel, flimmerndes Licht lag über der unendlich weiten Marsch, und die Wiesen waren wie ein bunter Teppich von Skabiosen, weißem Schierling und gelbem Weiderich. Unerwartet stieß ich auf Alyne. Sie saß nahe am Wasser, einen Kranz aus Sumpfblumen auf ihrem hellen Haar, das ihr bis zu den Hüften herabhing und in der Sonne silbrig glänzte. Ihr grünes Baumwollkleid und ihre nackten Füße waren naß und schmutzig, und sie sang leise vor sich hin. Über ihr lag ein Zauber, den ich nicht beschreiben kann. Ich blieb stehen, mit klopfendem Herzen und einem Kloß in der Kehle, zu jung, um zu wissen, wie mir geschah, aber überwältigt von einem Gefühl, das meiner ansonsten eher robusten Natur völlig fremd war. Jahre später fiel mir ein Gedicht in die Hand, das diesem Augenblick genau entsprach:

> Ich traf ein Mädchen in den Auen,
>   voll Schönheit – einer Elfe Kind,
> die Haare lang, der Fuß geschwind,
>   mit Feuer in den Augen . . .

Und so war es wirklich gewesen. Ich hätte gut daran getan, die Warnung im letzten Teil dieses Gedichtes zu beachten, aber natürlich tat ich das nicht, und ich las es ohnehin erst viel später.

Ich war noch ein Schuljunge und fand keine Worte für die Gefühle, die mich überkamen. Mir fiel nichts besseres ein als zu sagen: „Du solltest nicht dort sitzen. Es ist sehr feucht, und du wirst dich erkälten."

Sie wandte sich um und sah mich an. Ihre Augen waren hellbraun wie Vogelaugen, wie die des Falken, den Jake eines Tages gefangen und vergeblich zu zähmen versucht hatte.

„Mir gefällt es hier", sagte sie und sah wieder auf den flimmernden Wasserstreifen hinaus, an dessen Ufer das hohe Riedgras im leichten Wind raschelte und wisperte. „Von dort komme ich, dort ist mein

wirkliches zu Hause. Eines Tages werde ich dorthin zurückkehren."
„Sei nicht albern. Ravensley ist dein Zuhause", erwiderte ich verlegen. Schon als Zehnjährige war Alyne verwirrend anders als andere Kinder. Sie konnte ein wunderbar einfallsreicher Spielgefährte sein und machte mit originellen Ideen jedes Spiel schöner, das ich vorschlug. Aber manchmal schüttelte sie nur abweisend den Kopf und ging allein zu ihren geheimen Plätzen, zu denen sie mich niemals mitnahm. Einmal, als sie noch sehr jung war, verschwand sie für einen Tag und eine Nacht, worüber mein Vater in großer Sorge war. Alle suchten sie, und ein Marschbauer brachte sie schließlich zurück. Sie hatte mein Boot losgemacht und sich darin den Fluß hinabtreiben lassen. Weiß der Himmel, wo sie gelandet wäre, hätte er sie nicht beim Legen seiner Aalreusen entdeckt.

„Und wie ich sie frage, wo sie denn hin will", sagte er, „hat sie mich ganz komisch angeschaut und hat den Kopf geschüttelt, wie wenn sie nicht ganz richtig da oben wäre. Sie ist ein bißchen sonderbar, Mylord, wenn ich so sagen darf." Dabei hatte er sie von der Seite angesehen und die Finger gekreuzt, wie zum Schutz vor dem Bösen. Die Leute bei uns sind noch sehr abergläubisch und haben große Angst vor dem Teufel und seinen Machenschaften.

„Komm, Alyne", sagte ich, „gehen wir jetzt lieber zum Frühstück. Die Kinderfrau wird dich suchen."

Sie verzog das Gesicht, als sie in die Schuhe schlüpfte und ihre nassen Socken zusammenknüllte. „Sie mag mich nicht."

„Doch, das tut sie", sagte ich schnell. „Sie hat nur viele Sorgen wegen Cherry."

Meine kleine Schwester hieß eigentlich Charity, aber wir nannten sie immer nur Cherry. Sie war acht und sehr zart. Die Kinderfrau war in sie vernarrt und machte ein großes Getue bei jedem Schnupfen.

Wir liefen um die Wette zum Haus zurück und kamen lachend und außer Atem dort an. Man brachte meinem Vater gerade sein Pferd. Er war ein großer Mann mit ebenso rotblondem Haar wie ich. Er sagte lächelnd:

„Du kommst spät, mein Junge. Das Frühstück wurde schon vor einer Stunde abgeräumt. Hast du Glück gehabt?"

„Fünf Stück für jeden, für Jake und mich. Dicke Brocken."

„Gut. Du machst dich." Er bückte sich und kniff Alyne in die Wange. „Wie geht es meinem Mädel heute morgen?" Sie stand ganz still, hatte es nie gemocht, wenn man sie anfaßte. Er gab ihr einen leichten Schubs. „Du solltest lieber im Schulzimmer sein, bevor Hattie dich erwischt."

Miss Harriet Bennet war die Erzieherin der Mädchen, ich war ihr schon lang entwachsen. Alyne drehte sich um und ging wortlos ins Haus. Vater schwang sich in den Sattel und sah stirnrunzelnd auf mich hinunter.

„Du holst dir dein Frühstück besser selbst ins Kinderzimmer, Oliver, sonst bleibst du hungrig", sagte er und winkte mir noch zu, als er den Weg entlangtrabte. Ich brachte meinen Korb mit den Fischen der Köchin in die Küche und rannte die Stiege hinauf.

Die Kinderfrau, die noch immer die Aufsicht über Kinder- und Schulzimmer führte, schalt Alyne laut wegen des befleckten Kleides und der schmutzigen Füße. Bei meinem Anblick brach sie ab.

„Nun setz dich schon endlich hin", sagte sie mürrisch, "und Sie gehen und waschen sich diesen abscheulichen Fischgeruch von den Händen, Master Oliver. Man läuft nicht so früh am Morgen über die Felder und läßt mich warten, gar nicht zu reden von Miss Harriet. Sie sind alt genug, um das zu wissen, und ich habe auch anderes zu tun. Was hätte wohl Ihre Mutter dazu gesagt, wenn sie noch lebte."

Alyne und ich lächelten uns heimlich zu und ließen sie weiterbrummen. Cherry hob ihr blasses Gesicht und winkte uns mit ihrem Breilöffel. Ich fühlte mich ganz außerordentlich glücklich.

Ich liebe jeden Stein und jeden Winkel von Ravensley, und für mich war es immer wunderschön gewesen, obwohl es vermutlich nach normalen Maßstäben ein fürchterliches Durcheinander verschiedener Stilarten ist. Es wurde niedergerissen, zu- und umgebaut, seit die Aylshams in den Tagen des ersten Plantagenet das Besitztum übernommen hatten. Vor vielen hundert Jahren hatten hier Benediktinermönche gelebt, und es gibt eine alte Legende, daß der heilige Dunstan, als er sie einmal besuchte, über ihren liederlichen Lebenswandel mit Gelagen und leichten Frauen so entrüstet war, daß er sie in Aale verwandelte. Und ihre Nachkommen sollen bis zum heutigen Tage in den Wasserläufen der Marsch schwimmen. Ich habe die sich windenden Ungetüme in den Aalreusen immer fasziniert betrachtet und Isaac Starling eines Tages mit der Frage aus der Fassung gebracht, welcher von ihnen wohl der Abt sei, und ob die kleinen Schlanken am Ende die Dirnen wären.

Die Kinderfrau wußte Dutzende solcher Geschichten. Sie war in der Marsch geboren und aufgewachsen und war eine Schwester von Isaac Starling und Jakes Tante Hannah. Die Starlings lebten ebenso lange oder länger als die Aylshams in der Marsch. Als ich noch sehr klein war, ängstigte ich mich immer zu Tode, wenn sie vom Schwarzen Shuck erzählte, einem Geisterhund, der in der Marsch umging. So mancher entsetzte Reisende, pflegte sie warnend zu sagen, hätte ihn hinter sich hertappen gehört, seinen eisigen Atem im Nacken gespürt und nicht gewagt, sich umzuschauen, denn die roten Augen und das geifernde Maul zu sehen, brachte innerhalb eines Jahres den Tod. Oft kroch ich aus meinem Kinderbett und starrte zum Fenster in die Nacht hinaus. Das Kreischen einer streunenden Katze war dann für mich das schreckliche Geheul des Schwarzen Shuck, und die in der Ferne auf und ab tanzenden Lichtfunken, die unglückliche Wanderer vom rechten Weg abbrachten, bis sie im Moor versanken, ließen mich erschaudern. Sie behauptete auch, der riesige Erdwall nördlich von Ravensley sei vom Teufel in jenen Tagen erbaut worden, als das Land noch von Riesen bewohnt war, was ich ihr um so eher glaubte, als ich einmal einen gewaltigen Schenkelknochen ausgrub. Aber Vater lachte nur und sagte, den Wall hätten die Sachsen gegen die Dänen aufgeschüttet, der Knochen sei von einem Ochsen und die Irrlichter wären nur Gase, die dem morastigen Boden entströmten. Ich zog die Legenden vor.

Die Aylshams haben angeblich Wikingerblut in den Adern. Die Dänen waren vom Meer her mit ihren langen drachenköpfigen Booten die Wasserläufe heraufgesegelt und hatten die Abtei niedergebrannt. Die geschwärzte Ruine des alten Turmes erinnert noch daran. Einer von ihnen ließ sich jedoch hier nieder und heiratete ein hiesiges Mädchen, eine schwarzhaarige Schönheit aus dem Stamm der Ikenier, deren Königin Boadicea sich vergiftet hatte, um nicht in die Hände der Römer zu fallen. Thorkil Ravenson, den die Eifersucht auf seine Frau, die schwarzhaarige Hexe, um den Verstand brachte, hat dem Haus seinen neuen Namen gegeben, so erzählt man sich, jedenfalls ist noch heute auf einer der Steinsäulen ein eingemeißelter Rabe mit einem Raubvogelschnabel zu sehen. Von Thorkil stammt die Frau eines frühen Aylsham, die uns Ravensley als Mitgift brachte. Es gibt auch jetzt noch zwei verschiedene Erbanlagen in der Familie. Wir sind groß und blond oder schmächtig und dunkelhaarig. Man kann das in der Ahnengalerie sehen, und seltsamerweise waren immer die Dunklen verrucht gewesen, aber reich, die Blonden hingegen hatten sich immer närrisch benommen. Da hatte es einen Justin gegeben, der in einem Duell von einem gehörnten Ehemann getötet wurde, einen Oliver, der unter rätselhaften Umständen im Moor ertrank, einen Edward, der sich erschoß, nachdem er im Spiel praktisch alles verloren hatte, und mein Vater . . . doch davon später.

Meinen Großvater kannte ich nur groß und weißhaarig, aber er war einst ein stattlicher blonder Hüne gewesen. Er hatte seine Pächter mit eiserner Faust regiert. Hinter seinem Rücken nannten sie ihn den „alten Tiger", aber sie achteten ihn. Er war skrupellos, gerissen und verschlagen. Er konnte gerecht sein, wenn er es als zweckdienlich ansah, und hatte angeblich mit zahllosen Frauen geschlafen. Es gab so manchen rotblonden Kopf in Ravensley und in der Nachbarschaft, aber ob das seine Kinder waren, wußte niemand genau. Es hatten wohl noch mehr Wikinger Raub und Mord aufgegeben und sich hier niedergelassen, um ihre Beute zu genießen und die reiche schwarze Erde zu bebauen.

Mein Großvater hatte zwei Söhne, Justin und Robert, meinen Vater. An meinen Onkel konnte ich mich nur dunkel erinnern. Ich war knapp vier Jahre alt, als er fortging, und zu jung, um zu erfassen, warum, und weder meine Mutter, noch mein Vater haben später je davon gesprochen. Die Dienstboten tratschten darüber in kaum verständlichem Flüsterton, wenn sie nicht bemerkten, daß ich zuhörte. Es hatte mit meinem Großvater einen fürchterlichen Streit gegeben, und ein Mann war gestorben, aber ob durch Unfall oder Mord, brachte ich nie heraus. Es gab eine Menge Hin und Her und eine gespannte Stimmung, die sogar ich im Kinderzimmer fühlen konnte. Was immer es auch gewesen sein mochte, es wurde vertuscht, wie so oft in Familien. Dann spielte ich eines Tages gerade in der Halle und verkroch mich hinter einer Truhe, weil ich die laute und zornige Stimme meines Großvaters hörte. Er kam aus der Bibliothek, ein riesiger Mann mit einer Mähne weißen Haares, hatte meinen Onkel an den Schultern gepackt und stieß ihn so heftig durch die Haustüre, daß er taumelte und erst auf halber Treppe sein Gleichgewicht wieder fand.

„Verschwinde aus meinem Haus und laß dich nie wieder blicken", brüllte er, „hier nimm dein Erbteil. Von mir bekommst du keinen Pfennig mehr!" und warf ihm eine Lederbörse nach. Sie sprang auf, einige Goldmünzen fielen heraus und rollten in den Kies. Mein Onkel, schmächtig und sehr dunkelhaarig, wandte sich um, sein Gesicht war wutverzerrt. Er sah aus, als wäre er zu allem fähig, sogar zu einem Mord. Bebend und mit wildem Blick bückte er sich schließlich, um das Geld aufzuheben, und ich erwartete, er werde es zurückschleudern. Das tat er aber nicht, und irgendwie war ich enttäuscht. Mein Großvater schnaubte verächtlich, ging zurück in die Bibliothek und schlug die Türe hinter sich zu.

Da erst sah ich meine Mutter. Sie kam die große Treppe heruntergelaufen und blieb an ihrem Fuß stehen.

„Justin", flüsterte sie, „Justin . . ." Sie ging langsam mit ausgestreckter Hand zur offenen Türe. „Du wirst schreiben . . . du läßt uns doch wissen, wo du hingehst . . .?"

Ich war noch sehr jung, kann mich aber genau erinnern. Die Szene hat sich in mein kindliches Gedächtnis eingebrannt, obwohl sie für mich keinen Sinn ergab.

Mein Onkel stand ganz still, schaute meine Mutter lange an, dann sagte er ruhig: „Nein, ich werde nicht schreiben. Warum sollte ich? Geh zu Robert zurück. Er hat nun das, was er immer wollte. Sag ihm, er soll das Beste daraus machen", und damit ging er die Stufen hinunter und aus unserem Leben.

Meine Mutter fiel auf die Knie nieder und verbarg das Gesicht in den Händen. Sie schien zu weinen, und das erschreckte mich. Es war mir nie in den Sinn gekommen, daß Erwachsene weinen könnten. Ich wagte mich nicht zu rühren, bis sie aufgestanden und die Treppe hinaufgegangen war. Später fand ich eine der goldenen Guineen in einem Spalt unter den Steinstufen, und aus irgendeinem Grund zeigte ich sie nie jemandem. Ich habe sie bis heute.

Ungefähr ein Jahr später kam ein Brief aus Indien, nicht von meinem Onkel, sondern von einem Freund der Familie. Mein Großvater lag damals im Sterben, aber ich glaube, er hat sich gefreut. Nach seinem Tod kam noch ein Brief von einem Büro der Ostindischen Handelsgesellschaft mit der Nachricht, meinem Onkel sei es eine Zeitlang sehr gut gegangen. Er sei ins Landesinnere gefahren, um eine neue Handelsstation zu eröffnen, sei dann aber an einem in diesem heißen, feuchten Land verbreiteten Fieber gestorben.

Das war mir damals ziemlich gleichgültig. Ich hatte meinen Onkel nicht sehr gemocht. Für einen lästigen kleinen Neffen hatte er nie Zeit gehabt, aber manchmal, wenn ich das Bild betrachtete, das von ihm gemalt wurde, als er siebzehn war, wenn ich auf das schmale, hochmütige Gesicht mit den zu einem spöttischen Lächeln verzogenen dünnen Lippen und den blauen Augen, die das Kennzeichen aller Aylshams waren, blickte, wurde meine kindliche Erinnerung wieder wach. Das war einige Jahre, bevor ich erfuhr, daß mein Vater nun Lord Aylsham von Ravensley war, und ich sein Erbe. Eines Tages, wenn er starb, würde alles mir gehören. Damals begann ich das alles zu lieben, das Haus, die Wirtschaft, die Pächter, die Weiten der Marsch, wo mein Vater mit der Entwässerung begonnen hatte, und die schwarze Erde, auf der Hanf, Weizen und Raps reifte und Rinder und Schafe weideten.

Aber mein Onkel war nicht tot. Nun wußte ich es. Er war quicklebendig. Zwanzig Jahre lang hatte er gelebt und sich emporgearbeitet, ohne je einen Versuch zu machen, sich mit seiner Familie, die ihn verstoßen hatte, wieder in Verbindung zu setzen, bis die Nachricht vom Tod seines Bruders irgendwie in den abgelegenen Teil Indiens, in dem er lebte, vorgedrungen war. Da wurde ihm klar, daß der Titel und alles, was damit zusammenhing, ihm gehörte, ihm schon seit dem Tod meines Großvaters gehört hatte, und er kam zurück, um seinen Anspruch geltend zu machen.

Aber warum jetzt? Nach so langen Jahren? Es war sein volles Recht, das wußte ich, aber das machte es für mich nicht weniger schmerzlich.

Ich war tief verstört. Wie sollte ich da schlafen können. Ich zog meinen Schlafrock an, nahm die Kerze und ging in die Bibliothek hinunter. Dort holte ich den Brief von Mr. Gwilliam, dem Anwalt der Familie, hervor, und las ihn nochmals, obwohl ich den Inhalt schon auswendig kannte. Nach Wochen der Unsicherheit stand ich vor der bitteren Tatsache.

„Es besteht kein Zweifel darüber, lieber Oliver, daß der Anwärter, der uns aus Kalkutta geschrieben hat, Ihr Onkel Justin Aylsham ist. Er weilt bereits in England. Als er mich vor einigen Tagen aufsuchte, teilte er mir mit, daß er spätestens am 18. Juni nach Ravensley kommen werde . . .“

Und das war morgen . . . morgen würde ich ihm alles übergeben, was mir gehört hatte, und als Bettler, oder fast als Bettler das Haus verlassen. Ich besaß nichts als eine kleine Erbschaft von meiner Großmutter, das alte Bauernhaus der Thatchers und die dazugehörigen Felder, einst ihre Mitgift, als sie meinen Großvater heiratete. Der Besitz war jetzt an einen unserer Bauern verpachtet.

Ich ging im Raum auf und ab, bedrückt von den Problemen, die mich schon die ganzen vergangenen Wochen verfolgt hatten. Was für ein Mensch war mein Onkel? Ich hatte nur diese dunkle Kindeserinnerung. Hatte er eine Frau? Kinder? Er schien es nicht für nötig zu halten, Mr. Gwilliam oder mich darüber zu informieren, und die Frage quälte mich. Was würde aus Cherry werden? Würde er für seine Nichte sorgen? Und Alyne, die ich im Herbst zur Lady of Ravensley machen wollte . . . das war alles vorbei. Alle meine Hoffnungen waren mit einem Schlag vernichtet. Warum hatte sie mich von sich gestoßen? Ich konnte sie nicht begreifen. Mir war, als hätte ich eine Fremde geliebt, deren schöner Körper mich verzauberte und deren Geist sich mir entzog. Sie hatte recht mit dem, was sie gesagt hatte. Sie war aus der Marsch zu uns gekommen.

Ich glaube, es muß ungefähr ein Jahr nach dem Weggang meines Onkels gewesen sein. Kindheitserinnerungen sind bei den Daten meistens ungenau, aber ich entsinne mich, es war an einem rauhen und kalten Oktobertag mit dichtem weißem Nebel über dem Sumpf, als Alyne in unser Leben trat, ähnlich wie einst Moses im Binsenkorb, eine der Bibelgeschichten, die mir meine Mutter vorgelesen hatte. Isaac Starling fand das Baby in einem Weidenkorb zwischen Riedgras und Schilf versteckt. Es war in eine alte Decke gewickelt, und da er nicht wußte was er tun sollte, brachte er es zu uns. Riesige Augen sahen mich unter einem Flaum weißblonden Haars an. Ich hielt ihr vorsichtig einen Finger hin, und die kleine Hand griff danach und zerrte an ihm.

„Ist sie meine neue Schwester, Mama?" fragte ich. Es war erst ein paar Monate her, daß mir die Kinderfrau erzählt hatte, ich würde bald eine kleine Schwester bekommen, und ich war sehr aufgeregt gewesen. Aber sie war an einem Tag zur Welt gekommen und wieder gegangen, und es war mir nicht einmal erlaubt worden, sie zu sehen. So schien es mir ganz natürlich, daß uns der Storch, den ich manchmal bewegungslos auf einem Fuß im seichten Wasser stehen sah, dieses andere Baby, das so ruhig in seinem Korb lag, gebracht hatte.

„Sie könnte es werden, Oliver, sie könnte es werden", sagte meine Mutter langsam.

Mein Vater hatte die Stirn gerunzelt. „Irgendein armes betrogenes Mädchen hat das Kind ausgesetzt. Ich werde Erkundigungen einziehen."

Meine Mutter kniete nieder und berührte sanft die Wange des Kindes. „Sie ist noch sehr klein und wird Pflege brauchen. Wollen wir sie behalten, Robert?"

Mein Vater zögerte, bevor er nickte. „Gut. Übergib sie vorläufig dem Kindermädchen. Später werden wir weitersehen."

Sie brauchten einige Wochen, um sich einig zu werden. Dann wurde eine Entscheidung getroffen. Eines Sonntags wurde das Baby auf den Namen Alyne getauft und kam zu mir ins Kinderzimmer. Hannah Starling mochte sie von Anfang an nicht.

„Das hätten Sie nicht tun sollen, Mylady", sagte sie zu meiner Mutter, als wir von der Kirche zurückkamen. „Sie wissen nicht, woher sie kommt. Sie könnte ein Zigeunerkind sein, geboren von einer verderbten Schlampe von weiß Gott woher. Sie gehört in die Küche. Es ist nicht recht, sie mit Master Oliver aufwachsen zu lassen."

„Unsinn", sagte meine Mutter und legte das Baby in die Wiege, in der ich früher gelegen hatte. „Was macht es schon, woher sie kommt oder wer ihre Eltern sind? Sie ist gesund, und Oliver ist genügend robust, um auf sich selbst aufzupassen", und sie zauste meinen blonden Haarschopf.

Ich vergötterte meine Mutter und war stolz darauf, als genügend erwachsen und verantwortlich zu gelten. Ich nahm meine Rolle als älterer Bruder sehr ernst. Die Kinderfrau murmelte weiter vor sich hin, was sie nicht laut auszusprechen wagte.

„So ein heidnischer Name paßt nicht für eine Christin", sagte sie düster. „Isaac hätte sie nicht hierherbringen sollen, diese Göre von einem Kesselflicker, wenn nicht noch Schlimmeres. Ein Wechselbalg, das ist sie, Teufelsbrut . . ."

„Was meinen Sie, Mrs. Starling?" flüsterte Annie, die Küchenmagd, ängstlich.

„Du weißt sehr genau, was ich meine, Annie Pearce. Hier ist Hexenland, ist es immer gewesen, und ich kann dir sogar von einigen in meiner Zeit erzählen." Sie sah sich nach mir um, und ich tat, als sei ich sehr mit meinen Klötzchen beschäftigt. „Da war zum Beispiel Abbie Preston bei den Gibbets. Als sie starb, begruben sie sie mitten in der Straße, so weit wie möglich von Christenmenschen entfernt, und sie sagen, man kann die Hitze ihres im Höllenfeuer schmorenden Leibes immer noch spüren, wenn man darüber geht."

„Das stimmt, es ist immer trocken da", sagte Annie genüßlich erschauernd. „Und Sie meinen, daß die kleine Alyne von einer solchen geboren ist, Mrs. Starling?"

Die Kinderfrau richtete sich auf und schüttelte den Kopf. „Ich werde mich hüten, dergleichen zu behaupten, aber ich weiß, was ich weiß. Hast du je ein so ruhiges Baby mit so großen Augen gesehen? Es ist nicht gut, daß Lord Aylsham es adoptiert und in die Familie aufgenommen hat. Das schickt sich nicht." Sie steckten die Köpfe zusammen und nickten und tuschelten, so daß ich nichts mehr verstehen konnte.

Für mich sah Alyne eher einem Engelskind aus einem meiner Bilderbücher ähnlich. Aber als sie zwei Jahre alt war, geschah etwas, das die bösesten Ahnungen der Kinderfrau wieder aufleben ließ. Die Geburt meiner Schwester Cherry kostete meiner Mutter beinahe das Leben. Sie erholte sich nie mehr so recht, war oft krank, und manchmal, wenn ich in ihr Zimmer lief, fand ich sie weinend. Aber sie liebte mich, das fühlte ich immer, und habe sie auch heiß geliebt. Cherry war drei Jahre alt, als der Arzt meiner Mutter einen Aufenthalt in einem wärmeren Klima empfahl. Mein Vater reiste mit ihr nach Italien. Sie blieben dort fast zwei Jahre, und sie kam nie mehr zurück.

Es war mein erster großer Kummer und wurde noch schlimmer dadurch, daß mein Vater nie über ihren Tod sprach. Grollend zog ich mich lange Zeit von Cherry zurück und schloß mich immer mehr an Alyne an, besonders weil die Kinderfrau immer so viel strenger zu ihr war als zu mir oder zu meiner Schwester. Aber Kinder neigen zum Vergessen, und als ich elf war, kamen die Fentons nach Copthorne. Wir hatten in Ravensley immer sehr einsam gelebt, es gab nur die Pächter und die Dorfleute. Unser nächster Nachbar war Sir Peter Berkeley auf Barkham mit seinem kränklichen Sohn. Aber Copthorne lag nur eine Meile entfernt. Ihr Gemüsegarten grenzte an eine unserer Pferdekoppeln, und einmal brach mein Pony durch die Umzäunung und knabberte die ganzen Salatköpfe an. Miss Jessamine Cavendish of Copthorn jagte es höchstpersönlich mit ihrem Sonnenschirm hinaus. Vor dieser scharfzüngigen alten Lady (sie war kaum Vierzig, aber zu dieser Zeit erschien sie uns uralt) hatten auch Jake und ich eine höllische Angst, wenn wir in ihrem Obstgarten Pflaumen stahlen. Aber als ihre Schwester mit den beiden Kindern nach Copthorne kam, änderte sich alles.

Mein Vater war sehr zurückhaltend und hatte seit Mutters Tod nicht viel geselligen Verkehr gehabt, aber mit Mrs. Fenton verstand er sich sofort gut. Ihr Mann war Colonel bei den Dragonern und bei der Armee, die gegen Napoleon kämpfte. Ich hatte den Eindruck, daß es ihnen nicht besonders gut ging. Jedenfalls entdeckte mein Vater bald, daß Susan Fenton eine große Liebe zu Pferden hatte und eine vorzügliche Reiterin war, und so bot er ihr an, unter seinen Pferden eines auszuwählen.

Das erste Mal, als die Kinder zu uns zum Tee kamen, war eine Katastrophe. Alyne und ich fanden Clarissa schrecklich eingebildet, da sie unaufhörlich mit ihrem Heldenvater prahlte. Und der erst siebenjährige Harry stopfte sich mit Kuchen so voll, daß er von der Kinderfrau weggebracht werden mußte, weil er sich erbrach. Aber mit der Zeit wurden wir unzertrennlich, Jake und ich mit Clarissa und Alyne, während Harry und Cherry, die Kleinen, hinterher zottelten.

Clarissa ritt schon sehr gut und war genauso begeistert von Pferden wie ihre Mutter. Das verband uns bald. Reiten war das einzige, das Alyne und ich nicht teilten. Seltsamerweise hatte sie Angst vor Pferden und bestieg nie eines, wenn sie nicht mußte. Mein altes weißes Pony, das zahmste Gechöpf der Welt, biß sie einmal, und die Kinderfrau sagte daraufhin boshaft: „Manche Tiere haben mehr Verstand als die Menschen." Alyne war eifersüchtig und schmollte, wenn ich mit Clarissa ausritt, und ich lachte sie deswegen immer aus.

Diese Sommer, die wir miteinander verlebten, waren eine goldene

Zeit vollkommenen Glücks. Was außerhalb unserer kleinen Welt geschah, berührte uns nicht. Und jetzt waren sie fort, und Alyne ebenfalls, Alyne, der Mittelpunkt aller meiner Zukunftspläne.

Im Haus wurden Geräusche laut. Die Dienstboten waren schon aufgestanden und würden sich fragen, was ich so in aller Frühe in der Bibliothek tat. Ich ging zum Fenster und zog die Vorhänge zurück. Der Morgen dämmerte schon und färbte die Wolken über der Marsch rosa und golden.

Mich ergriff eine überwältigende Sehnsucht zu fliehen, die Erschütterungen und den Ärger dieser Nacht hinter mir zu lassen, und sei es auch nur für ein paar Stunden. Ich würde Rowan satteln und in das Greatheart hinausreiten, wie schon öfters, wenn ich Sorgen hatte. Die weite unberührte Wildnis, die so viele Rebellen kommen und gehen gesehen hatte, war wie geschaffen, Ruhe zu bringen und Probleme auf ihre wahren Ausmaße zu verkleinern. Ich legte Mr. Gwilliams Brief in den Schreibtisch zurück und ging nach oben, um mich anzukleiden.

2

Auf dem Weg zum Stall traf ich Jake. Er brachte gerade einen Korb Gemüse in die Küche und hielt mich an. Er war ebenso groß wie ich, hatte dunkelbraunes Haar und ein von Wind und Wetter gebräuntes Gesicht.

„Wann kommt dein Onkel?" fragte er.

„Heute nachmittag."

„Das bedeutet Veränderungen, einen Haufen Veränderungen. Dein Vater war ein guter Mann, ein gerechter Mann."

„Soviel ich weiß, ist es mein Onkel auch", erwiderte ich kurz.

„Manche denken anders darüber. Ich erinnere mich, was mein Vater zu sagen pflegte, und auch andere, als der alte Lord Aylsham ihn fortgeschickt hat."

„Das war vor zwanzig Jahren."

„Ja, aber die Leute hier haben ein gutes Gedächtnis, und jetzt sind harte Zeiten. Sie haben auf dich gezählt, Oliver, jetzt, da dein Vater gestorben ist."

„Ich kann es nicht ändern." Ich verstand genau, worauf er anspielte, aber ich scheute die Verantwortung, die er auf meine Schultern laden wollte. Ich sagte schroff: „Ich beabsichtige fortzugehen, sobald ich ihm alles übergeben habe. Es ist am besten so."

Er streifte mich mit einem kurzen Blick und zuckte dann die Achseln. „Vielleicht hast du recht. Ich möchte das auch manchmal. Wenn Mam und die Kleinen nicht wären, würde ich mit dir gehen. Ein wenig von der Welt sehen, herausfinden, wie andere Leute leben, das wäre eine große Sache. Aber keiner kann tun, was er gern möchte, nicht in diesem beschissenen Leben."

Ich wußte nur zu gut, was er meinte, aber nicht einmal zu Jake konnte ich über Alyne sprechen. Einerseits hatte er sie nie sehr gemocht, und außerdem war er seit dem Tag, an dem sie seinen Vater gehängt hatten, im Innersten ein Rebell. Er hatte diesen schrecklichen Tag nie vergessen können, und ich ebensowenig. Er hatte sich gezwungen, zuzusehen, und da ich sein Freund war, stand ich neben ihm, obwohl es mich im Halse würgte und ich heftig schlucken mußte.

Als ich durch das taufeuchte Gras zum Fluß hinunterritt, dachte ich an Isaac Starling. An jenem Morgen hatte ich das Gefühl gehabt, meiner Kindheit Lebewohl zu sagen. Jakes Vater war einer der freundlichsten Menschen, die ich je gekannt hatte. Die Starlings hatten seit Menschengedenken für die Aylshams gearbeitet, und obwohl Isaac wenig Buchwissen besaß, hatte er die Weisheit des Landmanns, der so nahe der Erde lebt, und eine warme, angeborene Liebe zu allen Lebewesen, ob Mensch oder Tier. Jake hat sie auch, aber anders. Er brennt darauf, die Verhältnisse zu ändern, und war immer bestrebt zu lernen, mit einem viel größeren Wissensdurst als ich. Als er noch sehr jung war, arbeitete er als Gärtnergehilfe bei Miss Cavendish, und sie brachte ihm Lesen und Schreiben bei. Danach gab es für ihn kein Halten mehr. Er borgte sich meine Bücher, kaute sich irgendwie durch und fragte mich dann Dinge, die mir nicht einmal mein Lehrer beigebracht hatte. Wie er das in ihrem winzigen Häuschen inmitten von fünf Geschwistern schaffte, grenzte an ein Wunder. Ich werde nie vergessen, wie ich das erste Mal dorthin kam, weil es für mich ein bestürzender Einblick in ein Leben war, das ich mir in meiner wohlbehüteten luxuriösen Existenz auf Ravensley nie hätte vorstellen können.

Nach dem Tod meiner Mutter begann mein Vater mir das Schießen beizubringen und schenkte mir ein Gewehr. Es war eigens für mich von dem berühmten Joseph Manton in London klein und leicht angefertigt worden. Als ich es Jake zeigte, betastete er es respektvoll.

„Darf ich einmal damit schießen, nur einmal?" fragte er mit sehnsüchtigen Augen.

„Vielleicht", erwiderte ich großmütig.

In Wirklichkeit war mir streng verboten, es ohne die Erlaubnis des Vaters auch nur anzurühren, aber ich konnte der Versuchung nicht widerstehen, mich aufzuspielen. Eines Morgens schlich ich mich ganz früh in die Gewehrkammer und nahm es vom Haken. Dann traf ich mich draußen mit Jake und wir gingen in die Marsch hinaus. Wieso wir uns damals nicht gegenseitig umgebracht haben, ist mir heute noch ein Rätsel, weil wir beide noch blutige Anfänger waren und abwechselnd auf alles schossen, was sich bewegte. Schließlich traf ich mit mehr Glück als Verstand eine Schnepfe. Wir schickten Belle, meine Spanielhündin, sie zu suchen, aber sie war genausowenig ein Jagdhund wie ich ein Schütze, und bei dem Versuch, den Vogel selbst zu holen, geriet ich in eines dieser trügerischen Sumpflöcher, die die Marsch so gefährlich machen. Ohne Jake wäre ich spurlos darin versunken. Es war ein schreckliches Erlebnis, aber er schaffte es, mich herauszuziehen, indem er sich mit einer Hand am dicken Schilf festhielt und mich langsam, Zentimeter um Zentimeter aus dem Sog des Morasts herauszog. Dann rettete er sogar noch das Gewehr. Ich war von Kopf bis Fuß mit stinkendem grünem Schlamm bedeckt und habe wohl, in dem eiskalten Wind zitternd und vor Kälte und Angst mit den Zähnen klappernd, recht mitleiderregend ausgesehen. Da nahm mich Jake, der nicht wußte, was er tun sollte, zu sich nach Hause mit.

Die Starlings lebten in einer Hütte aus Naturstein, mit einem Raum unten und zwei winzigen Dachstuben oben. Die Wände waren rauchgeschwärzt, und der Boden bestand aus festgestampfter Erde. Mir schien es fürchterlich überfüllt mit dem großen Holztisch und den einfachen schweren Möbeln, die Isaac selbst gezimmert hatte. Ein struppiger Bastard knurrte Belle drohend an, und eine rötlichbraune Katze starrte mit bösen Bernsteinaugen aus ihrem Wochenbett in einem alten Korb. Dicker, schwerer Geruch nach Essen, Tieren und Menschen lag über allem.

Mrs. Starling zog mir, mißbilligend glucksend, meine schmutzigen Kleider aus, und vor dem Torffeuer und unter den ehrfürchtigen Blikken von Jakes kleineren Geschwistern bis herab zum Baby in der hölzernen Wiege wusch sie mich von oben bis unten mit warmem Wasser. Und rieb mich schließlich mit einem groben Tuch ab, bis meine Haut glühte. Dann, warm und sauber in Jakes bestem Hemd und Hose, bekam ich zu essen. Eine Scheibe wurde von dem Stück fetten Speck, das von der Decke herunterhing, abgeschnitten, über dem Feuer gebraten und zwischen zwei dicke Scheiben Roggenbrot gelegt. Nie hat mir etwas besser geschmeckt. Jake kam sauber und rotbackig von einer Dusche unter der Pumpe im Hof herein und mußte einen Becher voll kochend heißem Zwiebelwasser mit Muskatnußgeschmack austrinken, als unfehlbares Mittel gegen Erkältung. Ich nippte mit Widerwillen daran und verbrannte mir die Zunge. Währenddessen sahen wir zu, wie Isaac liebevoll jeden Teil des kostbaren Gewehrs reinigte.

„Das ist wirklich ein selten schönes Stück und einen Haufen Geld wert, Master Oliver", sagte er und bewunderte den mit Silber eingelegten Walnußholzschaft, „von einem Viertel des Preises könnte ein Mann mit seiner Familie ein Jahr oder länger leben." Und zum ersten Mal empfand ich es als ungerecht, daß etwas, das einem Kind als Spielzeug gegeben wurde, für andere eine Lebensfrage sein konnte. Aber Neid oder Groll kannte Isaac Starling nicht, nur Mitgefühl für die Leiden anderer und einen leidenschaftlichen Gerechtigkeitssinn. Er brachte mich nach Ravensley zurück und schmuggelte mich ins Haus, so daß ich außer dem Schelten der Kinderfrau keine Strafe bekam; und das war der Mann, den sie als brutalen Mörder hängten. War es da ein

Wunder, daß dies in Jakes Herz einen Funken der Rebellion entzündete, der nie verlöschte?

In der Koppel stubste mich meine Stute Rowan zärtlich mit den Nüstern an. Ich schlang meinen Arm um ihren Hals und schmiegte mein Gesicht an ihre weiche Backe. Sie war auf Ravensley geboren und mein ganzer Stolz. Einst hatte ich daran gedacht, sie zu einem der Rennen in Newmarket oder Spalding anzumelden, wo ich sie selbst reiten konnte. Mein Vater, der nie etwas für Pferderennen übrig gehabt hatte, lächelte über meinen Ehrgeiz.

„Solange du es dir nicht zur Gewohnheit machst, mein Junge", sagte er warnend. „Die Aylshams sind immer wieder zwei Lastern verfallen, dem Spiel und den Frauen." Und ich hatte gelacht und geschworen, daß keines der beiden mich jemals verhexen würde. Wie dumm wir doch in der Jugend sind, so überheblich, unbekümmert und selbstsicher.

Nachdem ich das Pferd gesattelt hatte, nahm ich den Weg durch den Wald zum Fluß. Mein Vater hatte das Flußbett verbreitert und ausgehoben, und manchmal ging ich zum Schwimmen hinunter. Der Morgennebel hatte sich verflüchtigt. Der Himmel schimmerte wie Perlmutter, und die Luft war vom Duft des Wiesengeißbart erfüllt. Die Weite von Wasser und Marsch gab mir ein befreiendes Gefühl. Dann sah ich Alyne. Sie mußte vor mir heruntergekommen sein und stand barfuß inmitten von Riedgras und Gilbweiderich. Der leichte Wind preßte den dünnen Batist ihres Unterkleides an den schlanken Körper. Sie war Undine, Aphrodite, geboren aus dem Schaum des Meeres, und ich hielt den Atem an, denn genauso hatte ich sie eines Morgens im letzten Sommer gesehen. Es war an dem Tag nach dem harten Streit mit meinem Vater, als ich ihm erklärt hatte, daß ich Alyne heiraten wolle. Er hatte zuerst ungläubig gelacht, doch als ich hartnäckig blieb, wurde er ärgerlich.

„Alyne heiraten? Eine absurde Idee, Junge. Ihr seid zusammen aufgewachsen. Sie ist für dich wie eine Schwester."

„Was macht das für einen Unterschied? Ich liebe sie und sie liebt mich."

„Unsinn! Eine lächerliche Kindertorheit!"

„Ich bin kein Kind mehr. Ich bin fast vierundzwanzig."

„Dann solltest du es besser wissen", sagte mein sonst so milder Vater, der selten die Beherrschung verlor, ungewohnt heftig. „Ich habe sie aufgezogen, weil ich es deiner Mutter versprach, habe aber nie im Sinn gehabt, sie mit meinem Sohn zu verheiraten. Das kommt überhaupt nicht in Frage. Ich will nichts mehr davon hören. Schlag dir die Idee aus dem Kopf, Oliver, ein für allemal."

Ich sprach an diesem Abend nicht mehr mit Alyne, aber als ich früh am nächsten Morgen zum Fluß ging, war sie zu meiner Überraschung dort. Kein Mädchen, das ich kannte, hätte das jemals getan, aber sie war ja immer anders gewesen, und das war auch ein Teil ihrer Ausstrahlung, ihres Zaubers. Ich stand da und sah den schlanken weißen Körper durch das kühle grüne Wasser gleiten, dann zog ich mich aus und sprang ihr nach. Sie stieß einen kleinen Schrei aus, als ich hinter ihr auftauchte, und wollte fliehen. Dann lachten wir und spritzten einander an wie Kinder. Als wir zusammen aus dem Wasser stiegen, lief sie zu dem Handtuch, das sie am Ufer liegengelassen hatte. Doch ich fing sie und schloß sie in meine Arme, und wir fielen ins Moos nieder. Ich wollte sie küssen, doch da drehte sie den Kopf weg.

„Nein, Oliver, laß mich los. Es könnte uns jemand sehen."

„Was macht das? Ich liebe dich."

Sie wand sich unter mir, und ich sah ihre großen braunen Augen aufblitzen. „Dein Vater will nicht, daß wir heiraten, Oliver. Ich weiß von gestern abend. Ich glaube, ich habe es immer gewußt."

„Das kommt noch. Laß ihm Zeit, er wird sich an den Gedanken gewöhnen."

Ich küßte ihren offenen Mund in wilder, mich übermannender Leidenschaft. Es war weder beabsichtigt noch geplant, aber es schien die natürlichste Sache auf der Welt zu sein, daß wir zusammenkommen sollten. Ihr Körper verschmolz mit dem meinen, und es war Schmerz, Taumel und Seeligkeit. Wir haben uns seitdem oft geliebt, aber nie mehr mit derselben Entrücktheit. Vielleicht hätten wir uns nicht hinreißen lassen sollen, aber weder sie noch ich fühlten je eine Regung der Scham. Ich liebte sie von ganzem Herzen, und in der Nacht, als mein Vater starb und mich der Kummer darüber überwältigte, kam sie zu mir, umarmte und küßte mich, zärtlich aber fordernd, denn von nun an konnte nichts mehr unser Glück stören.

Dann stieg in mir eine andere Erinnerung auf . . . die Erinnerung an die letzte Nacht, als sie von mir wegging, kühl wie Eis, und unsere Liebe, unsere gegenseitigen Schwüre verleugnete, als hätte es sie nie gegeben, weil ich sie nicht zur Herrin von Ravensley machen, ihr keine Kostbarkeiten und schönen Kleider schenken konnte, und diese Abweisung schmeckte bitter.

Ich war versucht, zu ihr hinzueilen, sie zu packen, auf den Boden niederzuziehen und ihr ein für allemal klar zu machen, daß ich mit mir nicht spielen ließe. Dann war sie verschwunden, tauchte in den Fluß und schwamm mühelos, und ich wußte, ich würde mit Gewalt nichts erreichen. In dieser Stimmung würde sie sich mir entziehen, mit dieser ihrer seltsamen Art, die alle meine Sinne lähmte und mich in Bann hielt. Es hatte noch Zeit. So leicht würde ich sie nicht von mir gehen lassen.

Ich galoppierte auf Rowan über das Greatheart, bis wir beide vor Schweiß trieften, und kehrte erst lange nach Mittag zurück, gelöster und wesentlich ruhiger. Ich war nun bereit, mich dem Kommenden zu stellen.

Mein Onkel kam ungefähr um vier Uhr. Ich hörte die Kutsche im hellen Sonnenschein dieses Juninachmittags vorfahren, aber eine Art Trotz hielt mich davon ab, hinauszugehen und ihn zu begrüßen. Ich wartete, bis Annie Pearce, die jetzt zur Haushälterin aufgestiegen war, die Tür zur Bibliothek öffnete.

„Lord Aylsham ist angekommen", meldete sie, bei dem Titel nervös stotternd. Dann wurde sie beiseite geschoben und mein Onkel stand vor mir.

„Danke, Annie, Sie können gehen", sagte ich ruhig.

Sie schloß die Tür hinter sich, und einen Augenblick lang, wie er so vor mir stand, groß und schlank und mit derselben arroganten Kopfhaltung, wurde ich wieder der kleine Junge, hinter der Truhe in der Halle verborgen und zitternd vor Entsetzen wie einst an jenem Morgen vor vielen Jahren. Dann trat er einen Schritt näher, und ich sah, wie sehr er sich verändert hatte. Das hagere Gesicht war faltig und gegerbt von den langen Jahren unter der tropischen Sonne, und das Haar wurde schon grau, obwohl er kaum älter als fünfzig sein konnte.

„Du bist also Oliver", sagte er mit einem schwachen Lächeln. „Als ich dich das letzte Mal sah, warst du ein Baby und hast noch in die Windeln gemacht."

Es lag eine Spur von Spott darin, und ich nahm ihm das übel. „Kleiner Irrtum, ich war immerhin schon vier Jahre alt. Hattest du eine gute Reise? Wie geht es dir nach all diesen Jahren?" Ich streckte ihm meine Hand entgegen, und er nahm sie, sein Griff war kühl und kräftig.

„War es ein harter Schlag für dich, zu erfahren, daß ich noch unter den Lebenden weile?"

„Wir hatten genügend Zeit, uns davon zu erholen", sagte ich trocken. „Darf ich dir etwas anbieten? Tee . . . Oder ein Glas Wein?"

„Später, später." Sein Blick streifte die Bücherreihen an den Wänden. „Hier hat sich nicht viel verändert. Ich erinnere mich an dieses Zimmer. Hier hat mich dein Großvater oft mit der Peitsche zum Lernen angetrieben. Ihr habt hier nicht viel verändert, aber Robert war ja schon immer konservativ. Bist du wie er?"

„In gewisser Hinsicht schon, aber nicht in jeder. Auch war kaum genügend Zeit, etwas zu ändern", begann ich steif.

„Nein, natürlich nicht", sagte er, ohne mir wirklich zuzuhören. Er war vor den Kamin getreten und betrachtete das Bild meiner Mutter, das gemalt worden war, als sie noch sehr jung war. Sie trug ein weißes Ballkleid und hielt ein paar purpurne Rosen in der Hand. „Euer Anwalt hat mir gesagt, daß Rosamund gestorben ist. Wann war das?"

„Das ist schon lange her. Fünf Jahre, nachdem meine Schwester geboren wurde."

„Ich erinnere mich, daß sie schwanger war, als ich fortging."

„Das Kind starb bei der Geburt. Cherry wurde zwei Jahre später geboren . . . und da ist auch noch Alyne."

Er drehte sich rasch um. „Alyne? Wer zum Teufel ist das?"

„Hat Mr. Gwilliam sie nicht erwähnt? Sie war eine Waise und mein Vater hat sie adoptiert."

„Adoptiert, wie?" Sein Gesicht verzog sich zu einem Grinsen. „Eines von Roberts kleinen Abenteuern, das ins Nest heimgekehrt ist. Deine Mutter wird das nicht gern gesehen haben."

„Nein", sagte ich hitzig. „Nein, du hast ganz und gar unrecht. Das war nie meines Vaters Art."

„Schon gut, schon gut. Du brauchst dich über einen Scherz nicht gleich so aufzuregen. Alyne . . ." seine Augen wurden schmal, „ein ungewöhnlicher Name."

„Ich glaube, mein Vater hat ihn ausgesucht."

„Ach so."

Ich konnte den Ausdruck auf seinem Gesicht nicht deuten, aber plötzlich wurde mir einiges klar, die Tränen meiner Mutter, als er ging, das Schweigen meines Vaters, das Geflüster unter den Dienstboten, Blicke und Anspielungen, die für den kleinen Jungen von damals keinen Sinn ergaben. Die Worte sprudelten aus mir heraus, bevor ich es verhindern konnte.

„Hast du meine Mutter geliebt?"

„Welch seltsame Frage!"

„Hast du? War Großvater darum so böse?"

„Das war vielleicht einer der Gründe. Deine Mutter war sehr schön." Er lächelte aufreizend und ließ sich in einen Lehnstuhl fallen. „Das ist längst vergangene Geschichte."

Was war längst vergangene Geschichte? Die Tatsache, daß er und meine Mutter sich geliebt hatten? Nicht meine vergötterte Mutter. Ich würde es nie glauben. Er verhöhnte mich absichtlich, und Ärger stieg in mir auf.

Er hob die Hand. „Steh nicht da und starre mich nicht so finster an. Setz dich, Junge, und erzähl mir von dir."

„Da gibt es nichts zu erzählen. Mr. Gwilliam wird dich über die Erbmasse informiert haben. Die Unterlagen sind alle hier. Du kannst sie durchsehen, wenn du willst."

Er streckte sich bequem im Ledersessel aus. „Ich sehe, du gleichst Robert doch sehr. Er war immer ein hervorragender Buchhalter."

Seine kühle, herablassende Art reizte mich fast unerträglich, doch hielt ich mich zurück. „Ich habe mein Bestes getan, aber es sind jetzt schwierige Zeiten für Gutsbesitzer."

„Das scheint mir auch so", erwiderte er gleichgültig. „In London machen sie lange Gesichter. Man könnte meinen, die Guillotine stehe hinter der nächsten Ecke. Übrigens, draußen hat ein Bursche die Pferde übernommen und mich mit recht unfreundlichen Blicken durchbohrt. Wer ist das?"

„Wahrscheinlich Jake . . . Jake Starling."

„Starling, Starling?" wiederholte er nachdenklich. „Ich erinnere mich an einen Isaac Starling, der war verdammt radikal. Dein Großvater hat ihn einmal wegen einer Unverschämtheit aus dem Zimmer hinausgeprügelt, und Robert hat seine Partei ergriffen."

„Isaac Starling war einer der besten Männer, die wir je hatten", sagte ich warm. „Vater hatte eine hohe Meinung von ihm."

„Tatsächlich? Was ist mit ihm geschehen?"

„Er wurde während der Unruhen 1816 gehängt", antwortete ich widerwillig.

„Ein Unruhestifter weniger", erwiderte er, aber aus irgendeinem unerfindlichen Grund schien es mir, als wäre er erleichtert. Er sah zu mir auf. „Und dieser Bursche Jake ist ohne Zweifel von der gleichen Sorte, nur allzu bereit, mir ein Messer in den Leib zu rennen. Ich kenne diese niemals zufriedenen Typen, immer wollen sie mehr, als sie haben. In Indien habe ich mit der Pistole unter dem Kopfkissen geschlafen."

„Das wird hier nicht notwendig sein."

„Das hoffe ich auch." Er beugte sich vor, seine Finger trommelten auf der Armlehne. „Erzähl mir, Oliver, ich will es wissen: Wie ist dein Vater gestorben? Robert war ein Jahr oder so jünger als ich und hatte weiß Gott ein leichteres Leben. Gwilliam machte irgendeine Andeutung, verschloß sich aber wie eine Muschel, als ich Fragen stellte."

„Der Arzt sprach von einem Blutsturz."

„Aber was war der Grund dafür? Das ist doch das Entscheidende", bohrte er weiter.

„Es geschah eines Nachts im vergangenen Dezember. Er ritt über die Marsch von einer Zusammenkunft in Ely nach Hause, und kam nie an. Wir dachten, er hätte in der Stadt übernachtet, aber am Morgen fanden wir sein Pferd in der Koppel, zitternd und mit Schlamm und Kot bespritzt. Wir gingen auf die Suche nach ihm."

„Er kann doch nicht betrunken gewesen sein", bemerkte mein Onkel trocken. „Wenn ich mich recht erinnere, war er das nie."

„Wir fanden ihn erst mittags. Er lag, noch bewußtlos von einem Schlag auf den Kopf, halb in einem Sumpfloch."

„War er abgeworfen worden?"

„Ich weiß es nicht. Es könnte sein."

„Vermutlich rannten die Dorftrottel herum und erzählten, daß der Schwarze Shuck hinter ihm hergewesen sei."

„Einige von ihnen . . ."

„Und wie denkst du darüber?"

Ich zögerte. Ich hatte das hunderte Male mit Jake besprochen, ohne eine Antwort zu finden. Es war vorgekommen, daß Leute überfallen und ausgeraubt wurden, aber mein Vater war beliebt. Nur ein einziges Mal war er nach meiner Erinnerung heftiger Feindseligkeit begegnet, als sie Isaac Starling hängten, und der Bursche, der dafür verantwortlich gewesen war, saß sicher für zehn Jahre in der Strafkolonie. Ich sagte langsam: „Er kam nicht mehr voll zu Bewußtsein und erinnerte sich kaum noch an etwas. Es war nichts gestohlen worden, und er trug eine beträchtliche Geldsumme bei sich."

„Es gibt immer welche, die es einem übelnehmen, wenn man besser gestellt ist als sie", sagte mein Onkel düster und stand auf. „Und Robert war immer unvorsichtig. Ich nehme es als Warnung und werde nur bewaffnet ausreiten."

„Tu, was du für richtig hältst. Mein Vater pflegte es nicht zu tun. Möchtest du die Mädchen jetzt kennenlernen? Oder willst du erst auf dein Zimmer gehen? Wir essen um sieben."

„Beim Essen sehe ich sie früh genug", sagte er. „Wir haben noch eine Menge zu besprechen." Er ging zur Tür. „Sag deiner Wirtschafterin, sie soll mir Kaffee bringen, heiß und schwarz. Ich nehme an, das bringt euer Personal zustande. Übrigens, wo hast du mich untergebracht?"

„Großvaters Zimmer wurde vorbereitet."

Er lächelte zynisch. „Eine verdammte Ironie ist das. Der alte Mann wird sich im Grabe umdrehen. Du wünschest wohl, ich läge auch dort, Oliver. Nun, schau nicht so verdüstert drein, Junge. So ist nun mal der Welten Lauf, in der einen Minute unten, in der nächsten wieder oben. Ich habe es überlebt, und du wirst es wohl auch."

Nachdem er gegangen war, schenkte ich mir ein Glas Brandy ein. Ich fühlte, daß ich das jetzt brauchte, und während ich langsam daran nippte, versuchte ich meine Eindrücke zu ordnen. Mir schien, als spiele er mir etwas vor. Ich hatte das Gefühl, daß seine lässige, gleichgültige Art nur eine Maske war, und daß sich darunter ein vollkommen anderer Mensch verbarg. Ich stand noch immer mit dem Glas in der Hand da, als Annie den Kopf zur Tür hereinsteckte.

„Kann ich mit Ihnen reden, Mr. Oliver?"

„Ja, natürlich. Kommen Sie herein, Annie, was gibts?"

„Sie sollten das nicht trinken, nicht zu der Tageszeit", sagte sie mißbilligend und schloß sorgfältig die Türe hinter sich.

„Unsinn, Annie. Ich bin doch kein Kind mehr."

Sie verzog die Lippen. „Ihr Onkel hat einen Diener mitgebracht."

„Nun, was ist daran bemerkenswert?"

„Er ist schwarz, Mr. Oliver!"

„Schwarz?" wiederholte ich, erheitert über den empörten Ton, in dem sie das sagte.

„Nun ja, jedenfalls dunkelbraun . . . und ein Heide."

„Woher wollen Sie das wissen?"

„Er trägt einen Lappen um den Kopf gewickelt und sagt, er heißt Ram oder so ähnlich. Wer kann schon so heißen, wenn nicht ein Heide, und was soll ich mit ihm in meiner Küche anfangen?"

„Behandeln Sie ihn genauso, als wäre er ein Weißer", sagte ich. „Er ist ein Inder, und diesen Lappen um seinen Kopf nennt man Turban, und wahrscheinlich ist er ein genauso guter Christ wie Sie."

Sie sah mich zornig an. „Ich weiß nicht, was daraus werden soll. Lizzie ist schon ganz aus dem Häuschen, und die anderen . . . Ich wollte, er wäre in seinem eigenen scheußlichen Land geblieben, und Mr. Justin auch", sagte sie düster, „vom Grab aufstehen und hier alles durcheinander bringen!" Und bevor ich noch etwas sagen konnte, war sie verschwunden.

Im Augenblick schien mir der indische Diener meines Onkels die geringste Sorge zu sein.

Cherry war als erste im Salon, als ich zum Abendessen herunterkam. Sie sah sehr hübsch aus mit den rosa Schleifen in ihren dunklen Locken und dem weißen Musselinkleid. Sie lief auf mich zu und hängte sich bei mir ein.

„Oh, Oliver, hast du schon mit ihm gesprochen? Ich konnte ihn nur kurz vom Fenster aus sehen, als er aus der Kutsche stieg. Ist es nicht schrecklich, anstelle von unserem lieben Papa einen Fremden hierzuhaben?"

„Du wirst dich daran gewöhnen."

„Niemals. Ich werde ihn hassen, das weiß ich. Lieber Oliver, nimm mich mit, wenn du fortgehst."

„Woher willst du wissen, daß ich fortgehe?"

„Jake hat es mir erzählt."

„Dazu hat er kein Recht", sagte ich verärgert. „Ich habe es ihm im Vertrauen erzählt. Es ist noch gar nicht sicher."

„Jake erzählt mir immer alles."

„Hör mal zu, Kleine, ich habe es dir schon öfters gesagt. Du solltest nicht wegen jedem Dreck zu Jake rennen."

„Warum nicht? Wir sind immer Freunde gewesen."

„Ja, als du ein Kind warst. Jetzt bist du aber fast siebzehn, eine erwachsene junge Dame."

„Oh, sei nicht so spießig, Oliver. Warum mußt du fortgehen? Warum kann es nicht wie bisher bleiben, auch wenn Onkel Justin hier ist?"

„Weil es nicht sein kann", erwiderte ich kurz. „Mach dir jetzt keine Sorgen, Cherry. Alles wird gut werden. Wo ist Alyne?"

„Sie zieht sich noch um. Sie sagt, es wäre sehr wichtig, daß sie einen guten Eindruck macht. Ich sehe nicht ein warum. Er ist nicht ihr Onkel. Oliver, sie sagt, ihr werdet im September doch nicht heiraten. Warum denn?"

„Es hat seine Gründe, und um Himmels willen sprich jetzt nicht davon", sagte ich hastig, „ich glaube, er kommt."

Gegen meinen Willen mußte ich zugeben, daß mein Onkel einen vornehmen Eindruck machte. Er war kein schöner Mann, hielt sich aber sehr gut, und sein Anzug war elegant. Es gab keine Spur Provinzlerisches an ihm, und mein vom Schneider in Cambridge gearbeiteter Anzug schien plötzlich schlecht geschnitten und bäurisch.

Er blieb auf der Schwelle stehen und lächelte. „Ist das meine Nichte oder ist es die andere?"

„Ich bin Cherry", sagte meine Schwester schüchtern.

Er nahm sie bei der Hand, zog sie an sich und küßte sie auf die Wange. „Es freut mich, dich kennenzulernen, meine Liebe. Du kannst für deinen Cousin die ältere Schwester sein. Jethro wird bald aus Indien nachkommen."

„Jethro!" rief ich aus. „Wir haben nicht erwartet . . ."

„Daß ich einen Sohn habe? Hat man euch das nicht erzählt? Jethro ist zehn. Tut mir leid, daß ich dein Selbstgefühl verletzte, Oliver."

„Wird deine Frau mit ihm herkommen?"

„Ich habe keine Frau."

Er hatte uns überrascht, und wenn es noch eines Anstoßes für mich bedurft hätte fortzugehen, so war es der unbekannte Junge, der meinen Platz einnehmen würde. Vielleicht hatte zutiefst in mir immer noch die Hoffnung geschlummert, daß ich der Erbe meines Onkels bleiben würde, nun war auch das vorbei. Ich wollte gerade fragen, wann der Junge ankommen würde, als ein leises Geräusch uns alle zur Türe sehen ließ. Alyne stand auf der Schwelle.

Sie sagte: „Ich soll ausrichten, daß serviert ist."

Sie hatte immer instinktiv gewußt, sich in Szene zu setzen, und sah so hinreißend aus in ihrem einfachen seegrünen Musselinkleid, daß mein Herz schneller pochte und dann plötzlich stockte, weil diese ganze Schönheit nicht mehr mir gehörte.

„Sieh da", sagte mein Onkel mit unverhohlener Bewunderung, „das ist also meine zweite Nichte."

„Ich bin Alyne, Lord Aylsham", sagte sie kühl. „Ich hoffe, es geht Ihnen gut."

„Bei deinem Anblick jedenfalls, meine Liebe." Galant nahm er ihre Hand und küßte ihre Fingerspitzen, dann schaute er von ihr zu Cherry. „Die Helle und die Dunkle, die zwei Seiten der Schönheit. Ich habe wirklich Glück. Kommt, wollen wir zu Tisch gehen?"

Jede an einem Arm ging er vor mir in den Speisesaal und ließ mich hinterher trotten.

Miss Hattie Bennet erwartete uns an der Tafel. Sie war eine unauffällige kleine Frau und alt geworden, aber sie war nicht dumm und aus gutem Haus. Als ihre störrischen Schützlinge ihr über den Kopf wuchsen, hatte mein Vater sie gebeten, als Gesellschaftsdame für die beiden mutterlosen Mädchen zu bleiben.

Mein Onkel unterhielt uns während des Essens glänzend. Er faszinierte uns mit Beschreibungen der Paläste der Maharadschas, die er geschäftlich aufgesucht hatte, der Seidenstoffe, Juwelen und Düfte, der Gärten voller exotischer Blumen, der Jagdleoparden, die goldene Masken über ihren Katzengesichtern trugen, bis sie freigelassen wurden, um wie der Blitz über ihr Opfer herzufallen, der Tiger, die er vom Rücken eines Elefanten geschossen hatte, der Tempel, wo fremde, furchteinflößende Götter angebetet wurden. Ich hatte keine Ahnung, was daran Wahrheit und was Dichtung war, aber ich sah, wie sich Cherrys Augen vor Erstaunen weiteten, wie Alyne begierig lauschte und sogar Miss Bennet gefesselt war.

Sein schmächtiger indischer Diener, dessen Name, wie ich erfuhr,

Ram Lall war, stand hinter seinem Stuhl. Es war schwer, nach dem unbewegten braunen Gesicht sein Alter zu bestimmen, aber ich hielt ihn für nicht viel jünger als meinen Onkel. Die schwarzen Augen blickten aufmerksam, und ich fragte mich, wie er mit unseren schwerfälligen, halsstarrigen Marschleuten auskommen würde, die alles Fremde haßten und jede Veränderung verabscheuten. Ich hatte das beunruhigende Gefühl, daß er manchen von ihnen wie ein düsterer Dämon im Dienste meines Onkels erscheinen würde. Doch das war, sagte ich mir, nicht mehr meine Sorge.

„Wir müssen uns ein paar Gäste einladen, sobald ich mich eingerichtet habe", bemerkte mein Onkel beiläufig, als er seine Serviette zusammenfaltete. „Wie steht's mit unseren Nachbarn, Oliver?"

„Wir leben hier auf Ravensley ziemlich isoliert. Auf Barkham wohnt Sir Peter Berkeley mit seinem Sohn . . ."

„Hugh ist immer krank", unterbrach Cherry, „und er hat Angst vor dem Tanzen wegen seines Asthma."

„Dagegen müssen wir etwas unternehmen, nicht wahr?" sagte mein Onkel lächelnd zu ihr. „Junge Damen sehen sich immer noch nach einem Ehemann um, nehme ich an?"

„Ich nicht", sagte Cherry trotzig, „nicht, wenn sie so sind wie Hugh Berkeley."

„Er ist ein sehr liebenswürdiger junger Mann und sehr aufmerksam zu dir. Du solltest nicht so von ihm reden, meine Liebe", tadelte Hattie.

„Oh, Sie verteidigen ihn immer, weil er Ihnen Süßigkeiten bringt", sagte Cherry ungestüm. „So ist das, Onkel, du brauchst dir um mich keine Sorgen zu machen, und Alyne ist mit Oliver verlobt . . .", dann schlug sie sich mit der Hand auf den Mund und streifte mich mit einem erschrockenen Seitenblick.

„Stimmt das?" bemerkte mein Onkel.

„Nein, natürlich nicht", erwiderte Alyne, ohne von ihrem Teller aufzuschauen. „Es war eine Jugendtorheit ohne Bedeutung."

„Was sagst du dazu, Oliver?"

Verräterin, Verräterin unserer Liebe, schrie mein Herz. Laut sagte ich kühl: „Es ist Alynes Entscheidung", und hatte den Verdacht, daß mein Onkel die Situation durchschaute und seinen Spaß daran hatte. Aber er sagte nichts mehr, und Hattie erhob sich mit raschelnden Röcken.

„Der Tee wird im Salon serviert, Lord Aylsham", sagte sie ruhig. „Kommt mit, Mädchen", und sie folgten ihr und ließen uns mit unserem Wein allein.

Mein Onkel schickte Ram Lall mit einer kurzen Handbewegung

fort, beugte sich vor und griff nach der Weinkaraffe. Er füllte sein Glas und sah mich fragend an. Ich schüttelte den Kopf.

„Vielleicht hast du recht. Ich persönlich ziehe auch Brandy vor. Robert war immer so nüchtern wie ein Richter." Es klang wie ein Vorwurf, aber ich ging nicht darauf ein. Er lehnte sich in seinem Stuhl zurück und nippte an dem Portwein, bevor er weitersprach. „Und was ist jetzt mit dir, Oliver? Was zum Teufel soll ich mit dir machen?"

„Sorg dich nicht um mich. Sobald es möglich ist, verschwinde ich."

„Wirklich." Er zog die Augenbrauen hoch. „Ich hoffe, du hast nicht das Gefühl, daß ich dich vertreibe."

„Das hat nichts damit zu tun."

Er nahm ein Zigarrenetui heraus und zündete einen langen schwarzen Stumpen an den Kerzen auf der Tafel an. Auf die glühende Spitze niederblickend, lächelte er vor sich hin. „Unglückliche Liebe, was?"

„Nein", sagte ich unwirsch, „nichts dergleichen. Du solltest nicht alles glauben, was Cherry sagt. Sie ist kaum mehr als ein Kind."

„Ich verstehe." Er schaute auf und studierte mein Gesicht. „Wurmt es dich so sehr, mich auf dem Platz deines Vaters zu sehen?"

„Ist das so wichtig? Ich ziehe es vor zu gehen."

„Na schön. Hast du Geld?"

„Genug."

„Tapfer geprahlt! Nach meiner Erfahrung hat man nie genug. Nun, es macht die Dinge sicher einfacher. So können die Nachbarn keine Vergleiche anstellen zwischen dem ritterlichen jungen Erben und dem schwarzen Schaf, das plötzlich auftaucht und ihn verdrängt."

Die Ironie war nicht zu überhören. Ich sagte: „Du kannst ruhig darüber spotten."

„Ich spotte nicht, glaube mir, ich weiß, was sie sagen werden, aber genug davon. Da ist jedoch noch etwas. Ich habe von Gwilliam erfahren, daß ein gewisser Teil der Besitzung dir gehört."

„Ja, ein kleines Gut von etwa hundert Morgen. Es ist an einen unserer Bauern verpachtet, einen gewissen Will Burton."

„Wohl kaum groß genug, um viel abzuwerfen, mein lieber Junge. Wie wäre es, wenn ich es dir abkaufe."

Einen Augenblick lang war ich versucht zuzusagen. Ich könnte das Geld nehmen und fortgehen, vielleicht ins Ausland, irgendwo ein neues Leben beginnen, doch dann erkannte ich, daß es unmöglich war. Vielleicht war es eine Dummheit, aber ich wollte einen Anteil hier in der Marsch behalten, mich nicht vollkommen von ihr lösen.

„Nein", erwiderte ich, „ich möchte es lieber nicht verkaufen."

Er zuckte die Achseln. „Wie du willst. Es könnte dir leid tun."

„Das ist meine Sache."

Er lächelte, lässig die Asche von seiner Zigarre streifend, und ich war plötzlich neugierig. Ich beugte mich vor. „Sag, Onkel, warum bist du zurückgekommen?"

„Ja warum? Eine interessante Frage."

„Wenn es dir in Indien gut ging, warum bist du nicht dort geblieben? Du konntest den Titel und die Besitzungen immer noch übernehmen, und wir hätten dir die Einkünfte schicken können."

„Und du wärst weiterhin als kleiner König auf Ravensley geblieben. So hättest du es gerne gehabt, oder? Ist dir nie in den Sinn gekommen, daß ich auch an diesem Ort hänge? Daß ich zurückkommen wollte? Er war einst meine Heimat. Ich bin auch ein Aylsham, bedenke das." Er drückte mit einer heftigen Geste seinen Stumpen aus. „Ich bin hinausgeworfen worden, enterbt, fortgejagt wie ein Bettler, mit nur ein paar Guineen in der Tasche. Diese ersten paar Jahre waren die Hölle, eine unbeschreibliche Hölle, wie sie sich ein verhätschelter Junge wie du niemals vorstellen kann."

In seiner Stimme lag eine unterdrückte Wildheit, die mich einen Augenblick lang erschreckte, dann lachte er, rauh und bitter, und sprach in seiner gewöhnlichen spöttischen Art weiter. „Ich habe immer davon geträumt, lächerlich, was? Davon geträumt zurückzukommen und den alten Mann zu zwingen, sich zu entschuldigen. Als ob das der alte Tiger je getan hätte. Aber jetzt ist er tot und Robert ist tot und ich bin hier, sehr lebendig. Ravensley gehört mir, und ich werde das Beste daraus machen. Nichts und niemand kann mich aufhalten. Und was dich betrifft, Oliver, es steht dir frei zu bleiben oder zu gehen."

Einen Augenblick lang herrschte so etwas wie Sympathie zwischen uns, aber dann dachte ich an Alyne. „Ich werde gehen", sagte ich.

„Wie du willst." Er stand auf und schob den Sessel zurück. „Komm mit in den Salon, sonst glaubt die griesgrämige alte Jungfer, daß wir uns unter den Tisch saufen. Übrigens, was kann man mit der Köchin machen? Verdammt geschmackloses Essen, das sie auftischt. Glaubst du, sie würde Ram erlauben, ihr beizubringen, wie man mit Curry kocht?"

„Das bezweifle ich. Sie mögen hier keine Neuerungen."

„So? Dann werden sie es lernen müssen."

Es wurde kein erfreulicher Abend. Cherry war schüchtern, Hattie arbeitete emsig an ihrem Stickrahmen, und mein Onkel und ich waren sehr förmlich zueinander. Dann setzte sich Alyne ans Spinett. Im Kerzenlicht schimmerte ihr helles Haar wie ein Heiligenschein um ihren wohlgeformten Kopf. Ich begehrte sie so sehr, daß es wie ein physischer Schmerz war. Dann sah ich meinen Onkel, zurückgelehnt in seinem Sessel, sie mit demselben gierigen Ausdruck betrachten, den ich schon bei anderen Männern gesehen hatte, und das kühlte mich ab.

Als sie sich von dem Instrument erhob, lächelte er und dankte ihr, dann sah er sich um.

„Für mich war das ein anstrengender Tag. Also gute Nacht allseits. Vielleicht kann mir Oliver, bevor er uns den Rücken kehrt, morgen noch ein wenig Zeit opfern", sagte er trocken.

„Wie du wünschst", erwiderte ich.

Als er gegangen war, versuchte ich Alynes Blick auf mich zu lenken, aber sie sah an mir vorbei.

„Ich bin auch müde", sagte sie. „Ich denke, ich gehe hinauf. Kommst du, Cherry?"

„In einer Minute."

Die Schlafzimmerleuchter standen auf dem Tisch in der Halle. Ich nahm einen und reichte ihn Alyne. Unsere Finger berührten sich, und einen Augenblick lang trafen sich unsere Blicke, doch in dem ihren lag kein Versprechen, keine Wärme. Dann nahm sie mir den Leuchter ab und ging schnell die Treppe hinauf.

Cherry sagte noch: „Es tut mir leid, daß ich das gesagt habe. Es ist mir irgendwie herausgerutscht."

„Das macht nichts."

„Bist du sehr unglücklich darüber?"

„Frage nicht so viel, Kleine."

„Du bist so lieb." Sie stellte sich auf die Zehenspitzen, um mich zu küssen, und ich nahm sie in die Arme. „Er ist netter, als ich gedacht habe. Ich könnte ihn mit der Zeit vielleicht liebgewinnen", murmelte sie an meinem Ohr.

„Das ist gut. Jetzt aber ab ins Bett, Cherry."

„Du gehst doch noch nicht fort?"

„Sehr bald."

„Ich wollte, du tätest es nicht."

„Geh schon, Kleine." Ich gab ihr einen Schubs. „Gute Nacht."

„Gute Nacht."

Sie lief die Treppe empor, und ich fühlte mich ein wenig schuldig, weil ich so wenig an sie gedacht hatte, als ich beschloß, fortzugehen. Sie war so jung. Hoffentlich war mein Onkel gut zu ihr.

Ich kehrte in den Salon zurück, goß mir einen Brandy ein und wanderte im Raum auf und ab, bis es im Haus still geworden war. Dann löschte ich die Kerzen und ging leise hinauf und den Korridor entlang. Der Abend nach diesem langen mühsamen Tag war zuviel gewesen. Ich konnte nicht schlafen. Ich mußte jetzt gleich mit Alyne sprechen, zum Äußersten gereizt und kochend vor Wut. Ich sah mich rasch um, bevor ich die Klinke hinunterdrückte.

Die Türe war verschlossen. Ich weiß nicht, wie lange ich dort stand und den verrückten Impuls bekämpfte, dagegen zu hämmern, sie einzurennen, alles, nur nicht demütig hinzunehmen, was sie mir angetan hatte. Wäre es möglich gewesen, hätte ich das Haus noch in dieser Nacht verlassen und dem Usurpator meinen Platz eingeräumt, aber ich konnte nicht. Ein Gefühl der Verantwortung ließ mich nicht los. Da waren Jake und die anderen, hilflose Leute, die von meinem Vater abhängig gewesen waren und jetzt auf mich zählten.

Hol sie der Teufel, sagte ich mir, hol sie der Teufel für ihre Treulosigkeit.

> Sie bot mir süßes Wurzelwerk
> Und wilden Honig, Himmelsbrot,
> Und sagt' in fremder Sprache gar:
> „Ich liebe dich bis in den Tod."

Dieser arme Tropf von einem Dichter hat sich in Rom die Seele aus dem Leib gehustet, heißt es, aber bei Gott, er wußte . . . er wußte nur allzu gut, wie Frauen einen leiden machen können.

3

Schon am ersten Tag, als ich mit meinem Onkel um das Gut ritt, fühlte ich eine seltsame Feindseligkeit gegen ihn. Niemand sagte direkt etwas, und er zeigte sich von seiner liebenswürdigen Seite, aber vor allem die älteren Männer begegneten ihm mit Schweigen und mürrischen Blicken. Es hatte im Haus mit Annie Pearce und Hannah Starling angefangen.

Die Kinderfrau war jetzt schon alt und verbrachte den größten Teil des Tages in ihrem kleinen Mansardenzimmer, wo sie Wäsche stopfte und ausbesserte. Es lag abseits von den anderen Räumen und schwirrte doch von Klatsch wie ein Bienenstock. Sie wußte immer vor allen anderen, was sich im Haus und im Dorf tat. Ich habe mich oft gefragt, wie sie das fertigbrachte.

Sie erwartete, daß ich gelegentlich bei ihr vorbeikam, und an dem Morgen nach der Ankunft meines Onkels hielt sie mich zurück, als ich sie verlassen wollte.

„Es gefällt mir gar nicht, Mr. Oliver", sagte sie. „Ich erinnere mich an ihn, wie er vor Jahren war, er war schon als Junge finster und seltsam, verflucht wie alle dunklen Aylshams, und ich habe das immer wieder gesagt."

„Das ist aber Unsinn, meine Gute", begann ich, doch sie unterbrach mich.

„Was weiß ein Junge wie Sie schon von solchen Dingen? Der alte Tiger, Ihr Großvater, der wußte das. Er hat von Anfang an den Teufel in ihm gesehen und recht behalten. Er hat ihn für das, was er getan hat, verstoßen."

„Was hat er denn getan?" fragte ich, um sie zu beschwichtigen.

„Vergangenes ist vergangen, und Sie werden mich nie dazu bringen, etwas gegen die Familie zu sagen", erwiderte sie dickköpfig, „nicht um alles in der Welt, aber ich weiß, was ich weiß, und es klebt Blut an seinen Händen, und das läßt sich niemals abwaschen, wie sehr man es auch versucht. Ich habe es kommen sehen, als Ihr Vater auf diese Weise gestorben ist . . ."

„Mein Onkel hat mit dem Tod meines Vaters nichts zu tun."

„Wie können Sie das so genau wissen?" widersprach sie. „Da drüben in dem Heidenland weiß man nie . . . er hat das Unglück wieder hergebracht . . . er und dieser schwarze Teufel, der ihm folgt wie ein Schatten . . ."

„Unsinn", sagte ich ungeduldig.

„Und jetzt gehen Sie fort. Das ist nicht richtig, ist nicht gut."

„Nun, so ist es nun einmal. Es ist geschehen, und wir müssen uns damit abfinden."

„Der Tag der Abrechnung wird kommen, merken Sie sich meine Worte."

Ich wollte mir ihre düsteren Prophezeihungen nicht länger anhören. Jeden Augenblick konnte sie anfangen, über Alyne zu sprechen.

„Ich muß jetzt wirklich gehen", sagte ich und wandte mich zur Tür, aber sie hielt mich am Ärmel fest.

„Mr. Oliver, bevor Sie gehen, möchte ich Sie um etwas bitten."

„Um was?"

„Ich möchte, daß Sie mit Jake sprechen."

„Mit Jake? Wozu?"

„Es ist nicht gut, was er macht. Er ist in schlechte Gesellschaft geraten."

„Jake? Das glaube ich nicht."

„Er sorgt für die Kleinen, das muß ich ihm lassen", sagte sie widerwillig, „aber wozu geht er jede Woche einmal nach Ely und trifft sich mit Leuten, die vernünftiger sein sollten. Sie sprechen von ihren Rechten und murren gegen die, für die sie arbeiten. Sie wissen genauso gut wie ich, Mr. Oliver, wohin das führt. Haben sie nicht den armen Isaac für etwas aufgehängt, das er gar nicht getan hat?"

„Das ist lange her", sagte ich sanft, „und wird nicht noch einmal geschehen. Jake möchte etwas Besseres im Leben erreichen, das ist alles."

„Wozu das, habe ich mich schon oft gefragt. Es ist nicht anständig, was er macht. Es nützt ihn doch nichts, den großen Herrn nachzuäffen, weil es ihm doch nie gelingen wird, wie sehr er sich auch bemüht, und es würde ihm nicht helfen. Er hat seinen Platz, genau wie Sie Ihren Platz haben, sagen Sie ihm das, Mr. Oliver. Er hätte längst heiraten und seßhaft werden sollen. Er hört weder auf seine Mutter noch auf mich, aber vielleicht hört er auf Sie!"

„In Ordnung, ich rede mit ihm", sagte ich, nur um sie zufriedenzustellen und ohne die Absicht, es zu tun. Wir waren schon zu lange Freunde und hatten zu viel miteinander erlebt. Jake arbeitete hart, und außerhalb der Arbeit konnte er tun was er wollte, ohne daß ich mich irgendwie einmischen würde. Aber ich wünschte, sie hätte mich nicht an Isaac erinnert. Ihre Worte hatten zu lebhaft wiedergebracht, was vor mehr als zehn Jahren geschehen war und so leicht wieder kommen konnte.

In den letzten Jahren hatte es überall Unruhen gegeben, nicht nur hier im Osten, sondern im ganzen Land. Die kargen Ernten, die jämmerlich niedrigen Löhne und hohen Steuern hatten Hunger und Elend gebracht. Ich hatte die Löhne unserer Landarbeiter erhöhen wollen, aber Sir Peter Berkeley hatte mich davor gewarnt.

„Wenn man ihnen nur einen Penny mehr gibt, verlangen sie bald den Mond", sagte er beim Begräbnis meines Vaters. „Es liegt ein Aufstand in der Luft, mein Junge, Sie wissen das doch auch, und wir Grundbesitzer müssen zusammenhalten, oder sie rauben uns alles, was wir haben. Wollen Sie, daß Köpfe rollen wie in Frankreich? Ist nicht der Tod Ihres Vaters Warnung genug?"

Ich glaubte, daß er übertrieb, aber ich hatte mich zu unsicher gefühlt, um weitreichende Änderungen einzuführen. Nun war es Sache meines Onkels und nicht mehr meine. Ich eilte hinunter und auf den Hof. Die Pferde waren bereits gesattelt, aber mein Onkel war noch nicht erschienen. Ungeduldig ging ich hin und her und wartete auf ihn. Am Rande des Blumengartens kniete Jake und pflanzte Setzlinge. Er hatte immer eine gute Hand für Pflanzen gehabt und nach Isaacs Tod übertrug ihm mein Vater die Gartenarbeit. Vom Lohn und dem, was er von Miss Cavendish auf Copthorne zusätzlich für Umgraben und Jäten erhielt, bestritt er den Lebensunterhalt für seine Mutter und seine Geschwister.

Das Jahr nach Waterloo hatte für uns beide das Ende der Kindheit bedeutet. Ich war fast elf, ein Jahr jünger als Jake, und es war eine schlimme Zeit für England, obwohl es den Krieg gegen Napoleon gewonnen hatte. Mein Vater sprach düster über Staatsschulden, hohe Steuern und plötzlichen Preisverfall, als die Kriegsverträge ausliefen. Die Ernte von 1816 war die schlechteste seit Jahren gewesen. Es hörte nicht auf zu regnen, die Kartoffeln verfaulten im Boden, es gab kein Heu für den Winter, und Tiere und Menschen mußten hungern. Einmal marschierte eine Gruppe Taglöhner durch Ravensley mit einem Spruchband ‚Brot oder Blut', brannte einen unserer Heuschober nieder und zerstörte eine Scheune.

Den ganzen Winter hindurch gab es angstvolle Gespräche über die Möglichkeit von Aufständen, und zur Wahrung der Ordnung war eine Abteilung Soldaten in der Nähe stationiert. Eines Nachts im November wachte ich auf und hörte draußen Schreie. Vom Fenster aus sah ich den roten Widerschein eines Feuers am Himmel, und im Hof unten stand mein Vater mit einigen unserer Männer. Sir Peter Berkeley auf Barkham war überfallen worden. Sie hatten ihn zunächst friedlich um etwas Getreide aus seinen Speichern gebeten, um ihre Frauen und Kinder vor dem Hungertod zu retten. Aber als er es glatt verweigerte, wurden sie böse. Einige der Hitzköpfe begannen die Türen einzuschlagen. Er schickte nach den Soldaten. Knüppel und Harken können gegen Gewehre und Bajonette nicht viel ausrichten, aber rasend vor Hunger hatten sie so wütend gekämpft, daß Sir Peters Verwalter schwer verletzt wurde und noch in der Nacht starb. Isaac Starling verhaftete man wegen Mordes.

Ich wollte es genauso wenig glauben wie Jake. Isaac Starling war nie gewalttätig gewesen, aber man hatte ihn mit einem Gewehr in der Hand ergriffen, und die Behörden wollten ein Exempel statuieren, um den Aufruhr zu ersticken, bevor er auf andere Teile des Landes übergriff. Isaac und fünf andere wurden gehängt und dreißig weitere deportiert.

Ich stand neben Jake, beobachtete die schaurigen Vorbereitungen zur Hinrichtung und fühlte, wie sich mir der Magen umdrehte, als die aufrechte Gestalt im zerlumpten Hemd zur Richtstätte geführt wurde. Ich dachte die ganze Zeit daran, wie er mir eine Angelschnur gemacht und mir beigebracht hatte, den Aal nach Art der Marschleute mit der Reuse zu fangen, und wie die plumpen Finger geschickt den gebrochenen Flügel eines Vogels behandelten, den ich gefunden hatte. An diesem Tag war etwas in mir erwacht, ich fühlte, daß mit dem Gesetz etwas nicht in Ordnung war, wenn es einen Mann zum Tode verurteilte für etwas, das er nicht getan hatte. Es dauerte noch lange, bis diese Empörung voll heranreifte, die zuckende Gestalt am Strang konnte ich viele Tage und Nächte nicht vergessen.

Die Menge stand so dichtgedrängt, daß wir nicht hinaus konnten, und so wurden noch die Männer, die deportiert werden sollten, vorbeigeführt und in die Karren gestoßen, die sie an die Küste bringen sollten. Zerlumpt und mager, mit Ketten aneinander gefesselt, boten sie einen traurigen Anblick. Nur einer von ihnen war trotzig, ein Junge von fünfzehn oder vielleicht sechzehn Jahren mit zerzaustem und verfilztem Haar, dessen blutiges und zerrissenes Hemd ihm fast vom Rükken fiel. Er kämpfte mit den Soldaten um jeden Schritt auf dem Weg. Die Familien der Verurteilten versuchten zu ihnen zu gelangen, schrieen und hielten Babys und Kinder hoch, um ihnen den Vater oder Bruder noch ein letztes Mal zu zeigen, so daß die Kolonne direkt vor mir ins Stocken geriet. Der Junge hob den Kopf und starrte mich an. Seine Augen waren strahlend blau unter dem schmutzigen, verfilzten

Haar. Plötzlich beugte er sich vor und spuckte mir mitten ins Gesicht. Er wurde so brutal fortgestoßen, daß er stolperte, und einer der Soldaten versetzte ihm einen Fußtritt, so daß er sich wieder aufrichtete. Angewidert und entsetzt schaute ich ihm nach. Warum ich? Hatte ich ihm denn je etwas getan?

Die Erinnerung hatte mich lange verfolgt und war dann allmählich verblaßt, bis wir im vergangenen Dezember meinen Vater halbtot mit einer blutigen Wunde auf der Stirne fanden. Sie konnte von einem Sturz herrühren, aber auch von einer rachsüchtigen Hand stammen. Aber Rache wofür? Mein Vater war für Milde eingetreten, jedoch überstimmt worden.

Ich dachte darüber nach, als ich jetzt am Rande des Rasens stand und über die Sträucher zum weiten Horizont der Marsch blickte. Man hatte noch nie gehört, daß ein Mann nach seinen sieben Jahren in der Strafkolonie es fertig gebracht hätte, genug zu verdienen, um die Heimfahrt zu bezahlen. Und doch hatten sich noch seltsamere Dinge ereignet, und das Greatheart beherbergte wilde, primitive Geschöpfe, Menschen und Tiere . . . eine Hand legte sich auf meine Schulter, und die Stimme meines Onkels klang aufreizend in meinen Ohren.

„Träumst du, Oliver? So erreicht man nichts, mein lieber Junge. Arbeit, Unternehmungsgeist, Energie . . . das braucht man, und wir haben viel zu erledigen, bevor du dich davonmachen kannst . . ."

Er ging zu den Pferden, ohne meine Antwort abzuwarten, und ich folgte ihm schweigend. Wir verbrachten den Vormittag bei den Pächtern. Wenn er wollte, konnte mein Onkel liebenswürdig sein, aber es lag keine Wärme darin, nur kühle Zurückhaltung, was mich und jeden anderen auf Distanz hielt.

Will Burton, einer unserer größten Pächter, sprach mich andauernd mit ‚Mylord' an, und ich sah, wie sehr das meinen Onkel ärgerte.

Nach einer Weile sagte er eisig: „Ich wäre Ihnen sehr verbunden, mein Lieber, wenn Sie sich daran erinnern würden, daß ich Lord Aylsham bin und nicht mein Neffe."

Das ziegelrote Gesicht des Bauern lief purpurrot an. „Es tut mir leid, Mylord, es schien nur so natürlich . . ."

„Ganz recht, aber die Zeiten haben sich geändert. Vergessen Sie in Zukunft nicht, wer der Herr auf Ravensley ist."

Will Burton warf mir einen kurzen Blick zu, aber da ich nichts sagte, preßte er die Lippen zusammen, und seine offene, herzliche Art schlug in Vorsicht um.

Am späten Nachmittag kamen wir auf unserem Rundgang nach Thatchers. Das alte Bauernhaus liegt am Rand der Marsch, und mein

44

Onkel betrachtete es verächtlich.

„Das ist also dein Erbe. Was gedenkst du zu tun? Hier wohnen?"
Der Spott in seiner Stimme brachte mich auf. „Es gibt schlechtere
Plätze. Als meines Vaters alter Verwalter noch lebte, gingen wir hier
den ganzen Tag ein und aus."

„Du hängst zu sehr an der Vergangenheit, Oliver."
Ein paar Hütten hinter Thatchers hatte mein Vater noch kurz vor
seinem Tod instandsetzen lassen, und ich sah Mrs. Starling im Garten
Laken aufhängen. Jenny, ihre zweite Tochter, half ihr. Die älteste war
bereits bei Miss Cavendish auf Copthorne im Dienst. Die beiden kleineren Jungen, Seth und Ben, waren offenbar bei der Feldarbeit.

Mein Onkel runzelte die Stirn. „Wer sind die Leute?"
Ich antwortete widerstrebend: „Sie heißen Starling."
Er sah mich scharf an. „Die Witwe des Mannes, den man aufgehängt
hat? Meinst du den?"

„Ja."

„Sie hatten einen Verwandten, glaube ich, einen Vetter oder so, der
drüben in Westley lebte."

„Ich sah ihn überrascht an. „Von dem habe ich nie etwas gehört."
„Dein Freund Jake erzählt dir offensichtlich nicht alles." Er machte
eine wegwerfende Handbewegung. „Es ist nicht wichtig. Vermutlich
wohnen sie da umsonst."

„Vater hatte keine Verwendung für die Hütte, so hat er sie ihnen
überlassen", verteidigte ich sie. „Jake hat noch mehrere jüngere Geschwister, und sie sind fürchterlich arm."

„Wozu haben wir eine Armenfürsorge, wenn nicht für Leute dieser
Art?" gab mein Onkel zurück. „Dein Vater war ein weichherziger
Narr." Er gab seinem Pferd die Sporen, ohne Mrs. Starlings nervösen
Knicks zu beachten. Jenny lächelte mich schüchtern an, und ich
winkte den beiden zu, bevor ich ihm folgte.

Der Weg führte uns weit in die Marsch hinein. Mein Vater hatte hier
begonnen, das Land zu entwässern. Als Kind waren mir die hohen
Windmühlen immer wie finstere schwarze Riesen, Hüter der Marsch
erschienen. Die großen Flügel drehten sich langsam in der schwachen
Brise und trieben das Schöpfrad mit seinen großen Schaufeln an, die
das Wasser aus den Torfgruben in die höher gelegenen Kanäle hoben,
und dann konnte die lockere schwarze Erde bepflanzt werden. Wir ritten den Damm entlang, bis wir das weitgestreckte Greatheart erreichten. Dieses einsame, schöne Stück Land hatten Jake und ich oft aufgesucht, wenn die Morgendämmerung den Himmel rosa färbte und nur
das Gezwitscher der Teichrohrsänger oder die Flügelschläge einer vom

Norden kommenden Entenkette die Stille unterbrachen. Und im Winter, wenn die Wildgänse mit ihren gespenstischen Rufen vorüberzogen, liefen wir auf Schlittschuhen meilenweit über die gefrorenen Wasserläufe. Vor kaum einem Monat war ich mit Alyne hiergewesen, eng umschlungen glitten wir in einem Flachboot zwischen den Wasserlilien dahin, eingehüllt in die schweren, berauschenden Düfte der Sumpfpflanzen. O Gott, wie würde ich es ertragen, dies alles zu verlassen?

Die schnarrende Stimme meines Onkels riß mich aus meinen Gedanken. „Wieviele Morgen von dieser Wildnis gehören uns, Oliver?"

„Ich weiß es nicht genau. Es ist im Grundstücksplan eingezeichnet. Das Greatheart allein umfaßt ungefähr vier- bis fünftausend Morgen."

„Und niemand anderer als Wilddiebe, Fallensteller und Landstreicher haben etwas davon! Hat dein Vater je daran gedacht, es zu entwässern?"

„Nein, nie."

„Warum nicht, zum Teufel?"

Es war schwer, darauf zu antworten. Es gab so viele Gründe. Vor allem liebte er vermutlich das Greatheart genauso wie ich. „Es hätte ungewöhnlich starke Widerstände hervorgerufen, und er wollte keine unnötigen Härten schaffen", sagte ich schließlich.

Mein Onkel schnaubte. „Gegen jeden Fortschritt gibt es Opposition. Die meisten Leute sind Narren. Sie begreifen nicht, daß es ihnen besser gehen könnte. Das ist der Preis, den man bezahlen muß." Er schaute sich um. „Man könnte es gewinnbringend nützen. Ich habe einiges aufgeschnappt, als ich in London war. Der Einsatz der neuen Dampfmaschinen statt der alten Windmühlen könnte vieles verbessern."

„Der Erfolg ist nicht immer sicher. Vor ein paar Jahren brachen im Winter die Dämme unter der Wucht der Sturmfluten, und es gab eine Überschwemmung."

„Der Fortschritt verlangt eben Opfer."

„Aber sicher keine an Menschenleben. Außerdem kannst du den Marschleuten nicht alles nehmen. Sie leben seit Generationen hier. Für viele von ihnen sind die Wildvögel, Fische und Aale der einzige Lebensunterhalt."

„Also leben sie auf unsere Kosten."

„Und das ist ein verzweifelt hartes Leben", erwiderte ich spöttisch. „Die sieben Shilling, die sie wöchentlich als Lohn erhalten, reichen nicht sehr weit, wenn sie sich nicht einen Teil ihrer Ernährung aus der Marsch holen können."

„Das Geld bekommen sie sicher und regelmäßig. Auf die Leute werden viel zu viele Gefühle verschwendet." Mein Onkel drehte sich im Sattel um und schaute mich an: „Bist du auch einer von diesen verdammten Radikalen, Junge? Oder nur so eine Schlafmütze wie dein Vater, der aus Furcht vor den Folgen keinerlei Neuerungen wagte?"

„Mein Vater war nicht so, und ich bin es auch nicht", erwiderte ich, durch den verächtlichen Ton in seiner Stimme gereizt. „Er hat zahlreiche Verbesserungen durchgeführt, aber die Frauen und Männer waren ihm immer wichtiger als das Geld, das er durch sie verdienen konnte. Ich glaube, ich bin nicht weniger fortschrittlich als andere, aber ich kenne die Leute hier und ihre Probleme. Ich bin mit ihnen aufgewachsen."

„Mit Unruhestiftern wie dein Freund Jake Starling vermutlich? Es ist immer ein Fehler, mit der Dienerschaft zu vertraulich umzugehen, das habe ich, weiß Gott, in Indien gelernt."

Wut stieg in mir hoch. „Indien ist nicht England, und mit Jake ist alles in Ordnung."

Er starrte mich einen Augenblick an, dann verzog er spöttisch seine schmalen Lippen. „Das denkst du. Du bist zu vertrauensselig, Oliver. Nun, wir werden ja sehen, wer recht behält."

Er riß sein Pferd herum und trabte den Pfad entlang zurück, ohne sich noch um mich zu kümmern. Mir wurde bewußt, wie grundsätzlich verschieden wir waren. Ich hatte Streit vermeiden wollen, aber wenn er so dachte, würde er nicht weit kommen, nicht hier. Doch in einem Punkt hatte er recht. Vielleicht waren meine Gefühle wirklich konfus. Vielleicht ist es ein Fehler, ein Problem von zwei Seiten zu sehen. Es mochte reine Sentimentalität sein, aber ich haßte den Gedanken, das Greatheart verunstaltet, seiner wilden Schönheit beraubt zu sehen, mit ihm würde auch das Gefühl von Freiheit und Unabhängigkeit schwinden. Jahrhundertelang hatten die Menschen hier Zuflucht vor Unterdrückung, Ungerechtigkeit und Grausamkeit gesucht. Einige von ihnen waren die Helden meiner Kindheit gewesen. Verdammt, das sind die Gedanken eines romantischen Narren, sagte ich mir wütend und gab Rowan die Sporen, um aufzuholen.

Eines beruhigte mich jedoch. Die flüssigen Mittel des Gutes würden meinem Onkel niemals erlauben, Dampfmaschinen zur Entwässerung aufzustellen. Mein Vater hatte einst einen Kostenvoranschlag eingeholt, danach kam schon die kleinste Anlage auf mehr als fünftausend Pfund, und das bei einem zweifelhaften Erfolg. Ravensley war reich, aber nicht an Bargeld. Unser Reichtum lag in den Erzeugnissen der Landwirtschaft, in den Schafen und Rindern auf den Weiden. Wir hatten nie so gelebt wie unsere großen Nachbarn mit ihren schönen Häusern, ihren Kutschen und üppigen Festen. Wenn mein Onkel aus Indien nicht ein kleines Vermögen mitgebracht hatte, würde er es sich gut überlegen müssen. Ich wußte damals noch nicht, wie energisch er Aufgaben anging.

Auf dem Heimweg nach Ravensley erblickte ich Miss Cavendish, die mir von ihrer weißgestrichenen Gartentüre her zuwinkte, also ließ ich meinen Onkel den ulmenbeschatteten Weg allein weiterreiten.

„Wie ich sehe, ist er angekommen", kam sie gleich zur Sache, als ich anhielt. „Wie gefällt er Ihnen?"

„Ich weiß es noch nicht", antwortete ich vorsichtig. „Er scheint einigermaßen umgänglich zu sein."

Ihre hellen Augen unter dem flachen großen Strohhut musterten mich. „Rennen Sie deshalb davon?"

„Woher wissen Sie das?"

„Oh, man hört so einiges."

„Ich renne nicht davon."

„Es sieht aber ganz danach aus."

„So einfach ist das nicht", erwiderte ich steif, „auf Vaters Platz einen anderen zu sehen."

„Oder auf dem Ihren, was?" Ihr Gesicht nahm einen weichen Ausdruck an. „Ich verstehe. Ich kann es Ihnen sogar nachfühlen."

„Miss Cavendish, kannten Sie ihn früher, bevor er fortging?"

„Oh", sagte sie, „ich war damals jung. Ja, ich kannte ihn. Er war gerissen, faszinierend und absolut rücksichtslos. Darum auch diese dumme Geschichte." Welche dumme Geschichte? Aber sie fuhr fort, bevor ich fragen konnte. „Das ist ein harter Schlag für Sie, Oliver. Was gedenken Sie zu tun?"

„Weiß der Himmel. Ich habe nichts nützliches gelernt", erwiderte ich bekümmert. „Ich bin nicht gebildet genug, sonst hätte ich Lehrer werden können. Ich habe an die Armee gedacht, aber es gibt jetzt keine Kriege. Vielleicht auswandern, mich nach Kanada einschiffen und dort ein neues Leben beginnen. Man sagt, daß sie dort Farmer brauchen."

„Unsinn", erwiderte sie. „Ist Ihnen England nicht gut genug? Sie werden zurückkehren. Die Marsch läßt keinen Mann los, und Sie sind genauso ein Marschtiger wie jeder andere hier."

Ich lachte. Der bittere und hartnäckige Mut hatte den Marschbewohnern vor langer Zeit diesen Spitznamen eingebracht. „Vielleicht bin ich das. Trotzdem werde ich nach London fahren. Ich habe das Bedürfnis nach Veränderung."

„Und das Bedürfnis zu fliehen, was?" Ich fragte mich, ob sie erraten hatte, was mit Alyne geschehen war. Sie war eine kluge alte Dame.

„Besuchen Sie doch Clarissa, wenn Sie dort sind. Das arme Kind ist so einsam."

„Clarissa einsam? In London?"

„In Großstädten kann man sich ganz verlassen fühlen. Ich würde das nicht aushalten. London ist voller Staub, Schmutz und Rauch. Ich habe dort immer das Gefühl, als könnte ich nicht atmen. Grüßen Sie sie von mir. Sagen Sie ihr, sie schuldet mir einen Besuch."

„Vielleicht gehe ich hin."

Sie nickte mir zu, als ich den Hut zog und fortritt. Seltsam, daß sie Clarissa erwähnte! Fünf Jahre lang hatte ich sie nicht mehr gesehen. Die Fentons waren seit jenem kalten, windigen Oktobertag nicht mehr nach Copthorne zurückgekommen. Ich war zum Wochenende von Cambridge nach Hause geritten, um bei der letzten Fuchsjagd im Jahr auf Ravensley dabei zu sein. Clarissa wartete sehr aufgeregt und glücklich mit uns im Hof.

„Kommt Alyne nicht mit?" fragte sie.

„Sie reitet nicht gern und haßt den Gedanken, etwas zu töten."

„Oh, an den Fuchs denke ich überhaupt nicht. Die Pferde, die Landschaft und der Spaß an der Jagd, das liebe ich", sagte sie lachend zu mir.

Ich wandte mich um und wollte Alyne winken, aber sie war schon verschwunden, nur Cherry stand auf der Treppe, tief enttäuscht, weil Vater erklärt hatte, sie sei zu jung, um mitzureiten.

Es war ein prächtiger Tag, das Gras knisternd vom Frühreif und die Luft frisch und berauschend wie Wein, bis zu dem schrecklichen Augenblick, als wir den Damm erreichten. Ich weiß immer noch nicht genau, was eigentlich geschah. Ich hörte, wie Colonel Fenton, ein wagemutiger Reiter, seine Frau zum Sprung anfeuerte. Sie gab ihrem Pferd die Sporen, aber aus irgendeinem Grund blieb es knapp vor dem lehmigen Wassergraben stehen, und sie wurde über seinen Kopf hinweg abgeworfen. Sie lag halb im Schlamm, und die anderen, die nicht mehr anhalten konnten, ritten über sie hinweg. Ich hatte damals Clarissa in meine Arme genommen und ihr Gesicht an mich gedrückt, damit sie nicht sah, wie man den schlanken, gekrümmten Körper ihrer Mutter auf irgendeine zusammengebastelte Bahre legte. Ich brachte sie heim nach Copthorne, weil ihr Vater vor Schmerz halb wahnsinnig war und kam erst sehr spät nach Ravensley zurück. Dort herrschte große Aufregung. Cherry war bleich und weinte. Ich tröstete sie, so gut es ging, und machte mich dann auf die Suche nach Alyne. Ich fand sie schließlich in einer Ecke des alten Schulzimmers. Es war kalt und dunkel dort. Sie kauerte unter einem Fenster am Boden. Als ich neben ihr niederkniete und einen Arm um sie legte, fühlte ich, daß sie zitterte.

„Was ist los, Alyne? Was machst du hier?"

„Clarissa . . ." schluchzte sie. „Ich habe gehört, was sie von Clarissa sagen. Sie ist tot, nicht wahr?"

„Nicht Clarissa", antwortete ich leise. „Ihre Mutter ist verunglückt."

Mit weitgeöffneten Augen starrte sie mich an. „Aber Clarissa ist doch auf Blackie geritten . . . ich habe sie gesehen . . ."

„Nein, sie nicht, sie haben kurz vor dem Aufbruch die Pferde getauscht. Mrs. Fenton dachte, er sei zu mächtig für sie."

Sie hielt sich die Hand vor den Mund und drückte sich eng an mich: „Ich wußte nicht . . . ich wußte nicht . . ."

Es war für uns alle ein Schock gewesen, und so war ihr Entsetzen nur natürlich. Ich beruhigte und tröstete sie, und als sie ihr tränennasses Gesicht hob, küßte ich sie das erste Mal, wie ein Mann eine Frau küßt, und sie schmiegte sich an mich. Wir küßten uns immer wieder, und dort in Kälte und Dunkelheit war ich nicht länger der achtzehnjährige Junge, sondern ein leidenschaftlich liebender Mann und trotz der Tragödie dieses Tages sehr glücklich.

Ich schüttelte ärgerlich die Erinnerungen ab, als ich beim Stall abstieg. Den ganzen Tag über hatte ich das Gefühl gehabt, die Marsch zum letzten Mal zu sehen. Ich ließ mir absichtlich Zeit, sattelte die Stute ab und rieb sie selber trocken, bevor ich durch die warme Abenddämmerung langsam zum Haus ging.

Beim Abendessen verabschiedete ich mich und brach sehr früh am nächsten Morgen auf, ohne noch mit jemandem zu sprechen. Ich ritt auf Rowan bis Ely, nahm von dort aus die Postkutsche und schickte die Stute mit einem Stallburschen zurück. Annie sollte den Rest meiner Sachen zusammenpacken und durch einen Fuhrmann nach London schicken.

Leichter Nebel lag über der Marsch und hing in dünnen Fetzen in den Bäumen, als ich die Auffahrt entlang ritt, aber das Zwitschern der Vögel über mir verhieß einen schönen Tag. Beim Pförtnerhaus neben dem Tor zur Straße trat eine dunkle Gestalt unter den Bäumen hervor, und ich erkannte Alyne, die sich zum Schutz vor der morgendlichen Kühle einen langen Mantel übergeworfen hatte.

Ich zügelte das Pferd. „Willst du mir das Tor öffnen?"

Sie griff nach dem Zügel. „Du bist letzte Nacht nicht gekommen, um dich von mir zu verabschieden."

„Hast du das erwartet? Ich habe gemeint, zwischen uns ist seit zwei Tagen alles aus."

Sie kam näher und legte die Hand auf meinen Oberschenkel.

„Warum mußt du fort?"

„Das müßtest du eigentlich wissen."

Ich stieg ab und schob sie zur Seite, um das Tor zu öffnen. Sie folgte mir.

„Ich werde dich vermissen."

„Ich wollte, ich könnte das glauben."

Aber als ich sie ansah, verflogen im Nu alle meine Vorsätze. Ich riß sie heftig in meine Arme. Ihre duftenden Locken waren feucht vom Nebel.

„Komm mit, Alyne. Morgen können wir heiraten. Ich verkaufe Thatchers an meinen Onkel, und wir gehen irgendwohin, ins Ausland, wenn du willst, und pfeifen auf die ganze Welt."

Ich schlang meine Arme unter dem Mantel um ihren schlanken Körper und küßte sie wild, leidenschaftlich. „Du mußt mitkommen, Alyne, du mußt. Ich kann ohne dich nicht leben."

Ich fühlte, wie ihr Körper nachgab, und wollte schon triumphierend auflachen, doch plötzlich wehrte sie sich und stieß mich zurück.

„Und wovon sollen wir leben?"

„Ich werde einen Weg finden. Wir würden zusammen sein, und nur das zählt."

„Nein, Oliver, nein."

„Warum zum Teufel bist du dann hier?" Ich hielt sie auf Armlänge von mir und fühlte sie unter meinem Griff erstarren. „Nur um mich zu verspotten?"

„Nein, nein . . ."

„Warum also?"

„Ich weiß es nicht. Ich wollte dich noch einmal sehen."

„Mein Gott, ist das alles?" Ich schaute einen Augenblick in das schöne Gesicht, das solche Macht über mich gehabt hatte, und jetzt erschien es mir wie eine wunderschöne Maske, die nur Leere verdeckte.

„Du mußt dich für eines von beiden entscheiden", sagte ich grob.

Ich stieß sie fort, sprang in den Sattel und ritt wie der Teufel die Straße entlang, ohne es zu wagen, mich noch einmal umzuschauen.

Ich hatte Ravensley und Alyne zum letztenmal gesehen, redete ich mir wütend ein, aber das Schicksal oder der Teufel, wie immer man es nennen will, halten auch den besten von uns zum Narren, und so erging es auch mir.

Zweiter Teil

CLARISSA

1830

Ich liebte dich und büßte alles ein,
Dafür nichts blieb, die eigne Achtung kaum.
Doch kann darob ich niemals traurig sein.
So teuer ist mir heut noch dieser Traum.

LORD BYRON

1

Es kommt mir heute seltsam vor, daß jene Aprilnacht des Jahres 1830, die mein Leben von Grund auf ändern sollte, nur durch zwei Tage von dem Abend getrennt war, an dem ich Oliver Aylsham nach so vielen Jahren wiedersah. Die beiden Ereignisse schienen nichts miteinander zu tun zu haben, und doch führte eines zum anderen, wenn mir das auch erst später klar wurde.

Ich wußte, daß sich Oliver in London aufhielt. Harry hatte im Herbst eines Abends beim Heimkommen ganz aufgeregt berichtet, daß er ihn bei einem Hahnenkampf getroffen habe, einer Sportart, der er und seine Freunde frönten. Seit er bei den Dragonern und viel in Bulwer Rutlands Gesellschaft war, hatte sich Harry sehr verändert. Vermutlich war das nicht anders zu erwarten gewesen. Mit seinen neunzehn Jahren wollte mein Bruder natürlich genauso kühn reiten, fluchen und leben wie die jungen Herren, mit denen er jeden Tag zusammen war. Nur hatte er nicht die reichen finanziellen Mittel wie die meisten anderen, und das verschwenderische Leben, das sie führten, die verrückten Streiche, das Spiel, die hohen Summen, die gewonnen und verloren wurden, all das erschreckte mich offen gestanden sehr.

Ich muß zugeben, ich war sehr erstaunt, daß Oliver in dieser lockeren Gesellschaft etwas zu tun hatte. Es paßte irgendwie nicht zu ihm, und ich machte Harry gegenüber kein Hehl daraus.

„Ich hätte es auch nie geglaubt, Schwesterchen, hätte ich ihn nicht selbst gesehen. Oliver war immer so zuverlässig und solide. Erinnerst du dich, wie wir in Copthorne immer zu ihm aufgeschaut haben? Und auf einmal treffe ich ihn als Stutzer, er hat mit Geld nur so um sich geworfen, obwohl alle sagen, er lebt auf Kredit und wenn er nicht achtgibt, wird es schlimm enden. Seit sein Onkel von weiß Gott woher zurückgekehrt ist und ihn um sein Erbe gebracht hat, hat er keinen Penny mehr. Verdammtes Pech, so was. Wahrscheinlich will er sich ausleben, bevor er in die Binsen geht."

Harry war stolz darauf, in dem modernen, in den Kreisen, in denen er verkehrte, üblichen Jargon zu reden.

Ich dachte, Oliver würde uns besuchen, aber er kam nicht und erschien auch nicht bei Bällen, Konzerten und Gesellschaften, die während der Saison abgehalten wurden, obwohl sein Name jetzt sehr oft genannt wurde, meistens von den alten Damen unter Stirnrunzeln und Kopfschütteln. Der mittellose Neffe von Lord Aylsham war keine besonders gute Partie. Eines Abends im Januar kam Harry früher als sonst nach Hause und steckte seinen Kopf zu meiner Schlafzimmertüre herein, wie er es jetzt öfter tat. Obwohl er sich selbst für sehr erwachsen hält, ist er noch ein Junge.

„Bist du wach, Clary?"

Ich legte mein Buch fort. „Ja natürlich. Komm herein. Hattest du einen angenehmen Abend?"

„Nicht übel." Er ließ sich auf den Bettrand fallen und rieb sich die Hände. „Alle Wetter, ist es draußen kalt. Es schneit wieder. Ich muß dir was toll Interessantes erzählen, Schwesterchen. Ich glaube, unser guter Oliver hat Pech in der Liebe."

„Was! Oh, sei nicht albern. Woher willst du das wissen?"

„Wir waren heute abend bei Crockfords und . . ."

„Oh, Harry, ich wünschte, du würdest nicht dorthin gehen. Du weißt, wie hoch die Einsätze dort sind." Crockfords war das eleganteste Spielkasino und wurde fast ausschließlich von den Spitzen der Gesellschaft besucht. „Genügen denn nicht schon Vaters Schulden?"

„Sei keine solche Spielverderberin, Clary. Ich spiele nicht . . . jedenfalls nicht oft. Ich bin sowieso nicht bei Kasse. Bulle hat mich mitgenommen, und er hat Geld wie Heu, wie du weißt."

Das stimmte. Bulwer Rutland war ein Krösus und obwohl er von seinen Spießgesellen Bulle genannt wurde, hatte ich zynischerweise den starken Verdacht, daß er es mehr seinen Heldentaten im Bett als im Boxring verdankte. Aber ich hätte nie gewagt, es laut zu sagen. Es wäre zu taktlos gewesen . . . Bulwer Rutland, der mich unbedingt heiraten und mein Nein nicht akzeptieren wollte.

„Ja, ich kenne Rittmeister Rutland", sagte ich kurz angebunden, „sprich weiter."

„Also, Oliver ist am Hasardtisch gesessen, hat sehr hoch gespielt und andauernd verloren. Mir ist es eiskalt über den Rücken gelaufen. Er schien mir ziemlich krank auszusehen, aber er ist schon ein toller Kerl. Ohne mit der Wimper zu zucken, hat er durchgehalten, und dann wendet sich das Blatt plötzlich, wie das manchmal so ist, und das Geld strömt ihm unter den Blicken der ganzen Gesellschaft nur so zu. Er stopft es gerade in seine Taschen, da sagt der Bulle etwas von Glück im Spiel und Pech in der Liebe. Oliver schaut ihn durchbohrend an, aber der Bulle redet weiter. ‚Habe heute Ihren Onkel getroffen, Aylsham. Er war geschäftlich bei meinem Vater. Hatte eine verdammt hübsche Göre bei sich, toll angezogen . . . wie nannte er sie doch gleich? War irgend was Ausgefallenes . . .'

‚Etwa Alyne?' hat Oliver stirnrunzelnd gefragt.

‚Genau, das war's. Beim Jupiter, eine tolle Frau und weiß auch was daraus zu machen. Ihr hättet sehen sollen, wie sie mich angegafft hat . . .'

Ich habe einen Augenblick lang gedacht, Oliver wird ihn niederschlagen, hat es aber nicht getan, sondern nur in seiner kalten Art gesagt: ‚Alyne ist meine Adoptivschwester. Ich wäre Ihnen sehr dankbar, wenn Sie Ihre dreckige Zunge im Zaum halten würden', und damit geht er, der Bulle starrt ihm nach und die anderen grinsen. Er hat selten eine solche Zurechtweisung eingesteckt."

„Ach, ich messe dem nicht sehr viel Gewicht bei", sagte ich trocken. „Ich nehme es keinem übel, wenn er die Witzeleien von Rittmeister Rutland nicht vertragen kann."

„Ja, aber du hast nicht gesehen, wie Oliver ausgeschaut hat, altes Mädchen, mit zusammengepreßten Lippen und fuchsteufelswild. Nun", er gähnte ausgiebig, „ich gehe jetzt ins Bett. 'Nacht, Clary." Er küßte mich auf die Wange und verschwand.

Ich erinnerte mich an Alyne von Copthorne her. Schon als Kind war sie traumhaft schön gewesen. Wir waren nie sehr vertraut gewesen. Irgendwie hielt sie alle auf Distanz, doch hatte ich sie immer beneidet, weil ihr Haar so weich und glänzend bis zur Hüfte fiel, während das meine steif wie eine Bürste abstand. Aber sie war als Olivers Schwester aufgewachsen. Er konnte doch nicht in sie verliebt sein. Harry mußte sich irren.

Als ich ihn nach einigen Tagen fragte, ob er Oliver noch einmal gesehen habe, sagte er, er sei nach Paris gefahren.

„Wahrscheinlich will er nicht noch einmal mit seinem Onkel zusammentreffen. Ich kann das verstehen. Verdammte Situation."

Ich fragte noch ein- oder zweimal nach ihm, und als wir dann auf den Ball im Devonshire-House gingen, war er erstaunlicherweise auch dort. Ich hatte nicht hingehen wollen, aber Vater bestand darauf. In dem verzweifelten Bemühen, mich zu verheiraten und nicht mehr für mich sorgen zu müssen, schleppte er mich zu jedem gesellschaftlichen Ereignis der Saison. Er war wütend auf mich, weil ich Bulwer Rutlands Antrag ausgeschlagen hatte, und hoffte, daß ich meine Meinung noch ändern würde. Es kam ihm nicht in den Sinn, daß ich lieber so weiterleben würde wie bisher, als einen Mann zu heiraten, den ich verabscheute.

Oliver mußte spät gekommen sein, denn ich traf ihn erst kurz vor dem Souper in einem Vorraum. Ich war sehr gegen meinen Willen gezwungen gewesen, mit Bulwer zu tanzen. Ich haßte die Art, wie er mich hielt, wie er mit seiner behandschuhten Hand meinen Rücken berührte, sein Gesicht nahe dem meinen, sein Atem an meiner Wange, die ins Ohr geflüsterten Komplimente. Unter dem Vorwand, am Saum meines Kleides sei ein Volant gerissen, ließ ich ihn stehen.

In dem kleinen Raum neben dem Ballsaal betrachtete ich mein glühendes Gesicht in dem goldgerahmten Spiegel über dem Kamin, steckte eine Locke fest und wünschte, nach Hause gehen zu können.

„Du bist zu hochmütig, Clarissa", hatte mein Vater einmal gesagt. „Du siehst die Männer an, als ob du sie verachtetest. So wirst du nie unter die Haube kommen."

Er begriff es nicht – wie sollte er es auch als Mann? –, daß es die einzige Verteidigung war, die einem blieb, wenn man auf dem Heiratsmarkt feilgeboten wurde. Ein Mädchen ohne Mitgift und nicht besonders schön ist ernstlich im Nachteil, und ich hatte meinen Stolz. Dann öffnete sich die Türe und ich drehte mich rasch um, aus Angst, es könnte Bulwer sein. Aber es war Oliver. Er machte die Türe hinter sich zu und lehnte sich dagegen.

Ich erkannte ihn sofort. Er hatte sich kaum verändert seit seinem achtzehnten Lebensjahr, er war nur etwas voller geworden, noch immer groß, breitschultrig und schlank in den Hüften. Sein blondes Haar war dunkler geworden, zu einem herbstlichen Goldton, aber die Augen waren noch immer tiefblau. Er schaute mich einen Augenblick lang an und lächelte.

„Bei Gott, das ist ja Clarissa? Clarissa Fenton! Ich bin Oliver Aylsham."

„Ja, ich weiß."

„Bist du auch geflüchtet?"

„So ähnlich."

Er kam heran, nahm meine Hand und küßte sie. „Ich muß mich bei dir entschuldigen."

„Wofür denn?"

„Ich war sehr säumig. Ich hatte Miss Cavendish vor Monaten schon versprochen, bei dir vorbeizuschauen, und habe es bisher nicht getan."

„Du hattest zweifellos zu tun."

„Nicht der Rede wert. Sie hat gesagt, ich soll dich grüßen und dir ausrichten, daß du ihr einen Besuch schuldest."

„Gute Tante Jess. Es ist so lange her, daß ich dort war, aber es ist nicht einfach. Vater will nicht nach Copthorne zurück."

„Verständlich nach dem, was geschehen ist. Komm, setz dich. Erzähl mir von dir."

„Ich sollte in den Ballsaal zurück."

„Ein paar Minuten machen sicher nichts aus."

„Also gut."

Ich ließ mich zum Sofa führen, und einen Augenblick lang schwiegen wir beide. Er lehnte sich zurück und sah mich an. Dann sagte er plötzlich: „Ich hätte das nie geglaubt. Du bist zu einer bezaubernden Schönheit geworden."

Ich lachte hell auf. „Na, das war wenigstens aufrichtig."

„Mein Gott, was bin ich doch für ein Tolpatsch. Verzeih, aber ich konnte nie so schön reden wie die da drinnen." Er zeigte auf den Ballsaal.

„Es ist eine nette Abwechslung."

„Man macht sich damit nicht beliebt."

„Kümmert dich das?"

„Eigentlich nicht." Er schwieg einen Augenblick und sah auf seine Hände nieder. Er hatte schöne Hände, nicht plump, glatt und parfümiert wie Bulwer, sondern braun und muskulös. Kräftige Hände, die zupacken konnten. „Hast du von mir gehört, Clarissa?"

„Daß dein Onkel zurückgekommen ist, ja. Es muß ein großer Schock gewesen sein."

„Das war es, und ich habe es schlecht verdaut. Ich bin fortgegangen und habe ihm alles überlassen. Seitdem habe ich mich zum Narren gemacht, versucht etwas zu sein, was ich nicht bin, versucht zu entscheiden, was ich mit meinem Leben anfangen soll, und bin kläglich gescheitert. Die Wahrheit ist, Clarissa, daß ich durch und durch Landmensch bin", fuhr er bekümmert fort. „Ich vermisse Ravensley und die Marsch ganz entsetzlich. Klingt das lächerlich?" Er schaute mich plötzlich voll an. „Rate mir, Clarissa, sag mir, was ich tun soll."

Ich war überrascht. „Wie könnte ich das?"

„Du kennst uns alle und stehst doch außerhalb, kannst unparteiisch urteilen." Er zögerte einen Augenblick, dann lächelte er. „Erinnerst du dich, wie du dich in meinem Boot versteckt hast, weil du mit mir und Jake zur Entenjagd gehen wolltest?"

„O ja . . . und wie böse du warst, als ich ins Wasser gefallen bin . . . du hast mich verhauen . . ."

„Da hattest du noch Sommersprossen auf der Nase."

„Ich habe sie immer noch, wenn ich nicht vorsichtig bin und zu lange in der Sonne sitze." Ich hielt die Hand vor das Gesicht und errötete ein wenig, als ich daran dachte, wie er meinen Unterrock hochgeschlagen und mir den blanken Hintern versohlt hatte, bevor er mich in seinen Mantel hüllte und nach Hause brachte.

„Nun also, wie du siehst, sind wir sehr alte Freunde. Mein Onkel hat mir vor einiger Zeit geschrieben, schon im Januar, als er in London war, und ich mich weigerte, ihn zu empfangen. Es hatte schwere Unruhen mit den Pächtern und den Leuten im Dorf gegeben. Er war zu lange fort gewesen und behandelt sie jetzt zu hart. Sie verübeln ihm das. Er will, daß ich zurückkomme und das Gut für ihn verwalte. Soll ich das tun, oder auf alle pfeifen?"

Er sah mich an, und doch fühlte ich, daß er eigentlich nicht so sehr meine Meinung hören wollte, sondern sich mit dem Problem innerlich herumschlug.

„Was ist mit Cherry?" fragte ich, „und mit Alyne? Wie denken sie darüber?"

Er wandte sich ab. „Cherry ist noch immer ein Kind, aber sie ist meine Schwester . . . es paßt mir nicht, sie dort allein zu wissen. Dann sind da noch die Starlings . . . so viele Leute vertrauten Vater . . . zum Teufel, ich wünschte, ich fühlte mich nicht für sie verantwortlich."

„Aber du tust es", sagte ich, „ist das nicht entscheidend? Du solltest zurückgehen, auch wenn es nur für kurze Zeit wäre. Du würdest es dir nie verzeihen, wenn du es nicht tätest."

„Das glaube ich auch." Er seufzte und lächelte mich dann an. Einen Augenblick lang war er wieder der Junge, den ich so sehr bewundert hatte. „Du bist ein Tonikum, Clarissa, erfrischend wie ein Sprung in eiskalte Fluten."

„Ein beunruhigendes Gefühl, so etwas zu sein", sagte ich und mußte wieder lachen.

„Da hast du es, ich sage immer das Falsche, schon Alyne hat mir das einmal vorgeworfen." Er verstummte und strich ungeduldig eine Locke zurück, die ihm in die Stirn fallen wollte. „Ich hätte dich nicht mit meinen Problemen belasten sollen. Komm, gehen wir lieber tanzen."

Er zog mich hoch und einen Augenblick lang standen wir Hand in Hand ganz dicht beieinander. Er lächelte zu mir herab. „Es tut gut, mit dir zusammen zu sein, Clarissa, es ist wie eine Erinnerung an alte Tage."

Dann öffnete sich die Türe und Bulwer kam herein. Er wirkte sehr imposant in der rot-goldenen Uniform seines Regimentes und sah stirnrunzelnd von mir zu Oliver.

„Ich habe Sie überall gesucht, Clarissa. Das ist die letzte Quadrille vor dem Souper, und die haben Sie mir versprochen."

60

Er war nicht mein Verlobter und hatte mir nichts vorzuschreiben, aber ich zögerte, so gern ich ihm den Rücken gekehrt und mit Oliver getanzt hätte. Ich kannte Bulwer gut. Er war nicht betrunken, hatte aber genug getrunken, um aggressiv zu werden, und ich hatte nicht den Wunsch, einen Streit heraufzubeschwören.

Ich sagte also: „Tut mir leid, ich habe es vergessen. Die Zeit vergeht so rasch, und Mr. Aylsham und ich sind alte Bekannte. Ich glaube Sie kennen einander schon."

„Ja, natürlich." Oliver nickte Bulwer zu und ließ meine Hand los. „Es war wirklich nett, Sie wieder einmal zu sehen, Miss Fenton. Bitte grüßen Sie Ihren Vater von mir." Er verbeugte sich und verließ den Raum.

Ich nahm Bulwers Arm, und als wir hinausgingen, sagte er gereizt: „Was zum Teufel haben Sie sich dabei gedacht, sich mit diesem Kerl zu verstecken?"

Sein befehlshaberischer Ton ärgerte mich. „Wir kennen einander seit unserer Kindheit, und ich sehe wirklich nicht, was Sie das angeht."

„Alles, was Sie betrifft, geht mich etwas an, Clarissa. Sie wissen, was ich für Sie empfinde."

„Ich habe Ihnen meine Antwort schon gegeben, Rittmeister Rutland. Muß ich es immer aufs neue wiederholen?"

Der Griff um meinen Arm wurde stärker. „Sie werden mich heiraten, glauben Sie mir, ich bekomme immer, was ich will."

„Diesmal nicht", erwiderte ich, dann waren wir im Ballsaal und stellten uns zum Tanz auf.

Ich wußte, er war böse auf mich, nicht, weil er sich wirklich etwas aus mir machte, sondern weil es seine Eitelkeit kränkte, daß ihn eine Frau zurückwies. Glücklicherweise kam Harry, um mit uns zu soupieren, so daß ich von Bulwers Annäherungsversuchen verschont blieb, aber Oliver konnte ich nirgends entdecken. Er war wohl schon gegangen.

Zwei Tage später wurde ein Korb voll feuchter, erdiger Schlüsselblumen abgegeben, die nach Frühlingswäldern dufteten. Auf der Karte stand nur: „Danke." Ich vergrub mein Gesicht darin und fragte mich, ob Oliver nach Ravensley zurückgegangen war. Ich ahnte nicht, daß ich unwissentlich den Anstoß zu etwas gegeben hatte, das weitreichende Folgen für uns beide haben sollte.

Ich war an diesem Abend allein zu Hause. Vater und Harry waren beide ausgegangen, so daß ich ohne sie zu Abend aß und früher als sonst zu Bett ging. Mein Schlafzimmer befand sich im ersten Stock unseres Hauses am Soho-Square. Seit einiger Zeit zog der Adel westwärts zum Piccadilly und zur St. James Street, aber Vater, der vorwiegend von seinem Geschick und den Gewinnen am Spieltisch lebte, hatte es sich nie leisten können, aus dem hohen, schmalen Haus, das er von meiner Mutter geerbt hatte, auszuziehen.

Ich schaute kurz aus dem Fenster, bevor ich die Vorhänge zuzog. Die hohe Lampe vor dem Haustor verbreitete einen schwachen Lichtschein. Es war sehr still. Schon lange waren die letzten Wagen über das Kopfsteinpflaster gerumpelt und hatten den Platz den nächtlichen Herumtreibern überlassen, die aus ihren Elendsunterkünften von St. Giles und Seven Dials angeschlichen kamen. Es war immer gefährlich, bei Nacht auf der Straße zu sein. Wegen ein paar Pence in der Tasche und eines billigen Baumwollschals war eine unserer weiblichen Dienstboten niedergeschlagen worden, als sie spät abends von ihrem Liebsten kam, und reichen jungen Herren, die zuviel getrunken hatten, wurde in dunklen Gassen aufgelauert, um sie ihrer Börsen, Ringe und Uhren zu berauben, bevor sie in ihrem benebelten Zustand auch nur merkten, was geschah.

Es war ein warmer Frühlingsabend, so daß ich das Fenster einen Spaltbreit öffnete, bevor ich zu Bett ging. Ich lag lange wach und dachte an Oliver und an die vergangenen Zeiten auf Copthorne. Ich liebte das alte geräumige Haus von Tante Jess mit seinen behaglich getäfelten Räumen, den abgenutzten Möbeln und den fadenscheinigen Teppichen auf dem blankpolierten Boden, die vielen Hunde und die Pferde in den Ställen von Ravensley, die uns Lord Aylsham jederzeit, so oft wir wollten, reiten ließ. Wir hatten dort gelebt, während Vater in Spanien gegen Napoleon kämpfte, und als er nach Waterloo, als einer der jungen Helden Wellingtons, zurückkam, ruhmvoll und stattlich wie jetzt Harry, schien keine Wolke den Himmel zu trüben, bis zu jenem schrecklichen Tag, an dem meine Mutter verunglückte.

Ich schlummerte schließlich ein und träumte von Copthorne, was ich schon seit Jahren nicht mehr getan hatte. Auch Oliver kam in meinem Traum vor, und er liebte mich und nicht Alyne, was lächerlich war, weil er mir nie mehr als gewöhnliche Freundschaft bezeugt hatte. Aber man kann im Schlaf seine Gedanken nicht so im Zaum halten wie im wachen Zustand. Bei Tag hätte ich mich geschämt, mich so gehen zu lassen, und alle derartigen Phantasien von mir gewiesen, aber in meinen Träumen waren seine Arme um mich geschlungen, sein Mund preßte sich auf meinen, so daß mich ein warmer Schauer durchlief und ich unsagbar glücklich war.

Ich hatte keine Ahnung, wie spät es war, als ich erwachte. Für einen kurzen Augenblick war ich noch wie im Traum, dann wurde er plötzlich häßliche Wirklichkeit. Ich fühlte mit Entsetzen, wie sich der Mund eines Mannes auf den meinen preßte, Branntweingeruch mich umhüllte, Arme mich umschlangen, ein harter männlicher Körper sich an den meinen drängte. Trotz meines Schreckens verteidigte ich mich instinktiv. Ich riß mein Knie so heftig hoch, daß mein überraschter Angreifer vor Schmerz aufschrie und zur Seite rollte. Ich schlug wild um mich, bis ich frei war. Als ich meinen Mund zu einem Schrei öffnete, wollte der Eindringling mir die Hand drauflegen, doch grub ich meine Zähne mit aller Kraft hinein. Er riß die Hand mit einem Fluch zurück, und ich schrie.

„Sei um Himmels willen still!" murmelte er, kroch aus dem Bett und stieß dabei krachend meinen Nachttisch um. Im schwachen Licht konnte ich nur eine große dunkle Gestalt erkennen. Er wandte sich leise fluchend zum Fenster, aber bevor er flüchten konnte, wurde die Tür aufgestoßen, und Vater stand auf der Schwelle, eine Kerze in der einen Hand, seine Pistole in der anderen.

„Was zum Teufel geht hier vor?" fragte er wütend. Mein Nachthemd war von oben bis unten zerrissen. Ich kauerte am Bettende unter der Decke, und er sagte streng: „Was hat diese schändliche Szene zu bedeuten, Clarissa?"

Die Ungerechtigkeit traf mich schmerzlich. Ich war vom Schock noch ganz durcheinander. Mit zitterndem Finger zeigte ich auf den Eindringling: „Ich bin aufgewacht, und dieser Lump war da . . . Er hat versucht, mich . . . versucht, mich . . ."

Dann stockte ich entgeistert, denn Vater hatte die Kerze gehoben, und zum ersten Mal sah ich das Gesicht des schändlichen Kerls. Es war Bulwer Rutland. Wilder Zorn erfaßte mich, daß er es wagte, so in mein Zimmer einzudringen. Daß er der Mann war, dessen Heiratsantrag ich immer wieder abgewiesen hatte, machte die Sache noch zehnmal schlimmer. Hinter meinem Vater konnte ich im Gang die Dienerschaft sich drängeln sehen, das hinterhältige Grinsen Betsys, der Haushälterin, das Stubenmädchen Patience, Vaters Diener Crabbe, sogar die Küchengehilfin Peg mit offenem Mund und weit aufgerissenen Augen. Ich fühlte, wie mir die Röte ins Gesicht stieg. Scham und Empörung überwältigten mich.

„Schick sie alle fort, Papa", sagte ich, „bitte . . . bitte . . ."

„Ja, natürlich, meine Liebe." Mit einer ärgerlichen Handbewegung beauftragte er Crabbe: „Schicken Sie die Dienerschaft ins Bett zurück und das schnell. Und was Sie betrifft", wandte er sich an Bulwer, „kommen Sie sogleich mit mir. Ich wünsche eine Erklärung für dieses schändliche Betragen, und erwarte eine Rechtfertigung."

Es war eine traurige Gestalt, die in Hemd, aufgeknöpften Hosen und in Strümpfen über den Teppich schlurfte, und wäre ich nicht so unglücklich gewesen, hätte mich seine unterdrückte Wut, in einem so lächerlichen Licht zu erscheinen, zum Lachen gereizt. Das hatte wohl nicht in seinen Absichten gelegen, was immer sie gewesen sein mochten.

Crabbe führte die Dienerschaft durch den Gang zurück, als Harry angestürmt kam, das Haar zerzaust und den Schlafrock über das Nachthemd geworfen.

„Was um Himmels willen ist da los? Ich habe Clary verzweifelt schreien hören, als würde das Haus brennen!" Dann fiel sein Blick auf Rittmeister Rutland, und das Blut stieg ihm ins Gesicht. „Was zum Teufel tun Sie hier im Schlafzimmer meiner Schwester, Sie verdammter Flegel? Ich fordere Sie zum Duell auf!"

„Tun Sie's in Drei-Teufels-Namen", knurrte Bulwer, mehr und mehr aus der Fassung gebracht.

„Du wirst nichts dergleichen tun, Harry", fuhr ihn mein Vater an. „Geh zurück ins Bett und halt den Mund. Soll der ganze Platz hören, daß man deine Schwester in ihrem Schlafzimmer mit einem Mann gefunden hat? Das ist meine Sache, und ich werde sie regeln. Clarissa hat einen argen Schock erlitten. Sie braucht Ruhe und Schlaf. Betsy, bringen Sie Ihrer Herrin ein heißes Getränk. Es wird ihre Nerven beruhigen. Ihr anderen, verschwindet in eure Betten und vergeßt, was ihr eben gesehen habt. Versteht ihr?"

Die Dienerschaft ging widerstrebend, sich oft umschauend, flüsternd und kichernd. Ein Leckerbissen für einen Tratsch in der Küche, dachte ich bitter. Vater kam zu mir, stellte den Nachttisch wieder auf und zündete meine Kerze mit der seinen wieder an.

„Es ist alles vorbei, Liebes, ich hoffe, es ist nichts Böses geschehen. Du brauchst dir keine Sorgen mehr zu machen." Ich hatte dringend Trost und Beruhigung nötig und griff nach seiner Hand. Er tätschelte mich linkisch auf die Schulter. „Nun, nun, mein Kind, kränk dich nicht. Ich bringe das schon in Ordnung, du wirst sehen. Jetzt versuche einzuschlafen." Er schaute zu dem jungen Mann hinüber, der immer noch verlegen zwischen ihm und Harry stand. „Sie kommen mit mir, Rittmeister Rutland." Dann schob er ihn aus dem Zimmer, bevor er die Tür hinter sich schloß.

Harry zögerte und setzte sich auf den Bettrand. „Ist wirklich alles in Ordnung mit dir, Clary? Er hat nicht . . ."

„Nein, nein . . . Mir ist nichts geschehen." Dann überkam mich Ekel. Ich vergrub mein Gesicht in den Händen. „O Harry, es war schrecklich, schrecklich."

„So ein nichtswürdiger Schweinehund! Ich kann mir nicht vorstellen, was über Bull gekommen ist. Hätte nie geträumt, daß er wirklich so etwas tut."

Ich starrte meinen Bruder an, ein schrecklicher Verdacht stieg plötzlich in mir auf. Ich setzte mich auf und zog die Decke bis zum Kinn.

„Harry, meinst du damit, daß du etwas wußtest . . . daß er davon gesprochen hat . . ."

Mein Bruder rutschte unbehaglich hin und her. „Da war etwas . . . es war ja nur ein Scherz, Clary, ein dummes Geschwätz . . . du weißt, wie Männer sind . . . wir hatten alle ein Glas zuviel . . ."

„Wie konntest du! Deine eigene Schwester! Ich hätte vergewaltigt werden können, und du hast nichts getan, um es zu verhindern. Das ist abscheulich, gemein . . ."

„Ich habe es nie geglaubt, ehrlich. Andernfalls hätte ich ihm den Schädel eingeschlagen . . . Es war Oliver, der damit begonnen hat . . ."

„Oliver?" rief ich.

„Es war nach dem Ball im Devonshire-House. Er war so verdammt langweilig, so gingen wir dann zu Mott's . . ." Er stockte ein wenig beschämt.

„Schon gut. Ich weiß davon", sagte ich trocken. Mott's war ein höchst vornehmes Lokal, nicht viel mehr als ein erstklassiges und teures Bordell, wie ich argwöhnte, etwas, wovon ich wohl nie etwas gehört hätte, hätten mein Vater und Harry das Wort nicht erwähnt.

„Der Bulle war ein wenig bedudelt, du weißt, was ich meine, und er hat zu schwatzen begonnen, daß im Grunde alle Frauen gleich sind, sie lehnen den ehrlichen Antrag eines Mannes nur ab, weil sie gezwungen werden wollen . . ."

„Womit er wohl mich gemeint hat?" sagte ich spöttisch. „Er kann es nicht vertragen, daß er nicht für alle Frauen, die er trifft, unwiderstehlich ist."

„Dein Name ist dabei nicht gefallen", murmelte Harry so verlegen, daß ich mir denken konnte, wieviel mehr gesagt worden war, das sich nicht wiederholen ließ.

„Erzähl weiter, was geschah dann?"

„Oliver hat das bezweifelt. Der Bulle hat ihm einen hämischen Blick zugeworfen und gesagt, er wettet mit ihm und jedem anderen fünfzig Pfund gegen einen Penny, daß er recht hat, daß Frauen nur eines wollen, und er werde den verdammten Beweis erbringen. Oliver sagte, er schließe nie Wetten ab, die die Ehre einer Frau betreffen, und ging. Ehrenwort, ich habe gedacht, damit ist die Sache aus, und der Bulle wird am nächsten Tag alles vergessen haben. Du weißt, Clary, um ehrlich zu sein, er war schrecklich bedrückt, als du ihn abgewiesen hast."

„Er will nicht mich", sagte ich verächtlich. „Ihm geht es um Vaters Einfluß. Wir mögen arm wie Kirchenmäuse sein, aber wir werden bei Hof eingeladen, und der Herzog von Devonshire nennt ihn Vetter, auch wenn uns das nicht das Geringste einbringt."

„Das kann man dem Bullen nicht übelnehmen, und er schwimmt im Geld, Mädchen", sagte Harry leichthin, „auch wenn Papa Rutland nur ein kleiner Lebensmittelhändler war. Und wir sind verdammt knapp damit."

„Geld, Geld, immer wieder geht es um Geld", widersprach ich ihm leidenschaftlich. „Ich lasse mich nicht verkaufen, nicht deinetwegen und nicht Papas wegen . . ."

„Nein, natürlich nicht", Harry tätschelte mir beruhigend die Hand. „Niemand verlangt von dir, daß du so etwas tust. Aber immerhin ist Rutland kein übler Bursche, Clary, du solltest nicht so voreilig sein. Du bist so gescheit, du könntest ihn um den kleinen Finger wickeln, wenn du wolltest."

„Oh, geh endlich schlafen Harry", sagte ich müde, denn ich konnte ihm doch nicht begreiflich machen, wie mich schon bei dem Gedanken an Bulwers Berührung grauste. „Mach dir keine Sorgen um mich."

„Du bist jetzt gereizt. Morgen früh wirst du anders darüber denken", grinste Harry. „Ich wette, Vater wird ihn ganz schön zusammenstauchen. Ich möchte nicht für allen Tee von China in seiner Haut stecken." Er beugte sich über mich, küßte mich auf die Wange und stand auf. „Gute Nacht, Schwesterchen."

„Gute Nacht, Harry."

An der Türe begegnete er Betsy, die mit einem Glas Milch auf einem Tablett hereinkam, und schenkte ihr ein bezauberndes Lächeln. „Sie kümmern sich jetzt um Miss Clarissa", sagte er.

„Ja gewiß, Master Harry, machen Sie sich keine Sorgen", sagte die junge Frau mit einem unverschämten Blick. Sie stellte mir die Milch auf den Nachttisch. „Das wird Ihnen helfen einzuschlafen, Miss", fuhr sie schmeichlerisch fort. Sie ging zum Fenster und schloß und verriegelte es, bevor sie die Vorhänge wieder zuzog. „Komisch, daß Rittmeister Rutland da heraufklettert und das Fenster offen findet. Sie sollten vorsichtiger sein, Miss. Er hätte fallen und sich das Genick brechen können. Er muß verrückt vor Liebe zu Ihnen sein, um so etwas zu tun."

„Ich will nicht darüber sprechen", sagte ich kühl. Ich konnte die lüsterne Neugier aus Betsys Stimme heraushören. Es würde sich wie ein

Buschfeuer durch alle Küchen und Salons rings um den Platz und darüber hinaus verbreiten . . . die kühle und zurückhaltende Clarissa Fenton war geradeso wie alle anderen, läßt einen Mann in ihr Schlafzimmer ein und spielt dann die Empörte, als man sie ertappt. Ich war wütend, daß Bulwer Rutland mich einem so abscheulichen Skandal ausgesetzt hatte.

Betsy machte sich am Bett zu schaffen, stopfte die Laken fester und zog die Bettdecke glatt. Sie war eine dickliche junge Frau, erst seit einem Jahr bei uns, und ich mochte sie nicht und mißtraute ihr.

„Danke für die Milch", sagte ich. „Sie können jetzt wieder zu Bett gehen."

„Sollte ich nicht lieber bei Ihnen bleiben, Miss?"

„Nein, danke. Ich brauche jetzt nichts mehr."

„Na schön, wenn Sie sicher sind?" Enttäuscht, daß ihre Neugier unbefriedigt geblieben war, machte sich Betsy fort.

Ich sah ihr nach, dann stieg ich aus dem Bett und ging zum Waschtisch. Ich goß eiskaltes Wasser in die Schüssel, zog mein zerrissenes Nachthemd aus und zitternd wusch ich mir Gesicht, Hals und Brust ab, wie um jeden Rest der hitzigen männlichen Berührung zu entfernen. Dann ließ ich das Handtuch sinken und musterte mich im hohen Spiegel. Die Kerze warf flackerndes Licht auf lange Beine, gerundete Hüften und eine schlanke Taille. Eine bezaubernde Schönheit, hatte Oliver gesagt, und ich wünschte, es wäre wahr, und dann brachte mich die Erinnerung an meinen Traum und seine starken, liebkosenden Hände zum Erröten. Ich fragte mich, was an mir war, das anscheinend immer die falschen Männer anzog. Ich verabscheute Bulwer nicht deshalb, weil er der Sohn eines Händlers war. Der alte Joshua Rutland hatte mir eher gefallen, als ich ihn kennenlernte. Er hatte etwas Ehrliches und Schlichtes an sich. Einmal hatte er mir stolz erzählt, daß er, bevor er das große Haus in der Arlington Street gekauft und seinen einzigen Sohn nach Harrow geschickt hatte, über seinem Laden in Cheapside gewohnt habe, um fünf Uhr morgens aufgestanden sei, sich unter der Pumpe an der Ecke zur Bread Street gewaschen und dann bis Mitternacht in seinem Kontor gearbeitet habe. Es war die ordinäre Ruppigkeit, das gierige Haschen nach Reichtum und Privilegien, das mich abstieß, was mein Vater in den seltenen Augenblicken der Rebellion gegen die Gesellschaft, in der er sich bewegte, den Tanz um das goldene Kalb nannte. Auch Harry war schon davon angesteckt. Viele der jungen Männer waren so . . . rücksichtslos, herzlos und großspurig. Harry erzählte mir einst schadenfroh, wie Bulwer, als er nach einem mitternächtlichen Gelage in seinem Wagen heimfuhr, alle Fensterscheiben an der Straße mit seiner Peitsche eingeschlagen und die einfachen Leute erschreckt habe, und als einer von ihnen protestierte, habe er ihn in die Pferdeschwemme geworfen. Manchmal sehnte ich mich danach, all dem zu entrinnen, aber wie hätte ich es können, da ich doch kein Geld hatte und mich um Vater kümmern mußte. Ich schauderte, nahm ein frisches Nachthemd aus der geschweiften Kommode und zog es mir über den Kopf.

Im Bett schlürfte ich die heiße Milch, doch war ich zu aufgeregt, um zu schlafen. Wenn nur Mutter noch leben würde, dachte ich, wäre alles anders. Seit ihrem Tod waren schon mehr als fünf Jahre vergangen. Wenn ich die Augen schloß, konnte ich alles wieder sehen, die Hundemeute von Ravensley, die über die flachen Felder der Marsch hetzte, die Reiter in ihren roten Röcken, den leichten Nebel und die hindurchbrechende Sonne, die die Bäume in ein goldenes Licht tauchte, die Deiche und die galoppierenden Pferde . . . und dann die plötzliche und unfaßbare Tragödie.

Ich fühlte mich immer noch schuldig. Wenn wir nur die Pferde nicht gewechselt hätten . . . Wenn ich Blackie geritten hätte, ich hätte nie gewagt, über das Wasser zu springen, ich wäre zum Tor herumgeschwenkt . . . Wenn nur Vater ihr nicht zugerufen hätte, sie solle springen . . . So viele Wenns . . . Ich glaube, ich werde Mutters Anblick in ihrem eleganten, schlammbespritzten Reitkostüm nie vergessen, wie sie halb in und halb außerhalb des Wassers lag, Vaters entsetztes Gesicht und Olivers Arme um mich, wie er mich verzweifelt zu trösten versuchte.

Als alles vorbei war, als Mutter im Friedhof von Ravensley begraben lag, waren wir nie wieder nach Copthorne gegangen. Tante Jess lebte dort, sorgte für das Haus und das Gut und pflegte ihren geliebten Garten. Jessamine Cavendish war Mutters ältere Schwester. Sie war groß, kantig und unschön und hatte eine scharfe Zunge. Als Vater, der hübsche, sorglose Soldat, ihre heißgeliebte Schwester heiratete, mißbilligte sie das heftig. Trotzdem kam sie mit uns nach London, entschlossen dazubleiben, bis ich neunzehn war. Miss Cavendish, Base zweiten Grades des Herzogs von Devonshire, war mit ihrer Hakennase und ihrer entgegen der geltenden Mode sonnengebräunten Haut, ihren unmodernen Brokatkleidern und ihrem vornehmen Gehaben eine hochgeachtete Person. Man mochte hinter ihrem Rücken über sie lachen, aber nie in ihrer Gegenwart, wo doch der große Herzog von Wellington zum Tee zu ihr kam, schallend über ihre sarkastischen Bemerkungen lachte und mit mir auf dem Debütantenball tanzte. Sie tat, was sie ihre Schuldigkeit nannte, und führte mich in die Gesellschaft ein, dann hatte sie einen wilden Streit mit Vater wegen Harrys Zukunft.

„Um Himmels willen, laß den Jungen etwas Vernünftiges werden, einen Anwalt oder Geistlichen. Wozu brauchen wir jetzt Soldaten, wenn das korsische Ungeheuer sicher in seinem Grab auf St. Helena liegt", schnaubte sie, als sie erfuhr, daß Harry in Vaters altem Regiment als Kadett aufgenommen werden sollte, sobald er das entsprechende Alter erreichte.

„Es hat keinen Zweck, meine Liebe", sagte sie am gleichen Abend zu mir. „Ich komme mit Tom Fenton nicht zurecht, und so ist es nun einmal. Wir stimmen einfach in keiner Weise überein, so trennen wir uns lieber. Ich wollte, deine Mutter hätte ihn nie geheiratet, aber das hat sie nun einmal."

„Er trauert ihr immer noch nach", verteidigte ich ihn.

„Mag sein, aber das hindert ihn nicht am Trinken und Spielen . . . und an Schlimmerem", sagte sie düster, dann klopfte sie mir auf die Schulter. „Schau, Clary, ich weiß, wie dir zumute ist, und er ist ja schließlich dein Vater."

„Ich werde ohne dich sehr einsam sein, Tante Jess."

„Unsinn, du bist ein vernünftiges Mädchen, du findest dich schon zurecht. Ich habe für dich getan, was ich konnte, nun liegt es an dir. Such dir einen guten Ehemann. Ich werde immer in Copthorne sein, wenn du mich brauchst."

Ich mochte Tante Jess sehr und wußte, wieviel Freundlichkeit sie unter ihrer schroffen Art verbarg, aber ich war nie wieder in Copthorne. Ich hatte meinen Stolz, und immer kam auch etwas dazwischen. Aber oft und oft, während Vater seinen turbulenten Vergnügungen nachging, fragte ich mich, was aus den Kindern geworden war, mit denen ich in diesen so lang zurückliegenden Sommern gespielt hatte.

Ich seufzte. Ein vernünftiges Mädchen hatte Tante Jess mich genannt, und ich glaube nicht, daß ich sehr zum Selbstmitleid neigte, aber als sie fort war, hatte ich es mit Vaters zunehmender Labilität und Harrys Unbesonnenheit, nicht leicht. Manchmal fragte ich mich, ob es nicht besser gewesen wäre, wenn Vater wieder geheiratet hätte, aber bei aller seiner Unbeständigkeit hatte er seine Susan geliebt und weigerte sich, eine andere Frau an ihre Stelle zu setzen, obwohl ich wußte, daß es andere Frauen gab, und in diesem letzten Jahr war ich sicher, daß Betsy manchmal sein Bett mit ihm teilte. Ich verschloß die Augen davor. Bedauerlich fand ich nur das verschwenderische Leben, bei dem er sein eigenes Vermögen und Mutters Erbe vergeudet hatte. Manchmal wäre es mir schwer gefallen, die monatliche Rechnung des Lebensmittelhändlers zu bezahlen, wäre da nicht mein eigenes, winziges, mir von Großvater vermachtes Einkommen gewesen, das Vater nicht angreifen konnte.

Unwillkürlich kehrten meine Gedanken zu Bulwer und seinem abscheulichen Überfall zurück. Selbst jetzt konnte ich kaum glauben, daß es geschehen war. Vor neun Monaten hatte Harry ihn mir auf dem Regimentsball vorgestellt. Er hatte mir mit Aufmerksamkeit zugesetzt, obwohl ich mich so kühl gezeigt hatte, wie ich es wagen konnte, und Vater hatte ihn zu einem Besuch eingeladen. Er hatte mit uns gespeist, uns ins Drury Lane begleitet, während der ganzen Aufführung ungeniert gegähnt, mich zu einer Ausfahrt mit ihm eingeladen, mir Blumen geschickt und jede Gelegenheit genutzt, sich beliebt zu machen. Ich hatte seinen Heiratsantrag entrüstet abgewiesen, und Vater war böse auf mich.

„Um Himmels willen, Clarissa", hatte er gesagt, „du bist zweiundzwanzig. Willst du als vertrocknete alte Jungfrau enden wie die arme Jess?"

„Ich würde viel lieber wie Tante Jess sein, als einen Mann zu heiraten, den ich nicht mag."

„Auf was wartest du, auf einen Ritter in glänzender Rüstung?" fragte er ironisch. „Die gibt es nur in den billigen Romanen aus der Leihbücherei. Männer sind Männer, meine Liebe, mit Fehlern wie mit Vorzügen. Du bist alt genug, um das zu wissen, weiß Gott."

Und gerade von dir weiß ich das, hätte ich antworten können, aber statt dessen sagte ich ruhig: „Tut mir leid, wenn du ungehalten bist, Papa, aber mein Entschluß ist unumstößlich."

Der Ausdruck seines Gesichtes war sogleich milder geworden. „Du bist ein gutes Mädchen, Clarissa. Alle diese Jahre seit Susans Tod . . ." Er wandte sich unvermittelt ab, seine Stimme wurde härter. „Zum Glück für dich akzeptiert Rutland dein Nein nicht als Antwort. Überlege es dir, meine Liebe. Es könnte für dich wichtig sein, für uns alle."

Das war erst vor ein paar Wochen gewesen, und ich hatte mich Bulwer gegenüber vorsätzlich kühl gezeigt, mich geweigert, ihn zu empfangen, wenn er zu Besuch kam, und seine Geschenke an Blumen und Süßigkeiten zurückgeschickt. War das die Folge, die brutale Attacke, die mich in den Augen der Gesellschaft kompromittierte? Wenn er dachte, er könne mich zwingen, ihn zu heiraten, dann war er sehr im Irrtum. Ich würde um meine Freiheit kämpfen, koste es was es wolle. Schließlich wurde ich doch schläfrig. Ich blies die Kerze aus und versuchte zu schlafen, doch kam der Traum wieder, und ich wachte zitternd und gegen unsichtbare Schreckgespenster kämpfend auf. Ich war froh, als es Morgen wurde.

2

Ich war bereits aufgestanden und beim Anziehen, als Patience an meine Türe klopfte und fragte, ob sie mir Tee oder Schokolade bringen solle.

„Keins von beiden, ich komme hinunter", sagte ich. „Ist mein Vater schon auf, Patience?"

„Ja, Miss, beim Frühstück mit Master Harry. Er hat gesagt, er möchte mit Ihnen sprechen, sobald Sie angezogen sind." Sie zögerte, in ihren Augen blitzte die Neugier. „Eine furchtbare Nacht muß das für Sie gewesen sein. Wenn man denkt, da wachen Sie auf und finden einen Fremden in Ihrem Bett . . . Beinahe einen Fremden . . . einen so stattlichen Gentleman!" Sie schauderte genüßlich. „Fühlen Sie sich bestimmt ganz wohl heute morgen, Miss?"

„Vollkommen. Sagen Sie dem Colonel, ich komme gleich hinunter."

„Mach ich, Miss."

Der Spiegel zeigte mir ein blasses Gesicht mit leichten Schatten unter den Augen. Ich gefiel mir selbst nicht, als ich meinen gestreiften Morgenrock am Hals zuhakte und mein dichtes braunes Haar bürstete. Dann ging ich hinunter in das Frühstückszimmer. Harry holte sich gerade von der Anrichte einen zweiten Teller kalten Bratens. Bei meinem Eintritt schaute er auf.

„Schon da, Schwesterchen. Soll ich dir etwas bringen?"

„Nein danke, ich bin nicht hungrig. Wo ist Papa? Ich dachte, er frühstückt mit dir."

„Betsy hat ihm den Kaffee ins Arbeitszimmer gebracht." Er wandte sich zu mir um, den Teller in der Hand und grinste. „Da war letzte Nacht hübsch was los. Irgend so ein verdammter Strolch hat sich mit Bulwers Stiefeln und seiner Uniformjacke, die vor dem Haus lagen, aus dem Staub gemacht. Er konnte schwerlich in Strümpfen zur Arlington Street zurückgehen, noch dazu, wo es zu regnen angefangen hatte, so hat ihm Vater ein Paar von mir geliehen, die um eine Nummer zu klein sind. Bei Gott, du hättest Rutlands Gesicht sehen sollen, als er in Vaters zweitbestem Rock die Stufen hinunterhinkte."

„Es hätte mir nicht viel ausgemacht, selbst wenn er barfuß hätte heimgehen müssen", sagte ich, „und das kannst du ihm das nächste Mal sagen, Harry, wenn du ihn triffst."

„Na hör mal, das ist ein bißchen hart für den alten Jungen", erwiderte Harry mit vollem Mund. „Es war ein verdammtes Pech, seine Stiefel zu verlieren, die von Hoby in der St. James Street stammen, was ich mir nie leisten könnte."

„Nicht annähernd so hart, wie er es verdient", antwortete ich kurz, ging hinaus und durch die Halle zu Vaters Arbeitszimmer.

Colonel Tom Fenton stand am Fenster mit einer Kaffeetasse in der Hand. Sein langer Samtschlafrock hing offen über Hemd und schicker rehfarbener Hose. Er war noch keine Fünfzig, aber die große elegante Gestalt hatte Fett angesetzt, graue Fäden zogen sich durch sein braunes Haar und tiefe Falten liefen von der Nase zum Mund. Vielleicht zum ersten Mal sah ich ihn nicht mit den unkritischen Augen eines Kindes, sondern unbefangen und unparteiisch, und mir fiel auf, wie die Jahre ihn verändert hatten. Ein schwacher Mann, der sich von Kummer und Enttäuschung zu einem Leben hatte verleiten lassen, das ihn allmählich verkommen ließ. Der schreckliche Verdacht, den ich die ganze Nacht zu verdrängen versucht hatte, erwachte plötzlich, aber ich sagte nur: „Patience hat mir gesagt, du wolltest mich sprechen, Papa."

Er wandte sich um. „Clary, meine Liebe, ich habe dich nicht schon so früh erwartet. Wie fühlst du dich heute morgen?"

„Ganz gut."

„Schön, schön. Komm und setz dich. Willst du Kaffee? Ich lasse eine neue Kanne bringen."

„Nein danke, Papa."

Er goß sich eine zweite Tasse ein und musterte mich über ihren Rand hinweg. „Wir müssen über diese höchst unglückliche Geschichte der letzten Nacht sprechen, wenn es dich nicht zu sehr erregt."

„Es erregt mich nicht im geringsten, Papa, es macht mich nur sehr wütend."

Er warf mir einen Blick zu und setzte sich hinter seinen mit Papieren bedeckten Schreibtisch. „Ich weiß, meine Liebe, aber wir müssen es vernünftig betrachten. Ich habe gestern nacht ernst, sehr ernst mit Rittmeister Rutland gesprochen, und er ist ganz zerknirscht. Er hat mich inständigst gebeten, dir das zu sagen." Er wartete, aber da ich nicht antwortete, fuhr er fort. „Du mußt dir klar sein, meine Liebe, daß du dir das in gewisser Weise selbst zuzuschreiben hast, durch deine Weigerung, ihn anzuhören, durch deine Ablehnung und die Rücksendung seiner Geschenke. Du hast ihn zur Verzweiflung getrieben."

„Hat er dir das erzählt, Papa?"

„Er weiß, er hat sich schlecht benommen, aber er hatte den verrückten Gedanken, bei dir einzudringen und dich anzuflehen. Es gibt keine Entschuldigung dafür, und ich war natürlich sehr erzürnt auf ihn, aber ich bin selbst verliebt gewesen . . ."

„Er hat mich nicht angefleht, Papa, keineswegs, er hat . . ."

„Oh, da irrst du dich, meine Liebe", unterbrach er mich hastig. „Das ist vollkommen natürlich. Du bist erschreckt aufgewacht und hast seine Absichten mißverstanden. Du hast ihm keine Chance zu Erklärungen gegeben. Du hast zu früh geschrien."

Ich kochte vor Zorn und Entrüstung. „Was hätte ich tun sollen? Mich von ihm vergewaltigen lassen und erst hinterher schreien?"

„Clarissa, das ist sehr häßlich gesagt. Es tut ihm wirklich leid. Er ist bereit, seinen Fehler gutzumachen. Er wird dich heiraten, wann immer du willst, und sein Angebot ist großzügig, wirklich sehr großzügig."

„Wie reizend!" sagte ich spöttisch. „Vermutlich sollte ich in die Knie sinken und ihm dankbar dafür sein, daß er meinen Namen unter seinen widerlichen Freunden herumträgt, meinen guten Ruf zerstört und mich zum Gespött der ganzen Londoner Gesellschaft macht."

„Unsinn, meine Liebe, du übertreibst. Ich leugne nicht, daß es Gerede geben wird. Du weißt ebenso gut wie ich, wie die Dienerschaft ist, aber das hat alles nichts zu sagen, wenn deine Verlobung bekanntgegeben wird, und er kann dir alles geben, was du nur irgendwie wünschst, ein schönes Haus, Kleider, Wagen, Pferde, alles, was deine Mutter für dich haben wollte und ich nicht geben konnte . . ."

„Um wieviel hast du mich verkauft, Papa?"

„Clarissa! Ist das eine Art, mit mir zu sprechen, wenn ich nur dein Glück will? Glaubst du, ich würde zulassen, daß die Ehre meiner Tochter auch nur im geringsten angetastet wird?"

Aber trotz seiner Entrüstung, seiner großen Worte sah ich, wie er meinem Blick auswich, und wußte, daß meine Anklage nicht weit von der Wahrheit war. Er hatte erraten, was Bulwer zu tun beabsichtigte, und nichts dagegen unternommen, weil er darin eine Möglichkeit sah, mich zu einer Heirat zu zwingen, die ich verabscheute. Dieser Gedanke widerte mich an.

„Ich werde es nicht tun, Papa, niemals. Ich werde ihn nicht heiraten."

„Aber du mußt, Clarissa, du mußt wirklich. Es gibt keinen anderen Ausweg. Glaubst du, daß dich nach dieser Geschichte noch irgendein anständiger Mann wird haben wollen?" In seiner Stimme lag eine gewisse Verzweiflung, die mich verwirrte.

„Ich weiß, es wird einen Skandal geben, aber das ist mir gleich. Ich werde es überleben.“

Er stand auf und ging zum Fenster. Mit erstickter Stimme sagte er:
„Es ist schlimmer als das.“

„Schlimmer? Wieso?“

Er kam wieder zu mir zurück. „Du weißt, wie es in diesen letzten
Jahren gewesen ist. Nie genug Geld, um zu leben, wie wir sollten, und
dann muß man auch an Harry denken. Er ist schließlich dein Bruder.
Als Rutland das erste Mal bei mir um deine Hand anhielt, schien er von
Gott gesandt, und sein Vater war so erfreut . . .“

„Also hast du mit Joshua Rutland diese Heirat geplant.“

„Nein, nein, so war es keineswegs. Ich habe ihm gesagt, daß es von
deiner Einwilligung abhängt . . . Aber es ist eine große Chance für
dich . .“

„Wie groß war die Bestechungssumme, Papa?“

„Keine Bestechung, Clarissa, wie kannst du so etwas sagen? Nur ein
Darlehen, um eine Schuld zu bezahlen . . .“

„Das du nicht zurückzuzahlen hättest, wenn ich seinen Sohn heirate, war es nicht so? O Papa, wie konntest du dich auf so etwas einlassen?“

„Ich mußte, Clarissa, ich schwöre dir, ich hatte keine andere Wahl.
Es war eine Ehrenschuld . . . Sie nicht zu bezahlen hätte Schande bedeutet, Gefängnis, das Ende unseres Lebens hier und für Harry im Regiment. Ich hätte nie gedacht, daß du es nicht so sehen würdest wie ich.
Er hat dir so viel zu bieten . . .“

Ich haßte den flehentlichen Ausdruck in Vaters Gesicht. Wie tief war
er gesunken, daß er Geschäfte mit der Zukunft seiner Tochter hatte
machen können, aber hier ging es um mein ganzes weiteres Leben, und
ich konnte es nicht opfern, nicht einmal, um ihn zu retten, ich konnte
nicht . . . Ich rang die Hände in verzweifelter Unentschlossenheit und
wußte, daß er mich beobachtete. Ich hatte seine Forderungen immer
befolgt, und er konnte freundlich und liebevoll sein, wenn alles nach
seinem Wunsch ging.

Er redete weiter auf mich ein: „Überleg es dir, Clary. Du wirst sicher
einsehen, daß ich recht habe. Wir sind heute abend in Bedford House
eingeladen, und Bulwer auch. Es wird so leicht für dich sein. Ein Lächeln, und er wird dir zu Füßen liegen.“

Ich schaute ihn an. Wie konnte er so gefühllos, so kalt sein? Ich sah
bereits die hämischen Blicke, hörte das Geflüster. Ich wußte genau,
was alle sagen würden. Ich hatte es bei anderen Mädchen erlebt, die
Spötteleien gehört, das Gelächter, die grausamen Scherze, und ich
konnte es nicht ertragen.

„Ich werde nicht hingehen."

„Das wirst du, Clarissa. In diesem Punkt verlange ich Gehorsam."

„Du kannst mich nicht zwingen."

„Ich kann und werde es. Du wirst heute nacht wie geplant mit mir gehen. Du wirst Rittmeister Rutland sagen, daß du seinen Antrag annimmst, und ich werde morgen früh eure Verlobung in der Times ankündigen."

„Und wenn ich mich weigere?"

„Dann zwingst du mich, dich zu verstoßen. Ich werde wissen lassen, daß ich dich wegen deines Verhaltens nicht länger in meinem Haushalt dulden kann."

Ich glaubte nicht einen Augenblick, daß er es tun würde, aber er mußte wirklich verzweifelt sein, um eine solche Drohung auszustoßen. Ich antwortete nicht, weil sich mein Entschluß bereits gefestigt hatte. Ich wußte, was ich tun würde.

Ich stand auf und ging zur Türe. Er schaute mir nach und sagte mit milderer Stimme: „Sei mir nicht böse, Clarissa. Schließlich habe ich dabei hauptsächlich an dich gedacht."

Ich blieb stehen und wandte mich um. „Hast du jemals an mich gedacht, Papa? Hast du jemals an jemanden anderen gedacht als an dich selbst? Hast du an Mama gedacht, als du sie zu dem Sprung über diesen Bach herausgefordert hast?"

Ich sah den Schmerz in seinem Gesicht und ging rasch, bevor mein Entschluß ins Wanken geriet. Ich würde sofort gehen, zu Tante Jess nach Copthorne. Später konnte ich Pläne machen, aber jetzt mußte ich fort, wenn auch nur für kurze Zeit, und wenn er mir nachkam, was leicht möglich war, dann würde ihm Miss Cavendish mehr als gewachsen sein.

Ich ging zurück in mein Zimmer. Das Bett war bereits gemacht, und ich begann die Kleider herauszunehmen, die ich brauchen würde. Sobald Vater das Haus verließ, mußte ich zum Aufbruch bereit sein. Glücklicherweise war der kleine Reisekorb, den ich auf unserem letzten Ausflug nach Brighton benützt hatte, noch nicht auf den Dachboden gebracht worden, sondern stand in einem Schrank am Ende des Ganges. Niemand war zu sehen, so holte ich ihn selbst und schleppte ihn so leise, wie ich konnte, in mein Zimmer. Mit zitternden Händen und mit Herzklopfen begann ich zu packen. Als die Haustüre zuschlug, stürzte ich zum Fenster. Vater stand auf der Treppe, elegant wie immer, mit seinen gelben Handschuhen, den Hut verwegen schief aufgesetzt, den Stock unter dem Arm, und ich fühlte mich schuldig, denn ich liebte ihn trotz allem heiß und wollte ihn nicht zugrunde gerichtet sehen. Dann verhärtete die Erinnerung an die Kälte, mit der er meine Zukunft geplant hatte, mein Herz. Er hatte sich aus Schwierigkeiten noch immer herausgewunden, er würde es auch diesmal schaffen.

Ich war noch nie allein mit der Postkutsche gereist, aber Harry hatte mir einst, wie ich mich erinnerte, gesagt, daß die Kutsche nach Cambridge vom Bull Inn in Aldgate abfuhr. Es war gerade erst zehn Uhr. Wenn ich sogleich losfuhr, konnte ich sie vielleicht erreichen. Ich läutete nach Patience und sagte ihr, sie solle den Schuhputzer Tim rufen, damit er mein Gepäck hinuntertrug, und dann eine Mietdroschke holen.

Sie schaute mich überrascht an. „Aber der Herr hat gesagt, Sie gehen heute abend aus, Miss, und ich habe Ihr Abendkleid gebügelt."

„Schon gut. Mein Vater hält es für das Beste, wenn ich für eine Weile aufs Land gehe. Reden Sie nicht lange, Patience, tun Sie, was ich sage."

Tim schulterte meinen Korb und trug ihn hinunter, während ich mich für die Reise umzog, Mantel, Hut und Handschuhe und das ganze Geld nahm, das ich besaß, und das war recht wenig. Ich würde in Cambridge eine Postkutsche mieten müssen, die mich nach Copthorne brachte, und das war sicher nicht billig. Ich öffnete die Schatulle mit dem Haushaltsgeld. Die Fleischrechnung würde noch einen Monat unbezahlt bleiben.

Als die Droschke kam, wartete ich bereits. Sie roch übel nach Schmutz und Pferdedung, aber das war mir gleich. Crabbe sah mir mißbilligend von den Stufen nach, und Peg starrte mich mit dem Besen in der Hand an. Ohne Zweifel waren auch andere Augen hinter den Vorhängen auf mich gerichtet, als wir um den Platz fuhren. Ich konnte mir vorstellen, was geflüstert wurde . . . „Haben Sie gehört? Ein Mann in ihrem Zimmer! So eine Schande . . .!" Mochten sie schwatzen, soviel sie wollten. Das war immer noch besser, als mein ganzes Leben mit Bulwer Rutland verheiratet zu sein.

Die Reise verlief ohne weitere Ereignisse außer den Unannehmlichkeiten eines öffentlichen Verkehrsmittels, auf die ich gefaßt sein mußte. Ich mußte bis Mittag warten, aber durch einen glücklichen Zufall erhielt ich einen Sitz im Innern, da ein Passagier, der ihn bestellt hatte, im letzten Augenblick nicht erschien. Aber ich war neben einem ungeheuer dicken Mann eingekeilt, der nach allen Seiten überquoll und schließlich an meiner Schulter einschlief. Mir gegenüber saß eine Dame mit einem kleinen Hund im Schoß, der hysterisch kläffte und sich dann übergab. Ihre Zofe trug eine große Schachtel, deren scharfe Ecken sich bei jedem Rütteln in mich bohrten. Aber das waren Kleinigkeiten. Ich hatte einen Tag Vorsprung, und Vater würde erst merken daß ich fort war, wenn ich sicher in Copthorne saß.

Es war dunkel, als der Wagen polternd in Cambridge einfuhr und der Kutscher fröhlich in sein Horn blies. Der dicke Mann erwachte erschreckt und fragte, wo wir seien, und ich streckte dankbar meine verkrampften Glieder.

Als wir ausstiegen, regnete es heftig, und der Hof des Hoop Inn in der Bridge Street war voller Pfützen. Ich suchte mir vorsichtig einen Weg hindurch und stellte bestürzt fest, daß ich die einzige Frau in der Wirtsstube war. Die anderen Damen waren von Freunden abgeholt worden.

Gastwirte sehen auf gewöhnliche Leute herab und sind nur zu reichen Gästen höflich, die im eigenen Wagen reisen. Der Wirt musterte mich von oben bis unten und sagte kurz, es gebe keine Kutsche, mit der ich noch heute abend nach Copthorne fahren könne. Ich zögerte, in diesem überlaufenen Gasthof allein ein Zimmer zu mieten. Die Gaststube füllte sich bereits mit lärmenden jungen Männern von den Colleges. Unverschämte Blicke schweiften neugierig zu mir herüber. Ich war steif, müde und sehr durstig, bestellte Tee und Toast und verzog mich in eine ruhige Ecke, zog mir den Hut tiefer ins Gesicht und versuchte, so unauffällig wie möglich auszusehen. Als der Kellner den Tee vor mich hinstellte, stieß er mich leicht an und deutete mit einer schmutzigen Hand auf das andere Ende des Tisches.

„Der Gentleman, der dort sitzt, fährt in Ihre Richtung, Miss. Vielleicht nimmt er Sie mit."

Ich traute mir nicht den Mut zu, einen Fremden anzusprechen und eine so unverschämte Bitte vorzubringen, die leicht mißdeutet werden konnte, aber während ich mir den Tee einschenkte, spähte ich heimlich hin. Er war zwischen fünfundvierzig und fünfzig, nicht hübsch, aber eindrucksvoll mit seinem hageren, blassen Gesicht und dem schmalen schwarzen Schnurrbart. Bei ihm war ein kleiner Junge von etwa zehn oder elf, sehr schmächtig, mit rabenschwarzem Haar und olivbraunem Teint. Vor ihnen standen volle Teller mit einer fetten Fleischpastete, der der Mann lebhaft zusprach, während das Kind mit der Gabel in der Hand stumm davor saß und sie unglücklich anstarrte.

Der Vater, wenn es der Vater war, sagte gereizt: „Iß endlich, um Himmels willen, Junge. Du hast den ganzen Tag noch nichts im Mund gehabt. Willst du unbedingt krank werden?"

Das Kind schüttelte schweigend den Kopf, und sein Begleiter schaute es ärgerlich an.

„Was ist denn? Tu endlich, was man dir sagt, oder muß ich noch einmal mit der Peitsche kommen?"

Der Junge hatte große dunkle Augen mit langen Wimpern, und ich sah, wie aus ihnen langsam Tränen quollen und ihm still über die Wangen liefen. Das schien seinen Besitzer nur noch ärgerlicher zu machen.

„Nun fang nicht wieder zu heulen an. Das haben wir in den letzten Tagen schon oft genug gehabt."

Es ging mich nichts an, und doch konnte ich mich einer Regung von Mitleid nicht verwehren. Ich erinnerte mich daran, wie bitterlich Harry geweint hatte, als Mutter starb, und wie ungeduldig Vater gewesen war, als ihm auf der langen Wagenfahrt nach London übel wurde.

Ich beugte mich vor. „Verzeihen Sie, aber vielleicht findet Ihr kleiner Junge das Essen zu fett und zu schwer. Wollen Sie es nicht mit einer Scheibe Toast und etwas Tee versuchen?"

Ein Paar blauer Augen, die nicht recht zu dem dunklen Gesicht paßten, warfen mir einen eisigen Blick zu, dann sagte der Mann unvermittelt: „Hast du gehört, was die Dame gesagt hat, Jethro? Würde dir dieser Papp besser schmecken?"

Das Kind schien zu eingeschüchtert, um zu antworten, so legte ich rasch ein Stück Toast auf meinen Teller und schob ihn ihm hin.

„Versuch es und iß ein wenig", ermunterte ich ihn. „Dann wirst du dich besser fühlen."

„Wirklich?" Der Junge sah mich zweifelnd an, dann begann er von dem Toast zu knabbern.

„Nun also, schmeckt es nicht gut?"

Der Vater sagte: „Sehr liebenswürdig von Ihnen. Ich werde mehr bestellen."

„Das ist nicht nötig. Ich habe schon genug. Aber wie wäre es mit noch einer Tasse Tee?"

Als er gebracht wurde, schenkte ich ein. Jethro begann daran zu nippen und aß dann mit mehr Appetit.

Sein Vater sah ihm stirnrunzelnd zu und sagte dann: „Die Kinderfrau ist krank geworden und hat den Jungen mir überlassen."

Ohne die leiseste Ahnung, wie man mit einem so sensiblen Kind umgeht, dachte ich. Ich lächelte dem Jungen zu und legte ihm mehr Toast auf den Teller.

Der Mann klopfte mit den Fingern ungeduldig auf den Tisch. „Ich fürchtete, daß er erkrankt, und ich muß noch heute abend nach Ravensley fahren."

„Dann sind Sie wohl Lord Aylsham", rief ich aus.

„Ja, das bin ich", es klang überrascht. „Justin Aylsham. Haben wir uns schon getroffen?"

„Nein, aber ich bin mit Ihrem Neffen bekannt. Ich habe ihn erst vor ein paar Tagen in London getroffen."

„Tatsächlich."

Das war also Olivers Onkel. Ich musterte ihn mit neuem Interesse. Von einem Sohn hatte ich bisher nichts gehört. Was war wohl mit der Mutter des Jungen?

„Ich bin Clarissa Fenton und auf dem Weg zu meiner Tante, Miss Cavendish, die in Copthorne lebt."

„Copthorne?"wiederholte er. „Das ist nur etwa eine Meile von Ravensley entfernt."

„Ja, und der Wirt hat mir gesagt, daß heute kein Wagen zu bekommen ist", erwiderte ich zaghaft. „Ich fürchte, ich werde die Nacht hier verbringen müssen."

Er schaute sich rasch um, dann wandte er sich mit der Andeutung eines Lächelns mir wieder zu. „Kaum ein angemessener Aufenthalt, wenn ich so sagen darf, Miss Fenton. Ihre Tante und ich sind nur flüchtig miteinander bekannt. Wenn Ihnen damit gedient ist, kann ich Ihnen einen Sitz in meinem Wagen anbieten."

Ich nahm dankbar an, überzeugt, daß er mich nur wegen des Jungen eingeladen hatte, und dankte dem Himmel für das Kind, das Reisen so schlecht vertrug.

Es war schon neun Uhr vorbei, und Lord Aylsham hatte es eilig. Er lief in den Hof hinaus, wo bereits frische Pferde in den Wagen gespannt waren. Eine schlanke dunkle Gestalt tauchte plötzlich aus der Finsternis auf, und ich ahnte, daß Justin Aylsham wohl seinen indischen Diener mitgebracht hatte. Auf ein Wort seines Herrn hin stellte er schweigend meinen Korb in den Kutschkasten und stieg dann neben den Fahrer auf den Bock. Man half mir einsteigen, Jethro wurde neben mich hereingehoben, mein Wohltäter nahm den gegenüberliegenden Sitz ein, und wir fuhren los.

Er begann keine Konversation, und ich war froh darüber. Es schien eine Ewigkeit, seit ich heute morgen von Soho Square aufgebrochen war. Ich hatte Kopfweh und war nur allzu froh, mich gegen die Kissen lehnen und die Augen schließen zu können. Der Junge war so leicht, daß es ihn bei jedem Stoß der Kutsche fast vom Sitz riß, und so legte ich meinen Arm um ihn. Erst sträubte er sich und versuchte aufrecht zu sitzen, aber nach einer Weile übermannte ihn die Müdigkeit, und er schlummerte an meiner Schulter ein.

Es war eine dunkle Nacht und man konnte durch die Fenster wenig sehen, aber dann peitschten Windstöße den Regen gegen die Scheiben, und ich merkte, daß wir schon auf dem schmalen Damm waren, der durch die Marsch nach Ravensley führte. Ich muß wohl eingeschlafen sein, erst ein plötzlicher Ruck des Wagens schreckte mich auf, so daß ich fast in Lord Aylshams Schoß flog.

„Was zum Teufel!" rief er, als ich, eine Entschuldigung murmelnd, mich wieder zurücksetzte. „Was ist los? Warum haben wir gehalten?" und als keine Antwort kam, griff er ungeduldig nach der Schnalle, öffnete die Tür und sprang hinaus.

Schlaftrunken und sich an meine Hand klammernd fragte Jethro: „Was ist denn? Wo ist Papa?"

„Schon gut. Hab keine Angst."

Meine Neugier überwand die Angst. Ich wollte selbst sehen, was geschehen war, stieg mit Mühe aus dem Wagen, und dann wünschte ich, ich hätte mich nicht so beeilt. Ein scharfer Wind zerrte an meinem Hut, trieb mir den Regen ins Gesicht, und das Wasser, das den Damm entlangfloß, hatte auch den schmalen Weg überflutet. Ich bekam sofort nasse Füße.

Der Kutscher stand neben Lord Aylsham und deutete ängstlich mit der Peitsche nach vorn. „Dort, Mylord, dort, sehen Sie es? Dort ist was auf der Straße."

„Dann entfernen Sie es, Mann. Vermutlich ein umgestürzter Baum."

„Nein, das ist es nicht. Das ist etwas Unnatürliches. Die Pferde haben gescheut. Sie haben einfach nicht weiter gewollt."

„Oh, um Himmels willen!"

Meine Augen hatten sich an die Dunkelheit gewöhnt und ich konnte gerade noch etwas Dunkles erkennen, das quer über der Straße lag. Eines der Pferde wieherte ängstlich und zerrte am Geschirr. Lord Aylsham tat ein paar Schritte vorwärts, und die Gestalt stand langsam auf. Der Inder neben mir atmete heftig, und der Kutscher bekreuzigte sich eifrig. Sie steckten mich mit ihrer abergläubischen Furcht an, und ich zitterte in dem Wind und dem Regen. Dann stellte sich im schwachen Licht der Wagenlampen das schwarze zottige Ungeheuer als ein Mann in einem rauhen Pelzmantel heraus; dunkle Striemen, Blut oder Schmutz, liefen eine Seite seines bleichen Gesichts entlang, aber das Seltsame war, daß ich in diesem Augenblick hätte schwören können, es sei Oliver, der uns wild, einen nach dem anderen, anstarrte. Niemand von uns rührte sich. Der Mann stieß ein heiseres Knurren aus und ging auf Lord Aylsham los. Der Kutscher stand wie versteinert da, aber der

Inder zögerte nicht. Er stürzte sich in den Kampf, und alle drei schwankten eng umschlungen hin und her. Dann stürzte Lord Aylsham zu Boden, der Inder taumelte zurück, und ihr Angreifer plantschte durch das Wasser und verschwand in der Dunkelheit der Marsch.

Ich eilte Lord Aylsham zu Hilfe, aber sein Diener war vor mir bei ihm und half ihm auf die Füße. Sein Mantel war mit Schlamm beschmutzt. Ich hob seinen Hut auf und reichte ihn ihm.

„Sind Sie verletzt, Mylord?"

„Nur eine Schramme oder zwei." Er streckte sich unter Schmerzen. „Da haben Sie Ihren Black Shuck", sagte er ärgerlich zu dem Kutscher. „Irgendein verdammter Wilderer! Glücklicherweise hatte er keine Waffe. Steigen Sie wieder auf Ihren Bock, und Sie auch, Ram, fahren wir weiter."

Alles war so rasch gegangen, daß ich verwirrt war. „Ist Ihnen wirklich nichts passiert?"

„Sie hätten im Wagen bleiben sollen, Miss Fenton", erwiderte er stirnrunzelnd. Er ergriff meinen Arm und half mir einsteigen. Jethro haschte nach seiner Hand.

„Was ist geschehen, Papa? Was war das?"

„Eine Menge Aufregung wegen nichts. Fang jetzt nicht zu weinen an. Ich bin nicht tot, und Miss Fenton auch nicht. Bei diesem Tempo werden wir froh sein, wenn wir um Mitternacht zu Hause sind."

Sobald wir saßen, rumpelte die Kutsche weiter, und er brütete schweigend vor sich hin, so daß ich keine Frage wagte. War ihm auch die außerordentliche Ähnlichkeit aufgefallen, oder hatte ich sie mir in der Aufregung nur eingebildet?

Als wir Copthorne erreichten, war das ganze Haus dunkel. Widerstrebend sagte Lord Aylsham: „Miss Cavendish ist anscheinend schon zu Bett gegangen. Soll ich warten, bis die Tür geöffnet wird?"

„Nein. Das ist sehr freundlich von Ihnen, aber es ist wirklich nicht nötig. Ich habe Ihnen schon genügend Mühe gemacht und bin Ihnen sehr dankbar . . ."

Während der Inder meinen Korb unter den Vorbau trug, sah Jethro mich schüchtern an. „Werde ich Sie wiedersehen?"

Ich lächelte. „Vielleicht . . . Wenn dein Papa nichts dagegen hat."

„Nicht das Geringste", sagte dieser höflich. „Ich bin sicher, meine Nichte wird Sie und Ihre Tante gern besuchen."

Erst als der Wagen fortgefahren war, kam mir die Ungeheuerlichkeit dessen, was ich getan hatte, zu Bewußtsein, und ich fragte mich, was Tante Jess zu einer schlammbeschmutzten, durchnäßten Nichte sagen würde, die ohne einen Penny in der Tasche kurz vor Mitternacht vor ihrer Türe ankam. Dann zog ich entschlossen an der Glocke. Als nichts geschah, zog ich ein zweites Mal. Gleich darauf hörte ich ein wildes Gebell. Ein Fenster wurde aufgerissen, und der Kopf meiner Tante erschien, in eine Nachthaube gehüllt.

„Wer immer Sie sind, verschwinden Sie, und kommen Sie am Morgen wieder", sagte sie. „Mitten in der Nacht öffne ich meine Türe nicht."

„Aber ich bin es doch, Tante Jess, Clarissa", rief ich, gerade als das Bellen zu einem wilden Geheul anwuchs.

„Wer ist da? Ich verstehe kein Wort."

„Clarissa", brüllte ich. „Clarissa Fenton."

Das Fenster wurde zugeschlagen. Aber inzwischen war schon der ganze Haushalt auf den Beinen. Ich hörte, wie die Türe aufgeriegelt wurde, und dann öffnete sie der alte Diener meiner Tante. Eine Hundemeute kam herausgestürzt und umtanzte mich wild bellend. Meine Tante erschien auf dem Treppenabsatz in ihrem roten Flanellschlafrock, eine Kerze in der Hand.

„Platz, Prickle", sagte sie energisch, „Platz, Warwick, Platz, James."

Die Hunde wichen zurück, als sie majestätisch die Treppe herabgeschritten kam. „Was ist los, Kind? Was ist geschehen? Ist dein Vater krank? Ist der König gestorben?"

Das war alles so lieb, so vertraut, so beruhigend. „Noch nicht", sagte ich halb weinend, halb lachend, „und niemand ist krank, aber du hast gesagt, ich soll dich besuchen."

„Das stimmt, und lieber spät als gar nicht. Komm herein, meine Liebe, steh nicht da draußen im Wind, du holst dir noch den Tod."

Tante stellte keine Fragen, das war nicht ihre Art. Das hatte bis morgen Zeit, sagte sie. „Komm in die Küche, Clary. Dort ist es gemütlicher. Ich mache dir was Heißes zu trinken, und Prue tut eine Wärmepfanne in dein Bett."

Sie schürte das Feuer, und im Handumdrehen schlürfte ich glücklich heiße Schokolade und aß Zwieback, unter den wachsamen Augen der drei Hunde, die auf dem Teppich vor dem Fenster saßen.

„Lord Aylsham hat mich von Cambridge mitgenommen, sonst wäre ich heute nicht mehr hergekommen", sagte ich, während ich einen Zwieback in drei Teile brach und jedem der Hunde ein Stück gab.

„Justin ist also von London zurückgekommen? Dann gibt es wieder Feuerwerk."

„Wie meinst du das, Tante Jess?"

„Oliver ist zurückgekommen, genau wie ich dachte. Anscheinend wird er als Verwalter für seinen Onkel arbeiten."

„Und sie werden miteinander nicht auskommen. Hast du das gemeint?"

Sie zuckte die Achseln. „Na, und was meinst du?"

„Warum hat ihn dann Lord Aylsham gebeten, zurückzukommen?"

„Seit Oliver im vergangenen Sommer fortgegangen ist, gibt es hier keinen einzigen Menschen, der für Justin Aylsham einen Finger rührt. Sie sagen nicht nein, sie haben nur immer etwas anderes zu tun. Unsere Marschtiger können störrisch und widerspenstig sein wie Maulesel", sagte Tante Jess, ohne darauf zu achten, daß diese Bilder nicht recht zueinander paßten, „und er regt sich darüber wie ein Affe auf."

„Ich frage mich, ob er weiß, daß Oliver zurückgekommen ist", sagte ich nachdenklich.

„Warum, Kind, wie kommst du darauf?"

Ich wollte ihr gerade von der seltsamen Begegnung auf der Straße erzählen, hielt mich aber zurück. Es war vollkommen widersinnig, es konnte unmöglich Oliver gewesen sein, obwohl er, weiß Gott, Grund genug hatte, seinen Onkel nicht zu mögen. Doch irgendwie widerstrebte es mir, darüber zu sprechen.

„Es war nur, weil er es nicht erwähnte, aber wir haben ja auch kaum miteinander gesprochen."

„Nun, das geht uns ja alles nichts an", sagte meine Tante gutgelaunt. „Gehen wir schlafen, meine Liebe, und morgen früh werden wir uns gründlich aussprechen."

Ich folgte ihr die Treppe hinauf. Für den Augenblick genügte es mir, hier zu sein, sicher, geliebt und willkommen.

3

Tante Jess sagte nachdenklich: „Ich kann diesen Rittmeister Rutland nicht riechen, und er hat sich sicherlich abscheulich benommen, aber praktisch gesehen könnte es für dich vorteilhaft sein, ihn zu heiraten, Clarissa."

„O nein!" rief ich entsetzt. „Das glaubst du doch nicht im Ernst. Ich kann unmöglich einen Mann heiraten, den ich nicht liebe."

„Viele junge Mädchen tun das, und soviel ich weiß, ist es für sie nicht immer das Schlechteste", erwiderte sie trocken und gab Prickle, der während des ganzen Frühstücks geduldig gewartet hatte, ein Stück Toast. „Ist es nur, weil du den jungen Mann nicht magst, mit einigem Recht, würde ich sagen, oder hast du dein Auge auf jemanden anderen geworfen?"

„Das nicht", sagte ich eher zu rasch. „O Tante Jess, du schickst mich doch nicht zurück?"

„Nein, meine Liebe. Ich glaube, du brauchst einen guten langen Landaufenthalt, um wieder zu Atem zu kommen, was du in London nicht kannst. Du bist viel zu mager und heruntergekommen, und das werde ich deinem Vater schreiben."

„Du bist ein Schatz!" Ich sprang auf und fiel ihr um den Hals. „Ich habe gewußt, daß du einverstanden sein wirst."

„Wirklich? Hier gibt es aber keine Bälle und Abendveranstaltungen", sagte sie warnend, „und du wirst zu Hause Hand anlegen müssen."

„Das macht mir gar nichts aus", sagte ich glücklich und begann gleich, beim Abräumen des Frühstücktisches zu helfen. Tante Jess hatte nur zwei Hausgehilfinnen außer John: Prue, die schon von jung auf bei ihr war, und Betty Starling, die erst fünfzehn war und in der Küche half.

Der Brief wurde geschrieben, aber bevor er abgeschickt werden konnte, kam mein Vater in hellem Zorn an. Das war am übernächsten Morgen, gerade als ich mit Prickle spazierenging. Prickle war eine Hündin und ein kleiner Bastard; Jake hatte sie eines Morgens verlassen gefunden, halb begraben in einem Misthaufen. Sie sah eher wie ein kleines schwarzes Wollknäuel aus mit zwei spitzen Ohren und einem Paar heller Augen hinter silbrigen Haarfransen.

Als ich in die Halle kam, hörte ich Vaters laute und gebieterische Stimme, was ihm gar nicht gleichsah und nur bewies, daß er sich unbehaglich fühlte. Ich blieb schuldbewußt stehen, um zuzuhören.

„Sie hat sich schändlich benommen, und ich bestehe darauf, daß sie sofort mit mir zurückfährt. Ich habe dazu jedes Recht. Clarissa ist schließlich meine Tochter, und mir wäre es lieber, du würdest sie in ihrem Ungehorsam nicht noch ermutigen."

„Sie mag deine Tochter sein, aber sie ist zweiundzwanzig und hat ihren eigenen Willen. Sie gleicht Susan sehr. Das scheinst du nie gemerkt zu haben", sagte Tante Jess ruhig. „Jetzt hör auf zu schreien, Tom Fenton. Es macht mir nicht den geringsten Eindruck, jedenfalls lasse ich mich nicht einschüchtern. Wenn Clarissa bleiben will, dann wird sie bleiben, was immer du sagst, und ich lasse sie nicht zu einer Heirat zwingen, weil du dich wieder einmal am Spieltisch wie ein Narr benommen hast."

„Nun fang nicht damit an, Jess. Ich bin kein Heiliger, ich habe nie so getan, als wäre ich es . . ."

„Jammerschade."

„Oh, zum Teufel mit alledem! Verdammt, wo ist das Mädchen?"

Es nützte nichts. Ich mußte hineingehen und ihn begrüßen, so raffte ich meinen Mut zusammen und öffnete die Türe. Vater stand mit dem Rücken zum Feuer und klopfte gereizt mit seiner Reitpeitsche gegen die Stiefel. Und weil ich geflohen war, ging mir wieder auf, wie sehr ich ihn immer geliebt hatte.

Ich ging direkt zu ihm hin und küßte ihn auf die Wange. „Guten Morgen, Papa. Ich bin sehr glücklich, daß du gekommen bist."

„Den Teufel bist du! Wie kannst du die Unverschämtheit haben, so etwas zu sagen, nach der Geschichte, die du aufgeführt hast", grollte er, „du läßt mich einfach bei dem ganzen Durcheinander im Stich, und die Dienerschaft weiß nicht aus noch ein. Der arme Harry war schrecklich aufgebracht."

„Tut mir leid, aber ich hatte ja keine andere Wahl. Ich mußte fort . . ."

„Und läßt mich allein auf diesen verdammten Ball gehen, wo ich schön dumm ausgesehen haben muß. Was, um Himmels willen, sollte ich deiner Meinung nach Rutland sagen?"

„Weil es mich gerade interessiert, was hast du ihm wirklich gesagt?" fragte Tante Jess neugierig.

„Was konnte ich anderes sagen, als daß sein skandalöses Verhalten das Mädchen in eine Nervenkrise getrieben habe, und daß sie über Empfehlung des Arztes zur Erholung aufs Land gefahren war. Natürlich hat er mir nicht geglaubt, und auch niemand anderer. Daß ich unter diesem Skandal leiden soll, ist wirklich unerträglich!" Er hatte sich wieder selbst in eine Wut hineingesteigert, und Tante Jess musterte ihn kühl über ihre Brille hinweg.

„Soviel ich feststellen kann, verdienst du es reichlich", sagte sie kurz. „Jedenfalls gewährt es Clarissa eine Atempause, und ein Skandal hat noch niemanden umgebracht. Willst du bleiben und mit uns essen, Tom?"

„Warum nicht, wenn ich nun schon einmal da bin", sagte er mürrisch.

„Schön. Ich werde Prue sagen, sie soll noch ein Gedeck auflegen", und damit ging sie in die Küche und ließ uns allein.

⋅Vater setzte sich auf einen Stuhl beim Feuer, und obwohl er vermutlich noch weiter brummen würde, wußte ich, daß die Schlacht fürs erste gewonnen war. Er schaute mich nachdenklich an. „Du hast dich um deine Chancen gebracht, das weißt du doch, Clary?"

„Vielleicht. Es macht mir nicht allzuviel aus."

„Es sollte aber."

„Papa", ich zögerte und kniete mich neben ihn. „Papa, was ist geschehen . . . Ich meine wegen des Geldes, das du Mr. Rutland schuldest?"

„Oh, damit komme ich, Gott weiß, schon irgendwie zurecht. Es gibt immer noch die Juden."

„Aber du steckst schon so tief in Schulden. Da ist mein Geld . . . das Vermächtnis meines Großvaters. Ich weiß, es ist nicht viel, aber wenn es dir hilft . . ."

Er strich mir über die Wange. „Nein, Kind. Ich bin nicht so schlecht, wie deine Tante Jess mich machen will. Ich will dich nicht berauben, auch wäre es nicht genug. Der alte Joshua ist kein übler Bursche, und vielleicht überlegst du es dir doch, seinen Bengel zu heiraten."

„Bestimmt nicht."

„Nun, wir werden sehen."

Nach dem Essen ritt er fort und brachte beim Abschied sogar ein wenig Zärtlichkeit auf. Er beugte sich vom Pferd herab und kniff mich in die Wange. „Ich werde dich vermissen, Clary, und Harry auch. Bleib nicht zu lange fort."

„Paß auf dich auf, Papa", rief ich ihm nach, als er davontrabte. Armer Vater. Er war weniger gemein als schwach, und in der sorglosen

Art, wie er sich in das Unvermeidliche fügte, lag etwas Liebenswertes und Rührendes. Ich konnte nicht anders, als mir Sorgen um ihn zu machen, und gleichzeitig war ich doch dankbar, daß ich für ein paar Monate von seiner Welt frei war. Damit war also die Sache mit Bulwer Rutland zu Ende, dachte ich, als ich zum Haus zurückging, und wußte nicht, wie sehr ich mich irrte.

Ich sah Oliver erst, als ich schon mehr als zwei Wochen bei Tante Jess war. Ich half ihr eifrig im Haus und im Garten, und zu meiner Überraschung war ich bei diesem einfachen Leben sehr glücklich. Die Anstrengungen des Winters hatten mich mehr ermüdet, als ich es für möglich gehalten hätte. Als ich eines Morgens auf den Knien das Rosenbeet jätete, begann Prickle zu bellen. Ich schaute auf und sah, daß Jake mit einem elegant gekleideten jungen Mädchen näherkam.

Jake hatte ich bereits gesehen. Er verrichtete allerhand Arbeiten für Tante Jess, und ich dachte manchmal, was für ein netter junger Mann aus dem strohköpfigen Bengel geworden war, an den ich mich erinnerte. Er und Oliver waren damals unzertrennlich gewesen, und ich hätte mir so sehr gewünscht, ein Junge zu sein. Wie weit lag das nun schon zurück. Als sie näherkamen, stand ich auf.

„Guten Morgen, Miss Fenton", sagte Jake. „Ich habe Miss Aylsham am Tor getroffen. Sie wollte Sie besuchen."

Er hatte eine sichere, bescheidene Art, dabei aber einen ruhigen Stolz und eine Selbstachtung, die ihn von seinen Familienangehörigen und von den meisten Landarbeitern unterschied. Er trug eine Axt auf der Schulter und ging in den Obstgarten, wo er einen der alten Apfelbäume fällen sollte.

Cherry schaute ihm nach. Ihr Gesicht war gerötet, und wäre es nicht so unwahrscheinlich gewesen, hätte ich gedacht, sie habe mit dem jungen Mann gestritten.

„Ich könnte meinen Onkel Justin umbringen, daß er Jake so einfach entlassen hat", platzte sie heraus. „Es ist so unfair, weil er doch nichts, absolut nichts getan hat."

„Hat er Jake entlassen? Das habe ich nicht gewußt."

„Er sagt nie etwas. Er ist viel zu stolz, aber es ist so ungerecht. Was soll er jetzt tun?"

„Das ist doch schließlich seine Sache", erwiderte ich ein wenig amüsiert über ihre kindliche Heftigkeit.

Das schien sie zur Besinnung zu bringen. Sie wandte sich mir lächelnd zu. Sie hatte ein reizvolles Gesicht, nicht eigentlich hübsch, aber entzückend, mit einer Stupsnase, den blauen Augen der Aylshams und dunklen Locken, die unter ihrem Hut hervorquollen.

„Oh, meine Liebe, ich komme dir wohl sonderbar vor, daß ich so rede", sagte sie freimütig, „nur bringt mich das so auf." Dann streckte sie mir ihre Hand entgegen. „Ich bin Cherry und du bist natürlich Clarissa. Wir haben uns schon eine Ewigkeit nicht gesehen. Ich war damals noch so klein, und du erschienst mir so groß und erwachsen. Ich wollte schon früher zu dir kommen. Jethro hat eine ganze Menge von dir erzählt, seit ihn Onkel von London zurückgebracht hatte."

„Hat er sich beruhigt? Er schien mir eher ein unglücklicher, kleiner Junge."

„Vermutlich", erwiderte sie gleichmütig. „Ich sehe nicht viel von ihm. Er ist immer in Hatties Obhut."

Ich bat sie ins Haus, und als Prue uns Kaffee und Kuchen gebracht hatte, sagte ich: „Du bist wohl sehr froh, daß dein Bruder wieder in Ravensley ist."

„Ja, natürlich. Ich habe Oliver schrecklich vermißt, nur wohnt er nicht bei uns im Herrenhaus. Er wohnt in Thatchers."

„Thatchers?"

„Es gehört Oliver, das Haus und der Grund. Dort hat Mr. Robins gewohnt, als er Papas Verwalter war, und Oliver sagt, da das nun auch seine Stellung ist, bleibt er lieber dort und nicht bei der Familie. Das ist so blöd, weil es ganz und gar nicht bequem ist, und er hat niemanden, der für ihn sorgt, und das alles wohl wegen Alyne . . ." Sie stockte. „Du lieber Himmel, das hätte ich wirklich nicht sagen sollen, es macht ihn so wütend. Du weißt wohl schon davon. Er und Alyne wollten heiraten, aber damit war es aus, als Onkel Justin zurückgekommen ist."

„Waren sie verlobt?"

„Nicht direkt, weil Papa dagegen war, aber als er gestorben ist, haben wir alle gewußt, was Oliver beabsichtigte."

„Warum kam es nicht zustande?"

Sie zuckte die Achseln. „Weil Oliver kein Geld hat, nehme ich an. Alyne spricht nicht darüber. Alles ist im letzten Jahr schief gelaufen."

Ich dachte an diesen dunklen, unnahbaren Mann. „Ist das wegen deines Onkels? Ist er unfreundlich?"

„Nein, nicht direkt. Es ist nur . . . Er ist nur ganz anders, nicht ein bißchen wie Papa. Er gehört nicht . . . Oh, ich kann es nicht erklären. Die Kinderfrau sagt, er ist wie jemand, der gestorben und wieder lebendig geworden ist, aber das ist doch albern?"

„Ja, das ist wirklich albern."

„Du wirst uns doch besuchen kommen, Clarissa? Komm oft. Es ist manchmal so einsam in Ravensley. Der Winter war so lang. Wir waren für Monate und Monate eingeschneit und haben niemand gesehen."

„Natürlich werde ich das, aber jetzt im Frühling wirst du sicher eine Menge Besuch haben."

„Wird dein Bruder kommen? Harry und ich hatten immer so viel Spaß miteinander, als wir klein waren."

Das klang so wehmütig, daß ich lächelte. „Ich denke schon, aber er ist jetzt in seinem Regiment, wie du weißt. Er kann nicht immer tun, was er möchte."

Als sie gegangen war, machte ich mich wieder an mein Blumenbeet. Harry hatte also doch recht gehabt. Oliver war in Alyne verliebt. Ich fragte mich, ob er es war, der mit ihr gebrochen hatte. Aber dann zerrte ich wütend an einer besonders hartnäckigen Unkrautwurzel und schalt mich wegen meiner Narrheit. Es war höchste Zeit, daß ich diesen kindischen Traum und auch Oliver ein für alle Mal vergaß. Es war Unsinn, und ich hatte das immer gewußt. Doch hinderte mich dieser Entschluß nicht, auf Thatchers neugierig zu sein. Ich erinnerte mich an das alte Bauernhaus. Es lag nur zwei Meilen von Copthorne entfernt am Rande der Marsch. Tante Jess besaß nur ein Pony für ihren zweisitzigen Wagen, und das war alt und fett, so konnte ich nicht reiten. Aber nichts hinderte mich, zu Fuß zu gehen. Ein paar Tage später zog ich in der Frühe meine festesten Schuhe an und machte mich auf den Weg. Prickle kam hinter mir aus dem Haus gesprungen, und Tante Jess, die mit sorgfältig hochgesteckten Röcken einige Sämlinge pflanzte, schaute mir unter ihrem Strohhut hervor nach.

„Prickle ist eine treulose Seele. Sie scheint dich ins Herz geschlossen zu haben, Clarissa. Wohin gehst du denn so früh?"

„Ich dachte, ich könnte mich ein wenig in der Marsch umsehen. Wir waren als Kinder so oft dort."

„Gut, aber paß auf. Zu Beginn des Jahres hat es Überschwemmungen gegeben und es ist noch sehr naß. Fall bloß nicht in ein Schlammloch."

„Bestimmt nicht."

In London hatte ich kaum einen Schritt zu Fuß getan, außer ein oder zwei Runden im Park, und es kam mir selbst seltsam vor, daß ich mich auf einen so weiten Weg machte und nicht müde wurde. Als ich dann am Rand der Marsch stand und über die schmalen Wasserläufe blickte, deren Ufer bereits mit Frühlingsblumen übersät waren, fühlte ich ihren Zauber wie in alten Zeiten. Es war alles noch da, das kräftige Riedgras, die grünen Schößlinge der Rohrkolben, das nimmermüde Gezwitscher der Vögel, der aufregende und unvergeßliche Geruch des Wassers.

Thatchers war uralt und schien wie aus der Erde gewachsen zu sein. Moos und Efeu hatten die Steinwände überzogen, und das tief herabhängende Dach war mit braunem Stroh gedeckt.

Es sah recht verlassen aus, so ging ich auf seine Rückseite und war überrascht, dort eine kleine Gig mit einem vorgespannten glattgestriegelten Pony zu sehen. An dieser Hauswand gingen die Fenster beinahe bis zum Boden, und eines war der milden Maisonne wegen geöffnet. Ich blieb stehen, weil ich Stimmen hörte, und obwohl ich die Worte nicht verstehen konnte, war mir klar, daß dort ein Streit im Gange war. Aus purer Neugier trat ich nahe genug heran, um durch ein Fenster zu spähen. Ich konnte Oliver deutlich erkennen, der andere wandte mir den Rücken zu, aber ich war fast sicher, daß die hohe schlanke Gestalt Justin Aylsham war. Ich hörte seine letzten Worte.

„ . . . Ich glaube, ich kann selbst am besten entscheiden, welche Leute ich einstelle, Oliver. Doch bist du immerhin mein Neffe, und ich bin bereit, großzügig zu sein, aber als Gegenleistung will ich Zusammenarbeit. Joshua Rutland wird mich demnächst besuchen, und ich erwarte von dir, daß du dabei bist. Deine Kenntnis der Marsch wird unschätzbar sein, und ich möchte ihn überzeugen. Verstehst du mich?"

Das war das letzte, was ich erwartet hätte, und ich stand wie versteinert. Welche Verbindung bestand zwischen dem alten Teekaufmann und Justin Aylsham?

Dann hörte ich jemanden hinter mir zuckersüß fragen: „Warum spionierst du ihnen nach, Clarissa?"

Erschreckt fuhr ich herum und sah Alyne an der Gig lehnen, die ihren Hut an den grünen Bändern schwang und mich anlächelte.

„Ich habe gehört, daß du bei Miss Cavendish wohnst", fuhr sie fort. „Bist du auf der Suche nach Oliver?"

Irgendwie hatte sie mich in die Verteidigung gedrängt. „Ich war spazieren . . ."

„Und hast beschlossen, ihn zu besuchen . . . Cherry hat dir wohl erzählt, daß er jetzt hier wohnt?"

Mein Gott, war sie schön! Noch viel schöner denn als Kind. Es war nicht fair. Niemand hat das Recht, so viel Anmut und Reiz selbst im einfachsten Kleid zu besitzen. Sie hatte immer die seltsame Gabe gehabt, schon allein durch ihre Anwesenheit zu wirken, und wie sie mich jetzt mit einem leichten Lächeln um den Mund ansah, brachte sie es fertig, daß ich mich verlegen und unbehaglich fühlte. Dann sorgte Prickle für eine Ablenkung, indem er über den Hof einer der Katzen nachjagte. Die Spannung schwand, und die Männer traten aus dem Haus.

Lord Aylsham bemerkte mich nicht. Er schwang sich auf die Gig und ergriff die Zügel. „Komm, Alyne", sagte er brüsk.

Sie folgte ihm, und sah dann Oliver an. „Willst du mir nicht helfen?"

„Ja, ja natürlich", sagte er eilig. Er schlang seinen Arm um ihre Taille und hob sie auf den Sitz. Ein Blick in sein Gesicht verriet mir alles, was ich noch nicht wußte.

Die Gig ratterte aus dem Hof, und ich wollte mich ungesehen davonschleichen, aber Oliver wandte sich um und erblickte mich.

„Nanu, Clarissa", sagte er überrascht. „Was tust du hier? Warum bist du nicht hereingekommen?"

„Ich wollte nicht stören."

„Ich wäre über eine Störung froh gewesen", erwiderte er trocken. „Cherry hat mir erzählt, daß du da bist, und ich hatte die Absicht, dich zu besuchen, und habe es nicht getan. Anscheinend komme ich aus den Entschuldigungen nicht heraus."

„Das macht nichts."

„Komm herein."

Ich folgte ihm in die gute Stube des Bauernhauses. Sie war sehr groß und spärlich eingerichtet, mit roh gemauerten, weiß gekalkten Wänden und Deckenbalken aus schwarzer Sumpfeiche. Ein Torffeuer schwelte in dem großen tiefen Kamin, aber das Ganze sah staubig und ungepflegt aus.

„Leider kann ich dir keine Erfrischung anbieten. Wie du siehst, lebe ich ziemlich bescheiden."

„Hast du niemanden, der dich bedient?"

„Noch nicht, aber ich denke daran, Mrs. Starling zu bitten, mir den Haushalt zu führen."

Ich erinnerte mich an das, was Cherry gesagt hatte. „Wie ich höre, ist Jake von Ravensley fortgeschickt worden."

„Ja."

„Habt ihr deshalb gestritten?"

„Hast du was gehört?"

„Nicht wirklich . . ."

„Ich hielt es für ungerecht, und das habe ich meinem Onkel gesagt. Der strenge Winter hat dieser Gegend ernste Not gebracht. Viele haben keine Arbeit, und ich weiß nicht, was die Starlings tun sollen, wenn Jake kein Geld mehr verdient."

„Ist das der Grund, warum du seine Mutter bitten willst, zu dir zu kommen?"

„Wenigstens werden sie dann ein Dach über dem Kopf haben. Mein Vater hat ihnen erlaubt, in einer der Hütten mietfrei zu wohnen, aber Onkel Justin hat sie hinausgeworfen, während ich fort war, und als Jake protestierte und das mit gewissem Recht, wurde er wegen Unverschämtheit entlassen."

Er sagte das mit verhaltener Wut, mit dem Rücken zum Feuer stehend. Mir gefiel seine heftige Entrüstung über das Unrecht an seinem Freund, und ich dachte dabei, wie anziehend er aussah, und wie gut ihm die ländliche Kleidung stand.

Er wandte sich zum Feuer um und schürte den Torff, so daß er rot aufleuchtete, bevor er nachdenklich sagte: „Ich bin erst zwei Wochen zurück und schon frage ich mich, ob es klug war, deinen Rat zu befolgen, Clarissa. Mein Onkel und ich kommen nicht recht miteinander aus. Ich fürchte, das bringt mehr Schaden als Gutes."

„Das glaube ich nicht. Du gehörst hierher."

„Vielleicht." Dann sah er mich an und lächelte. „Wie gewöhnlich vergesse ich meine guten Manieren, ich sollte dir zu deiner Verlobung mit Rittmeister Rutland gratulieren."

„Aber ich bin nicht verlobt."

Er zog die Augenbrauen hoch. „Alle in der Stadt sprachen davon als von einer vollendeten Tatsache."

„Das kommt davon, weil ihm der Gedanke verhaßt ist, daß ihn jemand abweisen könnte", sagte ich bitter. „Ich heirate ihn nicht", und fragte mich, was er sonst noch gehört hatte und taktvoll nicht erwähnte.

„Vermutlich sollte ich sagen, daß es mir leid tut, aber das tut es mir nicht", sagte er offen. „Ich mag ihn nicht."

Ich hätte gerne gefragt, warum der alte Joshua nach Ravensley kam, wollte aber nicht verraten, daß ich gelauscht hatte.

„Ich muß jetzt gehen", sagte ich. „Tante Jess wird sich wundern, wo ich bleibe."

„Bist du zu Fuß? Soll ich dich begleiten?"

„Nein, das ist keineswegs nötig, und du hast wohl andere Dinge zu tun."

Er warf einen Blick auf einen Haufen Rechnungsbücher auf dem Tisch und schnitt ein Gesicht. „Mein Onkel spottet gerne über die Buchhaltung, aber jemand muß die Arbeit machen, und da ist ein Jahr Rückstand aufzuholen."

Als wir zusammen das Haus verließen, sagte er: „Ich weiß, Miss Cavendish hält keine Pferde, aber mein Onkel würde dir sicher gerne eines leihen, wenn du möchtest."

„O ja . . . sehr."

„Ich werde mit ihm reden. Ich weiß, Cherry wäre entzückt, wenn du gelegentlich mit ihr ausreitest. Leider ist sie die meiste Zeit sehr einsam."

„Ich hoffe sie bald einmal besuchen zu können."

„Gut." Er ergriff meine Hand und drückte nach leichtem Zögern einen kurzen Kuß darauf. „Es ist ein schönes Gefühl, daß du wieder in Ravensley bist, Clarissa, wie in alten Zeiten."

Nur war es nicht wie in alten Zeiten, dachte ich traurig. Damals waren wir Kinder, aufrichtig, glücklich, ohne Gedanken an die Zukunft. Jetzt gab es so viele andere Probleme, und wir hatten uns alle geändert. Ich schaute nochmals zurück, und er winkte mir, bevor er ins Haus ging. Dann rief ich Prickle, und wir gingen rasch fort.

4

Man sagt, alte Häuser hätten eine eigene Seele, und man könne sie beim Eintreten spüren, je nachdem, freundlich oder feindlich, aber ich glaube nicht, daß es an den Ziegeln und Steinen liegt, sondern einfach an den Männern und Frauen, die dort leben. Ravensley war mir, wie Copthorne, als ein Ort in Erinnerung geblieben, wo wir immer glücklich waren, ungeachtet seines Alters, der Ahnengalerie und seiner langen Geschichte, die recht gewalttätig gewesen war. Und ich glaube, das lag an Olivers Vater. Er war ein ruhiger und freundlicher Mann gewesen, aber man sah ihm die innere Kraft, den Ernst und die Gewißheit an, daß es trotz Schwierigkeiten und Kummer schön war, in dieser Welt und insbesonders im Marschland, das er liebte, zu leben. Doch jetzt war alles anders. Ich konnte nicht genau sagen, woran das lag, aber es herrschte eine Unruhe, eine gespannte Stimmung. Ich fühlte sie in Cherrys Unzufriedenheit, in der Haltung der Dienerschaft, selbst bei den Hunden, die man jetzt in die Ställe verbannt hatte, und obwohl es phantastisch klingen mag, fühlte ich, daß sie von diesem großen, dunklen, unruhigen Mann ausging, dem schweigenden Inder, der seinem Herrn folgte wie ein Schatten, und dem heimwehkranken, von seinem Vater unbeachteten Jungen, der verwirrt und einsam durch das große Haus schlich, wo ihn alle bis hinab zu den Küchenmägden als unwillkommenen Eindringling behandelten.

Ich war ein ziemlich häufiger Gast geworden, sooft Tante Jess mich entbehren konnte, teils weil Cherry darauf bestand, teils weil es Miss Harriet, die schon alt und gebrechlich war, oft zuviel wurde, den Jungen zu unterrichten. Sie hatte mich eines Morgens, als sie mit einer schweren Erkältung im Bett bleiben mußte, um Hilfe gebeten. Ich hatte keine große Lust, denn es konnte wie Anmaßung aussehen, aber als Lord Aylsham ein oder zwei Tage später ins Schulzimmer kam und Jethro und mich gemeinsam über die Bücher gebeugt fand, dankte er mir aufrichtig.

„Es macht mir Freude und ist wirklich keine Last", erwiderte ich wahrheitsgemäß. Ich hatte Harry, als er noch ein Kind war, oft Unterricht gegeben, und Jethro war ein gut veranlagter Junge, vielleicht zu ruhig und wohlerzogen. Ich hätte ihn gerne ein wenig lebhafter gesehen.

Zögernd sagte ich: „Ist er nicht zu jung, um ins Internat geschickt zu werden?"

„Mein Sohn muß lernen, ein englischer Gentleman zu werden, nicht wahr, Jethro?"

„Ja, Papa."

Er entzog sich der Hand, die sein Vater ihm auf die Schulter legte, und ich hatte das unbehagliche Gefühl, daß der Junge sich vor ihm fürchtete, und das nicht ohne Grund. Einige Tage später kam ich zufällig dazu, als Lizzie dem Kind ein frisches Hemd anzog. Ich sah die langen roten Striemen an seinem Nacken und fragte, woher er die habe.

„Papa war böse auf mich."

Lizzies Blick begegnete dem meinen über des Jungen Kopf hinweg, und sie nickte bedeutsam. Später sagte sie leise: „Das war vor ein paar Tagen, Miss. Jethro mag keine Milch, und als er zum Frühstück sein Porridge nicht essen wollte, hat ihn sein Vater mit seiner Peitsche geschlagen."

„O nein", rief ich erschreckt. „Wegen einer solchen Kleinigkeit?"

„Es war nicht wegen dem Brei, Miss, glauben Sie das nicht. Ihm ist es gleich, was der Junge ißt, solange er nicht krank wird, aber er mag es nicht, wenn man ihm nicht gehorcht."

Das schien mir eine unnötige Härte, und weil mir das Kind leid tat, half ich weiter aus und gestand mir kein einziges Mal ein, daß ich auch deshalb so oft und so gern nach Ravensley ging, weil es mir Gelegenheit gab, Oliver zu sehen, obwohl wir kaum mehr als ein paar flüchtige Worte wechselten.

Eines Morgens spät im Mai, nachdem uns ein unaufhörlicher Regen zwei Tage lang im Haus gehalten hatte, bot ich mich an, Jethro zu einem Spaziergang mitzunehmen. Oliver, der im Büro gearbeitet hatte, kam gähnend heraus und beklagte sich, er fühle sich ganz steif, so lud ich ihn ein, uns zu begleiten. Im letzten Augenblick, gerade als wir losgingen, kam Alyne die Treppe heruntergelaufen und schloß sich uns an.

Es war ein stürmischer Tag, kalt für diese Jahreszeit, und ein scharfer Wind wehte. Wir gingen flott bis zu den Ruinen der Abtei. Sie waren nicht sehr umfangreich, ein eingestürztes Gewölbe auf der einen Seite, das wohl ein Teil des Kirchenschiffs gewesen war, ein Stück Wand mit einer Treppenflucht, die zu einem Spitzbogenfenster führte, und eine Steinplatte, die einst zum Hochaltar gehört haben mochte. Sie lag noch auf Ravensley-Grund am Rande der Marsch. Hinter den

Ruinen, von hohem Gras überwuchert, sah man die verfallenen Grabsteine längst verstorbener Mönche. Es war ein unheimlicher Ort, der Wind raschelte unablässig im hohen Schilf, und hoch über uns ertönten gespenstische Vogelschreie.

„Was für ein finsterer und trostloser Fleck muß das gewesen sein", sagte ich, „als sich die ersten Mönche hier niederließen."

„Es gibt eine alte Legende, daß sie ein Einsiedler an diesen Platz geführt hatte", erwiderte Oliver leichthin, „und als er nachts schlaflos in seiner Hütte aus Flechtwerk im Stroh lag, wurde er von seltsamen Geschöpfen bedrängt, die aus dem Nebel und den Tümpeln der Marsch krochen, Ungeheuer mit gewaltigen Köpfen, langen Hälsen, bösen roten Augen, Zähnen wie von Pferden, und sie spien Feuer aus ihren geifernden Mäulern . . ."

„Hör auf! Du jagst Jethro Angst ein", unterbrach ich ihn. „Der arme Mann hatte wohl einen Anfall von Marschfieber."

„Höchstwahrscheinlich", sagte Oliver lächelnd. „Ich erinnere mich, das war eine der bevorzugten Drohungen unserer Kinderfrau, wenn ich etwas angestellt hatte. Die Ungeheuer würden aus dem Greatheart gekrochen kommen und mich verfolgen." Er legte seine Hand auf die Steinplatte. „Als die Dänen kamen, haben sie den Abt hier an seinem eigenen Altar ermordet, und ich hatte oft schreckliche Alpträume, sie würden kommen und mir den Kopf entzweispalten."

Eine Wolke hatte sich vor die spärliche Sonne geschoben, und irgendwo draußen in der Marsch ertönte in der Stille der Schrei eines Tieres, vielleicht einer Wildkatze. Ich sah die grausige Szene bildhaft vor mir, die großen Männer mit ihren gehörnten Helmen, die verschreckten Mönche, das Blut, die verzehrenden Flammen, und ich schauderte. „Das ist ein grausamer und schrecklicher Platz."

„Nur wenn man sich davor fürchtet", sagte Alyne plötzlich. Manchmal überkam sie ein seltsamer Widerspruchsgeist. „Schließlich wurden die Dänen ihrerseits besiegt. Einer von ihnen war vielleicht Olivers Vorfahre, Thorkil Ravenson, und er wurde von seiner Frau ermordet."

„Ist das wahr?"

„So geht die Sage", erwiderte Oliver. „Sie vergiftete ihn mit Bilsenkraut, weil er drohte, ihren Liebhaber umzubringen."

„Keine netten Leute", sagte Alyne. Sie war die Treppe hinaufgegangen und stand oben umrahmt von dem Spitzbogenfenster. Der Wind hatte die Kapuze ihres Mantels und die Nadeln aus ihrem Haar gerissen, so daß es hell und lieblich um ihren Kopf wallte wie der Heiligenschein einer mittelalterlichen Heiligen.

Oliver starrte sie in einer Weise an, daß es mir einen Stich ins Herz gab. Dann sagte er plötzlich: „Komm herunter, es ist gefährlich dort. Die Steine bröckeln."

Sie lachte herausfordernd und streckte die Arme aus. „Komm, fang mich."

Und als er zögerte, lief sie leichtfüßig die Treppe herunter und direkt in seine Arme. Er hielt sie eine Weile, seine Wange dicht an der ihren, und dann stellte er sie auf die Beine. Ruhig sagte er: „Das solltest du nicht tun. Wenn du gestürzt wärst, hättest du dir ein Bein brechen können."

Jethro, der sich fest an meine Hand geklammert hatte, drängte sich plötzlich an mich und begrub sein Gesicht in meinem Mantel. „Mir gefällt es hier nicht", flüsterte er, „ich bekomme Angst."

Oliver, der sich nie viel um das Kind zu kümmern schien, legte ihm leicht die Hand auf die Schulter. „Wovor hast du Angst, Jethro?"

„Das ist ein böser Ort. Hier gibt es Dschinns."

„Was sind Dschinns?"

„Schlimme Geister, Dämonen, meine Aja hat mir oft von ihnen erzählt."

„Das war in Indien. Hier leben keine Dschinns."

„Bist du sicher?" sagte Alyne mit einem Seitenblick auf ihn.

„Natürlich. Ich habe noch nie einen Dschinn in einem englischen Garten getroffen."

„Dafür haben wir Teufel, Hexen und Geister." Sie stieß lässig mit dem Fuß gegen einen der schwarzen, herabgebröckelten Steine. „Eine große Menge Leute ist hier eines gewaltsamen Todes gestorben. Hast du sie nie gehört, Jethro, wenn du in der Nacht aufwachst, wie sie im Schilf ächzen und stöhnen?"

„Fang doch nicht von so etwas an", sagte ich ärgerlich, da ich merkte, daß sie das Kind mit Absicht quälte.

Jethro schaute wieder Oliver an. „Ich wollte, meine Mama wäre hier."

„Vermißt du sie so sehr?" fragte ich sanft.

„Ja, sehr." Seine Lippen zitterten. „Es ist so einsam hier."

Ich lugte zu Oliver hinüber und sah, daß er aufmerksam auf den Jungen herunterschaute. Dann lächelte er und strich ihm über das dunkle Haar. „Komm jetzt, Jethro, so geht das nicht weiter. Soll ich dir etwas sagen? Mir ist genau das Richtige eingefallen, damit du nicht länger einsam bist."

„Was?"

„Du wirst sehen."

Den ganzen Weg zurück lachte und scherzte er mit dem Jungen, und ich war froh, wie glücklich das Kind darauf reagierte. Erst einige Tage später, als ich zufällig an Thatchers vorbeiritt, sah ich Jethro mit Ben spielen, dem Jüngsten der Starling-Kinder. Da wußte ich, was Oliver getan hatte, und hoffte nur, daß es nicht zu Schwierigkeiten mit Lord Aylsham führen würde.

Den ganzen Sommer lang dachte ich, wie seltsam es war, daß Alyne anscheinend als einzige von der gespannten Atmosphäre im Haus unbeeinflußt blieb. Sie bewegte sich darin heiter und unberührt. Wenn Gäste kamen, und überraschenderweise hatte die gute Gesellschaft Justin Aylsham akzeptiert, war sie auf eine unmerkliche, nie auffällige Weise die Tochter des Hauses, und ich wußte, daß es Zeiten gab, in denen Cherry es ihr übel nahm. Ihre Haltung gegenüber Lord Aylsham gab mir Rätsel auf. Sie war achtungsvoll und gehorsam, nannte ihn aber nie Onkel und sprach mit ihm wie mit einem Gleichaltrigen. Manchmal, wenn ich den Abend dort verbrachte, und sie auf dem Spinett spielte oder für uns sang, sah ich, daß seine Blicke unverwandt auf ihr ruhten, und fragte mich, was er dachte. Oliver kam abends nur selten, und als Cherry sich beklagte, daß sie so wenig von ihrem Bruder sah, bemerkte ihr Onkel trocken: „Meine Liebe, Oliver hat in Cambridge andere Unterhaltungen, die mehr nach seinem Geschmack sind."

„Was meinst du? Was für Unterhaltungen?"

Er zuckte die Achseln. „Das muß ich wohl nicht genau erklären."

Ich wußte, worauf er anspielte, und wollte, ich wüßte es nicht. Dort gab es Kartenspiel und auch Frauen. Das Leben mit Vater und Harry hatte mich eine Menge über die Bedürfnisse und Vergnügungen der Männer gelehrt.

So vergingen die Wochen, der blaßgrüne Weizen reifte und wurde braun und glänzend wie poliertes Holz, die Gerstenähren raschelten im leichten Wind wie Seide, und die Ernte begann. Der harte Winter schien vergessen, obwohl ich wußte, daß sich Tante Jess um einige der ärmeren Landarbeiter Sorgen machte und mich mit Körben voll Eiern und Feldfrüchten oder mit abgelegten Kleidern zu jenen schickte, die am meisten Not litten. Ich stellte dabei fest, wozu ich in London nie Gelegenheit gehabt hatte, wie verzweifelt nahe am Verhungern sie lebten. Ich schämte mich, daß ich mich über Kleinigkeiten geärgert hatte, und kam aufgebracht und entrüstet nach Copthorne zurück.

„Rührseligkeit hat keinen Zweck", sagte Tante Jess sarkastisch. „So liegen die Dinge nun einmal, und solange die Gesetze nicht geändert werden, können wir wenig tun."

Sie hatte recht, aber ich fühlte tief mit Leuten wie Jake mit, der sich so sehr bemühte, über den Durchschnitt der Unterdrückten aufzusteigen.

Zu meiner großen Erleichterung hörte ich nichts mehr von Joshua Rutland. Vielleicht war das Geschäft, das Olivers Onkel mit ihm abzuschließen gehofft hatte, gescheitert. Ich wünschte es heiß. Von Harry bekam ich eine kurze Nachricht, in der nichts von Bedeutung stand, außer was ich bereits wußte, und davon schrieb er in brüderlicher Offenheit.

„Die eine Hälfte der Gesellschaft nennt Bulwer einen Schurken, und die andere Hälfte ist überzeugt, daß Du mit ihm geschlafen hast und nun aus Gründen, die Du erraten kannst, aufs Land geschickt worden bist . . . Das sind aber nicht die besseren, Clary, mach Dir also nicht allzuviel daraus. Ich vermisse Dich, Schwesterchen, ohne Dich ist es hier nicht schön, und die Dienerschaft macht sich einen guten Tag. Wann kommst Du zurück?"

Das war es also, was sie von mir dachten. In Kürze würden sie mir ein uneheliches Kind von Bulwer Rutland andichten. Ich war wütend und dankbar, daß ich ihm hier nicht begegnen mußte, wo sie nichts wußten. Auf eine Ecke des zusammengefalteten Blattes hatte er eine Nachschrift gekritzelt. „Vater hat sich nicht recht wohl gefühlt." Einen Augenblick überkam mich Sorge, und ich versuchte sie abzuschütteln. Ich wollte nicht zurück zum Soho Square, zum Lärm und zur Unruhe der Londoner Straßen, zum Heiratsmarkt der Ballsäle und Salons, wo ich, unschuldig oder nicht, die Last eines angekratzten Rufes zu spüren bekommen würde.

Will Burton war der größte Pächter von Ravensley, und das Erntedankfest sollte in seiner Scheune gefeiert werden. In den letzten Augusttagen waren alle auf den Feldern tätig. Die Not des Winters war vergessen. Es gab Arbeit für jedermann, auch für Jake.

Einmal sah ich Oliver ohne Rock und in bis zum Nabel offenem Hemd neben seinem Freund arbeiten. Wir hatten den ganzen Sommer lang freundschaftlich verkehrt. Manchmal ritt er mit mir und Cherry aus. Alyne haßte Pferde immer noch. Eines Tages kam er nach Copthorne, als ich im Garten war, und lud mich ein, mit ihm in das Greatheart zu reiten. Wir lachten zusammen über kindliche Erinnerungen. Wir winkten den Vogeljägern Grüße zu, die so weit draußen in der Marsch lebten, so abgeschieden, daß es fast wie in einem anderen Land war. Er kannte sie alle, und ich glaube, sie liebten und achteten ihn wegen seines Vaters. Wir kamen an Windmühlen vorbei, die das braune Wasser schaumig in die Kanäle schöpften, und erreichten schließlich mitten in der unberührten Marsch eine von Wasserläufen umgebene Insel. Der Weg war nicht mehr als eine Spur im nassen Gras geworden, und als wir durch einen flachen Tümpel plantschten, entdeckte ich eine strohbedeckte Hütte, überschattet von einer Gruppe üppig wuchernder Weiden. Zwei Männer standen vor der niedrigen Tür. Sie waren klein, dunkel und mit ihren wettergegerbten Gesichtern, den unförmigen Jacken und den langen Stiefeln ähnelten sie ihren ikenischen Vorfahren, die so lange und erbittert gegen die römischen Legionen gekämpft hatten.

Sie riefen Oliver etwas in einem so breiten Dialekt zu, daß ich nicht ein Wort verstand, und er grinste.

„Warte auf mich, Clarissa", sagte er, glitt aus dem Sattel und verschwand mit den beiden Männern in der Hütte. Ich sah ihm neugierig nach. Hänflinge und Goldfinken zwitscherten und sangen in Rutenkäfigen außerhalb der Hütte. Da waren Netze, Aalreusen und Körbe aufgestapelt, und eine dünne Rauchfahne stieg von dem braunen Dach auf und kräuselte sich in der stillen Luft.

Ich hielt Olivers Zügel. Die Pferde stampften und drängten zur Seite, um schmatzend an dem üppigen Gras zu knabbern, und ein Flachboot kam langsam den Fluß herab und glitt vorbei. Die Sonne ließ das Haar des barhäuptigen jungen Mannes aufleuchten, der es steuerte, und er schaute zu mir herüber, als er vorbeikam. Mir stockte der Atem, denn ich hätte schwören können, es sei Oliver, obwohl er grobe Kleidung trug und sein Haar ungepflegt war. Ich war nicht sicher, doch schien mir, daß ich dieses Gesicht schon einmal früher gesehen hatte, in jener dunklen Nacht im April. Dann hörte ich lautes Gelächter, die beiden Männer kamen aus der Hütte und schlugen Oliver auf die Schulter. Einer von ihnen grinste, in seinem dunklen Gesicht blitzten weiße Zähne, in der Hand hielt er zwei Fasanenhähne. Er reichte sie Oliver hinauf, als dieser sich in den Sattel schwang.

„Ein seltenes köstliches Essen für Jake und seine Mutter", sagte er, „aber nicht daß Sie denken, Mister, wir haben sie gewildert. Sie sind in unsere Netze gelaufen und haben sich dort selbst den Hals umgedreht, ist es nicht so, Nampy?"

„Ja, sind dumme Viecher!" sagte sein Kamerad, und sie nickten einander zu, höchst zufrieden mit sich und der Welt.

„Wer um alles in der Welt sind die beiden?" fragte ich, als wir fortritten.

„Moggy Norman und Nampy Sutton, zwei der größten Strolche, die man noch nicht gehängt hat, und ich fürchte sehr, diese beiden Fasane stammen aus Sir Peter Berkeleys neuem Gehege", sagte Oliver besorgt. „Trotzdem sind sie gute Burschen. Sie haben eine rauhe Art zu essen, zu schlafen und zu kämpfen, aber sie verraten nie einen Kameraden, koste es, was es wolle." Sein Mund wurde schmal. „Wenn mein Onkel wüßte, daß sie auf seinem Land jagen, würde er sie vertreiben und verbannen lassen. Das macht mir manchmal Sorge, Clarissa. Wenn es zu Unruhen kommt, stecken Männer wie sie dahinter."

„Wird es zu Unruhen kommen?"

„Ich weiß es nicht, aber ich erinnere mich, was geschah, als ich ein Junge war. Ich erinnere mich an die Unruhen, als sie Isaac Starling hängten, und manchmal meine ich, ich kann in der Luft, die wir atmen, den Geruch von Hunger und Unzufriedenheit spüren."

Ich dachte an den Mann, der gerade in dem Flachboot vorbeigefahren und längst außer Sicht war, aber es erschien mir albern zu sagen: „Da lebt jemand in der Marsch, der genau wie du aussieht." Statt dessen fragte ich: „Gibt es hier Männer, die sich verbergen, Vagabunden, Verfolgte oder gar Verbrecher?"

„Sicherlich, eine Menge von ihnen. Hier war immer schon ein Zufluchtsort, seit Hereward the Wake Wilhelm dem Eroberer Trotz bot. Man würde eine ganze Armee brauchen, um die Marsch zu durchsuchen, und es würde ihnen nicht gelingen, sie einzukesseln."

Als wir nach Copthorne zurückkamen, hielt er mir einen der Fasane hin. „Würde Miss Cavendish einen wollen?"

„Nein, sicher werden die Starlings mit beiden fertig . . . und du auch."

Er lachte. „Gewildert schmecken sie immer am besten. Es war ein schöner Tag, Clarissa, danke, daß du mitgekommen bist." Er winkte mir noch zu, als er fortritt.

Er mochte mich wirklich gern, das wußte ich, trotzdem tat mir das Herz weh. In der ganzen Zeit, die wir gemeinsam verbrachten, hatte er mich kein einziges Mal so angesehen wie Alyne.

Es war immer Brauch gewesen, daß die Bewohner des Herrenhauses am Erntedankfest teilnahmen, und meist machten sie sich unauffällig fort, bevor die Stimmung zu ausgelassen wurde. Als Kinder waren wir oben auf den Wagen von den Feldern heimgefahren. Ich erinnerte mich, wie sehr ich Alyne beneidet hatte, wenn sie mit einem Blütenkranz im Haar die kostbare Strohpuppe tragen durfte, die man aus der letzten Garbe gemacht hatte, und die im Bauernhaus sorgfältig bis zum nächsten Jahr aufbewahrt wurde, um wieder eine gute Ernte zu sichern.

Wir waren alle in der großen Scheune, als der letzte Wagen auf der Straße angerollt kam, auf dessen goldenen Garben Jake triumphierend thronte.

Die Schnitter hatten ihn zum Erntekönig gewählt, und ich hatte den starken Verdacht, daß sie es mit Absicht getan hatten, um ihre Unabhängigkeit zu beweisen und Justin Aylsham zu zeigen, wie sehr sie ihm die willkürliche Entlassung eines der Ihren übelnahmen. Ich dachte mir, wie stattlich er aussah, mit dem gebräunten Gesicht und dem vom langen Aufenthalt in der Sonne gebleichten Haar, seinem frisch gewaschenen und gebügelten weißen Leinenhemd und dem roten Halstuch. Wir saßen an der Spitze der Tafel mit dem Pächter Burton und seiner Frau. Lord Aylsham machte den Eindruck gelangweilter Nachsicht. Alyne saß neben ihm, wunderschön und in sich gekehrt, aber Tante Jess in ihrem geblümten Kleid unterhielt sich glänzend und Cherry war ungewöhnlich erregt.

Auf dem Tisch war mehr Essen aufgehäuft, als viele von ihnen seit Monaten gesehen haben, und sie sprachen allem reichlich zu, dem gekochten Schinken, den Fleischscheiben, den hausgemachten Gewürzgurken und Obstkuchen, dem reichlichen sahnigen Käse, dem frisch gebackenen Brot und den großen Krügen mit Bier. Viele von ihnen würden betrunken sein, ehe die Nacht vorbei war. Nachdem wir gegessen hatten, und bevor der Tanz begann, sangen sie das traditionelle Erntelied.

Es sollte christlich sein, war aber auch heidnisch, ein wilder Jubel, daß die Ernte eingebracht und gut war, was für die, die sonst so wenig hatten, Essen den ganzen Winter hindurch bedeutete.

Wir blieben ein wenig länger, um beim Tanz zuzusehen. Oliver sagte: „Möchtest du mitmachen, Clarissa?"

„Ich weiß nicht, ob ich es kann."

„Es ist ganz leicht, ein ländlicher Tanz, und sie haben es gern, wenn wir mittun."

In früheren Jahren, dachte ich mit einem Anflug von Bitterkeit, hatte er wohl Alyne aufgefordert, und nun wandte er ihr mit Absicht den Rücken.

„Geh nur, meine Liebe", sagte Tante Jess heiter. „Die Tanzschritte sind ganz ähnlich wie bei uns. Ich würde selbst mitmachen, wenn ich zehn Jahre jünger wäre."

So tanzten wir also aus der Scheune hinaus und wieder hinein, und es war heiß und staubig und sehr lustig, bis ich plötzlich entdeckte, daß Cherry mit Jake tanzte. Obwohl an sich nichts dabei war, verspürte ich Furcht. Oliver schien es nicht bemerkt zu haben, auch sein Onkel nicht. Ich war froh, als der Geiger zu spielen aufhörte, um sich den Schweiß von der Stirne zu wischen und durstig aus einem Bierkrug zu trinken.

„Zeit, daß wir gehen", sagte Lord Aylsham kurz und stand auf.

Der Pächter Burton, rot und verschwitzt, schüttelte uns die Hände und begleitete uns hinaus. Ich hängte mich bei Tante Jess ein, und wir gingen gemeinsam zum Tor, wo der Wagen mit den Pferden wartete. Seitlich des Weges, halb verborgen unter den herabhängenden Zweigen einer großen Kastanie, standen Cherry und Jake eng umschlungen.

Lord Aylsham stieß einen unterdrückten Schrei aus und ging auf sie zu. Er packte Cherry bei der Schulter und riß sie so heftig herum, daß sie stolperte und beinahe gefallen wäre.

„Was, in drei Teufels Namen, machst du hier?"

„Wir küssen uns", sagte sie herausfordernd. „Da ist doch nichts dabei. Das gehört auch mit dazu."

„Du bist keine Dorfschlampe, sondern meine Nichte und eine Aylsham, benimm dich also entsprechend. Und was Sie betrifft", er wandte sich an Jake mit einer Wut, die um so fühlbarer war, als er die Stimme nicht erhob, „ich habe genug von Ihrer Unverschämtheit. Wenn Sie sie auch nur anzurühren oder mit ihr zu sprechen wagen, werde ich Sie aus dem Dorf und der Grafschaft ausweisen lassen. Und ich werde dafür sorgen, daß Sie nie mehr Arbeit erhalten."

„Nein." Oliver war näher getreten. „Das kannst du nicht tun. Er soll nicht für eine Verrücktheit büßen, die ebenso Cherrys Schuld ist wie die seine. Sie ist unbesonnen . . . noch ein Kind . . ."

„Ich bin kein Kind mehr", protestierte Cherry.

„Sei still, Kleine, überlaß das mir."

„Das ist meine Angelegenheit, nicht die deine", sagte sein Onkel eisig. „Ich bin Cherrys Vormund, und ich entscheide, was das beste für sie ist."

„Wirst du mich auspeitschen, wie du Jethro auspeitscht?" schrie Cherry.

In das entstandene erschreckte Schweigen hinein sagte er kalt: „Ich werde tun, was ich für nötig halte, um dich zu bestrafen und einem solchen vulgären Benehmen ein Ende zu setzen." Und damit wäre er weitergegangen, hätte ihn Jake nicht aufgehalten.

„Einen Augenblick, Mylord. Ich entschuldige mich bei Miss Cherry. Es ist meine Schuld. Ich hätte nicht zulassen dürfen, daß sie sich mit einem meinesgleichen vergißt, aber rühren Sie sie nicht an, hören Sie mich?" Ich sah Justin Aylshams Augen funkeln, er wollte etwas sagen, aber Jake fuhr fort: „Sie können mit mir tun, was Sie wollen, aber ich muß Sie daran erinnern, daß ich ein Mann bin und meinen Stolz habe, ich bin kein Wurm, den Sie mit dem Fuß zertreten können, und wenn es mir beliebt, wieder mit ihr zu sprechen, dann werde ich es tun, und nichts, was Sie vorhaben, wird mich daran hindern."

Es war eine unerhörte Verrücktheit von einem jungen Mann in Jakes Lage, so zu sprechen, doch wurde mir warm ums Herz, daß der Junge den Mut hatte, für seine Rechte als Mensch einzutreten. Dann hob zu meinem Schrecken Lord Aylsham die Hand mit der Reitpeitsche und schlug sie ihm zweimal so rasch über das Gesicht, daß niemand ihn hätte hindern können. Jake rührte sich nicht. Er stand ganz ruhig da, mit roten Striemen über seinen Wangen.

„Das war abscheulich!" Oliver trat zwischen die beiden, aber sein Onkel stieß ihn beiseite. Er ging ohne ein weiteres Wort zu seinem Pferd, schwang sich in den Sattel und ritt fort.

Der Geiger fiedelte immer noch auf seinem Instrument, und einige der Tänzer blieben stehen und starrten herüber. Jake wandte sich um und entfernte sich rasch. Ich sah Mrs. Starling mit bleichem Gesicht die Hand auf den Mund legen, und Jenny sich mit erschrecktem Blick an ihren Arm klammernd.

Cherry hatte zu weinen begonnen. Oliver tätschelte sie verlegen auf die Schulter. „Ist schon gut, Kleine, reg dich nicht auf."

„Oh, warum ist er so grausam, so ungerecht . . .?"

„Du hättest das nicht tun sollen, Cherry. Verstehst du? Es war unfair von dir, Jake gegenüber."

„Warum, warum? Ich wollte ihm nicht schaden . . ."

Mit einem Blick auf mich sagte Oliver: „Kümmere dich um sie. Ich gehe Jake suchen."

Ich legte meinen Arm um Cherrys Schulter, führte sie zu den Wagen und versuchte, sie zu besänftigen und zu trösten.

Alyne sagte angeekelt: „O um Himmels willen, reiß dich zusammen, Cherry. Alle schauen dich an."

„Das ist mir egal . . ."

„Das sollte es dir nicht sein. Wenn du ihn küssen wolltest, warum bist du nicht irgendwohin gegangen, wo man dich nicht sehen kann?"

„Ich bin nicht wie du. Ich schäme mich nicht dessen, was ich tue", schluchzte Cherry.

„O hört auf! Hört auf, ihr beiden!" sagte ich ärgerlich. „Ihr macht es nur noch schlimmer."

Ich half Cherry in den Wagen hinauf. Alyne folgte ihr, und gerade, als ich überlegte, ob ich mit ihnen fahren solle, kam Oliver zurück. Er stieg ein und ergriff die Zügel.

„Ich bringe sie nach Ravensley zurück", erklärte er.

„Machen Sie sich um uns keine Sorgen", erwiderte Tante Jess rasch. „Clary und mir machen die paar Schritte nichts aus."

„Wenn Sie meinen . . ."

„Natürlich. Fahren Sie schon los und kümmern Sie sich um Ihre Schwester. Sie ist sehr unglücklich."

Es war eine gute Meile bis Copthorne, und wir trotteten erhitzt und besorgt auf müden Füßen die staubige Straße entlang. Es war noch nicht dunkel, aber den milden Septemberabend hatte die häßliche Szene verdorben, die wir hatten mitansehen müssen. Wir hatten etwa die halbe Strecke zurückgelegt, als Tante Jess plötzlich stehenblieb.

„Dort wird es Ärger geben", sagte sie. „Das Kind ist in Jake Starling verliebt, und das geht nicht."

„O nein", protestierte ich, „nicht wirklich verliebt. Sie kennt ihn nur schon so lange."

„Das ist Grund genug. Er ist ungemein anziehend, und sie sieht nicht genug andere junge Leute. Es ist Olivers Schuld. Er ist zu sehr damit beschäftigt, seinem Onkel zu grollen und Alyne nachzutrauern, und bemerkt dabei nicht, daß seine kleine Schwester eine junge Frau geworden ist."

„Er mag sie doch sehr gern."

„Natürlich, genau wie seinen Hund und sein Pferd und damit hat's sich", sagte Tante Jess grimmig, „aber das ist nicht genug. Schreib an Harry und lade ihn hierher ein, Clary."

„Was um Himmels willen hat Harry damit zu tun?"

„Es wird ihr die Möglichkeit geben, Vergleiche zu ziehen. Der einzige andere junge Mann, der sie bewundernd angeblickt hat, ist Hugh Berkeley, und der arme Junge hält den Vergleich mit Jake nicht im geringsten aus."

Ich konnte mir nicht vorstellen, wie Harry sich in das Leben auf Ravensley einfügen würde, und meinte, daß Tante Jess übertrieb. Bevor ich jedoch etwas unternehmen konnte, machten die Umstände es unnötig.

5

Der Michaeliball in Ravensley war, wie Tante Jess sagte, wirklich das erste große gesellschaftliche Ereignis im Herrenhaus, seit Justin Aylsham von Indien zurückgekehrt war.

„Er beginnt sich einzugewöhnen", fuhr sie trocken fort und schaute stirnrunzelnd auf die Einladungskarte in ihrer Hand. „In der Grafschaft herrschte anfangs Mißtrauen. Manche haben sich erinnert, daß es da eine dunkle Sache gegeben hatte, als er vor zwanzig Jahren verschwand, ohne daß jemand genaue Einzelheiten wußte. Aber jetzt werden sie ebenso sehr aus Neugier wie aus anderen Gründen angeschwärmt kommen."

„Gehen wir hin?"

„Natürlich. Ich möchte es nicht um alles in der Welt versäumen. Ich will ihre Gesichter sehen. Für Cherry wird es auch gut sein. Das Kind lebt wie in einer Wildnis. Jammerschade, daß Justin keine Frau mit nach Hause gebracht hat, die mit ihr zur Saison nach London gefahren wäre."

„Und was ist mit Alyne?"

„Alyne war immer fähig, selbst auf sich zu schauen", sagte sie geheimnisvoll.

Ich fragte mich, ob Tante Jess immer noch an den Wert einer Londoner Saison glaubte, wo es Dutzende heiratslustiger junger Männer gab. Das hatte seine Schwierigkeiten, wenn man wählerisch und freiheitsliebend war, wie ich zu meinem Leidwesen erfahren hatte.

Ich hatte seit dem Erntedankfest nicht viel von Cherry oder Alyne gesehen. Tante Jess hatte sich durch die Arbeit im Garten bei jedem Wetter eine schwere Erkältung zugezogen. Sehr zu ihrem Ärger hatte sie der Arzt ins Bett verbannt, wo sie unleidlich war und ihre schlechte Laune an Prue und an mir ausließ. Sie vermißte Jake und seine ständige bereitwillige Hilfe. Als ich Patty fragte, wo er sei, tat sie geheimnisvoll und sagte, ihr Bruder wäre nach Ely gegangen, um eine besser bezahlte Arbeit zu suchen. In gewisser Weise war ich dankbar.

Am Abend vor dem Ball betrachtete ich mich kritisch im Spiegel. „Du hast zugenommen", sagte Tante Jess beifällig. „Du siehst vornehm aus, Clarissa, und das ist mehr, als alle diese dürren Mädchen heutzutage haben." Das war ein eher armseliger Ausgleich gegenüber Alynes hinreißender Schönheit, dachte ich. Ich trug ein Kleid aus lila Gaze, verziert mit purpurnen Samtbändern, und im Haar wie am Gürtel einen Strauß Parmaveilchen. Das Kleid war nicht neu, und ich konnte nur hoffen, daß es nicht zu unmodern aussah. Glücklicherweise war es ein schöner Tag, denn wir hatten keine Kutsche und mußten den Ponywagen nehmen, den John fuhr.

Die Luft roch würzig, und die großen Ulmen leuchteten in warmen Herbstfarben, als wir, in Mäntel und Schals bis zu den Augen verhüllt, den Weg nach Ravensley einschlugen.

Es war lange her, seit ich das alte Haus in solcher Pracht gesehen hatte. Die Staubüberzüge waren entfernt worden, und die Möbel mit ihrem etwas abgeblaßten Gold wirkten immer noch ansehnlich. In dem großen Salon waren an die dreißig Paare versammelt, und im Spielzimmer auf der anderen Seite hatte man Kartentische aufgestellt.

Cherry empfing die Gäste an der Seite ihres Onkels, aber die Augen der Männer hingen an Alyne; Alyne, schlank und schön wie eine Lilie in ihrem blaßgelben, mit goldenen Sternen besäten Kleid. Sie trug keinerlei Schmuck, nur ein Sträußlein gelber Rosen in ihrem schimmernden Haar. Neben ihr sah Cherry in dem weißen Musselinkleid wie ein linkisches Schulmädchen aus, und das Kind tat mir leid. Als ich mit Tante Jess hereinkam, griff sie rasch nach meiner Hand.

„Bleib bei mir, Clarissa."

„Aber Cherry, ich sollte nicht . . ."

„Bitte, nur ein Weilchen."

Ich stand hinter ihr und nickte den wenigen Leuten zu, die ich kannte. Ich begrüßte Sir Peter Berkeley und seinen Sohn. Hugh hatte ein freundliches, ansprechendes Gesicht, aber ich sah auf den ersten Blick, wie ungünstig er mit seinem Flachshaar, seiner schlechten Haltung und schmalen Brust neben Jake, der so stark und vital war, wirken mußte. Da nützte auch Hughs hübscher Anzug und sanftes Lächeln nichts. Er hätte sich gerne mit Cherry unterhalten, aber sie hatte sich bereits ungeduldig anderen zugewandt. Dann erspähte ich hinter ihnen eine große kräftige Gestalt in Scharlach und Schwarz neben einem anderen, gedrungenen und kahlköpfigen Mann, der zu sehr aufgeputzt war mit einem blitzenden Diamanten als Krawattennadel, und mir stockte das Blut. Ich wäre gerne geflohen, aber das war unmöglich. Sie waren schon zu nahe und sprachen bereits mit Cherry.

Zitternd streckte ich meine Hand aus. „Guten Abend, Rittmeister Rutland."

Er ging an mir vorbei, als wäre ich Luft. Es war eine so vorsätzliche Beleidigung, daß ich für einen Augenblick weder mich rühren noch sprechen konnte. Vielleicht hatten nicht so viele Leute es bemerkt, wie ich dachte, obwohl irgendwo in meiner Nähe getuschelt wurde, und ich fühlte, wie mir die Röte ins Gesicht stieg. Ich murmelte Cherry etwas zu, ging rasch fort und spürte, daß sich neugierige Blicke in meinen Rücken bohrten. Die Musiker hatten zu spielen begonnen, der Weg zur Türe schien kein Ende zu nehmen, und ich wünschte, ich könnte mich irgendwie unsichtbar machen. Dann legte sich eine Hand auf meinen Arm, und eine heisere Stimme sagte leise: „Nicht so hastig, junge Dame. Ich möchte mit Ihnen sprechen."

Joshua Rutland trottete an meiner Seite, und das schien es nur noch schlimmer zu machen. Ich starrte geradeaus, ohne zu antworten, und er fuhr fort.

„Das hätte er nicht tun sollen, Sie so zu schneiden. Das ist wirklich nicht anständig, aber der Junge war gekränkt, daß Sie ihn haben stehen lassen."

„Ich habe ihn nicht stehen lassen, Mr. Rutland."

„Nun, Sie wollen ihn nicht heiraten, das kommt auf dasselbe hinaus. Sie sind fortgelaufen, und er ist auf dem Trockenen geblieben. Was gefällt Ihnen nicht an ihm?"

„Alles", sagte ich bitter.

Aber seltsam genug, er war nicht gekränkt. „Nun, das ist wenigstens ehrlich. Nicht, daß ich Ihnen beipflichten würde, aber ich selbst ziehe Offenheit auch vor. Man weiß dann, woran man ist."

„Mr. Rutland", sagte ich fest, „ich muß zu meiner Tante zurück. Sie wird mich suchen."

„Das stimmt nun wieder nicht, junge Dame" sagte er und drohte mir mit einem dicken Finger. „Sie wird meinen, Sie vergnügen sich mit einem dieser jungen Stutzer."

„Das tue ich aber nicht, wie Sie sehen."

„Nur allzu wahr. Sie müssen sich mit dem alten Josh begnügen", erwiderte er mit einem heiseren Kichern. „Ich hatte keine große Lust herzukommen, ehrlich gesagt. Ist nicht mein Stil, ich fühle mich wie ein Kabeljau in einem Goldfischaquarium." Er sah sich mit einer gewissen Verachtung um. „Dabei könnte ich mir die meisten mehr als dreimal kaufen."

„Das mag sein", sagte ich aufgebracht, „aber Geld ist nicht alles, und ich sehe nicht, was das mit mir zu tun hat."

„Sie sollten Geld nicht geringschätzen, junge Dame", erwiderte er und sah mich mit seinen kleinen Augen verschmitzt an. „Ihr Papa hat offenbar mehr Verständnis dafür."

Das beunruhigte mich sogleich. „Was ist mit meinem Vater?"

„Machen Sie sich keine Sorgen. Ich dränge ihn nicht, noch nicht, aber wenn ich wollte, wäre er morgen in Newgate."

Ich war entgeistert. „Sie werden ihn doch nicht ins Schuldgefängnis bringen?"

„Ach nein, das ist es mir nicht wert. Ich frage mich etwas anderes. Warum will Lord Aylsham, dieser feine Gentleman, ein Darlehen von mir? Warum ist er so scharf darauf, daß er mich sogar einlädt, den armen alten Joshua Rutland, der Tee hinter dem Ladentisch verkauft hat, mich hier haben will, wenn er seine vornehmen Freunde empfängt. Warum? Beantworten Sie mir das."

„Wo haben Sie ihn kennengelernt?", fragte ich neugierig.

„Wir haben einige Geschäfte miteinander gemacht, als er in Indien war", sagte er vorsichtig. „Mit Tee, und damals war er bei weitem nicht so anmaßend, konnte es sich nicht leisten."

„Wenn es etwas mit dem Gut zu tun hat", betonte ich, „dürfen Sie sich nicht an mich wenden, sondern an seinen Neffen Oliver Aylsham."

„Ja, er hat ihn erwähnt, und was ist mit dem jungen Mann? Ist er ein so schlauer Affe wie sein Onkel?"

„Nein, das ist er nicht", protestierte ich entrüstet. „Er ist anständig und wird ehrlich mit Ihnen verhandeln."

„Meinen Sie? Das höre ich gern. Sie mögen ihn wohl, junge Dame? Und wo kann ich ihn finden?"

Plötzlich fiel es mir auf, daß ich seit meiner Ankunft Oliver noch nicht gesehen hatte. „Er muß hier irgendwo sein", sagte ich, und dann entdeckte ich dankbar Tante Jess. „Entschuldigen Sie mich. Meine Tante hält nach mir Ausschau."

Hartnäckig blieb er an meiner Seite, so daß ich ihn vorstellen mußte. Tante Jess sah in ihrem bauschigen Kleid aus rotem Brokat und dem mit Straußenfedern verzierten Hut neben ihm gewaltig aus.

„Ich habe eine Menge von Ihnen gehört, Mr. Rutland, und auch von Ihrem Sohn", sagte sie spitz.

„Erfreut, Ihre Bekanntschaft zu machen, Madam." Er beugte sich linkisch über ihre Hand. „Ihre Nichte ist ein nettes Mädchen."

„Es freut mich, das zu hören, denn zufällig ist es auch meine Meinung." Tante Jess konnte beachtlich abweisend sein, wenn ihr daran lag.

Mr. Rutland verbeugte sich, murmelte etwas und verzog sich endlich.

„Das ist also der Mann, der dein Schwiegervater geworden wäre", bemerkte sie. „Natürlich vulgär und wie eine Schneiderpuppe angezogen, aber ein gerissener alter Kunde, würde ich sagen."

„Ich würde lieber ihn heiraten als seinen Sohn", sagte ich in meiner Erleichterung.

„Er wäre nicht schlimmer als Lord Haversham dort drüben, meine Liebe, der wie ein Fisch trinkt und von seiner Frau erwartet, daß sie seine letzte Flamme einlädt, wenn es ihm gerade so paßt."

„O Tante Jess, das kann nicht wahr sein?"

„Kichere nicht, Mädchen, das ist altjüngferlich. Natürlich ist es wahr. Lady Haversham hat es mir selbst erzählt. Ist der bewußte junge Mann hier?"

„Ja."

Sie warf mir einen prüfenden Blick zu. „Na dann fort mit dir, unterhalt dich gut, Kind. Ich bin zu alt für diese Art von Feiern. Peter Berkeley hat mich zu einer Whistpartie aufgefordert. Aber höchstens einen Penny den Punkt. Ich habe kein Geld zum Hinauswerfen."

Ich ging mit ihr in das Spielzimmer. Nachdem sie sich mit Sir Peter und zwei anderen ihrer Freunde zusammengesetzt hatte, kehrte ich in die Halle zurück und sah eine kleine Gruppe junger Frauen hinter den aufgestellten Blumen tuscheln. Vermutlich sprachen sie von mir, und ich hörte gegen meinen Willen, was sie sagten.

„Habt ihr es bemerkt? Er ist glatt an ihr vorbeigegangen."

„Ich nenne es schamlos, überhaupt herzukommen, wenn sie wußte, daß er zugegen sein würde."

„Was ist wirklich passiert?" Das war Alynes Stimme.

„Wissen Sie das nicht? Natürlich, Sie sind hier so weit weg von allem. Ich weiß nicht, wie Sie das aushalten. Die beiden hätten sich verloben sollen. Mama weiß es ganz sicher. Dann hat ihr Vater sie mit einem Mann im Bett gefunden . . ."

„Clarissa? Unmöglich."

„Es stimmt schon, ich schwöre es Ihnen. Die Zofe meiner Mama hat es von des Obersten Betsy. Solche Mädchen wie sie sind immer die Ärgsten."

„Wer war es?"

Es gab Geflüster und gedämpftes Kichern. „Es wurde natürlich vertuscht, aber man sagt, ihr Vater habe sie mit der Peitsche geschlagen, bevor er sie fortgeschickt hat."

„Armer Rittmeister Rutland . . ."

Mir wurde übel. Das war also das Gerücht, das er über mich ausgestreut hatte . . . Und man glaubte ihm. Männern glaubt man immer.

Es sind stets die Frauen, deren guter Ruf leidet. Ich hatte immer gewußt, was man über mich sagen würde, und hatte mir eingeredet, daß es mir nichts ausmache, aber diese gehässigen Lügen mit eigenen Ohren zu hören . . . Diese Ungerechtigkeit traf mich wie ein Schlag. Wider Willen fühlte ich heiße Tränen über meine Wangen laufen. Ich eilte blindlings fort und stieß mit jemandem zusammen, der sich kurz entschuldigte und mich dann anhielt.

„Was ist los, Clarissa?", fragte Oliver. „Was ist geschehen?"

„Nichts." Ich versuchte tapfer, meine Stimme nicht zittern zu lassen. „Gar nichts", wußte aber sogleich, daß er auch jedes Wort gehört haben mußte.

„Hast du keine Freude an dem Ball?"

„Nicht allzu sehr."

„Ich auch nicht. Beinahe wäre ich gar nicht gekommen. Sollen wir uns für ein paar Minuten verdrücken?"

„Wohin können wir gehen?"

„Auf die Terrasse hinaus. Wird dir kalt sein?"

Ich schüttelte den Kopf, und er führte mich durch die Halle. Draußen war die Luft frisch, und ich atmete tief.

„Weinst du?"

„Nein", sagte ich zitternd.

„Ich glaube, du weinst."

Schwaches Licht fiel durch die hohen Fenster, und die Musik war kaum zu hören. Er schlang seinen Arm um mich, beugte sich vor und küßte mich auf die Lippen.

Ich zuckte zurück. Ich war noch immer verletzt und Bitterkeit stieg in mir auf. „Das hättest du nicht getan, wenn du gehört hättest, was sie über mich sagen."

„Ich gebe nichts auf Klatsch", sagte er trocken. „Was haben sie denn gesagt?"

„Das spielt keine Rolle."

„Ich dachte gerade, wir beide brauchen ein wenig Trost."

Ich schaute zu ihm auf. Ein finsterer Zug lag um seinen Mund. „Warum du, und warum gerade heute nacht? Ist es wegen Alyne?"

Er mied meinen Blick. „Wie lange weißt du das schon?"

„Schon seit meiner Ankunft in Copthorne."

„Cherry, vermutlich."

„Nein."

„Ist es so auffällig?"

„Für mich schon."

„Verdammt! Ich dachte, ich hätte mich besser in der Gewalt", sagte er bedrückt, „und du, Clarissa? Da wir nun schon bei Geständnissen sind. Warum die Tränen?" Aber ich konnte ihm nicht antworten, und er fuhr leise fort: „Doch nicht wegen dieser boshaften jungen Frauen?"

„Nicht nur. Ich habe einfach nicht erwartet, Rittmeister Rutland hier zu treffen . . . Das war höchst unangenehm."

„Warum?" fragte er stirnrunzelnd. „Was hat er getan?"

„Das solltest du lieber andere fragen."

Er schaute mich erstaunt an und lächelte. „Möchtest du, daß ich gehe und ihn fordere, weil er einen unserer Gäste beleidigt hat? Ich täte es mit größtem Vergnügen."

„Sei nicht albern. Joshua Rutland ist auch da", erinnerte ich mich plötzlich. „Er sucht dich."

„Tatsächlich? Nun, da muß er nicht lange suchen." Er wandte dem Garten den Rücken und nahm beide meine Hände in die seinen. „Wir sind beide sehr albern. Das ist ein Ball, und da sollte man sich eigentlich unterhalten. Ich habe eine Idee, Clarissa. Wir wollen tanzen und so tun, als schwärmten wir füreinander. Das wird denen da drinnen etwas zu reden geben."

„Das meine ich auch", sagte ich, bemüht, in seinen leichten Ton einzustimmen.

„Hast du was dagegen?"

Ich schüttelte den Kopf und lächelte ebenfalls. Er war sich nicht klar, was er von mir verlangte. Warum, fragte ich mich, als wir in den Ballsaal zurückgingen, warum um alles in der Welt war ich so eine Närrin, solche Gefühle für einen Mann zu hegen, dem ich völlig gleichgültig war, der blind in eine andere Frau verknallt war, die hundertmal schöner und begehrenswerter war als ich, einen Mann, den ich im Verdacht hatte, mit mir nur zu tanzen, um diese andere eifersüchtig zu machen?

Der Abend schleppte sich hin. Oliver leistete mir häufig Gesellschaft, und ich empfand darüber ein bittersüßes Glück. Ich tanzte mit dem einen oder anderen jungen Mann, lachte, schwatzte, trank Limonade, aß Eis und wünschte leidenschaftlich, irgendwo anders zu sein. Rittmeister Rutland hatte großen Erfolg. Er war der einzige in der roten Uniform, und die Mädchen umschwärmten ihn. Einmal sah ich, wie sein Blick auf Alyne verweilte; und fragte mich, was sie wirklich für Oliver empfand. Sie war das verschlossenste Mädchen, dem ich je begegnet war, und verriet nie, was in ihr vorging.

Dann spielten sie einen Walzer, diesen verwegenen Tanz, der in London der letzte Schrei der Mode war, aber hier auf dem Land als nicht ganz salonfähig betrachtet wurde. Oliver forderte mich wieder auf. Ich war jetzt müde und schwebte mit geschlossenen Augen wie in einer unmöglichen Traumwelt dahin, bis ich plötzlich merkte, daß er mich etwas fragte.

„Ich habe mit Joshua Rutland gesprochen. Was weißt du von ihm, Clarissa?"

„Nicht viel, außer daß er sehr reich ist."

„Und ein bemerkenswert schlauer alter Vogel, würde ich sagen. Weißt du, was ich glaube? Mein Onkel will ihm Ravensley verpfänden und mit dem Geld das Greatheart und all das Land ringsum trockenlegen."

Ich starrte ihn an. „Wäre das so schlimm?"

„Du verstehst das nicht, Clarissa. Es würde alles zerstören, was mein Vater aufzubauen versucht hatte, den guten Willen, das Vertrauen und die Zuneigung zwischen ihm und seinen Pächtern, alles, was Ravensley je repräsentierte. Mein Onkel will Macht und will Geld, und es ist ihm gleich, wen er dabei niedertritt, um das zu erreichen. Aber das soll ihm nicht so leicht gelingen. Ich werde gegen ihn kämpfen, Clarissa, ich werde ihm jeden Schritt auf diesem Weg erschweren."

Sein Arm schloß sich enger um mich, und die wilde Entschlossenheit seiner Stimme ließ mich erzittern. Zwischen ihm und Justin Aylsham schien eine Kluft zu bestehen, die nichts überbrücken konnte.

Der Tanz war vorüber, und ich hatte mehr als genug. Ich sagte: „Ich glaube, ich gehe jetzt Tante Jess suchen. Es ist spät, und sie wird wahrscheinlich gehen wollen."

Er nahm meinen Arm, und wir gingen gemeinsam auf das Spielzimmer zu, als am Ende des Saales etwas los zu sein schien. Sir Peter Berkeley erschien an der Tür und winkte Justin Aylsham aufgeregt zu.

„Entschuldige mich, Clarissa," sagte Oliver, „ich sollte lieber nach dem Rechten sehen. Dort scheint etwas nicht in Ordnung."

Er ging zur Türe hinüber, und nach einem Augenblick des Zögerns folgte ich ihm.

In der Halle sagte Sir Peter ruhig: „Ich möchte nicht stören, aber zwei meiner Verwalter sind von Barkham herübergekommen. Sie haben einen der Strolche geschnappt, die regelmäßig meine Gehege plündern. Da sie in ihm einen jungen Mann erkannt haben, der bei Ihnen in Ravensley gearbeitet hat, Aylsham, haben sie es für das Beste gehalten, ihn herzubringen."

„Wer ist es?" fragte Oliver rasch.

„Eine Bande von diesen verdammten Schurken hat wochenlang meine Fasane gestohlen", fuhr Sir Peter wütend fort. „Immer wieder hätten sie meine Männer beinahe erwischt, aber sie waren schlüpfrig wie Aale. Diesmal hatte einer von ihnen nicht so ein Glück. Er ist mit dem Fuß in eine Falle geraten, und das brachte ihn zum Sturz. Es würde mich nicht wundern, wenn es der Anführer ist, er heißt Jake Starling."

Ich sah Oliver zusammenzucken. „Wo ist er?" sagte er.

„Draußen vor der Türe. Ein wenig zerzaust, fürchte ich, aber er hat wie ein Teufel gekämpft. Doch sollte ich zuerst mit Ihrem Onkel darüber sprechen."

Inzwischen war Lord Aylsham näher gekommen. Gemeinsam gingen sie zur Haustüre. Auf der Treppe hielten zwei Männer Jake bei den Armen. Er sah bedauernswert aus, sein Hemd war zerrissen, und Blut sickerte aus einer Wunde auf der Stirn. Die Striemen von Justin Aylshams Peitsche waren auf seinen Wangen noch deutlich zu sehen.

Plötzlich merkte ich, daß Cherry neben mir stand. „Was ist los? Was ist geschehen?" Dann sah sie Jake. Ihr stockte der Atem, und sie wäre zu ihm hingelaufen, hätte ich sie nicht zurückgehalten.

„Laß das", sagte ich, „das würde es für ihn nur schlimmer machen." Ich fühlte sie zittern und legte ihr den Arm um die Schultern, um sie zu beruhigen.

„Nun haben wir Sie doch endlich erwischt", sagte Sir Peter laut. „Was haben Sie zu Ihrer Verteidigung zu sagen?"

„Nichts, außer daß ich nicht bei Ihnen gewildert habe", sagte Jake und hob stolz den Kopf.

„Na hören Sie, was haben Sie dann dort getan? Sind Sie durch meine Wälder spazierengegangen?"

„Und wenn . . . Ist das ein Verbrechen? Es gibt ein Wegerecht."

„Sprechen Sie nicht in diesem Ton mit mir, junger Mann", drohte Sir Peter. „Das wird es für Sie nur schlimmer machen."

„Es ist die Wahrheit. Fragen Sie Ihre Wächter. Ich habe kein Gewehr getragen, ich hatte keine Beute in meinen Taschen . . ."

„Das stimmt", unterbrach ihn einer der Männer, die ihn festhielten. „Ich glaube, er hat es einem seiner Kumpane zugeworfen, bevor sie geflüchtet sind, und ihn die Sache ausbaden haben lassen."

„Höchstwahrscheinlich. So sind Diebe nun einmal", sagte Sir Peter verächtlich. „Was meinen Sie, Justin?"

„Er ist nicht bei mir angestellt", erwiderte dieser teilnahmslos. „Ich habe ihn vor einiger Zeit entlassen, und seitdem hat er mir nichts wie Ärger gemacht. Was mich betrifft, verdient er reichlich eine Bestrafung."

„Hören Sie das, mein Bester. Sie werden vor mir auf der Anklagebank sitzen und froh sein dürfen, wenn wir Sie nicht hängen."

Oliver stand hilflos dabei, denn ihm war klar, daß eine Einmischung in diesem Stadium schlimmer als nutzlos sein würde. Dann sah ich ihn die Treppe hinunter zu Jake gehen.

„Mach dir keine Sorgen. Ich werde alles tun, was ich kann."

„Lassen Sie sich nicht hineinziehen, Mr. Oliver. Sie schaden sich nur selbst. Die da werden tun, was sie wollen, was immer Sie tun . . . nur . . . benachrichtigen Sie meine Mutter."

Die Männer rissen ihn so brutal fort, daß er stolperte und fiel. Mit Stößen brachten sie ihn zum Aufstehen, und ich sah, wie mühsam er hinkte, als sie ihn fortbrachten.

Oliver kam zu den Stufen zurück, und Cherry packte ihn am Arm. „Du wirst ihn doch retten?" flüsterte sie. „Du wirst nicht zulassen, daß sie ihn hängen."

Er legte seine Hand für einen Augenblick auf die ihre. „Weine nicht, Kleine, um Himmels willen, weine nicht." Dann schob er sie von sich und ging in die Halle, und sein Gesichtsausdruck verriet mir, daß er wenig Hoffnung hatte, seinen Freund befreien zu können.

„Er muß etwas tun", sagte Cherry aufgeregt, „er muß. Jake ist unschuldig, ich weiß es. Es ist nur, weil Onkel Justin ihn haßt. Er hat ihn immer schon gehaßt, und nun hofft er, daß sie ihn umbringen . . ."

„Hör auf", sagte ich, „hör sofort auf und nimm dich zusammen. Geh hinein und tu, als wäre nichts geschehen. Willst du, daß alle über dich reden? Es würde ihm nicht helfen und dir auch nicht."

Meine energische Mahnung brachte sie zum Schweigen. Sie sah mich vorwurfsvoll an, aber dann wischte sie sich die Augen und brachte sogar ein schwaches Lächeln zustande, als Hugh Berkeley in der Tür erschien und fragte was los sei und ob er etwas tun könne.

„Kümmern Sie sich um Cherry", erwiderte ich. „Sie ist ein wenig durcheinander."

Ich überließ sie seiner Obhut und fand es seltsam, daß die Musiker immer noch spielten, und daß der Tanz so heiter weiterging, als stehe das Leben eines Mannes nicht wegen ein paar lumpiger Fasane auf des Messers Schneide.

6

Das Gericht, bestehend aus Sir Peter Berkeley und seinen Richterkollegen unter Vorsitz von Lord Haversham, verurteilte Jake nicht zum Galgen, sondern zu sieben Jahren Strafkolonie.

Tante Jess war tief bekümmert, als Patty die Nachricht brachte. „Was seine Mutter und seine Familie betrifft, hätten sie ihn ebensogut zum Tod verurteilen können", sagte sie niedergeschlagen. „Die arme Frau wird ihren Sohn nie wiedersehen."

Oliver hatte sein möglichstes getan. Vor Gericht hatte er den ausgezeichneten Charakter des Angeklagten bezeugt, und so leidenschaftlich für ihn Partei ergriffen, daß es ihm einen schweren Vorwurf eintrug, er sympathisiere mit Unruhestiftern und Rebellen gegen die Behörden.

„Es war, als stehe ich selbst vor Gericht", sagte er ärgerlich, als ich ihn am nächsten Tag in Ravensley traf. „Denken Sie daran, daß Sie ein Aylsham sind, hat Lord Haversham gesagt . . . Was weiß dieser alte Wüstling schon von der hiesigen Bevölkerung? Er kommt nur ein oder zweimal im Jahr zur Jagd her. Ich denke daran, Mylord, habe ich erklärt, und wenn mein Vater noch leben würde, wäre das nie geschehen. Aber es war wie in den Wind gesprochen. Onkel Justins Zeugenaussage hat ihn von vornherein verurteilt."

Später am Morgen, als ich bei Miss Harriet und Jethro saß, kam Cherry mit rotem Gesicht und aufgeregt in das Schulzimmer gestürzt.

„Habt ihr gehört, was sie mit Jake gemacht haben? Wie konnten sie nur so gemein sein?"

Hatty erwiderte ruhig: „Ich weiß, meine Liebe, und der arme junge Mann tut mir leid. Es ist schrecklich, aber so ist das Gesetz, und wir können nichts dagegen tun."

„Dann sollte das Gesetz geändert werden", rief Cherry leidenschaftlich, „und es gibt etwas, das ich tun kann. Ich werde nach Ely fahren und ihn im Gefängnis besuchen."

„Das werden sie dir nicht erlauben", sagte ich rasch, „und es wird auch nichts nützen."

„Wenigstens werde ich ihm sagen können, daß nicht wir es sind, die ihm das angetan haben" sprudelte sie heraus. „Ich kann ihm Essen bringen und Kleider und Geld . . ."

„Du wirst nichts derartiges tun." Lord Aylsham war so leise hereingekommen, daß keiner von uns es gehört hatte. Seine Finger schlossen sich um Cherrys Handgelenk, und er zog sie zu sich herum. „Ich habe gedacht, ich könnte das unterbinden, aber nun sehe ich, daß ich mich geirrt habe. Was ist bloß los mit dir, daß du hinter diesem erbärmlichen jungen Mann herrennst wie eine läufige Hündin? Ist er dein Liebhaber, daß du so scharf auf ihn bist?"

Cherry starrte ihn mit angstgeweiteten Augen an. „Ich verstehe dich nicht", flüsterte sie.

Er zog sie näher an sich. „Ich glaube, du verstehst recht gut, und ich will das nicht haben, hörst du, ich will das nicht."

Sein Gesicht erschreckte mich. Es war bleich, die verzerrten Lippen entblößten die Zähne. Ich hatte mich halb von meinem Stuhl erhoben, aber bevor ich etwas sagen oder tun konnte, war Alyne bei ihm. Sie legte ihm die Hand auf den Arm.

„Laß das, Justin", sagte sie ruhig. „Laß sie los."

Er zuckte bei der Berührung zusammen und gab Cherry frei. Einen Augenblick lang rührte er sich nicht, dann sagte er rauh: „Du wirst den jungen Mann weder besuchen noch mit ihm Verbindung aufnehmen. Verstehst du, Cherry?"

„Ja."

„Versprichst du es mir?" Und als sie schwieg, machte er einen Schritt auf sie zu. „Antworte mir, verdammt nochmal!"

„Ja", flüsterte sie. „Ich verspreche es."

„Nun gut." Er machte kurz kehrt und verließ das Zimmer.

Nervös sagte Alyne: „Warum reizt du deinen Onkel, Cherry? Du mußt ihn doch schon kennengelernt haben."

„Ich weiß, daß er dich liebt und mich verabscheut, weil ich die Tochter seines Bruders bin. Das ist doch der wahre Grund, oder nicht?"

„Sei nicht dumm", erwiderte Alyne ruhig, ging hinaus und schloß die Tür hinter sich.

Jethro schaute von Cherry auf mich. „Warum war Papa so böse? Was hat Cherry getan?"

„Mach dir keine Gedanken, Kind", sagte Miss Harriet. „Dein Papa hat eine ganze Menge Sorgen. Jetzt komm, wir müssen mit dem Unterricht fortfahren."

Sie sprach ganz ruhig, aber ich sah die alte Hand zittern, als sie die Seite umblätterte, und daran merkte ich, wie das Leben in Ravensley mit diesem schwierigen unberechenbaren Mann aussehen mußte.

Cherry rieb ihr Handgelenk. Sie sagte nichts, aber ihr eigensinniges Gesicht verriet mir, daß sie nicht die Absicht hatte, ihr Versprechen zu halten, und ich behielt recht. Ich versuchte sehr, es ihr auszureden, aber sie war fest entschlossen.

„Sprich wenigstens zuerst mit Oliver", sagte ich.

„Er wird nur versuchen, mich davon abzuhalten, und das lasse ich nicht zu. Niemand wird mich daran hindern." Dann schaute sie mich flehentlich an. „Komm doch bitte mit mir, Clarissa."

Ich willigte schließlich ein, weil sie andernfalls halsstarrig genug gewesen wäre, allein hinzufahren, und das wäre undenkbar gewesen. Ich fühlte mich als Verräterin, aber ich versuchte wenigstens, zuerst mit Oliver darüber zu sprechen. Doch als ich nach Thatchers kam, stellte ich fest, daß er für ein paar Tage verreist war, und Mrs. Starling wußte nicht, wann er zurückkehren würde.

„Ich will Jake, wenn es möglich ist, besuchen", sagte ich ihr. „Soll ich ihm etwas von Ihnen mitbringen?"

„Oh, Miss Fenton, manchmal meine ich, verrückt zu werden, wenn ich denke, was sie meinem Jungen angetan haben. Da bringen sie ihn an diesen schrecklichen Ort, so weit von uns weg. Ich habe seine Sachen gewaschen und gebügelt, seine Hemden und so. Es ist nicht viel. Er hat nur wenig für sich selbst ausgegeben."

„Ich nehme es mit", sagte ich.

Sie reichte mir das kleine Bündel und strich noch zärtlich mit ihrer abgearbeiteten Hand darüber. „Grüßen Sie ihn recht herzlich, Miss. Sagen Sie ihm, daß wir versuchen werden, dort zu sein, wir alle, um ihm an dem Tag, an dem sie ihn wegbringen, Lebewohl zu sagen."

„Es tut mir so leid . . . uns allen."

„Ich weiß, Miss. Auch Mr. Oliver . . . Ich hatte soviel Hoffnung, als sie noch kleine Jungen waren . . ." Ein Schluchzen erstickte ihre Stimme. „Mr. Justin, der jetzige Lord Aylsham, hat Isaac alle die Jahre hindurch gehaßt, schon als junger Mann. Ich habe nie gewußt warum, und wie er zurückgekommen ist und Isaac tot und nicht mehr da war, hat er anscheinend seinen Haß auf den armen Jake übertragen. Das ist nicht gerecht. Er war all diese Jahre ein guter Junge. Sagen Sie ihm, Miss, wir und die Kinder, wir werden ihn nicht vergessen."

Ihre Geduld, das lange Leiden der Bauern unter der Ungerechtigkeit machten mich wütend. Ich wollte, daß sie dagegen ankämpften. Ich wollte auch selbst kämpfen, aber da gab es nichts, was einer von uns tun konnte; das machte mich noch entschlossener, nach Ely zu fahren, obwohl ich keine Ahnung hatte, ob wir etwas erreichen würden.

Ich kutschierte die Gig selbst, und Cherry saß schweigend neben mir, den Korb mit den Eßwaren und Kleidern in ihrem Schoß. Eine warme Oktobersonne ließ die Felder und Hecken in einem feurigen Rot, Gold und Rostbraun aufleuchten. Der Tag war zu schön für einen Gefängnisbesuch. Ich hatte so etwas noch nie getan, und die Wirklichkeit war viel schlimmer als alles, was ich mir je vorgestellt hatte. Das Gefängnis gehörte zur Gerichtssprechung des Bischofs von Ely und stand gar nicht weit von seinem Palast neben der Kathedrale, deren Turm der Stolz der Marsch war. Ich fragte mich, ob er sich je Gedanken gemacht hatte, wie abscheulich das Gefängnis war.

Erst wollten sie uns nicht einlassen, da wir keinen Passierschein vom Aufseher hatten, aber dann beeindruckte sie anscheinend unsere Kleidung, unser Auftreten und die Goldstücke, die ich ihnen in die Hand drückte. Sie flüsterten miteinander. Ihre schmutzigen Finger durchwühlten den Korb und untersuchten alles, ob darin nicht eine Feile oder eine Waffe verborgen war. Cherry wollte protestieren, als sie einiges von den Eßwaren für sich herausnahmen, aber ich hielt sie zurück.

„Ärgere sie nicht", flüsterte ich, „sonst lassen sie uns überhaupt nicht hinein.

Sie musterten uns grinsend von Kopf bis Fuß, und ich versuchte, nicht auf ihre obszönen Witze zu hören, während ich den Korb wieder einpackte. Dann führte uns einer einen Gang entlang, dessen Boden vor Schmutz starrte, und sperrte eine Türe auf. Der widerwärtige Gestank, der herausdrang, benahm uns fast den Atem.

„Da hinein. Nur fünf Minuten", sagte er und schlug die Tür hinter uns zu.

In dem winzigen Raum mit nur einem kleinen Fenster hoch oben in der Wand waren mehrere Männer zusammengedrängt. Sie starrten uns mit stumpfen apathischen Augen an. Dann raffte sich einer von ihnen auf und wollte nach dem Korb greifen. Cherry schreckte zurück und schmiegte sich an mich. Ich begann einzusehen, daß wir nie hätten herkommen dürfen, als eine schmutzige Gestalt in Lumpen durch das Stroh heranschlurfte, die anderen Männer beiseite schob und sich zwischen uns und sie stellte, um uns vor ihren Blicken zu schützen. Ich erkannte Jake nur mit Mühe, er war unrasiert, sein Hemd hing in Fetzen herab, die Knöchel waren aufgescheuert und bluteten von den eisernen Beinschellen, und doch war in seinem Auftreten noch ein gewisser Mut und eine Würde, nicht die schreckliche Apathie und Verzweiflung wie in den Gesichtern der anderen.

„Sie hätten nicht kommen sollen, Miss Cherry, und auch Sie nicht, Miss. Das ist kein Ort für Ihresgleichen."

„Wir haben Ihnen ein paar Kleider und Eßwaren gebracht." Ich übergab ihm den Korb. „Und auch Geld. Das hilft Ihnen vielleicht auf der Reise." Ich blickte mich rasch um und drückte ihm den kleinen Lederbeutel in die Hand, so daß es niemand sehen konnte.

„Das ist sehr lieb von Ihnen. Mr. Oliver war auch sehr freundlich." Aber obgleich er mit mir sprach, sah er nur Cherry an und sie ihn. Mein Gott, dachte ich, es ist wahr. Ein Funke war zwischen den beiden übergesprungen, stark genug, um gegen Hindernisse und Konventionen anzukämpfen, und doch war alles so verrückt, so hoffnungslos.

„Ihre Mutter sendet Ihnen Grüße, Jake", sagte ich leise.

„Arme Mam", erwiderte er. „Danke für Ihr Kommen. Ich werde es nie vergessen. Gehen Sie jetzt bitte. Bleiben Sie nicht an diesem abscheulichen Ort."

Er hielt Cherrys Hand in der seinen, als könne er es nicht ertragen, sie gehen zu lassen.

„O Jake", murmelte sie, „lieber Jake." Dann streckte sie sich plötzlich und küßte ihn auf die Wange. Einer der Männer brach in ein unanständiges Gewieher aus, und ich zog sie fort.

„Komm, Cherry. Jake hat recht. Wir dürfen nicht länger bleiben." Der Wächter stand an der Türe und öffnete sie. Wir taumelten hinaus und durch den stinkenden Gang ins Freie. Draußen auf der Straße in der reinen Luft holte ich tief Atem. Cherry stützte sich gegen die Wand und sah bleich und angegriffen aus.

„Das habe ich nicht gewußt, Clarissa. Nie hätte ich gedacht, daß ein Gefängnis so schlimm ist. Wird es in der Botany Bay auch so schrecklich sein?"

„Nein", sagte ich, „sicher nicht. Jake ist stark und geschickt. Er wird eine gute Arbeit finden . . . Vielleicht bei einem Farmer." Ich hatte nur die undeutlichsten Vorstellungen, was mit den Strafgefangenen geschah, aber ich mußte sie irgendwie trösten. Den ganzen Weg nach Hause war sie ruhig, und ich dachte, sie werde allmählich erwachsen. Sie hatte gesehen, wie hart und ungerecht das Leben für manche Leute sein kann, und das war nicht leicht zu verdauen. Bevor wir heimfuhren, hatte ich darauf bestanden, daß Cherry und ich den Stoffhändler und den Zuckerbäcker besuchten, um eine Rechtfertigung für unsere Fahrt in die Stadt zu haben. Wir übergaben gerade Miss Harriet die Bänder und Spitzen, und Jethro öffnete aufgeregt die Schachtel mit den Zuckermandeln, die wir ihm mitgebracht hatten, als Justin Aylsham hereinkam.

Cherry schaute ängstlich auf, aber das war unnötig. Er war guter Laune und liebenswürdig, wie er gelegentlich sein konnte.

„Ihr wart also einkaufen, wie ich sehe. Habt ihr einen schönen Tag gehabt?"

„Ja", sagte ich rasch. „Wir haben alles besorgt, was wir uns vorgenommen hatten, nicht wahr, Cherry?"

„Schau, Papa", sagte Jethro und zeigte ihm die rotgestreifte Schachtel mit dem Zuckerwerk. „Schau, was Clarissa mir mitgebracht hat."

„Sie verwöhnt dich", mahnte ihn sein Vater. „Iß nicht zuviel davon, sonst wird dir übel." Für einen Augenblick schwand sein Lächeln. „Du hast doch hoffentlich dein Versprechen gehalten, Cherry."

„Ja, Onkel", sagte sie laut und sah ihm in die Augen. „Ja, Onkel, natürlich."

„Gut", erwiderte er.

Ich merkte die Spannung und glaube, daß Hatty etwas ahnte, aber sie sagte nichts. Ich stand auf und griff nach Mantel und Hut. „Ich muß gehen. Tante Jess wird sich fragen, wo ich bleibe."

Ich küßte Cherry und war froh, wegzugehen, doch mit einer dunklen Ahnung, daß wir nur um Haaresbreite an einer Katastrophe vorbeigekommen waren.

Es war erstaunlich, daß Justin Aylsham nicht ein Wort von unserer Eskapade erfuhr. Es war ein gewisser Vorteil, so weit entfernt von der Stadt zu wohnen und so wenig Besuche zu empfangen. Ein paar Wochen später machte ich mich eines Nachmittags auf den Weg nach Thatchers. Das Wetter war für Anfang November kalt, und ich ging sehr rasch. Ben litt unter einem Anfall von Bronchitis, und Tante Jess hatte einen Schrank voll Arzneien gerade für solche Fälle. Ich bot mich an, eine Flasche Einreibemittel für die Brust des Jungen und einen Hustensaft hinzubringen, der aus Huflattich gekocht und mit Honig gesüßt war.

Seit Jakes Verhaftung waren mehrfach beunruhigende Gerüchte aus allen Teilen des Landes zu uns durchgesickert. In Kent und Surrey hatte es Aufstände von Landarbeitern gegeben, und sie griffen auch auf Hampshire und Dorset über. König Georg war im Juni gestorben, und sein Bruder Wilhelm, der frühere Herzog von York, mit seinem barschen Seemannsgehaben, dem ich einmal in einem Ballsaal begegnet war, hatte den Thron bestiegen, und gleichzeitig gab es einen Regierungswechsel. Die Konservativen waren in der Oktoberwahl von den Liberalen geschlagen worden, und manche waren für noch radikalere Reformen. Aber jenseits des Kanals war eine Revolution ausgebrochen. In Paris fanden wieder Straßenkämpfe statt. Der fette alte

Karl X. war gezwungen gewesen, Zuflucht in England zu suchen, und der neue französische König Louis Philippe war der Sohn des Mannes, der für den Tod seines Vetters Ludwigs XVI. gestimmt hatte und selbst unter der Guillotine gestorben war.

„London schwirrt von Gerüchten", hatte Vater geschrieben, „und die Regierung zittert. In ihrer Angst, daß die Unzufriedenheit auf England übergreift, läßt sie jeden einsperren, der auch nur das Wort Reform ausspricht. Sie machen es wie der Vogel Strauß, der seinen Kopf in den Sand steckt, und weigern sich, den Wind zur Kenntnis zu nehmen, der durch Europa bläst."

Es sah Papa so gar nicht ähnlich, sich mit Politik zu befassen, die Lage mußte also sehr ernst geworden sein, aber hier in unserer abgelegenen Gegend bedeuteten Wechsel auf dem Thron und in der Regierung wenig. Hier standen andere Befürchtungen im Vordergrund. Wenn der Winter so hart war wie der letzte, dann hatten die Menschen gegen Kälte, Arbeitslosigkeit und Hunger zu kämpfen. Ich fragte mich, was Justin Aylsham tun würde, wenn die Banden nach Ravensley kamen, Schober anzündeten, die Dreschmaschinen zerschlugen, die so manchen von ihnen der Arbeit beraubt hatten, höhere Löhne verlangten und die Kornspeicher aufbrachen, wo die Gutsbesitzer und die Pächter ihr Getreide aufbewahrten. Dann schob ich den Gedanken von mir. Ich machte mir über etwas Sorgen, das vielleicht nie eintreten würde.

Als ich nach Thatchers kam, dankte mir Mrs. Starling sehr. „Ich habe versucht, den Jungen warmzuhalten, und Mr. Oliver war so freundlich gewesen. Er sagt, ich soll mehr Eier und Milch bekommen. Sie haben Jake gestern weggebracht, Miss, aber Ben hängt sehr an seinem Bruder und wollte unbedingt mitkommen, um ihm Lebewohl zu sagen. Ich wollte es ihm nicht erlauben, aber er hat herzzerreißend geweint. Es war eine lange kalte Fahrt, selbst in der Postkutsche, und er hat noch schlimmer gehustet, als wir zurückgekommen sind."

Bevor ich ging, legte sie mir die Hand auf den Arm und sagte mit einem nervösen Blick zum Wohnzimmer hinüber: „Bitte gehen Sie doch hinein und sprechen Sie ein Wort mit Mr. Oliver, Miss. Ich mache mir Sorgen um ihn."

„Warum? Ist er krank?"

„Nein, nicht krank", sagte sie unsicher, „obwohl er recht jämmerlich ausgesehen hat, als er letzte Nacht nach Hause gekommen ist. Er hat gesagt, er ist vom Pferd gefallen, und Rowan war voller Schlamm und Schmutz . . . Aber ich weiß nicht. Wäre es nicht Mr. Oliver, würde ich sagen, er hat sich mit jemandem geschlagen."

„Geschlagen?"

„Ja. Er hat heißes Wasser verlangt, hatte sich das Hemd ausgezogen, als ich es ihm brachte, wollte mich aber nichts für ihn tun lassen. Dann ist heute morgen Miss Alyne mit einer Botschaft von Lord Aylsham gekommen, wie sie gesagt hat, und seitdem ist er nicht mehr fortgegangen. Hat kein Essen angerührt, obwohl ich ihm etwas Besonderes gekocht habe. Er sitzt nur dort mit der Brandyflasche in Reichweite, und das sieht ihm gar nicht gleich. Er trinkt nicht viel, wie manche von den anderen Herren."

Als ich hineinkam, saß Oliver in Hemdsärmeln am Tisch, sein Rock war nachlässig über einen Stuhl geworfen, das unberührte Essen hatte er beiseite geschoben, und die Brandyflasche neben ihm war zu zwei Dritteln leer. Es dunkelte bereits, und nur das Kaminfeuer erhellte das Zimmer.

Ich sagte aufmunternd: „Mrs. Starling macht sich Sorgen um dich. Du hast nichts von ihren guten Sachen gegessen, und sie fürchtet, du bekommst das Marschfieber."

„Unsinn, ich bin nur nicht hungrig, das ist alles."

„Brandy ist kein Ersatz für eine handfeste Mahlzeit."

„Halt mir keine Predigten, Clarissa."

Er stand auf, hinkte zum Feuer und zündete die Kerzen auf dem Tisch an. Da sah ich, wie bleich er war. Die ganze Hälfte seines Gesichts war von einer Prellung blau angelaufen. Das Stehen schien ihm Schmerzen zu bereiten.

„Ist schon gut", sagte er mit einem halben Lächeln, „ich bin nicht betrunken, wenn du das glaubst. Was tust du hier, Clarissa?"

„Tante Jess hat etwas zum Einreiben und Hustensaft für Ben geschickt. Von Mrs. Starling habe ich gehört, daß du vom Pferd gestürzt bist."

„Ja, das stimmt."

„Wieso?"

Er zuckte die Achseln, ging zum Kamin, stützte eine Hand auf den Sims und starrte hinunter auf den rot glühenden Torf. Ich zögerte, dann trat ich zu ihm.

„Was ist los, Oliver? Da ist doch etwas?"

„Ja, anscheinend. Ich bin ein verdammter Narr, wenn ich mich davon bedrücken lasse, da ich es doch seit Wochen weiß. Es ist nur, daß man dummerweise immer noch hofft, sich zu irren."

„Irren über was?"

„Du solltest es wissen, Clarissa, du warst oft genug in Ravensley. Alyne wird Onkel Justin heiraten."

„Was! Das kann ich nicht glauben."

„Es ist leider nur allzu wahr. Sie war so gnädig, selbst herzukommen und es mir zu sagen . . . Heute morgen. Ich denke, es hatte ihr eher Spaß gemacht."

„Aber warum? Sie kann ihn doch unmöglich lieben."

„Lieben!" Er lachte bitter. „Es gab eine Zeit, da sie mich liebte, oder wenigstens glaubte ich es. „Unruhig ging er zum Fenster und starrte, mit dem Rücken zu mir, in die Dunkelheit hinaus. „Er will sie haben. Das habe ich schon in der ersten Nacht gewußt, als er gekommen ist, nur hätte ich nie geträumt . . . Alyne und mein Onkel . . . mein Gott! Es macht mich krank, nur daran zu denken."

„Aber er ist um so vieles älter . . ."

„Was spielt das für eine Rolle? Sie verkauft sich ihm für alle die Dinge, die er ihr geben kann und ich nicht."

Es schien mir immer noch unglaublich. Alyne war nicht älter als ich, und Justin mußte wenigstens fünfzig sein.

„Er ist Witwer . . ."

„Wirklich? Bist du davon überzeugt, Clarissa?" Oliver drehte sich zu mir um. „Ich habe mich manchmal gefragt, wen er in Indien zurückgelassen hat."

„Du meinst . . . aber dann wäre Jethro . . ."

„Unehelich . . . Ein Bastard, der den Namen Aylsham erbt. Onkel Justins Rache an seinem Bruder, dessen Frau er begehrt hat, und der ihm nahm, worauf er Anspruch zu haben glaubte."

Er sagte das so wütend, daß ich erschrak. „Aber das war doch nicht deines Vaters Schuld oder die deine."

„Was hat das damit zu tun? Vielleicht denkt er daran, neue Söhne zu zeugen . . . Söhne von Alyne . . ."

„Du kannst es nicht mit Sicherheit wissen."

„Nein, das kann ich nicht, und es ist nicht Jethros Schuld", sagte er müde. „Er ist unglücklich genug, der arme kleine Teufel. Er haßt diesen Ort."

Mir fiel nichts ein, was ihn hätte trösten können. Ich rückte ein wenig näher. „Ich wollte, ich könnte etwas tun, dir irgendwie helfen."

Aber er hörte mir nicht zu. Vor sich hin brütend sagte er: „Er glaubt, er habe mich geschlagen, und das bereitet ihm Freude. Er glaubt, weil ich auf sein Angebot zurückgekommen bin, kann er mich wie eine Puppe tanzen lassen, während er die Fäden zieht. Aber da täuscht er sich. Ich kann ihn nicht hindern, mir Alyne fortzunehmen, aber Ravensley wird er nicht zugrunde richten. Er kennt die Marsch und die

124

Leute hier nicht so wie ich. Sie sind langsam, aber hartnäckig, und sie wissen zu kämpfen . . . Und wenn nötig, werde ich mich ihnen anschließen . . ."

„Wie meinst du das?"

„Du wirst sehen. Vor zweihundert Jahren, als der Holländer Cornelius Vermuyden herüberkam, um die Marsch zu entwässern, bekämpften sie ihn Schritt für Schritt, weil sie glaubten, daß er ihren Lebensunterhalt zerstörte. Ich habe kein Verlangen, daß das noch einmal geschieht. Ich bin gewiß nicht gegen Fortschritt, aber es muß ein Fortschritt für alle sein, nicht einer, der einem Mann die Taschen füllt und allen anderen das Recht auf ihre Existenz raubt."

Ich hatte ihn noch nie so heftig sprechen hören und dachte, wie ähnlich er doch seinem Vater war. Ich erinnerte mich noch gut an ihn, obwohl ich damals noch ein kleines Mädchen war. Hinter seiner Umgänglichkeit stand ein stählerner Wille, eine Rechtschaffenheit, die, selbst in die Ecke getrieben, nicht klein beigab, und ich war froh. Wenn ich schon nichts anderes hatte tun können, wenigstens hatte ich Oliver aus seiner Apathie und Verzweiflung gerissen, in die ihn Alynes Ablehnung gestürzt hatte. In diesem Augenblick wurde polternd an die Türe geklopft.

„Wer zum Teufel ist das?" rief er.

Mrs. Starling kam aufgeregt herein. „Draußen ist ein Herr, der mit Ihnen sprechen möchte."

„Ein Herr? Hat er seinen Namen genannt?"

„Ein Rittmeister Rutland."

Ich zuckte zusammen, und Oliver warf mir einen raschen Blick zu. „Willst du ihm lieber nicht begegnen?"

„Das spielt keine Rolle."

„Na schön." Er nahm seinen Rock vom Stuhl. „Bitten Sie ihn herein", sagte er, aber der Rittmeister stand bereits in der Tür, sein Wachtmeister hinter ihm.

„Danke, Mrs. Starling", sagte Oliver ruhig. „Guten Abend, Rittmeister. Wir haben uns seit dem Ball bei meinem Onkel nicht mehr gesehen. Sie kennen doch Miss Fenton."

Bulwers Blicke wanderten durch den Raum und blieben für eine Sekunde auf mir haften. Er machte eine schwache Andeutung einer Verbeugung. „Guten Abend, Clarissa."

Oliver deutete auf den Brandy. „Nehmen Sie ein Glas? Es ist eine kalte Nacht."

„Danke, nein. Ich bin dienstlich hier."

Ich konnte mir nicht vorstellen, was Rittmeister Rutland in dieser

Gegend zu tun hatte, und Oliver zog fragend die Augenbrauen hoch.

„Dienstlich um diese Stunde?"

„Ich und meine Männer und dazu die örtliche Miliz hatten eine Gruppe Gefangener zu eskortieren, und das war eine verdammt unerfreuliche Angelegenheit."

Oliver lächelte. „Nicht so wie Wache vor dem Palast schieben."

Bei dieser Ironie erstarrte Bulwer. „Soviel ich weiß, ist einer dieser Lumpen, ein gewisser Jake Starling, Ihnen bekannt."

„Ja, seine Mutter ist meine Haushälterin."

„Ich will es kurz machen. Er sollte mit anderen Gefangenen nach London zur Einschiffung nach Botany Bay gebracht werden. Auf der Heide in der Nähe von Newmarket wurden wir überfallen, und dieser Jake Starling floh."

„Was Sie nicht sagen! Wie unangenehm für Sie, Rittmeister", sagte Oliver trocken. „Das tut mir natürlich leid, aber ich sehe wirklich nicht, was das mit mir zu tun hat."

„Zwei Männer von der örtlichen Miliz sind bereit zu schwören, daß einer von denen, die uns angegriffen haben, Sie waren, Mr. Aylsham."

„Ich? Aber das ist doch absurd. Warum sollte ich mein Leben für so ein lächerliches Abenteuer aufs Spiel setzen?"

„Ich weiß, daß Sie zugunsten des Gefangenen ausgesagt haben, bevor er verurteilt wurde, und Sie sind mit dieser Gegend hier sehr vertraut."

„Das ist doch Unsinn", mischte ich mich ein. „Mr. Aylsham würde nie etwas gegen das Gesetz tun."

„Meinen Sie wirklich, Clarissa? Ich wußte nicht, daß Sie so intim mit ihm bekannt sind."

Die Andeutung war unmißverständlich und Oliver unterbrach ihn. „Das gehört alles nicht zur Sache. Sicher würde jedes Erkennen sehr problematisch sein. Es war bereits dunkel."

„Woher wissen Sie die Tageszeit?" fragte Bulwer rasch.

„Na hören Sie, ich war natürlich unterrichtet, um welche Stunde sich die Eskorte in Marsch setzte, weil mich Mrs. Starling gebeten hatte, sie für den Tag zu beurlauben, damit sie ihren Sohn noch einmal sehen könne. Und es war verdammt lästig für mich."

Bulwers Lippen verzogen sich zu einem leichten höhnischen Lächeln. „Vermutlich werden Sie auch, wenn nötig, ein Alibi liefern können."

Oliver zuckte gleichgültig die Achseln. „Vermutlich. Ich bin die meiste Zeit des Tages draußen in der Marsch, aber wenn man es von mir verlangt, dürfte ich wohl jemanden finden, der für mich zeugt. Da ist noch eine andere Kleinigkeit, Rittmeister. Sie sind hier ein Fremder. Sie können schwerlich wissen, daß mein Großvater die unglückliche Gewohnheit hatte, ringsum in der Marsch Söhne zu zeugen. Die Familienähnlichkeit pflegt da oder dort durchzuschlagen."

Ich glaube nicht, daß Bulwer überzeugt war, aber Oliver war ein Aylsham und ein Gentleman, selbst wenn er in einem nur halb möblierten Bauernhaus wohnte, und er wagte es nicht, seine übliche grobe Taktik anzuwenden. Er sagte unvermittelt: „Habe ich Ihre Erlaubnis, die Mutter des Gefangenen zu befragen?"

„Sicherlich, wenn Sie meinen, daß es etwas nützt", sagte Oliver höflich. „Aber wenn Sie sich vorstellen, daß Jake hier Zuflucht gesucht hätte, dann kann ich Ihnen versichern, daß Sie sich irren. Und ich bitte Sie, sanft mit ihr umzugehen. Ich habe für den Rest meiner Tage genug Klagen und Jammern gehört."

Rittmeister Rutland warf nochmals einen raschen Blick um sich. „Ich entschuldige mich, daß ich Ihr Tête-à-Tête gestört habe", sagte er spitz. „Gute Nacht, Mr. Aylsham . . . Clarissa."

„Verdammter Flegel!" rief Oliver, als sich die Tür hinter ihm geschlossen hatte.

„Kümmere dich nicht um ihn", flüsterte ich. „Du warst dort, nicht wahr? Du hast die Flucht geplant."

„Pst!" Oliver ging leise zur Tür, öffnete sie einen Spalt und kam dann lächelnd und händereibend zurück.

„Was glaubst du?"

„O Oliver! Wie kannst du so unvorsichtig sein! Hast du gewußt, daß Rittmeister Rutland der Eskorte zugeteilt war?"

„Nein. Es war zu dunkel, um Gesichter zu unterscheiden. Ich gebe zu, ich war überrascht, neben der Miliz auch Dragoner zu sehen. Das kann nur bedeuten, daß die Regierung in Panik ist und überall Revolution aufflammen sieht."

„Was wird Jake tun? Wohin wird er gehen?"

„Kümmere dich nicht darum. Am besten, du weißt nichts, Clarissa."

Aber ich wußte es. Draußen in der Marsch, mitten im Greatheart mit Moggy Norman und Nampy Sutton, seit Jahrhunderten das Heim der Rebellen und Gejagten.

„Hast du gedacht, ich würde Jake sieben Jahre und länger in diesem höllischen Land schwitzen lassen? Niemals! Das ist der erste Schritt, Clarissa. Es soll Onkel Justin eine Warnung sein."

In reinem Überschwang riß er mich an sich und küßte mich voll auf die Lippen, so daß ich plötzlich ganz benommen war. Bei Bulwers Berührung hatte ich nur Widerwillen und Abscheu empfunden, aber das war anders. Ich überließ mich meinem Gefühl, seine Arme schlossen sich fester um mich, und plötzlich wurde es ernst, leidenschaftlich, wirklich. Dann schob er mich von sich.

„Geh, Clarissa, bitte geh", sagte er mit erstickter Stimme.

„Oliver . . ." Ich zitterte. Ich wußte, er liebte mich nicht. Ich wußte, daß er in diesem Augenblick, einsam und unglücklich und zwischen Verzweiflung und fieberhaftem Triumph schwankend, ein dringendes Verlangen nach jemandem hatte, um das alles mit ihm zu teilen, und ich war in Reichweite. In diesem Augenblick der Verrücktheit hätte ich ihm alles gewährt, was er gefordert hätte, ohne Rücksicht auf die Konsequenzen. Aber Oliver war von mir zurückgewichen. Mit dem Rücken zu mir sagte er steif: „Es ist spät. Du solltest nach Copthorne zurückgehen. Ich werde einen der Jungen rufen, damit er dich mit einer Laterne begleitet."

Es war wie eine kalte Dusche, und ich schämte mich, schämte mich schrecklich über die Bereitschaft, die bei seiner Umarmung in mir aufgeflammt war. Es wäre so einfach gewesen zu bleiben, aber hinterher hätte er mich gehaßt, so wie ich selbst mich auch.

„Ist schon gut. Ich brauche niemanden zur Begleitung."

Ich warf mir den Mantel über und rannte beinahe aus dem Haus. Draußen war es dunkler, als ich erwartet hatte, und der Schlamm auf der Straße war in der Kälte gefroren. Ich stolperte in meiner Eile über die Furchen, und als ich Pferde hinter mir hörte, versteckte ich mich hinter der Hecke. Ich hatte kein Verlangen, von Rittmeister Rutland oder seinem Wachtmeister gesehen zu werden. Als sie vorüber waren, ging ich, ein wenig ernüchtert, weiter, die Kapuze über das Gesicht gezogen und den Kopf so voll von Jakes Flucht und Olivers Anteil daran, daß ich nicht dazu kam, mich über den seltsamen Zufall zu wundern, der Bulwer Rutland wieder mit mir zusammengebracht hatte, als ich dachte, ihn für immer los zu sein.

7

„Meist bin ich anderer Meinung als Tom Fenton, aber diesmal hat dein Vater recht", sagte Tante Jess eines Morgens düster zu mir, als Hattie mit der schrecklichen Geschichte angelaufen kam, daß eine Bande Galgenvögel in der Nacht einen von Burtons Schobern zu Asche verbrannt habe. „Wir sind wie eine Herde Sträuße, die ihre Köpfe in den Sand stecken. Unzufriedenheit ist ansteckend wie die Pest, sobald sie sich auszubreiten beginnt, gibt es kein Halten mehr."

Und sie hatte recht. Zwei Wochen nach Jakes Flucht geschah nichts. Das Leben im Dorf schien den üblichen ruhigen, schläfrigen Verlauf zu nehmen, dann plötzlich, ohne Warnung, waren wir mitten darin.

Wir hatten in Copthorne Backtag und gerade das Mittagessen beendet, als Prue mit wild zerzaustem Haar und bis zu den Ellbogen mehligen Armen hereingestürzt kam.

„Kommen Sie rasch, Miss, rasch", sagte sie atemlos. „Sie haben den armen John und werden ihn zu Tode prügeln, wenn Sie nicht einschreiten."

„Wer wird? Wovon sprechen Sie, Prue? Reißen Sie sich zusammen."

„Sie sind verrückt geworden, Miss, ganz bestimmt . . . Jack Cobb, Mill Maggs und alle anderen. Sie versuchen in das Lagerhaus einzubrechen."

„Tatsächlich?"

Tante Jess schlang einen Schal um den Kopf und lief hinaus, ich folgte ihr. Eine kleine Gruppe Menschen war vor der Scheune versammelt, in der unser Winterweizen lagerte. Ich konnte gerade noch Johns weißes Haar im Wind wehen sehen. Er stand mit ausgebreiteten Armen vor dem Tor und verteidigte mutig das Eigentum seiner Herrin wie sein eigenes Leben.

Tante Jess sagte streng: „Was ist da los? Stehen Sie nicht herum, Jack Cobb, lassen Sie mich durch."

Ich kannte die meisten vom Sehen. Ich hatte ihnen oft genug Wäsche und Essen für ihre Frauen und Kinder gebracht. Manche von ihnen scharrten verlegen mit den Füßen, als sie sich neben John stellte und sie scharf anblickte.

„Also los", sagte sie, „heraus mit der Sprache, einer von euch. Was wollt ihr?" Sie schaute von einem zum andern, dann heftete sich ihr Blick auf einen kräftigen Mann mit wirrem Haar, der für sie gelegentlich im Garten gearbeitet hatte. „Sie, Bill Maggs, warum arbeiten Sie nicht weiter, statt ein paar müßige Burschen dazu zu verleiten, daß sie in meine Scheune einbrechen?"

„Es gibt keine Arbeit, Missus, das wissen Sie doch, und wir müssen etwas zu essen haben wie alle anderen", murmelte er verdrossen.

„Wir wollen Ihnen und auch der jungen Dame nichts antun", sagte ein anderer dreister. „Aber wir brauchen das Korn da . . . Wir brauchen es dringend für Brot, um es unseren Kindern zu geben, und uns ist kein Penny geblieben, um uns auch nur einen Krümel zu kaufen . . ."

„Würdet ihr härter arbeiten und euren Lohn nicht den ganzen Sommer lang durch die Kehle jagen, hättet ihr etwas für schlechtere Zeiten zurücklegen können", sagte Tante Jess kurz angebunden.

Ein zorniges Murren antwortete ihr, und die Männer drängten näher heran. Ich bekam Angst. In ihren wilden verzweifelten Blicken lag eine Drohung. Ein falscher Schritt unsererseits, und ihre teils fordernde, teils schüchterne Stimmung konnte in offene Feindseligkeit umschlagen. Ich rückte näher an Tante Jess heran, aber sie stand wie ein Felsen und vollkommen unerschrocken da.

Ruhig sagte sie: „Clarissa, geh und laß von Prue und Patty das ganze Brot herausbringen, das sie heute morgen gebacken haben."

„Das ganze?"

„Das ganze", erwiderte sie energisch.

Ich lief widerstrebend zurück ins Haus und fühlte, daß die Blicke der Männer mir folgten. Als wir mit den vollen Brotkörben zurückkamen, sagte Tante Jess: „Teilt es, aber gleichmäßig. Keiner soll sagen, ich habe mehr behalten, als mir zusteht. Das ist mein ganzes Brot für die Woche. Clarissa, behalte einen Laib und hilf Prue, den Rest zu verteilen."

Wir legten die noch warmen Brote in die begierig ausgestreckten Hände. Manche griffen hastig danach, aber die Mehrzahl murmelte einen undeutlichen Dank.

„Jetzt geht nach Hause", sagte Tante Jess, „ihr alle, und benehmt euch anständig. Ich werde über diesen Unsinn nichts weiter erzählen, und auch ihr nicht, wenn ihr vernünftig seid, was ich manchmal bezweifle. Gesetz ist Gesetz, und wenn ihr in Scheunen einbrecht und Herren beraubt, werdet ihr den Preis dafür bezahlen, und ihr wißt genauso wie ich, wie hoch der sein kann. Jetzt fort mit euch und sorgt dafür, daß eure Frauen und Kinder einen Bissen von diesem Brot bekommen."

Sie schlurften fort, und der alte John sah ihnen verärgert nach. „Sie sollten sich schämen", murmelte er, „herzukommen und Sie zu berauben, nach all dem, was Sie für ihresgleichen getan haben. Eine Bande diebischer Schurken, das sind sie."

„Nein, das sind sie nicht", erwiderte Tante Jess ein wenig müde, nachdem es nun vorbei war. „Sie sind nur ungebildete Leute, voller nagender Sorgen, was der Winter ihnen bringen wird. Ich fürchte sehr, das ist erst der Anfang. Es wird noch schlimmer werden, bevor der Monat um ist. Denken Sie an meine Worte."

Oliver sagte dasselbe, als er uns später am Tag aufsuchte, besorgt um unsere Sicherheit. „Ich habe gehört, daß es Ärger gegeben hat, und ich bin so bald wie möglich gekommen. Hat es irgendwelche Schäden gegeben?"

„Nicht der Rede wert, außer für Johns Würde", sagte Tante Jess trocken. „Es war nur Dummheit von den Leuten. Ich glaube nicht, daß sie wieder herkommen."

„Das hoffe ich, aber damit ist die Sache noch nicht zu Ende", sagte Oliver düster. „Es ist wie ein fressendes Geschwür, und wenn es aufbricht, wird es Gewalttätigkeit geben. Ich rate Ihnen, ruhig zu Hause zu bleiben und sich keinesfalls nach Ely zu wagen. Dort herrscht eine bedrohliche Stimmung, und es ist nicht angenehm, in einen Aufstand hineinzugeraten."

Tante Jess war stärker mitgenommen, als sie zugeben wollte, so ging ich statt ihr mit Oliver hinaus, wo er Rowan am Tor angebunden hatte. Er blieb noch einen Augenblick mit der Hand am Zügel stehen.

„Du weißt, Clarissa, ich hatte manchmal das Gefühl, daß das schon seit Jahren unter der Oberfläche schwelt, und daß mein Vater deshalb versuchte, dem vorzubauen. Die Jungen, die zugesehen haben, wie Isaac Starling und die anderen gehängt wurden, sind jetzt Männer und haben es nicht vergessen."

„Meinst du Jake? Steckt er dahinter?"

„Ich habe ihn nicht gesehen", erwiderte er, wich aber meinem Blick aus, und ich wußte, daß er log.

„Aber du weißt, wo er ist . . ."

„Vielleicht." Er schwang sich in den Sattel und schaute dann zu mir herab. „Jake würde niemanden willentlich schaden, aber er ist auf der Seite der Gerechtigkeit, genau wie ich. Das Schlimme bei der Sache ist, daß sie einem aus der Hand gleitet, und selbst der kleinste Grund zur Klage gigantische Proportionen annimmt. Es ist eine wunderbare Gelegenheit, alte Rechnungen zu begleichen."

„Denkst du an deinen Onkel?"

„Ja. Sie haben ihm sein Zurückkommen übelgenommen, und er ist hart mit ihnen umgegangen. Er ist ein lebendes Beispiel all dessen geworden, was sie hassen und am meisten fürchten. Ich habe ihn gewarnt, aber er lacht mich nur aus."

„Was glaubst du, was geschehen wird?"

Er zuckte die Achseln. „Ich weiß es ebensowenig wie du. Paß auf dich auf, Clarissa", und damit trabte er im Dämmer des Winternachmittags fort.

Es war eine seltsame Zeit, und vielleicht war das Schlimmste daran nicht das, was tatsächlich geschah, sondern die erschreckenden Gerüchte, die uns über sich zusammenrottende Banden erreichten, über angegriffene und ermordete Reisende, über beraubte Häuser und blutüberströmte Marktplätze, wenn die Soldaten versuchten, Ordnung wiederherzustellen. Tante Jess tat die meisten Gerüchte als wilde Übertreibungen ab, aber Prue und Patty lebten in ständiger Angst, und wenn ich die Vorhänge zuzog, sah ich Nacht für Nacht den roten Feuerschein am dunklen Himmel, und das vermehrte die nervöse Spannung, die uns alle ergriffen hatte.

Drohbriefe begannen geheimnisvoll auf Frühstückstischen zu erscheinen, so daß selbst die Dienerschaft in Verdacht geriet, mit den Aufständischen zu sympathisieren. Dem Farmer Burton wurde angekündigt, man werde seine Dreschmaschine zertrümmern, und eines Morgens, als ich gerade in Ravensley war, kam Sir Peter Berkeley wütend an.

„Schauen Sie sich das an, Aylsham!" explodierte er, kaum hatte er das Haus betreten. „Wer zum Teufel ist dieser Bursche, der sich Hauptmann Swing nennt? Ich werde von einer Bande mörderischer Schmuggler, Wilddiebe und Gauner damit bedroht, daß sie Barkham bis auf die Grundmauern niederbrennen, wenn ich ihnen nicht gebe, was sie verlangen. Eher will ich sie in der Hölle sehen."

„Sie sind nicht der einzige. Sie sollten das wie ich ins Feuer werfen, mein Bester", sagte Justin Aylsham verächtlich. „Pöbel, der sich einbildet, seinen Herren befehlen zu können. Ich habe um Militärschutz gebeten. Eine Kompanie Dragoner wird in Ravensley stationiert sein, und Rittmeister Rutland bleibt bei uns im Haus. Wenn die Burschen ankommen, werden wir sie warm empfangen, das verspreche ich Ihnen. Ich hatte ähnliche Schwierigkeiten in Indien. Da muß man unbedingt fest bleiben. Zeigt man die leiseste Schwäche, ist man verloren."

Er verschwand mit Sir Peter in die Bibliothek, und ich nahm den

Brief auf, den er auf die Bank in der Halle geworfen hatte. Er lautete:
„Sir,
Ihr Name steht auf der schwarzen Liste, und wir raten Ihnen, das zu beachten und Ihr Testament zu machen. Wir warnen Sie bereits das dritte Mal, und wenn Sie unserem Verlangen nicht nachkommen, werden wir Ihre Scheune verbrennen und Sie dazu.
Gezeichnet für uns alle, Swing."

Es war sauber und in Druckbuchstaben ohne Fehler geschrieben.
„Hat Lord Aylsham ähnliche Briefe erhalten?" fragte ich Alyne.
„Ja. Er wirft sie ins Feuer. Er läßt sich nicht einschüchtern."
„Hast du keine Angst?"
„Was können sie uns tun?" Und ich konnte mich über die Arroganz in ihrem Ton nur wundern. Es erschien mir seltsam, daß Alyne, der Findling, das Kind aus der Marsch, so wenig Sympathie oder Anteilnahme für die Besitzlosen empfand, aber ich hatte sie ja nie wirklich verstanden.

Es war typisch für Justin Aylsham, daß er seine Verachtung der Drohungen durch seine Weigerung bewies, die geplante Feier zur Ankündigung seiner Verlobung mit Alyne abzusagen. Tante Jess war schwer erkältet und wollte nicht hingehen, so fuhr John nur mich nach Ravensley, und ich hatte wegen einer Sache, die ich am Vortag entdeckt hatte, die schlimmsten Ahnungen.

Es war mir zur Gewohnheit geworden, Rowan an jenen Tagen für Oliver auszureiten, wenn er anderweitig beschäftigt war. Ich hatte die Stute am Nachmittag zum Stall zurückgebracht, sie Ben Starling übergeben und war dann ins Haus gegangen, um mit seiner Mutter zu sprechen. Sie war im Wohnzimmer und schien ungewöhnlich verlegen und unbehaglich, als ich sie fragte, ob sie etwas von Jake gehört habe.

„Kein Wort, Miss, aber er würde mir auch nicht schreiben. Er möchte mir und seinen Brüdern und Schwestern keine Unannehmlichkeiten bereiten." Sie öffnete das Fenster, um den Staubwedel auszuschütteln, und der Luftzug wehte ein paar Papiere von Olivers Schreibtisch auf den Boden. Ich bückte mich, um sie aufzuheben, und starrte sie dann entgeistert an.

Es war ein halbes Dutzend sauberer und ungefalteter Drohbriefe, alle mit „Swing" unterzeichnet. Wer hatte sie geschrieben? Jake oder Oliver selbst? Sicher würde er nicht so unvorsichtig sein. Aber er könnte Jake erlauben, Feder und Papier zu benützen, sogar sich im Haus zu verbergen. Was immer es war, es war sträflicher Leichtsinn, den Beweis hier auf seinem Tisch liegenzulassen, wo jeder ihn sehen konnte, wenn bereits die harmlosesten Leute bloß auf Verdacht hin verhaftet wurden. Ich zögerte, dann schob ich sie in das Schreibpult und schloß es ab.

Ravensley war strahlend erleuchtet, und etwa ein Dutzend Gäste waren von fern und nah trotz der Gefahr einer solchen Fahrt gekommen. Möglicherweise waren sie in diesen unsicheren Zeiten für jede Ablenkung froh. Ich legte meinen Mantel in einem der Oberstockzimmer ab, als Alyne in Cherrys Begleitung hereinkam. Ihre Wangen waren ungewöhnlich gerötet, und ich fragte mich, was der Grund war.

Sie kam gleich auf mich zu und gab mir einen flüchtigen Kuß. „Ich bin so froh, daß du kommen konntest, Clarissa. Hoffentlich ist Mrs. Cavendish nicht wirklich krank."

„Es ist nur eine Erkältung. Sie hat sich in der letzten Zeit Sorgen gemacht. Sie läßt dich grüßen und hofft, daß du sehr glücklich wirst."

„Natürlich wird sie glücklich sein", stellte Cherry ein wenig boshaft fest. „Sie bekommt, was sie sich immer gewünscht hat, nicht wahr, Alyne?"

„Ich weiß nicht, was du meinst." Alyne ging zum Spiegel und richtete die Blumen in ihren hellen silbrigen Locken. „Ich mag Justin sehr gern."

„Gern, gern!" wiederholte Cherry verächtlich. „Man heiratet einen Mann nicht, weil man ihn gern mag."

„Du bist noch zu jung. Du weißt nicht, wovon du sprichst", erwiderte Alyne mit einer aufreizenden Ruhe.

„Das sagst du immer, aber ich weiß mehr, als du denkst", lehnte sich Cherry auf. „Du warst in Oliver verliebt, und als du gehört hast, daß er Ravensley nicht erben wird, hast du ihm den Laufpaß gegeben. Das finde ich gemein."

„Sei nicht so dumm", erwiderte Alyne, „und jedenfalls ist es schon lange her, und Oliver ist soweit ganz glücklich. Frag nur Clarissa. Sie wird es dir bestätigen."

Ich fühlte eine gewisse Feindseligkeit in ihrer Stimme, aber bevor ich antworten konnte, fuhr Cherry hoch, zwei rote Flecken brannten auf ihren Wangen.

„Er ist nicht glücklich, er ist hundeelend", sagte sie ungestüm. „Er war dein Liebhaber, nicht wahr, und wenn es ginge, wie du wolltest, wäre er es immer noch, selbst wenn du Onkel Justin heiratest . . ."

Vermutlich hatte ich tief im Herzen die Wahrheit bereits geahnt, aber sie so offen ausgesprochen zu hören, war immer noch ein Schock.

134

Alyne war plötzlich außer sich vor Zorn. Sie packte Cherry mit funkelnden Augen am Handgelenk. „Hör auf, hörst du, hör auf, diese dummen Lügen zu wiederholen."

„Ich werde nicht aufhören, und es sind keine Lügen. Wenn ich nicht denken würde, daß es Oliver schadet, hätte ich Onkel Justin längst erzählt, was ich weiß!"

„Erzähl es ihm", sagte Alyne nach diesem Zornausbruch eisig, „erzähl es ihm und höre, was er sagt. Er wird über deine Lügen lachen." Sie wandte sich zum Gehen, schaute dann nochmals über die Schulter zurück und in ihrer ruhigen sanften Stimme lag eine tödliche Drohung: „Wenn du ein Wort sagst, wirst du dafür büßen. Ich werde ihm alles über dich und Jake erzählen . . . Das wäre dir nicht recht, was?"

„Da gibt es nichts zu erzählen, was er nicht bereits weiß", rief Cherry trotzig, aber ihre Lippen zitterten, und als Alyne gegangen war, sank sie auf das Bett und schlug mit ihrer kleinen Faust wütend auf das Kissen. „Ich hasse sie, Clarissa, ich hasse sie. Sie verdirbt alles."

Ich setzte mich neben sie und legte ihr den Arm um die Schultern. „Cherry, hast du Jake in der letzten Zeit gesehen?"

„Ich wollte, wenn ich es könnte, aber wie kann ich es? Ich weiß nicht, wo er ist", sagte sie stürmisch. „O Clarissa, ich bin so unglücklich. Ich wollte, ich wäre tot."

„Nicht, das ist doch alles Unsinn."

„Wenn sie verheiratet sind, gehe ich fort. Ich werde bei Oliver in Thatchers leben."

„Wenn du das tun willst, bringst du nur deinen Bruder in Schwierigkeiten. Onkel Justin ist dein Vormund. Jetzt wisch dir die Augen aus und komm hinunter. Laß dir nicht anmerken, daß du geweint hast."

Es war kein guter Beginn des Abends, aber es wurde noch viel schlimmer, bevor der Tag zu Ende ging.

Wir setzten uns zu Tisch, und wenn auch die Unruhen gelegentlich erwähnt wurden, gab es doch viel Heiterkeit und Gelächter. Wir stießen auf das glückliche Paar an. Oliver saß mir gegenüber. Er sagte wenig, trank aber nicht, als die Gläser erhoben wurden, und ich sah, wie oft sein Blick Alyne streifte. Ich fragte mich, was er dachte, und wieviel Wahrheit in dem lag, was Cherry gesagt hatte.

Als Miss Harriet sich erhob, folgten wir Frauen ihr alle in den Salon und ließen die Herren bei ihrem Wein. Der Tee wurde gebracht, und Alyne begann einzuschenken, Cherry half ihr verdrossen. Eine unbehagliche Vorahnung, die ich nicht abschütteln konnte, ließ mich meinen Sitz am Fenster verlassen. Ein plötzliches Aufblitzen von Lichtern draußen vor den halbgeschlossenen Vorhängen zog meine Aufmerksamkeit auf sich. Ich schaute hinaus. Es war eine dunkle Nacht, und eine Weile lang konnte ich nur seltsame, herumhuschende Lichtpunkte unterscheiden. Dann wurde mir klar, daß es brennende Pechfackeln waren. Unwillkürlich stieß ich einen erschreckten Ruf aus. Die anderen drängten sich hinter mich. Ich stieß das Fenster auf, daß wir nun die dunklen Schatten sehen konnten, die im zuckenden Licht der Fackeln auf der Terrasse durcheinanderwogten.

„Was tun sie da draußen? Wer ist es? Was wollen sie?" riefen einige Damen erschreckt.

„Ich sag es Oliver", sagte Cherry. Sie lief hinaus und ich folgte ihr, aber inzwischen hatte die Dienerschaft bereits die Warnung weitergegeben. In der Halle erteilte Lord Aylsham Ram Lall Anweisungen.

„Geh jetzt", sagte er, „unterrichte Rittmeister Rutland. Er soll mit seinen Dragonern so schnell wie möglich kommen."

„Nein", rief Oliver. „Wir werden damit selbst fertig. Wenn die Soldaten kommen, wird es Tote geben."

„Das ist mein Haus", sagte sein Onkel kalt, „und ich werde es auf meine eigene Art verteidigen. Geh hinten herum, Ram, und beeil dich." Der Inder verschwand rasch in seiner üblichen schweigenden Art. Einige der Damen waren zum oberen Treppenabsatz gekommen, während ihre Gatten, wütend und besorgt, sich in der Halle versammelten. Sie sprachen alle durcheinander, bis Sir Peter Berkeley plötzlich die Hand hob.

„Ruhe! Was sagen die da draußen?"

Dann hörten wir den tiefen eintönigen Sprechchor: „Wir wollen Lord Aylsham! Wir wollen Lord Aylsham!" Es lag eine erschreckende Kraft darin.

Oliver wandte sich zur Tür. „Ich gehe zu ihnen hinaus."

„Nein", sein Onkel hielt ihn zurück. „Meinst du, ich fürchte mich vor ein paar Bauernlümmeln?" Er wandte sich an Alyne. „Geh zu den Damen zurück, meine Liebe, und sage ihnen, daß sie unbesorgt sein können."

Sie starrte ihn an. „Sei vorsichtig, Justin", sagte sie und ging dann langsam die Treppe hinauf.

Er hatte Mut, das mußte ich zugeben. Er öffnete die Haustüre weit und trat auf die Stufen hinaus.

„Hier bin ich. Was wollt ihr von mir?"

Ich hörte ein Durcheinander vieler Stimmen. „Eine Antwort auf unsere gerechten Forderungen . . . Zwei Shilling und sechs Pence für jeden Tag und das Versprechen, daß wir nicht aus unseren Häusern vertrieben werden . . . Brot für unsere Kinder . . ."

„Ich lasse mir nicht drohen", sagte er verächtlich. „Kommt zu mir, wie es sich gehört, dann werde ich eure Bitten in Erwägung ziehen." Ihre Rufe wurden wütender. „Das haben wir schon zu oft gehört . . . Was hat es uns gebracht?" Sie drängten drohend vorwärts an den Fuß der Treppe, und im flackernden Licht konnte man da und dort zornige Gesichter erkennen.

Oliver, der neben seinem Onkel stand, rief mit lauter Stimme: „Hört auf mich. Geht jetzt heim. Wenn ihr es nicht tut, kann es noch schlimmer für euch werden. Glaubt mir, ich spreche die Wahrheit. Überlaßt es mir. Ich verspreche euch, daß euch Gerechtigkeit widerfahren wird."

„Wir haben keinen Streit mit Ihnen, Mr. Oliver. Wir kennen Sie. Wir wollen die Zusage Ihres Onkels, Lord Aylsham, und beim lebendigen Gott, vorher gehen wir nicht."

Ich war mir nicht sicher, aber ich glaubte, daß Jake das mitten aus der Menge gerufen hatte, die jede Minute zu wachsen schien und immer näher herankam. Dann plötzlich ertönte eine andere, tiefe und kräftige Stimme.

„Geh zur Hölle, Justin Aylsham, du gemeiner Mörder!"

Eine der brennenden Fackeln flog über die Köpfe der Menge und fiel zischend und qualmend ihm zu Füßen. Das schien die Menschen anzuspornen. Sie drängten vorwärts, und einer schleuderte einen Stein. Er pfiff zwischen Oliver und seinem Onkel hindurch, verfehlte Alyne knapp und zerschmetterte einen Wandspiegel. Mir entfuhr ein unterdrückter Schrei.

Einen Augenblick herrschte entsetztes Schweigen, dann hörte ich scharfe Kommandoworte und sah die roten Röcke der Soldaten. Innerhalb weniger Augenblicke wurde die Terrasse zu einem Schlachtfeld, als sich die Dragoner ihren Weg bahnten, den Männern zuriefen, sie sollten verschwinden, und grob auf sie mit den Gewehrkolben einschlugen. Es mußten auch Frauen dagewesen sein, denn ich hörte sie aufschreien. Einige der Männer wandten sich zur Flucht, aber andere, in rasende Wut versetzt, wehrten sich ingrimmig.

Justin Aylsham sah einen Augenblick zu, dann wandte er sich um und ging zu Sir Peter und den anderen zurück, aber Oliver blieb noch stehen.

Mir wurde übel von dieser Brutalität, und ich flüsterte: „Warum bleiben sie? Warum verschwinden sie nicht?"

„Sie sind hungrig und ohne Hoffnung. Was haben sie zu verlieren?" sagte er bitter.

Dann hörten wir plötzlich hinter uns aufgeregte Stimmen. Jethro kam im Nachthemd und Schlafrock die Treppe heruntergelaufen. Er schrie uns zu: „Ben ist da draußen. Ich habe ihn gesehen. Sie tun ihm weh."

Er mußte von einem oberen Fenster zugesehen haben. Miss Harriet stand auf dem Treppenabsatz, klammerte sich ans Geländer und rief haltlos: „Haltet ihn, haltet ihn auf!"

Ich wollte ihm nacheilen, aber Oliver riß mich zurück. „Kannst du nicht sehen? Sie gebrauchen ihre Bajonette."

Er rannte die Treppe hinunter und bahnte sich einen Weg durch die Kämpfenden. Es brannten immer noch ein paar Fackeln und beleuchteten grausig die mit dunklem Blut beschmierten weißen Gesichter. Nur wenige waren es noch, viele mußten schon geflüchtet sein. Manche, die niedergeschlagen worden waren, erhoben sich mühsam und hinkten davon, während andere verdächtig still dalagen. Die Soldaten hatten etwa ein Dutzend umzingelt und trieben sie brutal zusammen. Bulwer Rutland kam zur Treppe.

„Es ist alles vorbei, Lord Aylsham. Wir haben ihnen eine Lehre erteilt, die sie nicht so rasch vergessen werden, und wir haben eine ganze Reihe Gefangener gemacht."

Er hielt inne, als Oliver mit Jethro auf den Armen an ihm vorbeikam. Das Kind hing schlaff und bleich in seinen Armen, Blut floß reichlich aus einer großen Wunde auf seiner Stirn. Hinter ihm her hinkte Ben, mit zerrissenen Kleidern, das Gesicht von Schmutz und Tränen verschmiert.

„Er hat es für mich getan, er hat es für mich getan", schluchzte er immer wieder.

Justin Aylsham stand da und starrte seinen Sohn an. „Was hat der Junge draußen zu tun gehabt?" fragte er heiser.

„Er hat gesehen, wie die Soldaten seinen Freund angefallen haben, und wollte ihm zu Hilfe kommen."

„Freund? Welcher Freund?" Dann fiel sein Blick auf Ben. „Mein Sohn und dieser . . . dieser Dreckskerl!" Ben schreckte vor der Wut des Mannes zurück, und ich legte ihm meinen Arm um die Schultern.

Alyne fragte mit seltsam gebrochener Stimme: „Ist er . . . Ist er . . ."

„Nein, er ist nicht tot." Oliver legte das Kind auf die Bank, die seitlich in der Halle stand. „Du solltest lieber Annie Pearce holen. Sie wird wissen, was zu tun ist."

Dann richtete er sich auf und sah seinen Onkel an. „Dein Sohn hat mehr Mitleid als du. Habe ich dich nicht gewarnt? Jede Schuld muß bezahlt werden."

„Das hast du gewollt", knurrte sein Onkel mit leiser, aber für alle in der Halle gut vernehmlicher Stimme. „Das war, was du erhofft hast."

„Ich bin nicht wie du. Ich spiele nicht mit Menschenleben."

Aber sein Onkel schien ihn nicht gehört zu haben. Er fuhr fort, als hätte Oliver nichts gesagt. „Glaub nur nicht, daß ich es nicht weiß. Dir verdanke ich diese Nacht, dir und dem verdammten Schurken Jake Starling. Wo ist er? Wo hast du ihn versteckt? Darauf habt ihr beide doch gehofft, mich und meinen Sohn tot zu sehen. Ich werde dafür sorgen, daß er diesmal hängt, und du mit . . . ."

Die beiden Männer standen einander Auge in Auge gegenüber, und der Haß zwischen ihnen war fast fühlbar. Ich sah Sir Peter einen Schritt vorwärts tun, während die anderen begierig zusahen.

Dann sagte Oliver ruhig: „Du bist wohl nicht bei Sinnen. Ich habe keine Ahnung, wo Jake ist. Weit weg von hier, wenn er nur ein bißchen Verstand hat. Du solltest lieber nach deinem Sohn sehen." Er wandte sich zur Tür. „Komm, Ben. Ich bringe dich nach Hause."

Alyne war mit Annie Pearce zurückgekommen. Sie beugten sich über Jethro. Ich hastete die Treppe hinauf, drängte mich durch aufgeregt schnatternde Frauen und holte meinen Mantel. Dann lief ich Oliver nach. Er war im Garten auf dem Weg zu den Ställen, als ich ihn einholte und ihm die Hand auf den Arm legte. Er wandte sich um.

„Was tust du hier, Clarissa? Fährt dich nicht John nach Hause?"

„Es ist nicht weit, wenn man über die Felder geht. Ich muß mit dir reden."

„Warum?"

Ich warf einen Blick auf Ben, und er legte dem Jungen die Hand auf die Schulter. „Geh voraus und sattle Rowan für mich."

„Oliver", fragte ich besorgt, als das Kind davonlief, „ist Jake dieser Hauptmann Swing?"

„Das glaubst du doch sicherlich nicht. Es gibt keinen Hauptmann Swing."

„Aber die Briefe . . . Ich sah sie auf deinem Tisch in Thatchers liegen."

Er starrte vor sich hin, dann erwiderte er kalt: „Der Inhalt meines Schreibpultes ist eine private Angelegenheit. Ich wäre dir dankbar, wenn du das beherzigen würdest."

Sein Ton ließ mich frösteln, aber ich gab nicht nach. „Es tut mir leid, ich habe nicht spioniert, aber ich habe sie gesehen. Hat man dich in Verdacht?"

„Warum sollte man? Ich habe nichts getan, nur versucht, sie zurückzuhalten. Wäre ich nicht gewesen, hätte man meinen Onkel vielleicht ebenso ermordet wie meinen Vater."

„Da gibt es jemanden, der ihn haßt, nicht wahr? Jemanden, der dir ähnlich schaut."

Er legte mir die Hand auf die Schulter. „Halt dich heraus, Clarissa. Du brauchst dir um mich oder andere keine Sorgen zu machen. Unsere Schwierigkeiten sind nicht deine Sache."

„Aber ich möchte helfen . . ."

„Ich brauche keine Hilfe, weder von dir noch von sonst jemandem. Soll ich dich nach Copthorne zurückbringen?"

Ich trat einen Schritt zurück. „Das ist nicht nötig. Über die Koppel ist es nicht weit, und ich fürchte mich nicht."

„Dann also gute Nacht."

Ich hätte gern noch mehr gesagt, aber wie konnte ich das angesichts seiner kühlen Zurückweisung? Er ging weiter zu den Ställen, und ich sah ihm einen Augenblick nach, bevor ich mich auf den Weg machte, den wir so oft und so glücklich als Kinder benutzt hatten, wenn wir zwischen den beiden Häusern hin und her liefen. Tante Jess war im Bett, als ich in Copthorne ankam, aber im Wohnzimmer brannte immer noch die Lampe. Ich löschte sie und ging müde die Treppe hinauf. Als ich an ihrem Zimmer vorüberkam, rief sie mich.

„Komm herein, meine Liebe. Ist alles in Ordnung? Prue hat gesagt, sie habe eine große Menge Männer auf der Straße gehen sehen, vermutlich in Richtung von Ravensley. Ich habe mir Sorgen um dich gemacht. Hat es dort Schwierigkeiten gegeben?"

„Ein wenig. Aber das ist alles jetzt vorbei."

Sie griff nach meiner Hand. „Bist du sicher?"

„Ja, ganz sicher." Ich küßte sie auf die Wange.

„Gute Nacht, meine Liebe."

„Gute Nacht, Tante Jess."

Nach dem, was geschehen war, dachte ich, würde ich die ganze Nacht wach liegen, aber so war es nicht. Prue hatte einen heißen Ziegel in mein Bett gelegt, und ich war so müde, daß ich fast sofort einschlief. Ich erwachte, als Patty die Vorhänge zurückzog und helles Licht hereinströmte.

Ich gähnte. „Wie spät ist es?"

„Fast elf Uhr, Miss. Die Herrin hat gesagt, ich soll Sie schlafen lassen. Sie würden es früh genug erfahren."

„Was erfahren?"

Patty kam zum Bett, an einem Zipfel ihrer Schürze nestelnd. „Es ist eine schreckliche Nachricht, Miss."

Ich setzte mich auf, die Ereignisse der vergangenen Nacht kamen mir wieder zu Bewußtsein und erfüllten mich mit Angst. „Was meinen Sie? Ist es wegen Jake?"

Sie schüttelte den Kopf. „Nicht wegen Jake. Wegen Mr. Oliver."

„Oliver?"

„Sie sagen, daß Lord Aylsham ermordet worden ist, und haben Mr. Oliver als Täter verhaftet."

8

Wie so oft war das Gerücht übertrieben. Lord Aylsham war nicht tot, sondern nur schwer verletzt; folgendes kam uns zu Ohren. Nachdem Oliver und ich Ravensley verlassen hatten, waren die Soldaten mit ihren Gefangenen fortmarschiert, aber Bulwer Rutland war mit zweien seiner Leute geblieben. Später in der Nacht hatte einer von ihnen dort wo das Gut an die Marsch grenzte, Feuerschein gesehen. Lord Aylsham war aufgestanden und wollte die Sache unbedingt mit ihnen untersuchen. Es war ein alter unbenutzter Speicher, und es war offensichtlich, daß man ihn aus Trotz oder Rache in Brand gesteckt hatte. Das Feuer war nicht schlimm, und sie hatten es löschen können, aber in der Dunkelheit und dem Durcheinander hatte jemand Justin Aylsham angefallen und ihn mit einem Knüppel niedergeschlagen. Bulwer und seine Männer waren ihm zu Hilfe geeilt, aber der Attentäter war ihnen entschlüpft und über die Felder in die Sicherheit der Marsch entflohen, wo sie ihm nicht zu folgen wagten, doch hatten sie zuvor sein Gesicht gesehen. Sie waren bereit, unter Eid auszusagen, daß es Oliver war, der Mann, den sie erst vor ein paar Stunden seinem Onkel auf der Treppe des Hauses unverschämt Trotz bieten gesehen hatten.

„Das glaube ich nicht", sagte ich, als der alte John mit seiner Geschichte zu Ende gekommen war. „Das kann nicht wahr sein. Es ist lächerlich. Oliver würde nie so etwas tun, niemals."

„Was hat er gesagt, als sie nach Thatchers kamen, um ihn zu verhaften?" fragte Tante Jess.

„Kaum ein Wort, Miss, außer daß er geschworen hat, er weiß von nichts und hat die ganze Nacht das Haus nicht verlassen."

„Kann Mrs. Starling das nicht bezeugen?"

„Anscheinend hat sie ihn nicht nach Hause kommen hören. Der einzige Zeuge ist der Junge. Sie haben sich leise hineingeschlichen. Ben hatte Angst, was seine Mutter sagen würde, denn sie hatte ihm verboten, das Haus zu verlassen. Aber es ist ihm herausgerutscht, daß Mr. Oliver, nachdem er ihn zu Bett gebracht hatte, noch einmal fortgegangen ist."

Ich hatte eine Ahnung, wohin er gegangen sein mochte, aber ich

142

wagte nicht einzugestehen, was ich über Jake wußte.

„Schön, John, das genügt", sagte Tante Jess. „Lassen Sie uns gleich wissen, wenn Sie weiteres hören."

„Ja, Miss. Sofort."

Als John die Türe geschlossen hatte, schaute ich sie über den Tisch hinweg an. „Was wird mit ihm geschehen?"

„Er wird vor dem Friedensrichter in Ely angeklagt, und wenn die Klage begründet ist, kommt er zur Verhandlung vor das Geschworenengericht. Wenn sein Onkel stirbt . . . sogar wenn er sich erholt . . ."

„Wird er gehängt werden", stöhnte ich, „gehängt oder bestenfalls in die Verbannung geschickt." Ich dachte an das schreckliche Gefängnis und die grauenvollen Transportschiffe. Es konnte nicht wahr sein, das durfte mit Oliver nicht geschehen. „Wir müssen etwas dagegen tun können, Tante Jess."

„Hat er letzte Nacht mit seinem Onkel gestritten, Clarissa? Es wäre besser, du würdest mir alles erzählen."

„Es war nicht wirklich ein Streit, aber Oliver war sehr böse, weil Lord Aylsham die Soldaten gerufen hatte . . . Und dann wurde Jethro verletzt . . . Es gab einen bitteren Wortwechsel zwischen ihnen, und Sir Peter und die anderen Gäste waren dabei und müssen es gehört haben."

„Das wird gegen ihn sprechen", sagte Tante Jess traurig. „Sie mögen Oliver und haben nicht allzuviel für seinen Onkel übrig, aber in Zeiten wie diesen denken die Leute an ihre eigene Haut und sind nicht geneigt, mit jemandem, der sie gefährdet, milde zu verfahren."

Es war nicht nur das, wie ich wußte. Da war Jake, da waren diese Briefe, und Oliver hatte immer viel zu offen gezeigt, auf wessen Seite er stand.

Am Nachmittag brachte John die Nachricht, daß alle Gefangenen einschließlich Olivers am nächsten Tag vor das Gericht in Ely gebracht würden. Sie verloren keine Zeit. Die Angst vor einer Revolution konnte selbst gutmütige Männer zu dem Entschluß bringen, den Rebellen eine scharfe Lektion zu erteilen.

„Tante Jess", sagte ich, „ich möchte dabei sein. Kann ich den Wagen haben?"

„Du wirst dich nur aufregen, meine Liebe. Wozu soll es gut sein?"

„Ich weiß nicht, aber ich muß hin", sagte ich hartnäckig. Sie sah mich scharf an. „In diesem Fall, wenn du fest entschlossen bist, werde ich dich begleiten."

„Nein, liebe Tante Jess." Ich legte meine Hand auf die ihre. „Es wird ein langer ermüdender Tag werden, und du bist noch nicht ganz erholt.

Es ist nur . . . Ich weiß nicht . . . Aber vielleicht kann ich etwas tun."
„Mir ist der Gedanke nicht geheuer, daß du allein hingehst. John soll
dich hinfahren, dort warten und dich zurückbringen. Paß auf dich auf,
Clarissa. Manchmal fürchte ich, daß ein wenig von deines Vaters
Leichtsinn in dir steckt. Versprich mir, keine Dummheiten zu machen."
„Bestimmt nicht", versprach ich.

Ich war nie zuvor bei einer Verhandlung gewesen, und da das kein
Geschworenengericht war, gab es nicht viel Pomp. Der Richter, ein kalter
finsterer Mann, war mir ebenso fremd wie seine Beisitzer mit Ausnahme von Sir Peter Berkeley. Der erste Teil des Verfahrens schleppte
sich umständlich hin. Einer nach dem anderen wurden die in dieser
Nacht verhafteten Männer angeklagt und fortgeführt. Sie sahen verwirrt und bestürzt drein, aller Kampfgeist hatte sie verlassen, übrigge-
blieben waren Hoffnungslosigkeit und Verzweiflung. Ich schaute die
Richter der Reihe nach an, nirgendwo sah ich Mitleid in den gut ge-
nährten, selbstzufriedenen Gesichtern, nur die Angst, daß jede den Ge-
setzesbrechern gezeigte Gnade ihre Geldtaschen schädigen könnte.
Dann wurde Oliver hereingeführt, und das Interesse wurde lebhafter. Ein Aylsham, der verdächtigt wurde, seinen Onkel fast ermordet
zu haben, kam nicht oft vor. Eine Welle von Erregung ging durch die
Zuschauer, die gewaltig anwuchs, als Alyne an Bulwer Rutlands Arm
hereinkam, und dann wurde das Gemurmel rasch vom Gerichtsdiener
zum Schweigen gebracht.
Oliver sah bleich, aber gefaßt drein, und beantwortete die ihm ge-
stellten Fragen ruhig. Er hatte Ben mit nach Thatchers genommen und
den Jungen heimlich ins Bett gebracht, damit er nicht bestraft würde.
„Sind Sie dann selbst zu Bett gegangen, Mr. Aylsham?"
„Nein, ich bin noch einmal fortgegangen."
Das Entsetzen der Zuhörer war beinahe fühlbar. „Sie geben zu, daß
Sie noch einmal fortgegangen sind? Aus welchem Grund?"
„Ich hatte keinen Grund. Es war ein aufregender Abend gewesen,
und ich wußte, daß ich nicht fähig sein würde zu schlafen."
„Sind Sie vielleicht nach Ravensley zurückgegangen, um sich nach
Lord Aylshams Sohn zu erkundigen, der, wie ich gehört habe, verletzt
worden war?"
„Nein."
„Wohin sind Sie dann gegangen?"
„Ich hatte kein bestimmtes Ziel. Ich bin nur etwa eine Stunde spazie-
rengegangen und dann heimgekehrt."

„Und zu Bett gegangen?"

„Ja."

„Sind Sie nicht bis zur Scheune gegangen, die angezündet worden war, und haben Sie nicht die Gelegenheit ergriffen, Ihren Onkel niederzuschlagen und dann erst in Ihr Haus zurückzukehren?"

„Nein, das habe ich nicht getan."

„Sie werden hören, Mr. Aylsham, wie ich zu meinem Bedauern sagen muß, daß Sie genau das getan haben. Wir haben Aussagen von achtbaren Zeugen, darunter einen Offizier der königlichen Dragoner, die Sie glücklicherweise gehindert haben, den beabsichtigten Mord zu begehen. Durch die Gnade Gottes lebt Lord Aylsham noch, und wir können nur beten, daß er mit der Zeit genesen wird."

Dann begann die Reihe der eidlichen Zeugenaussagen, eine alarmierender als die andere. Es wurde alles zur Sprache gebracht, der Streit, die Feindschaft zwischen Oliver und seinem Onkel, sogar die Tatsache, daß er erst vor kurzem zugunsten Jakes ausgesagt hatte.

„Es wurde vermutet, wenn auch nicht bewiesen, daß Sie eine gewisse Rolle beim Entkommen des Verbrechers gespielt haben. Was haben Sie dazu zu sagen?"

„Ich hielt das Urteil für ungerecht und sagte es damals auch."

Ein Gemurmel ging durch das ganze Gericht, und Sir Peter Berkeley schaute mit gerunzelter Stirn auf.

„Erdreisten Sie sich, die Integrität der Richter Seiner Majestät in Frage zu stellen?"

„In diesem besonderen Fall halte ich das Urteil für verfehlt."

„Sie sind ein sehr kühner junger Mann", bemerkte der Richter trocken. „Da ist noch eine andere Sache. Als Sie verhaftet wurden, Mr. Aylsham, wurden gewisse Papiere aus ihrem Schreibpult beschlagnahmt . . ."

„Dazu bestand kein Recht . . ." unterbrach Oliver rasch und zornig.

„Wenn Sie unschuldig sind, haben Sie nichts zu befürchten", sagte der Richter streng. „Darunter gab es gewisse Briefe . . ." Dann kam rasch und scharf die Frage: „Sind Sie der berüchtigte Hauptmann Swing, Mr. Aylsham?"

Oliver lachte rauh und bitter auf. „Sogenannte Swingbriefe wurden überall im Süden Englands zugestellt. Meinen Sie, ich reite wie eine Hexe bei Nacht auf einem Besen herum?"

Auf den Zuhörerbänken brach schallendes Gelächter aus, und der Richter sagte gereizt: „Wenn es noch weitere Störungen gibt, lasse ich den Gerichtssaal räumen." Dann wandte er sich wieder an Oliver.

„Wie erklären Sie, daß diese Briefe in Ihrem Besitz gefunden wurden?"

„Ich habe als Lord Aylshams Verwalter gearbeitet. Sie wurden mir von einigen unserer Pächter gebracht."

„Das stimmt", rief Will Burton und stand auf. „Drei von den verdammten Dingern habe ich selbst bekommen und sie nach Thatchers gebracht . . ."

„Ruhe!" donnerte der Richter. „Wenn wir Ihre Aussage brauchen, werde ich Sie aufrufen." Er wartete, bis Ruhe eintrat, dann fuhr er fort: „Der Name Aylsham war lange in der Grafschaft Cambridge geachtet. Ich habe Ihren Vater gekannt, und es würde mich schmerzen, wenn ich gezwungen wäre, Sie vor das Geschworenengericht zu bringen. Aber gegen Sie ist Anklage erhoben worden, und die Tatsachen bleiben bestehen. Nicht nur bestand eine starke Feindschaft zwischen Ihnen und Lord Aylsham, weil Sie ganz ungerechtfertigter Weise glaubten, daß er Sie Ihres Erbes beraubt habe, außerdem hat die Dame, die Sie zu heiraten hofften, Sie abgewiesen und den Antrag Ihres Onkels angenommen. Ist es nicht so, Mr. Aylsham?"

Oliver schaute zu Alyne hinüber, die neben Bulwer Rutland saß. „Fragen Sie sie doch selbst", sagte er.

Ich saß da mit wild klopfendem Herzen, da der absurde Gedanke, der mir in den Sinn gekommen war, mich nicht losließ, verrückt, aber verlockend. Ich konnte Oliver retten, wenn ich nur den Mut aufbrachte. Ich erkannte die Gefahr, in der er war, und alle möglichen Gedanken schwirrten mir durch den Kopf – Bulwers Versuch, mich zu vergewaltigen, das skandalöse Gerücht, das über mich umgelaufen war, meines Vaters Worte „du hast deine Chancen verdorben, Clarissa", die einfache Tatsache, daß ich, wenn Oliver zum Tode verurteilt würde, nicht wußte, wie ich weiterleben sollte. Es war wie ein Wahnsinn, der mich überkommen hatte. Plötzlich, fast ohne es zu wollen, stand ich auf, und meine Stimme schien mir selbst von einer fremden Person zu kommen.

„Ich kann sagen, wo Mr. Aylsham in dieser Nacht war."

Die Blicke des Richters wandten sich mir zu und musterten mich kühl und unpersönlich, bevor er sagte: „Wer sind Sie, Madam?"

„Ich bin Clarissa Fenton, die Nichte von Miss Jessamine Cavendish von Copthorne."

Der Name von Tante Jess hatte immer noch Gewicht. Er beugte sich zur Seite und beriet sich mit Sir Peter. Ich klammerte mich verzweifelt an die schwache Hoffnung, daß sie trotz allem nicht besonders darauf aus waren, Oliver, einen Gentleman wie sie, zu verurteilen.

Der Richter runzelte die Stirn. „Wollen Sie bitte in den Zeugenstand treten, Miss Fenton, und uns sagen, was Sie wissen."

Meine Knie zitterten, aber ich nahm die Bibel in meine rechte Hand und schwor, die Wahrheit zu sagen und nichts als die Wahrheit, im vollen Bewußtsein, daß es eine vorsätzliche Lüge war, und daß ich, wenn man mir sie nachwies, wegen Meineid ins Gefängnis kommen könnte.

„Nun wollen Sie vielleicht so freundlich sein, dem Gericht mitzuteilen, wo Mr. Aylsham in der kritischen Zeit war."

„Er war bei mir."

Zu sagen, daß das eine Sensation für die Zuhörer war, wäre zu milde ausgedrückt. Ich sah das Entsetzen auf Olivers Gesicht, begegnete Alynes Blick, las darin Unglauben und die verächtlich verzogenen Lippen Bulwer Rutlands ließen mich erschauern. Alles drehte sich um mich, doch hatte ich mich gleichzeitig völlig in der Hand.

Oliver reagierte rasch. „Hören Sie nicht auf sie. Es ist nicht wahr."

Der Richter schaute mich direkt an. „Sie hören, was Mr. Aylsham sagt. Er bestreitet, bei Ihnen gewesen zu sein. Was haben Sie darauf zu antworten, Miss Fenton?"

„Er ist ritterlich und wünscht mich zu schonen, aber ich kann nicht zulassen, daß er mir zuliebe leidet, wenn er unschuldig ist."

Nach längerem Schweigen sagte er: „Sind Sie sich klar, was Sie damit zu verstehen geben?"

„Ja."

„Nun gut. Ich meine, Sie sollten uns lieber genauer erzählen, was geschehen ist."

Gerade die Tatsache, daß ich log, half mir, überzeugend zu sprechen. Sie nahmen mein Zögern für Scham, und obgleich ich sie wirklich empfand, merkten sie nicht, wie verzweifelt ich mich bemühte, meiner Geschichte den Anschein von Wahrheit zu geben.

„Wenn Mr. Aylsham sagt, er habe das Haus verlassen, so deshalb, weil er mich treffen wollte, wie wir es vereinbart hatten. Ich ging dann mit ihm zurück."

„Wie lange sind Sie geblieben?"

Verzweifelt bemühte ich mich zu erinnern, wann der Angriff stattgefunden hatte. „Bis zum Morgen."

„Haben Sie schon öfters solche nächtliche Besuche gemacht?" fragte der Richter ironisch.

„Muß ich diese Frage beantworten?"

Ich wagte Oliver nicht anzublicken. Ich hielt die Augen gesenkt, konnte meine Hände trotz aller Bemühung nicht am Zittern hindern und betete, daß ich nicht ohnmächtig würde.

„Weiß Miss Cavendish, daß Sie und Mr. Aylsham die Nacht zusammen verbrachten?" fuhr der Richter trocken fort.

„Nein", flüsterte ich.

„Ich verstehe." Er besprach sich einen Augenblick lang mit seinen Kollegen und wandte sich dann wieder mir zu. „Miss Fenton, ich meine, der junge Mann schuldet Ihnen ein beträchtliches Maß an Dankbarkeit für Ihr mutiges Eingeständnis. Ich kann nur hoffen, er weiß es Ihnen zu vergelten. Sie können sich setzen."

Ich hatte es geschafft. Ich weiß nicht, wie ich aus dem Gerichtssaal gekommen bin. Die auf mich gerichteten Augen, das Geflüster, die haßerfüllten Blicke – es war schlimm, viel schlimmer als alles, was ich je in meinem Leben ertragen hatte. Irgendwie gelangte ich durch die Tür ins Freie und fiel dort beinahe dem alten John in die Arme. Ich hatte vergessen, daß er alles gesehen und gehört haben mußte, und wagte nicht daran zu denken, was Tante Jess sagen würde.

Er hielt mich in seinen Armen. „Beruhigen Sie sich, Miss, Sie sehen aus, als würden Sie gleich ohnmächtig. Sie hätten das nicht tun sollen, für keinen Mann."

Er brachte mich in einen Gasthof und versuchte mich zu überreden, ein Glas Wein zu trinken, aber ich wollte nur nach Hause. Als wir nach Copthorne zurückfuhren, war es noch sehr kalt auf der Straße, und die Sonne sank als großer feuriger Ball hinter den schwarzen kahlen Bäumen nieder.

Bei der Ankunft, als mir John vom Sitz herunterhalf, beschwor ich ihn: „Bitte sagen Sie meiner Tante nichts, John. Ich möchte es ihr lieber selbst erzählen."

„Kein Wort, Miss, kein Wort. Machen Sie sich jetzt keine Sorgen."

Aber als ich vor Tante Jess stand, die sich über mein bleiches Gesicht entsetzte, Prue um Tee und Brötchen schickte und eifrig fragte, was los war, fühlte ich mich vollkommen unfähig, ihr zu sagen, was ich getan hatte.

„Die Beweise waren unzureichend", sagte ich lahm. „Sie haben nicht genügt, ihn zu belasten. Ich glaube, er wird freigesprochen."

„Gott sei Dank gibt es noch Gerechtigkeit in England", sagte sie hitzig.

Ich fühlte mich immer noch ganz durcheinander, und mein Kopf schmerzte so heftig, daß ich mich so bald wie möglich in mein Zimmer zurückzog, um mich niederzulegen. Viel später am Abend klopfte Prue an meine Tür.

„Ihre Tante schickt mich, Miss. Mr. Oliver möchte Sie sehr dringend sprechen."

Also war er freigelassen worden. Ich war sehr erleichtert, aber dann fragte ich mich besorgt, wie ich ihm gegenübertreten sollte, und zögerte bewußt, schaute in den Spiegel, kämmte mich und zupfte an meinem Kleid, bevor ich die Treppe hinunterging.

Tante Jess war mit Oliver im Wohnzimmer, als ich hinunterkam. „Da ist sie", sagte sie munter. „Clarissa hat so jämmerlich ausgesehen, als sie zurückkam, daß ich sie hinaufgeschickt habe, damit sie sich ausruht. Wie fühlst du dich jetzt, meine Liebe?"

„Ganz gut, danke, Tante Jess."

„Schön, schön." Sie schaute von mir auf Oliver, und ich fragte mich, was er ihr gesagt hatte. „Ich werde von Prue Wein bringen lassen. Ich habe Oliver gerade erzählt, wie dankbar ich dafür bin, daß alles für ihn so glücklich ausgegangen ist."

Sie eilte geschäftig aus dem Zimmer, und einen Augenblick lang herrschte zwischen uns Schweigen. Oliver stand halb zum Feuer gedreht. Der warme Schein fiel auf sein Gesicht und sein dunkelblondes Haar.

Plötzlich sagte er: „Es gab noch gewisse Formalitäten, das alles brauchte Zeit. Ich kam so rasch, wie ich konnte." Dann wandte er sich zu mir um. „Warum hast du das getan, Clarissa, um Himmels willen, warum?"

Ich setzte mich zum Tisch, weil meine Knie zitterten. Ich sagte hilflos: „Ich mußte etwas tun, und das war das einzige, das mir eingefallen ist."

„Aber gerade das . . . Mein Gott, wenn du ihre Gesichter gesehen hättest!" sagte er heftig. „Wenn du das Gekicher gehört hättest, die dreckigen Witze . . ." Er hieb mit der Faust gegen die Täfelung. „Du hast über mich und über dich Schande gebracht."

Ich weiß nicht, was ich erwartet hatte, aber sicherlich nicht das. Entrüstung stieg in mir hoch. Ich erhob mich mühsam. „Wärst du lieber gehängt worden für etwas, was du nicht getan hast?"

„Tausendmal lieber, als daß du dich mir zuliebe zugrunde richtest." Er strich das Haar zurück, das ihm in die Stirn gefallen war. „Wieso bist du so sicher, daß ich nicht versucht habe, ihn zu töten? Ich habe ihn in dieser Nacht genügend gehaßt, Gott weiß es."

„Hast du es getan?"

„Nein, verdammt, aber es wird wohl einer dieser armen Teufel gewesen sein . . ."

„Hast du Angst gehabt, es könnte Jake gewesen sein?"

„Er würde nie so etwas tun."

„Wer ist es dann, der Mann, der dir so ähnlich sieht?"

„Den gibt es nicht. In der Dunkelheit der Nacht kann man sich leicht irren, und Rutland mag mich nicht . . . Jedenfalls, das alles ist unwichtig. O Gott, Clarissa, meinst du, ich weiß nicht, was ich dir schulde, mein Leben, meine Zukunft, alles, das ist das Teuflische daran . . . Du hast mich in eine Lage gebracht . . ." Er machte ein paar Schritte durchs Zimmer und trat dann wieder vor mich hin. „Ich bin heute nacht gekommen, um dich zu bitten, mich zu heiraten."

Ich starrte ihn an. Ich hatte instinktiv gehandelt, ohne an die Folgen zu denken. Jetzt mußte ich mich plötzlich mit ihnen auseinandersetzen. Ich sagte langsam: „Das ist nicht nötig . . ."

„Das ist sehr nötig. Begreifst du nicht, Clarissa, was du getan hast?" fuhr er zornig fort. „Alle boshaften Zungen werden sich an uns gütlich tun. In allen Ehren, was kann ich schon anderes tun?"

„Ich danke dir", sagte ich ironisch, „aber du mußt dich wirklich nicht für mich aufopfern. Ich weiß nur zu gut, wie dir zumute ist."

Er schaute mich an, aus der Fassung gebracht. Nach einer Weile sagte er: „Empfindest du gar nichts für mich?"

„Ich glaube, daß eher ich dir diese Frage stellen sollte."

„Verdammt, Clarissa", sagte er und packte mich bei den Schultern, „so leicht kommst du nicht davon. Ich will mich nicht zum Narren und Schurken stempeln lassen, das ertrage ich nicht."

„Du erträgst es nicht!" Ich riß mich los, und plötzlich konnte sich die Spannung zwischen uns nur in wildem Zorn entladen.

„Ich will mich nicht zur Zielscheibe des Spottes machen lassen", sagte er, „wie Bulwer Rutland."

„Wie kannst du es wagen, das zu mir zu sagen!"

„Zum Teufel mit ihm! Wirst du mich heiraten oder nicht?"

„Nein, niemals, niemals!" fauchte ich ihn wütend an. „Ich werde keinen Mann heiraten, der in eine andere Frau vernarrt ist."

„War das nicht der Grund, warum du es getan hast?"

Das glaubte er also . . . Daß ich versucht hatte ihn einzufangen. Ich zitterte vor Zorn. Der Zorn drängte mir die Worte auf die Lippen, an die ich nicht wirklich glaubte. „War es Alyne, die du in dieser Nacht getroffen hast und nicht verraten wolltest? Wie oft hast du sie schon getroffen?"

„Nein, so war es nicht. Für wen hältst du mich? Sie heiratet doch meinen Onkel."

„Aber sie liebt ihn nicht. Sie liebt dich, ist das nicht die Wahrheit?"

„Nein, ich wünschte, sie wäre es."

Wir starrten einander an, und plötzlich fühlte ich mich so unglücklich, daß ich es nicht länger ertragen konnte. Ich sagte: „Ich glaube, du gehst jetzt besser. Wir haben einander nichts mehr zu sagen."

Er sah so verzweifelt müde aus, daß es mir das Herz umdrehte, aber ich war auch erschöpft und bitter unglücklich.

Er sagte etwas freundlicher: „Clarissa, ich wollte nicht, daß es so endet."

„Das spielt jetzt keine Rolle. Bitte geh, bitte."

„Nun gut, wenn du es wünschst. Ich komme zurück, wenn du in einer vernünftigeren Stimmung bist."

Ich glaube, das machte mich noch wütender als alles andere. „Ich bin völlig vernünftig. Komm, wenn du willst, aber ich werde nicht da sein."

Er zögerte einen Augenblick, dann nahm er Hut und Handschuhe und verließ ohne ein weiteres Wort das Haus.

Ich stand noch da, mit den Tränen kämpfend, als Tante Jess mit dem Wein hereinkam und sich erstaunt umblickte.

„Ist er schon gegangen? Ich wollte ihn bitten, mit uns zu Abend zu essen."

Das war so alltäglich, so selbstverständlich, nach dieser Spannung und Erregung, daß ich hilflos zu lachen begann. Sie stellte das Tablett fort und kam auf mich zu.

„Hör auf, Clarissa, hör auf. Hörst du mich?"

Aber ich konnte einfach nicht. „Wenn du nur wüßtest, Tante Jess, wenn du nur wüßtest!"

„Was wüßtest?" Sie schüttelte mich. „Warum ist er gekommen?"

„Er hat mich gebeten, ihn zu heiraten."

„Und du hast ihn abgewiesen? Warum, Clarissa, warum?"

Sie hielt mich an den Schultern, während ich zugleich lachte und weinte.

„Er dachte, er schulde es mir . . . weil . . . weil ich ihn vor dem Hängen gerettet habe."

„Ihn gerettet? Um Himmels willen, Kind, wovon redest du?"

Ich kämpfte um Selbstbeherrschung. „Es sprach so viel gegen ihn, und er konnte nicht beweisen, wo er in dieser Nacht gewesen ist, so habe ich ihnen gesagt . . . habe ihnen gesagt . . . daß er die Nacht mit mir verbracht hat."

Sie schaute mich an, und es erschien mir eine unendlich lange Zeit, bevor sie sagte: „Ich hätte mir denken können, daß du etwas derartiges tun würdest. Du hättest mich mit dir fahren lassen sollen. Du bist genauso unvernünftig wie deine Mutter, als sie ihr Leben ruinierte, indem sie mit Tom Fenton davonlief. Du liebst ihn, nicht wahr?"

„Ich weiß nicht, Tante Jess, ich weiß nicht", und dann löste sich die

Spannung in einer Flut von Tränen, und sie zog mich eng an sich.

„Nun, nun, Liebes, das ist noch nicht das Ende der Welt. Er wird zurückkommen."

„Nein", sagte ich, meine Wange an die ihre geschmiegt. „Er macht sich nichts aus mir. Er liebt Alyne, und wenn sein Onkel stirbt, wird sie wohl zu ihm zurückkehren, und er wird glücklich sein. Ich möchte fort von hier, Tante Jess, hilf mir bitte . . . Zurück zu Vater."

Sie drückte mich fester an sich. „Wir werden sehen, Clarissa, wir werden sehen."

Aber ich reiste ab, sobald ich konnte, und als Oliver am nächsten Morgen vorsprach, packte ich und weigerte mich, ihn zu sehen. Von meinem Fenster aus beobachtete ich ihn, wie er Rowan losband und fortritt. Copthorne, das meine Zuflucht gewesen war, so lange Zeit mein Traum, war zu einem Fegefeuer geworden, aus dem ich zu entrinnen trachtete.

Tante Jess versuchte mich zu überreden, aber ich war fest entschlossen. Im letzten Augenblick, als John mir in den Wagen half, kam sie mit Prickle im Arm aus dem Haus.

„Nimm sie mit", sagte sie. „Sie wird dir nachtrauern."

„Aber das kann ich doch nicht. Sie gehört dir, und du hast sie doch so gern . . ."

„Ich habe Warwick und James. Sie wird dich an Copthorne erinnern."

„Sie wird am Soho Square die Marsch vermissen", sagte ich, aber der warme Körper, der sich an mich schmiegte, die rauhe kleine Zunge, die mir das Gesicht leckte, waren für mich doch ein kleiner Trost.

Es war eine lange kalte Reise, und während die Postkutsche über die verschneiten Straßen holperte, versuchte ich, nicht daran zu denken, was ich getan hatte. Wie sollte ich es je Papa erklären? Es klang verrückt, ich wußte es. „Und warum", konnte ich ihn sagen hören, „hast du, um Himmels willen, sein Angebot ausgeschlagen? Er schuldet es dir. Er sollte dich darum auf den Knien bitten." Aber das war es gerade. Ich begehrte ihn . . . Du lieber Gott, wie sehr begehrte ich ihn! Aber nicht unter diesen Bedingungen. Ich saß ganz ruhig unter den heimlichen Blicken der anderen Passagiere, unterdrückte meine Tränen und rüstete mich für eine Zukunft, die schwärzer war, als ich es mir je vorgestellt hatte.

Dritter Teil

ALYNE

1831

Träum weiter nur von nichtigem Verlangen,
Vertrau auf das, was flüchtig dir entrinnt,
Laß narren dich von Hoffen und von Bangen
Und suche Liebe, wo sie niemals grünt.

SIR WALTER RALEIGH

1

Ich saß an Justins Bett. Die Lampe war abgedunkelt, aber das Feuer brannte hell und im Zimmer war es erstickend heiß. In der Luft hing der Geruch von Arzneien, Salben und Schweiß. Es war eine Woche her, seit man ihn niedergeschlagen hatte, und obwohl mir klar war, daß ich meinen Teil an der Pflege übernehmen mußte, ging mir das Eingesperrtsein so auf die Nerven, als erstickte ich. Ich wäre rasend gerne hinuntergegangen und im Garten, in der frischen kalten Luft herumgelaufen, nur um dieser Beklemmung zu entgehen und mich frei zu fühlen. Ich war steif und verkrampft von der langen Nachtwache, aber es würde noch einige Zeit vergehen, bevor Annie Pearce mich ablösen kam.

Justin wälzte sich unruhig hin und her, und der Inder an der andern Seite des Bettes erschien im Lichtkreis der Lampe. Ich sah sein hageres braunes Gesicht und das Funkeln seiner schwarzen Augen. Er war niemals weit von seinem Herrn entfernt, besonders jetzt. Ich wußte, er verabscheute mich ebensosehr, wie ich ihn. Ich hatte sogar ein wenig Angst vor ihm, was mich wunderte, weil ich mich nicht erinnern konnte, je Angst gehabt zu haben, außer vor . . . aber das war etwas anderes. Das war etwas, das ich mich bemühte, aus meinen Gedanken zu verbannen.

Justins Hand zerrte an der Bettdecke. Er murmelte etwas, und ich beugte mich über ihn.

„Ich kann nichts sehen", stammelte er, „warum kann ich nichts sehen?"

„Mach dir keine Sorgen." Ich strich ihm leicht über die Wange. „Du bist am Kopf verletzt, und die Ärzte halten es für besser, deine Augen noch ein wenig länger verbunden zu lassen."

„Ich bin nicht . . . ich bin nicht . . . blind?"

„Nein, nein. Du sollst nicht versuchen zu sprechen. Du sollst ganz ruhig liegen."

„Alyne, bist du es?"

„Ja."

Seit sie ihn in jener Nacht vor vier Tagen hereingebracht hatten, war er ohne Bewußtsein gewesen, und nun hatte er zum ersten Mal zusammenhängend gesprochen. Er würde also nicht sterben, sondern sich erholen, und wir würden heiraten. Der Gedanke brachte mir Erleichterung, und noch etwas anderes, das ich nicht zu analysieren wagte.

„Es hat doch gebrannt", murmelte er, „da war ein Feuer . . ."

„Ja, da war eines, aber denk jetzt nicht daran."

Ich nickte dem Inder zu. Er hob Justins Kopf, und ich führte die Tasse an seine Lippen.

„Trink das. Es hilft dir zu schlafen."

Er trank gehorsam aus und legte sich zurück auf das Kissen. Seine Hand tastete nach der meinen.

„Du gehst doch nicht fort?"

„Nein."

Ich blieb sitzen, seine Hand in der meinen, bis sein regelmäßiger Atem mir verriet, daß er wieder schlief, nun ruhiger. Da machte ich meine Hand frei und stand auf. Ich ging zum Fenster und zog die Vorhänge zurück. Draußen schlief der Garten unter der Schneedecke. Es war seltsam, daran zu denken, daß in vierzehn Tagen Weihnachten kommen sollte. Aber es würde wohl dieses Jahr keine Feier geben.

Ich trat wieder neben das Bett und wußte, daß Ram Lall mich beobachtete. Das tat er immer, schlich katzenhaft leise im Haus herum und spionierte mir nach. Des Teufels Schatten nannte ihn die alte Kinderfrau Starling, was bestimmt übertrieben war, aber manchmal glaubte ich es beinahe selbst. Nach unserer Heirat würde ich Justin überreden, ihn zu entlassen und nach Indien zurückzuschicken, wohin er gehörte . . . ihn und Jethro auch, obwohl ich wußte, daß das nicht möglich war. Wie immer Justin sich zu seinem indischen Diener stellte, von seinem Sohn würde er sich nie trennen. Ich war dankbar, als Annie klopfte und hereinkam.

„Ich habe Ihr dickes Tuch mitgebracht, Miss. Es ist eisig kalt heute abend. Bis morgen früh wird es noch mehr schneien, meine ich."

„Ist Miss Cherry schon schlafen gegangen?"

„Schon vor einer Stunde, und diesem Rittmeister Rutland habe ich Brandy in die Bibliothek gebracht." Heftige Abneigung schwang in ihrer Stimme mit und ließ mich lächeln. Annie hatte, wie alle Bauern, nichts für Soldaten übrig.

„Wie lange wird er bei uns bleiben, Miss Alyne?"

„Nur noch ein oder zwei Tage . . . bis die Formalitäten mit dem Gericht in Ely erledigt sind."

„Gott sei Dank auch dafür, werde ich dann sagen! Jetzt geh'n Sie aber ins Bett, Miss. Ich habe Ihnen ein Glas heiße Milch hingestellt."

„Danke, Annie."

Sie behandelte mich jetzt, da ich Justin heiraten würde, respektvoller, wie auch die ganze Dienerschaft, außer der Kinderfrau Starling. Sie hätte mich gerne auf dem Scheiterhaufen brennen gesehen, das hatte ich immer gewußt, aber die anderen waren gescheiter. Ich war nicht mehr die hergelaufene Göre, der Wechselbalg, der arme Niemand, sondern die zukünftige Lady Aylsham, Herrin auf Ravensley. Sie wußten, daß Justin auf mich hörte, und hatten keine Lust, hinausgeworfen zu werden. Es amüsierte mich, aber es gefiel mir auch. Ich habe mich schließlich immer durchgesetzt.

Vor der Türe blieb ich stehen. Ich war todmüde, wollte aber nicht zu Bett gehen, wenigstens nicht gleich. Ich hüllte mich in das dicke wollene Tuch und lief die Treppe hinunter, an der Bibliothek vorbei und zum Haustor. Es war versperrt und verriegelt, aber ich hatte es im Handumdrehen geöffnet und trat hinaus in den Vorbau. Vor mir lag eine magische Welt, weiß und glitzernd im blassen Mondschein, die Bäume zeichneten sich silbrig gegen den dunklen Himmel ab. Ich atmete die kalte Winterluft tief ein. Hinter dem Garten verlor sich in nebeliger Ferne die Marsch, ein Stück von mir, wie ich ein Stück von ihr war. Was immer geschah, wie sehr ich mich auch danach sehnte, von Ravensley fortzugehen – und Justin hatte mir versprochen, mich nach Paris mitzunehmen, vielleicht eines Tages sogar nach Indien – ich wußte, ich würde zurückkommen müssen. Es war wie die Nabelschnur zwischen Mutter und Kind, es würde mich ewig zurückziehen. Vielleicht war es das Beste an mir, etwas, das ich von Anfang an mit Oliver geteilt hatte . . . armer Oliver . . . ich habe ihn nicht gut behandelt, aber er hatte nie die geringste Ahnung gehabt, wie ich wirklich war. Er hatte mich auf irgendein unmögliches Piedestal gestellt, während ich mit beiden Füßen immer fest auf dem Boden stand . . .

Ein Arm schlang sich um meine Hüfte, eine Hand tastete nach meiner Brust, und Bulwer hob mein Haar hoch und küßte mich auf den Nacken. Die Berührung schien mein Fleisch zu versengen, und ich zitterte in dem schrecklichen quälenden Verlangen, das tief aus meinem Innersten zu kommen schien und mich elend und schwach machte. Ich versuchte mich zu befreien.

„Das sollten Sie nicht tun, Rittmeister Rutland."

„Warum nicht? Es macht dir ebenso viel Freude wie mir. Komm herein, meine Süße, du wirst in der bitter kalten Luft frieren."

Er zog mich ins Haus, versperrte und verriegelte das Tor und wandte sich dann wieder mir zu. Er hatte seine Uniform gegen einen dunkelroten Brokatschlafrock vertauscht. Er war groß, kräftig und stattlich, aber das war es nicht, es war etwas anderes, ein lebendiger Funke, der zwischen uns übersprang und mein Blut zu Wasser machte. Ich liebte ihn nicht, aber ich begehrte ihn . . . mein Gott, wie sehr begehrte ich ihn! Mein Körper verlangte leidenschaftlich nach dem seinen, und er wußte es. Ich hatte Angst, schreckliche Angst, nicht vor ihm, sondern vor mir selbst.

„Warum sträubst du dich, Alyne?" sagte er lächelnd. „Du weißt, du wirst schließlich doch zu mir kommen."

„Nein. Das will ich nicht gehört haben, Rittmeister Rutland."

„Rittmeister, Rittmeister", äffte er mir nach. „Kleine Närrin. Darüber sind wir weit hinaus." Er griff nach meiner Hand.

„Warum nicht heute nacht? Warum nicht jetzt? Wir sind mit einem sterbenden Mann allein im Haus."

„Er stirbt nicht, er wird gesund, und ich werde ihn heiraten."

Ich entriß ihm meine Hand und ging rasch die Treppe hinauf. Hinter mir hörte ich ihn leise lachen. Ich floh über den Korridor in mein Zimmer, verschloß die Tür und lehnte mich so erschöpft dagegen, als hätte ich mich an einem Rennen beteiligt. Ich hatte es mir selbst zuzuschreiben. Ich hatte meine Macht über ihn erproben wollen und nur allzuviel Erfolg gehabt. Jetzt hatte ich mich in meiner eigenen Falle gefangen.

Es war auf dem Ball gewesen, als Bulwer mit seinem Vater kam, und Justin mich bat, besonders nett zu ihnen zu sein, weil er hoffte, den alten Joshua Rutland für einen seiner Pläne zu gewinnen, durch den er Ravensley reicher machen wollte, als es je gewesen war. Ich merkte gleich, was für ein Mann Bulwer war, hart wie ich, rücksichtslos gegen alle, die ihm im Wege standen. Er wußte, was er wollte, und fand einen Weg, es zu bekommen. Das nahm mich wohl von Anfang an für ihn ein. Er war so anders als Oliver, der sich von seinen Gefühlen hinreißen läßt, von Anteilnahme und Großzügigkeit, die ihm nichts einbringen, wie all dieses Getue mit den Starlings, das ihn mit Justin entzweite. Jake war immer durchaus imstande gewesen, auf sich selbst aufzupassen, schon seit unserer Kindheit, aber Oliver verehrte ihn geradezu in lächerlicher Weise.

Bulwer hatte Clarissa umworben, weil ihr Vater, obwohl ein Habenichts und Lebemann, immer noch in den besten Kreisen verkehrt. Und es machte ihn wütend, daß sie ihn abblitzen ließ. Ich glaubte nie ein Wort von der Geschichte, daß sie einen Mann mit auf ihr Zimmer genommen hätte. Bulwer mußte einen Schurkenstreich versucht haben und grollte ihr immer noch, weil es ihm mißlang. Sie war meiner Meinung nach eine Närrin, ihn abzuweisen. Mit seinem Geld hätte sie in der Londoner Gesellschaft groß auftreten können, aber Clarissa war eben verrückt nach Oliver. Jeder konnte das sehen, außer Oliver selbst. Ich werde nie sein entsetztes Gesicht vergessen, als sie vor Gericht aufstand und beschwor, daß sie ein Liebespaar wären. Ich empfand eher Hochachtung für sie. Ich glaube nicht, daß ich den Mut dazu gehabt hätte, aber ich war auch noch nie wirklich verliebt gewesen, bisher jedenfalls nicht. Ich fragte mich, was er hinterher zu ihr sagen würde. Das lag nun schon zwei Tage zurück, und obwohl er jemanden hergeschickt hatte, um sich nach seinem Onkel zu erkundigen, war er nicht nach Ravensley gekommen, und Justin weiß noch nichts davon, was in jener Nacht wirklich geschehen war. Wenn Clarissa meint, ihn damit eingefangen zu haben, ist sie im Irrtum. Oliver gehört immer noch mir. Manchmal ist das ein beruhigendes Gefühl, so etwas wie eine sichere Zufluchtstätte zu haben, zu der man immer wieder zurückkommen kann, wenn man auf gefährlichen Pfaden wandelt.

Als Bulwer Clarissa auf dem Ball beleidigte, und ich die Kränkung und den Ärger auf ihrem Gesicht sah, war das für mich eine Herausforderung. Ich wollte zeigen, wie leicht es für mich war, mir einen Mann zu unterwerfen, und es gelang mir und ich triumphierte anfänglich. Erst später merkte ich, was ich mir damit angetan hatte.

Ich hatte immer gewußt, daß ich diese Macht besaß. Vermutlich würden manche mich auslachen, es Zufall oder Selbsttäuschung nennen, aber ich fühle zutiefst in meinem Innern, wie eine Kraft durch mich hindurch strömt, die mir allein gehört und doch nicht von mir stammt. Wenn ich mit ganzem Herzen will, daß etwas geschieht, dann weiß ich sicher, daß es auch wirklich geschehen wird. Ich war elf, als ich es zum ersten Mal erlebte. An einem Sommertag traf ich Martha Lee. Das war nicht ihr wirklicher Name. Ich merkte es an ihrem spöttischen Lächeln und dem verschmitzten Ausdruck ihrer Augen, als sie es mir sagte, und ich sah sie nachher nie mehr wieder, doch änderte sie in gewissem Sinn mein ganzes Leben.

Schon als Kind ging ich gern allein in die Marsch hinaus. Die unberührten geheimen Plätze zogen mich an wie ein Magnet, Plätze, von denen nicht einmal Oliver wußte, und ich mußte dorthin, der Sorge, der Kinderfrau und der Lehrerin entrinnen, und meist wurde ich dafür bestraft, wenn ich nach Ravensley zurückkam.

An einem strahlenden sonnigen Tag band ich das Boot los. Cherry lag mit einer Erkältung im Bett, und Oliver war im Internat. Es war nie schwer, Hattie, die Lehrerin, zu täuschen, und noch weniger, das Boot durch die Kanäle zu steuern. Wir hatten das so oft getan, und ich kannte sie gut. Aber diesmal, verführt durch den strahlenden Sonnenschein, durch den fernen Schrei der Brachvögel, durch die mich weiter lockenden Windungen des Wasserlaufs, drang ich tiefer als je zuvor in die Geheimnisse des Greatheart ein, vorbei an wisperndem Schilf und Ufern voller Pfennigkraut, purpurnen Weidenröschen und hellem Farn. Tief im Herzen der Marsch gibt es Inseln, kleine Landflecken, auf denen ein Dickicht aus Weiden und Kreuzdorn wächst. Als sich der Himmel überzog und es zu regnen begann, sah ich mich nach einer Zuflucht um, und da entdeckte ich die verfallene, mit rotem Stroh gedeckte Hütte, die halb zwischen den Bäumen verborgen war. Ich glitt aufs Ufer zu, vertäute das Boot an einen der Weidenzweige und ging den Pfad hinauf. Rauch stieg kräuselnd aus einer Öffnung im Dach, aber ich hatte keine Angst. Die meisten Marschleute, auch wenn sie ungebildet und grob sind, heißen einen Fremden an ihrem Feuer willkommen. Was ich erblickte, als ich zum Haus kam, war so unerwartet, daß ich verdutzt stehen blieb.

Die Tür stand offen, und Torf glimmte auf dem Herd. Vor ihm saß auf einem Schemel eine Frau in einem dunkelblauen Rock, ein gelbes Tuch um die Schultern. Ihr schwarzes Haar war zu einem losen Knoten geschlungen. Neben ihr lag vollkommen ruhig ein Hund, den Kopf auf den Pfoten. Vor ihr hob ein braunes glatthaariges Tier seinen Kopf ihrer ausgestreckten Hand entgegen, während sie mit leiser melodischer Stimme ihm etwas vorsang. Ich hatte noch nie einen Fischotter so nahe oder so zahm gesehen. Sie sind wilde scheue Tiere, die man nur als dunkle Schatten durch das Schilf huschen sieht. Während ich fasziniert zusah, erhob er sich halb, schnappte einen Fisch aus der schmalen Hand der Frau in seine Vorderpfoten und knabberte daran.

Der Hund verriet meine Anwesenheit. Er hob den Kopf und knurrte. Der Otter war wie der Blitz verschwunden, und die Frau sah auf. Sie starrte mich wohl eine halbe Minute lang an, bevor sie mit tiefer wohltönender Stimme zu sprechen begann.

„Komm herein, du mußt nicht bis auf die Haut naß werden. Das Feuer ist für alle verirrten Wesen da."

„Ich habe mich nicht verirrt."

Ich ging langsam näher, obgleich nichts Erschreckendes an ihr war. Sie hatte ein scharf geschnittenes, knochiges, aber irgendwie hübsches Gesicht. Ich kniete neben dem Feuer nieder und hielt meine Hände an die Glut.

„Kommst du von weit?"

„Von Ravensley."

„Bist du hungrig?" Sie schob mir einen hölzernen Teller mit Röstkuchen hin. „Iß und trink, soviel du willst."

Ich nahm einen der Kuchen und trank aus dem Tonkrug, der auf dem Herd stand. Der Geschmack war seltsam, kräftig und sehr süß. „Das ist Met", sagte sie. „Ich mache ihn selbst aus wildem Honig. Wie heißt du, mein Kind?"

„Alyne."

„Ich kannte einst eine Alyne, aber sie liegt auf dem Friedhof von Westley begraben. Wo wohnst du?"

„In Ravensley. Das ganze Land hier gehört Lord Aylsham."

„Robert Aylsham?"

„Ja."

„Ist er dein Vater?"

„Wozu wollen Sie das wissen?"

„Laß gut sein. Meinst du, ich halte mich hier widerrechtlich auf?"

„Ich weiß nicht. Im Greatheart leben eine Menge Leute. Wer sind Sie?"

„Wer meine Hilfe sucht, nennt mich Martha Lee."

Ich fragte mich, ob sie eine der weisen Frauen war, zu denen die Bauern um Arzneien gehen, wenn sie krank sind, aber sie sah in keiner Weise der Mutter Babbitt ähnlich, die in der Nähe von Ravensley lebte und von den Dörflern gemieden wurde, solange nicht ihr Vieh krank war oder ihre Kinder an Typhus starben. Die Hütte war sehr sauber und leer. Da gab es keinen scharfen Geruch nach Tieren oder auf dem Herd kochenden Kräutern, und sie sprach auch nicht den rauhen ostenglischen Dialekt.

„Wovon leben Sie?" fragte ich neugierig.

Sie zuckte die Achseln. „Ich komme zurecht. Ich singe oder weissage, und wenn ich es müde bin, gehe ich nach Hause."

„Wo ist Ihr Zuhause?"

Sie lächelte geheimnisvoll, antwortete aber nicht. Und dann geschah etwas Sonderbares. Der Otter kam zurück. Er robbte auf dem Bauch über den Boden auf mich zu und hielt wenige Zentimeter vor mir, den runden Kopf erhoben, sah zu mir auf, und seine Augen waren wie nasse braune Steine.

„Sprich mit ihm!" flüsterte die Frau.

„Was soll ich sagen?"

„Irgendwas, aber leise, sonst verscheuchst du ihn."

So murmelte ich etwas, und der Otter kam näher, bis er seinen glatten Kopf an meiner Hand reiben konnte. Ich fühlte, wie warm und lebensvoll er war, und dann, als der Hund sich bewegte, war er wieder im Nu verschwunden.

„Das hat er noch bei keinem getan, außer bei mir. Du hast die

Macht", sagt die Frau.

„Was für eine Macht?"

„Jedes Lebewesen zu rufen, Tier . . . oder Mensch."

„Ich verstehe nicht, was Sie meinen." Ich dachte, sie mache sich über mich lustig, und setzte mich auf, halb ärgerlich, halb fasziniert. „Oliver lacht mich aus, weil die Pferde mich nicht mögen."

„Pferde sind schwierige, nervöse Tiere und scheuen vor dem, was sie nicht verstehen. Wenn du die richtigen Worte weißt, kannst du mit ihnen tun, was du willst."

Jetzt wußte ich, daß sie mich aufzog.

„So etwas gibt es nicht."

Sie lächelte. „Wer hat dir das gesagt?" Sie beugte sich zu mir vor und sagte ein halbes Dutzend Worte in einer Sprache, die ich noch nie gehört hatte. „Wiederhole das leise, und jedes Pferd wird stocksteif stehenbleiben und sich nicht wieder rühren, bevor du es nicht mit einem Wort freigibst."

„Das glaube ich Ihnen nicht."

Sie richtete sich auf. „Versuch es einmal, und du wirst sehen. Sprich mir die Worte nach."

Sie schaute mich unverwandt an, und ich plagte mich mit den unverständlichen Worten, bis ich sie auswendig wußte. „Was bedeuten sie?"

„Wer weiß? Vielleicht ist es keltisch, vielleicht eine noch ältere Sprache aus einer Zeit, an die sich heute niemand erinnert." Sie packte mich am Handgelenk und ihre Augen, die wie bei einer Katze manchmal grün und manchmal gelb waren, sahen mich mit einem bohrenden Blick an, der bis in mein Innerstes zu gehen schien. Und plötzlich bekam ich Angst. Ich versuchte mich freizumachen.

„Ich muß gehen."

„Warte, Kind!" flüsterte sie, „hör mir gut zu. Die Macht . . . sie kann Glück oder Leid bringen. Ich habe nur eine gekannt, die sie hatte, und ihr brachte sie den Tod. Ich warne dich also, Alyne von Ravensley. Gebrauche sie vorsichtig."

„Sind Sie eine Hexe?" fragte ich ängstlich.

„Hexe, Hexe!" lachte sie spöttisch. „Das ist nur ein Wort. In alten Zeiten hätten sie uns verbrannt, dich und mich, meine hübsche Alyne, weil Männer verblendet sind und töten, was sie nicht verstehen. Hast du Angst vor mir?"

„Nein", sagte ich trotzig, „warum sollte ich?"

„Mutige Worte!" Sie hob die Hand und strich mir mit ihren langen knochigen Fingern über das Haar und dann über die Wange. „Du möchtest die Welt zu deinem Königreich machen und die Männer

162

darin zu deinen Sklaven, ist es nicht so?"

Ich verstand sie nicht und riß mich los. Als ich zur Türe hinaus wollte, rief sie mir nach: „Komm mich wieder einmal besuchen."

„Werden Sie dann noch da sein?"

„Vielleicht . . . vielleicht auch nicht."

Aber als ich in ein paar Wochen wieder hin kam, war sie fort. Im Herd lag nur Asche, und die Hütte war sauber gefegt und leer. Als ich später einmal hinfuhr, konnte ich sie nicht mehr finden. Im Hochsommer sehen alle Wasserwege in der Marsch gleich aus. Ich erzählte weder Oliver noch sonst jemandem jemals etwas von diesem Tag.

Ich redete mir ein, sie wäre eine Verrückte gewesen, eine Wahnsinnige, die einem leichtgläubigen Kind Unsinn vorschwatzte, doch tief in meinem Inneren lebte die Erinnerung daran. Ich, die nichts besaß, hatte jetzt etwas Einzigartiges, eine Gabe, die nur wenigen zuteil wird. Das verlieh mir Stärke, Selbstvertrauen. Die Sticheleien der Dienerschaft, die Wutanfälle der Kinderfrau, Cherrys Gehässigkeit, die bissigen Bemerkungen von Annie Pearce trafen mich nicht mehr, davon war ich nun frei.

Vielleicht hatten sie recht, und irgendwie rann Hexenblut in meinen Adern. Ich sehnte und sehnte mich danach, zu wissen, wer meine Mutter war und woher ich kam . . . Ich träumte davon, daß sie eines Tages aus der Vergangenheit auftauchen und mich zurückfordern würde, aber mit den Jahren wurde dieses Verlangen immer schwächer. Ich war ich selbst, und nur das zählte. Einmal erwähnte ich den Pferdezauber der Kinderfrau Starling gegenüber, da packte sie mich bei den Schultern und starrte mich an.

„Wo hast du das gehört, Kind?"

„Ich weiß nicht . . . irgendwo." Ich wand mich aus ihrem Griff.

„Ist das wahr?"

„Wahr, wahr, was ist wahr?" murmelte sie. „Es gibt immer noch Leute . . . Aber sprich nicht wieder von solchen Dingen, hörst du mich? Das ist nichts für dich, laß dich nicht darauf ein."

Sie erschreckte uns oft mit schauerlichen alten Geschichten . . . Wir lachten über die meisten . . . Aber was sie da gesagt hatte, weckte meine Neugierde. Ich machte nur einmal davon Gebrauch, aber noch heute wird mir übel, wenn ich daran denke. Ich versuche mir immer wieder einzureden, daß das, was damals auf der Jagd geschah, nicht meine Schuld war, sondern reiner Zufall, aber der Zweifel bleibt.

Wir sahen den Reitern von den Stufen aus nach. Cherry war noch ein Kind und hüpfte aufgeregt von einem Bein auf das andere.

„Sieht Clarissa nicht wunderhübsch aus?" sagte sie, „wie gut sie rei-

tet! Schau nur, wie Oliver sie bewundert. Ich glaube, er ist in sie verliebt. Und Papa glaubt das auch."

„Nein", sagte ich, „nein, es ist nicht wahr."

Aber es war möglich, das war das Verdammte daran. Sie bildeten
ein hübsches Paar, und ich konnte sehen, wie Olivers Vater darüber
strahlte. An diesem Tag schien Clarissa alles zu haben, was mir fehlte,
Adel und Anmut, eine wunderschöne Mutter und einen stattlichen
Helden zum Vater, und plötzlich packte mich verrückte, brütende Eifersucht. Ich erstickte beinahe daran. Ich lief die Treppe hinauf in das
alte Schulzimmer und stand dort mit geschlossenen Augen, bis die
wilde Wut verebbte und ich wieder atmen konnte. Als ich dann aus
dem Fenster schaute, waren sie alle fortgeritten. Schwach tönte aus der
Entfernung das Horn des Jägers herüber, und ich preßte die Stirn gegen die kalte Scheibe. Als ich an Clarissa auf ihrem schönen Rappen
dachte, erinnerte ich mich an die Worte, die Martha Lee mich gelehrt
hatte, und ich sprach sie leise vor mich hin. Clarissa war so stolz auf
ihre Reitkunst, und ich wollte sie demütigen. Ich schwöre bei Gott,
mehr wollte ich nicht, aber nicht sie, sondern ihre Mutter starb . . .
Natürlich war nicht ich es, die Blackie am Damm scheuen ließ, so daß
sie zu Tode stürzte. Wie wäre das möglich gewesen? So etwas gibt es
einfach nicht, und doch fühlte ich mich wie eine Mörderin und kauerte
zitternd auf dem Boden des Schulzimmers, bis Oliver kam, und ich
Trost und Ruhe in seinen Armen fand.

Ich hatte Oliver gewollt, und jetzt war er mein. Lord Aylsham hätte
verboten, daß wir heiraten, obwohl er ein freundlicher Mann und gut
zu mir gewesen war. Ich wünschte seinen Tod nicht, aber als er in der
Marsch niedergeschlagen worden war, wußte ich, daß das Schicksal auf
meiner Seite war. Ich wäre Oliver eine gute Frau gewesen, aber woher
hätte ich wissen können, was geschehen würde? Wir machten zusammen große Pläne, aber meine Träume enthielten nicht ein Leben in
Armut auf Thatchers mit einem Mann, der sich mehr um ein paar halb-
verhungerte Bauern kümmerte als um die Vergrößerung seines Vermögens und um Ansehen für sich und mich.

Vermutlich würden manche mich selbstsüchtig nennen, eine herzlose, berechnende Dirne, die nur an sich selbst denkt, aber was hätte ich
anderes tun können? Nach dem Testament seines Vaters fiel alles an
Oliver. Ein paar Monate lang waren wir wundervoll glücklich, bis Justin von den Toten auferstand. Ich hatte nicht geplant, ihn zu erobern,
wie hätte ich das können . . . Einen Mann von Welt, der doppelt so alt
war wie ich? Aber ich mußte mich um meine Zukunft kümmern, und
wir lebten so einsam auf Ravensley. Wir kamen mit so wenig Menschen

zusammen, und was hatte ich zu verkaufen, außer meiner Schönheit? Ich weiß, ich bin schön. Ich wäre eine Närrin gewesen, hätte ich nicht das Verlangen in den Augen der Männer gesehen, wenn sie mich anschauten, sogar bei Sir Peter Berkeley und seinem kränklichen Sohn, der in Cherry verliebt zu sein glaubt, sogar bei Fremden, deren Blicke mir folgen, wenn wir zum Gottesdienst in die Kathedrale von Ely gehen.

So spielte ich meine Trümpfe vorsichtig aus. Bereits beim ersten Mal, als Justins Blicke den meinen begegneten, sah ich Bewunderung in seinen Augen, und nachher war es leicht. Ich hatte damals nicht an Heirat gedacht, sondern wollte nur sein Interesse gewinnen. Cherry war seine Nichte, ihr gegenüber hatte er Verpflichtungen, aber mir schuldete er nichts. Ich ließ ihn reden; Männer sprechen immer gerne von sich selbst, und ich hörte ihm zu, wenn er mir von Indien erzählte, diesem weit entfernten dunklen Land mit seinen Reichtümern und seiner von Krankheiten geplagten Armut, seinen vor Hitze gesprungenen Feldern und exotischen Blumen, seinen mächtigen und furchteinflößenden Gottheiten, Schiwa, dem Schöpfer und Zerstörer, asketisch und sinnlich, und der Kali Devi, der gefürchtetsten von allen, der einzigen Göttin unter den acht schrecklichen Verteidigern des Glaubens, die ein Halsband aus abgeschlagenen Köpfen und Ornamente aus sich windenden Schlangen trägt. Ich hatte den Eindruck, sie bedeuteten ihm mehr als der christliche Gott der Liebe und des Erbarmens, und irgendwie verstand ich seine Faszination und teilte sie.

Er war ein seltsamer Mann, trocken, ironisch, selbstbeherrscht, aber gelegentlich von heftigen Wutausbrüchen geschüttelt, die wie ein Sturm über ihn hereinbrachen. Ich sah, wie er einst Jethro auspeitschte. Dem Jungen war verboten worden, mit Ben Starling zu spielen, und Jethro, der so schüchtern und in jeder Weise ein Schwächling war, trotzte seinem Vater und weigerte sich, mit dem geliebten Freund zu brechen. Ich sah die Peitsche wieder und wieder auf ihn niedersausen. Er hätte das Kind wohl halbtot geschlagen, hätte ich mich nicht an seinen Arm geklammert. Da hörte er auf und starrte mich an, als erwache er aus einer Trance. Er stieß mich beiseite und ging aus dem Zimmer. Das Kind blieb schluchzend auf dem Boden liegen. Ich kniete nieder und versuchte, ihm aufzuhelfen, aber es stieß mich fort, und so rief ich Annie Pearce und bat sie, sich um ihn zu kümmern.

Da erinnerte ich mich an die dunkle Geschichte, daß Justin nicht nur einmal, sondern zweimal getötet hatte . . . Vielleicht erklärte das seinen Haß gegen die Starlings. Vielleicht lag die Ursache von alledem weit zurück in jener Zeit, bevor ihn sein Vater aus Ravensley vertrieb.

Er versuchte nicht, mich zu verführen. Er berührte mich nicht einmal bis zu jenem Erntedankfest, als es diese große Aufregung wegen Cherry und Jake gab. Kaum waren wir nach Hause gekommen, rannte Cherry in ihr Zimmer. Sie ist wie Oliver. Sie hat eine romantische Neigung zu Jake und hält es für mutig und edel, sich vor ihrem Onkel dazu zu bekennen. Das ist so albern. Er sieht ja recht gut aus, aber wie sollte man es ihr je erlauben, einen Landarbeiter zu heiraten, selbst wenn er mehr Erziehung genossen hat als die meisten anderen, aber ihr fehlte es ja immer an Vernunft.

Als ich ihr die Treppe hinauf folgen wollte, rief Justin mich in die Bibliothek.

„Ist sie sehr unglücklich?"

„Sie wird darüber hinwegkommen."

„Es ist unschicklich. Wie hätte ich so etwas erlauben können? Man mußte dem Einhalt gebieten."

Er ging mit großen Schritten im Raum auf und ab. Dann blieb er plötzlich stehen und sah mich an, immer noch mit finsterem Gesicht.

„Was war zwischen dir und Oliver?"

Die Frage überrumpelte mich, aber ich antwortete wahrheitsgemäß: „Er wollte mich heiraten."

„Und du?"

„Ich mochte ihn gern. Wir sind zusammen aufgewachsen."

Er lächelte hinterhältig. „Aber du mochtest ihn nicht genug, um an einem Hungerleben Gefallen zu finden, was?"

„Das ist unfair."

„Möglich." Er sah mich scharf an. „Oliver ist weich wie sein Vater, ein Mann mit Idealen und sturen Grundsätzen, ein Romantiker. Ich glaube nicht, daß das deine Art ist, und meine auch nicht. Was würdest du sagen, wenn ich dich bitten würde, mich zu heiraten?"

Ich rang nach Luft. Es war so unerwartet. „An so etwas hatte ich nie gedacht."

„Hast du das nicht?" Er lächelte zynisch. „Nun, dann überlege es dir jetzt. Ich bin doppelt so alt wie du, das weiß ich, aber ich kann dir alles geben, was du willst."

Es war verlockend, und doch schreckte ich zurück. „Ich weiß nicht . . ."

Und plötzlich wurde er zornig. Er packte mich, zog mich an sich, sein Gesicht dicht vor dem meinen. „Du mußt es wissen, mußt es fühlen, wie ich. Ein Wiedererkennen . . . Es geschah an jenem ersten Abend, als ich herkam . . . Wie ein Blitz aus heiterem Himmel. In Indien haben sie einen Namen dafür . . . Reinkarnation . . . Die Erinnerung an ein früheres Leben . . ." Er zitterte und seine Augen forschten in meinem Gesicht. „Das ist natürlich alles Unsinn, aber ich bin nicht zu alt, um Söhne für Ravensley zu zeugen."

„Du hast einen Sohn", sagte ich fröstelnd.

„Ja, Jethro." Seine Stimme klang verächtlich, und doch wußte ich, daß er auf seine Weise den Jungen gern hatte. Dann zog er mich an sich. Sein Kuß war wild und verlangend, doch ohne Wärme. Er erweckte in mir nichts, weder Verlangen noch Abscheu. Unwillkürlich sah ich nach der Statue des Gottes, die er aus Indien mitgebracht hatte, auf Schiwa, den Schöpfer und Zerstörer. Dann schob er mich von sich. „Nun, was ist deine Antwort? Ja oder nein?"

„Du mußt mir Zeit lassen."

„Laß dir Zeit, solange du willst." Dann ließ er mich los und sagte in seiner üblichen trockenen Art: „Nur eines noch. Ich erwarte in Kürze den Besuch von Joshua Rutland und seinem Sohn. Begrüße sie herzlich. Das ist mir wichtig."

„Ja, natürlich, ganz wie du es wünschst."

Ich tat also, worum man mich gebeten hatte, und wünschte bei Gott, ich hätte mich zurückgehalten. Wie konnte ich mit den Gefühlen, die ich jetzt empfand, Justin heiraten? Was würde ich sagen, wenn Bulwer mich um meine Hand bitten würde? War es das, was ich wünschte? Vielleicht . . . Aber ich wußte nur allzusicher, daß das nicht seine Absicht war . . . Ich hätte ebensogut den Mond begehren können.

2

Nach dieser Nacht ging es Justin zusehends besser. Zwei Tage später wurde bereits ein Teil der Verbände entfernt, und er setzte sich im Bett auf und verlangte zu essen. Er erwies sich als schwieriger und jähzorniger Patient. Tags darauf reiste Bulwer Rutland ab, und ich war dankbar dafür. Ich gewann dadurch eine Atempause. Das schreckliche Gefühl, hin- und hergerissen zu werden, verließ mich. Wenn er nie zurückkam, konnte ich vielleicht ihn und den Aufruhr, den er in mir erweckt hatte, vergessen. Und dann, gerade als er sich verabschiedete, lud Justin ihn ein, zu Weihnachten wiederzukommen.

„Das heißt, wenn Sie es bei uns nicht zu langweilig finden", fügte er entschuldigend hinzu. „Wir haben leider hier nicht viel geselligen Verkehr, aber wenn das Wetter so bleibt, sollte es eine gute Eisbahn zum Schlittschuhlaufen geben."

„Schlittschuhlaufen?" wiederholte Bulwer mit hochgezogenen Augenbrauen.

„Dieser Landstrich ist bekannt dafür. Wenn die Wasserläufe zufrieren, kann man zwanzig Meilen weit laufen, und die Marschleute veranstalten unter sich Wettläufe. Sie kommen aus weitem Umkreis her, und es wird ziemlich hoch gewettet. In meiner Jugendzeit war es einer der Höhepunkte des Winters und ist es noch, nicht wahr, Alyne?"

„Ja", sagte ich. „Der letzte Winter war nicht kalt genug, und das Eis trug nicht, aber heuer wird es ganz anders sein."

„Oliver ist, wie ich höre, so etwas wie ein Champion."

„Er war einer", sagte ich ein wenig widerstrebend, denn ich wollte nicht an jene Wintermonate erinnert werden, als wir noch Kinder waren, an die aufregenden und wundervollen Jahre, als Oliver erwachsen wurde und die Zukunft so einfach und rosig erschien.

„Tatsächlich?" erwiderte Bulwer. „Das klingt verlockend. Ich habe in den letzten Wochen Geschmack an ländlichen Vergnügungen gefunden." Seine Augen suchten mich, und ich wandte mich rasch ab, damit Justin nicht sah, daß mir das Blut in die Wangen stieg.

„Bringen Sie Ihren Vater mit, falls Mr. Rutland Lust dazu hat."

„Ich werde es ihm vorschlagen, Mylord, wenn Sie meinen, daß es

Ihnen und Ihrem Haushalt unter diesen Umständen nicht zu viel wird."

„Unsinn. Das sind ein oder zwei Dinge, die ich bei dieser Gelegenheit gerne mit ihm besprechen würde, und die Mädchen werden Ihnen den Aufenthalt angenehm machen."

„Cherry wird sicher entzückt über die Aussicht auf Ihre Gesellschaft sein, Rittmeister Rutland", sagte ich ein wenig boshaft.

„In diesem Fall werde ich natürlich mein möglichstes tun, um herzukommen", gab er liebenswürdig zurück.

Er schüttelte Justin die Hand und folgte mir die Treppe hinab. In der Halle legte er die Hand auf meine Schulter, sein Atem streifte meine Wange, als Oliver in der Türe der Bibliothek erschien.

„Entschuldige", sagte er, „ich wollte nur wissen, ob ich Onkel sehen kann. Fühlt er sich schon wohl genug?"

Ich machte mich rasch frei und war mir klar, daß er die Vertraulichkeit bemerkt haben mußte. „Es geht ihm viel besser. Ich gehe mit dir hinauf. Rittmeister Rutland verabschiedet sich gerade."

„Wie ich sehe."

Bulwer küßte mir die Hand. „Herzlichen Dank für Ihre großzügige Gastfreundschaft", sagte er höflich. „Hoffentlich wird es bei meinem nächsten Besuch friedlicher zugehen." Er nickte Oliver kurz zu und ging zu seinem wartenden Pferd hinaus. Ich wandte mich zur Treppe.

„Ich dachte", sagte Oliver, „seine Geschäfte hier wären abgeschlossen."

„Das sind sie, aber Justin hat ihn eingeladen, die Weihnachtszeit hier zu verbringen. Ermüde deinen Onkel nicht zu sehr. Er ist noch recht schwach."

„Was ich zu sagen habe, dauert nicht lange."

Es war lächerlich, wie förmlich wir miteinander umgingen. Justin saß mit vielen Kissen hinter dem Rücken im Bett, als Oliver mit mir ins Zimmer kam. Er grinste diabolisch.

„Du hast also versucht, mich umzubringen, Neffe. Pech für dich, daß es dir nicht gelungen ist."

„Ist es das, was man dir erzählt hat?"

„Ich habe gehört, wie du deinen Nacken aus der Schlinge gezogen hast. Du mußt mehr auf Frauen wirken, als ich dir zugetraut habe, Oliver, wenn du eine kühle junge Dame wie Clarissa Fenton überreden konntest, ihren Ruf durch einen Eid zu deinen Gunsten zu ruinieren. Oder war das gar wahr? Komm, Junge, starr mich nicht so wütend an. Ich bin kein Sittenrichter. Du kannst dich mit so vielen jungen Frauen amüsieren, wie du willst . . ."

„Natürlich war es nicht wahr", unterbrach ihn Oliver heftig.

„Tatsächlich? Dann hast vielleicht doch du mir den Schlag auf den Kopf verpaßt."

„Nein, das war ich nicht", sagte Oliver, mehr als gereizt durch Justins Spöttelei, „und tu nicht, als würdest du es glauben. Was ich bei dieser verdammten Gerichtsverhandlung gesagt habe, war die volle Wahrheit, aber ich beginne zu wünschen, daß ich den Mut dessen gehabt hätte, der es versucht hat. Du verdienst es reichlich."

Justin musterte ihn mit einem aufreizenden Lächeln in seinem hageren Gesicht. „So, das wissen wir jetzt. Immerhin bringt es dich in eine verdammt üble Lage. Was wirst du jetzt mit dem Mädchen machen? Sie heiraten?"

„Ich bin nicht hergekommen, um meine persönlichen Angelegenheiten zu besprechen."

„Hat sie dich abblitzen lassen? Sie hat Mut, die junge Frau, und außerdem Verstand."

„Laß endlich die Sticheleien und hör zu, was ich zu berichten habe", sagte Oliver, und ich sah, daß er sich nur mit Mühe beherrschte. „Ich wollte dir mitteilen, was in der Grafschaft beschlossen worden ist."

„Dann los. Ich höre."

„Kurz gesagt, es wurde der Vorschlag gemacht, die Löhne der Männer um einen Shilling auf acht Shilling in der Woche zu erhöhen. Ich nehme an, du wirst mit dieser Erhöhung einverstanden sein."

„Jedenfalls wird es die Verrückten zur Ruhe und zur Arbeit zurückbringen. Wenn wir wieder die Lage im Griff haben, können wir den Lohn leicht genug wieder senken."

„Nein", erwiderte Oliver, „nicht, wenn ich es verhindern kann. Es hat schon zuviel Leid gegeben, zuviel Blutvergießen wegen eines lächerlichen Shillings, und ich beabsichtige bei Gott sicherzustellen, daß sie ihn behalten."

„Nun, wir werden sehen. Die Aufrührer wußten ja, welche Folgen sich daraus für sie ergeben können. Ich habe dir das schon vorher gesagt. Du vergeudest dein Mitgefühl."

„Darüber kann man zweierlei Meinung sein."

Ich wußte, Oliver würde weiterreden, wenn ich ihn nicht zurückhielt. Er begriff nie, daß es keinen Sinn hatte, mit Justin zu streiten, wenn er zu etwas entschlossen war. Ich sagte ruhig: „Ich glaube, du bist lange genug hier gewesen. Der Arzt besteht darauf, daß dein Onkel viel Ruhe haben soll."

„Schön, ich möchte ihn nicht ermüden." Dann sagte er zu Justin: „Du brauchst dir keine Sorgen zu machen, solange du krank bist. Ich sorge schon dafür, daß alles Nötige erledigt wird."

„Sehr freundlich von dir, Junge", erwiderte Justin trocken.

„Und übermittle Miss Clarissa Fenton meine besten Grüße."

„Sie ist nicht mehr hier, sie ist nach London zurückgefahren."

„Ist sie dir ausgerissen? So ein Pech!" Und ich hörte Justin leise vor sich hinlachen, als wir hinausgingen.

Oben auf der Treppe blieb Oliver stehen. „Was ist mit dem Kleinen? Hat er sich erholt?"

„Jethro? Ich weiß nicht, vermutlich."

„Mein Gott, Alyne, denkst du je an jemand anderen als an dich selbst?"

„Das ist nicht fair", protestierte ich, durch diesen Vorwurf gekränkt. „Justin war sehr krank. Annie Pearce und ich mußten Tag und Nacht bei ihm wachen. Cherry eignet sich nicht dazu, Kranke zu pflegen."

Er sah leicht beschämt aus. „Ja, natürlich . . . O verdammt, tut mir leid. Ich wollte nicht grob sein. Ich kann ja selbst nach ihm sehen, wenn ich schon hier bin. Ben hat nach ihm gefragt."

Im Schulzimmer saß Jethro mit einer Decke über den Knien im großen Lehnsessel und sah sehr bleich und dünn aus. Cherry hatte auf einem Hocker vor ihm Platz genommen und hielt ein Spielbrett auf den Knien.

Ich blieb in der Tür stehen, während Oliver zu dem Jungen ging.

„Nun, mein verwundeter Held", sagte er heiter, „wie fühlst du dich? Ist alles geheilt?"

„Ich habe vier Stiche gebraucht und auch gefiebert", sagte Jethro wichtigtuerisch. „Aber jetzt geht es mir besser. Cherry hat mit mir Dame gespielt, und ich habe gewonnen."

„Großartig, das ist der richtige Geist."

„Jemand muß sich um das Kind kümmern", sagte Cherry mit einem Seitenblick auf mich. Sie stand auf und legte das Spielbrett fort. „Wir spielen später weiter."

Oliver lächelte und setzte sich auf den Hocker. „Ben läßt dich grüßen, Jethro."

„Kann er nicht kommen und mich besuchen?" fragte der Junge sehnsüchtig.

„Das wäre deinem Papa wohl nicht recht, aber wenn es dir besser geht, wird Cherry dich zu mir bringen, und du kannst mit ihm dort spielen."

„Wirklich?" Die Augen des Jungen leuchteten auf, und er wühlte in der Tasche seines Schlafrockes. Dann brachte er etwas heraus, das im

Kerzenlicht golden schimmerte. „Ich habe ein Geschenk für ihn. Ich wollte es ihm eigentlich erst zu Weihnachten geben, aber er soll es jetzt schon haben."

„Wo hast du das her?" Olivers Stimme hatte einen seltsamen Klang, der mich neugierig machte. Ich trat näher und schaute ihm über die Schulter. Er starrte auf ein kleines goldenes Oval, und als er es umdrehte, sah ich, daß sich auf der anderen Seite ein wundervoll geschnitztes Muster aus Kirschholz befand. Es war wirklich bezaubernd und mochte von einem Mann an der Uhrkette oder von einer Frau um den Hals getragen worden sein.

„Meine Mama hat es mir gegeben", sagte Jethro. „Sie hat gesagt, ich soll es gut aufheben und jemandem geben, den ich liebe, und ich liebe Ben sehr."

„Wann hat deine Mama es dir gegeben?"

„Als ich neun war. Gerade bevor sie krank wurde. Sie hatte das gleiche Fieber wie ich, nur ist sie gestorben, und Papa ist dann mit Ram Lall nach England gefahren, und ich bin mit meiner Aja ganz allein geblieben. Es war schrecklich."

Die Lippen des Jungen zitterten, und Oliver legte ihm einen Arm um die schmalen Schultern und zog ihn an sich.

„Ich weiß, aber das ist jetzt alles vorbei, und wenn es Frühling wird, nehme ich dich zum Fischen in die Marsch mit. Dort finden wir Nester von wilden Schwänen und jagen Marder und Fischotter wie ich damals, als ich so alt war wie du. Möchtest du das gern?"

„Zeigst du mir, wie man schießt?"

„Wir werden Papa fragen müssen, ob er es erlaubt."

„Kann Ben mitkommen?"

„Ja, natürlich, Ben kann mitkommen", sagte Oliver lächelnd.

Es war seltsam, aber es gab mir einen Stich, als ich die beiden beobachtete. Bedauern durchzuckte mich, das Gefühl, daß ich vorsätzlich etwas Wertvolles, eine Wärme, einen Großmut, eine Herzensgüte von mir gestoßen hatte. Und dann verbannte ich den Gedanken als eine Schwäche, die ich mir nicht leisten konnte.

„Ich glaube", sagte Oliver, „du solltest dir aufheben, Jethro, was deine Mama dir gegeben hat. Es ist zu wertvoll für Ben."

„Aber ich möchte es ihm geben."

„Er würde nicht wissen, was er damit tun soll, aber ich weiß, was er gern hätte . . . Ein Paar eigene Schlittschuhe, Schlittschuhe aus hübsch glänzendem Stahl."

„O ja!" Jethro klatschte in die Hände. „Er hat mir vom Schlittschuhlaufen erzählt. Willst du sie für ihn besorgen?"

„Das mache ich, und du gibst sie ihm dann selbst. Und das hier", er hielt ihm die Hand mit dem goldenen Schmuckstück hin, „leihst du mir das für eine Weile? Ich passe gut darauf auf und verspreche dir, daß du es jederzeit zurückhaben kannst."

„Ist recht", sagte der Junge und sah Oliver voll Vertrauen an. „Und du wirst die Schlittschuhe nicht vergessen?"

„Ich vergesse sie nicht. Und jetzt muß ich gehen. Werde rasch gesund."

Cherry folgte uns zur Türe. „Was hat dir Jethro da gegeben?" flüsterte sie.

„Nichts von Bedeutung. Ich hielt es nur für schade, daß er eine so wertvolle Erinnerung an seine Mutter verlieren sollte."

„Nur deshalb?"

„Wegen was denn sonst?"

Ich wußte, daß es dafür noch einen anderen Grund gab, aber wenn Oliver ihn nicht sagen wollte, würde ihn nichts in der Welt dazu bringen, ihn zu verraten.

Als wir die Treppe hinuntergingen, sagte ich: „Ist es klug, diese Freundschaft mit Ben Starling zu fördern?"

„Was ist schon klug? Der Junge ist einsam. Er braucht einen Kameraden."

„Du weißt, was Justin von den Starlings denkt."

„Dann muß er lernen, anders zu denken. Ich werde tun, was ich für richtig halte, und er kann sich meinetwegen aufhängen lassen." Dann stockte er und sah mich an. „Entschuldige. Ich vergesse andauernd, daß du ihn heiraten wirst."

„Haßt du mich deshalb?"

„Haß . . . Liebe . . . das sind nur Worte. Wie könnte ich dich hassen? Du steckst mir im Blut, das weißt du auch, und das gefällt dir."

Er schlang seine Arme um mich, und ich lehnte den Kopf an seine Brust. Es war lange her, mehr als ein Jahr, seit er mich zum letzten Mal umarmt hatte. Aber es erregte nichts in mir, keine Spur von dem brennenden Verlangen, das ich bei Bulwer verspürte, oder der seltsamen Anziehungskraft, die mich mit Justin verband, nur ein Gefühl des Friedens, der Sicherheit. Warum konnte ich mich damit nicht zufriedengeben?

Dann murmelte Oliver undeutlich: „Das hat keinen Zweck, Alyne. Wir können nicht zurück, jetzt nicht mehr. Ich wünschte bei Gott, wir könnten es."

Er schob mich von sich und ging rasch die Stufen hinunter und zum Stall, wo er sein Pferd gelassen hatte.

Die ganze Woche vor Weihnachten war es bitterlich kalt und schneite, hörte aber an dem Tag auf, als Bulwer mit seinem Vater ankam. Der Garten glitzerte in der strahlenden Sonne, und ihr Wagen holperte und rutschte über die vereisten Furchen. Wir waren während der Feiertage nicht ganz allein. Ein oder zwei Nachbarn besuchten uns, und Sir Peter Berkeley kam mit Hugh herübergeritten, aber sonst war es bei uns sehr still. Oliver erschien einmal, weigerte sich aber, am Weihnachtsessen teilzunehmen, obgleich Cherry ihn bat, zu bleiben.

„Ich bin nicht in festlicher Stimmung", sagte er trocken. „Ich würde nur stören. Ich ziehe es vor, allein zu essen."

„Ganz wie du willst", erwiderte sein Onkel. „Viel Vergnügen."

Er hatte mir ein Halsband aus in Gold gefaßten Amethysten geschenkt und ich sah, daß Olivers Blicke, bevor er das Haus verließ, daran hingen, wie auch an meinem neuen grünen, mit lila Taft besetzten Samtkleid.

Justin war wieder auf den Beinen, mußte aber noch vorsichtig sein und seine Kräfte schonen, so verbrachten wir die Abende ruhig mit ein wenig Musik und Gesang. Joshua und sein Sohn saßen mit Justin und der alten Miss Cavendish, die von Copthorne herübergekommen war und gerne um kleine Einsätze spielte, am Kartentisch. Ich fragte nach Clarissa, und sie antwortete mir zurückhaltend. Ihr Vater sei krank, sagte sie, und sie werde wohl längere Zeit nicht nach Copthorne zurückkommen.

Bulwer ritt am Morgen mit einem Gewehr in die Marsch hinaus, und obgleich keiner von uns einen Annäherungsversuch machte, glich das Verhältnis zwischen uns einer bis zum Zerreißen gespannten Harfensaite. Fühlte er wie ich? Ich hatte so etwas noch nie erlebt. War es Liebe oder Besessenheit? Ein Fieber oder ein Aufruhr des Blutes wie bei einer Krankheit? Und würde es vorübergehen, wenn ich einmal, nur ein Einzigesmal, ihm seinen Willen ließ? Ich wußte es nicht und war dankbar, als der alte Joshua sagte, Geschäfte würden ihn zu Neujahr nach London zurückrufen.

Aber zunächst war da der Schlittschuhlauf. Die Teiche und Wasserläufe waren so dick und fest zugefroren, daß die Bauern den letzten Tag des alten Jahres für ihren Wettlauf ausersehen hatten. Trotz der klirrenden Kälte war der Morgen wunderschön. Die Sonne ging als riesiger roter Ball auf, die Windmühlen zeichneten sich schwarz gegen den winterlichen Himmel ab, und die in der Marsch seltenen Baumgruppen glichen dunklen Wachposten in der eisigen Reinheit der Schneedecke.

Die Marschleute waren in großer Zahl aus den nächstgelegenen Dörfern gekommen und belebten die Eisflächen in ihren dicken gefütterten Jacken, ihren Otterfellkappen und ledernen Hosen, die an den Knien mit getrockneter Aalhaut gebunden waren.

„Das tragen sie zum Schutz gegen Rheumatismus", erzählte ich Bulwer, „und in der Tasche haben sie eine Maulwurfspfote als Talisman gegen den bösen Blick. Sie sind noch sehr abergläubisch."

„Und was tragen sie bei sich, um sich gegen blondhaarige Hexen zu schützen, die viel versprechen und nichts halten?" fragte er leise.

Ich wich ihm aus. „Mir ist kalt, ich gehe mir heiße Kastanien kaufen."

Cherry stand bei Mutter Babbitt, die die Kastanien auf einem alten Holländerofen röstete. Bulwer kaufte eine Handvoll. Wir teilten sie zwischen uns und verbrannten uns trotz der Handschuhe die Finger, als wir sie schälten und aßen. Auch gab es einen von zwei Hunden gezogenen Wagen, von dem Gin mit heißem Wasser in Zinnbechern verkauft wurde. Wir schlürften gemeinsam aus dem selben Becher, und der Alkohol lief wie Feuer durch mein Blut.

Justin ließ von den Dienern einen Sessel und zwei Pelzdecken zum Schutz gegen die Kälte ans Ufer bringen. Die meisten Marschleute hatten als Schlittschuhe noch zurechtgeschliffene Schafknochen, die mit Lederriemen an die Füße gebunden wurden, aber ich sah, daß Ben stolz seine stählernen Schlittschuhe vorzeigte, während Jethro aufgeregt um ihn herumtanzte. Ich warnte den Jungen, er solle außer Sichtweite seines Vaters bleiben.

„Wo ist Oliver?" fragte er. „Er hat mir versprochen, mich zum Schlittschuhlaufen mitzunehmen."

Ich hatte Oliver auch vermißt. Es sah ihm nicht ähnlich, an einem Tag abwesend zu sein, wenn die Bauern zu einem Fest zusammenkamen. „Ich habe keine Ahnung", sagte ich, „ und jetzt sei vernünftig, Jethro, wir wollen heute keinen Ärger."

Die Verbitterung und der Hader vor knapp einem Monat schienen vergessen zu sein. Die Marschleute waren nicht gerade freundlich, und manche der vertrauten Gesichter fehlten, aber das war ihr Sport, auf den sie sehr stolz waren, und sie duldeten unsere Gegenwart. Manche von ihnen, die „Tiger", wie sie genannt wurden, liefen wie der Wind und konnten eine Meile in weniger als vier Minuten zurücklegen. Der Kampf bei den Wettläufen war hart, und ich fand ein perverses Vergnügen daran, daß Bulwer, der die anderen hatte übertrumpfen wollen, aus der Fassung geriet, als er immer wieder seine Wetten verlor. Ich fühlte seine Gereiztheit. Er war nicht ein Mann, der sich mit einer

Niederlage leicht abfand, und als später Oliver plötzlich mit Jethro im Schlepptau erschien, drängte es ihn, sich als gut oder besser zu erweisen als jeder andere.

„Wie wäre es", sagte er, „wenn Sie und ich miteinander um die Wette laufen würden, Aylsham?"

„Ich hatte nicht die Absicht zu bleiben", erwiderte Oliver kurz. „Ich habe andere Dinge zu tun und bin nur hergekommen, weil ich es dem Jungen versprochen habe."

„Na hör mal", mischte sich Justin ein, „mußt du wirklich ein Spielverderber sein? Rittmeister Rutland ist doch schließlich unser Gast. Ich setze einen Preis aus . . . zwanzig Guineen für den Gewinner."

„Und ich setze das Doppelte", fügte der alte Joshua Rutland hinzu, der in seinen dicken Stiefeln und dem pelzbesetzten Mantel herumgestapft war, sich glänzend unterhielt und, wie ich vermutete, dem Wein und dem Brandy reichlich zusprach, den die Dienerschaft mit der Suppe und den heißen Pastetchen für ein improvisiertes Mittagessen herausbrachte.

Oliver zuckte die Achseln. „Wenn Sie es wünschen, aber ich bin leider aus der Übung."

Ich wußte das Ergebnis im voraus. Oliver war seit seiner Kindheit Schlittschuh gelaufen, wie wir alle. Bulwer hatte von Anfang an keine Chancen. Die gewählte Strecke für den Lauf war drei Meilen lang, das machte hin und zurück sechs Meilen, mit einer schwierigen Umkehr am Wendepunkt. Oliver gewann spielend und kam ruhig und gelassen in knapp dreißig Minuten zurück. Die Bauern jubelten ihm wie rasend zu. Er war bei ihnen immer beliebt gewesen und jetzt mehr denn je. Ich sah die unterdrückte Wut auf Bulwers Gesicht, als er Minuten später ankam. Sein Rock war noch beschmutzt von einem Sturz am Wendepunkt.

Sein Vater machte es noch schlimmer. „Du solltest mehr üben", sagte er und stieß ihm in den Rücken. „Der Junge hat dich gehörig geschlagen. Aber ich stehe zu meinem Wort." Er zog die lederne Börse aus der Tasche, entnahm ihr sorgfältig gezählte vierzig Guineen und legte sie zu Justins zwanzig. „Nehmen Sie das, mein Junge, es ist für Sie wohl ein Haufen Geld. Kaufen Sie dafür Miss Clarissa etwas Hübsches zum Neuen Jahr."

Oliver nahm die Münzen und sah sie einen Augenblick an. Die Männer, Frauen und Kinder aus dem Dorf standen nicht weit von ihnen beisammen und hatten das Ganze mit gierigen Blicken verfolgt. Oliver warf einen Blick auf seinen Onkel, dann ging er zu ihnen hinüber.

„Das ist für euch, Leute", sagte er, „eine unerwartete Gabe Gottes. Macht das Beste daraus." Damit warf er die goldenen Münzen zwischen sie. Es gab ein wildes Gedränge mit Gelächter und Beifallsrufen. Ich sah Ben Starling wie ein kleines Tier zwischen die Beine der Großen tauchen und triumphierend mit einer der Guineen wieder herauskommen.

Oliver schaute einen Augenblick zu, dann wandte er sich wieder an Mr. Rutland. „Besten Dank für die Gelegenheit, denen eine Freude zu machen, die nur allzu wenig haben." Dann verschwand er mit der Andeutung eines Abschiedsgrußes über das Eis im leichten Nebel, der in der Marsch aufzusteigen begann.

„Verdammter Kerl!" rief Joshua Rutland. „Ich habe nicht erwartet, daß mein hartverdientes Geld so vergeudet wird. Nach allem, was ich höre, hätte er es gut brauchen können."

„So ist er nun einmal", sagte Justin trocken. „Das hat nichts zu sagen. Eines Tages wird er gezwungen sein, sich die Folgen zu überlegen. Es wird kalt. Gehen wir ins Haus zurück? Komm, Alyne."

Bulwers Augen funkelten vor Ärger, und er packte mich am Handgelenk, als ich folgen wollte.

„Noch nicht", flüsterte er wütend. „Sollen wir nie einen Augenblick für uns allein haben?"

„Nicht jetzt", protestierte ich. „Ich muß gehen. Sie werden sich wundern, wo ich bleibe."

„Später. Erst kommst du mit mir."

Er zog mich auf das Eis mit, daß ich nicht anders konnte, als mit ihm zu laufen. Sein Arm lag um meine Hüfte, die frühe Dämmerung des Wintertages umhüllte uns. Bald hatten wir alles hinter uns gelassen und waren allein in der schweigenden Weite zwischen schilfigen Ufern und fernen Baumgruppen. Die sinkende Sonne färbte den Himmel blutrot und warf rosige Schatten über das graue Eis.

„Wir sollten umkehren", sagte ich. „Es wird bald ganz dunkel sein."

„Zum Teufel damit!" Er zog mich ans Ufer, wo die Zweige einer riesigen Weide über das Eis herunterhingen. Dann war ich in seinen Armen, und er küßte mich mit solcher Gewalt und Leidenschaft, daß in meinem Kopf kein Raum mehr für einen anderen Gedanken war.

Gott allein weiß, was da draußen auf dem Eis im Schweigen des Dezembertages hätte geschehen können, wäre nicht plötzlich ein anderes Paar um eine Kurve der Eisbahn herum erschienen.

„Laß mich, bitte, man wird uns sehen", keuchte ich.

„Es ist mir egal!" Dann sah er auf und stutzte. „Beim Jupiter!" rief er, „es ist dieser verfluchte Halunke, der mir entkommen ist. Ich habe ihn die ganze Zeit im Verdacht gehabt, daß er sich irgendwo in der Gegend versteckt hält."

Ich konnte sie jetzt selbst erkennen. Jake und Cherry liefen langsam Hand in Hand. Ihr roter Mantel und die weiße Pelzmütze waren nicht zu verkennen.

„Ich will ihn haben, und wenn es mich das Leben kostet!" fuhr Bulwer fort. „Für jeden dieser Schurken sind fünfhundert Pfund Belohnung ausgesetzt."

„Nein", sagte ich empört. „Laß ihn gehen. Das ist Blutgeld."

„Meinst du vielleicht, ich schere mich einen Pfifferling um die Belohnung? Nein, er hat meine Männer überfallen und einen von ihnen beinahe umgebracht. Es hat mir den Vorwurf der Nachlässigkeit eingetragen, und dieser Bursche Oliver Aylsham lacht hinter meinem Rücken!"

Seine Verbissenheit überraschte mich. Ich hatte für Jake nicht viel übrig, aber er war ein Teil meiner Kindheit, ein Teil meines früheren Lebens auf Ravensley, und ich wollte ihm eine Chance zu entkommen lassen. So rang ich mit Bulwer, aber er war stärker als ich. Er stieß mich beiseite und lief los, aber nahe am Ufer war das Eis rauh und zerfurcht. Er blieb mit den Schlittschuhen hängen und stürzte schwer mit eingeknickten Beinen. Als er aufstehen wollte, sank er mit einem Schmerzenslaut zurück.

„Was ist los? Ist etwas passiert?" Ich kniete mich neben ihn.

„Mein Bein . . . o Gott!"

Die anderen beiden waren aus ihrer Versunkenheit erwacht. Sie kamen auf uns zu. Vermutlich hatten sie uns im Dunkel unter der Weide nicht erkannt, aber nun blieb Cherry stehen und legte Jake die Hand auf den Arm. Offensichtlich drängte sie ihn, sich rasch zu entfernen, bevor er erkannt wurde, aber er schüttelte den Kopf und kam näher.

„Er ist verletzt", hörte ich ihn sagen, „ wir wollen lieber sehen, ob wir ihm helfen können." Er beugte sich über Bulwer. „Wo fehlt es? Können Sie aufstehen?"

„Ich glaube nicht. Ich habe mir wohl das Bein gebrochen."

„Hilf mir, Alyne. Du auch, Cherry. Wir wollen ihn ans Ufer schaffen."

Halb ziehend, halb tragend brachten wir Bulwer auf den festen Boden und lehnten ihn an einen Baum.

„Ich will lieber Hilfe holen!" sagte Jake. „Wir brauchen eine Tragbahre."

„Nein!" widersprach Cherry, „du nicht, ich gehe."

Bulwers Gesicht war vor Schmerz verzerrt, aber er riß sich zusam-

178

men. „Sie sind ein verurteilter Verbrecher, Mann. Es wäre meine Pflicht zu melden, daß Sie hier sind."

„Ganz wie Sie meinen, Rittmeister", erwiderte Jake ruhig. „Auch wenn alle Dragoner Ihrer Majestät die Marsch eine Woche lang durchsuchten, würden sie mich wohl kaum finden."

„Seien Sie nicht so sicher. Wir können mit Hunden viel erreichen, und was ist mit jenen, die Ihnen helfen? Mit Oliver Aylsham etwa und diesem hübschen kleinen Mädchen, das so sehr in Sie verliebt ist."

Ich sah, daß Jake die Lippen zusammenpreßte. Wäre Bulwer aufrechtgestanden, hätte er ihn wohl niedergeschlagen.

„Sie haben keine Beweise gegen sie, also sparen Sie Ihr Geschwätz."

Plötzlich war ich des Ganzen überdrüssig und sagte: „Geh, Jake, verschwinde jetzt. Ich bin dir für die Hilfe dankbar, aber Cherry wird bald zurück sein. Ich bleibe hier bei ihm. Er wird weder dich noch sonst jemanden verraten. Das verspreche ich dir."

Jake schaute von Bulwer auf mich, dann entfernte er sich rasch und verschwand fast sofort in der geheimnisvollen Dunkelheit der Marsch.

Schock und Schmerz begannen ihre Wirkung zu zeigen. Bulwer fröstelte und lehnte sich an den Baum. Ich versuchte, es ihm ein wenig zu erleichtern, und er griff nach meiner Hand.

„Du solltest nichts versprechen, was du nicht halten kannst, Mädchen. Ich bin Soldat, ich habe Pflichten."

„Aber sicher nicht in diesem Fall. Was spielt das für eine Rolle? Niemand wird davon erfahren."

„Eine typisch weibliche Antwort! Es spielt eine Rolle." Er zog mich näher zu sich und sah mir ins Gesicht. „Ich hätte nie gedacht, daß es dir so wichtig ist."

„Das ist es nicht, aber das alles ist schon vorbei. Warum alles noch einmal aufrühren?" Plötzlich wußte ich, daß ich mich nicht so sehr um Jake oder Cherry sorgte, sondern um Oliver. Es würde ihn über alle Maßen verletzen, und ich hatte ihm bereits genügend Leid zugefügt. So sagte ich: „Wenn du etwas gegen Jake unternimmst, werde ich es dir nie verzeihen."

Er lächelte. „Wirklich . . . Was gibst du mir, wenn ich den Mund halte?"

„Was soll ich dir geben?"

„Ich glaube, das weißt du."

Wir starrten einander an, und dieser Augenblick änderte alles. Ich kann das nicht erklären, aber da war ein seltsamer Ausdruck in seinem Gesicht, als hätte er etwas in sich entdeckt, das ihm bisher verborgen geblieben war. Er bewegte sich unruhig und biß die Zähne zusammen, um sich die Schmerzen in seinem gebrochenen Bein nicht anmerken zu lassen.

„Du lieber Himmel! Ich schließe keinen Handel ab, jedenfalls hatte ich nie etwas anderes im Sinn, als ihm Angst einzuflößen. Laß den armen Teufel laufen. Es muß schwer genug für ihn sein, so zu leben, von Pontius zu Pilatus gejagt."

Er schloß die Augen, war sehr bleich geworden und sah aus, als werde er ohnmächtig. Ich hielt seine Hand fest, und dann sah ich Cherry aus der zunehmenden Dunkelheit auftauchen. Ihr folgten Männer mit Laternen und einer improvisierten Tragbahre mit Decken. Sie hoben Bulwer darauf, hüllten ihn warm ein und fuhren mit ihm über das Eis zurück.

„Einer der Diener ist zu Dr. Thorney geritten", sagte Cherry, als wir den Männern folgten. „Wo ist Jake?"

„Er ist fort."

„Wird Rittmeister Rutland . . .?"

„Nein, er wird nicht", sagte ich rasch.

„Bist du sicher?"

„Ganz sicher. Wie lange weißt du schon von Jake, Cherry?"

„Noch nicht lange, erst seit kurz vor Weihnachten. Ich bin nach Thatchers gegangen, um mit Oliver über etwas zu sprechen, und er war dort . . . in der Küche bei seiner Mutter."

„Oliver hat es die ganze Zeit gewußt?"

„Ja."

„Das ist Wahnsinn. War er nicht schon genug in Gefahr? Warum tut er das alles?"

„Wenn man jemanden gern hat, denkt man nicht an das Risiko", erwiderte Cherry einfach.

Wir flüsterten miteinander wie Verschwörer. Ich fragte mich, ob ich jemals einen Menschen genügend lieben würde, um das zu tun, was sie getan hat. „Um Himmels willen, seid vorsichtig", sagte ich. „Wenn dein Onkel es erfährt . . ."

„Wird er nicht. Du brauchst dich nicht zu ängstigen, Alyne."

Ich hatte Cherry immer für ein unüberlegtes, impulsives Kind gehalten. Jetzt erkannte ich meinen Irrtum. Selbst ihr Gesicht zeigte eine neue Reife. Dann waren wir am Ufer angelangt, und es gab viel zu tun. Wir schnallten unsere Schlittschuhe ab und gingen steifbeinig und schweigend zum Haus zurück.

3

Ich glaube nicht an Schicksal oder Vorsehung oder Ähnliches, so schockierend das klingen mag, ich habe mich sogar gefragt, ob ich wirklich an Gott glaube, aber irgendwie schien es mir, daß eine Macht, der Teufel vielleicht, wenn es ihn gibt, mit dem die Kinderfrau Starling uns so oft Angst eingejagt hatte, darauf erpicht war, meine Lebenspläne zu vereiteln. Warum hätte sich sonst Bulwer an diesem Tag so blödsinnig das Bein brechen sollen, daß er dann gezwungen war, fast zwei Monate bei uns auf Ravensley zu bleiben.

Er ertrug das Einrichten des Beines standhaft. Es sei ein glatter Bruch ohne Komplikationen, sagte Dr. Thorney, aber es werde wenigstens drei Wochen dauern, bis der Knochen wieder zusammenwuchs, und so lange müsse er im Bett bleiben.

„Werden Sie mit der Pflege zurechtkommen?" fragte er, als er das Bein geschient und dem Patienten ein starkes Beruhigungsmittel verabreicht hatte. „Rittmeister Rutland ist ziemlich schwer. In der ersten Zeit wird man ihn heben müssen", er sah Cherry und mich fragend an.

„Ich werde Croft herausschicken. Er ist sein Bursche, sehr brauchbar und schon seit Jahren bei ihm", sagte Joshua Rutland.

„Und Ram Lall ist auch da", fügte Justin hinzu. „Er hat von Indien her viel Erfahrung in Pflege und ist viel kräftiger, als er aussieht."

„Wir werden zusätzlich Hilfe in der Küche brauchen", sagte Cherry, „können wir nicht Mrs. Starling bitten, untertags herüberzukommen? Dort ist dann immer noch Jenny."

Ich sah Justin die Lippen zusammenpressen, aber er sagte nur: „Gut, wenn ihr wirklich niemand anderen wißt."

„Niemand so tüchtigen, Onkel, und so nahe von uns."

So ging ich am nächsten Tag nach Thatchers, um Oliver zu fragen, ob er seine Haushälterin entbehren könne, doch war er zu meiner Enttäuschung nicht da.

„Er ist heute früh nach London gefahren, Miss", sagte Mrs. Starling, als sie aus der dampfenden Küche kam und ihre seifigen Hände an der Schürze abtrocknete. „Er meint, auf dem Gut ist bei dem Schnee so wenig zu tun, daß er die Gelegenheit ausnützen könnte."

Ich sah mich im Zimmer um. Sie hielt es hübsch und sauber, aber es war spärlich eingerichtet und ohne jeden Komfort. Oliver hatte seinen verrückten Stolz. Er würde von seinem Onkel oder von mir nichts annehmen.

„Wann wird er zurück sein?"

„Das hat er nicht gesagt, Miss. Er schien froh zu sein, fortzukommen. Braucht wohl ein wenig Abwechslung, meine ich, nach dieser widerlichen Gerichtsverhandlung. Ich kann also jederzeit kommen, wenn Sie mich brauchen. Jetzt sind nur Ben und Seth zu Hause, und Jenny kann ihr Essen kochen."

Ich fühlte mich seltsam enttäuscht, als ich nach Ravensley zurückging. Alle diese Monate war Oliver immer da gewesen, wenn ich ihn brauchte, auch wenn er manchmal düster und übler Laune war. Seine letzte Reise nach London im vergangenen Jahr war nicht glücklich verlaufen, das wußte ich, obgleich er sehr wenig darüber gesagt hatte, warum war er also wieder hingefahren? Eine nutzlose Frage, für die ich keine Antwort wußte.

Der Schock und die Kälte forderten ihren Zoll trotz Bulwers Kräften. Zwei Wochen lang fieberte er so hoch, daß Ram Lall und Croft Schwierigkeiten hatten, ihn ruhig zu halten und einen Schaden an dem gebrochenen Bein zu verhindern. Joshua Rutland war sehr beunruhigt. Aber dann begann es ihm besser zu gehen. Sein Vater fuhr zurück nach London, und Bulwer langweilte sich und war unruhig, gereizt durch die erzwungene Untätigkeit, und wollte nicht davon ablassen, auf Krücken herumzuhumpeln, so daß Cherry und ich alle Hände voll zu tun hatten, um ihn bei Laune zu halten.

Es schien Justin nie aufzufallen, daß er uns einander in die Arme trieb. Er baute Luftschlösser für Ravensley, die er mit Joshua Rutlands Geld verwirklichen wollte. Ich verstand sie nicht völlig, aber manchmal, wenn er nicht aufhörte, darüber zu sprechen, dachte ich, daß Oliver recht hatte. Justin hatte keine Ahnung von der Marsch und den Leuten, die auf ihr lebten. Er sah sich selbst als großen Grundbesitzer, reich, geachtet, mächtig, und vermutlich war er besessen von dem Willen, sich zu bewähren, eine Art Rache an seinem Vater, der ihn einst enterbt hatte. Und ich sollte sein Königreich mit ihm teilen. Das war ein Traum, den ich lange gehegt hatte, und plötzlich verlor er allen Glanz, weil etwas Sonderbares mit mir geschah. Verlangen, Begierde, Besessenheit, was immer ich für Bulwer in mir verspürte, hatte sich jetzt durch irgendeinen bösen Zauber in etwas Fremdes verwandelt. Ich wollte es nicht, ich kämpfte dagegen, mich zu verlieben war eine Schwäche, die ich mir nicht leisten konnte.

Ich glaubte Bulwer zu kennen – ein Draufgänger, arrogant und ehrgeizig, der rücksichtslos alle beiseite schob, die ihn an der Erreichung seiner Ziele hinderten. In alledem glich er mir, aber niemand ist ganz unkompliziert. Er hatte noch eine andere Seite, die er verborgen hielt, deren er sich schämte, und ich entdeckte sie erst jetzt, weil Krankheit und Schmerz ihn empfindsam machten.

Es ging mir langsam auf, als Croft mir eines Tages etwas über sich selbst erzählte. Er war ein untersetzter kleiner Mann, ein paar Jahre jünger als sein Herr. Als ich einmal in die Anrichte kam, sah ich ihn Bulwers Stiefel wichsen.

Ich fragte ihn: „Wie lange sind Sie schon bei Rittmeister Rutland, Croft?"

„Sieben Jahre, Miss." Er hob den Stiefel und betrachtete sein Werk kritisch. „Sind sie nicht schön? Sie stammen von Hoby, wissen Sie, dem Schuster Seiner Majestät. Er prahlt gern damit, daß der Herzog von Wellington ohne seine Stiefel nie den Tag in Waterloo durchgestanden hätte."

Ich lächelte, während er eifrig weiterputzte. „Haben Sie schon früher gedient?"

„Du lieber Himmel, nein, Miss." Er sah mit einem unverschämten Grinsen zu mir auf. „Wissen Sie, warum mich der Rittmeister angestellt hat? Weil er mich erwischt hat, wie ich ihm die Uhr aus der Tasche klauen wollte."

„Heißt das, Sie waren ein Dieb?"

„Nun ja, vermutlich würden Sie es so nennen. Sehen Sie, ich war eines von elf Kindern, und wir hatten eine verdammt schlechte Zeit, das kann ich Ihnen sagen, mein Vater war irgendwohin verschwunden, und meine Mutter hat für sechs gearbeitet, um uns durchzubringen. So habe ich mich verdrückt, als ich fünfzehn wurde, und mich einer Bande solcher Burschen wie ich angeschlossen. Eines schönen Abends, ganz nah vom Piccadilly, sehe ich einen feinen Kerl heimlatschen, Zigarre im Mund, vor sich hin summend, bedudelt, Sie verstehen, was ich meine, Miss . . . leichte Sache, sage ich mir, also hab' ich mich an ihn herangemacht. Verdamm mich, da habe ich mich schwer verrechnet. Im Handumdrehen liege ich auf dem Rücken im Straßengraben, und er steht über mir. Die anderen verschwinden natürlich rascher als ein geölter Blitz, fällt ihnen nicht ein, ihre Haut für einen Kumpel zu riskieren! Der Rittmeister zieht mich mit einem Ruck hoch. ‚Ich laß dich auspeitschen, Kerl', sagt er, ‚ich schick dich in die Strafkolonie . . .' Wissen Sie, was dann passiert? Vor lauter Angst und auch, weil ich den ganzen Tag nichts im Mund gehabt hab', wird mir schwarz vor den

Augen. Und wie ich zu mir komme, da sitz ich auf den Stufen eines schönen Hauses in der Arlington Street, und er schaut auf mich herunter. ‚Du spindeldürre Vogelscheuche‘, sagt er, ‚wann hast du zum letzten Mal gegessen?‘ ‚Weiß nicht‘, murmele ich. Ich hatte Angst vor ihm, na klar, und er sagt: ‚Komm mit, du verdammter Strolch‘, macht die Tür auf, schubst mich hinein und setzt mir Fleisch und Brot und Champagner und was noch sonst vor.“

„Und dann hat er Sie als Diener aufgenommen?“ fragte ich ungläubig.

„Jawohl, hat er, nachdem ich mich ein wenig gewaschen hatte. ‚Man muß einen Dieb nehmen, um Diebe zu fangen‘, sagte er zu mir, wohl im Spaß. ‚Du hältst sie mir vom Leib, Croft, und es soll dein Schaden nicht sein‘.“

Das war großzügig gewesen, doch hätte Bulwer so etwas nie zugegeben. Er war ein strenger Herr, und als Croft ihm einmal die Treppe hinunterhalf und ihm dabei durch eine ungeschickte Bewegung Schmerzen verursachte, beschimpfte er ihn wütend und jagte ihn mit einer knallenden Ohrfeige fort, als sie unten ankamen.

„Das sollten Sie nicht tun“, protestierte ich. „Croft betet Sie an.“

„Das sollte er auch, verdammt noch mal“, knurrte er. „Er kriegt einen Tritt in den Hintern, wenn er es nicht tut. Ohne mich wäre er schon lang aufgehängt worden.“

Bulwer hatte für Lesen nichts übrig. Er nahm ein Buch und legte es nach wenigen Minuten wieder weg. Die langen Stunden, die er auf Anordnung des Arztes auf dem Sofa verbringen mußte, machten ihn rasend vor Langeweile. Oliver hatte uns benachrichtigt, daß er in London aufgehalten sei, so war Justin oft den ganzen Tag fort, und ich mußte bei Bulwer sitzen. Manchmal war auch Cherry da oder Hattie, die immer an nicht endenden Stickereien arbeitete, aber er sprach nur mit mir.

Dann kam ein Nachmittag, an dem wir allein waren. Es wurde schon dunkel, so daß ich dankbar meine Handarbeit fortlegte und in die lodernden Flammen des Kamins starrte. Bulwer hatte vor sich hingedämmert. Unvermittelt begann er von seiner Mutter zu sprechen, die gestorben war, als er noch ein Kind war. Erst nach ihrem Tod war sein Vater durch den Krieg mit Frankreich reich geworden.

„Sie hatte ein denkbar hartes Leben“, sagte er. „Ich war erst acht, aber ich erinnere mich gut, wie hart sie zusammen mit Vater arbeitete. Sie hatte es immer sehr schwer, und man begrub sie in dem abgetragenen Kleid, das sie bei ihrer Hochzeit angehabt hatte. Nachher gab es andere Frauen im Leben meines Vaters, keine blieb. Ich nehme an,

Vater hatte meine Mutter auf seine eigene Art geliebt."

„Waren die Frauen nett zu Ihnen?"

„Ich finde nicht, daß sie sich viel um den Sprößling des reichen Joshua Rutland kümmerten. Dann schickte er mich nach Harrow. Ich war der Emporkömmling, der Parvenü, der Junge, dessen alter Herr Tee über den Ladentisch verkauft hatte, mitten unter diesen blaublütigen Söhnen von Herzögen und Grafen", fuhr er wütend fort. „Ich schlug ihnen dafür die hübschen Nasen blutig. Es gab nicht viele, die es mit Bull Rutland aufnehmen konnten."

Ich wußte genau, wie er sich gefühlt haben mußte, weil ich in einer ähnlichen Lage gewesen war. Ich hatte zu kämpfen gehabt, um mich in dem verhaßten Jahr in dieser Schule für wohlgeborene Mädchen als ebensogut zu erweisen wie Cherry, die kleine Erbin, und die anderen verhätschelten Mädchen. Wir hatten keine blutigen Nasen, aber vermutlich sind Mädchen um kein Haar besser als Jungen, wenn es auf böswillige Gehässigkeit ankommt.

„Ich schwor mir, mit ihnen abzurechnen, und ich schaffte es", sagte er. „Mit Geld kann man fast alles kaufen."

„Aber nicht alles." Ich konnte sein Gesicht im Dämmerlicht kaum sehen, aber wir schienen uns so nahe, daß ich die Frage wagte: „Warum wollten Sie Clarissa haben?"

Ich erwartete eine ärgerliche Antwort, aber er blickte nur nachdenklich ins Feuer. „Die meisten Frauen fielen mir wie reife Pflaumen in die Arme, aber nicht Clarissa, sie war so kühl, so zurückhaltend, so verdammt . . . aristokratisch. Mit ihrem Vater hatte ich leichtes Spiel, aber nicht mit ihr . . . Das machte mich wütend . . ."

„Sie haben also versucht, sie herumzukriegen . . ."

„Was wissen Sie darüber?"

„Nur was ich gehört habe."

„Ich tat es wegen einer Wette", sagte er verlegen, „ um mir selbst etwas zu beweisen, und die verdammte Geschichte ging schief. Ich wollte, daß sie aufhören, mich auszulachen . . ." Er wandte sich um und sah mich an. „Verachten Sie mich dafür?" Ich schüttelte den Kopf und er legte seine Hand auf die meine. „Wir sind vom gleichen Schlag, Sie und ich, Alyne, wissen Sie das?" Ein neuer Ton lag in seiner Stimme. Seine Augen suchten die meinen, und die Berührung seiner Hand erweckte in mir sogleich Widerhall. Ich wartete auf das, was mir noch nicht bewußt geworden war. „Wir wissen, was wir wollen, und wir werden es bekommen", fuhr er fort. „Justin wird binnen kurzem ein großer Mann sein und Sie werden neben ihm die große Dame spielen, genau wie ich diesen Burschen, die ihre Sitze im Oberhaus einnehmen und ihre Spielschulden bei Crockfords nicht zahlen können, zeigen werde, daß der Sohn von Joshua Rutland, dem Teehändler und Kaufmann, ein besserer Mann ist als sie."

Was er sagte, war nur allzu wahr, und doch fröstelte ich plötzlich, als wäre ein Windstoß aus der eisigen Welt draußen ins Zimmer gedrungen. Ich war froh, als Annie hereinkam, um die Lampen anzuzünden, gefolgt von Jethro und Cherry, die beide rosige Wangen von einem langen Spaziergang und einer Schneeballschlacht hatten.

Gegen Ende Februar erklärte der Arzt Bulwers Bein für soweit geheilt, daß er reiten dürfe, vorausgesetzt, daß er ein ruhiges Pferd wähle und sich nicht überanstrenge. Nun hätte er eigentlich nicht mehr bei uns bleiben müssen und sprach auch von einer Rückkehr nach London, schob sie aber immer wieder hinaus.

Eines Morgens zog ich mich gerade an, als Cherry in mein Zimmer kam. Sie musterte mein dunkelgrünes Kostüm von oben bis unten.

„Reitest du schon wieder aus? Du hast immer gesagt, du haßt Pferde, und jetzt bist du jeden Tag mit Rittmeister Rutland unterwegs."

„Jemand muß ihn begleiten."

„Das kann Croft tun."

„Er zieht eine unterhaltsamere Gesellschaft vor als seinen Diener, und du weißt, was Justin sagt – sorg dafür, daß er sich wohlfühlt. Du bildest dir doch nicht ein, daß ich es gern tue?"

„Ich bin nicht so sicher." Sie trat neben mich, und ich konnte im Spiegel sehen, daß sie lächelte. „Ich bin mir ganz und gar nicht sicher. Bist du in ihn verliebt, Alyne?"

Ich trat rasch vom Spiegel fort. „Natürlich nicht. Was redest du da für einen Unsinn."

„Ist es Unsinn?" Cherry spielte mit den Toilettartikeln auf meinem Frisiertisch. Sie war in der letzten Zeit viel erwachsener geworden und bekam keine kindischen Wutanfälle mehr. Dann wandte sie sich nach mir um. „An deiner Stelle wäre ich vorsichtig. Ram Lall spioniert dir wie mir nach . . . Und ich traue ihm nicht."

Ich mied ihren Blick. „Warum sollte er dir nachspionieren? Hast du dich wieder mit Jake getroffen?"

„Nein."

„Was gibt es dann für ihn zu entdecken?"

„Du weißt das besser als ich." Sie wandte sich bei der Türe um und sagte noch über die Schulter: „Heute solltest du besonders vorsichtig sein. Sie sagen, das Eis beginnt zu schmelzen. Es könnte eine Überschwemmung geben."

Es war einer jener Tage spät im Februar, an dem man plötzlich merkt, daß es bald Frühling wird. Die Pferde wurden uns sehr früh gebracht, und wir ritten schweigend im strahlenden Morgenlicht am Greatheart entlang über die offene Marsch und folgten dann einem im Gras nur schwach sichtbaren Pfad, der sich nordwärts in der Ferne verlor.

In der Luft lag ein köstlicher Duft. Neben dem Pfad blühten verborgen im Gras weiße Veilchen, aber auf den Tümpeln war noch Eis. Es taute, doch hielt ich Cherrys Warnung vor einer Überschwemmung für übertrieben. Sie kam selten vor dem März.

Wir trabten nebeneinander. Bulwer hatte eine Zeitlang geschwiegen, und ich schaute nach vorn. „Wissen Sie, daß dieser Reitpfad einer der ältesten in dieser Gegend ist? Er windet sich durch Felder und Wälder bis ans Meer. Es heißt, er wäre schon da gewesen, bevor die Römer kamen."

Wir ritten durch ein grünes Dunkel, die mächtigen Bäume, wenn auch noch ohne Blätter, wölbten sich über uns, und ich fühlte mich plötzlich als eine der Tausende, die diesen Weg benutzt haben mußten und mühsam durch Sonne und Regen nordwärts gewandert waren, die Reichen und die Armen, mochte es eine Prinzessin auf der Suche nach ihrem Geliebten oder ein Pilger auf dem Weg zu seinem Gott.

Ich merkte, daß Bulwer sich mir zugewandt hatte. Er sagte: „Wo haben Sie das alles her?" Und mir wurde bewußt, daß ich laut gedacht hatte.

„Ich weiß nicht. Der alte Lord Aylsham pflegte davon zu sprechen, und die Kinderfrau auch. Ich erinnere mich, wie sie uns erzählte, daß der Black Shuck diesen Pfad entlang jagt, und er ist der Hund Thors, des Donnerers in den alten norwegischen Sagen, und die Aylshams haben ja Wikingerblut in den Adern. Oliver war immer fasziniert davon."

Bulwer griff nach meinem Zügel und zog mich nah an sich heran. „War Oliver Ihr Liebhaber?"

Ich fuhr zusammen. „Ich sollte von einer solchen Frage beleidigt sein."

„Sind Sie es?"

„Warum fragen Sie mich?"

„Sie sprechen so oft von ihm."

„Warum nicht? Ich kenne ihn ja schon sehr lange."

Ich hatte das höchst seltsame Gefühl, daß wir alle aneinander gekettet waren, Oliver, Bulwer, Justin und ich, und mich schauderte fast so, als fühlte ich den Atem des Black Shuck im Nacken. Dann trieb ich mein Pferd zu einem Galopp an, Bulwer folgte mir lachend, und die Stimmung war verflogen.

Kurz vor Mittag kamen wir zu einer Kirche. Klein und einsam stand sie da, der schlanke Turm mit Efeu überwachsen, und die zerfallenden Grabsteine ringsum verschwanden fast im üppigen Gras. Ich wollte zu Bulwers Mißvergnügen unbedingt hineingehen. Innen war es dunkel und roch dumpf und faulig. Nur eines war auffallend, ein prächtiges Grab neben dem Altar mit den Alabasterstatuen eines Ritters in Rüstung und seiner Dame neben ihm in einem langen Gewand.

„Hier riecht es nach Verwesung", sagte Bulwer, „gehen wir wieder hinaus."

„Sofort. Ich möchte nur erst schauen."

Ich starrte mit einem seltsamen Gefühl des Wiedererkennens auf das scharf geschnittene, von einem Tuch umhüllte Gesicht, und fuhr zusammen, als eine trockene Stimme hinter mir sagte: „Sind Sie interessiert an Lady Martha Leigh?"

Der Mann, der durch die Kirchentür hereinkam, war wohl der Vikar, dachte ich, ein Mann, so alt und verwittert wie seine Kirche.

„Lady wer?"

„Martha Leigh. Sie hat vor fünfhundert Jahren gelebt und Glück gehabt, daß man sie hier begraben hat. Es gab manche, die sie gerne als Hexe verbrannt hätten."

„Oh, um Himmels willen", murmelte Bulwer.

Ich legte ihm die Hand auf den Arm, um ihn am Weitersprechen zu hindern. „Warum wollten sie sie verbrennen?"

„Das ist eine alte Geschichte. Ich habe sie einst in den Kirchenbüchern gefunden. Anscheinend hatte sie eine Art Macht über Tiere, vielleicht auch über Menschen. Sie hatte auf ihrem Gut allerlei wilde Tiere bei sich, und manche nannten sie eine Teufelsbrut."

„Wie entging sie der Gefahr?"

„Wer weiß das heute? Vielleicht war ihr Gatte zu mächtig. Er setzte ihr sogar eines ihrer Tiere auf das Grabmal. Sie können es sehen, wenn Sie näher hinschauen. Ein seltsames Geschöpf, das den Kopf in ihre Hand verbirgt. Alles Unsinn natürlich, aber sie waren damals sehr abergläubisch."

Leigh . . . Martha Lee . . . war es möglich? Mir schien jetzt, als kenne ich dieses charaktervolle, in Alabaster gemeißelte Gesicht, als hätte ich es an einer Lebenden gesehen. Ich fragte: „Lebt die Familie immer noch hier?"

„Nur noch eine Frau, und die lebt anderswo. Der Herrensitz ist seit langem verschlossen. Ihr Bruder starb vor ungefähr zwanzig Jahren, wie es heißt, auf tragische Weise. Ich war damals nicht hier."

„Hier ist es kalt wie in einem Grab und ähnlich erfreulich", sagte Bulwer, „und ich bin verdammt müde. Gibt es hier in der Nähe etwas, wo wir uns ausruhen und etwas essen können?"

„Der Ort ist recht ärmlich, nur an die fünfzig verfallene Häuser und der Herrensitz, natürlich, aber eine Meile weiter auf dem Pfad ist ein Gasthof. Angler gehen dorthin, aber jetzt werden nicht viele da sein. Es ist recht anständig, nennt sich zum Schwarzen Hund, und wird von einer Witwe geführt. Sie wird Ihnen etwas zum Essen kochen."

„Und uns hoffentlich einen Brandy vorsetzen", sagte Bulwer schaudernd. „Etwas, um dieses verdammte Frösteln zu vertreiben, wenn Sie uns jetzt entschuldigen." Er ergriff meinen Arm.

Ich schaute zum Vikar zurück. „Wie heißt der Ort?"

„Westley-by-water. Hier kommen nicht viele her."

„Ich kann es ihnen nicht verdenken", murmelte Bulwer. „Kommen Sie, Alyne."

Draußen auf dem Friedhof blieb ich stehen, von einer Erinnerung festgehalten. „Gehen Sie voraus, und binden Sie die Pferde los. Ich möchte noch nach etwas schauen."

„Nach was denn, um Himmels willen?"

Ich fand außerhalb der steinernen Mauer einen mit Moos überwachsenen Grabstein, der jedoch nicht ganz vernachlässigt war. Vor ihm keimten Schlüsselblumen und Narzissen. Ich schob das hohe Gras beiseite und las die Inschrift, die so undeutlich war, daß ich sie mit dem Finger herausfühlen mußte. Nur der Name ‚Alyne' und darunter das Wort ‚ertrunken'. Dann noch: ‚Gott sei ihr gnädig', nichts sonst, kein Name, kein Datum.

Mich fröstelte. Es war, als sähe ich mein eigenes Grab. Auch ich hatte keinen Namen, den ich mein eigen nennen konnte.

„Was ist das? Was haben Sie gefunden?" Bulwer war zurückgekommen. Seine Augen folgten meinem ausgestreckten Finger.

„Es ist, als begegne man seinem eigenen Geist." Plötzlich begann ich unbeherrschbar zu zittern. Er half mir auf die Füße und zog mich nahe an sich.

„Aber das ist doch glatter Unsinn. Irgendein Dorfmädchen ist ins Wasser gegangen, und diese unchristlichen Hunde haben sie außerhalb des Friedhofes begraben. Was hat das mit Ihnen zu tun?"

„Ich weiß nicht." Aber ich hörte Martha Lee sagen: „Ich habe nur eine gekannt, die die Macht hatte, und ihr hat sie den Tod gebracht."

„Sie frieren und sind hungrig, meine Liebe, deshalb fühlen Sie sich schlecht, aber wir können bald etwas dagegen tun."

Ich benahm mich töricht, ich wußte es. Der Himmel hatte sich überzogen, und es wehte ein eisiger Wind. Ich sagte: „Wir sind sehr weit geritten. Ich denke, wir wollten umkehren."

„Sie vergessen, ich bin ein Invalide, ich brauche Ruhe und etwas zu essen", erwiderte er lächelnd, führte mich zurück zu den Pferden und half mir hinauf. „Ich bin dafür, wir versuchen es noch im Schwarzen Hund."

„Wenn wir nicht zu lange bleiben."

Er schwang sich in den Sattel und wir trabten den Pfad entlang. Der Gasthof war kaum mehr als eine halbe Meile von der Kirche entfernt. Die Schankstube war recht bescheiden, aber die Wirtin sah sauber und nett aus und war offensichtlich überwältigt von Bulwers Aussehen und Gehabe.

„In meiner eigenen guten Stube brennt ein gutes Feuer, Sir. Sie und Ihre Dame werden es dort behaglich haben. Ich habe um diese Zeit nicht viel im Haus, aber Eier sind da und ein frisch angeschnittener Schinken."

„Ausgezeichnet. Haben Sie Brandy? Wir brauchen etwas, um uns aufzuwärmen."

„Gewiß. Mein verstorbener Gatte hielt immer den Keller für die Herren gefüllt, die zum Fischen kamen."

Ich fühlte mich immer noch seltsam, als hätte irgend etwas oder jemand aus diesem einsamen Grab nach mir gegriffen. Ich konnte mein Zittern nicht beherrschen, und als die Frau mit einer bauchigen schwarzen Flasche zurückkam, goß Bulwer ein halbes Glas ein und brachte es mir.

„Trinken Sie das", sagte er. „Um Gespenster los zu werden, gibt es nichts Besseres als Brandy."

Der Alkohol brannte mir in der Kehle, aber er erwärmte mich auch. Ich wurde allmählich das bedrückte Gefühl los. Das Essen kam, es war heiß und appetitlich, und ich entdeckte plötzlich, daß ich hungrig war. Bulwer konnte sehr unterhaltsam sein, wenn er wollte. Er erzählte von London und von einigen verrückten Streichen, mit denen er und seine Freunde sich vergnügten. Er schenkte mir noch mehr Brandy ein, und ich lachte ungezwungener und vergaß meine verrückten Gedanken. Er beugte sich über den Tisch und legte seine Hand auf die meine.

„So ist es besser. Nun gleichen Sie mehr meiner Alyne."

Dann goß er sich noch einmal das Glas voll und zog den Stiefel von dem gebrochenen Fuß.

„Tut er weh?" fragte ich.

Er verzog das Gesicht. „Wir sind vielleicht ein wenig zu weit geritten. Lassen Sie mir eine Stunde Zeit, dann werde ich den Heimweg überstehen."

Erst als die Wirtin mit Kerzen kam, merkte ich, wie dunkel es geworden war, obgleich die Uhr erst eine Stunde nach Mittag zeigte. Sie stellte den Leuchter auf den Tisch und wandte sich dann an uns.

„Haben Sie es weit nach Hause, Madam? Es regnet stark, und ich fürchte, das Wasser wird mit der Flut steigen."

„Wir müssen nach Ravensley zurück. Wir werden doch noch durchkommen."

„Ravensley?" wiederholte sie zweifelnd. „Das heißt, Sie müssen einen Teil des Greatheart überqueren. Draußen in der Schank ist einer der Marschleute. Er weiß das besser als ich. Soll ich ihn hereinschikken?"

Ich schaute Bulwer an, und er nickte. „Auf jeden Fall. Es ist besser, wir sind auf das Schlimmste vorbereitet."

Sie öffnete die Türe. „Komm herein, Moggy. Die Dame möchte dich fragen, ob sie nach Ravensley zurückreiten kann."

Der Mann, der durch die Türe kam, schien mit seinem alten Rock und dem dicken Sackleinenumhang über den Schultern ebenso breit wie lang. Wasser tropfte noch von seiner Maulwurfkappe und lief in Strömen über seine ledernen Hosen und verschmutzten Stiefel.

„Keine Aussicht, Miss. Es weht ein richtig scharfer Wind von der See her und bringt eine Sturmflut herein. Das Wasser ist schon unten bei Packmans Corner vier Fuß gestiegen und hat mich aus meiner Hütte vertrieben."

„Aber wir sind sechzig Meilen oder mehr von der Küste entfernt", protestierte Bulwer.

„Bitte um Verzeihung, Sir, aber das macht keinen Unterschied. Die See drängt hart herein, und das Wasser steigt zusehends. Die ganze Woche über ist der Schnee in der Marsch geschmolzen, und nun bricht auch das Eis."

„Verdammt! Wie lange werden wir wohl hier abgeschnitten sein?"

„Kann ich nicht genau sagen. Vielleicht einen Tag, vielleicht auch länger."

„O nein", rief ich. „Das kann nicht wahr sein."

„Nun ja", sagte Moggy und grinste diabolisch. „Vielleicht ist die Flut nicht so arg, aber es dauert vier bis fünf Stunden, bis das Wasser wieder fällt. Dann kommen vermutlich die Dammkronen wieder heraus, aber Sie werden einen nassen Heimweg haben."

„Wer hätte das gedacht", sagte die Wirtin, mit der Zunge schnalzend. „So etwas nach diesem hübschen Morgen? Die Marsch ist heimtückisch, habe ich immer zu meinem Jem gesagt. Ich bin nicht hier geboren, aber er war es, und ich konnte ihn nicht dazu bringen, fortzuziehen. Machen Sie sich jetzt keine Sorgen, Madam, Sie können hier bleiben, ich werde das Feuer schüren, und Sie werden es warm und gemütlich haben."

„Aber dann wird es dunkel sein", sagte ich. „Wir müssen nach Hause."

„Ist nicht möglich, Miss", warf Moggy ein. „Außer Sie wollen ertrinken, Sie und der Rittmeister mit Ihnen. Ich sage Ihnen was . . . Ich und mein Kumpel draußen werden aufpassen und Ihnen sofort sagen, wenn man es wagen kann. Recht so?"

„Da wären wir mehr als dankbar", sagte Bulwer, zog eine Münze aus der Tasche und hielt sie ihm hin.

„Nein, Sir, behalten Sie Ihr Geld. Wir wollen nichts für Hilfe in der Not." Er tippte an seine Kappe und schlurfte hinaus.

„Ein verflucht unabhängiges Volk, das muß man ihnen lassen", murmelte Bulwer.

„Die Marschleute sind alle so. Sie wildern und holen sich aus dem Land, was sie können, aber sie werden nie etwas annehmen, was sie Almosen nennen."

„Das ist nur allzu wahr", sagte die Wirtin, die sich am Feuer zu schaffen machte. „Und sie haben ein hartes Leben, die meisten von ihnen. Sie werden es jetzt behaglich haben. Rufen Sie mich nur, wenn Sie etwas brauchen, und machen Sie sich keine Sorgen. Der Schwarze Hund ist noch nie überflutet worden. Das Land steigt hier wie eine Insel an. Moggy wird aufpassen, und es gibt keinen zweiten, der die Marsch so gut kennt wie er."

Sie schloß die Türe fest hinter sich und ließ uns allein. Bulwer hatte seinen zweiten Stiefel ausgezogen und saß mit langausgestreckten Beinen vor dem Feuer, das Brandyglas in der Hand. Als er aufblickte und lächelte, fühlte ich Angst, nicht vor ihm, sondern vor mir selbst. Alle diese Wochen war unsere Zuneigung gewachsen, eher vertieft als vermindert durch seinen Unfall, und jetzt, in diesem kleinen Raum, fern von allen vertrauten Dingen, wuchs sie zu einer lodernden Flamme, und es gab kein Entrinnen. Ich hatte das seltsame Gefühl, daß ich nicht mehr mein eigenes, nüchternes Ich wäre, sondern daß eine andere Person von meinem Körper Besitz ergriffen hätte. Ich kniete mich auf den groben Teppich vor dem Feuer und hielt meine Hände gegen die Wärme.

„Sie werden sich fragen, wo wir sind."

„Wenn das Wasser hier steigt, muß es das auch in Ravensley tun."

„Nicht unbedingt, und ich bin sicher, die Marschleute wissen, wer wir sind."

„Spielt es eine Rolle?"

„Es könnte eine spielen, wenn Justin zurückkommt, bevor wir zu Hause sind."

„Mißtraut er Ihnen?"

„Er hat keinen Grund gehabt."

Ich hatte den Eindruck, daß wir nur schwatzten, ohne daß die Worte eine Bedeutung hatten. Eine Weile saßen wir schweigend da, dann stellte Bulwer sein Glas fort und beugte sich vor. Er zog mich an seine Knie, löste die Nadeln aus meinem Haar, so daß es mir über die Schultern fiel, und begrub sein Gesicht darin.

„Es ist wie Seide!" murmelte er. „Und riecht nach Sommer."

„Was wissen Sie von solchen Dingen?" hänselte ich ihn. „Werden Sie zum Dichter?"

Er drehte mich zu sich um und sah mich an. „Wer weiß? Sie bewirken seltsame Wandlungen in mir."

„Die Kinderfrau Starling nannte mich ein Hexenkind, wenn sie böse war, und das war sie oft genug."

„Und immer schon haben Sie ihre Zaubernetze gesponnen."

Er begann mich langsam und fest zu küssen. Seine Hand löste den Kragen meiner Bluse, griff nach meiner Brust, und es durchlief mich heiß. Anfangs wehrte ich mich, aber es war wie ein Kampf gegen die steigende Flut, wenn sie über die Marsch hereinbricht. Es hatte die gleiche Unvermeidlichkeit. Der Kampf war von vornherein verloren. Es hätte schmutzig sein können, in diesem ärmlichen Raum auf dem alten Teppich vor dem glimmenden Torffeuer, aber das war es nicht. Er war überraschend sanft und dann wild und leidenschaftlich. Wir wurden von einem verzehrenden Verlangen getrieben, das sich immer mehr steigerte, so daß ich hinterher vollkommen erschöpft, jedoch wundervoll zufrieden war.

Wir saßen lange Zeit da, ohne zu sprechen. Bulwer hatte das lange, mit Watte gestopfte Kissen von der Sitzbank hinter sich heruntergezogen und lehnte sich zurück, den Arm um mich geschlungen und meinen Kopf gegen seine Schultern gedrückt. Ich dachte weder an Vergangenheit noch an Zukunft, sondern nur an die unbekümmerte Gegenwart, und war glücklich, bis er mich aus meinem Frieden aufstörte.

Er griff auf den Tisch hinauf, holte die Brandyflasche herunter und füllte sein Glas. Er hielt es mir an die Lippen, und ich nahm einen kleinen Schluck.

„Ist dir jetzt wärmer?" sagte er leichthin. „Keine Gespenster mehr?"

Ich schüttelte den Kopf. „Keine."

Er hielt das Glas gegen das Feuer, daß es golden schimmerte, und fragte dann fast gleichgültig: „Wann heiratest du Justin?"

Das riß mich aus meinem Traum. Es brachte mich zurück in die harte Wirklichkeit und scheuchte mich aus meiner Zufriedenheit auf. Vielleicht hatte ich unbewußt auf etwas anderes gehofft und merkte nun, daß es unmöglich war. Ich rückte von ihm fort.

„Er hat von Juni gesprochen."

Er schaute immer noch auf sein Glas und schwenkte es ein wenig, bevor er es austrank. Dann stellte er es behutsam auf den Tisch zurück und fragte ohne mich anzusehen: „Was würdest du sagen, wenn ich dich bitten würde, es mit mir zu versuchen?"

„Möchtest du, daß ich mit dir durchbrenne?"

„Ja."

Einen Augenblick drehte sich mir der Kopf, und dann wußte ich mit kalter Gewißheit, daß ich mir keineswegs das erträumt hatte.

„Als deine Geliebte?"

Er wandte sich mir zu, herzlich und drängend. „Wir könnten uns eine schöne Zeit machen. Wir sind vom gleichen Schlag, du und ich. Ich gebe dir alles, was du willst, eine Wohnung, Kleider, Juwelen, ein eigenes Haus, wenn du möchtest, eine hübsche kleine Villa draußen in St. John's Wood . . ."

„Zwischen all den anderen ausgehaltenen Frauen."

„Nun, was ist da schlecht daran?"

„Und alle Türen der Gesellschaft sind für mich verschlossen."

„Nicht alle, nur die der verdammt spießigen."

„Es gibt so etwas wie Heirat . . ."

Er sah fort und sagte kalt: „Heirat ist etwas ganz anderes."

„Wieso? Du wolltest Clarissa vergewaltigen und sie dann heiraten."

„Mit Clarissa ist das etwas anderes."

„Ja natürlich, das ist etwas anderes." Plötzlich packte mich Zorn, all die aufgestaute Bitterkeit brach aus mir heraus. Ich sprang auf. „Clarissas Vater ist ein Bettler. Er kann ihr nichts geben als einen Haufen Schulden. Du liebst sie nicht, und sie verabscheut dich, aber ihr Vetter ist der Herzog von Devonshire. Sie gehört zur feinen Welt, zu jenen blaublütigen Aristokraten, die du zu verachten behauptest, und doch würdest du auf den Knien zu ihnen hinrutschen, wenn sie dich in ihren Kreis aufnehmen würden. Und ich, ich bin ein Niemand, eine Schlampe aus der Marsch, wie jenes arme namenlose Geschöpf auf dem Friedhof, jemand, mit dem du dich amüsierst und den du später wie Kehricht fortwerfen kannst, wenn du meiner müde bist." Ich wußte, daß ich ihn anschrie, aber ich konnte nicht anders.

Er richtete sich, die eine Hand auf die Bank gestützt, auf. „Hol dich der Kuckuck, sprich leiser und spiel mir nicht die Unschuldige. Du wolltest es genauso sehr wie ich. Du hast es von Anfang an so geplant, und jetzt, da du es erreicht hast, willst du mehr . . .“

„Nein, nein, das ist nicht wahr . . .“

„O ja, so ist es. Du kannst mich nicht zum Narren halten, meine hübsche kleine Hexe, an mir hast du dich verrechnet. Diesmal wird nicht alles nach deinem Kopf gehen. Du kannst mit mir kommen, wenn du willst, oder du kannst auf Nummer Sicher gehen und Justin heiraten. Und wenn er herausfindet, was wir heute getan haben, kannst du zu Oliver zurückkehren, den du an der Leine hast wie einen Schoßhund, den armen Teufel. Aber was immer du tust, du wirst weiter mich haben wollen, meine Süße, und ich werde den Sieg davontragen. Du wirst schließlich zu mir betteln kommen.“

„Nein, das werde ich nicht, niemals. Dieses eine Mal und nie wieder“, fuhr ich ihn an.

„Das werden wir gleich sehen.“

Er hinkte um den Tisch, packte mich, preßte mich an sich und sein Mund suchte wild und brutal den meinen. Ich wehrte mich, aber er war stark, und meine Sinne übermannten mich. Erneut überkam mich Verlangen. Mein Gott, lieber Gott, dachte ich verzweifelt, was habe ich getan? Was soll werden, wenn er fortgeht, und ich ihn nie wiedersehe?

Die Flut unserer Küsse wurde durch ein Klopfen an der Tür unterbrochen. Bulwer ließ mich los und ich wandte mich rasch um, um mein Kleid in Ordnung zu bringen.

„Wer ist es, was zum Teufel wollen Sie?“ Bulwers Stimme klang ärgerlich.

„Bitte um Verzeihung, Herr Rittmeister, ich bin's, Moggy. Die Flut geht zurück. Mit mir und meinem Kumpel als Führer könnten Sie sich jetzt auf den Heimweg machen.“

„Danke. Warten Sie draußen. Wir sind in wenigen Minuten bereit.“

„Gut, Sir, aber zögern Sie nicht zu lange.“

Bulwer setzte sich, zog sich seine Stiefel an und zwängte sich in seine Jacke. Ich versuchte inzwischen mein Haar aufzustecken.

„Ich gehe bezahlen und warte dann draußen auf dich. Hoffentlich weiß dieser Tölpel, was er tut. Ich habe keine Lust zu ertrinken.“

„Er ist kein Tölpel, und du brauchst dich nicht zu fürchten. Wenn er sagt, wir kommen durch, dann ist es auch so.“

„Wolle Gott, daß du recht behältst.“

Er ging hinaus, und ich versuchte mich zusammenzureißen. Ich gab den Kampf mit meinem Haar auf und behalf mich mit einem Stück Band. Als ich hinauskam, zerrte der Wind an meinem Mantel, und der Regen schlug mir eisigkalt entgegen. Die Wirtin drängte uns zu bleiben. Bulwer zögerte und sah mich fragend an.

„Verrückt von uns, es zu versuchen. Die Nacht ist schwarz wie Tinte."

„Sie können bleiben, wenn Sie wollen", sagte ich. „Ich reite nach Hause."

„Machen Sie sich keine Sorgen, Miss", lachte Moggy. „Wir kennen die Wege. Wir führen Sie sicher heim, nicht wahr, Ned?"

„Gewiß", brummte sein Gefährte, von dem nicht mehr zu sehen war als ein schwarzer Fleck in der Dunkelheit.

Bulwer fluchte still vor sich hin. Dann hob er mich in den Sattel und schwang sich selbst mühsam auf das Pferd. Jeder der beiden Marschleute nahm einen Zügel.

Der Heimweg war ein Alptraum, manchmal wateten wir durch kniehohes Wasser, manchmal durch schlammigen Morast, den die sinkende Flut zurückgelassen hatte.

„Ein verteufeltes Land!" murmelte Bulwer, wenn sein Pferd stolperte, und ihm der Schmerz in seinem Bein ein Stöhnen entlockte. Wir waren bis auf die Haut durchnäßt, bevor wir den halben Weg zurückgelegt hatten, und dazu war es eisig kalt. Die beiden Marschleute trotteten mit gesenktem Kopf vor uns her, schwangen ihre Laternen unbeirrt, führten uns über nur ihnen bekannte Umwege, bis sie schließlich nach einer uns unendlich lang erscheinenden Zeit stehenblieben.

„Jetzt ist es nicht mehr weit", sagte Moggy. „Höchstens zwei Meilen, und die Straße ist frei."

Bulwer zog ein paar Münzen aus der Tasche. Ich sah im Licht der Laternen Gold blitzen. „Hier", sagte er und hielt sie ihnen hin. „Trinken Sie einen auf unser Wohl und danken Sie Gott, daß wir heil hierher gekommen sind."

„Wenn Sie es so meinen", sagte Moggy, „ist es sehr anständig von Ihnen, Herr Rittmeister. Wir werden auf Ihre Gesundheit trinken und auf die der Dame auch, nicht wahr, Ned?"

„Gewiß", brummte sein Gefährte.

Für einen Augenblick fiel das Licht der Laterne auf sein Gesicht, und er glich erschreckend Oliver, einem wilden grimmigen Oliver, der mich zornig anstarrte, bevor er sich umwandte und in der Dunkelheit verschwand, Moggy hinter ihm. Ich hatte ein ungutes Gefühl, als lebe irgendwo in der Marsch ein dunkles Gespenst, das die Aylshams zu vernichten trachtete, das Olivers Vater ermordet und Justin angefallen hatte und nun auch mich haßte, weil ich mit ihnen verbunden war. Ich hatte gedacht, die Erzählungen der anderen wären übertrieben, aber jetzt hatte ich es selbst gesehen.

Bulwer sagte ungeduldig: „Reiten wir weiter, um Himmels willen. Was starrst du so an?"

„Nichts. Ich dachte nur gerade . . . Ach, lassen wir das." Müde wendete ich mein Pferd, und gemeinsam trabten wir weiter nach Ravensley.

4

Als wir zur Auffahrt kamen, sah ich Männer mit Fackeln und glaubte zuerst, das habe etwas mit der Flut zu tun. Dann entdeckte uns einer von ihnen. Er rief den anderen etwas zu, und ich merkte, daß sie beabsichtigt hatten, auf die Suche nach uns zu gehen. Sie umdrängten uns und fragten, was geschehen war. Bulwer antwortete kurz und half mir vom Pferd. Dann erschien Justin und drängte sich zu uns durch. Die Fackeln beleuchteten sein bleiches Gesicht, und ich wußte sogleich, daß er einen seiner wilden Wutanfälle hatte, die wir alle zu fürchten gelernt hatten. Er packte mich grob am Arm.

„Wo um Himmels willen seid ihr denn gewesen? Weißt du, wie spät es ist, zehn Uhr vorbei."

„Wir waren durch die Flut abgeschnitten."

„Flut? Was für eine Flut? Wo? Was redest du?"

„Das stimmt leider wirklich", kam mir Bulwer zu Hilfe, „und die Schuld liegt bei mir. Wir sind weiter geritten, als wir beabsichtigt hatten, und blieben dann zu einer Rast im . . . wie hieß es, Alyne?"

„Zum Schwarzen Hund."

Justins Gesicht nahm einen seltsam verzerrten Ausdruck an, und hinter ihm entdeckte ich Ram Lall, dessen schwarze Augen im Fackellicht funkelten. Justin schaute von mir auf Bulwer.

„Was zum Teufel trieb Sie dorthin?"

„Warum reitet man irgendwohin?" sagte Bulwer mit einem Achselzucken. „Irgendwohin muß man ja reiten."

„Sie brauchen nicht so verdammt gleichgültig zu tun. Ich hatte Besseres von Ihnen erwartet, Rutland."

„Wollen Sie mit mir Streit anfangen?"

Bulwers Stimme klang gefährlich, und ich wollte mich gerade einmischen, aber Cherry kam mir zuvor. Sie war inzwischen aus dem Haus gekommen, einen Schal um die Schultern und das Haar vom Wind zerzaust. Sie legte ihre Hand auf Justins Arm.

„Alyne ist heil zurück, Onkel, das ist doch die Hauptsache. Schau sie nur an. Sie sind durchnäßt, und hier draußen ist es eisig kalt. Sie müssen hineinkommen und sich erwärmen."

Justin knurrte etwas, ergriff meinen Arm und schob mich ins Haus. Am Fuß der Treppe packte er mich bei den Schultern und starrte mir in das Gesicht. „Wenn ich dächte . . .‟

„Was dächte?‟ sagte ich. „Was ist mit dir los? Ich bin durch und durch naß und eisig kalt. Willst du, daß ich mich tödlich erkälte?‟

„Schon gut, schon gut, ich komme später zu dir.‟

Ich machte mich frei und ging direkt in mein Zimmer. Cherry kam mit mir. Dort brannte ein helles Feuer im Kamin, und ich war dankbar für die Wärme. Ich zitterte jetzt heftig, und sie half mir, die nasse Kleidung abzustreifen. Dann brachte sie Handtücher und rieb meine eisigen Glieder, bis sie warm wurden.

Als ich schließlich meinen Schlafrock angezogen hatte, sagte sie: „Setze dich, und ich trockne dir noch das Haar.‟ Sie begann es mit langen und sanften Strichen zu bürsten. „Was ist heute wirklich geschehen?‟ fragte sie ruhig.

„Genau das, was ich gesagt habe. Wir sind zu weit geritten. Bulwer tat sein Bein weh, und so blieben wir im Schwarzen Hund, um auszuruhen und zu essen. Dann kam der Regen. Einer der Marschleute warnte uns vor der Gefahr, und er brachte uns auch dann zurück.‟

„Und ist das alles?‟

„Was sollte sonst noch sein?‟

„Du siehst so glücklich aus und zugleich schuldbewußt.‟

Ich richtete mich auf. „Cherry, manchmal sagst du die verrücktesten Dinge.‟

„Vielleicht. Onkel Justin war sehr böse, als er nach Hause kam und du noch nicht da warst.‟

„Das kann ich mir vorstellen‟, sagte ich trocken, zu müde, um mir Sorgen darüber zu machen. „Kann ich etwas dafür?‟

„Habe ich dich nicht gewarnt? Bist du hungrig? Soll ich dir Lizzie mit etwas zu essen schicken?‟

„Nur ein heißes Getränk, bitte, sonst nichts.‟

„Na schön.‟ An der Türe blieb sie nochmals stehen. „Übrigens, Oliver ist zurück.‟

„Woher weißt du das?‟

„Mrs. Starling hat es mir gesagt. Ich dachte, es würde dich freuen.‟

Sie verschwand, bevor ich ihr eine Frage stellen konnte, aber auf ihrem Gesicht war ein seltsam triumphierender Ausdruck gewesen, als wäre sie über etwas glücklich.

Lizzie brachte mir heiße Schokolade, und ich saß, mit der Tasse in der Hand, nahe am Feuer, als es an der Türe klopfte. Einen Augenblick dachte ich, es könnte Bulwer sein, und mir stockte der Atem. Ich kämpfte um Haltung, bevor ich rief: „Wer ist es?"

„Ich, Justin. Kann ich hereinkommen?"

Er wartete nicht auf meine Antwort, sondern öffnete die Türe. Ich dachte, er sei gekommen, um mir wieder Vorwürfe zu machen, und das hätte ich nicht mehr ausgehalten.

„Ich bin müde", sagte ich, „ich wollte gerade zu Bett gehen."

Er kam auf mich zu und schaute auf mich hinunter. „Tut mir leid, wenn ich heute abend grob mit dir war. Es lag nicht in meiner Absicht, nur . . ."

„Nur was?"

„Rutland ist soviel jünger als ich, und du hast ihm soviel Zeit gewidmet."

„Darum hast du mich doch eigens gebeten . . . Immer wieder. Erinnerst du dich nicht?"

„Ich weiß, ich weiß, aber ich hätte nie gedacht . . . Verdammt, es war etwas, das Ram Lall sagte."

„Wenn du seinen Lügen glaubst", erwiderte ich wütend und bemühte mich, den Nachmittag zu vergessen. Was Bulwer und ich getan hatten, war vorbei. Es war nicht mir passiert, sondern jener anderen Alyne, die von mir während dieser wenigen Stunden im Schwarzen Hund Besitz ergriffen hatte.

„Ich glaube ihm nicht", sagte er ruhig, „wenn ich es täte, wüßte ich nicht, wozu ich fähig wäre." Er strich mit der Hand leicht über mein Haar. „Du bist so schön, Alyne. Ich könnte den Gedanken nicht ertragen, dich zu verlieren."

Ich nahm mich zusammen, um seine Liebkosung ruhig zu ertragen. „Das ist Unsinn. Warum solltest du mich verlieren?" Ich hatte ihn noch nie in einer solchen Stimmung gesehen. Er war immer so selbstbewußt, seiner Sache so sicher. Ich nützte die Gelegenheit aus. „Justin, willst du mir etwas versprechen?"

„Was denn?"

„Wenn wir verheiratet sind, schick doch bitte Ram Lall zurück nach Indien."

Er rückte ein wenig von mir ab. „Was hat der arme Ram getan, daß ich ihm durch seine Entlassung das Herz brechen soll?" fragte er gelassen.

„Er mag mich nicht, er spioniert mir nach . . . wohin ich auch gehe, was ich auch tue, immer habe ich den Eindruck, daß er mich überwacht . . . Bitte, Justin, bitte schick ihn fort."

„Meine Liebe, du bist müde und überreizt. Du weißt nicht, was du da verlangst. Ich könnte es nicht tun."

200

„Warum nicht? Er ist nur ein Diener."

„Er war mehr als das, weit mehr. Als ich zum ersten Mal nach Indien kam, wurde ich todkrank. Er hat mich lange Monate hindurch gepflegt. Ich verdanke ihm mein Leben, und er faßte eine Zuneigung zu mir. Versuch mich zu verstehen, Alyne. So wie ich damals, hatte er sonst niemanden. Mehrere Jahre lang, als ich dort, in dieser Hölle, mich über Wasser zu halten versuchte, war nur er an meiner Seite."

„Bis du Jethros Mutter getroffen hast."

„Ja." Er wich meinem Blick aus, und mir war nicht ganz wohl bei der Sache. Hatte ich wirklich verstanden, was er sagen wollte? Des Teufels Schatten nannte die Kinderfrau den Inder, und aus einem unerklärlichen Grund hatte ich plötzlich Angst. Dann, bevor ich etwas sagen konnte, wandte sich mir Justin wieder lächelnd zu, das flakkernde Feuer malte Farben und Wärme auf sein Gesicht. „Er ist nahezu zwanzig Jahre lang ein treuer Diener gewesen. Es wäre himmelschreiende Undankbarkeit, ihn fortzuschicken. Er wird dir nichts zuleide tun, das verspreche ich dir, und ich bin nicht hergekommen, um über Ram Lall zu sprechen, sondern über dich."

„Was gibt es über mich zu sagen?"

„An jenem ersten Abend nach meiner Ankunft hier", begann er langsam, „war es wie ein unsichtbares Band, das uns zueinander zog. Ich wußte nur zu gut, daß Oliver in dich verliebt war, aber welche Gefühle du für ihn hegtest, konnte ich nur raten . . ."

„Justin, müssen wir all das jetzt besprechen?"

„Da ist etwas, das ich dir sagen möchte."

„Es ist schon spät, und ich bin sehr müde."

„Es ist wohl nicht zuviel von dir verlangt." Er trat näher ans Feuer und stützte die Hand auf den Kaminsims. „Du hast nicht viel für Jethro übrig, nicht wahr?"

„Was hat das damit zu tun?"

„Das ist vermutlich ganz natürlich. Du meinst, er wird mein Erbe sein, aber so ist es nicht."

Ich war überrascht. „Willst du damit sagen, daß er nicht dein Sohn ist?"

„Das ist er schon, aber seine Mutter . . ." Er stockte und sein Blick schweifte ab. „Ich liebte seine Mutter sehr, aber wir waren nicht verheiratet."

„Warum?"

„Sie hatte bereits einen Gatten."

„Hat sie ihn verlassen, um dir zu folgen?"

„Ja."

„Wer war sie?"

„Alyne, ich möchte nicht über sie sprechen. Sie ist tot, und es liegt schon so lange zurück."

„Ich möchte wissen, wer sie war. Wenn ich deine Frau werden soll, glaube ich ein Recht zu haben, es zu wissen."

„Nein. Eines Tages vielleicht, aber nicht jetzt. Es hat nichts mit uns zu tun, gar nichts. Hör mich an, Alyne." Er kniete sich neben meinen Hocker. „Da ist etwas Wichtiges, das du erfahren mußt. Man hat dir dein Erbe vorenthalten, genau wie mir. Du sollst wissen, daß deine Kinder Ravensley erben werden, nicht Oliver, der Sohn meines Bruders."

„Warum haßt du Oliver so sehr?"

„Liebe, Haß, was bedeuten diese Worte? Er ist seinem Vater verdammt ähnlich, und Robert hat mir gestohlen, was ich mehr als alles in der Welt begehrte. Jetzt habe ich einen Teil davon zurückgewonnen und beabsichtige ihn zu behalten. Es gehört uns, Alyne, dir und mir."

Vor ein paar Monaten hätte ich meine Macht über ihn genossen, aber nun fühlte ich nur gleichgültige Leere. Justin legte seinen Arm um meine Hüften, seine Hand hob mein schweres Haar und liebkoste meinen Nacken. Ich ertrug seinen Kuß und verspürte nichts als einen leichten Ekel.

„Du bist erschöpft, meine Liebe", sagte er, „und das wundert mich nicht. Morgen, wenn du ausgeruht bist, werden wir Pläne für unsere Hochzeit machen."

Bald darauf ging er, und ich lag in dem von Lizzies Kohlenpfanne angenehm erwärmten Bett. Das lodernde Kaminfeuer ließ Schatten auf der Zimmerdecke tanzen, während mir die wildesten Gedanken durch den Kopf schossen und mich nicht schlafen ließen. Was würde geschehen, wenn ich aufstand und mich durch das schweigende Haus zu Bulwers Türe schlich? Einen Augenblick machte mich ein rasendes Verlangen beinahe schwindlig. Dann biß ich mir auf die Lippen und vergrub erschreckt und beschämt mein Gesicht in den Kissen. Er würde lachen, mich lieben und mich dann vergessen. Eine Stunde Zeitvertreib und sonst nichts. Ich schlief unruhig, und in meinen Träumen erschien er, flehte mich an und verwandelte sich plötzlich in Justin, einen zornigen Justin mit Ram Lall hinter seinem Rücken, der mich bedrohte. Ich erwachte noch müde und mit Kopfweh, und ich war froh, mich anziehen und hinuntergehen zu können. Cherry war im Frühstückszimmer, als ich eintrat.

„Wie geht es dir heute morgen?" fragte sie.

„Einigermaßen. Wo ist Rittmeister Rutland?"

„Fort. Er ist sehr früh abgereist, bevor du auf warst, und hat mich gebeten, dir für alle Gefälligkeiten zu danken, die du ihm erwiesen hast."

Gefälligkeiten, dachte ich ironisch. Er hatte bekommen, was er wollte, und nun war er auf dem Weg zu neuen Eroberungen, ohne ein einziges Wort für mich. Bitterkeit würgte mich in der Kehle. Ich trank den Kaffee und konnte nichts essen.

Der Regen hatte aufgehört, und der Morgen war von jener durchsichtigen Klarheit, die der Vorfrühling bringt. In der Halle fand ich Jethro, der aufgeregt die widerstrebende Hattie bedrängte.

„Ich will Oliver besuchen gehen", verkündete er.

Da kam mir zu Bewußtsein, daß ich das auch wollte, mehr als alles andere. Ich sehnte mich danach, wenn auch nur für einen Morgen, zur Einfachheit und Sicherheit unserer Kindheit zurückzukehren. Ich wollte die wilde Leidenschaft für Bulwer, die Last der Ansprüche Justins an mich vergessen. Und vor allem sehnte ich mich nach Olivers Stärke, seiner Güte und Freundlichkeit, die so dicht unter der äußeren Kälte lag und mich noch nie enttäuscht hatte.

„Ich gehe zu Thatchers", sagte ich, „du kannst mit mir kommen, wenn du willst."

„Macht es dir wirklich nichts aus, Alyne?" fragte Hattie trübselig.

„Manchmal merke ich nur allzusehr, daß ich nicht mehr so jung bin."

Zum ersten Mal seit Monaten schaute ich sie an und sah, wie alt und wie müde sie war. Sie war für uns immer selbstverständlich gewesen. Ich sagte hastig: „Natürlich macht es mir nichts aus."

Als ich angezogen war, machten wir uns auf den Weg zu Thatchers. Justins Enthüllung hatte meine Gefühle dem Jungen gegenüber geändert. Ich fand ihn besser aussehend als bei seiner Ankunft, und er hüpfte fröhlich vor mir her und überschüttete mich mit einer Flut von Fragen, auf die ich kaum achtete.

In dem alten Bauernhaus herrschte eifrige Geschäftigkeit. Eine Kutsche stand davor und Kisten wurden abgeladen. Die Türe stand offen, so gingen wir in den Vorraum und von dort ins Wohnzimmer. Dort war ein Durcheinander, Möbel wurden ausgepackt, Bücher auf den Tisch gestapelt, und Teppichrollen lagen auf dem Boden. Ich sah mich erstaunt um, da kam Clarissa durch die gegenüberliegende Türe und rief etwas über die Schulter zurück. Als sie mich sah, blieb sie stehen.

„Guten Morgen, Alyne. Ich hatte nicht so bald Besuch erwartet."

„Wo ist Oliver?"

„Er wird gleich kommen. Er ist nur rasch nach Copthorne geritten, um zu sehen, wie mein Vater die Reise überstanden hat."

„Dein Vater?"

„Ja, er war sehr krank gewesen, weißt du, und ist nun zu Tante Jess übersiedelt."

Mit einem Krach fiel etwas im nächsten Zimmer um, und Oliver rief: „Verflucht! Das waren meine Finger! Wenn es so weitergeht, werden wir heute nacht auf dem Fußboden schlafen!"

In Hemdsärmeln, das Haar zerzaust und mit einem Schmutzfleck auf einer Wange kam er herein, lachte und rieb sich die gequetschte Hand.

„Sieh einer an, wer da ist", sagte er vergnügt. „Ben ist in der Küche, Jethro." Und als der Junge davonlief, trat er neben Clarissa. „Du erfährst fast als erste die Neuigkeit, Alyne. Clary und ich haben vor einer Woche geheiratet."

Das hätte ich eigentlich erwarten sollen, und hatte es doch nicht. Er redete weiter, und die Worte gingen an mir vorbei, bis ich ihn sagen hörte: „Du mußt mich entschuldigen, da sind noch tausend Sachen zu erledigen." Er nahm seinen Rock von einem Stuhl. „Ich gehe jetzt zu Onkel und bringe dabei Jethro zurück."

„Wart einen Augenblick." Clarissa hielt ihn fest und lachte ihn an. „So kannst du nicht gehen. Du siehst aus wie ein Dreckfink."

Sie rieb ihm mit ihrem Taschentuch den Schmutzfleck von der Wange, und er griff nach ihrer Hand und küßte ihre Finger. „Arbeite nicht zu viel, meine Liebe. Ich bin bald zurück." Er nickte mir nachlässig zu, als er zur Tür ging. „Auf Wiedersehen, Alyne."

Ich schaute Clarissa an. Sie war magerer als vor ihrer Abreise, aber ihr feines Gesicht hatte eine eigene Schönheit, und ihre Augen waren klar und heiter. Zum ersten Mal im Leben beneidete ich sie.

„Du hast ihn dir also doch noch geschnappt", sagte ich. „Das war sehr geschickt von dir. Oliver konnte es nie ertragen, in jemandes Schuld zu stehen."

„So war es keineswegs, aber das würdest du nicht verstehen."

„Warum nicht?"

„Du wünschst dir etwas und hast keine Skrupel, wie du es dir verschaffst. So war es schon in unserer Kinderzeit. Aber diesmal darfst du nicht habgierig sein, Alyne. Du kannst nicht beide haben, Justin und Oliver. Er hat ein Recht auf ein eigenes Leben."

Sie war ahnungslos und hielt alles für so einfach, das ärgerte mich. Ich sagte: „Ein Leben, das du immer entschlossen warst, mit ihm zu teilen. Was ist eigentlich wahr von dem, was du bei Gericht ausgesagt hast?"

Sie errötete. „Nichts, du solltest Oliver gut genug kennen."

„Ich fange an, dir zu glauben, daß ich niemanden kenne."

„Ich bin keine Närrin, Alyne. Ich weiß von dir und ihm."

„Hat Oliver es dir erzählt?"

„Nein." Sie schaute einen Augenblick fort, dann sah sie mir kühn in die Augen.

„Er liebt mich noch nicht, nicht so wie er dich geliebt hat. Aber das wird noch kommen."

„Bist du so sicher?"

„Man kann keiner Sache im Leben sicher sein, aber man kann sich darum bemühen und darauf hoffen."

Ich schaute mich in dem kahlen Raum ohne jeden Luxus oder Bequemlichkeit um. „Wie kannst du dich mit alledem zufriedengeben, wenn du Bulwer Rutland hättest haben können?"

„Geld ist nicht alles."

„Raum ist in der kleinsten Hütte . . . Erinnerst du dich an die Moralpredigten, die wir in der Sonntagsschule gelernt haben?" sagte ich verächtlich. „Nur ein schwachsinniger Romantiker würde das glauben." Meine eigene Unentschlossenheit, mein Elend ließ mich so verletzend reden.

„Wir wollen nicht streiten", erwiderte Clarissa ruhig. „Du hast dir immer andere Dinge im Leben gewünscht als ich, hoffen wir, daß das, was wir schließlich bekommen, sich auch als das Richtige erweist."

Justin und ich heirateten im Mai, einen vollen Monat früher als geplant. „Es gibt keinen Grund zu warten", sagte er, „und wenn wir unsere Hochzeitsreise nach Italien machen wollen, ist es besser, vor der großen Sommerhitze aufzubrechen." Und plötzlich schien alles das gekommen, was ich mir über alles wünschte, meine eigene Herrin zu sein, frei von Ravensley, frei von dem brütenden Schweigen der Marsch, frei von der verrückten Verbindung mit Bulwer Rutland.

„Das bringt Unglück", murmelte die Kinderfrau Starling düster, „Heiraten im Mai bringt Streiterei."

Das war zuviel nach der Anspannung und Aufregung der hastigen Vorbereitungen, die noch nicht beendet waren. Ich lachte ihr ins Gesicht, und sie packte mich mit ihren verkrümmten alten Händen an beiden Armen und schüttelte mich, wie sie es getan hatte, als ich noch ein Kind war.

„Lachen Sie nur, Mylady, und der Teufel wird hinter Ihnen her sein, wenn er Sie nicht bereits im Griff hat."

„Wenn Sie mit diesem Unsinn nicht aufhören, werden Sie das Haus verlassen müssen", sagte ich ärgerlich. „Es ist jedenfalls höchste Zeit, daß Lord Aylsham Sie fortschickt."

„Das wird er nicht wagen . . . das wird er nicht wagen . . . Gottes Fluch würde ihn treffen, wenn er es tut."

Ich sah die Furcht in ihren Augen und sah die Falten in ihrem Gesicht sich vertiefen. Würde man sie von Ravensley fortschicken, wäre das sicherlich ihr Tod.

„O um Himmels willen!" sagte ich ungeduldig. „Sehen Sie zu, daß diese Bettücher fertig werden. Mit all den Gästen werden wir jedes Stück Leinwand im Haus brauchen und noch mehr."

Mein Hochzeitskleid war in London bestellt worden, elfenbeinfarbener Atlas, mit Rüschen aus feiner Spitze besetzt. Ich durchschritt das Schiff der Kathedrale von Ely an Olivers Arm, den Kopf hoch erhoben, gewiß, daß aller Augen auf mir ruhten, und ich verbannte die Ironie, daß er mich seinem Onkel als Frau zuführte, aus meinem Denken.

Unter den Gästen, die sich im Kirchenschiff drängten, unter den Städtern, die sich draußen auf den Stufen versammelt hatten, war keiner, der es jetzt gewagt hätte, höhnisch über mich zu lächeln. Justin wartete auf mich vor dem Altar. Eine ungreifbare Vornehmheit unterschied ihn von anderen Männern. Ich war stolz, daß er mich erwählt hatte, stolz, daß ich endlich Lady Aylsham auf Ravensley sein würde. Daran mußte ich mich klammern, sagte ich mir. Es war ein harter Kampf gewesen, und nun hatte ich es geschafft. Mag Clarissa die Bauernfrau spielen und sich dabei glücklich fühlen. Das Hexenkind aus der Marsch hatte Reichtum und eine hohe Stellung in der Grafschaft, und mein Sohn würde Ravensley erben, nicht ein Kind von ihr. Als Justin mir den Ring an den Finger steckte und den Schleier zurückschlug, um mich auf die Wange zu küssen, hob ich zum ersten Mal den Blick, aber es war nicht er, nicht das Lächeln auf seinem dunklen Gesicht, das ich sah, sondern Bulwer Rutland. Er lehnte mit gekreuzten Armen halb verborgen im Schatten des Seitenschiffes an einer Säule.

Das hatte ich nicht erwartet, und es versetzte mir einen Schock. Der alte Joshua hatte uns erzählt, das gebrochene Bein mache ihm noch immer zu schaffen, und so sei er vom Regiment beurlaubt worden und auf Anraten seines Arztes ins Ausland gefahren.

„Ich habe ihm nach Paris geschrieben", sagte er, „habe aber keine Ahnung, wo der Junge ist. Er hat davon gesprochen, in die Schweiz zu fahren und dann über die Pässe an die italienischen Seen." Er kniff verschmitzt ein Auge zu. „Ich glaube, da war jemand, den er zu treffen hoffte."

Eine andere Frau, dachte ich, und verscheuchte ihn aus meinem

Denken. Aber so war es gar nicht. Da stand er, ganz ruhig, sein Blick brannte in dem meinen, und ich fühlte den süßen quälenden Aufruhr in meinem Körper. Einen Augenblick lang dachte ich erschreckt, ich würde ohnmächtig.

„Was ist mit dir?" flüsterte Cherry, als sie mir den Hochzeitsstrauß aus der Hand nahm.

„Warum fragst du?"

„Du siehst so bleich aus."

„Das ist nur die Hitze."

Meine Beine trugen mich kaum, und so war ich dankbar, als ich niederknien und mein Haupt vor dem Altar beugen konnte, und betete um Stärke.

Die Hochzeitsgäste kamen mit nach Ravensley, und da wir erst am nächsten Morgen abfahren sollten, wollte die Feier nicht enden, und als der Champagner zu fließen begann, wurde die Stimmung immer lockerer. Mein Kopfweh verschlimmerte sich. Ich sah nicht nach, ob Bulwer mit seinem Vater gekommen war. Ich wollte es nicht wissen. Oliver und Clarissa verließen uns bald und nahmen Jethro mit. Er sollte die paar Wochen, die wir im Ausland verbrachten, in Thatchers bleiben. Cherry tanzte mit Clarissas Bruder, der herübergekommen war, um seinen Vater zu besuchen. Harry Fenton war ein hübscher Junge . . . ohne Geld, keine gute Partie natürlich, aber vielleicht half er, sie von ihrer Vernarrtheit in Jake Starling zu kurieren. Ich war zu müde, um mir darüber Gedanken zu machen.

Ich hatte den Blumenkranz und den langen Spitzenschleier abgelegt. Es war erstickend heiß im Salon, und man hatte die Fenster geöffnet. Für ein paar Minuten wollte ich dem Ganzen entrinnen, ging auf die Terrasse hinaus und hinunter auf den Rasen. Es war noch nicht völlig dunkel, und die Luft duftete nach dem am Morgen geschnittenen Gras.

Die ersten Rosen hatten gerade zu blühen begonnen, und ich beugte mich über sie und strich über die weichen, rosig angehauchten Blütenblätter. Ich hörte die Schritte hinter mir nicht, und dann schlang er einen Arm um meine Hüfte und drehte mich zu sich um. Sein Mund preßte sich hungrig auf den meinen, und ich konnte nicht widerstehen. Es war, als hätte es die Wochen, die seitdem verstrichen waren, nie gegeben, und ich empfand wieder wildes Verlangen. Dann gab er mich frei.

„Ich dachte, die Hochzeit sollte im Juni sein", sagte er zornig.

„Justin wollte sie früher."

„Und du?"

„Ich sah keinen Grund zu warten."

Er starrte mich an. Im schwachen Licht sah ich, wie blaß er war. Seine Augen hatten einen wilden Ausdruck, nicht wie der Bulwer, dachte ich, den ich kannte. Er sagte ruhig: „Als ich Vaters Brief in Paris vorfand, ritt ich die ganze Nacht hindurch zur Küste und hatte andauernd Pech. Ein Pferd wurde lahm, die Fähre nach Folkestone wurde leck . . . auf dem Weg hierher hämmerten die Hufe meines Pferdes auf jeder verdammten Meile: zu spät."

„Zu spät wofür?"

„Was zum Teufel spielt das jetzt noch für eine Rolle?"

Aber ich mußte es wissen, ich mußte es ihn sagen hören, so wie man den Finger auf eine vernarbende Wunde bis zum Schmerz drückt.

„Was heißt das? Zu spät für was?"

Er packte mich wieder, zog mir die Nadeln aus dem Haar, fuhr mit den Fingern hindurch und schlang es mir wie ein Seil um die Kehle. „Du verdammte Hexe, was hast du mir angetan? Überall, wo ich bin, verfolgt mich dein Gesicht . . . Ich habe es am Spieltisch versucht, beim Pferderennen, in den Klubs, sogar mit Frauen . . . und es hat verdammt wenig genützt, eine blonde Hexe war immer zuerst da, lachte mich an, so kam ich zurück nach Ravensley, so schnell Pferd und Schiff mich tragen konnten, aber du hast nicht warten können? Du hast mit deinen gierigen Händen nach allem greifen müssen, um es nicht zu verlieren."

Die Ungerechtigkeit brachte mich auf. „Worauf hätte ich denn warten sollen? Daß du zurückkommst und mich zu deiner Hure machst, deinem Spielzeug . . . Justin hat mir die Heirat geboten."

„Und ich nicht. Warum sollte ich eine mittellose Dirne heiraten, die ihre Gunst allzu willig verschenkt? Sag mir das. Warum, warum?"

Eine wilde Wut überkam mich und ich schlug ihm hart ins Gesicht. Er lachte, und seine Hände schlossen sich um meine Kehle.

„Warum? Weil ich sie liebe . . . hörst du . . . ganz verteufelt liebe . . ."

Und dann lagen wir uns wieder in den Armen. Ich fühlte seine rauhe Wange an der meinen, seine fordernden Lippen, das Drängen seines Körpers gegen meinen.

„Mein Gott, wie habe ich mich nach dir gesehnt", murmelte er. „Und dann finde ich das hier vor!" Er rückte ein wenig von mir ab und sah mich prüfend an. „Wir könnten jetzt rasch fort, bevor jemand etwas merkt."

Einen Augenblick lang schwankte ich, dann kam es mir schmerzhaft zu Bewußtsein, wie unmöglich es war. Wir hätten ein paar Wochen wilden Glückes erlebt, aber es konnte keinen Bestand haben. Wir wären zwei Schuldige auf der Flucht gewesen. Es hätte den Bruch mit seinem Vater bedeutet, die Aufgabe aller seiner Ambitionen, und ich kannte meinen Bulwer. Er war nicht aus dem Holz geschnitzt, aus dem Märtyrer und große Liebende gemacht sind.

„Nein", sagte ich, und verging bei dieser Ablehnung fast vor Schmerz, „nein, das kann ich nicht."

„Ja, ja, ja." Er zog mich wieder an sich und drängte mich. „Komm mit mir. Es wird ganz leicht sein." Ich schüttelte den Kopf und er küßte mich wieder, zwängte seine Zunge zwischen meine Lippen, machte mich fast verrückt. Ich wehrte mich, doch dann verließ mich meine Kraft, jeder Widerstandswille.

Er sagte leidenschaftlich: „Ich schwöre, ich bitte dich kein zweites Mal."

Aber ich gab nicht nach. Ich wagte es nicht. Es stand zu viel auf dem Spiel. Ich war bereits zu lange aus dem Hause fort. Bald würden sie mich suchen kommen, und wenn Ram Lall uns zusammen sah, würde das das Ende von allem bedeuten, worum ich gekämpft hatte . . . Ich riß mich los, wagte nicht zurückzuschauen, lief über den Rasen und durch ein Seitentor hinein, damit niemand meine zerzauste Frisur sah.

Lizzie war in meinem Zimmer, um es aufzuräumen und die Bettdecken zusammenzulegen. Sie blickte mich erstaunt an, ich mußte wohl sehr seltsam ausgesehen haben. Sie grinste verständnisvoll. „Ich habe alle Ihre Sachen in das Zimmer des Herrn gebracht, Miss Alyne", und dann kicherte sie, „Lady Aylsham, sollte ich wohl sagen."

„Ja, ich weiß. Sie können das alles nun lassen, Lizzie, ich will hier nur mein Haar in Ordnung bringen."

„Ist gut, Miss, Mylady."

Sie ging hinaus, und ich fragte mich, was sie wohl in der Küche erzählen würde.

Ich war noch ganz durcheinander, konnte einfach nicht glauben, was geschehen war, und wütete dagegen. Es war so unfair. Es konnte nicht wahr sein. Bulwer hatte das nur gesagt, um mich jetzt, da es unmöglich war, zu quälen . . . Und doch war jetzt etwas anderes in ihm, etwas, das mich irgendwie von seiner Ernsthaftigkeit überzeugte. O Gott, warum hatte ich mich von Justin überreden lassen? Warum hatte ich nicht Ausflüchte gesucht und mehr Zeit gewonnen . . . Warum? Ich saß da auf dem kleinen Bett, in dem ich seit meiner Kindheit geschlafen hatte, bis es ganz dunkel war und die Erregung zu einem dumpfen Kopfweh abklang. Dann ging ich hinunter in das Zimmer, das einst Olivers Großvater gehört hatte, zu dem Bett, das ich mit einem Mann teilen mußte, den ich nicht liebte, einem Mann, vor dem ich mich manchmal fürchtete, zu dem Bett, in dem ich eines Tages Justins Sohn gebären würde. Ich schaute auf die üppigen Vorhänge, die Schränke, in denen bereits die prächtige Brautausstattung hing, die er für mich gekauft hatte; um meinen Hals waren die Juwelen, sein Hochzeitsgeschenk, und an meinem Finger steckte die goldene Fessel der Gefangenschaft.

Ich dachte an jene andere Alyne, die in der feuchten schwammigen Erde auf dem Marschfriedhof lag, und der die Macht nur Unglück und Tod gebracht hatte . . . Ich fröstelte, und dann hörte ich durch die offene Tür, daß man nach mir rief, erst Cherry und dann Justin.

„Ich komme gleich", rief ich zurück, falls sie mich suchen sollten. Mit ein paar Strichen glättete ich mein Haar, ließ es aber weiter frei den Rücken herunterfallen und lief die Treppe hinunter. Ich lachte und war die heiterste von allen, scherzte mit ihnen und warf die Blumen meines Hochzeitsstraußes in ihre fangbereiten Hände. Ich trank Champagner, Glas auf Glas, bis mir schwindlig wurde und es Zeit war, mit Cherry hinaufzugehen.

Sie half mir beim Ausziehen, hielt sich das Hochzeitskleid an und strich über den feinen Atlas. „Es ist so wunderschön."

„Ich werde es kein zweites Mal tragen", sagte ich kurz. „Du kannst es dir ändern lassen, wenn du Harry Fenton heiratest."

Sie schaute verdutzt auf. „Warum sagst du das?"

„Warum sagt man so etwas? Ich dachte, du hast dich in seiner Gesellschaft gut gefühlt. Ich bin müde, bitte geh jetzt, Cherry."

„Ist gut." Sie sah mich neugierig an. „Bist du glücklich?"

„Natürlich bin ich glücklich. Das ist doch meine Hochzeitsnacht."

„Ja, aber manchmal habe ich gedacht . . ." Sie schlang plötzlich ihre Arme um mich, drückte mich rasch an sich, dann ging sie.

Ich sah ihr überrascht nach. Es war nicht Cherrys Art, mir offen ihre Zuneigung zu zeigen.

Ich streifte das Unterkleid ab und sah hinab an meinem glatten, schlanken Körper. Manchmal hatte ich über meine Schönheit frohlockt, aber heute nacht konnte ich mich nicht daran erfreuen. Ich zog das Nachtgewand über den Kopf und stieg in das hohe Bett.

Es dauerte eine Weile, bevor Justin kam, und ich mußte die Augen schließen, um den scharfen Kopfschmerz zu lindern. Das Klicken der Türe schreckte mich auf. Er stand in seinem langen purpurnen Schlafrock auf der Schwelle und sah im Licht der Kerzen blaß aus.

„Wußtest du", fragte er ruhig, „daß Rittmeister Rutland hier war?"

Allerlei Gedanken schossen mir durch den Kopf, bevor ich mich zur einfachen Wahrheit entschloß. „Ja."

„Hast du mit ihm gesprochen?"

„Nur ein paar Minuten."

„Warum ist er so plötzlich verschwunden, ohne ein Wort mit mir oder seinem Vater zu reden?"

O Gott, was hatte Ram Lall gesehen? Was hat er Justin erzählt? „Er fühle sich nicht gut, hat er gesagt. Er hat diese lange Reise nur unternommen, um bei unserer Hochzeit dabei zu sein und uns Glück zu wünschen."

Justin stand ruhig da und musterte mich. Ich riß mich zusammen und hielt seinen Blicken stand.

„Warum sprechen wir überhaupt jetzt von Bulwer Rutland?"

„Ja warum?"

Dann entspannte er sich plötzlich. Er lächelte und kam zum Bett. Erst da sah ich die Peitsche in seiner Hand, die Peitsche, mit der er einst Jethro geschlagen und Cherry bedroht hatte. Ich wartete zitternd, aber er warf sie achtlos auf die Truhe, zog seinen Schlafrock aus und löschte die Kerzen auf dem Tisch.

„Alyne", murmelte er undeutlich, „Alyne", und kam durch das Dunkel auf mich zu.

Vierter Teil

OLIVER

1831 – 1832

„Zwei Frauen lieb ich, die eine zum
Trost, die andere zur Verzweiflung."

WILLIAM SHAKESPEARE

1

Clarissa und ich haben diesen Morgen wieder gestritten, wie nur allzu oft in den letzten sechs Monaten. Die Ursache waren immer Belanglosigkeiten, so daß wir es hinterher bereuten und allerhand gute Vorsätze faßten. Doch ein paar Wochen später passierte es uns wieder. Diesmal war Colonel Fenton der Anlaß. Ich war, wie neuerdings oft, sehr früh auf das Feld hinausgegangen und kam spät zum Frühstück zurück.

Clarissa schenkte mir Kaffee ein und meinte besorgt: „Tante Jess sagt, du hättest Papa wieder Geld geliehen."

„Was zum Teufel geht sie das an?" fragte ich ärgerlich.

„Seit sie für ihn zu sorgen hat, fühlt sie sich für ihn verantwortlich. Du weißt genau, was dann geschieht. Er fährt nach Ely, verliert jeden Penny in diesem gräßlichen Spielklub, trinkt mehr, als für ihn gut ist, und muß dann meistens nach Hause gebracht werden."

Tom Fenton mochte ein alter Taugenichts sein, aber er litt entsetzlich unter dem langweiligen Leben hier heraußen, und manchmal verstand ich das nur allzu gut. Ich sagte versöhnlich: „Mein liebes Mädchen, ich habe großen Respekt vor Miss Cavendish, aber wenn dein Vater manchmal das dringende Bedürfnis hat, ihr zu entrinnen, so wollen wir ihm das wegen ein paar lumpiger Guineen nicht mißgönnen."

„Hast du auch das Bedürfnis zu entrinnen?" brauste sie plötzlich auf. „Ist das der Grund, Oliver? Findest du auch unser gemeinsames Leben unerträglich und bist du deshalb so verständnisvoll ihm gegenüber?"

Und das brachte mich blöderweise über alle Maßen auf. Ich stieß meinen Teller fort und erhob mich. „Ein für alle Mal, ich habe nicht die geringste Neigung zum Spielen, zum Trinken oder zu einer Nacht mit einer Hure, das solltest du mittlerweile wissen, aber das heißt nicht, daß ich es anderen verwehren würde."

„Das weiß ich natürlich", erwiderte Clarissa mit gesenktem Blick, „ich hätte es auch nicht sagen sollen, aber wir schulden dir bereits soviel, Papa und ich. Ich kann den Gedanken nicht ertragen, daß die Schuld immer größer und größer wird, daß wir keine Möglichkeit haben, sie je zurückzuzahlen."

„Du schuldest mir nichts, hast mir nie etwas geschuldet. Jede Verpflichtung zwischen uns ist schon seit langem gelöscht, und außerdem ist es nur zweimal in den neun Monaten vorgekommen, die dein Vater hier ist. Wozu also die ganze Aufregung." Ich wandte mich zur Tür. „Wenn mich jemand braucht, ich gehe jetzt zu Will Burton hinaus, und hinterher reite ich ins Greatheart."

„Da wirst du dich wohl mit Jake treffen?"

„Vielleicht."

Ich ging hinaus, bevor sie noch etwas sagen konnte. Vermutlich hätte es Clarissa lieber gesehen, wenn ich Jake seinem Schicksal überlassen hätte, nicht etwa, weil sie ihn nicht mochte, dazu waren die Bande der Kindheit noch zu stark, sondern weil sie Angst um mich hatte. Wenn die Behörden erfuhren, daß ich einen Verbrecher verbarg, hatte ich mit der Höchststrafe zu rechnen.

Ben hatte Rowan in den Hof gebracht. Er hatte sich als sehr brauchbarer Pferdebursche erwiesen, und ich sorgte gern für seine Ausbildung. Ich saß bereits im Sattel, als Clarissa mit einem Korb aus der Küche gelaufen kam und ihn mir hinaufreichte.

„Nimm das mit. Wenn du den ganzen Tag in der Marsch draußen bist, wirst du etwas zu essen brauchen."

Ich wußte, was der Korb enthielt, genügend Pasteten, Schinken, Butter und frisch gebackenes Brot, um Jake für eine Woche oder mehr zu versorgen. Ich beugte mich herab und strich ihr über die Wange.

„Er wird dir sehr dankbar sein."

„Sei vorsichtig", flüsterte sie.

„Sicherlich. Mach dir keine Sorgen." Für einen Augenblick waren wir uns sehr nahe, dann trieb ich Rowan an und trabte davon.

Ich sprach immer gern mit Will Burton. Er hatte viel mehr praktische landwirtschaftliche Erfahrung als ich, und sein Rat war unschätzbar. Ich war absolut entschlossen, mein kleines Erbe zu behalten und auszubauen. Die verächtliche Äußerung meines Onkels war wie eine Herausforderung gewesen. Ich wollte meinen eigenen Grund und Boden in der Marsch zum Erfolg führen und wäre es auch nur, um ihm zu beweisen, daß man mit anständigen Methoden mehr erreichen kann, als wenn man die Menschen durch Armut und Hunger zur Verzweiflung treibt. Seit der Hochzeit und seiner Abreise im Mai, war ich nun schon fünf Monate lang hier der Herr, und ich muß gestehen, daß ich das erfreulich fand. Es war fast, als wären die alten Zeiten wiedergekehrt und meines Onkels Heimkehr nur ein böser Traum, aber dann brachte mich irgend etwas wieder in die Wirklichkeit zurück, und ich erinnerte mich, daß er in einem Monat zurückkehrte, daß Alyne jetzt seine Frau war, und daß ich mit Clarissa verheiratet war, einer Frau, die ich achtete und gern hatte, aber nicht liebte.

Ich lehnte Will Burtons Einladung ab, der Kochkunst seiner Frau Ehre anzutun, und Mittag war schon lange vorbei, als Rowan über den gewundenen Pfad durch die Marsch trabte. Ich war hungrig, aber der Korb enthielt genügend Nahrung, und ich konnte mit Jake essen. Wir hatten einen langen trockenen Sommer gehabt, und obwohl bereits Oktober war, stand das Wasser tief, und es gab keine Überschwemmungen. Die Luft war frisch und geschwängert mit dem scharfen würzigen Duft der Sumpfmyrte. Ich ritt mit verhängtem Zügel und ließ Rowan sich seinen Weg selbst suchen, hielt jedoch wachsam Ausschau nach Fremden. Die Unruhen waren jetzt nach den scharfen Urteilen über die Rebellen des letzten Winters weitgehend erloschen, aber ich hatte das starke Gefühl, daß die Ruhe trügerisch war, und daß es bei dem geringsten Anlaß wieder zu Gewalttätigkeiten kommen konnte.

Es war fast ein Jahr her, seit Jethro mir das in Gold gefaßte Karneolpetschaft gezeigt hatte, das ich sogleich als aus dem Besitz meiner Mutter stammend erkannte. Ich erinnerte mich, daß sie mich als Kind damit spielen ließ und mir das sauber eingravierte Wappen ihrer Familie erklärte. Ich hatte lange darüber nachgedacht, und der Schluß, zu dem ich kam, war mir unangenehm. Sie war die Geliebte meines Onkels gewesen und nicht in Rom gestorben, wie wir glaubten, sondern hatte Cherry und mich verlassen, um ihm nachzureisen, und damit Vaters Glück für immer zerstört. Ich hatte keine Gewißheit, aber der widerwärtige Gedanke war da und erfüllte mich mit Bitternis und einem verrückten Verlangen, meinen Onkel bei der Kehle zu packen und ihn für das, was er ihr angetan hatte, zu erwürgen. Jahrelang hatte ich die Erinnerung an sie angebetet, und jetzt hatte er sie beschmutzt. Ich konnte es kaum ertragen, im gleichen Raum mit ihm zu sein. Ich wäre erstickt, hätte ich mit ihm beim Weihnachtsessen am gleichen Tisch sitzen müssen, und es hatte mich nach London getrieben, nur um aus der Reichweite seiner bissigen Bemerkungen zu sein, fort von Alyne, die mit seinen reichen Geschenken auf dem Grab meiner Mutter prunkte, fort von dem alten Schurken Joshua Rutland und seinem Sohn, diesem Parvenü, dessen Blick bereits jede Frau, die er anblickte, entehrte.

Ich war in einer erbärmlichen Gemütsverfassung, bereit, die Flinte ins Korn zu werfen und das Land zu verlassen. In einer wahnsinnigen Nacht erwog ich sogar, mir eine Kugel durch den Kopf zu schießen. Ich hatte nicht die Absicht, Clarissa zu besuchen. Ihre Aussage bei Gericht hatte mich entsetzt, auch wenn sie mir das Leben gerettet hatte, aber als ich versuchte, es ihr zu vergelten, hatte sie mich abgewiesen, so bemühte ich mich, nicht daran zu denken, was ich ihr schuldete.

Durch reinen Zufall hörte ich, was ihrem Vater geschehen war, und eilte sogleich zum Soho Square. Das Haus sah schäbig und ungepflegt aus. Ich erschrak, als ein schlampiges junges Dienstmädchen mir die Tür öffnete und mich unverschämt musterte, als ich nach Miss Fenton fragte.

„Neuerdings kommen nicht viele, die nach Clarissa fragen", sagte sie frech. „Kommen Sie lieber herein."

Ein schäbig aussehender herabgekommener Bursche lungerte im Vorzimmer herum, ein Bierglas in der Hand, und ich wußte sogleich, was das bedeutete. Gläubiger bedrängten den Colonel, und der da war hier zur Überwachung, daß sie nicht nächtlings ausrissen. Das Dienstmädchen führte mich in den Salon. Er sah staubig, unbenutzt und seltsam leer aus, als hätte man bereits alles Verkaufbare hinausgeschafft.

Als Clarissa kam, versuchte sie es zu überspielen. Sie begrüßte mich ruhig, fragte nach allen in Ravensley und plauderte über dies und jenes, bis ich sie geradeheraus fragte, was dieser unangenehme Kerl im Vorraum zu tun habe.

„Das hat nichts zu bedeuten", sagte sie, „nur eine vorübergehende Verlegenheit. Wir werden darüber hinwegkommen wie immer, nur ist Papa krank, und diesmal mache ich mir ein wenig Sorgen um ihn."

Ich ergriff ihre beiden Hände mit festem Druck. „Tu bitte nicht, als wäre es nicht so schlimm, denn ich weiß es besser. Setz dich und sag mir die Wahrheit, damit wir entscheiden können, was zu tun ist."

„Es ist Joshua Rutland", erwiderte sie nach einer Weile mit hoffnungsloser Stimme. „Papa schuldet ihm eine große Summe, und die will er zurückgezahlt haben."

„Ich hätte Joshua Rutland nie für einen Geldverleiher gehalten."

„Das ist er auch nicht." Sie rückte unruhig von mir fort und starrte aus dem Fenster, so daß ich ihr Gesicht nicht sehen konnte. „Du verstehst nicht. Es war eine Art Bestechung . . . hätte ich seinen Sohn geheiratet, wäre davon nicht mehr die Rede gewesen . . ."

„Dein Vater war mit einer solchen Vereinbarung einverstanden?" fragte ich ungläubig.

„Ja. Ich weiß, es klingt schrecklich, aber er war in einer verzweifelten Lage . . . und bitte, ich möchte darüber nicht sprechen, aber ich konnte Bulwer Rutland nicht heiraten, ich konnte es einfach nicht . . ."

Die ganzen Unannehmlichkeiten der letzten Zeit und der niederträchtige Klatsch über sie wurden mir plötzlich klar.

„Ich bin sehr froh, daß du es nicht getan hast", sagte ich. „Und nun fordert sein Vater aus Rache das Geld zurück, so ist es doch?"

„Ich weiß nicht", erwiderte sie den Tränen nahe. „O Oliver, ich muß immer daran denken, daß das alles meine Schuld ist. Die ganze Zeit, während ich in Ravensley war, hat Papa darum gekämpft, es zurückzuzahlen, und jetzt werden sie alles versteigern, das Haus, die Möbel, alles, was wir besitzen, und er ist krank, wirklich krank. Der Arzt sagt, der Schock und der Kummer könnten ihn töten."

„Jetzt hör mir zu", sagte ich energisch. „Sie drohen gern, aber sie können es nicht tun, zumindest nicht unmittelbar, und ich werde jedenfalls dafür sorgen, daß sie es nicht tun. Ich gehe selbst zu Joshua Rutland."

„Warum willst du das alles für uns tun?"

„Meinst du vielleicht, ich sehe ruhig zu, wie euch dieses alte Scheusal zugrunde richtet? Kann ich einen Augenblick mit deinem Vater sprechen? Fühlt er sich wohl genug?"

„Ja, ich denke schon", erwiderte sie immer noch zweifelnd.

„Gut, dann am besten gleich. Man soll so etwas nicht auf die lange Bank schieben."

Ich war entsetzt, als ich Colonel Fenton sah. Ich hatte ihn als lebhaften eleganten Mann in Erinnerung, und er sah immer noch gut aus, aber erbärmlich abgemagert, die Augen eingesunken, die Wangen vor Fieber gerötet und die Lippen blau angelaufen. Er setzte sich auf, als wir hereinkamen.

„Was ist schon wieder, Clary? Verlangt noch jemand sein Pfund Fleisch?"

„Hier kommt ein Freund zu Besuch, Papa."

Seine Augen leuchteten auf. Er rückte auf dem Kissen höher. „Ah, welche Überraschung, der junge Aylsham." Er reichte mir eine zitternde Hand. „Sehr erfreut, mein lieber Junge. Nett von Ihnen, daß Sie Zeit gefunden haben. Wir haben neuerdings recht wenig Besuch, nicht wahr, Clary? Wie geht es Ihrem Onkel?"

Seine Stimme klang heiter, aber es war leicht zu sehen, daß ihm die letzten Monate sehr zugesetzt hatten.

„Oliver meint", sagte Clarissa, „daß er uns vielleicht helfen kann, Papa."

„Sehr freundlich von Ihnen, aber unsere Schwierigkeiten betreffen Sie doch gar nicht."

„Im Gegenteil", sagte ich, „sehr sogar. Ich weiß nicht, ob sie es Ihnen gesagt hat, Sir, aber vor ein paar Wochen habe ich Clarissa gebeten, mich zu heiraten. Sie hat mich abgewiesen, doch will ich das nicht als endgültig gelten lassen. Ich bin hauptsächlich deshalb nach London gekommen, um meinen Antrag zu wiederholen, und rechne diesmal auf Ihre Hilfe."

Bis heute weiß ich nicht, warum ich das sagte. Ich hatte keineswegs diese Absicht gehabt, aber plötzlich erschien es mir als das Richtige, das einzige, das meinem Leben Sinn und Wert geben konnte.

Der Oberst schaute von mir auf Clarissa, dann zog er die Augenbrauen hoch. „Sie haben meinen Segen, mein Junge, was immer er wert ist, aber Sie werden es nicht leicht finden, sie zu überreden. Ich muß Sie warnen, daß Clary nur jemanden heiraten wird, der ihr paßt, wie ich zu meinem Leidwesen erfahren mußte."

Der Zynismus, mit dem er das sagte, nachdem er bedenkenlos seine Tochter an Rutlands Sohn verkauft hätte, überraschte mich, doch konnte ich ihn deshalb nicht restlos verachten. In diesem „Zum Teufel mit allem"-Mut lag etwas Liebenswertes, jedenfalls trauerte er seinen fehlgeschlagenen Plänen nicht nach. Wenn er unterging, was leicht möglich war, so bestimmt mit fliegenden Fahnen.

„Ich werde mein möglichstes tun", sagte ich mit einem raschen Blick auf Clarissas versteinertes Gesicht. „Jetzt sollten Sie mir lieber alles über das Darlehen erzählen."

„Nun gut, wenn es sein muß." Er seufzte und nickte Clarissa zu. „Paß bitte auf, daß Betsy nicht an der Tür horcht, und laß uns allein, sei so nett."

Clarissa ging ohne ein Wort hinaus, und ich schloß die Türe hinter ihr.

„Ich habe dieser verdammten Schlampe Betsy zweimal gekündigt, aber sie geht nicht", knurrte der Colonel.

„Sie wird ihre Gründe haben."

„Erinnern Sie mich nicht daran", erwiderte er mit einem verschämten Lächeln. „Ich weiß, es ist meine eigene Schuld, aber es war hier so verdammt einsam, als Clarissa fortging."

„Überlassen Sie das mir. Ich werde dafür sorgen, daß sie packt."

Er lehnte sich mit einem Seufzer der Erleichterung zurück. „Gott sei Dank für einen Mann im Haus. Harry ist einfach zu jung. Er hat nicht genug Autorität, obwohl er es versucht, der Arme." Er musterte mich. „Clarissa war ganz verändert, als sie von Ravensley zurückkam. Sie wollte nicht darüber sprechen und tut, als wäre nichts gewesen, aber ich weiß es besser. Hängt das mit Ihnen zusammen?"

„Ja", sagte ich kurz. „Aber darüber können wir später reden."

„Und Ihnen liegt an ihr?"

„Sehr viel."

„Hm . . . können Sie sie ernähren? Ich glaube mich erinnern zu können, daß Ihr Onkel alle Ihre Hoffnungen zunichte machte."

„Nicht ganz", wehrte ich ab, „jedenfalls wird sie nicht hungern und nicht im Schuldturm landen."

„Das hat gesessen", grinste er. „Nun, Bettler können nicht wählerisch sein. Kommen wir zum Geschäftlichen."

Als ich Joshua Rutland in seinem Haus in der Arlington Street aufsuchte, war er leichter umzustimmen, als ich gedacht hatte. Vielleicht lag es daran, daß er gerade von Ravensley zurückgekehrt war und sich wegen des Unfalls seines Sohnes ängstigte. Er schüttete mir sein Herz aus, und ich hörte höflich zu.

„Das ist eine betrübliche Nachricht", sagte ich.

„Die Ärzte deuteten an, er würde vielleicht für den Rest seines Lebens hinken", sagte er kläglich, fast als suchte er Trost.

Das würde Bulwer Rutlands Großspurigkeit ein wenig verringern, dachte ich ungerührt. Laut sagte ich: „Ich bin sicher, daß das zu pessimistisch gesehen ist. Es haben sich schon vorher Leute auf dem Eis das Bein gebrochen, meist heilt es ganz normal. Mr. Rutland, da ist noch eine andere Sache, über die ich gerne mit Ihnen gesprochen hätte."

Er warf mir einen prüfenden Blick zu. „Und was ist das?"

„Anscheinend schuldet Colonel Fenton Ihnen eine beträchtliche Geldsumme und wird nun zur Rückzahlung gedrängt."

„Das ist vollkommen richtig. Er hat das Geld von mir vor mehr als einem Jahr unter bestimmten Bedingungen bekommen und es ausgegeben. Wie gewonnen so zerronnen, wie Sie wissen, bei Männern seines Schlages. Nun muß er die Folgen tragen."

„Bis ihn die Sorgen ins Grab bringen, und seine Tochter ins Elend gerät?"

Er musterte mich scharf. „Welches ist Ihr Interesse an dieser Sache?"

„Ich beabsichtige, Clarissa Fenton zu heiraten."

„Nicht die Möglichkeit!" Dann brach er unerwartet in Lachen aus. „Verdammt nochmal, davon hatte ich nicht die leiseste Ahnung, als Sie zu Weihnachten so niedergeschlagen aussahen."

„Ich werde für die Rückzahlung sorgen, aber das geht nicht auf einmal. Meine Mittel sind beschränkt. Sie werden eine Weile warten müssen."

„Werde ich das? Nun passen Sie einmal auf, junger Mann, ich bin kein verfluchter blutsaugender Wucherer, auch nicht der herzlose Rohling, für den Sie mich anscheinend halten. Aber eine Schuld ist eine Schuld, und ich habe einen geschäftstüchtigen Mann, dessen Aufgabe es ist, harte Maßnahmen zu ergreifen, wenn er es für nötig hält. Jedoch, in diesem Fall" . . . er rieb sich nachdenklich das Kinn. „Ich sage Ihnen was . . . ich blase die ganze Geschichte ab . . . ich bin sogar bereit, die ganze Schuld als Hochzeitsgeschenk zu streichen . . . unter einer Bedingung."

„Ich habe nicht um Unterstützung gebeten", sagte ich steif.

„Setzen Sie sich nicht aufs hohe Roß, wenn Sie mit mir reden. Ich könnte Colonel Fenton und auch Sie im Handumdrehen ruinieren, wenn mir der Sinn danach stünde."

„Ich glaube, wir haben einander nichts mehr zu sagen, Mr. Rutland", erwiderte ich wütend. „Das Geld wird zurückgezahlt werden."

„Um Himmels willen, junger Mann, müssen Sie gleich aus dem Häuschen geraten? Hören Sie sich wenigstens meinen Vorschlag an, bevor Sie ihn ablehnen." Ich wartete widerstrebend und sein rotes Affengesicht verzog sich zu einem Grinsen. „So ist es besser. Die Aylshams sind nicht der liebe Gott persönlich, wie Sie wissen, obwohl Ihr Onkel sich anscheinend dafür hält. Ich habe schon eine Weile die Absicht, einen Besitz auf dem Land zu erwerben . . . oh, lächeln Sie nur, wenn Sie wollen . . . Der alte Teehändler versucht, sich in die gute Gesellschaft einzudrängen . . . Das denken Sie jetzt doch? Aber warum nicht? Das ist schon öfters vorgekommen."

„Was hat das alles mit mir zu tun?" fragte ich ungeduldig.

„Mir hat gefallen, was ich von Ihrer Marsch gesehen habe, dort ist etwas zu machen, da gibt es Möglichkeiten, und das lockt mich. Ich habe gehört, daß in nächster Zeit ein Haus und Grund in der Nähe des Ihren zum Verkauf kommt . . . Westley-by-water oder so ähnlich. Der Eigentümer ist verreist, wie ich höre, aber ich hätte gerne, daß Sie es zur gegebenen Zeit für mich anschauen. Sagen Sie mir Ihre Meinung. Ich will die Katze nicht im Sack kaufen."

„Dafür gibt es bessere Sachverständige als mich."

„Vermutlich, aber vielleicht nicht so anständige. Miss Clarissa hat mir einst gesagt, daß man Ihnen trauen kann, und ich schätze diese junge Dame sehr hoch. Sind Sie bereit dazu?"

Ich hatte den Verdacht, daß da noch ein anderer Grund dafür vorlag, war mir aber nicht sicher. Langsam erwiderte ich: „Ich werde tun, was ich kann."

„Sehr schön. Ich werde Sie wissen lassen, wenn sich die Gelegenheit ergibt."

„Ich möchte mich lieber nicht fest binden."

„Ihr beide seid ein halsstarriges Paar, Sie und die Dame Ihres Herzens. Also wie Sie wollen, ich werde darauf sehen, daß man Sie nicht drängt."

Mit Clarissa zu reden war eine viel härtere Nuß. Sie weigerte sich rundweg. „Ich will nicht aus Mitleid geheiratet werden. Ich bin dir dankbar, ungemein dankbar. Ich weiß nicht, was Papa und ich sonst getan hätten, aber es würde dir eine unbillige Last auferlegen."

„Nun hör mich an, Clarissa. Ich habe den alten Mann nur herumgekriegt, weil er eine Schwäche für dich hat. Ich glaube, unter seiner harten Schale verbirgt sich irgendwo ein sentimentaler Kern. Ich habe dir nicht viel zu bieten, das weiß ich, es wird harte Arbeit und wenig Vergnügen geben, jedenfalls keine Spur des gesellschaftlichen Lebens, an das du in London gewohnt warst. Du wirst es vermissen."

„Ich glaube nicht", sagte sie mit einem schwachen Lächeln.

„Magst du mich so wenig?"

„Du weißt, das ist es nicht." Sie sah auf ihre gefalteten Hände nieder, und plötzlich ergriff mich eine Art von Verzweiflung. Diesmal mußte es gelingen. Ich stellte mich vor sie hin.

„Die Wahrheit ist, ich brauche dringend eine Frau."

Sie schaute zu mir auf. Sie hatte schöne Augen, groß und klar, mit langen seidigen Wimpern. „Wozu brauchst du eine? Um dir bei der harten Arbeit zu helfen?"

„Verdammt nochmal, Clarissa. Du hast dir solche Schwierigkeiten aufgehalst, damit sie mich nicht hängen, du kannst mich jetzt nicht im Stich lassen. Was erwartest du von mir? Soll ich wie Prickle, wenn sie um einen Bissen bettelt, Männchen machen?"

Da lachte sie. Den Sinn für Humor haben wir gemeinsam, wir amüsieren uns über die gleichen Dinge. Sie sträubte sich immer noch, aber die Schlacht war im Grunde gewonnen. Wir heirateten mit Sondererlaubnis, und Harry führte mir seine Schwester zu, weil der Colonel noch nicht ganz gesund war. Der alte Mann sträubte sich heftig dagegen, als wir ihn nach Copthorne in die Pflege seiner Schwägerin bringen wollten.

„Jess wird mich totreden", stöhnte er. „Ich werde ihr Geschwätz keinen Monat überleben."

„Unsinn, Papa", sagte Clarissa lebhaft. „Ihr habt eine Menge gemeinsam, nur wißt ihr es nicht, und jedenfalls geht es nicht anders. Oliver kann nicht zwei Häuser erhalten, in London und auf dem Land, und da gibt es keine andere Möglichkeit."

Der Verkauf des Hauses am Soho Square und seiner Einrichtung, außer ein paar Stücken, die wir nach Thatchers mitnahmen, brachte gerade soviel, um Harrys Schulden zu bezahlen und ihm eine Wohnung zu mieten, obwohl ich keine Ahnung hatte, für wie lange das möglich sein würde. Wir haben Clarissas winziges Einkommen zu dem meinen dazu, so kommen wir zurecht, und sie ist großartig. Nie höre ich von ihr eine Klage. Sie hat Thatchers verwandelt und sorgt für meine Bequemlichkeit. Sie ist eine gute Gefährtin, interessiert sich für das Land und unseren kleinen Anteil daran, doch manchmal ist es, als wäre eine Wand aus Glas zwischen uns. Alyne hätte nichts von alledem getan, aber seltsamerweise sehnte ich mich immer noch nach ihr. Als ich sie in der Kathedrale von Ely Justin zuführte, war es, als risse ich mir das Herz aus dem Leib, und Clarissa weiß das. Vielleicht bestehen unsere Schwierigkeiten zum Teil darin und in dem gegenseitigen Gefühl der Dankbarkeit. Ich schulde ihr mein Leben, und sie fühlt sich mir für die Rettung ihres Vaters verpflichtet. Ich sagte ihr nicht, daß ich die Schuld an Joshua Rutland übernommen hatte, und als sie es zufällig vor ein paar Monaten herausfand, war sie entsetzt. Das ist keine gute Basis für ein gemeinsames Leben. Es macht einen zu vorsichtig, daß man ja den andern nicht kränkt, und das Ergebnis ist, daß man irgendwie genau das tut. Ich habe angefangen, die meiste Zeit allein zu schlafen, unter dem Vorwand, ich müßte früh aufstehen. Ich wollte nicht zuviel von ihr verlangen, nur um meine verzweifelte Begierde nach einer anderen Frau zu befriedigen. Ich weiß nicht, was Clarissa fühlt, doch ergibt sie sich mir nie frei und zur Gänze. Da ist immer eine Schranke. In letzter Zeit habe ich mich häufig gefragt, was geschehen wird, wenn Alyne mit Justin zurückkommt, aber dann habe ich den Gedanken aus meinem Kopf verbannt.

Rowan blieb stehen und schnaufte, und ich merkte, daß wir dort angelangt waren, wo ich ihn immer anbinde, um die letzte halbe Meile zu Fuß zu gehen. Hier im Herzen des Greatheart ist das Land meist sumpfig, und der Fluß windet sich in einem Netzwerk von Wasserläufen zwischen Inseln hindurch, aber es ist nicht gefährlich, wenn man mit den Pfaden vertraut ist. Ich ließ Rowan zurück, der zufrieden an dem saftigen Gras kaute, nahm den Korb und ging weiter.

Jake lebte in etwas, das man kaum Hütte nennen konnte, obwohl er die Wände instandgesetzt und das Schilfdach ausgebessert hatte. Als im letzten Frühjahr das Eis schmolz, war der Fußboden zwei Fuß hoch überflutet, und auf mein Drängen flüchtete er sich widerstrebend in eine der Dachstuben von Thatchers. Clarissas Nerven und die meinen waren wochenlang zum Zerreißen gespannt, denn die Soldaten trieben immer noch Rebellen zusammen, und bei den vielen Leuten, die bei uns ein- und ausgingen, bestand jederzeit die Gefahr der Entdeckung. Es war kein guter Beginn für unser eheliches Leben, und obgleich Clarissa es gut durchstand, wundert es mich nicht, daß sie es kein zweites Mal erleben möchte. Ich wollte ihm heute einen anderen Vorschlag machen und dachte darüber nach, als ich den kaum erkennbaren Pfad entlangschritt.

Die Türe war geschlossen, und ich dachte, er wäre vielleicht beim Fischen oder auf der Jagd. Er schoß in der Saison Kibitze und wilde Enten und Gänse, die Moggy oder Nampy für ihn auf dem Markt verkauften. Von mir auch nur einen Penny anzunehmen, hatte er sich immer strikt geweigert. Die Starlings sind auf ihre Art ebenso stolz und unabhängig wie die Aylshams.

Niemand versperrt in Greatheart eine Türe. Die Marschleute bestehlen sich nicht gegenseitig, obwohl sie einander beim Feilschen den letzten Penny auspressen. Ich stieß also die hölzerne Türe auf und wollte, falls er nicht da war, ihm den Korb hinterlassen, und dann blieb ich wie erstarrt auf der Schwelle stehen.

Cherry lag auf dem Lager aus Flachs und Stroh, und Jerry kniete neben ihr, seine Hand um ihre Hüfte, den Kopf nahe dem ihren. Beide waren so ineinander vertieft, daß sie das Öffnen der Türe nicht hörten.

Ich hatte gewußt, daß sie in Jake verliebt war, dachte aber, diese kindliche Narretei sei bereits vergessen. Das ganze Jahr hindurch hatte sie seinen Namen kaum erwähnt, und ich hätte schwören können, daß sie sein Versteck nicht kannte. Unversehens geriet ich in einen solchen Zorn, daß es mir für einen Augenblick die Rede verschlug, und da erblickte mich Cherry. Sie setzte sich mit einem kleinen Schrei auf. Jake wandte den Kopf und erhob sich langsam.

Wie schwer ist es doch, sich von den Vorurteilen der eigenen Klasse freizumachen. Ich hatte Jake mein Leben lang gekannt. Er war mir wie ein Bruder gewesen, ich kannte seinen Wert, seine Anständigkeit. Er war mehr wert als ein Dutzend der jungen Männer, mit denen ich jagte und trank, und doch erfüllte mich der Anblick meiner Schwester in seinen Armen mit einem heftigen Zorn. Ich hörte mich selbst so wütend sprechen, wie es mein Onkel getan hätte.

„Was zum Teufel ist das? Was tust du hier, Cherry? Hast du denn gar kein Schamgefühl?"

Sie stand mit Jakes Hilfe mühsam auf. „Sprich nicht so, Oliver. Es ist nicht, wie du denkst . . ."

„Was, um Himmels willen, soll ich denn denken?"

„Bitte hör mich an . . ."

Jake legte ihr die Hand auf den Arm. „Nein, Cherry, überlaß die Erklärung mir."

Ich packte sie und stieß sie von ihm fort. „Was ist da zu erklären? Wann habe ich einen Bastard als Neffen zu erwarten?"

Sie errötete und schlug mir hart ins Gesicht. „Wie kannst du es wagen, so etwas zu mir zu sagen?"

Ich hielt sie an beiden Händen fest, und so standen wir da und starrten einander an. Dann schaute ich zu Jake hinüber.

„Dir mache ich den Vorwurf. Wie konntest du ihr das antun? Weißt du nicht, daß sie ein halsstarriges Kind ist?"

„Du kennst wohl deine eigene Schwester nicht, Oliver."

„Ich bin kein Kind mehr."

Cherry machte sich von mir frei, und als ich sie ansah, merkte ich plötzlich, daß sie recht hatte. Sie war erwachsen geworden, während ich sie immer noch für ein Kind hielt, das ich beschützen mußte, die kleine Schwester, die bewundernd hinter ihrem großen Bruder hertrottete.

Sie sagte ruhig und mit einer Würde, die mich beschämte: „Du darfst Jake keinen Vorwurf machen. Er hat mir hundertmal wiederholt, was du gerade sagtest, aber ich liebe ihn, und er liebt mich. Ich würde ihn morgen heiraten, wenn er mich haben wollte, aber er will nicht . . ."

Ich schaute von ihr zu Jake hinüber und fühlte meinen Zorn schwinden. „Das ist undenkbar."

„Meinst du, ich wüßte das nicht?" Jake war neben Cherry getreten und legte ihr einen Arm um die Schulter. „Ich habe ihr das immer wieder gesagt. Selbst wenn ich ein freier Mann wäre, würdest du nie einwilligen, obwohl das Blut der Aylshams und der Starlings schon früher vermischt wurde. Ich habe ihr gesagt, sie soll nicht hierher kommen . . ."

„Aber ich bin gekommen." Sie strich ihm über die Wange. „Und ich habe nicht die Absicht, es zu lassen, was immer du oder Oliver oder sogar Onkel Justin sagen. In zwei Jahren werde ich einundzwanzig sein. Dann kann ich tun, was ich will. Niemand kann mich mehr hindern."

„Außer Jake selbst", sagte ich finster. „Wie lange, glaubst du, kann er hier bleiben, ein gejagter Mann, ein geächteter vor dem Gesetz? Eines schönen Tages wird man dir nachgehen, und wenn sie dich bei ihm finden . . ."

„Dann gehen wir zusammen ins Gefängnis."

„Um Himmels willen, sprich nicht so kindisch. Du gehst jetzt besser, Cherry. Wir reden heute abend in Ravensley darüber."

„Ich werde dich nicht mit ihm allein lassen."

Aber Jake mischte sich ein. „Bitte, Cherry, es ist am besten so, wirklich."

„Na schön, aber nur, weil du mich bittest." Sie reckte sich auf die Zehenspitzen und küßte ihn, und ich sah den Schmerz und das Verlangen in seinem Gesicht. Dann hob er ihren Mantel auf und legte ihn ihr um die Schultern. „Laß dich von ihm nicht einschüchtern, Liebster", flüsterte sie.

„Das werde ich nicht. Gehe jetzt, Cherry."

„Wie bist du hergekommen?" fragte ich.

„Mit einem Boot. Es liegt auf der anderen Seite der Insel." In der Türe wandte sie sich noch einmal nach mir um. „Ich gebe ihn nicht auf, Oliver, was immer du sagst." Dann ging sie rasch.

Allein geblieben starrten wir einander an, und für einen Augenblick sah ich Jake, wie sie ihn sah. Er machte selbst in seiner einfachen Arbeitskleidung den Eindruck stolzer Würde und hatte viel für seine Ausbildung getan. Dann kam mir wieder die Vergeblichkeit des Ganzen zu Bewußtsein.

Ich sagte rauh: „Das muß aufhören."

„Ich weiß. Ich habe es mir hundertmal selbst gesagt, aber es ist nicht leicht. Du solltest das selbst am besten wissen."

Ich wußte, daß er an Alyne dachte und nur allzu recht hatte, doch machte es mich wütend. „Vielleicht weiß ich das, aber das führt zu nichts, weder für dich noch für sie."

„Auch das weiß ich", sagte er bitter. „Miss Aylsham of Ravensley und ein Mann wie ich, das steht außer Frage. Viel besser, sie heiratet einen Schwächling wie Hugh Berkeley oder einen jungen Tunichtgut wie deinen Schwager Harry Fenton . . ."

„Beleidigungen führen uns nicht weiter", erwiderte ich kalt.

„Verdammt nochmal, glaubst du, ich weiß das nicht alles selbst? Sie hat keine Idee, was für ein Leben ich gehabt habe und vermutlich weiterhin haben werde. Was weiß sie von bitterem Hunger und verzweifelter Armut? Verrückt, nicht wahr?" Er strich sich mit der Hand über das Gesicht. „Aber, mein Gott, Oliver, es ist eine so süße Verrücktheit!"

„Schlaft ihr miteinander?" fragte ich geradeheraus.

„Nein. Nicht, daß ich es nicht hätte haben können . . . sie wollte es", erwiderte er mit zornigem Stolz. Er trat ans Fenster. „Sie bietet sich mir mit kindlicher Unschuld an. Wie zum Teufel hätte ich das ausnützen können?" Nach kurzem Schweigen wandte er sich mir wieder zu. „Was wirst du jetzt unternehmen?"

„Ich weiß noch nicht." Dann hob ich den Korb auf und stellte ihn auf den Tisch. „Clarissa hat ihn für dich vollgepackt, und ich bin hungrig. Wir könnten wenigstens essen."

„Wenn du meinst." Er sah mich verlegen an, dann grinste er wider Willen und stellte Stühle an den Tisch. Die Spannung zwischen uns ließ ein wenig nach. So hatten wir hundertmal auf der Jagd oder beim Fischen gemeinsam gegessen.

Ich schnitt Clarissas ausgezeichnete Hühnchenpastete an, und wir kauten schweigend. Sie hatte vorsorglich eine Flasche Wein eingepackt. Jake brachte Becher, und ich füllte sie, bevor ich zu sprechen begann.

„Ich bin gekommen, um dir einen Vorschlag zu machen. Zufällig habe ich durch meinen Onkel mit einem Mann Verbindung bekommen, der in der Frachtschiffahrt an der Küste tätig ist. Ich denke, daß für entsprechendes Geld einer der Kapitäne überredet werden könnte, dich an Bord zu nehmen, wenn er nach Southampton fährt. Von dort sollte es nicht allzu schwer sein, ein Schiff nach Kanada zu finden. Ich bin mit Geld, wie du weißt, nicht allzu reichlich gesegnet, aber Clarissa ist in diesem Punkt mit mir einverstanden. Wir können genügend zusammenbringen, um dir einen neuen Start zu ermöglichen, und die Chancen in Kanada sind für jemanden wie dich gut."

„Mich mit Geld abfinden . . . um mich loszuwerden, ist das der Grund?"

„Um Himmels willen, Jake, das hatte ich nie im Sinn, ich wußte nichts über Cherry, bis ich heute hierher kam. Aber bei den derzeitigen Gesetzen, was für eine Zukunft gibt es für dich in England?"

„Ich weiß, daß du recht hast. Das habe ich mir mehr als einmal gesagt. Ich muß fort, wenn ich am Leben bleiben will." Er stand auf und ging in der kleinen Hütte auf und ab, dann wandte er sich mir wieder zu. „Glaube mir, Oliver, ich bin dir dankbar. Du bist mir mehr als ein Freund gewesen, aber du hast es schwer genug. Ich will nichts mehr von dir annehmen."

„Schlag dir das aus dem Kopf. Wir kommen schon irgendwie durch."

„Nein, hör zu, es ist nicht nur das. Ich wollte dir noch etwas anderes sagen, etwas, das ich möchte, daß du es verstehst." Er stockte einen Augenblick, als suche er nach den richtigen Worten, und fuhr dann langsam fort: „Als sie meinen Vater hängten, hat mich das irgendwie verändert, nicht sogleich, es war eher wie ein Same, der allmählich in mir aufging. Ich habe mir vorgenommen, daß ich mein möglichstes tun würde, um solchen wie er zu helfen, guten, hart arbeitenden Menschen, die keine Rechte haben, keine Chancen, sich gegen die Mächtigen zu verteidigen. Nicht gegen deinen Vater, Oliver, nicht gegen dich, aber gegen Männer wie deinen Onkel, wie Sir Peter Berkeley, wie Lord Haversham . . . Wie so viele, die Männer wie uns mit den Füßen treten. Ich habe gelesen, habe zugehört, was die Leute so reden. Ich

228

glaube etwas geleistet zu haben, wenn auch nicht viel. Schau, so viele von uns sind hilflos, weil sie nicht sprechen können, weil sie nicht ausdrücken können, was nach ihrem Gefühl und Wissen richtig ist, ihnen fehlen die Worte." In ärgerlichem Protest hieb er mit der Faust gegen den Türpfosten. „Du weißt, wie es immer endet. Es war verrückt, daß ich in jener Nacht mit Moggy und Nampy wildern ging. Ich war voll Wut und Verzweiflung. Diese Wochen nach der Ernte, nachdem mich dein Onkel hinausgeworfen hatte, waren die Hölle. Ich wollte eigentlich nicht mit den beiden gehen, aber es verlangte mich leidenschaftlich danach, zurückzuschlagen, deinen Onkel oder irgend jemand anderen, das war mir gleich, und ich habe es seitdem bereut. Das Ironische daran war, daß ich nichts getan habe, weder geschossen, noch eine Falle gelegt. Nicht einer dieser verdammten Fasane, nicht einmal ein Eichhörnchen, kam durch mich zum Schaden."

„Das Urteil gegen dich war offenkundige Ungerechtigkeit."

„Du hast dein möglichstes getan und eine Menge riskiert, um mich frei zu bekommen. Ohne dich hätten wir in unserem Kampf um bessere Bedingungen nichts erreicht. Wir verdanken Hauptmann Swing einiges, was?" Er lachte, dann fuhr er zornig fort. „Aber was war das Ergebnis? Ein Shilling mehr Lohn, und mancherorts streichen sie ihn schon wieder, nichts als Unterdrückung und grausame Strafen, so daß niemand wagt, den Mund aufzutun. Der Hunger derer, die man liebt, ist eine mächtige Waffe, um selbst den entschlossensten Rebellen kleinzukriegen." Er beugte sich vor und unterstrich seine Worte mit einem Schlag auf den Tisch. „Aber das ist noch nicht das Ende, Oliver, weder hier noch anderswo im Land. Ich kann es unter der Oberfläche fühlen und werde England nicht verlassen, bevor ich merkbare Erfolge sehe."

Ich wußte von dem allen, aber nicht, wie tief und leidenschaftlich seine Gefühle waren. „Und Cherry?" fragte ich. „Was soll mit ihr werden?"

„Das war meine größte Dummheit", sagte er gequält. „Du glaubst mir vielleicht nicht, Oliver, aber ich hatte nicht die Absicht, ich schwöre, nicht im geringsten. Liebe . . . so gute Dinge im Leben sind nichts für mich. Ich habe ein Ziel, und das sollte mir genügen. Aber die Liebe schleicht sich bei dir ein und überfällt dich unerwartet. Ich glaube, ich habe Cherry vom ersten Augenblick an geliebt, sogar schon als Kind. Als ich dann wußte, daß auch sie mich liebte . . . der Teufel soll mich holen! Ich wußte von Anfang an, wie hoffnungslos es war, und deshalb gehe ich fort."

„Fort? Wohin?"

„Ich weiß es noch nicht, aber ich habe den ganzen Sommer darüber nachgedacht. Ich möchte überall im Land mit Leuten meinesgleichen sprechen, herausfinden, was sie fühlen, und versuchen, sie zu einem festeren Bund zusammenzuschließen. Es sollte nicht allzu schwer sein, von Ort zu Ort wandern. Es gibt immer Arbeit für einen Mann, der willig und geschickt in den meisten Dingen ist."

„Wann willst du gehen?"

„Je eher, desto besser wäre es vielleicht." Er sah sich in dem kahlen Raum um. „Mein Reisegepäck wird leicht sein, da gibt's nicht viel mitzunehmen."

Das war eine Lösung, und ich schämte mich, wie bereitwillig ich sie annahm. „Du wirst Proviant und Geld brauchen."

„Nein . . ."

„Doch. Sei kein Narr und streite nicht mit mir. Komm morgen nach Thatchers. Clarissa wird dir ein Päckchen zurechtmachen, und auch ein paar Guineen dazutun, um dir über den Anfang wegzuhelfen."

„Das ist lieb von dir, aber es ist nicht nötig."

„Ich wollte, ich könnte mehr tun. Wirst du zurückkommen?"

Seine Handbewegung schloß die ganze Marsch ein. „Das alles nie wiederzusehen wäre so, als risse man mir das Herz aus dem Leib. Ich werde dir irgendwie Nachricht zukommen lassen."

„Und Cherry?"

Er zögerte. „Ich konnte mich bisher nicht entschließen, es ihr selbst zu sagen. Jetzt ist es vielleicht besser, wenn ich sie nicht mehr sehe. Erkläre du es ihr, Oliver. Mach es ihr begreiflich. Sie soll mir dafür nicht böse sein."

„Du wirst vorsichtig sein müssen. Der Arm des Gesetzes ist lang."

„Dieses Risiko muß ich auf mich nehmen."

Ich schenkte die Becher noch einmal voll. „Wir wollen auf dein Glück trinken."

Er leerte den Becher und setzte ihn nieder. „Da ist noch etwas, Oliver, etwas, das du jetzt, wo ich fortgehe, wissen solltest." Er beugte sich über den Tisch und flüsterte, fast als fürchte er einen Lauscher, was in dieser Einsamkeit absurd erschien.

„In der Marsch verbirgt sich ein Mann, der einen Groll gegen die Aylshams hat und insbesondere gegen deinen Onkel."

„Der Mann, von dem es heißt, daß er mir ähnlich sieht?" Ich lächelte. „Ich habe immer geglaubt, das wäre ein reines Märchen. Und Männer, die einen Groll gegen irgend jemanden hegen, gibt es immer, besonders jetzt, und manche von ihnen haben weiß Gott seit dem letzten Winter das Recht auf ihrer Seite."

„Nein, da ist mehr daran. Er war in der Nacht dabei, als dein Onkel verletzt wurde, aber sonst hält er sich von allem fern. Moggy weiß, wer er ist, und wird ihn nicht verraten, aber manchmal redet er im Rausch, und Andeutungen sind durchgesickert. Ich glaube, es geht auf die Zeit zurück, als dein Onkel fortgeschickt wurde."

„Aber das ist mehr als zwanzig Jahre her."

„Das weiß ich, und ich war genau wie du noch ein Kind, aber ich erinnere mich gut. Ich habe Vater und Mutter reden hören. Damals bedeutete es mir nichts, aber jetzt . . . Ich habe meine Mutter gefragt, aber sie hat sich aufgeregt und wollte keinesfalls darüber sprechen."

Ich starrte ihn an, erinnerte mich, wie mein Onkel als junger Mann gewesen war, erinnerte mich an meine Mutter, und meine Fäuste ballten sich. „Sprich weiter. Was weißt du?"

„Hast du je gehört, daß meine Großmutter ein Kind hatte, bevor sie heiratete, einen Sohn, dessen Vater Lord Aylsham war?"

„Mein Großvater, meinst du?"

„Ja, der alte Tiger persönlich. Weiß nicht, ob er es je erfahren hat. Vielleicht hat er es und hat die Sache mit Geld vertuscht, aber der Junge wurde fortgeschickt, und seitdem er erwachsen war, lebte und arbeitete er auf dem Gut der Westley."

„Hast du ihn je gesehen?"

„Ein oder zweimal, als ich jung war. Sein Haar war von der gleichen Farbe wie das deine, Oliver, und dann, als ich fünf oder sechs war, geschah mit ihm etwas Schreckliches. Mein Vater war einige Tage fort, und als er zurückkam, brachte er einen Jungen mit, der älter war als ich, vielleicht zehn oder elf. ‚Er ist dein Vetter', sagte er."

„War er sein Sohn?"

„Das dachte ich immer. Er war ein seltsam mürrischer Junge, der uns wie Feinde behandelte. Die kleineren Kinder fürchteten ihn. Ich war froh, als er nach einem Jahr davonlief und wir ihn nie mehr sahen."

„Was geschah mit ihm?"

„Ich weiß es nicht, und wenn mein Vater es wußte, sagte er es nicht."

„Und du meinst, es könnte dieser Mann sein?"

„Das wäre möglich."

Es war absurd, zu phantastisch, um es zu glauben, und doch erinnerte ich mich lebhaft an das Gesicht des Burschen, der mich angespuckt hatte, als er in die Strafkolonie nach Australien geschickt worden war. Aber es hatte Männer gegeben, die ihre Strafe abgebüßt und sich das Geld für die Rückreise erspart hatten. Konnte die Flamme des

Hasses und des Rachedurstes zwanzig Jahre lang brennen?

Jake fuhr fort: „Ich habe mich manchmal gefragt, ob das der Grund ist, daß dein Onkel meine Mutter und mich so behandelt. Dieser Junge hieß nämlich auch Starling."

Ich konnte ihm nicht in die Augen schauen. Sicher hatte mein Vater es gewußt, aber nichts gesagt. Er war ein guter freundlicher Mann und doch hatte er zugelassen, daß man einen Jungen zugrunde richtete, der sein eigener Neffe hätte sein können. Ich hatte keine Gewißheit, und doch schämte ich mich.

„Mein Großvater wußte nicht, welches Unheil er seinen Nachkommen auf den Weg mitgab", sagte ich trocken. „Danke für die Warnung. Ich werde daran denken."

„Nimm es nicht leicht, Oliver. Die Marsch ist eine seltsame Gegend, und das Greatheart mehr als jede andere. Es hat zuviel Leid und Elend gesehen. Es kann seltsame Gedanken ausbrüten. Ich weiß das, glaub mir."

„Das mag sein." Ich dachte an meinen Vater, wie er in dem schlammigen Tümpel lag, dem Tod ins Antlitz blickte und zitterte. Dann stand ich auf. „Ich muß jetzt gehen, sonst bin ich vor Einbruch der Nacht nicht zu Hause, und Clarissa würde sich ängstigen. Kommst du morgen? Ich werde dich erwarten."

„Ich komme, sei nicht zu hart mit Cherry!"

„Für wen hältst du mich? Sie ist meine Schwester, und ich liebe sie. Ich möchte sie vor Leid bewahren."

„Nimmst du den Korb mit?"

„Bring ihn morgen zurück."

Ich schlug ihm auf die Schulter und ging rasch hinaus. Es dämmerte schon, und weißer Nebel stieg vom Wasser wie Rauch auf. Im Nu war die Hütte nicht mehr zu sehen. Wäre ich mit dem Pfad nicht so vertraut gewesen, hätte ich mich leicht verirren können. Ich ging, hüfthoch im wogenden Nebel, durch eine lautlose Stille, durch keinen Vogel oder ein anderes Tier unterbrochen. Deshalb erschien mir Rowans Wiehern und Stampfen ungewöhnlich laut. Ich rannte die letzten Meter durch Wasser und Schlamm. Der Nebel verzog sich für eine Weile, und ich sah einen Mann das Pferd losbinden. Er versuchte, es fortzuführen.

„Halt!" rief ich. „Laß es los, du verdammter Schurke!" und als er weiter am Zügel zerrte, stürzte ich mich auf ihn. Er ließ den Zügel los und wir rangen miteinander. Er war kleiner als ich, aber stämmig und kräftig, und wehrte sich wie wild. Ich weiß nicht, wie es ausgegangen wäre, wenn er nicht auf dem schlammigen Boden ausgerutscht wäre. Er stürzte nach rückwärts, und ich auf ihn. Ich kochte vor Wut. Die

Marschleute sind keine Diebe, und mich kannte man weit und breit im Greatheart.

„Wolltest mir mein Pferd stehlen, du Schuft!" rief ich atemlos, meine Hände an seiner Kehle. Er wand sich unter mir, verlor seinen Hut, und mit ungläubigem Schreck starrte ich bei dem schwachen Licht in mein eigenes Gesicht.

Das kam so unmittelbar nach Jakes Warnung, daß ich das sonderbare Gefühl hatte, er sei die ganze Zeit hier gewesen, mir den ganzen Tag nachgegangen, vielleicht hatte er sogar bei der Hütte gehorcht.

„Wer zum Teufel bist du?" Meine Finger schlossen sich enger. „Antworte mir, du Mistkerl!"

Aber er starrte mich nur mit Augen an, die so blau waren wie die meinen. Dann stieß er plötzlich heftig die Knie hoch. Ich taumelte zur Seite, und er war wie der Blitz auf und in der Marsch verschwunden. Der Nebel hatte ihn im Nu verschluckt, und ihm über den unsicheren Grund nachzulaufen, wäre verrückt gewesen.

Mein Rock und meine Hose waren in einem jämmerlichen Zustand, und ich brauchte eine Weile, um Rowan einzufangen. Als ich Thatchers erreichte, war Clarissa entsetzt über mein Aussehen, und ich braute rasch eine nicht sehr glaubwürdige Geschichte zusammen, daß Rowan gestolpert sei und mich abgeworfen habe. Aber ich wollte sie nicht unnötig aufregen. Dennoch war das Bewußtsein, daß sich ein potentieller Mörder draußen in der Marsch verbarg, ob sein Haß nun gegen mich oder meinen Onkel gerichtet war, nicht angenehm, und ich fragte mich, ob ich Justin warnen solle, wenn er zurückkehrte.

Beim Abendessen sagte Clarissa: „Cherry kam mich heute am späteren Nachmittag für ein paar Minuten besuchen. Ich fand sie sehr aufgeregt, aber sie wollte mir nicht sagen, warum."

„Ich weiß warum", sagte ich grimmig, „ich habe sie bei Jake überrascht, als ich heute hinkam."

„O nein . . ."

„Eine verfluchte Geschichte. Anscheinend haben sie sich den ganzen Sommer getroffen." Plötzlich kam mir ein Verdacht. „Du bist doch sehr vertraut mit ihr. Hast du davon gewußt?"

„Nein, natürlich nicht. Aber ich habe gewußt, daß sie viel zu sehr in ihn verliebt war, und Tante Jess wußte es auch. Letztes Jahr, als er im Gefängnis saß, hat sie ihn dort besucht."

„Sie ist ins Gefängnis von Ely gegangen?" wiederholte ich entsetzt. „Woher weißt du das?"

„Ich habe sie begleitet."

„Mein Gott, warum weiß jeder mehr darüber als ich? Warum hast du es mir nicht gesagt?"

„Ich wollte es, aber sie war dagegen. Sie hat gesagt, du würdest böse sein, und ich fürchtete, daß es dein Onkel erfahren könnte. Ich hatte Angst, was er ihr antun würde."

Ich war sehr aufgebracht und machte kein Hehl daraus. „Wie konntest du ihr so etwas erlauben? Wenn es herausgekommen wäre, weißt du, was man über sie geredet hätte. Ihr guter Name wäre für immer ruiniert, und wahrscheinlich der meine auch, daß ich das erlaubt hatte."

Clarissa sah mich seltsam an. „Vielleicht ist ihr das gleichgültig."

„Aber mir nicht. Sie ist schließlich meine Schwester. Kannst du mir das zum Vorwurf machen?"

„Nein. Aber manchmal denke ich, du weißt nicht, wie schwer es für sie war, mit Alyne und deinem Onkel in Ravensley zu leben. Was hast du jetzt vor?"

„Wie die Sache liegt, brauche ich gar nichts zu tun, Jake geht fort."

„Nach Kanada?"

„Nein." In wenigen Worten erläuterte ich ihr Jakes Pläne, und sie hörte mir schweigend zu.

„Arme Cherry", sagte sie schließlich.

„Um Himmels willen! Was gäbe es sonst für eine Lösung? Ist das nicht noch die beste?"

„Vielleicht. Aber es ist schwer einzusehen, daß man hinter den Plänen eines Mannes zurückstehen muß."

„Jetzt redest du Unsinn."

„Wirklich?"

„Clarissa, willst du etwas für mich tun? Willst du es ihr erklären, ihr begreiflich machen, daß nicht ich Jake forttreibe, sondern daß das seine eigene Entscheidung ist?"

„Ich habe dich nicht für einen solchen Feigling gehalten, Oliver", sagte sie mit einem schwachen Lächeln.

„Ich bin es in solchen Dingen. Cherry mag dich, bewundert dich. Sie wird es von dir leichter annehmen als von mir."

„Und du bist dann nicht ihr Henker. Das ist doch der wahre Grund?"

„Nein, das nicht . . ."

„Na schön, Ich tue es nicht gern, aber ich werde es tun."

„Vielen Dank. Mach es morgen, und sag ihr nicht, daß er abends herkommt. Sich nochmals zu treffen, würde weder ihm noch ihr etwas nützen."

Wir ritten am nächsten Tag zusammen nach Ravensley, und ich ließ sie bei Cherry, während ich in die Dachstube hinaufging. Ich wollte ohne Zeugen etwas herausfinden.

Hannah Starling war die älteste ihrer Familie, gut zehn Jahre älter als Isaac, fast siebzig und mit jedem Tag gebrechlicher. Ich hatte sie schon eine ganze Weile nicht mehr besucht, und sie freute sich sehr, mich zu sehen. Ich mußte eine Reihe neugieriger Fragen über mich und Clarissa beantworten, bevor es mir gelang, das, worum es mir zu tun war, zur Sprache zu bringen, und ich wußte nicht, wie anfangen.

„Neulich war ich in Westley", sagte ich gleichgültig. „Hatten Sie nicht einen Halbbruder, der einmal dort lebte?"

Sie sah mich prüfend an. „Warum fragen Sie?"

„Jemand sagte etwas, das machte mich neugierig."

„Neugier tötete die Katze." Wie oft hatte sie mich so angefaucht, als ich ein Kind war. Dann musterte sie mich verstohlen. „Wir reden nie von ihm. Auch war ich erst vierzehn, als ich hier zu arbeiten anfing, und habe ihn seitdem nur einmal gesehen." Und dann, wie es alten Leuten oft ergeht, brabbelte sie mehr zu sich als zu mir weiter. „Er hat gut ausgesehen, halb wie ein Aylsham, obwohl nie davon gesprochen wurde. Darauf brauchte man nicht stolz zu sein. Er hat für die Leighs in Westley gearbeitet. Eine schöne Hütte hat er gehabt, eine bessere als Isaac . . ."

„Was geschah dann?"

Sie guckte mich an. „Warum wollen Sie das wissen?"

„Nur so."

Da beugte sie sich vor und flüsterte. „Er wurde ermordet. Man hat es vertuscht. Wie es eigentlich zugegangen ist, habe ich nie erfahren, aber Isaac wußte es und Ihr Onkel. Der ehrenwerte Justin Aylsham, der er damals war, der wußte etwas. Er war mehr als einmal drüben in Westley. Ich sehe es noch vor mir, wie Ihr Großvater mit ihm schrie, und er lachte nur und warf stolz den Kopf zurück. ‚Es ist nicht meine Schuld', hat er gesagt, ‚wenn irgendein Narr ums Leben kommt'. Alice, das war seine Frau, hat es hart getroffen. Sie war nachher nie mehr ganz richtig im Kopf. Und bald darauf ist sie gestorben."

„Und ihr Sohn?"

„Der war ein widerlicher, gehässiger Nichtsnutz. Isaac hat alles für ihn getan, und er hat es ihm nicht im geringsten gedankt. Eines Tages ist er fortgelaufen und hat bis heute nichts mehr von sich hören lassen. ‚Sei froh, daß du ihn los bist', habe ich zu Isaac gesagt. ‚Du hast genug eigene Münder zu stopfen, auch ohne diesen Neffen, der nicht einmal danke sagt'."

Trotz allem tat mir der Junge leid, der Vater und Mutter auf so grausame Art verloren hatte.

Sie beugte sich abermals vor und umklammerte meinen Arm mit ihrer mageren alten Hand. „Wann kommt Ihr Onkel zurück?"

„Bald, noch in diesem Monat."

„Zu bald für Sie und für uns alle. Denken Sie an meine Worte, Mr. Oliver, ich habe es früher gesagt und sage es wieder, er ist ein schwarzer Aylsham, und ich erinnere mich, was mein alter Großvater von ihnen zu sagen pflegte. Er ist das lebende Ebenbild Ihres Großonkels, als wäre der von den Toten zurückgekommen. Er war so verrucht, daß das junge Gras in seinem Schatten welkte, wenn er vorüberging, und er hatte einen bösen Blick."

„Nun hören Sie einmal, das ist ein lächerliches Geschwätz . . ."

„Ich habe Ihren Onkel schon als kleines Kind gekannt, er war schwarz vom Tag seiner Geburt an und hatte einen Charakter, daß man glauben konnte, ein Teufel steckt in ihm . . ."

„Nun reichts aber. Er ist Lord Aylsham und verheiratet . . ."

„Ja, mit dieser Hexenbrut, und es wird nicht gut enden mit ihm und ihr, daß er sie so über uns gesetzt hat, an die Stelle Ihrer lieben Mutter . . ."

„Hören Sie mir gut zu", sagte ich streng, weil ich dem ein Ende setzen mußte. „Sie ist jetzt hier die Herrin, und Sie sollten lieber lernen, Ihren Mund zu halten."

„Ja, das weiß ich, ich werde stillhalten, aber ich kann nicht verhindern, daß in meinem Kopf die Gedanken kommen und gehen . . . Gut für Sie, daß Sie sie los geworden sind."

Sie hätte noch stundenlang weiter geredet, hätte ich zugehört, aber ich ließ sie stehen und ging hinunter. Ich hatte wenig über das hinaus erfahren, was Jake mir gesagt hatte, aber ich hatte kein gutes Gefühl dabei.

Clarissa war im Schulzimmer mit Jethro und Miss Harriet. Ich sah sie fragend an, und sie gab mir durch ein leichtes Kopfnicken zu verstehen, daß sie mit Cherry gesprochen hatte. Ich fühlte mich schuldig, daß ich es ihr überlassen und nicht selbst getan hatte.

Jethro fragte: „Kann Ben herüber kommen und mit mir spielen, wie immer am Nachmittag?"

„Heute nicht, aber wenn Miss Harriet es erlaubt, kannst du morgen nach Thatchers kommen."

Das war ein weiteres Problem, mit dem wir uns auseinanderzusetzen hatten. Wir waren während der Monate, die Justin fort war, nicht allzu streng gewesen, und ich wollte nicht, daß das Kind für etwas bestraft wurde, wofür wir die Verantwortung trugen. Der Junge war während des Sommers glücklich gewesen, und das sollte ihm nicht verdorben werden. War er mein Halbbruder? Manchmal war ich fast sicher, hatte es aber nicht gewagt, Justin zu fragen. Der Treubruch meiner Mutter war immer noch etwas, das ich nur schwer verwinden konnte. Und wenn Jethro das Kind meiner Mutter war, dann würde ich der Erbe von Ravensley sein, falls ihm Alyne nicht einen Sohn gebar. Ich schob den Gedanken an diese Möglichkeit fort und bot Clarissa meinen Arm.

„Es ist Zeit zum Heimgehen."

Als wir draußen warteten, daß uns die Pferde gebracht wurden, sagte sie: „Was ist los? Ist etwas passiert?"

„Warum fragst du?"

„Du siehst so verstört aus, seit du bei der Kinderfrau Starling warst."

„Ach nichts. Das bildest du dir ein."

„Ist es, weil Justin und Alyne bald zurückkommen?"

„Um Himmels willen, mußt du immer weiter bohren?"

„Warum schließt du mich immer aus, Oliver? Deine Probleme sind auch die meinen."

„Nun redest du Unsinn. Es gibt keine Probleme."

Ich half ihr in den Sattel und folgte ihr schweigend auf dem Rückweg nach Thatchers.

Jake kam schließlich in dieser Nacht doch nicht. Am Morgen fand ich den Korb an der Hintertür, aber sonst kein Zeichen von ihm, und ich wußte warum. Er hatte seinen Stolz und wollte nichts von mir annehmen, besonders jetzt nicht.

Clarissa nahm mir den leeren Korb aus der Hand. „Es ist mir nicht recht, was er tut", sagte sie. „Es ist gefährlich. Er kann geschnappt und wieder ins Gefängnis gesteckt werden. Du hättest ihn überreden sollen, deinem Plan zu folgen und nach Kanada zu gehen."

„Jake hatte immer das Geschick, auf die Füße zu fallen", sagte ich, weil auch ich unglücklich darüber war. Die ganze Zeit, die ich bei ihm gewesen war, hatten mich die Gedanken an Cherry beschäftigt und nicht die an Jake. Ich wußte nicht, wie bitter ich das noch bereuen sollte.

2

Justin kam Ende November zurück, und ich merkte sogleich, daß Alyne nicht glücklich war. Äußerlich sah man es ihr nicht an. Sie war schöner denn je. In Paris, Florenz und Rom hatte sie Stil und Eleganz gelernt. Sie hatte sich den Schliff einer Dame von Welt erworben, den sie früher nicht besessen hatte, und mein Onkel mußte sie mit Geschenken überschüttet haben. Ihre Kleidung war von einer kostspieligen Einfachheit, und sie trug sie mit Haltung und Würde. Ihr Auftreten an diesem ersten Abend machte mich wütend. Ich wäre gern mit Clarissa nach London geeilt, um ihr die schönsten und teuersten Kleider zu kaufen, nur hatte ich nicht die Mittel dazu. Und die Tatsache, daß sie mich weder darum bat, noch es erwartete, ließ mich mein Unvermögen noch stärker empfinden.

Oberflächlich war von einer Verstimmung nichts zu merken. Es war nur natürlich, daß Justins Augen immer seiner schönen jungen Frau folgten, daß er sie seinen Gästen stolz vorführte, aber was Alyne betraf, hatte ich einen sechsten Sinn. Zwischen ihnen bestand eine Spannung, die sich gelegentlich in kleinen bissigen Bemerkungen zeigte, die scherzhaft sein sollten und es nicht waren, Sticheleien, die gehässig und verletzend gemeint waren. Als ich einmal sehr früh zu ihnen kam, saßen sie noch beim Frühstück, und ich sah, wie bleich Alyne war, die Augen geschwollen vom Weinen oder einer schlaflosen Nacht, doch als ich sie eines Tages fragte, was eigentlich mit ihr los sei, war sie sehr kurz angebunden.

„Was soll denn los sein? Wir hatten eine wunderschöne Reise, und Justin hat mir alles gegeben, was ich mir nur wünschen konnte."

„Vielleicht ist das nicht genug."

„Um Himmels willen, Oliver, du sollst dich nicht um mich sorgen, sondern um Cherry. Als Justin ihr die Geschenke gab, die wir für sie mitgebracht hatten, warf sie nur einen kurzen Blick darauf, dann brach sie in Tränen aus und rannte aus dem Zimmer. Er war sehr aufgebracht."

„Vielleicht kränkt sie sich ein wenig, daß du so viele schöne Sachen hast", sagte ich leichthin. „Das ist schließlich ihr Heim so gut wie das deine."

„Du glaubst wohl nicht, daß ich das vergesse", erwiderte sie trokken. „Hat sie sich mit Jake getroffen?"

„Warum sollte sie?" sagte ich ein wenig zu rasch.

Sie sah mich prüfend an. „Sei nicht komisch, Oliver. Ich weiß, daß sie ihn im letzten Winter besucht hat."

Also hatte auch Alyne davon Kenntnis. Ganz grundlos brachte mich das auf. „Er ist jetzt nicht da."

„Dem Himmel sei Dank dafür. Wenn Justin davon erfahren würde . . ."

„Du sagst es ihm doch nicht?"

„Ich täte es, wenn ich glaubte, es wäre zu ihrem Besten. Er sähe es nicht gern, wenn seine Nichte einem entflohenen Sträfling nachrennt."

„Das ist er nicht."

„Was denn sonst?"

„Sei nicht so verdammt unausstehlich", sagte ich, von ihrem verständnisvollen Lächeln über alle Maßen gereizt. Ich packte sie bei den Schultern. „Du weißt nur zu gut, daß er schuldlos war."

Sie erstarrte unter meinen Händen. „Laß das, du tust mir weh." Ich murmelte eine Entschuldigung, und sie trat einen Schritt zurück. „Daß wir alle als Kinder miteinander gespielt haben, bindet uns nicht für ewig aneinander, Oliver. Jetzt habe ich andere Dinge zu tun, und du wohl auch."

Manchmal war ich mir im unklaren, ob Alyne ein Freund oder ein Feind war, aber sie hatte noch immer die Macht, mich zu verwirren, so daß ich meine Besuche in Ravensley rein aufs Geschäftliche beschränkte, außer zu Weihnachten, wenn Justin viele Gäste hatte, und Clarissa und ich uns unter sie verlieren konnten.

Der Neujahrsball von Ely war immer von allen bedeutenderen Leuten der Gegend besucht worden. Ich war als achtzehnjähriger zum ersten Mal mit meinem Vater hingegangen, aber seit seinem Tod nicht mehr, und hatte auch in diesem Winter nicht die Absicht, wäre nicht Colonel Fenton gewesen.

Seit unserer Heirat hatte mir Miss Cavendish die Betreuung ihrer kleinen Farm überantwortet. „Sie geht an Clarissa, wenn ich nicht mehr bin", erklärte sie trocken, „so kannst du ebensogut jetzt schon die Leitung übernehmen. Tom hat nicht die geringste Ahnung davon. Er kennt eine Rübe nicht von einer Kartoffel auseinander, so nimmst du mir nur eine Last von den Schultern." Aber sie hatte es immer noch gern, um Rat gefragt zu werden, und als ich nach Weihnachten eines Morgens nach Copthorne kam, um mit ihr über die Frühlingssaat zu sprechen, fragte sie mich, ob ich auf den Ball gehe.

„Nein, ich glaube nicht. Mir ist nicht sehr nach Feiern zumute, vor allem nicht jetzt."

„Und warum zum Teufel nicht?" sagte der Colonel und sah von seiner Zeitung auf. „Was hast du denn davon, so ein sturer Hund zu sein? Wie alt bist du, um Himmels willen? Siebenundzwanzig? Wenn du schon selbst den Einsiedler spielen willst, brauchst du doch deine Frau nicht wie ein Aschenbrödel zu behandeln."

„Das tue ich doch nicht", sagte ich ein wenig verstimmt, „Clarissa ist auch meiner Meinung."

„Das sagt sie, weil sie weiß, daß du es so willst, das heißt aber nicht, daß sie es gern tut. Verdammt nochmal, sie ist doch keine Nonne. Alle junge Frauen freuen sich über eine Gelegenheit, mal mit anderen Männern zu flirten. Hätte ich das früher gewußt, hätte ich mein möglichstes getan, sie von einer Heirat mit dir abzuhalten, und lieber die Sache in London durchgestanden, mit oder ohne Schuldgefängnis."

„Aber, Sir . . ."

„Nein, jetzt hörst einmal du mir zu. Du bist doch ein Aylsham? Dein Vater war in dieser Gegend ein angesehener Mann, also geh und zeig dich, beweise, daß du dich von deinem Onkel nicht unterkriegen läßt. Deine Frau ist besserer Herkunft als sie alle zusammen, sei also stolz auf sie. Sie ist zehnmal mehr wert als dieses Frauenzimmer, das er zur Herrin von Ravensley gemacht hat. Oder schämst du dich wegen Clarissa?"

„Nein, natürlich nicht . . ."

„Dann tu nicht so, daß man es glauben könnte, und behaupte nicht, mit Geld knapp zu sein. Darüber habe ich im vergangenen Jahr genug gehört, und ich sage dir, ich könnte mit einem Viertel deines Einkommens besser auftreten. Versuch's und mach zur Abwechslung Clarissa glücklich."

„Clarissa ist vollkommen glücklich", sagte ich steif.

„Das sagt sie dir", gab er zurück, „aber ich weiß es anders. Nicht daß sie sich beklagt, aber sie ist so verdammt loyal. Warum zeugst du nicht einen Sohn oder zwei, laß sie fühlen, daß sie einen Gatten hat, der kein Schlappschwanz ist, im Bett nicht und auch draußen nicht . . ."

„Nun reichts aber, Tom", unterbrach ihn Miss Cavendish.

„Laß mich, Jess. Ich trage das schon seit Wochen in mir herum, und du auch, also schüttle nicht vorwurfsvoll den Kopf."

„Das stimmt, Oliver, obwohl ich es nicht gerade so ausgedrückt hätte. Du solltest mehr aus dir machen."

„Du hast eine verdammt gute Frau, auch wenn ich selbst es sage",
brummte der Colonel, „warum zum Teufel versteckst du sie also?"
Ich war ihm vorerst fürchterlich böse und machte auch kein Hehl
daraus, aber hinterher auf dem Heimweg mußte ich widerstrebend zugeben, daß er mit seinen Vorwürfen nicht unrecht hatte. Ich sprang im
Hof vom Pferd, ging auf die Suche nach Clarissa und fand sie beim Ab-
rahmen der Milch. Ich packte sie und zog sie ins Freie.

„Was ist denn um Himmels willen los?" rief sie. „Ich bin mitten bei
der Arbeit."

„Zum Teufel damit! Jetzt hör mir zu. Man hat mich heute morgen
aller Verbrechen unter dem Himmel beschuldigt. Dein Vater sagt, ich
vernachlässige dich, ich mache dich zu einem Aschenbrödel."

„Du sollst nicht auf Papa hören."

„Ich hatte keine andere Wahl", sagte ich trübe. „Also, willst du zu
diesem verdammten Ball in Ely gehen oder nicht?"

„Ja, sehr gern sogar", antwortete sie einfach.

„Warum zum Teufel hast du es mir dann nicht gesagt?"

„Ich habe gedacht, du verabscheust es."

„Das tue ich, aber das ist kein Grund. Also hole deine und meine
Staatsgewänder heraus. Wir wollen groß auftreten, auch wenn es uns
umbringt."

„Aber Oliver . . ."

„Kein Aber, wir gehen. Und da das schon morgen ist, sollen
Mrs. Starling und Jenny ihre Bügeleisen heiß machen, damit wir nicht
wie Vogelscheuchen aussehen."

Sie schlang mir die Arme um den Hals und küßte mich. Dann lief sie
zurück ins Haus, und ich stand da, verdutzt über die Launen der Frau-
en, doch plötzlich wurde mir leicht ums Herz, und ich pfiff vor mich
hin, als ich Rowan in den Stall führte.

Es war beschlossen worden, daß wir alle vier gemeinsam im Wagen
hinfahren sollten, und so verspäteten wir uns ziemlich und erregten bei
der Ankunft Aufsehen. Der Colonel wirkte mit seiner großen hageren
Gestalt trotz seiner Krankheit immer noch elegant, und Tante Jess an
seinem Arm in der Pracht ihres seit wenigstens dreißig Jahren unmodernen Kleides machte einen imposanten Eindruck. Sie rauschten vor
uns her in den Ballsaal, und ich sah zu Clarissa hinab und lachte.

„Nun, da sind wir, meine Liebe, auf Glück und Unglück."

Ich war überrascht über die Wärme der Freundschaft, die man uns entgegenbrachte. Vielleicht hatte ich mich das ganze Jahr unbewußt von der Erinnerung an die Gerichtsverhandlung und die damit verbundenen Unannehmlichkeiten bedrücken lassen. Jetzt war das alles plötzlich nicht mehr wichtig. Es verlieh mir sogar einen gewissen Glanz, und Clarissa war, wenn auch unausgesprochen, zu einer Art Heldin geworden. Ich hatte nicht erwartet, daß ich auf ihre Erfolge so stolz sein würde, als sie von einem Mann nach dem anderen fortgeholt wurde und vor Erregung und freudig gerötet zurückkehrte.

Selbst Lord Haversham, prunkvoll in schwarzem Samt und einem Diamanten in der Krawatte, kam gemächlich herüber und schlug mir auf die Schulter.

„Ich bin froh, Sie wieder unter uns zu sehen, mein Junge, und zu hören, daß Sie mit Ihrem kleinen Gut gut zurechtkommen. Ich habe zuerst gemeint, die Grafschaft würde Sie verlieren, als Ihr Onkel zurückgekommen ist. Wäre mir nicht lieb gewesen. Bin seiner nicht ganz sicher, wissen Sie, keine Basis, nicht ganz das Richtige . . .“ Er ließ die Worte verklingen und hob sein Monokel. „Eine verdammt schöne Gestalt hat Ihre Frau. Ich habe Devonshire natürlich von ihr sprechen gehört, und der Colonel hatte ein ausgezeichnetes Renommee im letzten Krieg. Schade, daß er so heruntergekommen ist.“

„Er war sehr krank“, sagte ich zu seiner Verteidigung, „aber Clarissa und Miss Cavendish sind ausgezeichnete Pflegerinnen.“

„Gut, Sie haben Glück, mein Junge. Haben wohl nichts dagegen, wenn sie mit mir altem Mann eine Runde dreht, was?“

„Natürlich nicht, Mylord. Clarissa wird sich geehrt fühlen.“

Vergnügt lachend kam sie später zurück. „Ich habe einen Heiratsantrag bekommen. Lord Haversham hat zart angedeutet, daß er zu meiner Verfügung stehen würde, wenn ich mich verändern wollte.“

„So ein verdammter alter Wüstling!“ rief ich, „er muß gut siebzig sein.“ Aber vermutlich gibt es keinen Mann, der nicht stolz ist, wenn seine Frau von einem anderen begehrt wird.

Ärger gab es am Abend durch Bulwer Rutland. Ich hatte nicht erwartet, ihn dort zu treffen, obgleich Justin erwähnt hatte, daß sein Vater vorbeikommen würde, um sich den Besitz anzusehen, den er zu kaufen beabsichtigte. Ich trank gerade mit Sir Peter Berkeley einen Punsch, als ich ihn mit Alyne tanzen sah.

„Beim Zeus“, sagte Sir Peter, „die kleine Lady Aylsham blüht auf wie eine Rose. So etwas habe ich noch nie gesehen. Da haben Sie versagt, mein Junge. Kein Wunder, daß Justin eifersüchtig ist.“

„Ist er das? Es ist mir nicht aufgefallen.“

„Schauen Sie ihn nur an, er ist grün wie Spinat im Frühling. Er läßt kein Auge von ihr, und dieser Rutland hat etwas höchst Anziehendes. Frauen können einer Uniform schwer widerstehen."

„Ich bin sicher, daß Alyne nur tut, was ihr Gatte wünscht", sagte ich kühl. „Mein Onkel hofft, mit Joshua Rutland Geschäfte zu machen."

„Nun gut, wie dem auch sei, übrigens, Oliver, ist Ihre Schwester heute abend hier?"

„Nein." In Wirklichkeit hatte Cherry es abgelehnt zu kommen, aber ich log bewußt. „Sie ist ein wenig verkühlt, und wir hielten es für besser, daß sie sich nicht erhitzt. Man holt sich so leicht an solchen Abenden eine Erkältung."

„Das ist richtig. Hugh wird enttäuscht sein." Er nahm sich ein neues Glas Punsch. „Was würden Sie zu einer Heirat der beiden sagen? Der Junge war ihr immer sehr zugetan. Ich müßte natürlich zuerst mit Lord Aylsham sprechen, der ihr Vormund ist, aber ich weiß, sie hält große Stücke auf Sie."

„Das muß Cherry selbst entscheiden", sagte ich vorsichtig, und ein banges Gefühl überkam mich. Sie konnte sehr halsstarrig sein und hatte Hugh nie besonders gemocht. Und diese unglückliche Leidenschaft für Jake. Mir ahnte Schlimmes.

„Schön, schön, wir werden ja sehen", fuhr Sir Peter herzlich fort. „Ich kann doch auf Sie zählen, daß Sie nicht dagegen sprechen."

„Ich werde mich nie in irgendeiner Weise ihrem Glück entgegenstellen."

Als ich später aus dem Spielzimmer zurückkam, wo der Colonel und Tante Jess es sich bequem gemacht hatten, sah ich halb im Schatten des schwach erleuchteten Korridors vor mir ein Paar und wäre ihm aus dem Weg gegangen, hätte ich nicht die helle Seide von Alynes Kleid erkannt. Rutland hatte seine Arme um sie geschlungen, und sie schien sich gegen ihn zu wehren.

„Laß mich los", sagte sie, „bitte, bitte, laß mich los."

Er drückte sie nur noch fester an sich, küßte sie trotz ihres Widerstandes, und ich handelte instinktiv. Ich packte ihn bei den Schultern und riß ihn von ihr fort. Er wandte sich wütend nach mir um, und meine Faust traf ihn mitten auf den Mund. Er taumelte gegen die Wand.

„Verdammt, Aylsham, dafür will ich Satisfaktion haben", schrie er.

Alyne stand zitternd neben mir, blaß wie ihr Kleid, und ich sagte: „Geh. Geh schnell zurück in den Ballsaal."

„Ist er verletzt?"

„Nein, natürlich nicht. Geh jetzt", aber es war zu spät. Justin hatte den Samtvorhang an der Türe beiseite geschoben und kam auf uns zu. „Was ist geschehen?"

„Nichts. Rutland und ich hatten eine Meinungsverschiedenheit, und ich habe leider die Beherrschung verloren. Ich entschuldige mich für die Störung."

Er schaute von mir auf den Rittmeister. „Ist das wahr?"

„Ja", murmelte Rutland undeutlich, während er seine blutende Lippe betupfte. „Das war zwischen Aylsham und mir."

Justin kniff die Augen zusammen. „Sind Sie sicher, daß Sie nicht wegen meiner Frau gestritten haben?"

„Du lieber Himmel, was soll das? Natürlich nicht", rief ich aus. „Alyne kam zufällig den Gang entlang und sah uns. Das hat sie ein wenig aus der Fassung gebracht. Ich halte es für besser, du führst sie fort."

„Ich verstehe." Er ergriff ihren Arm und zog sie zu sich. „Komm, meine Liebe."

Sie folgte ihm ruhig, sah aber nochmals über die Schulter zurück, und mir schien, daß sie mir dankbar für meine Lüge war, denn selbst in diesem Augenblick verstand ich noch nicht, wem ihre Sorge galt.

Rutland und ich blieben allein. Er richtete sich auf. „Sie sind ein verdammt unverschämter Kerl, Aylsham. Ich habe Männer wegen geringerer Ursachen gefordert."

Ein öffentlicher Skandal war das letzte, was ich wollte. „Daran zweifle ich nicht", sagte ich, „aber wenn Sie denken, daß ich mich Ihnen stelle, und Lady Aylshams Name in den Schmutz ziehen lasse, dann sind Sie falsch gewickelt. Halten Sie sich nur in Zukunft von ihr fern, und damit Schluß."

„Was haben Sie daran für ein Interesse?" fragte er übellaunig. „Ist Ihre Frau nicht genug für Sie?"

„Wollen Sie mich provozieren? Wenn ja, so kommen Sie ins Freie und wir tragen die Sache aus."

Er starrte mich an, dann schlug er mit der Faust gegen die Wand. „Zur Hölle mit allen! Warum bin ich bloß je an diesen verdammten Ort gekommen?"

Er machte kehrt und verschwand. Ich wischte mir das Blut von den aufgeschürften Fingerknöcheln und schlenderte in den Ballsaal zurück.

Clarissa gegenüber erwähnte ich den Zwischenfall nicht, und als wir zu viert mit dem Wagen zurückfuhren, sprachen wir von anderen Dingen. Der Colonel hatte beim Kartenspiel eine Glückssträhne gehabt und prahlte damit vor Miss Cavendish.

„Das hält keine fünf Minuten an, wie ich dich kenne, Tom", sagte sie bissig. „Deine Taschen haben andauernd Löcher."

„Großer Gott, mußt du immer eine solche Kratzbürste sein? Kann sich ein Mann in meinem Alter nicht einmal ein einziges Laster gestatten? Was ist mir denn sonst erlaubt?"

„Fang nicht an, dich zu bemitleiden", fuhr sie ihn an. „Ohne Clarissa und mich müßtest du dein Brot an einer Straßenecke erbetteln."

Die beiden stritten, zankten und beleidigten einander regelmäßig, genossen aber jede Minute und kamen im allgemeinen recht gut miteinander aus. Die Straße war holperig, und als Clarissa gegen mich geworfen wurde, schlang ich meinen Arm um sie, und wir lächelten einander zu. Der Wagen setzte uns zu Hause ab und fuhr dann weiter nach Copthorne. Die Nacht war kalt. Schnee war noch keiner gefallen, aber die Sterne funkelten an einem frostigen Himmel, und silbriger Reif glitzerte an Bäumen und Büschen. Jenny hatte im Schlafzimmer Feuer gemacht, und als ich hereinkam, saß Clarissa in ihrem Nachthemd am Frisiertisch und versuchte vergeblich, das Schloß ihrer Halskette zu öffnen. Ich hob das seidige braune Haar, öffnete das Schloß und küßte sie dann in einem plötzlichen Impuls auf ihren schlanken Nacken. Ich fühlte sie erzittern und zog sie an mich.

„Darf ich heute nacht bleiben?"

„Du brauchst mich doch nicht zu fragen." Sie griff nach meiner Hand, und ihr Blick fiel auf meine aufgeschürften Knöchel und den Blutfleck auf meiner Manschette. „Was hast du mit deiner Hand gemacht?"

Ich entzog sie ihr rasch. „Nichts, ich hab mich angeschlagen."

Sie wandte sich um und sah mich an. „Oliver, hast du einen Streit gehabt?"

„Sehe ich so aus?"

„Ich weiß nicht. Jemand hat etwas über Rittmeister Rutland gesagt, und der ist früh weggegangen. Ich hätte nie gedacht, daß du der Anlaß gewesen sein könntest."

„Er hat mich belästigt."

„War ich der Grund?"

„Nein."

„Dann also Alyne?"

Ich rückte von ihr ab. „Wozu alle diese Fragen?"

„War es Alyne?"

„Wenn du es unbedingt wissen mußt, er drängte ihr unerwünschte Zärtlichkeiten auf."

„Bist du so sicher, daß sie unerwünscht waren?"

Ich wandte mich nach ihr um. „Was zum Teufel meinst du damit? Willst du andeuten, sie hätte ihn ermutigt?"

Sie zuckte die Achseln und griff nach der Bürste, bevor sie sagte: „Sie genießt es, die Männer rings um sie zu reizen. Ich meine, sie tut es mit Absicht."

„Das klingt so gemein, als hieltest du sie für eine gewöhnliche Dirne."

„Ich habe nichts dergleichen gesagt." Sie bürstete ihr Haar mit langen langsamen Strichen. „Sie bedeutet dir immer noch sehr viel, nicht wahr, Oliver?"

„Du vergißt anscheinend, daß sie die Frau meines Onkels ist."

„Und du bist mit mir verheiratet, aber macht das wirklich einen Unterschied? Du liebst sie immer noch."

Warum habe ich mich nicht ihr zu Füßen geworfen, meine Arme um sie geschlungen und ihr gesagt, daß das nicht wahr war? Ich wollte es, aber meine angeborene Anständigkeit hielt mich zurück. Statt dessen sagte ich: „Du mußt sehr müde sein. Es war ohnehin ein anstrengender Abend. Ich gehe jetzt und laß dich schlafen."

Sie machte Anstalten, mich zurückzuhalten, aber ich tat, als bemerke ich es nicht. Draußen vor der Tür blieb ich stehen und wäre beinahe umgekehrt, aber ein unsinniger Stolz hinderte mich daran, und so war wieder eine Gelegenheit, unser Verhältnis zu verbessern, verpaßt.

Eines Abends spät im März ritt ich über die Marsch nach Hause. Den ganzen Tag hatten wir starken Wind gehabt, der von der See hereinblies und die hungrigen Schreie der Möwen herbeitrug, aber jetzt war er weitgehend abgeflaut. Die großen schwarzen Flügel der Windmühlen drehten sich träge vor dem apfelgrünen Himmel, auf dem die untergehende Sonne rotgoldene Streifen malte. Eine Rohrdommel schrie dumpf aus dem Dickicht, ein sicheres Anzeichen des Frühlings, und durch die Abendstille klang aus der Ferne der geisterhafte Ruf der Rohrsänger, die in der Wildnis längs der Teiche nisteten. Es war ein Moment, den ich auswendig kannte, und der doch nie aufhörte, mich zu bewegen, ein Moment, in dem ich mich eins fühlte mit dem weitgespannten Himmel und den wilden Geschöpfen, die in der Marsch lebten und ebenso ein Teil ihrer Freiheit waren wie die Marschtiger. Und bald, nur allzubald, würde er für immer dahin sein. In einem Monat sollten die Ingenieure kommen, die dunklen Hüter vertreiben, die hundert Jahre darüber gewacht hatten, diese wilde Schönheit zerstören und den Gesang der Vögel mit dem unablässigen Stampfen ihrer

Dampfmaschinen übertönen.

Mit Hilfe eines Darlehens von Joshua Rutland sollte in diesem Sommer die erste der neuen Pumpen installiert werden, und bis zum nächsten Winter sollten zwei weitere laufen. Dann würde die Invasion in das Greatheart beginnen, das ihr jahrhundertelang widerstanden hatte, seit Hereward the Wake Wilhelm von der Normandie Trotz geboten hatte. Aber keine Macht schien stark genug, der Habgier meines Onkels Widerstand zu leisten.

Vermutlich war es in einem gewissen Sinn ein Fortschritt. Es würde schließlich dazu führen, daß mehr Vieh weidete, mehr Ernten wuchsen, mehr Geld hereinkam, um Alyne mit Juwelen zu behängen, aber es brachte auch Gefahren mit sich, sowohl praktische wie solche, die undefinierbar und doch immer gegenwärtig waren, wenn es um das Leben der Armen ging. Die praktischen waren offensichtlich, und ich hatte mein möglichstes getan, sie Justin zu seinem eigenen Besten und zu dem der in der Marsch Lebenden klarzumachen, aber er weigerte sich, mich anzuhören.

„Der Wert der Windmühlen hat sich nun seit mehr als einem Jahrhundert bewährt, und die Dämme halten dem Wasser auch bei der Flut stand", sagte ich, „aber die Dampfmaschinen können den Pegel um vieles erhöhen, und niemand kann voraussagen, welchen Einfluß das auf das Land haben wird."

„Das wollen wir aber und brauchen wir. Der Wind ist unbeständig wie eine Frau, doch die Maschinen werden Tag und Nacht arbeiten."

„Und gerade darin liegt die Gefahr", gab ich zu bedenken. „Das haben sie schon damals erkannt, als Vermuyden vor zweihundert Jahren versuchte, die Marsch zu entwässern. Das brachte ihn selbst in Gefahr und führte zu großen Verlusten an Menschenleben. Wir haben es auch selbst erfahren. Der Torf schrumpft, wenn er entwässert wird, und so kann man nicht voraussagen, wie weit der Boden absinkt. Die Mündungen der Flüsse verschlammen. Das tun sie jetzt schon seit Jahren, und wenn im Frühjahr die Sturmfluten kommen, brechen die Dämme."

„Du übertreibst, Oliver, du kannst wie die Leute hier nur das sehen, was du immer gekannt hast. Die Ingenieure versichern mir, daß der stärkere Wasserfluß die Mündungen freispülen wird. Außerdem solltest du an die riesige Arbeitsersparnis denken. Eine Maschine wird soviel leisten wie eine große Anzahl Windmühlen."

„Und was wird mit den dort Arbeitenden geschehen?"

Aber das hatte er als unwichtig abgetan, und dabei würden nicht nur sie darunter leiden, sondern alle, die im Greatheart lebten und dort ihren Unterhalt gewannen. Es gab noch andere Argumente, die ich nicht eindringlich genug darlegen konnte. Er versuchte zu viel zu rasch zu erreichen, und die ihn berieten, dachten nur an raschen Gewinn.

Von Jake hatte ich eine kurze Nachricht erhalten. Überall hatte er kleine verschworene Gruppen von Männern gefunden. „Eines Tages werden sie sich vielleicht zu einem Verband zusammenschließen", schrieb er, „und denk nur, was das bedeuten wird. Es ist viel schwerer ein Bündel Ruten zu zerbrechen, als einen einzelnen Zweig zu knikken."

„Ein Verband?" wiederholte Clarissa mit gerunzelter Stirn, als ich ihr davon erzählte. „Es erscheint mir irgendwie nicht richtig, sich gegen den Brotgeber zusammenzuschließen."

„Es würde den Bauern Kraft und Rückhalt bei Verhandlungen verleihen", sagte ich nachdenklich, „und doch zweifle ich, ob es zu etwas Derartigem kommen wird. Jake ist zwar optimistisch. So wie ich die Männer kenne, werden sie sich nie einig sein. Es wird nur zu endlosen Disputen kommen."

Ich dachte daran, als ich bei der Spinney Mill vorbeikam, und Jack Moysey mir einen herzlichen Gruß zuwinkte. Die Müller sind eine besondere Rasse, kräftig, unabhängig, große Fischer und Vogelfänger, und sie leben ihr einsames Leben so achtsam und zuverlässig wie ihre langflügeligen Windmühlen. Oft hatten Jake und ich, wenn wir als Kinder im Morgengrauen angelten, mit Jack Moysey sein Frühstück geteilt, eine fette köstliche Schleie, ausgenommen und in Butter über einem glimmenden Feuer golden angebraten.

Hinter der Mühle zogen die Rinder langsam durch den feinen Nebel, der aus dem Wasser aufstieg, und ich dachte, daß das schon seit tausend Jahren so gewesen sein mußte, als die Benediktiner mit ihren Angeln und Vogelnetzen hergekommen waren und auf den gleichen Pfaden mit Wildenten am Gürtel oder einem Bündel silbriger Aale nach Hause trotteten.

Es dunkelte jetzt, und der Wind blies kälter. Ich schauerte und trieb Rowan zu einem Trab, mit dem seltsamen Gefühl, daß alle, die hier lebten und arbeiteten und in dieser wilden und einsamen Gegend ihre Zuflucht gefunden haben, sich hinter meinem Rücken zusammenrotteten und mich um Hilfe anflehten, damit sie nicht ins Elend getrieben würden. Das war Unsinn und ich versuchte dieses Gefühl abzuschütteln, aber es blieb, und was eine Woche darauf geschah, schien auf irgendeine seltsame Weise damit zusammenzuhängen.

Es war noch sehr früh am Morgen, der Haushalt kam gerade erst in Bewegung, und Clarissa war noch im Bett, als wie wild an der Haustüre geklopft wurde. Ich hörte Mrs. Starling sie öffnen und dann Stimmengemurmel.

Clarissa fragte schläfrig: „Was ist los?"

„Ich weiß nicht, aber es klingt nach Schwierigkeiten." Ich lief, wie ich war, in Hemd und Hose die Treppe hinunter. Cherry stand, in ihren Mantel gehüllt, im Wohnzimmer, während Mrs. Starling besorgt in der Halle wartete. Ich ging hinein und schloß die Türe.

„Was ist los? Ist was mit Alyne?"

„Nein, warum fragst du nach Alyne?" erwiderte sie atemlos. „Es ist wegen Jethro. Er ist davongelaufen."

„Davongelaufen? Wie meinst du das? Wann?"

„Er ist in der Nacht oder sehr früh am Morgen verschwunden."

„Weiß es Justin?"

„Noch nicht."

„Warum nicht? Man hätte es ihm doch als erstem sagen müssen."

Sie schüttelte den Kopf. „Nein, das verstehst du nicht."

Sie zitterte und war so aufgeregt, daß ich ihre beiden Hände in die meinen nahm. „Nun beruhige dich doch, Kleine, so schlimm kann es nicht sein. Setz dich und erzähle es mir in aller Ruhe. Wahrscheinlich ist es nur ein kindlicher Streich."

„Nein, es ist mehr als das."

Dann kam Clarissa im Schlafrock herein. „Cherry, so früh am Morgen. Was ist geschehen? Ist jemand krank?"

„Nein. Es geschah in der letzten Nacht." Cherry blickte auf ihre gefalteten Hände hinunter und bemühte sich, ruhig zu sprechen. „Wie ihr wißt, war Onkel Justin für zwei Tage fort, und wir haben ihn eigentlich erst heute zurückerwartet. Aber er kam gestern spät abends und ging in Jethros Zimmer hinauf. Wahrscheinlich hatte er ihm etwas mitgebracht."

„Ja und?"

Sie sah mich an. „Ich weiß nicht wie, aber Jethro muß Ben hereingeschmuggelt haben. Justin fand die beiden zusammen im Bett."

„Mein Gott!" rief ich aus. „Das ist meine Schuld. Ich habe sie im letzten Sommer viel zu oft zusammenkommen lassen."

„Das war doch nichts Böses. Jethro ist einsam, er spielt alles mögliche mit Ben und teilt gern und alles mit ihm. Ich weiß das, und Hattie weiß das auch, aber wir haben es Onkel Justin nicht gesagt." Sie stockte und fuhr dann ruhig fort: „Als er die beiden sah, wurde er wohl verrückt. Ich hörte sein Geschrei bis in mein Zimmer. Ich weiß nicht, was er Ben antat, aber der Junge war so verängstigt, daß er davonlief und kopfüber die Treppe hinunterfiel. Als ich zu ihm kam, raffte er sich auf und rannte aus dem Haus, und dann . . ."

„Weiter, Cherry, und was war dann?" fragte Clarissa.

„Onkel Justin schlug mit der Peitsche auf Jethro ein."

Sie bedeckte für einen Augenblick ihr Gesicht mit den Händen. „Es war schrecklich, denn das Kind schrie nicht, nicht ein einziges Mal. Ich bat ihn aufzuhören, ebenso Alyne, aber er hörte nicht auf uns, und als Hattie und ich nachher zu Jethro hineingehen wollten, verbot er es uns. Er drehte den Schlüssel im Schloß, nahm ihn aber nicht fort." Sie sah mich wieder mit zitternden Lippen an. „Ich weiß, ich hätte mehr tun sollen, aber er flößt mir Angst ein. Ich wartete, bis ich sicher war, daß er sich in seinem eigenen Zimmer eingeschlossen hatte, dann schlich ich zurück und sperrte auf. Jethro lag ganz still da, so daß ich dachte, er müsse sich in den Schlaf geweint haben. Ich deckte ihn zu und ließ ihn allein. Aber ich hatte keine Ruhe. Ich ging in aller Frühe wieder zu ihm, und sein Zimmer war leer."

„Vielleicht ist er nur in den Garten gelaufen oder in die Ställe. Du weißt, wie vernarrt er in Pferde ist."

„Nein, ich habe überall nachgeschaut. Außerdem hat er verschiedenes mitgenommen, die kleinen Dinge, die er liebt. Du weißt, was ich meine."

Ich wußte es, alle diese kleinen Schätze, an denen das Herz eines Jungen hängt. Ich konnte das Kind sehen, wie es sie empört und verzweifelt unglücklich in ein Bündel packte und von zu Hause fortlief, aber wohin . . . das war die Frage. Dann kam mir plötzlich ein Gedanke. Ich sagte: „Warte einen Augenblick. Was ist mit Ben? Vielleicht weiß es Mrs. Starling."

Ich öffnete die Türe, und sie kam sofort, sie ahnte, daß etwas nicht in Ordnung war.

„Ist Ben da?"

„Nein. Er ist in der letzten Nacht zum großen Haus hinaufgegangen. Ich wollte das wegen Lord Aylsham nicht, aber er hat gesagt, daß er nicht zu Hause ist, und daß Master Jethro ganz besonders darum gebeten hat. Hat er etwas angestellt?"

„Anscheinend sind die Jungen gemeinsam ausgerissen."

„Ben wird Master Jethro keinen Unsinn machen lassen, ich bin sicher. Er ist ein besonnener Junge und ihm sehr zugetan."

„Ich weiß. Machen Sie sich keine Sorgen. Ich bin sicher, daß ihnen nichts passiert ist."

Nachdem sie in die Küche zurückgekehrt war, sagte Clarissa: „Wohin, glaubst du, sind sie gegangen?"

„Ich würde es für möglich halten, daß sie das Boot genommen haben. Gehe nach Hause, Cherry, sprich mit Hattie und versuche, es vor Justin möglichst geheim zu halten. Laß dir von Alyne helfen. Ich gehe auf die Suche nach den beiden jungen Dummköpfen." Ich versuchte so zu tun, als nähme ich es leicht, aber meine Sorge wuchs.

„Ich ziehe mich an und komme mit dir", sagte Clarissa.

„Nein, lieber nicht. Bleib hier, für den Fall, daß Ben zurückkommt. Ich werde einige Marschleute bitten, mir suchen zu helfen. Wir werden sie schon finden."

Meine Vermutung über das Boot war richtig, denn es lag nicht mehr an seinem üblichen Platz, und meine Angst wuchs. Ben konnte recht gut mit den Rudern umgehen, aber er war nicht besonders kräftig, und Jethro war ganz unerfahren. Ich hatte sie im letzten Sommer manchmal zum Fischen mitgenommen, und Clarissa hatte mit Cherry und den Jungen Picknicks organisiert, aber sie hatten nie das Boot allein nehmen dürfen, und sie kannten die Kanäle und ihre verborgenen Gefahren nicht. Ich versuchte, mich an alle einst besuchten Plätze zu erinnern, wohin sie sich vielleicht geflüchtet hatten, und erst als ich auf einem halben Dutzend von ihnen vergeblich nachgesehen hatte, beschloß ich, tiefer in die Marsch einzudringen und mir die Hilfe von Moggy und Nampy zu sichern.

Während ich das Boot den gewundenen Wasserlauf entlang trieb, glaubte ich mehrmals zwei kleine Körper in dem schlammigen Wasser auf dem Rücken treiben zu sehen; desto wütender wurde ich also, als ich in die Nähe von Moggys strohgedeckter Hütte kam und neben seiner mürrischen Stimme das helle Gelächter der Jungen hörte.

Ich erreichte das Ufer, band das Boot fest und ging energisch den Pfad hinauf. Die beiden Jungen saßen an der Holzkiste, die Moggy als Tisch diente, während er sie löffelweise aus einem dampfenden Eisenkessel fütterte.

Jethro schaute mit leuchtenden Augen auf. „Wir bekommen Sperlingpastete", strahlte er. „Moggy sagt, das essen alle richtigen Marschleute zum Frühstück."

Der Anblick war zuviel nach der Aufregung der letzten Stunden. Ich hätte sie ohrfeigen können, alle beide, und sagte gereizt: „Ich hoffe, es bleibt euch im Hals stecken! Was fällt euch ein, einfach so davonzulaufen? Ihr habt uns ganz schön an der Nase herumgeführt!"

„Es gibt nichts Besseres als Sperlingpastete, um heranwachsende Jungen zu kräftigen", sagte Moggy gelassen. „Eßt das jetzt auf und laßt nichts übrig, während ich mit Mr. Oliver spreche."

Die Jungen warfen mir einen raschen Blick zu, dann machten sie sich mit ihren Hornlöffeln an die Arbeit, und ich mußte mich abwenden, um ein Lächeln zu verbergen. Ich hatte selbst „Sperlingpastete" gegessen und dieses Gericht aus kleinen Vögeln, einem Stück Rindfleisch und einer Scheibe Speck, das ganze in eine dicke Kruste gehüllt, ist ein leckerer Schmaus für hungrige Jungen.

Moggy zog mich am Arm außer Hörweite. „Ich habe sie eine Meile oder so von hier in einem recht jämmerlichen Zustand gefunden", flüsterte er. „Der junge Herr dort hat fingerdicke Striemen auf dem Rücken. Ich habe sie ihm mit Gänsefett eingerieben, und er hat keinen Mucks getan. Es ist nicht recht, einen kleinen Jungen so zu behandeln, es ist nicht anständig."

„Nein, Moggy, das ist es sicher nicht, aber der Junge war ungehorsam, und sein Vater ist sehr streng."

„Mein Alter hat mich mit seinem Riemen verhauen, wenn ich unverschämt war, aber er hat mich nicht derart zugerichtet."

„Ich muß sie heimnehmen."

„Ja, das habe ich mir gedacht. Sie haben mich gefragt, ob ich ihnen den Weg zum Meer sagen kann, wollten auf ein Schiff, die armen kleinen Schweine, so hab ich sie zuerst zu mir genommen, und wollte dann Nampy zu Ihnen schicken."

„Das haben Sie gut gemacht, Moggy."

„Der kleine Bursche kann nichts dafür, daß sein Vater so ist. Es kommen schlechte Zeiten, Mr. Oliver. Jake hat es auch gesagt, bevor er fortgegangen ist, und ich höre, was man redet, wenn ich so herumkomme. Der alte Lord Aylsham, Ihr Vater, hätte nicht zugelassen, daß man uns aus unseren Heimstätten vertreibt."

„Nein, bestimmt nicht, aber es ist nicht länger mein Land, Moggy. Es gehört meinem Onkel."

„Ja, das weiß ich und weiß auch über ihn mehr, als er glaubt." Moggys Gesicht verdüsterte sich, aber ich wollte mich auf keine weitere Diskussion einlassen, wenn ich keine Lösung zu bieten hatte. Ich wandte mich wieder den Jungen zu.

„Kommt jetzt", sagte ich munter. „Eßt fertig auf. Wir müssen nach Hause. Ich habe schon genug Zeit wegen euch verloren."

Jethro legte seinen Löffel hin und starrte zu Boden. „Ich gehe nicht nach Hause."

„Das ist Unsinn." Ich legte ihm die Hand auf die Schulter. „Hör, Jethro, ich weiß, daß dein Vater dich gestraft hat, und es hat weh getan, und du findest es ungerecht, aber du warst wirklich ungehorsam. Er hat dir verboten, Ben in das Haus zu bringen, aber du hast es doch getan, und das hat ihn zornig gemacht."

„Es war meine Schuld", mischte sich Ben plötzlich ein. „Meine Mutter hat gesagt, ich soll es nicht, aber ich wollte es, und dann bin ich fortgelaufen, weil ich mich gefürchtet habe."

„Ich war froh, er hätte dich vielleicht umgebracht", sagte Jethro düster.

Ich merkte jetzt, wie bleich Ben war, er hatte dunkle Schatten unter den Augen, und über seine Wange zog sich eine blutverkrustete Strieme. Doch was konnte ich tun? Ich sagte rasch: „Das sollst du nicht sagen."

„Warum nicht, wenn es wahr ist? Ich glaube, er will mich auch umbringen. Er haßt mich jetzt, weil er Alyne statt meiner Mama hat, und er will nicht an sie erinnert werden."

Die großen dunklen Augen, mit denen er mich anschaute, waren seltsam erwachsen. Dann quollen ein paar Tränen aus ihnen und rollten still über seine Wangen herab. Ich packte ihn hart an den Schultern. „Es wird schon alles gut werden, Jethro. Ich bin bei dir, wenn wir zurückkommen."

„Und du läßt nicht zu, daß er Ben etwas tut?"

„Nein. Ben geht nach Hause zu seiner Mutter."

„Nun also", sagte Moggy befriedigt. „Jetzt ist alles in Ordnung. Du gehst mit Mr. Oliver, und wenn er euch wieder einmal herbringt, nehme ich euch zu meinen Aalreusen mit. Da fange ich schöne große Burschen, so dick wie eure Arme."

Jethro stand langsam auf. „Das möchte ich gerne. Danke, Moggy, für die Sperlingpastete. Sie war fabelhaft. Komm, Ben."

Die Jungen saßen aneinandergeschmiegt im Boot und sprachen wenig, als ich sie zurückruderte. Ich überlegte, wie ich mit Justin fertig werden sollte. Ich war noch immer unschlüssig, als wir Ravensley erreichten. Ben schickte ich mit einer rasch hingekritzelten Nachricht für Clarissa nach Thatchers und ging mit Jethro zum Haus.

Der Junge sah bleich und erschöpft aus, und ich war froh, als Cherry die Treppe heruntergelaufen kam und uns in der Halle empfing.

„Ich habe nach euch Ausschau gehalten", sagte sie. „Gott sei Dank, daß du sie gefunden hast." Sie legte dem kleinen Jungen den Arm um die Schulter. „Wir gehen jetzt am besten zu Hattie, sie hat sich so um dich gesorgt."

„Wo ist Justin?" fragte ich.

„In der Bibliothek, und er weiß es", flüsterte sie. „Ich beneide dich nicht."

Ich ging ohne anzuklopfen hinein und sagte unvermittelt: „Ich habe deinen Sohn zurückgebracht."

Er sah mit seinem spöttischen Lächeln von seinem Pult auf. „Vermutlich sollte ich dir dankbar sein, aber es war wirklich nicht nötig. Er wäre zurückgekommen, sobald er hungrig war."

„Er hätte auch ertrinken können. Hast du daran gedacht, oder ist es dir gleichgültig?"

„Ist es nötig, deshalb so melodramatisch zu werden?"

„Offenbar ist es nötig, wenn du ein Kind von elf Jahren nur zur eigenen Befriedigung auspeitschst."

„Was zum Teufel meinst du damit? Der Junge war absichtlich ungehorsam und dann noch unverschämt, so habe ich ihn gestraft. Mit welchem Recht mischst du dich ein? Er ist mein Sohn."

„Er ist auch mein Halbbruder."

Er verlor für einen Augenblick die Fassung, dann riß er sich zusammen. „Wer hat dir das gesagt?"

„Was spielt das für eine Rolle? Es stimmt doch, nicht wahr? Meine Mutter ist nicht in Rom gestorben. Sie hat meinen Vater verlassen und ist dir nachgereist. Warum? Um Himmels willen, warum?"

Er antwortete nicht sogleich, und als er zu sprechen begann, hielt er die Augen auf das vor ihm liegende Papier gesenkt. „Das liegt weit zurück. Wenn du es wissen mußt, wir wollten sie beide, dein Vater und ich, aber sie wählte Robert, den ruhigen, vernünftigen, vertrauenswürdigen Robert . . ."

„Weil sie ihn liebte."

„Nein!" Er hieb mit der Faust heftig auf den Tisch. „Nein! Sie hat immer nur mich geliebt . . . aber sie hatte Angst . . ."

„Warum hatte sie Angst?"

„Das weiß Gott allein! Ich war jung und habe nicht wie ein Heiliger gelebt, welcher junge Mann tut das schon? Sie haben ihr Lügen über mich erzählt, und sie war erst achtzehn."

Ich hatte es schon früher geahnt, und doch war es schwer, sich damit abzufinden. „Was hast du getan?"

Er zuckte die Achseln. „Das ist doch jetzt egal. Ich war eine Zeitlang halb wahnsinnig. Ich hätte sie und Robert töten können."

„Wart ihr ein Liebespaar? Hat dich Großvater deshalb fortgeschickt?"

Er lächelte vor sich hin. „Vielleicht."

Ich erinnerte mich an das Geflüster, das Geschwätz der Dienerschaft. Es hatte dem kleinen Jungen, der ich damals war, wenig bedeutet. Da gab es soviel, was ich nicht wußte. „War sie mit dir in Indien glücklich?"

Sein Blick wich mir aus. „Was ist Glück? Sie kränkelte in der Hitze. Nach Jethros Geburt kam sie nie wieder ganz zu sich. Was hat es für einen Zweck, jetzt davon zu sprechen?"

So war also alles vergeblich gewesen. Sie war meine Mutter, und sie tat mir leid. Ich sagte langsam: „Sie muß dir erzählt haben, daß Großvater tot war. Warum bist du nicht zurückgekommen?"

„Ich konnte nicht beides haben, Ravensley . . . und sie."

„Wußte es mein Vater?"

„Vielleicht. Ich fand einen Weg, ihr zu schreiben, aber nicht sofort. Sie hat es ihm nie gesagt. Vielleicht hat er es erraten."

Seine Gleichgültigkeit brachte mich auf. Plötzlich tauchte lebhaft das Bild meines großen blonden Vaters vor mir auf, wie er vor diesem papierbedeckten Pult saß, seine beiden Spaniels auf dem Teppich neben sich, und wie ich verlegen und kleinlaut vor ihm stand, während er versuchte, finster dreinzuschauen und mich wegen irgendeines jugendlichen Streiches auszuschelten. Und jetzt saß in dem gleichen Stuhl sein Bruder, der Mann, der mich um mein Erbe gebracht hatte, der Cherry der glücklichen Tage beraubte, die sie mit ihrer Mutter hätte verbringen können, der mir Alyne genommen hatte und zu seinem Vergnügen ein armes unschuldiges Kind marterte. Ich beugte mich über das Schreibpult.

„Du hast vorsätzlich sein Leben und das ihre zerstört, und nun strafst du ihren Sohn, weil er nie dein Erbe werden kann, weil es dich verrückt macht zu wissen, daß Ravensley, wenn Alyne dir kein Kind gebärt, an mich zurückfallen wird, an Roberts Sohn. Das ist wie eine Krankheit, eine verzehrende Krankheit, weil du immer noch nicht sicher sein kannst, daß ich nach deinem Tod nicht hier der Herr sein werde!"

Er sagte kalt: „Was kannst du von mir oder meinem Leben wissen?"

Ich weiß nicht, was mich an diesem Morgen gepackt hatte, aber ich konnte nicht aufhören. Ich hämmerte weiter auf ihn los.

„Ich weiß nicht, was hier vor zwanzig Jahren geschehen ist, oder warum du die Starlings mit einer solchen Gehässigkeit verfolgst, aber eines weiß ich, draußen in der Marsch gibt es einen Mann, in dem der Haß wie Feuer brennt. Was hast du getan, um diesen Haß zu entzünden? Er hat einmal versucht, dich zu töten, und es ist ihm nicht gelungen, aber er könnte es wieder versuchen. Ich warne dich."

„Woher weißt du das?" sagte er mit zusammengekniffenen Lippen.

„Das ist unwichtig, aber ich weiß es."

„Wenn es wahr ist, dann sollte er gefunden und festgenommen werden."

„Versuch es, schick Soldaten in die Wildnis. Vielleicht treiben ihn deine Ingenieure zugleich mit den Vögeln und den wilden Tieren fort, wenn sie sich des Greatheart bemächtigen, und wer weiß, was dann geschieht. Die Marsch hat ihre eigene Art, Rache zu nehmen."

Angst schien ihn zu schütteln, und doch wußte ich, daß er kein Feigling war. Es war etwas anderes, eine innere Qual, die ihn zittern ließ, dann warf er den Kopf zurück und lachte rauh und freudlos.

„Mein Gott, Oliver, du redest wie diese verrückte alte Närrin droben in der Dachstube. Du kannst mir glauben, du oder dein wilder Mann, der sich da draußen in der Marsch verbirgt, sind mir verdammt gleichgültig. Und du wirst Ravensley nicht bekommen. Dafür werde ich sorgen. Alyne ist jung und sie gehört mir, hörst du? Mir. Es ist noch Zeit, ein halbes Dutzend Söhne zu zeugen."

Wir starrten einander an, nur durch die Breite des Pultes getrennt, und er senkte den Blick als erster. Er lehnte sich mit einer ungeduldigen Handbewegung im Stuhl zurück.

„Genug von diesem Geschwätz. Es mag dich interessieren, daß ich Jethro im Herbst in ein Internat schicken werde."

„Das ist wohl am besten so. Wenigstens kommt der Junge dadurch von dir fort und kann Freunde haben."

Er schob mir ein Papier über das Pult zu und kam trocken auf die Tagesarbeit zurück, als wäre ich nur ein Angestellter. „Das ist eine Eingabe der Windmüller, sie wollen wissen, was aus ihnen wird, wenn die Maschinen installiert sind. Du solltest dich lieber darum kümmern. Vielleicht können einige von ihnen geschult werden, die neuen Pumpanlagen zu bedienen."

Das war das erste Zugeständnis, das er je gemacht hatte, so waren meine Vorhaltungen doch nicht ganz umsonst gewesen. Ich nahm das Papier schweigend an mich und ging hinaus.

Alyne kam aus dem Eßzimmer, als ich die Halle durchquerte. In ihrem blaßgrünen Schlafrock und dem langen, mit einem Band zurückgebundenen Haar erinnerte sie mich an die sprießenden Narzissen unter den Bäumen des Obstgartens.

Sie sprach mich an: „Cherry sagt, daß du Jethro zurückgebracht hast. Wir sind sehr dankbar."

„Ich bin nicht sicher, daß Justin es ist."

„Er haßt es, irgendeine Form von Schwäche zuzugeben." Sie sah mir in die Augen. „Ich habe versucht, ihn zu hindern, aber manchmal ist er wie vom Teufel besessen."

Ich ergriff ihre Hand und zog sie näher zu mir. „Hast du Angst vor ihm?"

„Warum fragst du?"

„Cherry hat so etwas gesagt."

„Über mich?"

„Nein, über sich selbst. Alyne, wenn er . . . wenn dich je etwas ängstigen sollte, wirst du mich dann dir helfen lassen? Wirst du zu mir kommen?"

Sie schaute mich seltsam an, als sehe sie nicht mich, sondern eine ferne unvorstellbare Zukunft. „Sollte ich je ein derartiges Gefühl haben, dann wird mir wohl niemand helfen können."

Ich hielt noch ihre Hand, als Justin aus der Bibliothek kam. Ich fühlte, wie er uns musterte, und änderte mit Absicht nicht meine Haltung.

„Ich dachte, du wärst schon gegangen, Oliver", sagte er. „Komm, meine Liebe, ich brauche dich."

„Ich komme schon."

Sie entzog mir ruhig ihre Hand und ging auf ihn zu. Ich starrte ihr nach, fühlte, daß etwas Schlimmes heranzog, doch war ich noch meilenweit von der Wahrheit entfernt.

3

Ich hatte während des Frühjahrs 1832 soviel zu tun, daß ich nicht ein einziges Mal an Sir Peter Berkeleys Vorschlag dachte, Cherry mit seinem Sohn zu verheiraten. Als die Sache dann zur Sprache kam, war es ganz unerwartet und hatte schließlich böse Folgen. Es hatte Schwierigkeiten gegeben, als die Ingenieure an der Dampfmaschine zu arbeiten begannen. Ich habe nie wirklich herausgebracht, wer dafür verantwortlich war, denn mit den Windmüllern, die ich meistens seit meiner Jugend kannte, hatte ich gesprochen, und sie hatten sich mit dem Versprechen, daß sie ihre Arbeit behalten würden, zufrieden gegeben. Aber ich wurde meinen Verdacht nicht los. Der rachsüchtige Geist, der nur auf Gelegenheit wartete, um Justin Aylsham Schaden zuzufügen, würde es nicht schwergefunden haben, den Widerstand zu schüren. Überall war Auflehnung zu spüren, wie Jake mir geschrieben hatte, Unruhe und Unzufriedenheit, besonders unter den jüngeren und aufgeweckteren Männern. In London hatte sich die Regierung gezwungen gesehen, ein Reformgesetz einzubringen, aber es war schon zweimal niedergestimmt worden, und jedesmal ging eine Welle der Erregung durch das ganze Land. In Norfolk waren Getreideschober angezündet worden, Häuser von unseren Bekannten brannten bis zu den Grundmauern nieder, und hier in der Marsch hatte man kaum die Fundamente für die neue Pumpanlage errichtet, als die ganze Baustelle verwüstet, das Holz gestohlen und die neue Maschine zertrümmert wurde.

Justin war wütend und in diesem Falle mit Recht. Er wetterte und tobte und hätte auf bloßen Verdacht hin die Hälfte der Bauern verhaften lassen, hätte ich ihm nicht klargemacht, daß das nur zu mehr Gewalttätigkeiten führen würde.

Wir standen zusammen da und blickten auf die Verwüstungen. „Ich lasse mich nicht klein kriegen von einer Bande Vandalen, die nur an Zerstörung denken können", sagte er mit bitterem Zorn. „Ich mache weiter, auch wenn es mich den Rest meines Lebens und jeden Penny kostet, den ich besitze", oder alles, was Joshua Rutland dir leihen wird, dachte ich zynisch. Ich fragte mich, was dieser verschlagene Alte dazu sagen würde. Justins Augen waren in dem blassen Gesicht hart wie blaue Steine. „Jemand ist verantwortlich dafür, jemand hat diese Verwüstung organisiert . . . wer, Oliver, wer? Tu nicht, als wüßtest du es nicht, du bist doch mit diesen Schurken so dick befreundet."

„Es könnte fast jeder sein", erwiderte ich unbestimmt, an Moggys steinernes Gesicht und Nampys düsteres Schweigen denkend. „Ich habe sie eingehend befragt, aber die Marschleute sind loyal, sie halten zusammen, was immer sie sich denken, und gegen Fremde sind sie sich immer einig."

„Damit bin vermutlich ich gemeint", stellte er fest. „Ich bin hier geboren und unter ihnen aufgewachsen, und doch bin ich noch der Fremde. Ich glaube dir nicht. Du hattest freie Hand in den Monaten, die ich fort war."

„Hast du irgend etwas auszusetzen? Wir waren noch nie so erfolgreich."

„Das muß ich dir lassen", sagte er widerwillig, „aber da ist noch etwas anderes." Seine Augen wurden schmal. „Was hast du mit Jake Starling gemacht?"

Seine Frage überraschte mich, und ich antwortete unvorsichtig: „Er ist nicht mehr hier."

„Er hatte sich also in der Marsch versteckt", sagte er triumphierend. „Ich habe es gewußt. Du hast ihn in der ganzen Zeit seiner Flucht beschützt."

„Wenn du soviel weißt", erwiderte ich rasch, „dann wirst du auch wissen, daß er schon vor Monaten von hier fortgegangen ist."

„Wo ist er also? An der Grenze zu Suffolk hat es schlimme Unruhen gegeben. Als ich letzte Woche in Ely war, hörte ich einiges davon. Agitatoren gehen von Grafschaft zu Grafschaft und schüren die Spannung. Ist er einer von diesen?"

„Warum fragst du mich? Das letzte, was ich von ihm weiß ist, daß er das Land verlassen hat. Mittlerweile wird er frei sein von dir und vom Gesetz."

„Ich hoffe zu seinem und zu deinem Wohl, daß das wahr ist", sagte er trocken, „denn wenn er nur im geringsten für die Sache hier verantwortlich ist, so schwöre ich dir, daß ich ihn diesmal erwischen und dafür sorgen werde, daß er gehängt wird."

Ich war beunruhigt, wollte es ihn aber nicht merken lassen. Irgendwie mußte ich Jake warnen, aber ich hatte keine Ahnung, wo er war. Nur einer Sache war ich absolut sicher, wer immer Unruhe und Verwirrung stiftete, Jake war es nicht. Er hatte, genau wie ich, die Nutzlosigkeit davon im letzten Jahr eingesehen.

Die verärgerten Ingenieure begannen mit der Arbeit von neuem, und die Stimmung war allgemein gedrückt, als Clarissa mich überredete, mir Zeit zu nehmen und mit ihr und Cherry zu den Frühjahrsrennen in Newmarket zu fahren.

Es war ein wunderbarer Apriltag, im silbrigen Himmel standen weiße Wölkchen, und die grüne Rennbahn war in Sonnenlicht getaucht. Der Anblick der Pferde, der Jockeys in ihren bunten Seidenblusen, die herzliche Begrüßung durch die Freunde, all das verbesserte meine Laune. Der Colonel war in seinem Element. Mit Clarissa an dem einen Arm und Alyne an dem anderen schlenderte er über den Sattelplatz, erklärte ihnen die Einzelheiten, schloß für sie Wetten ab und genoß es riesig. Ich hoffte nur, er werde nicht zu hoch setzen.

Cherry wurde überall hin von Hugh Berkeley begleitet, und sie schien seine Gesellschaft zu genießen. Sie sah glücklicher aus als seit Wochen, und ich hoffte, daß sie Jake allmählich vergaß. Schließlich war sie noch sehr jung, sagte ich mir, vielleicht hatte ich mir ganz umsonst Sorgen gemacht.

Während des mittägigen Picknicks hatte ich ein sonderbares Gespräch mit Colonel Fenton. Ich lehnte am Rad des Wagens und beobachtete mit dem mir vertrauten dumpfen Schmerz Alyne. Sie hatte sich sehr verändert seit der Zeit, in der ich sie geliebt hatte. Sie war von einer spröden hektischen Lustigkeit, die ich nicht an ihr kannte. Eine Gruppe junger Männer umschwärmte sie wie Wespen einen Honigtopf. Sie bedachte bald diesen, bald jenen mit einem Blick, einem herausfordernden Lächeln, einer Handberührung, und ich sah, wie sie sich immer enger um sie schlossen und ihre Augen begehrlich wurden.

Der Colonel brachte eine Flasche Champagner und füllte mein Glas und das seine. Er deutete mit einem Kopfnicken auf Alyne. „Die junge Frau steuert auf einen Abgrund zu", bemerkte er. „Über kurz oder lang wird es ein böses Erwachen geben, wenn sie nicht vorsichtig ist."

„Na hör mal, es ist doch nicht Alynes Schuld, wenn die Männer sie umschwärmen."

„Doch, wenn sie ihnen zu deutlich zeigt, wie sehr sie es genießt." Er nahm nachdenklich einen Schluck. „Ich bezweifle, ob dieser vertrocknete Besenstiel von einem Gatten mit irgend einer jungen Frau zurechtkommen würde."

„Wie kommst du nur auf diese Idee?"

„Ich habe doch meine Augen. Man sieht es ihr an, obwohl sie es vielleicht selbst nicht weiß, aber sie sehnt sich nach einem Mann."

„Unsinn", sagte ich unbehaglich.

„Der Teufel reitet sie. Ich wäre selbst nicht abgeneigt, es ihr zu beweisen, wenn ich nur die kleinste Chance hätte."

„Du? Na hör mal . . ."

„Du mußt mich nicht so ansehen, mein lieber Oliver. Ich bin durchaus noch fähig, eine Frau zu erfreuen", erwiderte er trocken, „nur, wenn ich es täte, hätte ich es mit Jess zu tun, ganz abgesehen von dir. Leider, aber so ist es. Schau dir Justin an. Er hat eine fast mörderische Wut."

Das hörte ich schon zum zweiten Mal, und es bereitete mir Unbehagen. Ich hielt es zwar für übertrieben, aber an Justin war etwas Unberechenbares, eine unterdrückte Gewalttätigkeit. Das hatte ich immer gewußt, doch war er sicherlich sehr in Alyne verliebt. Ihrer Gefühle war ich nie sicher gewesen, und heute war etwas an ihr, das mich beunruhigte, eine Ausgelassenheit, als prunke sie nur mit ihren Reizen, um ihn zu verhöhnen. Es verdarb mir die Freude an dem Tag. Ich wandte mich ab und ging auf die Suche nach meiner Frau.

Clarissa und ich hatten immer die gleiche Leidenschaft für Pferde gehabt, selbst jetzt, da wir sie uns nicht leisten konnten. Ich freute mich zu sehen, wie glücklich sie war.

„Halt deine Hände auf", sagte ich.

„Wozu?"

„Frag nicht, tu, was ich dir sage", und ich schüttelte 50 goldene Guineen hinein.

„Oliver, woher hast du das?"

„Ich habe sie bei Gott nicht gestohlen, sondern bei einer Wette gewonnen."

„Weißt du, was ich mir mehr als alles andere wünsche?" fragte sie, während sie das Geld vorsichtig in ihrer Handtasche verstaute.

„Was würdest du dir wünschen?" fragte ich nachsichtig.

„Ich möchte ein eigenes Rennpferd besitzen."

Ich lachte laut auf. „Dafür wird das Geld leider nicht reichen", hänselte ich sie. „Weißt du, Clary, du hast viel von deinem Vater. Du bist eine geborene Hasardeurin."

„Vielleicht habe ich dich deshalb geheiratet", erwiderte sie schlagfertig. „Papa unterhält sich glänzend. Danke, Oliver, danke für alles."

„Dummchen! Was ist da zu danken? Wart, bis ich dir ein Rennpferd kaufe." Ich beugte mich herab und küßte sie leicht auf die Lippen.

„Nicht hier. Da sehen es die Leute."

„Zum Teufel mit ihnen. Darf ein Mann denn seine eigene Frau nicht küssen, wenn er Lust hat?"

Dann tauchte Cherry lachend auf. „Das ist nicht feine Lebensart, Oliver. Du solltest die Frau von jemand anderem küssen", und wir waren alle drei sehr vergnügt miteinander.

Vielleicht war es gut, daß wir nicht wußten, daß es für lange Zeit der letzte sorgenfreie Tag sein würde. Es begann am gleichen Abend, obgleich ich es da noch nicht merkte. Cherry kam nach Thatchers, um mit uns zu Abend zu essen. Nachher saßen wir am Feuer. Sie hob Prickle auf ihren Schoß, kraulte sie hinter den Ohren und sah uns nicht an.

„Hugh Berkeley hat mir heute einen Heiratsantrag gemacht", sagte sie.

„Nein wirklich! Was hast du geantwortet?"

„Nein, natürlich. Wie kann ich ihn heiraten, wenn ich doch Jake liebe?"

Clarissa und ich wechselten einen Blick, und ich sagte: „Er ist ein netter und freundlicher Mann, Kleine."

Sie machte eine ungeduldige Bewegung. „Das weiß ich, und er wird reich sein, wenn sein Vater stirbt, und er kann mir ein gutes Leben bieten, und ich werde eines Tages Lady Berkeley sein. Alyne sagt mir das andauernd, und ich will das alles nicht."

„Hat Sir Peter mit deinem Onkel darüber gesprochen?" fragte Clarissa.

Sie zuckte die Achseln. „Vermutlich. Hugh ist so sehr korrekt. Er würde nie etwas tun, was sein Vater nicht billigt."

Ich beugte mich vor und legte meine Hand auf die ihre. „Sei nicht vorschnell, Cherry. Laß dir Zeit und denke darüber nach. Es könnte für dich gut sein."

„Wie kannst gerade du das sagen?" Sie zog ihre Hand fort und preßte Prickle so sehr an sich, daß sie protestierend quiekte. „Ich weiß, Onkel Justin wäre froh, mich los zu werden. Er will das Haus für sich und Alyne, aber ich werde nicht einen Mann heiraten, den ich nicht liebe, nur um ihnen einen Gefallen zu tun."

Selbst jetzt begriff ich noch immer nicht ganz, wie starrköpfig sie war, und wie sehr sich die Spannung zwischen ihr und Justin gesteigert hatte.

Die nächsten paar Wochen gingen mit allen möglichen Problemen hin, vor allem gab es eine Menge Schwierigkeiten bei der Lieferung des Materials für die neue Pumpanlage. Justin schickte mich nach Lincoln, um mit den Lieferanten zu sprechen, und ich kam eines Nachts sehr spät heim, erschöpft durch den langen Ritt durch strömenden Regen. Clarissa empfing mich mit besorgtem Gesicht.

„In Ravensley hat es Ärger gegeben", sagte sie, während sie mir aus meinem Reitrock half.

„Was ist denn geschehen?" fragte ich müde.

„Es handelt sich um Cherry, Oliver. Anscheinend besteht dein Onkel darauf, daß sie Hugh heiratet. Alyne hat es mir gesagt. Ich muß zugeben, daß sie es ihm auszureden versuchte, aber er bekam einen seiner Wutanfälle und sperrte Cherry in ihr Zimmer, bis sie tut, was er befiehlt."

„Aber das kann er doch nicht machen. Wir sind nicht im Mittelalter. Wofür zum Teufel hält er sich, ist er ein Haustyrann? Das ist völlig lächerlich. Es ist wohl besser, daß ich hingehe."

„Oh, nicht heute abend. Du bist erschöpft, und es ist bereits spät. Außerdem macht es vielleicht die Sache nur schlimmer. Wart lieber bis morgen. Dann hat er sich vielleicht beruhigt, und Cherry auch."

Ich zögerte, aber mir taten nach diesem anstrengenden Tag alle Knochen weh, und der Gedanke an Essen und Wärme war sehr verlockend.

„Na schön. Vermutlich hast du recht. Ich werde morgen früh hingehen." Nichts warnte mich, daß diese so einfache und einleuchtende Entscheidung falsch war.

Am nächsten Morgen weckte uns in aller Frühe ein heftiges Hämmern an der Haustüre, und in Erinnerung an den Tag, als Jethro fortgelaufen war, sprang ich sogleich aus dem Bett. Ich war erst auf halber Treppe, als Justin ins Haus stürmte.

„Wo zum Teufel ist sie?" schrie er. „Wo habt ihr sie versteckt?"

Ich tat ahnungslos. „Wen, um Himmels willen? Wovon redest du?"

„Als wüßtest du es nicht! Deine Schwester hat gestern das Haus verlassen. Sie hat ein Pferd aus dem Stall und einige Kleider mitgenommen. Wo ist sie hin? Das will ich wissen."

„Ich weiß nicht mehr als du, und nun frage ich dich meinerseits: Was hast du dem Kind getan, um es aus ihrem Heim zu vertreiben?"

„Kind?" wiederholte er spöttisch. „Sie ist ein halsstarriges, undankbares, verderbtes Frauenzimmer. Alles, was ich getan habe, war zu ihrem Besten, und sie widersetzt sich andauernd."

„Ich muß dich daran erinnern, daß du von meiner Schwester sprichst."

„Schwester oder nicht, das wird sie mir büßen", sagte er mit wutverzerrtem Gesicht. „Wenn sie zu diesem verdammten Schurken gegangen ist, wenn Jake Starling dahintersteckt, belange ich ihn vor Gericht wegen Verführung einer Minderjährigen. Ich schwöre bei Gott, er entkommt mir nicht ein zweites Mal, schau also, daß du sie findest . . . und zwar rasch."

Er stürzte aus dem Haus, und ich ließ ihn gehen, denn ich mußte sie unbedingt vor ihm finden und war nahezu sicher, daß sie zu Jake gegangen war, aber wohin . . . wohin, um Himmels willen?

Mrs. Starling war halb angezogen aus der Küche gekommen, und ich hielt sie an. „Sie müssen es mir sagen. Haben Sie von Jake in den letzten Wochen etwas gehört, irgendeine Nachricht bekommen?"

„Ja, Mr. Oliver, das habe ich, gestern oder vorgestern, aber Sie waren nicht da, und er wollte nicht, daß ich es sage . . ."

Ich faßte sie hart an. „Es kann sich um sein Leben handeln, verstehen Sie nicht? Ich muß es wissen."

„Er wollte zu einem Versteck auf der anderen Seite von Ramsay gehen . . . in der Bury Marsch . . . zu einem Kesselflicker, den Moggy kennt, er heißt Jim Dale."

„Könnte Miss Cherry das erfahren haben?"

Sie schüttelte ungewiß den Kopf. „Sie hat mich oft genug gefragt, aber ich habe mich an Ihre Anweisung gehalten und nichts gesagt. Aber Ben weiß es, er könnte etwas verraten haben."

Ben und Jethro, und ich konnte mir vorstellen, wie Cherry den beiden Jungen die Würmer aus der Nase gezogen hatte. „Ist gut, Mrs. Starling, danke. Das ist eine große Hilfe."

Ich lief hinauf, um mich umzuziehen, und Clarissa sagte: „Ich habe gehört, was Justin sagte. Meinst du, daß Cherry zu Jake geflohen ist?"

„Da bin ich nicht sicher, aber es würde ihr ähnlich sehen, auf diesen verrückten Gedanken zu kommen."

„Weiß Mrs. Starling, wo er ist?"

„Sie hat mir etwas gesagt, aber Gott allein weiß, ob er noch dort ist. Ich muß so schnell wie möglich fort, sie zurückbringen und Jake warnen. Justin ist wie ein Verrückter, wenn sich ihm jemand widersetzt."

„Ich wollte, ich könnte mit dir kommen."

„Besser nicht, meine Liebe. Ich muß sehr schnell reiten und einen Weg wählen, auf dem man mir nicht folgt. Wolle Gott, daß ich noch zurechtkomme."

Ich umritt Ely auf einem kleinen Umweg durch die offene Marsch, und trieb Rowan an, so schnell ich es wagen konnte. Es hatte wieder zu regnen begonnen, und der Pfad war schlecht und glitschig. Immer wieder fragte ich mich, ob ich nicht einem Phantom nachjagte. Vielleicht war Cherry in einer verrückten Anwandlung aus dem Haus gelaufen, aber inzwischen zur Vernunft gekommen und bereits wieder heimgekehrt . . . So wie ich sie kannte, zweifelte ich daran. Ich ließ die Straße nicht aus den Augen, doch waren bei dem scheußlichen Wetter wenige Leute unterwegs. Es war schon fast Mittag, als ich endlich Ramsay erreichte. Rowan war in Schweiß gebadet, und von meinem durchnäßten Hut tropfte das Wasser. Es ist eine kleine Stadt, die Häuser drängen sich rings um die Ruinen der Abtei. Ich ritt durch das alte Stadttor und sah die Inschrift, die die Benediktiner vor tausend Jahren in den Stein gegraben hatten . . . „Wachet und betet, denn ihr wißt nicht, wann eure Zeit kommt." Der Spruch schien mir unheilverkündend, und ich trieb das Pferd an. Draußen vor der Stadt traf ich einen Mann, der eine kleine Herde jämmerlich nasser Schafe vor sich hertrieb, und beugte mich aus dem Sattel herab.

„Kennen Sie einen Kesselflicker namens Jim Dale?"

Er starrte mich mürrisch an. Die Marschleute können Fremden gegenüber sehr widerspenstig sein. Er nickte langsam. „Ja, er wohnt eine halbe Meile weiter, aber wenn Sie einen Kessel flicken lassen wollen, werden Sie wohl kein Glück haben. Er ist nicht da, wenigstens war er es heute früh nicht."

„Das macht nichts. Vielleicht ist er inzwischen zurückgekommen."

Er schaute mir nach, wie ich das müde Tier auf dem schlüpfrigen Boden weitertrieb, dann hinunter in eine Senke und durch dichtes Gestrüpp auf eine primitive Hütte zu neben einem offenen Schuppen, der ihm offenbar als Werkstatt diente. Er hatte keine Türe, und als ich aus dem Sattel glitt, sah ich das Pony, das darin zum Schutz vor dem Regen angebunden war, und erriet, daß Cherry in der Nähe sein mußte.

Ich führte Rowan unter das Dach, dann ging ich rasch zur Hütte und öffnete die Türe. Sie kauerte auf einem niedrigen Schemel bei dem schwach brennenden Torffeuer. Als ich hereinkam, wandte sie sich um, dann sprang sie auf und wich vor mir zur Wand zurück.

„Ich gehe nicht zurück, Oliver, auf keinen Fall. Ich lasse mich nicht zwingen, Hugh zu heiraten."

Das klang ein wenig hysterisch, und ich sagte beruhigend: „Schon gut, Kleine, schon gut. Niemand zwingt dich, etwas zu tun!"

„Woher hast du gewußt, daß ich hier bin?"

„Das ist jetzt unwichtig. Wo ist Jake?"

Sie entspannte sich ein wenig und kam zum Feuer zurück. „Er ist nach Ramsay gegangen."

„Warum?"

„Ich weiß nicht. Er hat gesagt, es wäre wichtig. Er muß mit ein paar Männern reden."

„Wann kommt er zurück?"

„Bald. Zu Mittag. Er hat es mir versprochen. Sobald er kommt, gehen wir fort", sagte sie trotzig. Dann hob sie müde die Hand und strich ihr zerzaustes Haar zurück. „Ist noch nicht Mittag? Mir kommt vor, ich warte schon Stunden."

„Arme Kleine."

Ich zog sie an mich. Sie sträubte sich erst, dann lehnte sie ihren Kopf an meine Schulter, zitterte ein wenig, und ich konnte Tränenspuren auf ihren Wangen sehen. Ich verstand nur allzu gut, wie sie in einer Anwandlung von Trotz fortgelaufen war und erwartet hatte, entführt und wie eine Romanheldin vor dem Ungeheuer gerettet zu werden, aber das Leben ist nicht so. Es ist voller harter, unangenehmer Tatsachen, und Jake mußte wohl völlig ratlos gewesen sein. Aber zunächst mußte Cherry überredet werden, mit mir nach Thatchers zurückzukommen, und mit dem Geld, das ich mitgebracht hatte, mußte sich Jake in Sicherheit bringen, vielleicht südwärts, wo er das Land verlassen konnte.

Ich konnte mich nicht entschließen, ob ich gehen und ihn suchen oder auf seine Rückkehr warten solle, und während ich noch zögerte, schrie Cherry plötzlich auf.

„Was ist los?"

„Oliver, schau! Da kommen Männer."

Sie war zum Fenster gegangen und hatte den hölzernen Laden aufgestoßen. Ich zog sie fort, damit sie nicht gesehen wurde, und spähte selbst hinaus. Gerade tauchten auf der Anhöhe vier Reiter auf. Durch den nebligen Regenschleier hindurch erblickte ich meinen Onkel an ihrer Spitze, hinter ihm ritt ein untersetzter Mann, den ich vom Sehen kannte. Justin mußte den Hauptmann der Miliz gezwungen haben, ihn zu begleiten. Ihm folgte einer der Soldaten, ein dürrer Bursche mit einem Gewehr vor sich im Sattel, und neben ihm ritt Ram Lall.

„Er hat Ben mitgebracht", flüsterte Cherry. „Ram hat ihn vor sich im Sattel. O Gott, was haben sie mit ihm gemacht, daß er ihnen Jakes Aufenthalt verraten hat?"

Es führte zu nichts, darüber nachzudenken, andere Dinge waren wichtiger. Ich sagte rasch: „War Jake zu Fuß? Auf welchem Weg wird er zurückkommen?"

Sie schüttelte den Kopf. „Ich weiß es nicht, aber er wollte nicht das Pony nehmen."

Ich war unschlüssig, was ich tun solle. Sie waren noch ziemlich weit entfernt, aber wenn ich aus der Hütte trat, mußten sie mich sehen, und ob ich nun Rowan nahm und fortgaloppierte, oder zu Fuß ging, sie würden mir unweigerlich folgen, denn auf dem kahlen Marschland gab es kaum eine Deckung. Ich konnte nur hoffen, sie von der Fährte abzulenken, um Jake eine Chance zur Flucht zu geben, falls er zurückkam.

Mit dieser Absicht öffnete ich die Türe, dann schienen sich die Ereignisse zu überstürzen. Jakes große Gestalt erschien auf dem Grat, und er begann mit langen Schritten auf die Hütte zuzugehen. Ich rief ihm eine Warnung zu. Er schaute auf, sah mich, dann mußte er die Reiter bemerkt haben und wußte, was los war. Er begann über das Moor zurückzurennen. Gleichzeitig rief Ben seinem Bruder etwas zu. Der Hauptmann rief: „Halt, halt im Namen des Königs!" Aber Jake blieb nicht stehen. Der Soldat hob seine Flinte. Ben schrie wieder und versuchte sich freizumachen. Die Pferde stießen gegeneinander, und das Gewehr ging los. Die Chancen für Jake standen eins zu tausend. Ich zweifelte, ob der unglückliche Soldat wirklich beabsichtigt hatte zu schießen, aber Jake hielt plötzlich mitten im Lauf inne. Dann tat er langsam, sehr langsam ein paar taumelnde Schritte, drehte sich und fiel nach vorn.

Cherry drängte sich an mir vorbei, lief über das Gras, stolperte, raffte sich wieder auf und kniete neben ihm nieder. Als ich sie erreichte, versuchte sie ihn aufzuheben. Er stöhnte und rollte auf den Rücken.

„Vorsichtig", sagte ich, „vorsichtig."

„Er ist nicht wirklich verletzt. Er kann es nicht sein", sagte sie außer sich. „Er kann es nicht sein. Es ist nicht möglich."

Es war nicht viel Blut zu sehen, nur das Loch mit gezackten Rändern, wo die Kugel durch seinen verschlissenen Rock gegangen war. Ich hob seinen Kopf, öffnete das Hemd.

Er stammelte: „Oliver . . . ich bin froh . . . daß du hier bist . . ." Ein wenig Blutschaum trat ihm auf die Lippen. Ich verstand wenig von Medizin, aber ich sah, wo sich der Blutfleck ausbreitete. Wenn die Kugel die Lunge durchschlagen hatte, konnte ihn kein Arzt, nicht einmal Gott selbst retten.

„O Jake, liebster Jake", Cherry schaute mich verzweifelt an. „Wir müssen doch etwas tun können . . ."

Ich hatte ihm den Arm unter den Kopf gelegt und sagte: „Nur ruhig, mein Guter, du kommst wieder in Ordnung. Wir tragen dich hinein . . ." Nutzlose, leere Worte, die zuversichtlich klingen sollten, während die ganze Zeit etwas in mir schrie, daß ein Mann nicht so sterben konnte, nicht so rasch, nicht ein so kräftiger Mann wie Jake, das war widersinnig, das konnte nicht sein.

Sein Gesicht war aschfahl geworden. Seine Lippen bewegten sich, aber ich konnte nichts verstehen. Ich beugte mich tiefer.

„Ich habe es versucht, ich habe es versucht . . . aber es hat zu nichts geführt . . ."

Cherry hatte seine Hand ergriffen und drückte sie an ihren Mund. Seine weitaufgerissenen Augen waren auf sie gerichtet. Er versuchte zu lächeln, konnte es aber nicht. Seine Lippen formten ihren Namen, aber er brachte keinen Laut mehr heraus, mit einem langen Seufzer entfloh das Leben aus ihm.

„Ist der Bursche tot?"

Justin stand da und sah auf uns herab. Der Hauptmann neben ihm runzelte die Stirn.

„Das haben wir nicht beabsichtigt, Mylord. Eine recht unglückliche Geschichte. Wir wollten ihn lebend fangen. Wir hätten ihn gebraucht, wie Sie wissen, um ein Exempel zu statuieren . . ."

„Ihr schießfreudiger Mann hat uns diese Mühe abgenommen", sagte mein Onkel bitter.

Ben kam angestürzt und sank neben Jake nieder. „Sie haben es mir herausgelockt", schluchzte er. „Sie haben gesagt, daß es besser für dich ist, daß du dich nicht länger verstecken mußt, ich habe gemeint, ich habe gemeint . . ."

„Nicht Ben, nicht", sagte ich leise, „sei still."

Justin legte Cherry die Hand auf die Schulter. „Komm mit, meine Liebe, ich bringe dich nach Hause."

Sie sprang von ihm fort, wie von einer Wespe gestochen. „Mörder! Du wolltest ihn tot, nun hast du ihn getötet. Ich geh nie zu dir zurück, niemals. Lieber sterbe ich!"

Ich war aufgestanden und sagte: „Sie ist meine Schwester. Ich meine, du läßt sie lieber bei mir wohnen."

Wir sahen einander eine Weile in die Augen, während der Regen weiter auf Jakes erstarrtes Gesicht fiel. Dann zuckte Justin die Achseln. „Na schön, wenn ihr es so wünscht. Viel Gutes wird dabei nicht herauskommen."

Er wandte sich zum Gehen, und plötzlich begann ihm Cherry mit brechender Stimme nachzuschreien: „Du hältst dich für Gott, du glaubst, daß du mit Leuten tun kannst was du willst, aber das kannst du nicht. Sie verachten dich, alle, auch Alyne, mehr als jeder andere. Sie verabscheut dich so sehr wie ich . . ."

Sie sprang auf ihn zu, und zu meinem Schrecken sah ich, daß sie Jakes Schnappmesser aus dem Gürtel gezogen haben mußte. Ich eilte hin, aber Justin war rascher. Er packte sie am Handgelenk, und drückte es, bis ihr die Waffe aus den Fingern glitt.

Mit eisiger Verachtung sagte er: „Was hast du vor? Willst du mich ermorden?"

Der Hauptmann und sein trotteliger Gehilfe hatten sich umgewendet und starrten sie mit gieriger Neugier an. Ich sagte rasch: „Lassen Sie sie in Ruhe. Haben Sie nicht schon genug getan? Können Sie nicht sehen, daß sie vor Schmerz außer sich ist?"

Aber Justin ließ nicht los. Seine Finger gruben sich in ihr Fleisch, und er sagte mit tödlicher Schärfe: „Sag nie mehr so etwas über Alyne, hörst du mich?"

Cherry war sehr bleich geworden, aber sie ließ sich nicht einschüchtern, beugte sich vor und flüsterte: „Es ist wahr, ich schwöre, es ist wahr . . ."

„Es ist eine verdammte Lüge." Er ließ sie los und stieß sie heftig zurück. Dann wandte er sich um und ging zu den Pferden, die Ram gehalten hatte, die anderen trotteten wie Schafe hinterher.

Cherry zitterte. „Ich hasse ihn, ich hasse ihn", schluchzte sie. „Ich wollte, ich hätte ihn getötet."

„Das wäre reichlich sinnlos gewesen. Jetzt nimm dich zusammen und hilf mir."

Eine gewisse Härte schien mir der beste Weg, einen Zusammenbruch zu verhüten, und im Augenblick gelang mir das auch. Jake war groß, aber sehr mager, und ich war kräftig. Mit Hilfe von Cherry und Ben nahm ich ihn auf die Schulter und trug ihn zur Hütte, fort aus dem unbarmherzigen Regen.

Ich wollte sie nicht allein, nur mit Ben lassen, während ich nach Ramsay ritt, aber ich konnte ihn weder mitnehmen noch zurücklassen. Irgend etwas mußte geschehen. Dann half mir Jim Dales Rückkehr aus der Verlegenheit. Er mußte den ganzen Zwischenfall aus einem Versteck beobachtet haben, besorgt, nicht darin verwickelt zu werden, und nun schlich er verstohlen über das Gras und kam leise zur Tür herein. Der Kesselflicker war ein kleiner Mann mit nußbraunem Gesicht und untersetztem drahtigem Körper. Er sah mit düsterem Zorn auf Jake hinab.

„Es ist nicht recht, Mister, es ist nicht anständig. Er war ein guter Mann. Wir haben heute morgen auf ihn gehört, wie auf keinen sonst. Wir wären ihm überallhin gefolgt, und heute gibt es nicht viele solche wie er."

Er musterte die schluchzende Cherry neugierig, bevor er sich an mich wandte. „Was soll jetzt geschehen, Mister?"

Ich wollte Jake nicht der Barmherzigkeit der Pfarrer überlassen, die ihn in einem Armengrab verscharrt hätten. Er sollte nach Ravensley zurückgebracht werden, wo seit fast dreihundert Jahren die Starlings neben den Aylshams lagen.

Die Augen des Kesselflickers leuchteten beim Anblick des Goldes auf. Er versprach, dafür zu sorgen, daß die Leiche am folgenden Tag die gut zwanzig Meilen nach Ravensley getragen wurde.

„Und da werden allerhand Leute mitgehen, Mister, um zu sehen, daß er anständig begraben wird. Er war sehr angesehen."

Das war ein geringer Trost, doch war ich froh darüber.

Als wir endlich zum Aufbruch bereit waren, hatte der Regen aufgehört, aber der Himmel hing noch voller schwerer Wolken und alles triefte vor Nässe. Es war einer jener Tage, an denen sich der Frühling zu verstecken scheint und die Marsch höchst trübselig aussieht. Ich sorgte mich um Cherry, aber ich konnte nichts anderes tun, als sie nach Thatchers zurückzubringen, so schnell uns die müden Pferde trugen. Sie war ruhig und apathisch, als ich ihr in den Sattel half. Dann nahm ich Ben vor mich aufs Pferd, und wir ritten schweigend zurück.

Es war Abend, als wir zu Hause ankamen, und es dämmerte bereits. Clarissa muß nach uns Ausschau gehalten haben, denn sie kam aus dem Haus gelaufen und legte ihren Arm um Cherry, sobald sie abgestiegen war.

„O du armes Kind! Wie naß du bist und wie erfroren. Komm rasch herein."

Die Anteilnahme ließ Cherry aufschluchzen, sie klammerte sich an Clarissa und weinte so bitterlich, daß diese mich fragend ansah.

Ich brachte es nicht über mich, es laut auszusprechen. Ich schüttelte den Kopf, brachte die Pferde in den Stall, nahm ihnen den Sattel ab und rieb sie selbst gründlich trocken, um mich durch körperliche Arbeit irgendwie von meinen Gedanken und meinem Kummer abzulenken.

Ben war zu seiner Mutter gelaufen, und ich dankte Gott, daß mir die schwere Pflicht erspart geblieben war, ihr die Nachricht zu überbringen.

Als ich in das Wohnzimmer kam, war es leer. Clarissa war noch mit Cherry oben. Ich hatte den ganzen Tag nichts gegessen, aber der Gedanke an Speisen machte mir übel. Ich goß mir ein Glas Brandy ein und nahm es zum Feuer mit. Von meinen durchnäßten Hosen stieg der Dampf auf, aber mir war alles gleichgültig. Das Blut strömte allmählich wieder in die erstarrten Glieder. Die Betäubung verging und der Schmerz überfiel mich. Ich goß den Brandy hinunter und schenkte mir neu ein. Der Alkohol wärmte meinen leeren Magen, linderte aber nicht meine tiefe Qual. Ich spürte auch ein bitteres Bedauern und ein Gefühl der Schuld, dem ich mich nicht entziehen konnte.

Als Clarissa zurückkam, saß ich auf der Bank, starrte auf die glimmenden Kohlen, und Erinnerungen, viel zu viele Erinnerungen überkamen mich. Sie ging so leise, daß ich sie erst hörte, als sie neben mir war und mir die Hand auf die Schulter legte.

„Deine Jacke ist ganz durchnäßt. Du solltest sie ausziehen."

„Er ist tot", sagte ich heftig. „Wegen nichts und wieder nichts von einem verdammten Narren ermordet. Es ist so sinnlos. Was will Gott damit, daß er eine so idiotische abscheuliche Vergeudung von Menschenleben zuläßt!"

„Ich weiß", sagte sie, kam herum und kuschelte sich zu meinen Füßen. „Ich weiß."

Ich konnte nur an mich und meinen überwältigenden Kummer denken. „Nein, du weißt gar nichts", sagte ich grob. „Wie könntest du? Du hast ihn nie so gekannt wie ich. Im innersten Herzen bist du froh. Du hast ihn immer loswerden wollen."

Ich sah die schmerzliche Bestürzung in ihren Augen, aber es war mir gleich, wenn ich sie kränkte, es half mir irgendwie, meinen eigenen Jammer zu lindern.

„Das ist nicht wahr, Oliver, du weißt, daß es nicht wahr ist."

Ich haßte mich selbst dafür, was ich ihr antat, brachte aber keine Entschuldigung heraus. Ich mied ihren Blick. „Ist mit Cherry alles in Ordnung?"

„Sie ist im Bett. Ich habe ihr ein heißes Getränk und ein Beruhigungsmittel gegeben, damit sie einschlafen kann. Sie ist schrecklich unglücklich und redet alles mögliche wilde Zeug daher, das arme Kind." Sie hielt kurz inne. „Sie hat höllische Angst davor, was Justin ihr antun könnte, aber als ich ihr sagte, sie könne hier bei uns bleiben, fragte sie: ‚Auch wenn ich ein Baby bekomme?' "

„O Gott, nicht das auch noch."

„Sei ihr nicht böse."

„Böse? Um Himmels willen, wie könnte ich ihr böse sein?"

„Sie hat große Angst, ist aber auch sehr stolz. Ich habe es nicht übers Herz gebracht, ihr die Hoffnung zu nehmen. Ich meine, daß sie einander geliebt haben, ein einziges Mal, ist alles, was sie hat, und daran klammert sie sich. Wir behalten sie doch bei uns, nicht wahr, Oliver?"

„Das mußt du entscheiden. Es kann Schwierigkeiten mit Justin geben."

„Dann ist es also beschlossen, sie bleibt hier." Sie stand auf. „Zieh deine nassen Sachen aus, und ich bringe dir etwas zu essen."

„Ich will nichts."

„Oliver . . ."

„Um Himmels willen, geh und laß mich allein."

„Na schön, wenn du das willst."

Sie verließ leise das Zimmer, und ich blieb allein sitzen, bis das Feuer in der Asche erstarb. Der Schmerz lag wie ein eisernes Band um meine Brust, nichts konnte ihn lindern, und schließlich ging ich fröstelnd und steif die Treppe hinauf. Als ich an der Türe von Clarissas Zimmer vorbeikam, rief sie mich leise.

Ich blieb unschlüssig stehen, dann ging ich hinein. Die Kerze brannte noch. Ich trat ans Bett. „Was ist? Soll ich dir etwas holen?"
Sie schaute zu mir auf, und ich sah Tränen in ihren Augen glitzern. „Ich habe ihn auch geliebt. Schließ mich nicht aus, Oliver. Bitte. Laß es mich mit dir zusammen tragen."
Ich war so müde, daß ich kaum stehen konnte. Ich setzte mich schwerfällig auf den Bettrand. „Ich gebe mir selbst die Schuld. Ich habe die ganze Zeit nur an Cherry gedacht und nicht an ihn. Ich hätte ihn zwingen sollen fortzugehen, dieses verdammte Land zu verlassen. Er hatte soviel vor, soviel, das er zuwege bringen wollte. Und nun ist das alles vorbei."
„Nicht vorbei, nicht endgültig, nicht solange du noch hier bist."
Ich starrte sie an. „Was kann ich tun?"
Die Hand, die sich auf die meine legte, war warm, aber ich konnte nicht dieser Stimmung nachgeben. „Ich sollte nicht . . . ich eigne mich nicht . . ."
Aber sie ließ nicht locker. Im flackernden Kerzenlicht sah sie mich liebevoll an und fuhr fort: „Ich bin hier gelegen, und habe an unsere Kinderzeit gedacht. Jake konnte so stark und doch so gütig sein. Wir haben es damals nicht gemerkt, aber erinnerst du dich? Immer war es Jake, der Cherry getragen hat, wenn sie müde war, und einmal ist er in den Fluß gesprungen, um ihre Puppe herauszufischen, als sie sie in einem Wutanfall hineingeworfen hatte . . ."
„O Gott!" sagte ich, „o Gott!" Das eiserne Band wurde allmählich lockerer, etwas schien sich in meinem Inneren zu lösen. Ich konnte die Tränen nicht mehr zurückhalten und überließ mich endlich meinem Schmerz.

Ich erwachte sehr frühzeitig. Wir hatten vergessen, die Vorhänge zuzuziehen, und das strahlende Licht des Frühlingsmorgens strömte ins Zimmer. Eine einsame Drossel sang sich im Weißdorn das Herz aus dem Leib. Der Schmerz war noch da, und der kommende Tag versprach weitere Schwierigkeiten, doch ich fühlte mich erquickt.
Ich schaute auf Clarissa hinunter. Die letzte Nacht hatte sie mich in den Armen gehalten, während ich schluchzte wie ein Kind, doch schämte ich mich dessen nicht. Mit einem Finger zog ich die reine Linie ihrer Wangen nach, dann beugte ich mich herab und küßte sie auf den halb geöffneten Mund.
Schläfrig murmelte sie: „Ist schon Zeit aufzustehen?"
„Noch nicht."

Ich küßte sie wieder, und sie schmiegte sich mit einem kleinen Seufzer an mich. Zum ersten Mal fühlte ich ein Verlangen aufkeimen, das nicht sinnlich, nicht nur ein körperliches Begehren war, sondern Teil der Liebe, einer Liebe, geboren aus Kameradschaft und gemeinsamem Leben und geteilten Sorgen. Ich zog sie an mich, und sie schaute mich an.

„Was ist?"

„Ich liebe dich."

Sie öffnete ihre Augen weit, dann lächelte sie. Ihre Arme schlangen sich um mich, und da gab es keine Schranken mehr, keine gläserne Wand, nur Wärme, Hingabe und Erfüllung. Später dachte ich, wie seltsam es war, daß Jakes Tod den wahren Beginn unserer Ehe bedeutete.

Fünfter Teil

CLARISSA

1832 – 1833

Wie erkenne ich dein Treulieb
vor den andern nur?

<small>WILLIAM SHAKESPEARE</small>

1

Im Juni wurde es mir zur Gewißheit, daß ich ein Kind erwartete, und ich freute mich darüber, erzählte es aber niemanden. Unser Glück war zu neu, zu zerbrechlich, zu wunderbar, um es zu gefährden, selbst wenn es durch etwas geschah, auf das ich so lange gehofft hatte. Ich war keineswegs sicher, ob Oliver die Geburt eines Kindes begrüßen würde. Ich wollte das Geheimnis und die Freude noch eine kleine Weile für mich bewahren, dieses heimliche Glück, bis ich es ihm mitteilte und wir uns gemeinsam erneut daran freuen konnten.

Ich redete mir gerne ein, daß ich an jenem Morgen nach Jakes Tod empfangen hatte, als Oliver zum ersten Mal sagte: „Ich liebe dich", und wir aus Kummer und Schmerz den Weg zu einem neuen Verständnis fanden, obgleich ich mich hinterher angesichts von Cherrys Jammer schuldig fühlte. Aber höchstwahrscheinlich war ich nur hoffnungslos romantisch. Meine Schwangerschaft konnte auch von anderen Nächten und sogar Tagen herrühren, denn in diesen letzten paar Wochen war es, als wären wir plötzlich von allen Hemmungen befreit, als feierten wir die lang verschobenen Flitterwochen. Eines Nachmittags, als er unerwartet, noch nach Leder und Stall riechend hereinkam, fand er mich dabei, wie ich mich gerade umzog, weil ich Cherry endlich hatte überreden können, mit mir Besuche zu machen. Er legte mir den Arm um die Hüfte.

„Zieh dich nicht an, meine Liebe, noch nicht gleich. Ich mag dich, so wie du bist."

„Oh, mein Schatz, nicht um diese Tageszeit, das ist nicht schicklich."

„Sicher darf ich mich doch jederzeit, wenn mir danach ist, an meiner Frau erfreuen", sagte er lachend, „nur nicht mit den Stiefeln an", und er setzte sich aufs Bett und warf sie ab, bevor er mich zu sich niederzog.

Es war sonst nicht Olivers Art, noch die meine, aber ich war unwahrscheinlich glücklich, mochte es merken wer wollte, wie auch vor knapp einer Woche, als wir in der Frühe gemeinsam ausritten, um die Pferde zu bewegen. „Du mußt dich auf dein Rennpferd vorbereiten, Clary", sagte er heiter. Nachdem wir fern von allem, außer den Vögeln, unser mitgebrachtes Essen verzehrt hatten, zog er mich in seine

Arme, und wir liebten einander mit Freude und Hingabe dort auf dem grünen Rasen mit dem starken Duft des Wiesengeißbarts rings um uns, und ich fragte mich nicht länger, ob er das gleiche mit Alyne getan hatte. Es war nun ohne Bedeutung.

Seltsamerweise erriet Papa meinen Zustand als erster. Eines Morgens kam ich nach Copthorne. Er hatte sich nicht allzu wohl gefühlt und saß nun in der Sonne, behaglich in seinem Stuhl zurückgelehnt, mit den beiden Hunden zu seinen Füßen und Prickle in seinem Schoß. Tante Jess litt zur Zeit so sehr an rheumatischen Schmerzen, daß sie das Zimmer nicht verließ.

Plötzlich sagte er: „Hör mal, Kind, gibt es bei dir Nachwuchs?"

Ich erwiderte abweisend: „Mußt du immer so grob sein, Papa? Ich bin doch kein Karnickel."

„Sei nicht so zimperlich, Mädchen. Wir sind jetzt nicht in Mayfair. Hier heraußen nennen wir die Dinge beim Namen, jedenfalls behauptet das Jess. Wie ist es also?"

„Warum meinst du das?"

„Du siehst danach aus. Du gehst herum mit einer Art Triumph in den Augen, einer Selbstgefälligkeit, würde ich sagen, dem Bewußtsein der Überlegenheit über uns arme Männer. Ich erinnere mich, das bei deiner Mutter gesehen zu haben, als sie dich erwartete."

„O Papa, du bist wirklich komisch. Warum sollte ich mich überlegen oder triumphierend fühlen?"

„Das weiß Gott allein, aber Frauen tun es. So hat Oliver endlich seine Pflicht dir gegenüber erfüllt. Weiß er es?"

„Noch nicht, bitte sag es ihm nicht. Ich würde es dir nie verzeihen."

„Ich denke nicht im Traum daran, meine Liebe. Und wann werde ich stolzer Großvater?"

„Im Februar, meint Dr. Thorney."

„Ich hoffe, daß ich das noch erlebe."

„Natürlich wirst du das. Sag nicht solche Sachen."

Aber ich sah ihn ängstlich an. Der letzte Anfall war sehr schwer gewesen und hatte ihn sehr mitgenommen. Ich hob meinen Korb auf, und als ich an ihm vorüberging, griff er nach meiner Hand. „Geht es jetzt besser zwischen euch?"

„Ja."

„Und bist du glücklich?"

„Sehr." Ich beugte mich zu ihm hinab und küßte ihn. „Und ich wäre noch viel glücklicher, wenn du besser auf dich aufpassen und dich nicht in die Vergnügungen von Ely stürzen würdest."

Er verzog das Gesicht. „Ein Mann muß manchmal über die Stränge hauen. Paß du auf dich auf, Clary, sei nicht zu glücklich, fordere das Schicksal nicht heraus."

„Was ist das für ein Unsinn. Ich verstehe nicht, was du meinst."

Aber ich wußte, er dachte an meine lachende Mutter und ihren Übermut, der ihr den Tod gebracht hatte. Übersteigertes Glücksgefühl fordert das Mißgeschick heraus. Das behauptet die Landbevölkerung, und hat hundert abergläubische Bräuche, um das Übelwollen der Götter abzuwenden, die viel älter sind als der christliche. Ich hätte viel besser daran getan, auf sie zu achten und auf Holz zu klopfen, aber ich sonnte mich weiter in meinem Glück und dachte nie daran, wie leicht und wie rasch es zu Fall kommen konnte.

Zunächst wollte Oliver sich von seinem Onkel trennen, ihm die Verwaltung vor die Füße werfen. „Wie er zum Teufel geht, ist mir gleich", sagte er heftig am Tag nach Jakes Begräbnis. Ich mußte ihn überreden, es nicht zum Bruch kommen zu lassen.

„Zuviel hängt von dir ab. Du bist der Vermittler zwischen ihnen und Justin. Du kannst der Sache nicht einfach den Rücken zukehren. Jake hat es auch nicht getan. Er hat sich schließlich selbst für seinen Glauben geopfert."

Ich sah die Qual in seinen Augen und wußte, daß ich recht hatte. Ich fuhr rasch fort: „Da ist auch Cherry. Er schuldet ihr ein Nadelgeld, und du mußt darauf schauen, daß er es ihr zahlt. Es kann ja nicht ewig so weitergehen. Sie ist noch so jung. Eines Tages wird sie heiraten wollen."

Mit Sir Peter Berkeley gab es Schwierigkeiten, aber Oliver suchte ihn auf und beruhigte ihn. „Warten wir doch eine Weile", sagte er ihm. „Sie wissen, wie widerspenstig junge Mädchen sein können. Sagen Sie Hugh, er soll ein wenig Geduld haben."

Ich erfuhr nicht, was er und Justin miteinander gesprochen hatten, denn er kam von Ravensley gereizt und wortkarg zurück, so fragte ich nicht danach, und alles ging wie früher weiter, außer daß wir abends nicht mehr ins Herrenhaus hinübergingen. Jethro kam manchmal mit Hattie, aber Alyne sah ich kaum je. Mir war das recht so, nur um Cherry machte ich mir Sorgen. Sie war nicht schwanger, und ich war ihret- und auch unsretwegen froh darüber. Es hätte zuviele Probleme mit sich gebracht, aber sie schien irgendwie enttäuscht. In der Stimmung, in der sie war, hätte sie gerne ihre Liebe stolz zur Schau getragen, aber nun war da nichts, nur der übliche Alltag und der Schmerz über den Verlust. Sie war teilnahmslos und apathisch, und ich konnte sie für nichts interessieren. Dann geschah etwas, das eine Lösung versprach.

Als ich eines Nachmittags mit Tante Jess in Copthorne Tee trank, sagte sie unvermittelt: „Dein Vater hat den ganzen letzten Monat nicht allzugut ausgesehen, Clarissa. Ich denke daran, ihn nach Bath mitzunehmen."

„Ich wollte, du würdest nicht über mich reden, wie wenn ich nicht hier wäre", bemerkte mein Vater säuerlich. „Ich bin kein Paket, das man irgendwohin mitnimmt, ich verabscheue Bath. Dort gibt es nichts als langweilige Dummköpfe, die über ihre Gicht und ihre Verdauung klagen."

Ich unterdrückte ein Lächeln. „Ich halte es für eine ausgezeichnete Idee, aber warum geht ihr nicht nach Lyme Regis? Dort könnt ihr Seeluft genießen."

„Pfui Teufel!" schüttelte sich Papa. „Und was soll ich bitte den ganzen Tag in diesem verwünschten jämmerlichen Nest tun? Auf dem Berg herumklettern? Wenn wir schon irgendwohin gehen müssen, würde ich Brighton vorziehen."

„Na schön, dann gehen wir nach Brighton", sagte Tante Jess unerwartet. „Da fällt mir ein, daß ich nicht mehr dort war, seit seine verblichene Majestät den abscheulichen Royal Pavillon erbaut hat. Unser jetziger König ist Gott sei Dank zu vernünftig, um sich auf einen solchen Unsinn einzulassen."

„König Wilhelm ist einfach zu blöd, um an sowas zu denken?" murmelte Papa geringschätzig. „Da gehe ich mit, aber nur unter einer Bedingung."

„Oh, und das wäre?" fragte Tante Jess mit gerunzelter Stirn.

„Daß wir Cherry mitnehmen. Ein hübsches junges Mädchen ist genau das, was ich brauche, und sie hat in letzter Zeit ein bißchen kränklich ausgesehen. Es wird uns beiden guttun. Ich kann ihr die Gegend zeigen."

Ich ahnte nicht, wieviel Papa erraten hatte, aber vermutlich wußte er ziemlich genau, was geschehen war.

Oliver war nicht recht überzeugt, als ich ihm davon erzählte. „Es wird ein hübsches Geld kosten, und ich wette mit dir um eine Guinee gegen einen Shilling, daß sie nicht gehen wird."

„Abgemacht!" sagte ich triumphierend, denn ich hatte mir bereits überlegt, wie ich sie überreden würde. Sie und mein Vater hatten einander immer freundschaftlich gehänselt, und ich erklärte ihr, ich könnte selbst nicht mitgehen, und so würde sie mir und Tante Jess einen Gefallen tun, wenn sie ihm Gesellschaft leisten und ein wachsames Auge auf ihn haben würde. Cherry war eine jener jungen Frauen, die sich gerne nützlich machen.

Ich nahm sie und Hattie nach London mit, um einiges einzukaufen. Wir genossen die Veränderung in aller Ruhe, und Harry besuchte uns in unserem Quartier. Ich hatte ihn fast ein Jahr nicht gesehen und fand, er spielte sich ein wenig als der sorglose Lebemann auf. Doch unter dem heiteren Auftreten entdeckte ich eine gewisse Unsicherheit.

„Na, wie bekommt dir das Leben draußen in der Marsch, Schwesterchen? Bei aller Hochachtung vor Oliver, der zweifellos ein feiner Kerl ist, muß es manchmal verdammt langweilig sein."

„Es ist keineswegs langweilig", sagte Cherry lebhaft. „Es ist nicht langweiliger als das ewige Einerlei von Bällen, Empfängen und Abendgesellschaften, auf denen es zuviel zu trinken gibt, zuviel gespielt wird, zuviele Frauen und . . ."

„Nun, übertreib nicht, das ist nicht fair", protestierte Harry, ziemlich aus der Fassung gebracht. „Ich kann wirklich nichts für diese Auswüchse. Womit habe ich solche Schelte verdient?"

„Oh, ich habe von dir gehört", sagte Cherry und warf den Kopf hoch. „Du bist wie Rittmeister Rutland, eine prächtige Uniform und feine Manieren, aber innerlich hohl wie eine Vogelscheuche. Warum fängst du nichts Nützliches mit deinem Leben an, tust nichts, um anderen zu helfen, um das Leben in diesem Land zu verändern . . ." Plötzlich wurde sie blutrot, biß sich auf die Lippen und rannte aus dem Zimmer.

„Verdammt nochmal!", rief Harry und starrte ihr nach. „Welcher Teufel reitet denn Cherry? Sie ist ja wie eine dieser ernsten jungen Frauen, die einem immer Predigten halten. Ich hatte mir immer geschmeichelt, daß sie mich ziemlich gern mag."

„Sie war in letzter Zeit krank und gerät leicht in Erregung", sagte ich hastig. „Deshalb nehmen Tante Jess und Papa sie ja nach Brighton mit."

„Hm, ich könnte hinfahren und den alten Herrn besuchen, solange sie dort sind. Ich leihe mir von Bulwer seinen Einspänner aus. Dann kann ich sie ein wenig herumfahren."

Ich grinste innerlich. „Tu das nur. Harry, siehst du Rittmeister Rutland oft?"

„Hin und wieder. Er hat sich sehr geändert, Clary. Nicht mehr so wie früher, neuerdings ein ziemlicher Trauerkloß. Spricht davon, seinen Abschied zu nehmen und sich zur Ruhe zu setzen."

„Will er heiraten?"

„Nicht, daß ich wüßte." Harry lächelte mir liebevoll zu. „Warum? Tut es dir jetzt leid, daß du ihm einen Korb gegeben hast?"

„Nein, keineswegs."

Ich wußte von Joshua Rutlands Absicht, Westley Manor zu kaufen, was nur im Augenblick zufolge der Abwesenheit des Eigentümers unmöglich war, und der Gedanke, daß Bulwer Rutland so nahe bei uns wohnen würde, verursachte mir ein undefinierbares Unbehagen, das sich durch keine Vernunftgründe zerstreuen ließ.

Wir waren eine Woche fort, und als ich zurückkam, hatte ich einige Tage alle Hände voll zu tun, um beim Packen zu helfen und alles für die Abreise vorzubereiten. Copthorne blieb in Prues Obhut, und Tante Jess hinterließ ihr eine meterlange Liste Anweisungen, angefangen von einer gründlichen Säuberung des Vorratsschrankes bis zur Warnung von einer Überfütterung der Hunde und dem Schutz des reifenden Obstes vor den Vögeln.

An einem Julimorgen war schließlich das ganze Gepäck aufgeladen, und ich sah sie im Wagen abfahren. Erst nach fünf Uhr nachmittags, nach einer langen Rücksprache mit Prue und Betty, ging ich nach Thatchers zurück.

Es war einer jener drückenden Tage, an denen zwar die Sonne nicht scheint, aber die Hitze sich wie unter einer dicken Decke staut. Zum ersten Mal machte mir meine Schwangerschaft zu schaffen. Ich hatte Kopfweh und konnte den Schweiß unter dem leichten Sommerkleid meinen Rücken hinabrinnen spüren.

Als ich zu Hause anlangte, ging ich zur Rückseite. Der Zweiradwagen von Ravensley stand im Hof, und das erinnerte mich an jenen Tag vor zwei Jahren, als ich zum ersten Mal nach Thatchers gekommen war und Justin bei Oliver vorgefunden hatte. Seit der Sache mit Cherry war er nicht mehr gekommen, und ich war etwas überrascht und neugierig. Wie damals spähte ich durch das Fenster, und was ich sah, ließ mich erstarren. Ich war schockiert und furchtbar unglücklich.

Alyne stand mitten im Zimmer, Oliver hinter ihr. Ich konnte nicht hören, was sie sprachen, aber ich sah, wie er den hohen Kragen ihres Musselinkleides aufhakte, mit der Hand leicht über ihren bloßen Nakken strich und sich dann vorbeugte, um ihn zu küssen. Ich sah, wie sie sich umwandte und ihn verzweifelt und sehnsuchtsvoll anblickte, und wie er sie in seine Arme schloß. Dann konnte ich nicht mehr länger zusehen. Wenn ich nicht so müde und besser beisammen gewesen wäre, hätte ich mich vielleicht anders verhalten. Ich wäre wütend und entrüstet ins Zimmer gestürzt und hätte eine Erklärung verlangt. Aber ich war in der Vorfreude auf einen ruhigen Abend nach Hause gekommen. Jetzt, hatte ich gedacht, jetzt war es an der Zeit, Oliver zu sagen, daß wir ein Kind haben würden, und es war wie ein Schlag ins Gesicht, der mein ganzes Glück auslöschte. Ich überlegte keinen Augenblick, ich wußte nur, daß ich fortgehen mußte, irgendwohin, um nicht diese liebevolle Zärtlichkeit einer anderen Frau gegenüber zu sehen.

Ich lief blindlings den Pfad entlang, achtete nicht, wohin ich ging, und fand mich plötzlich am Fluß, wo im Sommer immer ein Boot angebunden war. Ich setzte mich hinein mit dem Gedanken, mich eine Weile in Einsamkeit und Verlassenheit treiben zu lassen, um mit dem fertig zu werden, was ich gesehen hatte.

Ich ruderte langsam. Es war immer noch drückend heiß, und in der Nähe der Ufer, wo das Wasser unter dem überhängenden Buschwerk durchfloß, schwebten Wolken stechender Mücken und lästiger kleiner Fliegen.

Ich weiß nicht, wie lang ich mich treiben ließ, vielleicht eine Stunde oder mehr, und erst, als mir bewußt wurde, daß ich Schluß machen und wenn auch widerstrebend heimkehren mußte, merkte ich den aufsteigenden Nebel. Dieses Phänomen war in der Marsch im Sommer häufiger als im Winter, wenn es zu einem plötzlichen Temperaturabfall kam. Er kräuselte sich hoch wie weißer Dampf, hing im Schilf und Riedgras, wälzte sich über das Wasser.

Zuerst hatte ich keine Angst. Ich war auf diesen Gewässern so oft mit Oliver und den Kindern gewesen, aber diesmal riß der Nebel für Sekunden auf, so daß ich meinte, am richtigen Weg zu sein, und zog sich dann wieder zu, so daß ich nie sicher war, ob ich den richtigen Wasserlauf genommen hatte. Was bei Tageslicht ganz einfach und unkompliziert gewesen war, wurde in dem dichten kalten Nebel ungewiß und geheimnisvoll. In dieser ungeheuren Leere gab es keine Landmarken. Einmal glaubte ich bestimmt, in der Ferne die Spinney-Mühle zu sehen und steuerte auf sie zu, aber als sich der Nebel das nächste Mal teilte, war sie verschwunden.

Ich weiß nicht, wie lange ich vorwärts und zurück ruderte, denn ich hatte keine Uhr mit, stellte aber mit wachsender Panik fest, daß ich mich im Kreis bewegte, ohne die Gegend zu erkennen. Der Nebel hüllte alles in graues Zwielicht, und die Hitze war einer unangenehmen feuchten Kälte gewichen. Ich zitterte in meinem dünnen Kleid. Die Abendstille war vorbei. Die Marsch wurde lebendig, und aus der Dunkelheit kamen unheimliche Geräusche, klagende Schreie eines großen Vogels, der ungesehen vorbeiflog, ein Rascheln im Schilf, das Rufen einer jagenden Eule, das ferne Heulen eines hungrigen Hundes.

Ich hatte mich nie für besonders nervös gehalten, aber diese ungeheure Wildnis hatte etwas Unheimliches an sich, und ich stellte ziemlich entsetzt fest, daß ich mich hoffnungslos verirrt hatte. Oliver würde mich suchen kommen, das wußte ich, aber das würde eine Weile dauern. Es würde ihm nicht einfallen, daß ich so verrückt gewesen sein könnte, mich abends bei aufkommendem Nebel in die Marsch zu wagen, und selbst dann konnte er kaum hoffen, mich in diesem Nebel zu finden, der alle Geräusche dämpfte. Auch wenn ich laut schrie, und er nur ein paar Meter vor mir war, konnten wir einander verfehlen.

Ich versuchte vernünftig zu überlegen. Wenn ich das Boot festmachte, konnte ich vielleicht eine der Hütten finden, die man dort für Tiere oder verirrte Wanderer gebaut hatte, eher primitive Unterkünfte, aber besser, als die ganze Nacht auf dem schwarzen Wasser zu verbringen, wo einem der feuchte Nebel durch alle Kleider drang.

Ich fuhr ans Ufer. Hinter dem hohen raschelnden Schilf konnte ich die schattenhaften Umrisse eines Kreuzdorns erkennen, und in der Meinung, hier am ehesten einen Unterschlupf zu finden, band ich das Boot fest, und stieg ans Ufer. Der letzte Monat war trocken gewesen, so erwies sich der Grund nicht allzu morastig, aber sich durch den Nebel zu tasten, war eine unerquickliche Sache. Zweige verhängten sich in meinem Kleid und strichen mir über das Gesicht. Dann verstrickte ich mich in die herabhängenden Ranken einer Wildrose, die sich um mich zu schlingen schien. Ich zerrte verzweifelt daran, kam schließlich wieder frei, und fand mich auf einer Lichtung. Ich blieb stehen, unfähig zu entscheiden, ob ich weitergehen oder umkehren sollte. Rings um mich schloß sich der Nebel wie eine Gefängnismauer. Plötzlich erstarrte ich vor Schreck. Irgend etwas bahnte sich seinen Weg durch das Unterholz, etwas, das schnüffelte und keuchte. Ich versuchte mir einzureden, daß es ein verirrtes Schaf oder eine aufgescheuchte Kuh war, aber ich kam nicht los davon, daß es der Black Shuck war, der mit flammenden Augen und geiferndem Maul durch die Marsch tappte, Thors Geisterhund, den anzublicken den Tod brachte, und einen Augenblick war ich vor Angst wie gelähmt. Dann brach aus dem Buschwerk ein riesiges, zottiges schwarzes Tier, und ich machte kehrt und rannte davon, stolpernd, fallend, meinen Weg durch Dornen und Brombeeren erkämpfend, bis plötzlich der Boden unter mir nachgab. Ich versank, schlug wild um mich und machte es dadurch nur noch schlimmer. Ich war in einen der grünen Moorseen geraten, der kalte Schlamm reichte mir schon fast bis zu den Knieen und saugte mich hinab. Etwas schien auf mich zuzustürzen, heißer Atem traf meinen Nacken, ich schrie wieder und wieder, und dann versank alles um mich in Schwärze.

Als ich die Augen öffnete, war es so dunkel, daß ich für ein paar Augenblicke nichts unterscheiden konnte. Anscheinend lag ich auf einem Bett von Stroh oder Farn, mit einem ungegerbten, scharfriechenden Schaffell zugedeckt, und allmählich stellte ich fest, daß die Wand neben mir aus gespaltenen Schößlingen bestand, und daß ich nicht allein war. Etwa einen Meter von mir brannte trübe eine Laterne, und neben mir kauerte ein Mensch.

Mir wurde schwindlig, als ich mich aufzurichten versuchte, und der Mann erhob sich und kam mit der Laterne näher. Sein Gesicht war im Schatten, aber ich sah, daß er kräftig und untersetzt gebaut war. Mit ihm kam ein großer schwarzer Hund, der seine kalte Nase in meine Hand schob und sie mit seiner rauhen Zunge leckte. Das war also der Black Shuck! Ich schämte mich meiner Angst.

„Sie sind jetzt in Sicherheit." Mein Retter hatte eine trockene heisere Stimme, und mir schien, daß er nur selten und dann widerwillig sprach.

„Wo bin ich?"

Er nahm von meiner Frage keine Notiz. „Am Morgen, wenn sich der Nebel zerstreut, bringe ich Sie zurück."

„Wissen Sie, wer ich bin?"

„Ja, das weiß ich."

Er hob die Laterne ein wenig, das Licht fiel auf sein Gesicht, und es war Oliver, ein rauher, ungekämmter, unrasierter Oliver, mit einem zerzausten Schopf rotgoldenen Haares. Ich war in der Hütte eines angeblichen Mörders, eines Wilden, der versucht hatte, Justin umzubringen, und alle Aylshams grimmig haßte. Unwillkürlich schreckte ich ein wenig zurück, und er mußte es sogleich bemerkt haben, denn er sagte trocken: „Nur keine Angst, hinter Ihnen oder Ihrem Mann bin ich nicht her."

„Wie meinen Sie das?" Ich zitterte immer noch ein wenig.

Er entblößte seine weißen Zähne in einem wölfischen Grinsen. „Auf den Schwarzen warte ich, und eines Tages, wenn es noch eine Gerechtigkeit in dieser verdammten alten Welt gibt, wird ihn mir Gott überlassen."

Er ist verrückt, dachte ich, ich bin mit einem Verrückten eingeschlossen, meilenweit entfernt von jeder Hilfe, nur mit Nebel und den gierigen Sumpflöchern der Marsch ringsum, wenn ich nun versuchte, durch die Tür zu entkommen . . . und doch mußte er mich aus dem Morast gezogen haben. Ich konnte den Schlamm an meinen Beinen trocknen fühlen, und der Saum meines Kleides war dick verkrustet.

„Wer sind Sie?" fragte ich schwach.

Er schüttelte den Kopf, ging fort und kam wieder mit einer Tasse. „Trinken Sie das", sagte er, „es ist Milch. Besser als nichts."

Ich war nicht hungrig, empfand aber plötzlich unerträglichen Durst und trank die Milch dankbar. Er setzte sich wieder wie früher auf das

Strohbündel und ließ die Laterne zwischen uns stehen. Der große Hund legte sich daneben.

Es war ein unheimliches Gefühl, in dieser baufälligen Hütte mitten im Nirgendwo zu liegen, bei diesem seltsamen Halbwilden, der in seiner rauhen Art freundlich zu mir gewesen war. Ich lag lange da, ohne ein Wort zu sagen, und er rührte sich auch nicht, nur der Hund schnarchte und winselte dann und wann im Schlaf. Ich schlummerte ein wenig, und als ich wieder die Augen öffnete, saß er immer noch auf dem gleichen Platz, und ich weiß nicht, was mich zwang, plötzlich meine Gedanken laut auszusprechen.

„Warum haben Sie versucht, Lord Aylsham umzubringen?" Meine Frage schien in der Dunkelheit ringsum widerzuhallen, und er antwortete so lange nicht, daß ich dachte, er müsse eingeschlafen sein.

Schließlich sagte er mürrisch: „Das ist eine Schuldigkeit, ich schulde es meinem Vater."

„Was für eine Schuldigkeit?"

Dann erzählte er mir langsam und mit langen Pausen seine bittere Geschichte, und ich hatte das Gefühl, daß sie eigentlich nicht für mich bestimmt war, sondern daß er unter einem inneren Zwang sprach, eine Rechtfertigung, die in der Dunkelheit der leeren Hütte verhallen und vergessen sein würde. Sobald er begonnen hatte, war keine Frage, kein Drängen nötig, es war vielmehr, als treibe ihn eine innere Kraft, seine Verteidigung vorzubringen.

„Ich war noch ein Kind, neun oder zehn", begann er mit seiner trokkenen rauhen Stimme. „Mein Vater arbeitete für die Leighs in Westley. Er war ein guter Gärtner, sorgte für das Obst und das Gemüse, und wir lebten in einer Hütte auf ihrem Land. Manchmal kam Sir Henry zu uns und sprach mit ihm. Ein oder zweimal gab er mir ein Sixpence-Stück. Er war ein großer gutaussehender Mann, aber menschenscheu, ging nie irgendwohin und lebte mit seinen beiden Schwestern in dem großen Haus ein ruhiges Leben. Sie hatten nicht viele Gäste, aber eines Tages kam ein dunkler Mann angeritten, er war jung, nicht mehr als vier- oder fünfundzwanzig und stolz auf seinem schwarzen Pferd. Meine Mam sah ihm mit einem seltsamen Ausdruck in ihren Augen nach. Das ist der ehrenwerte Justin Aylsham, Ned, sagte sie zu mir, ein Halbbruder von deinem Dad. Ich starrte sie an, denn ich verstand sie damals nicht. Ein Jahr oder länger kam der Mann häufig, und manchmal sah ich ihn im Garten mit den jungen Damen spazieren gehen.

Dann ging eines Tages mein Dad abends in den Schwarzen Hund auf ein Glas Bier und nahm mich mit. Ich blieb draußen sitzen. Da hörte ich erregte Stimmen in der guten Stube, in der die Herren bei ihrem

Wein saßen, wenn sie zum Fischen herkamen. Plötzlich stürzte Sir Henry heraus, Justin Aylsham hinterher, und ihre Gesichter waren wutverzerrt. Sie schrieen einander an, und dann ging Sir Henry zurück in das Herrenhaus, und Mr. Aylsham ritt auf seinem schwarzen Pferd fort.

Ich hörte in meiner Dachkammer die Eltern miteinander reden, aber ich wurde nicht schlau daraus. Doch sah ich meinen Vater am Morgen, kaum daß es dämmerte, fortgehen und folgte ihm, aber heimlich, denn er war ein strenger Mann und hatte es nicht gern, wenn ich ihm nachlief, außer er hatte es mir erlaubt.

Er ging über die Felder bis zu einer ruhigen Wiese am Rand der Marsch und stellte sich dort in den Schutz einiger Bäume. Ich verbarg mich hinter Büschen. Wir warteten eine Weile, dann sah ich zwei Pferde aus entgegengesetzter Richtung kommen, das waren Sir Henry und Mr. Aylsham. Ich habe seither gehört, daß Männer Duelle ausfechten, aber außer bei diesem gab es immer Sekundanten, einen Arzt oder Zeugen. Sir Henry war stets ein ruhiger, friedlicher Mann gewesen, der nie mit jemandem stritt. Ich dachte, mein Dad würde sein Versteck verlassen und sie daran hindern, aber er tat es nicht. Vielleicht war das mehr, als er wagen durfte. Mr. Aylsham hatte Pistolen mitgebracht, und jeder wählte eine. Dann warfen sie eine Münze. Sie schossen dreimal, und beim dritten Mal sank Sir Henry in die Knie. Ich war zu erschrocken, um mich zu rühren, aber ich sah, daß Justin Aylsham hinging und zu ihm hinabsah.

,Du hast es so gewollt, du verdammter Narr', sagte er verächtlich, ,und nun ist dir recht geschehen.'

Sir Henry versuchte sich aufzurichten, fiel aber zurück. Dann sah ich das Blut, und mein Dad lief hin, kniete sich neben ihn und hielt ihn in seinen Armen.

Mr. Aylsham sagte: ,Was zum Teufel tun Sie hier?' Und er schien mir erschreckt.

Mein Vater stand auf. ,Er ist tot, und Sie haben ihn ermordet.'

,Nein, Mann. Es war ein fairer Kampf. Wäre er ein besserer Schütze gewesen, hätte er vielleicht mich getötet. Wenn Sie wissen, was gut für Sie ist, so halten Sie den Mund', und er warf einen Beutel mit Geld auf den Boden und ging fort.

Mein Vater hob ihn auf und wog ihn in der Hand. Dann lief er Mr. Aylsham nach und packte ihn am Arm. ,Ihr Blutgeld will ich nicht', schrie er und schleuderte es in den Fluß. ,Ich werde dafür sorgen, daß Sie das büßen!'

,Und wie wollen Sie das bewerkstelligen?' sagte Mr. Aylsham und ich hörte ihn teuflisch lachen, als ich über das Gras zu ihnen hinlief. ‚Sie Bastard!' schrie mein Vater. ‚Das Lachen wird Ihnen noch vergehen!'

‚Meines Vaters Bankert nennt mich einen Bastard, das ist wirklich zum Lachen', sagte Mr. Aylsham höhnisch, und dann fuhr ihm mein Dad an die Kehle, und sie rangen wie zwei Verrückte miteinander im grünen Gras am Ufer.

Mein Vater hatte auf Rummelplätzen manchen Kampf gewonnen, aber Mr. Aylsham war zäh und drahtig und wie eine Schlange nicht zu fassen. Einmal war er in die Knie gezwungen. ‚Lord Aylsham wird davon hören', keuchte mein Dad. ‚Nicht, wenn ich es verhindern kann', war die grimmige Antwort. Dann war er wieder auf, und sie gingen erneut aufeinander los. Ich weiß nicht, wie es geschah, aber er warf meinen Dad so zu Boden, daß er mit dem Kopf auf einen alten Baumstumpf aufschlug, zur Seite rollte und in den Fluß stürzte. Mr. Aylsham sah ihm nach, dann strich er sein Gewand glatt und ging zu seinem Pferd. Ich lief hinterher und bat ihn, meinen Vater aus dem Wasser zu ziehen, aber er lachte mir ins Gesicht, stieß mich zu Boden und ritt fort. Ich versuchte es mit allen Kräften, aber mein Vater war ein schwerer Mann und bewußtlos, er konnte sich nicht aufrichten. Ich rannte zurück nach Hause, und meine Mam kam mit einem unserer Nachbarn hinaus. Sie zogen ihn aus dem Wasser, aber er atmete nicht mehr. Sie versuchten alles mögliche, aber er war tot."

Seine Stimme, die immer rauher und eindringlicher geworden war, verstummte, und ich lag da, sah die ganze Szene lebhaft vor mir, das Flußufer im kalten Licht des Morgens, die beiden toten Männer, die schluchzende Frau und das geängstigte Kind.

„Was geschah dann?" fragte ich mit versagender Stimme.

Er antwortete nicht sogleich, und als er sprach, lag darin eine wilde Bitterkeit, die mich schaudern ließ.

„Es wurde vertuscht. Sir Henry war wohl von Wilderern angefallen und erschossen worden, sagten sie, und mein Vater sei beim Versuch, ihn zu verteidigen, umgekommen. Niemand hörte auf den Jungen, der immer wieder schrie, daß es ein Mord war. Die Aylshams waren mächtig, und den alten Tiger fürchtete man in der ganzen Marsch. Lieber sagte man nichts, als das Wenige zu gefährden, das man besaß."

Justin Aylsham, zweifacher Mörder und jetzt reich, geachtet und mit Alyne verheiratet in Ravensley, das nach Fug und Recht Oliver gehören sollte. Es war phantastisch, wild melodramatisch, aber es klang nach Wahrheit. Ich setzte mich auf, beugte mich vor, und der Hund begann mit dem Schwanz zu wedeln.

„Was haben Sie dann getan?"

„Meine Mam war nachher nie dieselbe", fuhr er immer noch trocken und tonlos fort. „Gewöhnlich saß sie da, starrte ins Feuer und sprach kaum. Eines Tages, nicht lange nachher, saß ich vor der Türe, als ein Wagen hielt und ein großer Mann ausstieg, größer als ich je einen gesehen hatte, und direkt zu meiner Mam hineinging. Nach kurzer Zeit kam er wieder heraus, sah mich gar nicht an, rauschte an mir vorbei mit einem wütenden Gesicht, und ich lief erschreckt zu meiner Mam. Auf dem Tisch lag ein Haufen Geld, und sie starrte darauf. ,Was hat er dir getan?' rief ich, aber sie rührte sich nicht, starrte weiter auf das Geld. ,Das war dein Großvater', sagte sie endlich. ,Für Leute wie ihn ist alles mit Geld zu bezahlen, sogar das Leben eines Mannes, das Leben seines eigenen Sohnes.' Dann packte sie mich, schüttelte mich wie verrückt. ,Vergiß das nie, Ned, niemals!'

In dieser Nacht ging sie fort und kam nicht zurück. Einer der Marschleute fand sie am Ufer, wo mein Vater ertrunken war, dort lag sie vollkommen durchnäßt. Sie erkältete sich und starb daran."

Was dann geschah, davon sagte er wenig, und ich konnte das meiste davon nur erraten. Der doppelte Verlust hatte sich wie ein Krebsgeschwür, ein schwarzer, verzehrender Haß, tief in ihn hineingefressen, so daß er das freundliche Angebot seines Onkels Isaac, bei ihm zu bleiben, ablehnte, davonlief und sich einer Bande anschloß, die ebenso wild und vogelfrei war wie er. Es kam zu einem Aufstand, Isaac Starling wurde gehängt, und ihn schickte man für sieben Jahre in die Strafkolonie.

„Sie können es nicht wissen, Missus", murmelte er, ins Dunkle starrend, „aber Haß ist besser als Liebe. Er hält einen in Schwung, er brennt wie Feuer und läßt einen nicht ruhen. Man hat mir gesagt, daß Justin Aylsham tot ist. Aber ich wußte es besser. Ich habe gearbeitet und gespart. Stunde um Stunde, Tag um Tag, und ich hatte Glück. Ich habe die Heimfahrt geschafft, während die anderen in der Sklaverei blieben. Ich habe ein Ziel gehabt, das war es. Das hat mich am Leben erhalten, wenn es mir ganz dreckig gegangen ist."

Ich erinnerte mich daran, was Oliver mir über seinen Vater erzählt hatte, und fragte: „Haben Sie Robert Aylsham überfallen?"

Für einen kurzen Augenblick sah er mich scheu an. „Nein, ich nicht, obwohl ich gesehen habe, wie er durch die Marsch nach Hause geritten ist, und ich habe mir gesagt, ich kann es rasch und ungesehen tun, und dann gibt es einen Aylsham weniger. Er muß unachtsam geritten sein, denn sein Pferd ist gestolpert und hat ihn abgeworfen. Ich habe ihn dort bewußtlos, halb im Wasser liegen sehen, und das hat mich an meinen Vater erinnert. Beinahe hätte ich ihn dort ertrinken lassen. Aber etwas hat mich davon abgebracht. Er war der einzige, der damals vor Gericht für mich eingetreten war, und so habe ich ihn an das Ufer herausgezogen. Es war nicht meine Schuld, daß er daran gestorben ist." Er schlug sich mit der Faust auf das Knie, und im Dämmerlicht sah ich sein Gesicht hart werden. „Dann ist der andere zurückgekommen, genau so wie ich es erwartet habe. Der Teufel schaut auf die Seinen."

Der Nebel begann in die Hütte einzudringen, stieg in den Ecken hoch, und mich schauderte, teils vor Kälte, teils wegen der makaberen Geschichte und der kalten Entschlossenheit dieses Mannes, sich für ein altes Unrecht zu rächen.

Ich versuchte mich zusammenzureißen. Ich mußte etwas tun und setzte mich auf. „Es ist schrecklich, und ich weiß, wie bitter Sie gelitten haben müssen, aber es ist zwanzig Jahre her, und was würde dadurch jetzt besser? Warum geben Sie es nicht auf? Gehen Sie fort von hier, beginnen Sie anderswo ein neues Leben, und mein Mann würde Ihnen sicher helfen, wenn ich ihn darum bitte."

Sein Blick wandte sich mir zu, und wieder fiel mir diese Ähnlichkeit mit Oliver auf, die wie ein Schatten kam und ging. Aber er sagte nichts. Da wußte ich, daß meine Frage zu lächerlich war, um beantwortet zu werden. Dann stand er auf. Der Hund wollte mit ihm gehen, aber auf einen strengen Befehl legte er sich wieder nieder. Dann war der Mann in der Nacht verschwunden.

Die Stunden schlichen langsam dahin, und ohne den Hund hätte ich mich wohl gefürchtet. Er hatte sich neben mich gelegt, und das beruhigte mich irgendwie. Ich muß dann und wann eingeschlummert sein, aber ob ich schlief oder wach war, quälten mich Träume. Dann war ich plötzlich hellwach. Tageslicht fiel durch die offene Tür, und der Mann stand auf der Schwelle.

„Kommen Sie", sagte er, „es ist Zeit."

Ich raffte mich steif und mit schmerzenden Knochen von meinem primitiven Lager auf. Draußen zog sich noch Nebel in langen Schwaden hin, aber eine frische Brise blies sie fort, und die Sonne kam bereits durch.

Er stapfte voraus, und ich folgte ihm zur Stelle, wo das Boot angebunden war. Wir stiegen ein, der Hund setzte sich aufrecht ins Heck, und der Mann ruderte mich kreuz und quer durch Kanäle, fast ohne hinzuschauen. Mir wurde klar, wie hoffnungslos ich mich in der letzten Nacht verirrt hatte. Dann steuerte er an das Ufer, wo eine strohgedeckte niedrige Hütte stand. Moggy saß bei einem Stapel Netze, schaute auf und kam eilig zum Wasser herunter.

„Der Teufel soll mich holen, wenn das nicht Missis Aylsham ist? Mr. Oliver war vor knapp einer halben Stunde da, beinahe verrückt vor Angst. Er hat gemerkt, daß das Boot fort war, und gemeint, Sie sind ertrunken oder sonst was."

Ich lächelte mühsam. „Das wäre ich auch beinahe. Hätte mich nicht . . ." Aber als ich mich umwandte, war mein Retter fort, im Dikkicht verschwunden.

Moggy nickte. „So ist Ned immer."

„Ich wollte ihm danken."

„Er hat seine Eigenheiten. Er will nichts geschenkt."

„Kennen Sie ihn, Moggy?"

„Nicht sehr gut, Missus, aber ich sehe ihn ab und zu. Sie schauen ziemlich erledigt aus. Ich bringe Sie heim."

Plötzlich war ich ganz furchtbar müde und wollte nur noch nach Hause. So ruderte mich Moggy zurück zum Landungssteg, und er wäre mit mir auch bis zum Haus gegangen, hätte ich das nicht abgelehnt.

„Das ist nicht nötig. Es geht schon", sagte ich. „Wenn Sie Mr. Oliver irgendwo sehen, sagen Sie es ihm bitte?"

„Ja, gewiß. Und passen Sie auf sich auf."

Ich bedauerte meine Ablehnung, als ich mich den Pfad entlang schleppte. Meine Beine waren wie aus Blei, und alle Augenblicke überfiel mich ein Schwindel, so daß ich gezwungen war, stehen zu bleiben und zu warten, bis er vorüber ging. Als ich Thatchers erreichte, mußte ich mich einen Augenblick an den Türpfosten festhalten. Die Sonne war schon höher gestiegen, und die Türe stand weit offen. Mein Haar hing mir in Strähnen über das Gesicht, mein Kleid war zerrissen und voller Schlamm und Moder. Ich zog mich die Treppe hinauf und ging durch den Vorraum. Oliver war im Wohnzimmer, einen Kaffeetopf in der Hand, und vor ihm stand Alyne, frisch und wunderschön in ihrem weißen Musselinkleid. Ich blieb stehen und schaute zu ihnen hinein, und meine letzten Kräfte verließen mich.

„Oliver", stammelte ich, „Oliver . . ."

Er wandte sich um, und der Kaffeetopf landete mit einem Krach auf dem Tisch. „Clarissa! Mein Gott, was war mit dir?"

„Nichts, ich hatte mich nur verirrt", dann schien der Boden plötzlich zu schwanken, und zum zweiten Mal in meinem Leben wurde ich ohnmächtig.

An den Rest des Tages erinnerte ich mich kaum. Ich weiß, sie zogen mir meine schmutzigen Kleider aus und wuschen mich, aber die Kälte und die lange ermüdende Nacht hatten bewirkt, daß ich fieberte. Ich fühlte mich schwach und krank, und obwohl Oliver zeitweise da war, stellte er mir keine Fragen. Gegen Mittag kam Dr. Thorney und gab mir etwas Kaltes und Bitteres zu trinken. Dann muß ich eingeschlafen sein. Als ich erwachte, war es Abend, und ich fühlte mich viel besser, erfrischt und klar im Kopf. Die Vorhänge waren zugezogen, und Kerzen brannten. Der Arzt mußte zurückgekommen sein, denn ich hörte ihn mit Oliver weiter hinten im Zimmer sprechen.

Aus dem Stimmengemurmel drang Olivers Frage zu mir: „Sind Sie sicher, daß es nichts Ernstes ist?"

„Nein, ich glaube nicht. Zuerst dachte ich, wir könnten das Kind verlieren, aber jetzt glaube ich, daß die Gefahr gering ist, wenn wir vorsichtig sind. Ruhe und Stille, Mr. Aylsham, das hat Ihre Frau nötig. Zwei oder drei Tage, an denen sie sich um nichts kümmern muß, und sie dürfte wieder auf dem Damm sein."

„Gott sei Dank."

Sie verließen gemeinsam das Zimmer, und ich blieb mit meinen bitteren Gedanken allein. Ich erinnerte mich jetzt an alles, an Oliver und Alyne, wie ich sie in der letzten Nacht und wieder heute morgen, als ich zurückkam, zusammen gesehen hatte. In den letzten paar Wochen hatte ich mir selbst etwas vorgemacht. Er liebte immer noch Alyne. Ich hätte es nicht für möglich gehalten, aber Eifersucht konnte, so wie Haß, in einem brennen wie Feuer.

Ein paar Minuten später kam Oliver zurück. Ich war versucht, die Augen zu schließen und zu tun, als schlafe ich noch, aber als er an das Bett trat und mir die Hand an die Stirne legte, brachte ich es nicht fertig. Ich schaute zu dem geliebten Gesicht auf, und mir war nach Weinen zumute.

„Fühlst du dich wirklich besser?" sagte er. „Ich war krank vor Sorge um dich."

„Ich bin schon wieder in Ordnung."

Er setzte sich an den Bettrand und ergriff meine Hand. „Liebling, warum hast du mir nichts gesagt?"

„Was gesagt?"

„Von dem Baby natürlich. Dr. Thorney war sicher, daß ich es weiß. Ich muß recht dumm dreingeschaut haben."

„Ich wollte es dir letzte Nacht sagen."

„Ja, und warum hast du es nicht getan? Warum warst du plötzlich verschwunden? Wirklich, meine Liebe, war es nicht ziemlich verrückt, so etwas zu tun, besonders jetzt und nach einem so ermüdenden Tag? Warum um alles in der Welt hast du das Boot genommen? Als der Nebel aufkam, bin ich tausend Tode gestorben, aus Sorge, was dir geschehen könnte."

„Bist du das wirklich? Hast du überhaupt an mich gedacht, als du mit Alyne beisammen warst?"

„Was hat Alyne damit zu tun? Sie hat sich auch um dich Sorgen gemacht. Sie ist heute früh eigens herübergekommen, um sich zu erkundigen, ob man dich gefunden hat."

„Oder hat sie die Nacht hier verbracht? Das war doch so leicht, nicht wahr, als ich nicht zurückgekehrt bin. Ich wollte, ich wäre nie wieder gekommen, sondern da draußen in der Marsch ertrunken." Ich fühlte, wie mir das Schluchzen die Kehle zuschnürte, und bemühte mich, es zu unterdrücken.

Oliver starrte auf mich nieder. „Du mußt immer noch krank sein, um so zu reden. Was um Himmels willen wirfst du mir vor?"

Dann brach alles aus mir heraus. Ich konnte es nicht länger bei mir behalten. „Ich habe dich gesehen, als ich von Copthorne zurückgekommen bin, dich und Alyne zusammen im Wohnzimmer."

„Ja und? Sie war gekommen, weil sie sich schrecklich über irgend etwas aufgeregt hat . . . über etwas, das passiert ist . . ."

„So aufgeregt, daß du sie in die Arme nehmen mußtest, sie streicheln, küssen, liebkosen . . ."

„Nein", protestierte er, „nein, so war es doch gar nicht. Justin hatte sie gebeten, mir ein paar Papiere zu bringen, und dann . . . ja, dann fand ich ganz zufällig etwas heraus . . ."

„Was fandest du heraus?"

Er zögerte, und ich wurde aus seiner Miene nicht klug. Es schien ewig zu dauern, bis er schließlich sagte: „Ich glaube nicht, daß ich es dir sagen sollte. Es wäre nicht fair ihr gegenüber."

„Nicht fair gegenüber Alyne? Und was ist mit mir?"

Er stand auf, machte ein paar Schritte und kam wieder zurück. „Hör, Clarissa, ich mag Alyne immer noch recht gern . . ."

„Gern!" rief ich aus. „Nennst du das gern mögen?"

„Ist das so schwer zu glauben? Wir waren zu lange verbunden, um es auf einmal zu vergessen. Aber sie liebt mich nicht, sie hat mich nie geliebt. Ich weiß das schon sehr lange, aber sie ist in Schwierigkeiten, in großen Schwierigkeiten, und zu wem sonst kann sie gehen? Ich muß mein möglichstes tun, um ihr zu helfen, wie ich jedem helfen würde . . . Cherry, Jethro, sogar einem Hund . . . Das verstehst du doch wohl?"

Und ich verstand es, wenn auch widerwillig, weil Oliver eben so war. Er hatte mir und Papa geholfen, er hatte Jake geschützt . . . und doch wollte ich es nicht wahrhaben. Ich sagte: „Ich würde es besser verstehen, wenn du mir sagst, worin diese Schwierigkeit besteht."

„Das kann ich nicht, Clarissa, jedenfalls nicht im Augenblick. Es ist eine Sache zwischen ihr und Justin, und ich habe sie nur mit viel Überredung dazu gebracht, es mir zu sagen." Dann kam er zum Bett zurück, setzte sich an den Rand und nahm meine Hände in die seinen, sie waren warm und zärtlich. „Es hat nicht das geringste mit uns zu tun, das kann ich dir versichern. Ich war in diesen letzten Wochen glücklicher denn je, trotz Jakes Tod, und nun bin ich es noch mehr, mit der Aussicht auf ein Kind. Verdirb es uns nicht, Liebste. Trau mir und behalt mich lieb."

Wie konnte ich anders, da ich ihm doch glauben wollte, da mir seine Liebe wichtiger war als alles, so ließ ich mich von ihm in die Arme nehmen und erwiderte seine Küsse, und wir waren einander sehr nahe, aber ich konnte dennoch nicht ganz vergessen. Er fragte mich, was geschehen war, und ich schüttete ihm mein Herz aus, sprach über meine Panik und den Mann, der mich gerettet hatte.

„Er heißt Ned. Moggy kennt ihn."

„Ja, ich weiß von ihm", sagte er langsam. „Sein Vater hieß auch Ned, Ned Starling. Ich habe es der alten Kinderfrau entlockt. Anscheinend haben wir den gleichen Großvater. Ich habe es dir nicht erzählt, aber einmal habe ich ihn getroffen. Er hat Rowan zu stehlen versucht, oder wenigstens glaubte ich das. Ich weiß auch, daß er einen Grund hat, meinen Onkel zu hassen, aber ich bin weit davon entfernt, die volle Wahrheit zu wissen."

Mir lag es auf der Zunge, ihm alles zu sagen, was ich in dieser seltsamen Nacht erfahren hatte, tat es aber nicht. Vielleicht war es kindisch, aber wenn er Geheimnisse haben konnte, so konnte ich es auch. Ich sagte nichts, und die Gelegenheit ging vorüber.

„Ich darf dich nicht zu sehr ermüden", sagte er und stand auf. „Der Arzt hat mir das besonders eingeschärft. Ich schicke dir jetzt Jenny mit dem Essen herauf, und dann mußt du schlafen."

„Kommst du wieder herauf?"

„Ja, natürlich. Jetzt sei ein gutes Mädchen und tu, was man dir sagt. Ich möchte nicht, daß meinem Sohn etwas geschieht."

Als er hinuntergegangen war, lag ich still und versuchte, mit dem zurechtzukommen, was er gesagt hatte. Ich wußte nun den wirklichen Grund, warum ich ihm die Wahrheit bewußt verschwiegen hatte. Ich hatte mich davor gefürchtet, was er tun würde. Erschreckt und entsetzt hätte er vielleicht seinem Onkel getrotzt, ihm Alyne weggenommen, und was dann? Er liebte mich, daran mußte ich glauben, ich strich mit den Händen über den Körper, wo sein ungeborenes Kind schlief, aber ich kannte Alynes Macht über ihn. Ich hatte sie immer gekannt. In einer verzweifelten Lage und äußerster Not brauchte sie bloß um Hilfe zu rufen, und er würde sofort zu ihr gehen.

Später, als alles vorbei war, fragte ich mich, ob es irgendeinen Unterschied gemacht hätte, wenn ich in dieser Nacht gesprochen hätte. Vielleicht, aber vielleicht auch nicht. Das Leben hat die Eigenheit, uns zu dem vorbestimmten Ziel zu führen, welchen Weg wir auch wählen.

2

Ende Juli war die erste der Dampfmaschinen am Spinney-Kanal betriebsbereit, und Oliver führte mich eines Morgens hin. Der hohe Ziegelschornstein hatte nichts von der Würde der alten Windmühle mit ihren anmutigen Flügeln, aber an der Fähigkeit, die Kanäle leer zu pumpen, bestand kein Zweifel. Die Maschine mit sechzig Pferdestärken könne das Wasser von siebentausend Morgen ansaugen, brüstete sich der Ingenieur. Jack Moysey, der beim Gedanken, seine geliebte Mühle zu verlassen, beinahe zusammengebrochen war und geweint hatte, hatte eine tiefgreifende Wandlung mitgemacht und platzte jetzt vor Stolz über sein neues Amt. Er zeigte mir das große Schöpfrad und erläuterte mir die Kraft des Dampfes mit unerwarteter Begeisterung.

„Oft habe ich die alten Windflügel mit dem Herz in den Hosen beobachtet", sagte er, „der Wind war so unberechenbar wie ein verliebtes Mädchen, aber das wird jetzt anders."

„Wir wollen es wenigstens hoffen", erwiderte Oliver kurz.

Der Ölgeruch der neuen Maschinerie, das erschreckende Gefühl einer Kraft, über die ein Mensch so wenig Kontrolle hat, sobald sie in Bewegung gesetzt ist, war zu überwältigend, um sich dabei wohl zu fühlen, und ich war froh, als wir wieder in die frische Luft traten.

Wir wollten gerade abfahren, als Justin den Weg entlang geritten kam. Ich hatte ihn seit Jakes Tod nicht mehr gesehen, und wir waren steif und formell miteinander.

Er sagte höflich: „Ich hoffe, daß es dir gut geht, Clarissa."

„Danke, ausgezeichnet. Und wie geht es Alyne?"

„Sie ist für ein paar Tage verreist und besucht eine alte Schulfreundin in London."

Ich war überrascht, sagte es aber nicht. Cherry hatte immer behauptet, Alyne habe die Schule gehaßt und nie alte Freundschaften gepflegt. Jetzt, da ich so viel über ihn wußte, musterte ich Justin neugierig, als er sich an Oliver wandte. Er schien mir magerer, sein Gesicht blasser, die Furchen darin tiefer, und er hatte Schatten unter den Augen, als habe er zuviele Nächte schlaflos verbracht. War es möglich, daß ein Mann so kaltblütig töten konnte und nie Gewissensbisse fühlte?

„Nächstes Jahr", sagte er, „werde ich mich wohl rühmen können, daß zwei Grashalme wachsen, wo bisher nur einer war, und daß wir Weizen- und Gerstenfelder statt einer Wildnis von Schilf und Binsen sehen werden."

„Vielleicht, aber um welchen Preis? Der Winter steht bevor, und wir wissen noch nicht, was er bringt", erwiderte Oliver ruhig.

„Mein Gott, mußt du immer so pessimistisch sein? Ich hoffe, du denkst daran, den Mund zu halten, wenn Josh Rutland herkommt. Er ist an dem Geschäft beteiligt, und nächstes Jahr werde ich mit seiner Hilfe eine weitere Maschine mit sechzig PS aufstellen, diesmal im Greatheart. Im August werden sie beginnen, einen Kanal zu graben."

„Dieses Land ist seit Jahrhunderten unberührt geblieben. Was geschieht mit den Leuten, die dort leben?"

„Das sind meist Leute, die nicht viel zählen", sagte er gleichgültig. „Aber man wird sie verständigen. Sie werden im Winter die gerichtliche Ausweisung erhalten. Dann können sie tun, was sie wollen. Ich habe mich nie verpflichtet gefühlt, für Taugenichtse und Entwurzelte zu sorgen."

Das war ein Seitenhieb auf Jake, und ich sah Oliver die Lippen zusammenpressen, aber er sagte nichts, und dann nickte Justin mir zu, nahm sein Pferd herum und trabte davon. Oliver sah ihm mit gerunzelter Stirne nach. Ich wußte, wie er fühlte, und daß man es ihm leichter machen mußte. Ich beugte mich zu ihm hinüber und legte ihm die Hand auf den Arm.

„Meinst du nicht, mein Lieber, wenn jemand anderer als Justin das unternommen hätte, daß du dann zugeben würdest, stolz darauf zu sein, als einer der ersten die Installation von Dampfkraft zu erleben?"

Er riß sich zusammen und lächelte. „Vielleicht hast du recht. Ich habe an etwas anderes gedacht. Jetzt komm, meine Liebe, das ist genug für heute morgen. Du siehst müde aus. Wir sollten besser heimfahren."

„Du verhätschelst mich", protestierte ich, aber er beharrte darauf. Es war drei Wochen her seit jener Nacht in der Marsch, drei Wochen außergewöhnlicher Hitze, und es war richtig, daß ich die meiste Zeit nicht gerade krank, aber auch nicht sehr wohl gewesen war und mich nur allzuoft gereizt und ungeduldig gezeigt hatte.

Einen oder zwei Tage später kam ein Brief von Cherry mit der Nachricht, daß Tante Jess und Papa die Seeluft sehr genossen und beschlossen hatten, ein paar Wochen länger bis Ende August dortzubleiben.

„Das ist genau das richtige für dich", rief Oliver, als ich es ihm erzählte. „Du mußt hinfahren und dich ihnen anschließen. Es wird dir gut tun."

„Ich bin vollkommen in Ordnung."

„Nein, das bist du nicht, und widersprich mir nicht", lächelte er und legte die Hand auf die meine. „Ich brauche nur den Mund aufzumachen, und schon fauchst du mich an. Ich bringe dich selbst hin und bleibe auch ein paar Tage. Wie wäre das? Dein Vater würde vermutlich nur allzu glücklich sein, der Weibergesellschaft für eine Weile zu entrinnen."

„Also deshalb, du suchst eine Entschuldigung, um mit ihm zum Spiel und zum Rennen zu gehen", sagte ich streng.

„Warum nicht?" neckte er mich. „Du kannst mit Cherry und Tante Jess über Mode und Babywäsche sprechen, soviel du Lust hast. Fang also zu packen an, und wir fahren bequem mit der Postkutsche."

Wir blieben über Nacht in London. Am nächsten Tag reisten wir weiter nach Brighton und kamen am späten Nachmittag an. In strahlender Sonne und salziger Meeresluft fuhren wir über die Promenade. Als ersten entdeckten wir Harry, der in einem hübschen Einspänner mit großen gelben Rädern ankam, Cherry neben sich. Er hielt gerade an, als wir ausstiegen, und Cherry war im Handumdrehen herabgesprungen und schlang ihre Arme um mich.

„Wie schön, dich zu sehen und Oliver auch. Warum habt ihr uns nicht wissen lassen, daß ihr kommt?"

„Wir haben uns erst im letzten Augenblick entschlossen."

Harry schüttelte Oliver die Hand. Dann wurde unser Gepäck heruntergehoben, und wir gingen alle hinein. Sie hatten eine Wohnung in einem der großen schmalen Häuser mit Blick auf die See gemietet, und während Oliver mit dem Eigentümer über ein zusätzliches Zimmer verhandelte, hatte ich Zeit, meinen Bruder neugierig zu mustern. Er war immer eine Art Dandy gewesen, aber sein hübsches Jackett war staubbedeckt, sein Halstuch schlampig gebunden, und er trug keinen Hut. Sein Haar, sonst so sorgfältig gepflegt, stand in alle Winde.

Ich lächelte. „Was um alles in der Welt hast du mit dir getan?"

Er grinste verlegen. „Cherry hat mich zu einem Ausflug der Sonntagsschule mitgenommen. Ich habe den Nachmittag damit verbracht, Spiele für einen Haufen unerquicklicher Kinder zu organisieren."

„Das waren sie gar nicht", sagte Cherry entrüstet.

Das sah Harry so wenig ähnlich, daß ich lachen mußte, und Oliver, der es gehört hatte, sagte: „Besser du als ich, mein Guter. Wie zum Teufel hast du einen so eleganten Lebemann dazu überredet, Kleine?"

„Ich habe ihm gesagt, entweder oder", gab Cherry freimütig zu,

„und wenn er mit mir kommen wolle, dann müsse er sich nützlich machen."

Harry zuckte hilflos die Achseln, und ich lächelte innerlich, denn es war erfreulich zu sehen, wie in Cherry wieder Leben kam und ihre Augen vor Kampflust sprühten.

Sie wußten noch nichts über das Baby, und als sich die Männer nach dem Essen zurückzogen, hatten wir einen langen gemütlichen Schwatz. Ich war froh, wenigstens für eine Weile von Ravensley fort zu sein, alles über Alyne und diesen einsamen Mann zu vergessen, der so erbittert draußen in der Marsch wartete, und über das Thema zu sprechen, das jeder Frau so sehr am Herzen liegt.

Wir hatten seit unserer Hochzeit Thatchers nie länger als für einen Tag verlassen, und ich war überrascht, mit welcher Begeisterung ich mich in das gesellschaftliche Leben von Brighton stürzte, obgleich es eher bescheiden war. Oliver hatte sich so intensiv bemüht, sich in einen schwer arbeitenden Landwirt zu verwandeln, daß ich mit Freude sah, wie sehr er sich von den modischen jungen Männern unterschied, die wir auf der Rennbahn und im Konzertsaal trafen. Papa nahm ihn auf seine geheimnisvollen Abstecher mit, und es machte mir Spaß, wie die beiden stritten, nie einig wurden und doch die Gesellschaft des anderen durchaus genossen.

Harry fuhr nach London zurück, und Oliver sprach bereits davon, heimzufahren und mich bei den anderen zu lassen. Da beschlossen wir eines Morgens, durch das liebliche Tal des Adur einen Ausflug nach dem kleinen Dorf Bramber zu machen. Es ist ein hübscher Ort, mit ein paar bezaubernden Häusern rings um die normannische Burg, deren Ruinen sich den steilen Hang hinaufziehen. Wir aßen in einem kleinen Gasthof kalt zu Mittag, und als dann Cherry und Tante Jess ihre Sachen zusammensuchten, um zur Burg hinaufzugehen, sagte ich: „Geht nur, ich glaube, ich bleibe lieber hier."

Alle wandten sich mir zu. „Ist was mit dir?" fragte Cherry besorgt.

„Ich bleibe bei dir", sagte Oliver.

„Nein, das mache ich", widersprach Tante Jess.

„Ihr tut ja, als wäre ich eine lahme Ente", protestierte ich. „Es braucht niemand bei mir zu bleiben. Ihr geht, und ich sitze einfach hier ruhig im Garten, bis ihr zurückkommt."

Nach langem Hin und Her gingen sie endlich los, und ich saß schläfrig im Schatten eines großen Apfelbaumes. Später, als ich mich ein wenig erfrischt fühlte, beschloß ich, einen kleinen Bummel durch das Dorf zu machen und mir die alte Kirche anzusehen. Sie war in keiner Weise etwas Besonderes, aber das Innere war angenehm kühl und dunkel, nach dem strahlenden Sonnenschein draußen. Ich stand weit vom Eingang entfernt und las amüsiert die Inschriften, die die Tugenden längst Verstorbener rühmten, als ich die Türe knarrend aufgehen hörte. Ein Mann und eine Frau kamen herein, und in dem hellen Licht, das von außen hereinfiel, erkannte ich, obwohl ich meinen Augen kaum trauen wollte, Alyne, aber sie war es unmißverständlich, ich sah ihr Gesicht und das helle Haar unter der zurückgeschobenen Kappe deutlich genug.

Instinktiv zog ich mich tiefer in den Schatten der Kirche zurück. Sie war rasch hereingekommen, als versuche sie, dem Mann zu entkommen, der ihr folgte. Obwohl er nicht in Uniform war, erkannte ich ihn, es war Bulwer Rutland. Er ließ die Türe hinter sich laut zufallen, bevor er zu sprechen begann, zwar ruhig, aber mit einer scharfen Ironie.

„Was hast du diesmal im Sinn, meine Liebe? Hier vor mir Zuflucht zu suchen?"

„Du redest wie ein Verrückter", sagte sie atemlos.

„Nicht ich bin verrückt."

Sie klammerte sich an das Ende einer der langen Kirchenbänke, und er trat hinter sie und legte ihr die Hände auf die Schultern. Sie umarmten einander nicht, auch konnte ich nicht mehr verstehen, was sie sagten, aber ich merkte eine Spannung, eine unterdrückte Wut in ihren leisen Stimmen, und ich war gefangen und wollte mich nicht verraten.

Dann sprach Alyne, und ihre Worte klangen scharf und gequält. „Nein, nein, nein! Unmöglich. Das kann ich nicht!" Sie entzog sich ihm, rannte durch die Kirche und zur Türe hinaus. Er blieb noch einen Augenblick unentschlossen stehen, dann ging er ihr nach.

Ich konnte nicht anders. Ich eilte durch das Schiff und spähte zur Türe hinaus. Draußen, außerhalb des steil abfallenden Friedhofes, stand ein hübscher Wagen mit zwei gut zusammenpassenden Pferden. Ich sah, wie Bulwer Alyne hinaufhalf, dann selbst einstieg und die Zügel ergriff. Sie fuhren auf der Straße in raschem Trab davon.

Ich war unangenehm berührt, aber keineswegs überrascht, und über das Risiko, das sie einging, ziemlich entsetzt. Wie lange betrog sie Justin schon, und wie lange würde es dauern, bis er es herausfand? Er hatte sie immer so eifersüchtig bewacht. Ich wurde mir über meine Gefühle nicht klar, als ich langsam zum Gasthaus zurückging. Sie waren bereits alle von der Burg zurückgekommen, hatten mich nicht vorgefunden und wollten gerade auf die Suche nach mir gehen.

Oliver fragte: „Warum bist du nicht mit uns gegangen, wenn du dann doch in der Hitze herumrennst?"

„Sei nicht albern", erwiderte ich, „ich bin nur bis zur Kirche gegangen", und konnte mich nicht entschließen, ob ich ihm erzählen sollte oder nicht, was ich gesehen hatte. Wie würde er wohl darauf reagieren? Und mir schoß der Gedanke durch den Kopf, daß das vielleicht die Schwierigkeit war, die sie ihm anvertraut hatte, und die er mir nicht sagen wollte. Doch irgendwie war ich sicher, daß es nicht das war. Seltsamerweise hatte Oliver trotz allem eine irgendwie ideale Vorstellung von der Frau, die er liebte. Ein Verhältnis mit Rutland, einem Mann, den er widerlich fand und verachtete, hätte ihn unglücklich gemacht.

Ich weiß nicht, was ich getan hätte, wäre nicht am nächsten Tag folgendes geschehen. Am Morgen hatten wir zugesehen, wie Cherry von einem der Badekarren aus ihr tägliches Bad im Meer nahm. Nichts hätte mich verlocken können, je in das eisige Wasser zu steigen, aber zur Belustigung von Oliver und Papa plantschte sie vergnügt herum. Hinterher tranken wir heiße Schokolade im großartigen Albion Hotel. Wir waren gerade eingetreten und nahmen unsere Hüte und Schals ab, als die Kellnerin aufgeregt hereinkam und sagte, ein Gentleman verlange ausdrücklich Mr. Aylsham zu sprechen.

„Wie hat er gesagt, daß er heißt?" fragte Oliver, aber bevor sie antworten konnte, wurde sie beiseite geschoben und Justin kam herein. Sein Blick flog über uns, bevor er zu sprechen anfing.

„Ist Alyne hier bei euch?" fragte er unvermittelt.

„Alyne?" wiederholte Tante Jess. „Warum meinst du, daß sie bei uns ist?"

Oliver war sogleich auf der Hut. „Warum fragst du?"

„Ich erwartete, daß sie in London bei ihren Freunden in der Park Street ist, aber als ich hinkam, wurde mir gesagt, daß sie bereits abgereist sei und hinterlassen habe, sie fahre nach Brighton."

„Hat sie Sie erwartet?" fragte Tante Jess.

„Nein", gab Justin zu, „ich wollte sie eigentlich überraschen."

Vielleicht hatte er bereits einen Verdacht und die Überraschung war in mehr als einem Sinn geplant. Einen Augenblick lang war ich in schrecklicher Versuchung. Es wäre so einfach gewesen, die Bemerkung fallen zu lassen, ich hätte sie gestern nachmittag im Wagen mit Rittmeister Rutland vorbeifahren sehen. Dann wurde mir bewußt, daß das unmöglich war. Zunächst hätte Oliver mir das nie verziehen, und außerdem hätte ich mich selbst verachtet. Ich sagte stattdessen: „War sie allein?"

„Sie hat Lizzie mitgenommen, aber die hat sich nicht wohlgefühlt, und so hat sie sie zurückgelassen und wollte sie auf dem Rückweg durch London wieder abholen."

Cherry sah ihn mit einem seltsamen Ausdruck im Gesicht an. „Eine unserer Freundinnen namens Kitty Fisher hat einen Mann geheiratet, der in Sussex lebte. Vielleicht ist sie zu ihnen gefahren", und ich erkannte an ihrem leichten Erröten, daß sie log.

Justin wandte sich sogleich an sie. „Hast du die Adresse?"

„Nein, leider nicht. Sie müssen irgendwo ein Haus haben, aber wir haben schon lange nichts mehr von ihnen gehört."

Justin konnte seine Unruhe nicht verbergen. „Was zum Teufel erlaubt sie sich?" stieß er plötzlich hervor. „Ich lasse mich nicht in dieser Weise behandeln."

„Deine Frau ist kein Kind. Du kannst sie nicht am Gängelband führen", sagte Oliver trocken. „Sie hat ein gewisses Recht auf ein eigenes Leben. Traust du ihr nicht?"

Justin tat einen Schritt auf ihn zu. „Warum sagst du das? Was hat sie dir über mich gesagt? Was hat sie dir von mir erzählt?"

„Ist da soviel zu erzählen?"

Justin starrte ihn an, und nach einem kurzen Augenblick gespannten Schweigens mischte sich Tante Jess ein.

„Wollen Sie nicht bleiben und mit uns essen, Mylord? Wir richten uns nach den ländlichen Gepflogenheiten und setzen uns um drei Uhr zu Tisch."

„Vielen Dank, nein. Ich fahre nach London zurück und morgen nach Ravensley." Er schaute Oliver an. „Ich nehme an, du kommst auch bald nach Hause."

„Wenn ich soweit bin", sagte Oliver ruhig. „Sobald ich meine, daß Clarissa reisen kann."

Mit einem raschen gehetzten Blick ringsum murmelte Justin etwas und ging.

„Was in Dreiteufelsnamen bildet sich der Mann ein", bemerkte Papa eisig, „dich wie einen Laufburschen zu behandeln und wie eine räudige Katze hinter seiner Frau herzulaufen."

„Es überrascht mich, daß er nicht Ram Lall beauftragt hat, jeden ihrer Schritte zu bewachen", sagte Cherry.

„Hör, meine Liebe", protestierte Tante Jess. „Du übertreibst."

„Keineswegs. Des Teufels Schatten hat ihn die Kinderfrau genannt. Seine schrecklichen schwarzen Augen haben mich überallhin verfolgt, und Alyne auch, noch bevor sie verheiratet waren. Er ist wie ein großer Kater im Haus herumgeschlichen, vielleicht halten sie das in Indien so. Ich frage mich, ob sich Onkel Justin ebenso aufgeführt hat, als er mit Jethros Mutter verheiratet war."

„Er war mit ihr nicht verheiratet. Jethros Mutter ist auch unsere Mutter", sagte Oliver plötzlich.

Hätte jemand durch das Fenster hereingeschossen, wäre der Schock schwerlich größer gewesen. Papa und Tante Jess starrten ihn an, und es dauerte eine Weile, bevor Cherry Worte fand.

„Du meinst, daß Mama nicht in Rom starb, daß sie Papa verlassen hat und zu Onkel Justin geflohen ist?"

„Ja. Eigentlich wollte ich es dir nicht sagen, Kleine, aber jetzt glaube ich, du solltest es doch wissen."

„Das kann ich nicht glauben, das ist . . ."

„Es ist wahr."

„Wie lange weißt du das schon?"

„Fast zwei Jahre."

„Und du hast nichts gesagt. Hast du es gewußt, Clarissa?"

„Ja. Oliver hat es mir damals erzählt, als Jethro weglief."

„Das muß ein großer Schock für dich gewesen sein, Oliver", sagte Tante Jess leise.

„Das war es. Zuerst konnte ich nicht einmal davon sprechen. Ich konnte es nicht glauben, daß meine heißgeliebte Mutter uns so gefühllos verlassen und zu ihm gegangen sein sollte. Jetzt empfinde ich es anders."

„Hast du es dem Jungen gesagt?"

„Noch nicht. Vielleicht wenn er älter wird. Er soll im September ins Internat gehen. Zu wissen, daß er ein uneheliches Kind ist, ist kein guter Start für einen Jungen wie er. Ich denke, er wird es stärker empfinden als die meisten anderen."

„Das macht für dich einen großen Unterschied, Oliver", sagte Papa nachdenklich. „Justin hat keinen Sohn."

Oliver lächelte schwach. „Rechne nicht zu stark darauf, daß wir nach Ravensley zurückkehren. Wie Justin mir unter die Nase gerieben hat, bleibt noch reichlich Zeit."

Cherry hatte die ganze Zeit geschwiegen, jetzt wandte sie sich an ihren Bruder. „Ich empfinde keinen Haß gegen Mama", sagte sie heftig. „Sie tut mir leid, ich kann mir nichts Schlimmeres vorstellen, als sich in einen Mann wie Onkel Justin zu verlieben, und sie muß ihn sehr geliebt haben, um zu tun, was sie getan hat. Hoffentlich unterhält sich Alyne gut, wo immer sie sein mag, und zahlt es ihm heim, wenn sie zurückkommt."

Später, als wir zu Bett gingen, fragte ich Oliver, was ihn veranlaßt habe, das zu sagen.

„Ich weiß nicht recht", erwiderte er. „Ich hatte plötzlich das Gefühl, alles solle offen, frei von Lüge und Betrug sein."

Frei von Betrug . . . Mich bedrückte, was ich gestern nachmittag gesehen hatte und was ich über Justin wußte, und ich war nahe daran, es ihm zu sagen. Ich begann langsam: „Wohin, glaubst du, ist Alyne gegangen?"

„Woher soll ich das wissen? Warum quält er sie so? Warum kann er sie nicht in Ruhe lassen? Ist es nicht schon schlimm genug, mit einem Mann wie ihm verheiratet zu sein?"

„Niemand hat sie gezwungen, ihn zu heiraten."

„Mußt du mich wirklich daran erinnern?" Er zog mit einer heftigen Gebärde die Vorhänge zurück. „Es wird heiß heute nacht. Soll ich die Fenster ein wenig öffnen?"

„Wenn du meinst. Ich habe nichts dagegen."

Er öffnete die Flügel, löschte die Kerzen und kam ins Bett. Nach einer Weile sagte er ruhig: „Tut mir leid, Clarissa, ich bin heute abend nicht recht in Form. Du mußt mir verzeihen."

Ich griff nach seiner Hand und er erwiderte den Druck. Er küßte mich noch leicht auf die Wange, aber zum ersten Mal nach mehreren Tagen tat sich eine Kluft zwischen uns auf und ließ mich schweigen. Ich lag ruhig neben ihm und sagte nichts. Am nächsten Tag fuhr er heim.

Ende August kam ich sehr gut erholt von meinem Aufenthalt in Brighton zurück. Oliver hatte das Schlafzimmer neu streichen lassen, und Mrs. Starling hatte neue Vorhänge und Bettbezüge genäht, so daß Thatchers besonders anheimelnd wirkte. Sobald das Baby kam, wollte mir Tante Jess Patty als Kindermädchen schicken. Sie war ein vernünftiges und gut geschultes Mädchen, so daß ich das Angebot dankbar annahm, obwohl vielleicht Prue davon nicht sehr begeistert sein würde.

Die Wochen flossen vorbei, und ich lebte in einem brüchigen Gespinst von Zufriedenheit. Es war, als schütze mich meine Schwangerschaft vor Aufregungen, als weise sie instinktiv alles ab, was dem Kind in meinem Leibe hätte schaden können. Alyne war bereits zurückgekehrt, und was sich zwischen ihr und Justin abgespielt hatte, konnte ich nur vermuten, aber Cherry, die manchmal zum Herrenhaus hinüberging, um Hattie und die alte Kinderfrau zu besuchen, erzählte von stürmischen Szenen, und ich wollte es gar nicht hören. Alyne war immer fähig gewesen, selbst für sich zu sorgen. Sie mußte auf ihre Art selig werden.

Ende September kam Jethro ins Internat, und es gab ein paar Trä-

nen, als er sich von Ben verabschieden mußte. Er hatte ihm eine Handvoll kindlicher Schätze gebracht, die er nicht in Ravensley lassen wollte.

Ich versuchte ihn aufzuheitern. „Du wirst sehen, es gefällt dir dort,
es gibt eine Menge zu tun, und du wirst bald Freunde haben."

„Meinst du?" Es klang zweifelnd.

„Natürlich wirst du Freunde haben", sagte Oliver. „Hättest du
gern, daß ich dich hinbringe, statt allein mit der Post zu fahren?"

„O ja, bitte." Dann verdüsterte sich das Gesicht des Jungen. „Es
macht dir doch nichts aus? Papa sagt, es ist kindisch, und ich soll auf eigenen Füßen stehen, aber es wird alles so neu und fremd sein."

„Ach, ich habe sowieso im Süden zu tun, da fahren wir zusammen."

Oliver hatte eben ein starkes Verantwortungsgefühl seinem Halbbruder gegenüber, und das machte mich ungeduldig.

„Es wäre Aufgabe seines Vaters, ihn hinzubringen", sagte ich, als
sich Jethro mit etwas fröhlicherem Gesicht getrollt hatte.

„Manchmal glaube ich, Justin kennt die Bedeutung dieses Wortes
nicht", erwiderte Oliver trocken. „Der Junge haßt es, ihm auch nur in
die Nähe zu kommen. Wenigstens wird er sich nicht so allein fühlen.
Ich erinnere mich, wie mein Vater mich hinbrachte und mir beim Abschied eine Guinee in die Hand drückte. Es hat mir sehr über das erste
Heimweh hinweggeholfen."

Die Arbeit in Greatheart begann im Herbst. Sie holzten den Grund
ab, vertieften die Kanäle, und schon gab es ernste Schwierigkeiten. Die
verdingten Arbeiter kamen von anderswo her und stießen auf Mißtrauen und Ablehnung. Es gab Anrempelungen und Streitereien, und
schließlich eine regelrechte Schlacht mit einigen Marschleuten, deren
Väter und Großväter die Wildnis als ihr Eigentum betrachtet hatten, in
dem sie nach Belieben fischen, jagen und schießen konnten. Wenige
von ihnen konnten lesen, und Gedrucktes hatte auf sie keine größere
Wirkung als die scharfen Winterwinde; sie nahmen beides einfach
nicht zur Kenntnis.

Oliver war von früh bis spät beschäftigt und wie üblich nicht zu
Hause, als ich eines Tages im November einen unerwarteten Besuch
bekam. Es war früh Winter geworden und dicker Reif hing am Gras und
an den kahlen Bäumen, als Mrs. Starling geschäftig hereinkam und
sagte, ein Mr. Rutland lasse fragen, ob ich ihn empfangen könne. Im
ersten Augenblick dachte ich, es wäre Bulwer, aber dann kam sein Vater hereingestapft. Sein Gesicht war von der Kälte gerötet, er rieb sich
die Hände und sah in seinem dicken pelzgefütterten Mantel so breit wie
hoch aus.

„Ich hätte Sie gerne um eine Gefälligkeit gebeten, Miss Clarissa", sagte er in seiner offenen Art, „natürlich nur, wenn es Ihnen nicht zuviel Mühe macht", und ich sah, wie er mit einem raschen Blick meinen dicken Bauch streifte, bevor er diskret die Augen abwandte, „und wenn mich Ihr Gatte nicht erschießt, daß ich einen solchen Wunsch überhaupt zu äußern wage."

Ich lächelte. Josh Rutland war mir nie unsympathisch gewesen. Ich zweifelte nicht daran, daß er bei allen seinen Geschäften ziemlich skrupellos vorging, dennoch war etwas Ehrliches und Anständiges an ihm, und er war mir gegenüber immer freundlich gewesen.

„Was für eine Gefälligkeit, Mr. Rutland? Wenn es in meiner Macht steht, werde ich Ihnen gern, so gut ich kann, helfen."

„Es handelt sich um Westley Manor", sagte er. „Ich will Sie nicht mit Schwierigkeiten belästigen, die sich da und dort ergeben haben, aber ich meine, daß nun das Ende in Sicht ist. Mein Agent hat mir vorgeschlagen, ich soll mir das Haus ansehen. Nun denke ich nicht nur an mich selbst, wie Sie wissen, ich bin schon über sechzig und allzuviele Jahre werden mir nicht mehr beschieden sein. Aber da ist mein Junge, er wird irgendwann einer Frau ein Heim schaffen wollen. Würden Sie mich begleiten? Ich wäre Ihnen für Ihr Urteil dankbar."

Bulwer war ein oder zwei Jahre älter als Oliver, aber für seinen Vater immer noch ein Junge. Irgendwie rutschte es mir heraus: „Warum bitten Sie nicht Alyne?"

Er beantwortete meine Frage nicht direkt. „Heißt das, daß Sie es mir abschlagen?"

Ich war rasch zu einem Entschluß gekommen. „Keineswegs. Wenn Sie es für gut halten, komme ich sehr gerne mit."

Ich hinterließ Nachricht bei Mrs. Starling, falls Oliver in der Zwischenzeit heimkommen sollte, und fuhr mit ihm in seinem hübschen Wagen, in Schals und Decken gehüllt, die er sorgfältig rings um mich stopfte, damit ich nicht fror.

Es waren nicht mehr als zehn bis zwölf Meilen, und trotz des Novembers gab es kaum Nebel, ab und zu schien die Sonne. Als wir am Greatheart entlangfuhren, konnte ich die tiefen Gräben sehen, den dicken fetten Lehm, das träge schlammige Wasser, und wandte den Blick ab. Mr. Rutland machte eine ungeduldige Handbewegung.

„Ein großer Haufen Geld steckt hier drin, und es gibt nichts als Verzögerungen, wir kommen überhaupt nicht weiter. Was unternimmt Ihr Gatte dagegen, Miss Clarissa?"

„Er bemüht sich mit allen Kräften", fuhr ich ihn an, „aber es geht nicht darum, mit Regen, Frost und Schlamm fertigzuwerden. Es handelt sich auch um das Leben der Leute hier, um hungernde Kinder und obdachlose Frauen. Für ihn ist das wichtiger, und es liegt ihm sehr am Herzen. Er möchte es nicht zu einem Blutvergießen kommen lassen, und das droht, Mr. Rutland, bevor die Sache hier zu Ende ist."

Er brummte etwas, erwiderte aber nichts, und als der Wagen über eine der zahlreichen Wurzeln auf dem schlechten Weg holperte, stützte er mich.

„Wir müssen doch achtgeben, daß dem Kleinen nichts passiert", sagte er, und ein Lächeln ging über sein Gesicht, so daß man ihm nicht böse sein konnte.

Es war Mittag, als wir am Schwarzen Hund vorbeifuhren, und meine Gedanken gingen zurück zu jener Nacht in der Marsch, zu den beiden Männern, deren Streit so böse Folgen gehabt hatte. Dann bogen wir in die lange gewundene, moosüberwachsene Einfahrt ein. Westley Manor war ein quadratischer, etwa hundert Jahre alter Bau mit schönen hohen Fenstern, die alle fest geschlossen und mit wildem Wein beinahe überwuchert waren, was den Eindruck der Verlassenheit verstärkte.

Mr. Grimble, der Agent, erwartete uns schon. Er war ein kleiner kahlköpfiger Mann und so eifrig bemüht, den Kauf zustande zu bringen, daß er unaufhörlich redete, bis ihm Josh Rutland das Wort abschnitt. Mrs. Birch, die Hausbesorgerin, führte uns im Haus herum. Die Decken waren hoch und mit Stuck überzogen, die Täfelung hübsch geschnitzt, und als die Läden geöffnet wurden, konnte ich sehen, daß die Möbel zwar alt, jedoch von guter Qualität waren. Aber noch nie hatte ich eine solche Trostlosigkeit empfunden. Das Haus war so lange leer gestanden, nun war es voller Gespenster alter Lieben, alter Leidenschaften, alter Verzweiflung. Alles roch nach Feuchtigkeit und Moder, das große Wohnzimmer mit seinen fadenscheinigen Vorhängen und verhüllten Lüstern; das große Bett, dessen gestickter Überwurf in Fetzen herunterhing, die einst weißen Kissen, die jetzt voller Mäusepollen lagen. Ich fuhr mit dem Finger über den Toilettentisch, und er war schwarz vor Staub. Mrs. Birch fuhr auf.

„Ich bin erst ein Jahr hier", verteidigte sie sich, „und als ich gekommen bin, ist es schon zwanzig Jahre leer gestanden. Ich habe nur ein Paar Hände."

Mr. Rutland war unermüdlich, er bestand darauf, alles vom Dachboden bis zur Küche zu besichtigen, aber als er die Keller zu sehen verlangte, zögerte ich zum ersten Mal.

„Ich glaube, ich bin schon über genügend Treppen gestiegen. Wäre es sehr arg, wenn ich warte, bis Sie zurückkommen?"

„Ganz wie Sie meinen, meine Liebe." Als Mrs. Birch gegangen war, um Kerzen zu holen, beugte sich Mr. Rutland zu mir und flüsterte: „Was halten Sie davon? Schauen Sie sich das an." Er wies auf die Wand. „In allen Wänden kommt Feuchtigkeit von unten herauf. Es wird ein Vermögen kosten, das in Ordnung zu bringen."

„Es könnte wunderschön werden", sagte ich langsam. „Ieh glaube, das war es einmal. Es ist wie eine Frau, die in ihrer Jugend schön war und nun durch Vernachlässigung und mangelnde Liebe alt und häßlich geworden ist."

Er starrte mich an. „Nun, das ist ohne Zweifel phantasievoll ausgedrückt." Dann kam Mrs. Birch zurück, und er tätschelte mir die Schulter. „Nun setzen Sie sich hierher, meine Liebe, und geben Sie acht, daß Sie keine Gespenster sehen."

Einer der Läden war geöffnet worden, aber das Zimmer war voller Schatten. Ich ging zum Fenster und schaute in den Garten hinaus, der einst schön gewesen sein mußte, nun aber hoffnungslos verwildert war. Die Rosen bildeten ein Gewirr kahler verschlungener Ranken, und grünes Moos überzog die Steinstatue am Rand des Teichs. Das war der Garten, in dem der junge Justin Aylsham mit den beiden Schwestern gewandelt war, bevor er ihren Bruder tötete. Ich mußte an sie denken. Wie hatten sie wohl ausgesehen? Waren sie von seiner Höflichkeit geschmeichelt? Ich stieß die Läden weiter auf und ging zurück ins Zimmer. Ein paar Bilder hingen an den Wänden des Zimmers, das einst der Speisesaal gewesen war, keines von besonderem Wert. Eines war offenbar das Porträt von Sir Henry Leigh, einem großen, gut aussehenden Mann, sympathisch, aber nicht sehr kraftvoll, dachte ich, und daneben hing in einem kleinen ovalen Rahmen eine Bleistiftzeichnung, deren Linien so schwach waren, daß ich sie kaum unterscheiden konnte.

Ich faßte mir ein Herz, nahm es von der Wand, und trug es zum Fenster. Es war eine Rötelzeichnung, die Arbeit eines Amateurs, von Sir Henry vielleicht oder von einer seiner Schwestern. Dann stutzte ich, denn am unteren Rand stand, nur schwach lesbar geschrieben: „Alyne mit 15 Jahren." Es war ein zartes, bezauberndes Gesicht, umgeben von einer Menge Locken, und als ich es ans Licht hielt, ließ mich meine Phantasie darin die Alyne erkennen, die ich als Kind gekannt hatte, nicht die schöne, selbstsichere Frau von heute. Bei einem Aufleuchten der Wintersonne wurden die Augen plötzlich lebendig, blickten leise lächelnd direkt in die meinen, als besäßen sie ein Geheimnis, das sie mit niemandem teilten. Dann verblaßte das Licht wieder, die Ähnlichkeit mit Alyne verschwand, und es war nicht mehr als eine ziemlich schwache Bleistiftzeichnung. Ich hörte Schritte und beeilte mich, es an seinen Platz an der Wand zurückzuhängen.

Mrs. Birch bot uns Kaffee an, aber Mr. Rutland lehnte ab. Er nahm meinen Arm. „Vielen Dank, aber ich glaube, wir verzichten. Mrs. Aylsham ist müde, und ich bringe sie jetzt nach Hause. Mr. Grimble wird mit mir in Kontakt bleiben. Ich möchte gerne mit der Besitzerin selbst sprechen, bevor ich mich endgültig entschließe."

„Lady Leigh lebt in Italien", sagte die Haushälterin steif. „Sie war schon zehn Jahre oder länger nicht in England. Soviel ich weiß, will sie nach Neujahr wieder einmal herkommen."

„Das hoffe ich. Vielen Dank nochmals." Er drückte ihr ein paar Münzen in die Hand und führte mich hinaus.

„Nun, ich weiß nicht", meinte er, als er mir in den Wagen half und selbst einstieg. „Es ist ein sonderbares Haus. Die Keller sind trocken, nirgendwo ein Modergeruch, und dafür kann man dankbar sein. Fußböden aus Kastanienholz, ebenso die Täfelung, da kommt nie ein Holzwurm hinein." Er sprach fort und fort. Ich hörte kaum zu, ich dachte an die seltsame Ähnlichkeit und war nicht sicher, ob sie wirklich bestanden hatte, doch ließ sie mich nicht los.

Als wir zum Schwarzen Hund kamen, sah ich davor einen Wagen mit zwei Grauschimmeln stehen und erkannte ihn sogleich. Instinktiv versuchte ich Mr. Rutlands Aufmerksamkeit abzulenken, aber es war schon zu spät.

„Wenn mich nicht alles täuscht, steht da das Gefährt meines Jungen!" rief er und fragte den Mann, der die Pferde hielt. „Ist Ihr Herr da, Croft?"

Der Reitknecht schien mir verlegen. „Ja, Sir, da drinnen."

„Sagen Sie ihm, ich hätte ihn gerne kurz gesprochen."

Croft winkte einen der Stallburschen herbei, überreichte die Zügel und ging hinein. Ein paar Minuten später kam Bulwer mit leicht gerötetem Gesicht heraus.

„Was zum Teufel tust du hier?" fragte Mr. Rutland aufgeräumt. „Ich dachte, du wärest noch in London."

„Ich bin früher als erwartet zurückgekommen, und Croft hat mir gesagt, daß du hier bist", erwiderte er fast zu schlagfertig. Er verbeugte sich vor mir. „Guten Morgen, Mrs. Aylsham. Wie freundlich von Ihnen, daß Sie meinen Vater begleitet haben. Nun, was hältst du von dem Haus?"

„Es hat seine Vorzüge. Fürchterlich schmutzig ist es natürlich und wird eine Menge Arbeit brauchen, aber es gefällt mir. Es ist das Haus eines Gentleman. Sie sind doch auch dieser Meinung, nicht wahr?"

„Gewiß", sagte ich.

„Reichlich Platz, mein Junge, genug für eine Familie mit Enkeln", er tippte seinem Sohn auf die Brust. „Geh, und schau es dir selbst an."

„Nein, ich möchte nicht. Du verstehst mehr davon als ich."

In diesem Augenblick sah ich den Hut und den Mantel, die nachlässig über die Lehne des Wagensitzes geworfen waren, und erkannte sie sogleich.

Mr. Rutland wandte sich mir zu. „Was halten Sie davon, meine Liebe, wenn wir hineingehen und uns eine kleine Erfrischung geben lassen? Das Gasthaus sieht recht anständig aus. Sie werden wohl auch etwas Geeignetes für eine Dame haben."

Mein Blick begegnete dem Bulwers, und ich sah darin eine halb widerstrebende Bitte. Ich schüttelte den Kopf. „Es hat länger gedauert, als ich dachte. Jetzt möchte ich gern nach Hause fahren, wenn es Ihnen nichts ausmacht."

„Natürlich nicht. Wir fahren sofort. Was wollte ich gerade sagen? Paß auf dich auf, Junge. Fahr nicht zu schnell."

Die Pferde zogen an, und ich lehnte mich in meinem Sitz zurück. Wie konnte Alyne so verrückt sein, sich mit ihrem Liebhaber so nahe von Ravensley zu treffen? Eine Art Triumph überkam mich. Das war schon das zweite Mal, daß ich sie in meiner Gewalt hatte. Noch nie in meinem Leben war die Versuchung größer gewesen. Mit einem Wort zu Justin konnte ich sie und auch Bulwer vernichten. Plötzlich überkam mich ein Zittern.

Mr. Rutland sah mich ängstlich an. „Fehlt Ihnen etwas?"

„Nein, nichts. Mir ist nur ein wenig kalt."

Er stopfte die Pelzdecke enger um mich. Ich verschränkte meine Hände fest ineinander, aber das Zittern blieb, weil ich der Wahrheit in die Augen blicken mußte, es gab kein Entrinnen. Wenn ich Alyne vernichtete, wenn ich sie ein für alle Mal loswürde, dann würde ich zweifellos auch Oliver verlieren.

3

Es wurde Weihnachten, und wegen der schweren Schneefälle mußten die Arbeiten in Greatheart vorübergehend unterbrochen werden. Justin veranstaltete in Ravensley einen großen Empfang, aber ich hatte gerade damals keine Lust, mich in Gesellschaft zu zeigen, und wir verbrachten die Zeit ruhig. Harry kam für die Feiertage aus London zu uns, und er und Oliver schlossen sich dem Jagdausflug am Christmorgen an. Cherry und ich sahen sie fortreiten. Alyne sah in ihrem neuen Reitkostüm aus saphirblauem Samt schöner denn je aus. Sie winkte mir zu, als sie vorüberritten, und es kam mir vor, als sei es immer so gewesen. Die Augen der Männer folgten ihr, und sie genoß es. Harry ritt an ihrer einen Seite, Oliver an der anderen. Ich fühlte mich schwerfällig und linkisch. Die Wochen zogen sich unerträglich langsam hin, und ich sehnte mich danach, daß alles vorüber und die Geburt gut verlaufen war.

Am Abend speisten wir in Copthorne mit Papa und Tante Jess, und Harry überraschte uns, als er plötzlich seine Absicht kundtat, Abschied von seinem Regiment zu nehmen.

„Und was willst du dann bitte mit dir anfangen?" fragte Papa ein wenig ironisch.

„Das weiß der Himmel, Sir, aber irgend etwas muß es für einen Mann doch zu tun geben. Die Armee macht überhaupt keinen Spaß, wenn nicht Krieg ist."

„Ich hätte nicht gedacht, daß Krieg jemals ein Spaß sein könnte", sagte Cherry bissig.

„Er kann seine Vorzüge haben, meine Liebe", murmelte Papa. „Ist das dein ernster Entschluß, Harry?"

„Nun, ich spiele wenigstens mit dem Gedanken . . ."

„Was habe ich dir gesagt, Tom?" mischte sich Tante Jess ein. „Du hättest ihn schon vor Jahren zu etwas Nützlicherem anhalten sollen. Denk nur an die unnütz vergeudete Zeit."

„Oh, so würde ich das nicht sagen, Tante Jess", sagte Harry treuherzig. „Ich habe es die meiste Zeit genossen, aber man wird mit der Zeit älter. Man muß an die Zukunft denken, besonders wenn das Geld knapp ist. Vielleicht kann ich herkommen und eine von Olivers Dampfmaschinen bedienen."

Wir lachten alle, aber ich hatte so meine Gedanken. Es war so gar nicht die Art meines heiteren jungen Bruders, und erst am nächsten Tag erriet ich die Gründe. Er war mit Cherry ausgeritten, und als sie zurückkamen, erkannte ich an ihren Blicken und der Farbe ihrer Wangen, daß etwas geschehen war. Ich stellte keine Fragen, aber später kam sie in mein Schlafzimmer, als ich mich für die Nacht bereitmachte, schwätzte drauflos und spielte mit den Gegenständen auf meinem Frisiertisch herum, bis ich ihr gereizt die Parfümflasche aus der Hand nahm.

„Du wirst sie fallen lassen, ehe du dich's versiehst, und sie ist ein Geschenk von Oliver. Der Himmel weiß, wann er imstande sein wird, mir eine neue zu schenken. Was willst du mir eigentlich erzählen?"

„Harry hat mir heute auf dem Morgenritt einen Heiratsantrag gemacht."

„Oh . . . und was hast du geantwortet?"

„Nein, natürlich."

„Das ist gar nicht so natürlich. Ich weiß, es ist mein Bruder und vermutlich bin ich ein wenig parteiisch, aber ich habe eigentlich gemeint, daß du ihn gut leiden kannst."

„Das tue ich . . . in gewissem Sinne . . . aber jedenfalls kann ich unmöglich einen Soldaten heiraten."

„Deshalb hat er also gestern davon gesprochen, das Regiment zu verlassen."

„Vielleicht . . . ich habe ihm damals in Brighton gesagt, wie unsympathisch mir Soldaten sind. Du weißt, was sie hier den armen Leuten angetan haben. Das ist ein grausamer brutaler Beruf . . ."

„Aber das ist doch nicht der einzige Grund?"

„Nein." Sie ging zum Fenster. „Wie kann ich jemanden heiraten, nachdem ich Jake geliebt habe?"

Sie war so jung. Ich empfand tiefes Mitgefühl für sie. „Du kannst ihm nicht ewig nachtrauern, meine Liebe, das hätte er nicht gewollt. Hast du es Harry erzählt?"

„Nein, ich konnte nicht. Es war nicht anständig, aber ich war feige. Ich dachte . . . ich dachte, wenn ich ihm alles erzähle, dann verachtet er mich vielleicht."

Mir schien die Spur eines Bedauerns in ihren Worten mitzuschwingen. Ich stand auf und ging zu ihr. „Harry wird nicht aufgeben, dazu kenne ich ihn zu gut. Warte eine Weile. Jedenfalls hat er im Augenblick nichts, wovon er eine Frau ernähren könnte."

Ich war nicht sicher, wie Harry reagieren würde, so sagte ich nichts, weder zu ihm noch zu Oliver, aber Cherry war schon immer voller Ungeduld gewesen. An diesem Abend waren wir allein, Oliver saß lesend am Feuer, während ich Häubchen für das Kind stickte. Cherry und Harry unterhielten sich bei einem geräuschvollen Kartenspiel, und plötzlich, nach einem Disput, wer gewonnen habe, klappte sie den Spieltisch zusammen, setzte sich neben mich und besah sich meine Arbeit.

„Du bist so geschickt mit der Nadel, Clarissa. Ich habe keine Geduld dazu." Dann schaute sie zu ihrem Bruder hinüber. „Oliver, habe ich irgendein eigenes Geld, oder hat uns Onkel Justin alles genommen?"

„Nicht alles. Da sind zweitausend in treuhändischer Verwahrung, die du erst bekommen sollst, wenn du vierundzwanzig bist oder heiratest. Warum fragst du?" fragte er, ohne von seinem Buch aufzusehen.

„Ich habe nachgedacht. Ich habe mich lange genug von dir und Clarissa erhalten lassen. Ich möchte irgendwo eine Stelle annehmen und in Zukunft selbständig sein."

„Und an was für eine Art von Stelle denkst du?" fragte Oliver nachsichtig, „als Erzieherin? Als Gesellschafterin einer alten Dame, um ihren fetten Mops spazieren zu führen? Ist das nicht ein wenig albern, Kleine?"

„Das ist keineswegs albern, und sprich nicht mit mir, als ob ich ein kleines Kind wäre. Ich habe mir das sehr genau überlegt. Ich habe drunten in Brighton eine Frau kennengelernt, eine Mrs. More. Sie steht in Verbindung mit einer Gesellschaft in London, die versucht, Schulen für arme Kinder und Waisen einzurichten. Sie brauchen dringend Lehrer, und sie bezahlen sie auch, nicht sehr gut, aber immerhin. Wenn du mir ein wenig von dem vorschießen könntest, was mir tatsächlich gehört, könnte ich für sie arbeiten und für mich selbst sorgen."

Oliver legte das Buch fort. „Ich habe noch nie in meinem Leben etwas Unsinnigeres gehört. Kannst du dir auch nur einen Augenblick vorstellen, daß ich meiner Schwester erlaube, bei so etwas mitzuarbeiten! Sie mögen höchst achtbare Leute sein, aber sie arbeiten unter schrecklichen Bedingungen und in den schlimmsten Slums von London . . .“

„Ein Grund mehr, ihnen zu helfen."

„Das ist verrückt. Das hältst du keine Woche aus, Cherry."

Sie war aufgesprungen und stand nun ihrem Bruder gegenüber. „Warum sagst du so etwas? Ich habe einige der Kinder in Brighton gesehen. Alle haben gesagt, ich bin mit ihnen sehr gut zurecht gekommen."

„Das war die Auslese daraus. Ich hoffe, Harry, nicht du hast ihr so lächerliche Ideen in den Kopf gesetzt."

„Ich? Großer Gott, nein. Wenn ich etwas in der Welt nicht ausstehen kann, so sind es die Moralprediger, die Weltverbesserer." Harry machte eine kleine Pause, bevor er fortfuhr. „Vermutlich hätte ich zuerst mit dir sprechen sollen, Oliver, aber, um die Wahrheit zu sagen, habe ich heute morgen Cherry gebeten, mich zu heiraten."

„Hast du das?"

„Und ich habe ihm einen Korb gegeben", warf Cherry ein. „Du hast ganz falsche Vorstellungen über Mrs. More und es ist keineswegs lächerlich. Ich halte sie für wunderbare Menschen, und ich will selbst auch so etwas tun. Das habe ich immer gewollt, und Jake hat es gewußt. Wir haben oft und oft darüber gesprochen. Er würde es verstanden haben."

„Jake?" wiederholte Harry. „Was um alles in der Welt hatte er damit zu tun? Ich dachte, er ist tot, der Arme . . ."

„Du kannst es ebenso gut gleich wissen, Harry", sagte Cherry mit gerötetem Gesicht und leuchtenden Augen. „Ich wollte es dir sowieso sagen. Ich habe Jake geliebt, und er hat mich geliebt . . . Oh, ich weiß, was du sagen wirst. Er war nur Papas Gärtner, arm, ein Arbeiter, nicht einer aus der vornehmen Gesellschaft, aber es ist mir gleich, er war der beste Mensch, den ich je gekannt habe . . ."

Oliver stand auf. „Laß das, Kleine, das ist nicht nötig."

„Das ist unbedingt nötig. Ich will, daß Harry es weiß. Ich schäme mich dessen nicht . . . Warum sollte ich? Er war doch auch dein Freund? Ich hätte ihn geheiratet, hätte Onkel Justin ihn nicht ermordet . . . Aber das war erst nachdem wir . . . nachdem wir ein Liebespaar wurden." Sie schleuderte die Worte Harry ins Gesicht, dann stockte sie, schaute einen Augenblick wild um sich und lief rasch zur Tür hinaus.

„Jake?" sagte mein Bruder entsetzt und bestürzt. „Wovon zum Teufel spricht sie? Jake? Aber ich dachte . . . Ist etwas Wahres daran?"

„Ja, leider, aber nicht ganz so wie du denkst", sagte ich.

„So ein Schweinehund!" stieß Harry hervor. „Ich kann es nicht glauben. Sie ist so jung, so reizend . . . Wie konntet ihr so etwas zulassen? Wie konnte er sie in dieser Weise gefügig machen?"

„Jake hat nichts derartiges getan", sagte Oliver ruhig.

„Oh, ich weiß, er war immer dein Favorit", sagte Harry wütend, „ihr habt immer zusammengesteckt, du und Jake, schon als wir Kinder waren, aber deine eigene Schwester . . . das ist niederträchtig, abscheulich . . ."

314

Ich sah, wie sich Olivers Gesicht vor Zorn rötete, und ich trat zwischen sie. Vor allem wollte ich nicht, daß es zu einem Streit kam, und doch schien mir, daß Cherrys Bruder, von Mann zu Mann, die Umstände besser erklären konnte als ich.

„Du verstehst überhaupt nichts", sagte ich zu Harry. „Versprich mir, daß du ruhig anhörst, was Oliver dir zu sagen hat. Es war nicht unsere Schuld, noch war es die ihre. Es war eines der Dinge, die geschehen, und wenn jemand die Schuld dafür trägt, so ist es Justin Aylsham."

„Ich verstehe nicht, wie du so etwas sagen kannst, Clary", murmelte Harry.

„Du wirst es verstehen, glaube mir. Denk nicht schlecht von ihr, Harry, sie war so unglücklich."

„Ich liebe sie ja", stammelte er.

„Ja, ich weiß." Ich tätschelte seinen Arm. „Und jetzt gehe ich zu ihr hinauf."

Ich ließ die beiden allein und stieg die Treppe hoch. Cherry lag mit dem Gesicht nach unten auf dem Bett, und ich setzte mich neben sie.

„Warum mußtest du damit auf diese Weise herausplatzen? Das war doch Unsinn. Wirst du das bei jedem tun?"

„Ich schäme mich für nichts, was ich getan habe, und ich will ehrlich sein. Ich will nicht lügen und betrügen wie Alyne."

„Laß Alyne aus dem Spiel. Du hast nur ganz unnötigerweise Oliver und Harry gekränkt."

„Das wollte ich nicht . . ." Sie setzte sich auf. „Meinst du, er wird jetzt fortgehen?"

„Wie kann ich wissen, was er tun wird? Er ist sehr erregt. Hast du denn gar nichts für ihn übrig?"

„Ich weiß nicht. Manchmal mag ich ihn sehr gerne, und dann, wenn ich mich an Jake erinnere, erscheint mir alles unwichtig . . . Oh, Clarissa, wie ich dich beneide! Du warst so tapfer, als Oliver des Mordes angeklagt war. Ich habe dich so bewundert für das, was du gesagt hast . . . und jetzt bist du verheiratet und bekommst ein Kind . . . du bist so glücklich."

Glücklich? Ja, vielleicht war ich das und sollte Gott dafür danken, aber jeder hat Schattenseiten in seinem Leben, und obwohl ich sie aus meinen Gedanken zu verbannen suchte, stand Alyne unausgesprochen zwischen uns.

Harry war in der letzten Zeit seines Aufenthaltes so still, daß ich wußte, er war unglücklich, und unter irgendeinem Vorwand fuhr er früher nach London zurück, als er beabsichtigt hatte.

„Das wird nicht leicht sein", sagte Oliver trocken, als er ins Haus zurückkam, nachdem er ihn verabschiedet hatte. „Weiß der Himmel, was geschehen soll, wenn sie bei jedem jungen Mann, der ihr einen Heiratsantrag macht, damit herausplatzt."

„Es ist noch zu bald und die Erinnerung noch zu frisch. Laß ihr Zeit. Ich bin nicht einmal sicher, daß Harry die beste Wahl für sie ist."

Er sah mich sonderbar an. „Hübsche Sachen sagst du da von deinem eigenen Bruder! Harry ist ein guter Junge, auch wenn er ein bißchen flatterhaft ist, und gerade jetzt bin ich dankbar für alles, was sie von der verrückten Idee abbringt, in einer dieser Armenschulen Lehrerin zu werden."

„Sei nicht so streng mit ihr. Widerstand bringt sie nur noch mehr auf."

„Als ob ich das nicht wüßte! Und ich habe schon genug mit aufgebrachten Leuten zu tun."

„Hat es neue Schwierigkeiten gegeben?"

„Noch nicht. Aber ich kann Justin nicht begreiflich machen, daß man den Marschleuten die Hütten nicht über dem Kopf verbrennen kann, man vertreibt sie damit vielleicht, aber es kann zu etwas viel Schlimmerem führen."

„Das wird er doch nicht tun . . ."

„Er spricht davon. Und es könnte noch schlimmer werden als bei den vergangenen Unruhen. Da draußen herrscht jetzt ein anderer Geist. Viel rachsüchtiger, viel böswilliger, besonders unter jenen, die wenig zu verlieren haben."

„Du hast mir bisher nichts davon gesagt."

„Ich wollte dich nicht unnötig aufregen. Jetzt meine ich, du solltest darauf vorbereitet sein. Ich glaube nicht, daß wir davon betroffen werden, aber das kann man nie wissen, Männer, die man zur Verzweiflung getrieben hat, überlegen sich nicht immer, wessen Haus sie niederbrennen. Jeder, der mehr hat als sie, ist ihr Feind. Ich habe schon ernsthaft überlegt, Cherry und dich von hier fortzubringen, und dein Vater ist derselben Meinung."

„Du hast also schon mit ihm gesprochen, bevor du mir etwas gesagt hast. Ich gehe aber nicht", sagte ich rasch. „Ich verlasse dich nicht. Außerdem glaube ich nicht, daß wirklich etwas geschieht. Die Leute hier sind keine Wilden. Sie werden dir nichts zuleide tun, nach allem, was du für sie getan hast."

„Nun, wir werden ja sehen. Vielleicht hast du recht. Hoffen wir es."

Und eine Zeitlang schien ich recht zu behalten. Der Frost ließ weiter den Schnee knirschen, die Wasserläufe froren zu, und zu Beginn des neuen Jahres gab es einige Tage, an denen die Schlittschuhwettbewerbe abgehalten wurden und die Marschleute feierten. Die Luft war erfüllt von Scherzen und Gelächter, Wetten wurden abgeschlossen und Geld wechselte den Besitzer. Wir wiegten uns eine Weile glücklich in einer falschen Sicherheit, bis zu dem Tag, an dem ich nach Ravensley fuhr.

Es war Ende Januar und ein Morgen wie jeder andere, nichts Ungewöhnliches kündigte sich an. Hattie war seit Weihnachten öfters krank gewesen, und da sie so wenig Besuch hatte, wollte ich ihr die Freude machen, ein wenig an ihrem Bett zu sitzen. Cherry wäre mit mir gegangen, aber sie war leicht verkühlt, also fuhr ich allein. Oliver brachte mich im Wagen nach Ravensley und setzte mich vor dem Haus ab, bevor er sich auf den Weg machte, um seine Angelegenheiten zu erledigen. Hattie war rührend froh, mich zu sehen, und ich blieb etwa eine Stunde bei ihr. Wir plauderten über alles mögliche, bis ich fand, daß sie müde aussah. Ich stopfte die Decken um sie fest und versprach, bald wiederzukommen, dann ging ich hinunter.

Als ich an Alynes kleinem Wohnzimmer vorüberkam, sah ich durch die offene Tür sie am Fenster stehen. Ich zögerte einen Augenblick, ob ich hineingehen solle, dann wandte sie sich um und sah mich.

„Annie hat mir gesagt, daß du hier bist. Komm und sprich mit mir, Clarissa, ich langweile mich so und bin unruhig, in all diesen Schnee eingeschlossen. Ich möchte von hier fortfliegen, irgendwohin, frei wie diese Vögel da draußen." Sie schaute wieder zum Fenster hinaus, und ich ging zu ihr hin. Draußen kreisten, vom Hunger und den scharfen Winden ins Land getrieben, Möwen mit durchdringenden Schreien.

Ich fand sie krank aussehend. Ihr Gesicht hatte fast die Farbe ihres teuren, mit Schwanendaunen verzierten, cremefarbenen Morgenrocks. Das schimmernde Haar war locker von einem Band gehalten, und unter den Augen lagen blaue Schatten.

„Ich weiß nicht", sagte ich leichthin, „auch Vögel haben wohl ihre Schwierigkeiten. Du weißt, was sie hierzulande sagen . . . Möwen sind die Seelen ertrunkener Seeleute. Vielleicht ist Freiheit nur eine Illusion."

„Vielleicht."

Sie stand ganz ruhig, das Gesicht nahe an der Scheibe, und ich sah, daß Justin zu seinem bereitgestellten Pferd herausgekommen war. Er schwang sich in den Sattel und trabte rasch auf der Zufahrt davon, zwei seiner Stallknechte hinter ihm.

„Weißt du, was er machen will? Er will zusehen, wie sie die Hütten am Rande des Greatheart in Brand stecken. Das wird ihnen eine

Lehre sein, sagt er. Dann werden die anderen wissen, was eine gerichtliche Ausweisung bedeutet."

Nun war es also so weit. Angst stieg in mir auf. „Weiß es Oliver?"

Sie zuckte die Achseln. „Vermutlich."

„Ich wollte, ich hätte ihn warnen können."

„Was hätte das genutzt? Justin tut immer, was er will."

Sie stand immer noch da und starrte aus dem Fenster, die Hände an die Scheibe gestützt. Ihre Lippen bewegten sich. Ich konnte nicht verstehen, was sie sagte, aber der Ausdruck in ihrem Gesicht beunruhigte mich.

„Alyne", sagte ich, „ist etwas nicht in Ordnung?"

„Nicht in Ordnung? Es ist nicht meine Schuld. Ich hasse ihn, Clarissa", sagte sie langsam. „Ich hasse ihn, ich wünsche von ganzem Herzen, er wäre tot."

In ihrer Stimme lag eine solche Schärfe, daß ich schauderte. „Du solltest so etwas nicht einmal im Scherz sagen."

„Scherz!" wiederholte sie. „Scherz!" und lachte. Es klang nicht angenehm. „Ich scherze nicht. Würdest du über einen Mann scherzen, der dir das angetan hat?"

Mit einer raschen Bewegung streifte sie die Falten ihres Morgenrokkes über einer Schulter zurück, und ich sah die Striemen, die sich über ihren Nacken und den Rücken hinabzogen.

Entsetzt flüsterte ich: „Aber warum? Warum hat er dir so etwas Schreckliches angetan?"

„Weil es ihm Spaß macht, weil es für ihn ein Ersatz ist, eine Entschädigung für andere Dinge . . . Dinge, die er nicht tun kann . . ."

„Was für Dinge?"

Aber sie antwortete nicht direkt. Statt dessen sank sie in die Knie, legte ihre Hand auf meinen Schoß und sah mir ins Gesicht. „Soll ich dir ein Geheimnis verraten, Clarissa?"

„Was für ein Geheimnis?"

„Ich bekomme ein Kind."

Das kam unerwartet, war aber irgendwie eine Erleichterung. Frauen haben seltsame Launen in dieser Zeit. „Aber das ist doch wunderbar. Justin wird sich so freuen . . . Das wünscht er sich doch mehr als sonst etwas."

„Es ist nicht von ihm."

Mich überlief es eisig. Ich sagte mit starren Lippen: „Dann von wem?"

Ihr Lächeln war zum Rasendwerden. Sie spielte mit einem ihrer Ringe und sah mich nicht an. „Du fürchtest, es könnte von Oliver sein, was? Nun, das wäre möglich." Sie lügte, um mich zu quälen, es mußte eine Lüge sein. Sie setzte sich auf die Fersen und musterte mich mit diesen großen, unmenschlichen braunen Augen. „Oh, Clarissa, manchmal bist du so unschuldig, so naiv. Du würdest alles glauben. Oliver ist sicher kein Heiliger, er ist ein Mann wie andere auch. Er hat seine Bedürfnisse. Schließlich muß ich es ja wissen."

Und seit Wochen war ich häßlich und ungestalt, mit seinem Kind im Bauch. Ich konnte nicht streiten oder bitten, die Wunde saß zu tief. Alles, was ich tun konnte war, meinen Schmerz zu verbergen. Ich drängte sie: „Und das Kind, Alyne? Wer ist sein Vater?"

„Wer kann es sagen? Wenn Justin es wüßte, würde er ein halbes Dutzend verdächtigen."

Aber das glaubte ich nicht. Was immer man ihr vorwerfen mochte, sie hielt es nicht mit mehreren Männern. „Ist es Bulwer Rutland?"

Sie warf mir einen kurzen Blick zu. „Warum sagst du das?"

„Ich sah euch letzten Sommer zusammen. Wir hatten von Brighton aus einen Ausflug gemacht. Es war in der Kirche von Bramber."

„Warum hast du es Justin nicht erzählt? Ich weiß, er hat euch dort aufgesucht. Er sprach davon."

„Ich weiß nicht", gestand ich freimütig. „Es lag mir auf der Zunge, und dann brachte ich es nicht heraus."

„Weiß es Oliver?"

Ich schüttelte den Kopf. „Nein. Hast du Rittmeister Rutland von London aus besucht?"

Sie zögerte mit der Antwort. Sie kauerte immer noch ruhig auf dem Fußboden und starrte auf ihre Hände. „Ja, nur für zwei Tage, aber wir sind anderswo zusammengekommen . . ."

„Zum Beispiel im Schwarzen Hund in Westley?"

„Ja, dort auch. Dort war es das erste Mal . . . und seitdem . . ."

Ungläubig sagte ich: „Aber das ist so nahe, du bist verrückt . . ."

„Vielleicht bin ich es, aber ich liebe ihn. Du wirst es mir nicht glauben, Clarissa, ich weiß, was du über mich denkst, aber ich liebe ihn", und in diesem Augenblick jedenfalls, was immer sie getan haben mochte, wußte ich, daß sie es ernst meinte. Sie sprach die Wahrheit.

„Wie lange geht das jetzt schon?"

„Lange Zeit . . . Schon vor meiner Heirat . . ."

„Dann warum . . ."

„Er wollte keine Ehefrau", sagte sie bitter, „er wollte eine Geliebte . . . Ich hatte nicht die Absicht, es fortzusetzen, Clarissa, das schwöre ich dir. Er hat mich angefleht, mit ihm fortzugehen, aber ich wollte Justin gegenüber fair sein. Es war seine Schuld, nicht meine.

Alles ist nur wegen Justin so gekommen."

„Geht er zu anderen Frauen?"

„Ich wollte, er täte es. Dann wäre es einfach. Ich wüßte dann, was tun."

„Und so?"

Sie stand auf und begann im Zimmer auf und ab zu gehen. Die Blässe ihrer Wangen war einer hektischen Röte gewichen.

„Ich habe noch nie mit jemandem darüber gesprochen. Ich konnte einfach nicht, es war zu schrecklich, zu erniedrigend."

„Nicht einmal mit Oliver?"

„Nicht einmal mit ihm." Dann blieb sie vor mir stehen. „Warum fragst du?"

„Du hast ihm etwas gesagt. Ich sah dich an jenem Tag im Sommer . . ."

„An dem Tag, an dem du in die Marsch davonliefst . . . Deshalb war das also. Ich habe mich oft gefragt." Dann begann sie wieder auf und ab zu gehen. „Es war unbeabsichtigt. Er packte mich an der Schulter, und ich schrie vor Schmerz auf. Dann wollte er wissen warum, und ich bat ihn, es nicht weiterzusagen. Oliver kann sehr gütig sein. Bei ihm fühlte ich mich sicher, aber er weiß nicht alles."

„Wie gütig ist er gewesen?" Ich wußte nicht, war es Haß oder Mitleid, was ich fühlte. „Was gäbe es sonst noch zu wissen?"

Sie zögerte, dann setzte sie sich neben mich auf das Sofa. „Ich habe Angst, Clarissa, so schreckliche Angst, wenn Justin es erfährt."

„Du könntest sagen, es sei sein Kind."

„Er würde wissen, daß ich lüge. Siehst du . . . siehst du, er kann mir kein Kind geben. Er hat nie, kein einziges Mal . . . das ist es, was ihn quält." Sie starrte vor sich hin, die Hölle ihrer Ehe vor Augen. „Du kannst nicht wissen, wie das gewesen ist", flüsterte sie. „Manchmal kommt er für Wochen und Wochen nicht in meine Nähe, dann wieder Nacht für Nacht, von der Enttäuschung fast zum Wahnsinn getrieben, und dann greift er zur Peitsche. Er will die Genugtuung haben, mich elend, erniedrigt, flehend vor sich zu sehen, und dazu bin ich nicht bereit, ich will nicht . . ." Sie brach ab, und ich erwiderte nichts. Ich wußte nicht, womit ich sie hätte trösten können. Als sie fortfuhr, war ihre Stimme leise, hoffnungslos. „Das hat mich zu Bulwer getrieben. Ich konnte nicht anders . . . Das mußt du verstehen . . . Ich brauchte jemanden, der gesund und normal war, jemanden, der einer Frau die Liebe schenken konnte, die sie braucht, sonst glaube ich, wäre ich verrückt geworden."

„Ist es eine Krankheit?"

„Ich weiß nicht. Es war so von allem Anfang an, die ganzen Monate in Italien, und dazu die Eifersucht, die verzehrende Eifersucht, wenn ich auch nur einen anderen Mann anlächelte. Dann ist da auch Ram Lall . . . wohin ich gehe, bei jedem Schritt, fühle ich seine Augen auf mir", schluchzte sie leise. „Wenn Justin es je erfährt, daß ich eines anderen Mannes Kind in mir trage, wird er mich töten."

„Was wirst du tun?"

„Was kann ich schon tun? Vielleicht abtreiben . . . Es gibt Möglichkeiten. Schau mich nicht so an, Clarissa. Für dich ist es leicht. Du bist in Sicherheit. Du hast einen Vater für dein Kind."

„Hast du es Rittmeister Rutland gesagt?"

„Noch nicht. Es wird ihn wenig kümmern. Warum sollte es auch? Er ist nicht ein Mann, der sich gern binden läßt."

Ich hatte Alyne nie gemocht. Ich hatte ihre Macht gefürchtet und war eifersüchtig auf das, was sie Oliver bedeutet hatte, und doch rührte mich jetzt ihre Verzweiflung. Ich würde ihr geholfen haben, doch wußte ich nicht wie. Dann raffte sie sich mühsam auf.

„Ich muß mich anziehen. Kannst du bleiben, Clarissa, nur heute? Ich fühle mich so allein. Ich verlange nicht viel."

„Ja, natürlich, ich bleibe."

Erst als sie das Zimmer verlassen hatte, und ich allein in dem hübsch eingerichteten Raum saß, erinnerte ich mich, was sie über Oliver gesagt hatte. Ich wußte nicht, sollte ich es glauben oder nicht, konnte aber bei bestem Willen den dumpfen Schmerz in meinem Herzen nicht loswerden.

Der kurze Wintertag ging rasch zu Ende. Um vier Uhr war es bereits dunkel, und leichter Schneefall hatte eingesetzt. Weder Justin noch Oliver waren zurückgekommen. Lizzie brachte Kerzen und hätte die Vorhänge zugezogen, aber Alyne wollte es nicht.

„Lassen Sie sie, ich habe sie lieber offen", sagte sie.

Wir waren im Speisezimmer gesessen, das man von der Halle aus betritt und dessen Fenster auf den Hof hinausgehen. Ich stand auf und packte die Handarbeit zusammen, die ich mitgebracht hatte.

„Es ist schon sehr spät. Ich sollte jetzt lieber gehen."

„Nein, bitte nicht." Alyne war den ganzen Nachmittag unruhig im Zimmer auf und ab gegangen, hatte ihren Stickrahmen aufgenommen und wieder fortgelegt, ohne einen einzigen Stich zu tun. „Besser, du wartest", fuhr sie fort. „Oliver wird dich holen kommen."

„Vielleicht auch nicht, wenn es spät ist. Ich bin durchaus imstande, den Wagen selbst zu fahren, und Cherry wird sich fragen, wo ich bleibe."

Aber schließlich blieb ich doch. Sie hatte mich mit ihrer nervösen Spannung angesteckt. Ich konnte nicht länger ruhig sitzen und trat neben sie an das Fenster. Wir strengten unsere Augen an, konnten aber durch das Schneegestöber nichts sehen, bis sie mich plötzlich am Arm packte.

„Schau, Clarissa. Ist dort nicht Feuer?"

Hinter den Gärten, draußen in der Marsch, flackerten Lichtpunkte, die verschwanden und anderswo wieder aufflammten. „Das ist kein Feuer", sagte ich langsam. „Es sieht eher nach Fackeln aus."

„Sie kommen wohl hierher." Eine unterdrückte Erregung lag in ihrer Stimme, als wünschte sie es geradezu, als wäre der Ausbruch von Gewalttätigkeiten der einzige Weg, ihre eigene innere Not zu lindern. Aber ich konnte nur an jenes letzte Mal denken, an die sinnlose blutige Schlacht, die Brutalität, die nur Jammer gebracht hatte.

„Ich bete zu Gott, daß du unrecht hast", sagte ich inbrünstig.

Plötzlich bemerkte ich, daß sich draußen etwas tat. Jemand kam im Galopp auf das Haus zugeritten, gefolgt von zwei oder drei anderen. Es war so dunkel, daß wir die Gesichter nicht sogleich erkennen konnten, und Alyne stieß die Fensterflügel weit auf und leuchtete mit der Kerze hinaus, deren Flamme im kalten Luftzug wild aufflackerte.

„Bist du es, Justin?"

Nun konnten wir ihn deutlich erkennen. Er war schlammbedeckt, ein dunkler Streifen über seine Wange sah nach Schmutz oder Blut aus.

Er rief: „Geht weiter hinein und macht das Fenster zu."

„Was ist dir passiert?"

„Ich bin gestürzt. Es ist nichts."

„Bist du verletzt?"

„Nein." Ich hätte schwören können, daß ihr Gesicht eher Enttäuschung als Erleichterung verriet. Dann rief er uns wieder zu.

„Geht weiter hinein."

„Warum? Was ist los?"

„Diese verdammten Marschleute wissen nie, wann sie klein beizugeben haben, aber macht euch keine Sorgen. Die Miliz wird gleich hier sein."

So begann also alles von neuem. Mir wurde übel. Ich stieß Alyne beiseite.

„Wo ist Oliver?"

„Das weiß der liebe Gott. Als ich fortritt, sprach er mit ihnen. Er meint, sie würden auf ihn hören, aber es gibt nur eine Antwort für Lumpen dieser Art, und das ist ein Gewehr."

Alyne warf das Fenster zu, aber sie rührte sich nicht vom Fleck. Sie stand zitternd da, mit sprühenden Augen, und es kam mir vor, als sei das ganze für sie ein Spiel, ein Melodrama. Wenn sie Justin töteten, würde sie lachen und applaudieren. Keinen Gedanken verschwendete sie an den Mann, den sie liebte, und der nun allein unter diesen Leuten war, deren blinder Zorn nicht länger Freund von Feind unterscheiden konnte.

Die entfernten Lichtpunkte waren zu einer Feuerschlange geworden, die sich durch die Marsch wand. Eine plötzliche hochauflodernde Flamme zeigte, daß jemand zufällig oder mit Absicht einen Schober in Brand gesteckt hatte. Es hatte zu schneien aufgehört, und die Nacht war dunkel, aber nun kamen immer mehr Männer mit Fackeln und Laternen in den Hof. Justin mußte alle zusammengerufen haben, die auf dem Gut arbeiteten. Einige der Männer waren bewaffnet, und sie ordneten sich in Gruppen. Sie warteten offenbar nur auf die Miliz, um auszurücken und die Angreifer, die immer noch entschlossen näherkamen, zurückzuschlagen.

Justin war in die Halle gekommen. Er rief nach Alyne, und sie zuckte die Achseln.

„Ich muß wohl sehen, was er will."

Sie verließ das Zimmer, und ich blieb noch ein paar Minuten stehen, sah hinaus und faßte dann einen Entschluß. Ich glaube nicht, daß mir sehr klar war, was ich zu tun beabsichtigte. Ich dachte nicht einmal an meinen Zustand, nur daß ich jemanden überreden konnte, meinen Wagen anzuspannen, und dann würde ich Oliver suchen gehen. Ich hatte keine Angst um mich selbst. Die Marschleute sind nicht bösartig. Sie würden einer Frau nichts antun. Ihre Verbitterung richtete sich gegen Justin.

Als ich in die Halle kam, war sie leer, und ich zog meinen Mantel an. Ich ging vorsichtig die Treppe hinunter, denn die Stufen waren unter dem frischen Schnee vereist. Einige der Männer waren bereits losgezogen, andere warteten noch. Ich machte mich auf den Weg zum Stall und hielt plötzlich an.

Im schummerigen Licht sah ich einen Mann heimlich die Buxbaumhecke entlangschleichen, die eine Seite des Hofes abschloß. Er blieb stehen und schaute sich um, an das Gebüsch gedrückt, und kurz bevor er verschwand, erkannte ich seine flüchtige Ähnlichkeit mit Oliver. Er trug eine lange Vogelflinte, wie die Marschleute sie benützten, und dann hob er sie langsam an die Schulter. In diesem Augenblick kam Justin aus dem Haus, Ram Lall dicht hinter ihm. Beide trugen sie Pistolen, und er blieb stehen, um etwas zu dem Inder zu sagen, ein gutes Ziel in dem Licht der Lampe, die über der Tür brannte. Ich stand wie gelähmt da. Der Mann richtete langsam das Gewehr auf ihn, und plötzlich fand ich meine Stimme wieder. Ich stieß einen warnenden Ruf aus. Er schoß, verfehlte aber sein Ziel. Justin mußte ihn gesehen haben, er und Ram Lall rissen ihre Pistolen hoch und feuerten gleichzeitig. Die dunkle Gestalt taumelte einen Schritt vorwärts, dann brach sie in die Knie. Ram Lall lief hin, Justin folgte langsamer. Seine Worte waren in der Stille deutlich zu vernehmen.

„Ist er tot?" Verächtlich drehte er die Leiche mit dem Fuß um. „So hast du schließlich doch den kürzeren gezogen, mein Freund, wie die übrigen deiner Sippe. Darauf habe ich schon lange gewartet."

Auch sein Opfer hatte mehr als zwanzig Jahre gewartet. Ich dachte an alle seine Leiden, seine geduldige Arbeit, an die verbissene Hartnäckigkeit, um dann so zu enden, und der Mann, der so viel Leid verursacht hatte, stand lächelnd und triumphierend da. Ich wünschte leidenschaftlich, ich hätte ihn mit meinem Ruf nicht gewarnt. Wäre ich still geblieben, hätte es das Ende von Justin bedeutet, hätte Oliver das ihm zustehende Erbe bekommen, wäre Alyne gerettet, und doch hatte ich es nicht vermocht. Ich konnte nicht zusehen, wie er kaltblütig ermordet wurde, und so hatte ich es ihm ermöglicht zu töten. Die Ungerechtigkeit ließ Übelkeit in mir aufsteigen.

Ich glaube nicht, daß Justin mich überhaupt bemerkt hatte, und gleich darauf rief er den Männern etwas zu, die ängstlich von weitem zugesehen hatten, und ging auf sie zu, gefolgt von Ram Lall. Ich trat zu dem Mann, er lag auf dem Rücken, Blut strömte ihm aus der Brust, und der erschreckende Gedanke ging mir durch den Kopf, daß irgendwo draußen in der Marsch Oliver vielleicht ebenso lag und mit den gleichen blicklosen Augen in den dunklen Himmel starrte. Ich schauderte und brachte es nicht über mich, ihn anzurühren. Offenbar konnte ich nichts tun und wollte nur noch nach Hause, fort von hier, fort von Justin und Alyne und dem Übel, das ihnen anzuhaften schien.

Ich konnte das Pferd nicht selbst anschirren, so mußte ich gehen. Es war nicht sehr weit, und ich kannte den Weg auswendig, aber ich hatte nicht mit dem vielen Schnee und mit einer solchen Kälte gerechnet. Bald war ich unerträglich müde. Ich war etwa auf halbem Weg, als ich auf dem Eis ausglitt. Der Sturz war nicht schwer, und ich hatte mich nicht verletzt, aber ich konnte kaum atmen, und als ich ein paar Minuten ausruhte, kam die erste Wehe und ließ mich nach Luft schnappen. Ich versuchte, nicht darauf zu achten. Es war nichts, sagte ich mir, nur Müdigkeit nach einem erschöpfenden Tag. Ich zwang mich aufzustehen, klopfte den Schnee ab und kämpfte mich weiter, aber nun wurde es zusehends schwieriger. Jeder Schritt war eine Anstrengung, und mein nasser und vom Schnee schwerer Rock schien mich zurückzuhalten. Die Wehe kam wieder, und mir wurde mit Verzweiflung bewußt, daß ich nicht anhalten durfte, um Atem zu schöpfen, sonst würde ich nicht mehr fähig sein, weiterzugehen.

An die letzten hundert Meter erinnere ich mich kaum. Ich hörte in der Ferne rufen und versuchte mich zu beeilen. Durch die Dunkelheit und treibende Schneeflocken stolpernd konnte ich Thatchers bereits sehen und wußte, das ist die Zuflucht, die ich erreichen mußte. Als ich vor Erleichterung schluchzend vor der Tür anlangte, schien sie sich im nächsten Augenblick zu öffnen, und kräftige Arme hoben mich auf. Licht und Wärme umfingen mich, und Mrs. Starling sagte beruhigend: „Na, na, nur keine Sorge, meine Liebe. Jetzt sind Sie in Sicherheit, Sie und das Kleine."

Es war eine lange Nacht, und in meinen Schmerzen verfolgte mich das Gesicht des Toten und seine unheimliche Ähnlichkeit mit Oliver. Einmal, bevor die Vorhänge zugezogen wurden, sah ich Flammen. Die anderen waren hinuntergegangen, und ich hörte draußen erregte Stimmen. Ich war so sicher gewesen, daß niemand Oliver ein Leid antun wolle, und doch waren sie gekommen; sie waren da, wütend genug, um sein Haus zu verbrennen und seine Frau und sein ungeborenes Kind mit ihm. Ich schleppte mich aus dem Bett und tastete mich zum Fenster durch, sah Fackeln leuchten und ein Gewirr roher Gesichter. Sie drängten vorwärts. Jemand sah mich und schrie etwas Obszönes. Dann tauchte plötzlich eine dunkle Gestalt vor ihnen auf.

„Ihr Schweine!" schrie er. „Ihr jämmerlichen Feiglinge, alle miteinander! Da sind nur Frauen im Haus, und eine trägt ein Kind von dem Mann, der immer euer Freund war!"

Ein Stein wurde geworfen, und im Erdgeschoß splitterte eine Scheibe. In wildem Zorn versuchte ich das Fenster zu öffnen, hatte aber nicht die Kraft dazu und sank schluchzend auf die Knie. Das Geschrei ging weiter, und ich preßte meine Hände an die Ohren, um es nicht zu hören. Es schien eine Ewigkeit zu dauern, bevor es allmählich verebbte. Cherry war neben mir und legte ihren Arm um mich.

„Ist schon gut, Clarissa, es ist alles wieder gut."

„Diese Männer draußen . . . Was tun sie? Was wollen sie?"

„Sie gehen jetzt fort. Moggy hat sie aufgehalten. Hast du ihn gehört? Er war großartig." Sie half mir ins Bett zurück. „Du mußt liegenbleiben. Ben holt Dr. Thorney. Er wird bald da sein."

„Ist Oliver hier?"

„Noch nicht, aber er bleibt sicher nicht mehr lange aus."

Ich glaubte ihr nicht. Später in der Nacht hörte ich mich nach ihm rufen, in der quälenden Gewißheit, daß ich ihn nie wieder sehen würde, dann wieder lag ich in Schweiß gebadet, aber mit klarem Kopf, und immer wieder hörte ich Alyne mit leicht spöttischer Stimme sagen: „Oliver? Warum nicht? Du bist so unschuldig, Clarissa!"

Einmal muß ich sogar eingeschlafen sein, weil ich im Traum sah, wie er ihr Kleid aufhakte, die roten Striemen küßte, die Justins Peitsche hinterlassen hatte, und dann lagen sie beisammen und sie stöhnte leise vor Lust. Dann war ich wieder wach und wand mich in Schmerzen.

Ich wußte, daß Dr. Thorney gekommen war, und überlegte dumpf, wie er den Weg durch Feuer und Schnee geschafft hatte. Nach heftigen Schmerzen, die mich fast zu zerreißen drohten, lag ich am frühen Morgen vollkommen erschöpft in meinem Bett, während sie um mich eifrig tätig waren, und war ganz sicher, daß das Baby nicht lebte. Ich schloß die Augen, und als ich sie wieder öffnete, stand Cherry vor mir und ihre dunklen Locken hingen ihr in ihr bleiches Gesicht.

„Hörst du", flüsterte sie, „hörst du, Clarissa?"

Ungläubig vernahm ich das leise Wimmern meines Sohnes, und mir war nach Weinen zumute, aber statt dessen lachte ich, denn Mrs. Starling hielt ihn hoch, um ihn mir zu zeigen, ein feuerrotes Gesicht, die winzige Nase gerümpft in Abscheu vor dem ersten Kontakt mit seiner neuen Welt, und ein Flaum rotgoldener Haare.

Ich fühlte seinen Kuß auf meiner Stirn und erwachte aus dem Schlaf, da war er, sein Mantel zerrissen, sein Gesicht vom Rauch geschwärzt, und roch nach dem Feuer, das ein Teil meiner wirren Träume war.

Oliver sagte: „Ich hatte keine Ahnung, nicht die geringste, bis ich Dr. Thorney auf der Straße traf . . . Oh, mein Liebstes!" Ich schlang meine Arme um ihn und zog ihn zu mir herab, und ich war so froh, daß er noch lebte, und konnte an nichts anderes denken. „He, warte damit, mein Schatz, ich bin furchtbar schmutzig."

Ich lachte und weinte zugleich. Dann richtete er sich auf. „Wo ist mein Sohn?"

Er ging zur Wiege und schlug die Decke zurück. „Mein Gott, ich kann es kaum glauben! Wir haben gemeinsam eine Rothaut in die Welt gesetzt!" Er lächelte und tippte ihm mit einem seiner schmutzigen Finger leicht auf das winzige Kinn.

„Bist du froh, daß es ein Junge ist?"

„Und wie!" Er küßte mich. „Du wirst gleich so schmutzig sein wie ich. Ich muß mich waschen gehen."

„Oliver", ich griff nach seiner Hand. „Ich möchte, daß du weißt, was in der letzten Nacht geschehen ist."

„Später, Liebes. Du hast eine schwere Zeit hinter dir. Sie haben mir gesagt, daß du Ruhe brauchst."

„Ich werde mich viel besser ausruhen, wenn ich weiß . . . Bitte . . ."

Oliver setzte sich auf den Bettrand. „Ich habe versucht, sie zurückzuhalten. Einmal kam es zu einem Handgemenge. Unsere Rothaut hätte beinahe seinen Vater verloren."

So waren also meine Befürchtungen gerechtfertigt gewesen. Ich packte seine Hand fest. „Du solltest nicht darüber spaßen."

„Es war wie der Versuch, eine Sturmflut zurückzuhalten. Sie steckten einen Teil der Scheunen in Brand und drangen in das Haus ein. Die Miliz war inzwischen angekommen und trieb sie hinaus, aber in dieser Stimmung waren sie zu allem fähig, und so führte ich Alyne fort. Justin wollte nicht fort. Ich habe dich gesucht, aber sie sagte, du wärest heimgegangen, und ich hatte keine Ahnung davon." Er schaute zum schlafenden Baby hinüber. „Ausgerechnet in dieser Nacht!"

„Wohin hast du Alyne gebracht?"

„Zu Peter Berkeley in Barkham. Deshalb brauchte ich so lange für die Rückfahrt. Sie sah sehr krank aus, und ich wollte einen Arzt rufen, aber sie lehnte es ab, und so ließ ich sie bei Berkeleys Haushälterin."

Es war Alyne, an die er dachte, immer wieder Alyne. Ich verdrängte den Gedanken.

„Sie kamen hierher. Moggy hat sie aufgehalten."

„Ich weiß", sagte er bitter. „Mein Gott, wenn dir etwas geschehen wäre . . ."

„Oliver, da ist noch etwas anderes."

„Jetzt nichts mehr, meine Liebe." Er stand auf.

„Doch! Dieser Mann aus der Marsch. Er war dort in Ravensley."

Er runzelte die Stirn. „Du mußt dich täuschen."

„Nein, ich täusche mich nicht. Ich habe ihn gesehen. Er hätte Justin getötet, aber ich schrie auf, und dann schossen sie beide . . ."

„Wer?"

„Justin und Ram Lall."

Er starrte mich an. „Bist du sicher? Der Hof war leer, als wir zurückkamen."

„Aber er war da, und er war tot. Ich habe ihn gesehen."

„Es war sehr dunkel. Du kannst dich geirrt haben. Vielleicht war er nur verwundet und konnte entkommen."

Es war also noch nicht aus, und ich war froh darüber. Das hätte ich wohl nicht sein sollen, aber ich war es. Es gab noch einen Gott im

Himmel, einen Gott, der Oliver zu mir zurückgebracht hatte und für Gerechtigkeit sorgen würde.

„Was wird weiter geschehen?"

„Ich bin mir nicht sicher, aber sie haben Justin einen bösen Schrekken eingejagt. Er wird in Zukunft vernünftiger sein müssen und lernen, Kompromisse zu schließen." Oliver ging zum Fenster. „Es wird ein harter Kampf werden, aber diesmal werde ich vielleicht gewinnen."

4

Robert Oliver Aylsham wurde in der dunklen kalten Kapelle von Ravensley getauft, in der von alters her seine Vorfahren feierlich geschworen hatten, dem Teufel und allen seinen Werken zu entsagen. Cherry, die ich gebeten hatte, seine Patin zu sein, hielt ihn in den Armen und sah mit einem ungewöhnlich zärtlichen Ausdruck im Gesicht zu ihm herab. Als das Wasser über seine Stirn gegossen wurde, erhob er ein gewaltiges Geschrei, offenbar war er nicht gewillt, so etwas sanftmütig hinzunehmen. Ich sah Harry über den Rand seines Gebetbuches schielen und fragte mich, was er in Wirklichkeit für sie empfand. Im Augenblick war sie Gott sei Dank voll mit dem Baby beschäftigt, und die Idee, uns zu verlassen und ihren Lebensunterhalt selbst zu verdienen, schien vorübergehend vergessen.

Wir hatten nur wenige eingeladen. Ich hatte einige Zeit gebraucht, um mich von dieser erschöpfenden Nacht zu erholen, und Oliver sagte energisch: „Ich werde nicht zulassen, daß du dich mit den Vorbereitungen für einen Haufen Gäste kaputt machst, denen wir nichts schuldig sind." So waren nur die Familie anwesend und einige Freunde.

Ich hatte nicht erwartet, daß Justin überhaupt kommen würde. Die Beziehungen zwischen ihm und Oliver waren seit jener stürmischen Nacht gespannt, und ich wußte, daß es in Ravensley lange Auseinandersetzungen darüber gegeben hatte, was mit denen geschehen solle, die zum Aufruhr gehetzt hatten. Es war kein großer Schaden angerichtet worden, und alle Reparaturen waren bereits beendet, aber Justin wollte Anklagen erheben, und Oliver widersetzte sich dem so energisch, daß noch nichts entschieden war. Ob Alyne ihn dazu überredet hatte, weiß ich nicht, jedenfalls fuhr ihr Wagen vor, gerade als der Gottesdienst begann, und er kam mit seiner Frau am Arm durch die Türe. Sie sah in ihrem dunkelgrünen, mit Silberfuchs verbrämten Samtmantel besonders schön aus. Man konnte fast nicht glauben, daß ihr Gefühlsausbruch an jenem Morgen, als sie mir von ihrer Schwangerschaft und dem katastrophalen Zustand ihrer Ehe erzählte, wirklich stattgefunden hatte. Ich sah Olivers Blick kurze Zeit an ihr haften, bevor er sich wieder seinem Sohn zuwandte.

Als wir aus der Kapelle traten, schien strahlend die Märzsonne. Wir hatten ein paar Tage warmes Frühlingswetter genossen, das oft in England den Würgegriff des Winters bricht und so willkommen ist, auch wenn nachher Frost und Schnee wiederkehren.

Robert lag nun ruhig in meinem Arm, erschöpft von dem anstrengenden Widerstand dagegen, zu einem Christen gemacht zu werden, und als ich auf der Treppe stehenblieb, guckte Harry hinunter auf das kleine runzelige Gesicht.

„Ein seltsamer Gedanke, daß wir alle einmal so ausgesehen haben", sagte er spöttisch. „Ein komischer kleiner Bursche, was, Schwesterchen?"

„Das ist er keineswegs. Er ist wunderschön", sagte Cherry entrüstet.

Er grinste sie an. „Wenn du es sagst, muß es ja wohl so sein, aber du hast dich nun genug um ihn gekümmert. Jetzt bin ich an der Reihe. Du kommst mit mir. Ich fahre dich zurück", und als sie protestierte, nahm er sie am Arm und führte sie energisch zum Wagen.

„Genau das braucht sie", sagte Tante Jess. „Jemanden, der ein Nein nicht als Antwort akzeptiert. Oliver ist zu nachsichtig mit ihr. Gib jetzt Robert mir, Clarissa. Ich bringe ihn zu euch zurück. Diese ganzen Leute, die um ihn herumwimmeln und ihn anstarren, regen es nur unnötig auf, das arme Wurm."

Ich reichte ihn ihr und mußte lächeln, als Papa ihr mit einem resignierten Achselzucken folgte. Seine anscheinend vollkommene Gleichgültigkeit gegenüber dem ganzen Getue, das um seinen Enkel gemacht wurde, konnte mich in keiner Weise täuschen.

Ich war überrascht über die vielen Männer und Frauen aus dem Dorf und dem Gut, die sich im Hintergrund der Kirche versammelt hatten und nun auf uns zukamen, um Glück zu wünschen. Männer drängten sich vor, um Oliver die Hand zu schütteln. Selbst Moggy und Nampy waren da, und sahen sehr fehl am Platz und ganz verändert in den Anzügen aus, die sie von ihren Großvätern geerbt haben mußten, den Hut in der Hand und das Haar unnatürlich mit Wasser niedergebürstet.

„Ich habe ein Taufgeschenk für das kleine Wurm mitgebracht", flüsterte Moggy und zog wie ein Verschwörer zwei wilde Enten hinter einem Grabstein hervor, wo er sie verborgen hatte. „Ich habe sie heute morgen geschossen."

„Vielen Dank", sagte Oliver lachend. „Er ist noch ein wenig zu jung, aber wir werden uns freuen, sie für ihn zu essen. Geben Sie sie bitte bei Thatchers ab."

„Mache ich."

Er zog den lachenden Nampy mit sich, gerade als Justin aus der Kapelle kam und neben mir stehenblieb. Alyne stellte sich auf die Zehenspitzen und küßte Oliver auf die Wange.

„Ich freue mich so für dich. Er ist ein hübscher Junge."

Er nahm sie bei der Hand. So gingen sie gemeinsam die Auffahrt hinunter und ließen Justin neben mir auf der Treppe stehen.

Eine Frau erschien im Türrahmen. Er trat zur Seite, um sie vorbeizulassen, und dann starrten sie einander in frostigem Schweigen an. Die herabhängenden Straußfedern auf ihrem Hut verbargen mir ihr Gesicht, aber ich sah eine Röte in Justins fahle Wangen steigen. Dann wandte er sich um und ging rasch die Auffahrt hinunter, wobei er sich seinen Weg durch die Leute so heftig bahnte, daß sie ihm verdutzt nachschauten.

Die behandschuhte Hand der Fremden war in die Falten ihres dunkelroten Reitkostüms verkrampft, und das Gesicht, das sie mir zuwandte, hatte die Farbe von Elfenbein.

„Wer ist das?" flüsterte sie. „Um Himmels willen, wer ist dieser Mann?"

„Das ist Lord Aylsham, der Onkel meines Gatten."

„Justin Aylsham ist tot", sagte sie tonlos. „Er starb vor mehr als zwanzig Jahren."

„Das haben wir alle gedacht, aber es stimmte nicht. Er kam kurz nach seines Bruders Tod aus Indien zurück."

Sie zuckte ein wenig zusammen, dann erschien ein schwaches Lächeln in ihrem Gesicht. „Verzeihen Sie. Es war eine Art Schock. Ich war viele Jahre im Ausland." Ihre Augen folgten immer noch Justin, als er Alyne die Hand reichte, um ihr in den Wagen zu helfen. „Das Mädchen bei ihm . . . Ich habe sie schon in der Kapelle gesehen . . . ein seltsam reizvolles Gesicht . . ."

„Das ist Lady Aylsham."

„Seine Frau?"

„Ja. Ich weiß, es erscheint ungewöhnlich. Sie ist um so vieles jünger. Alyne ist die adoptierte Schwester meines Gatten."

„Adoptiert?" wiederholte sie. „Wann war das?"

Ich weiß nicht, was mich veranlaßt hatte, so viele Auskünfte zu erteilen, in ihrem direkten Blick lag etwas Zwingendes.

„Das war vor langer Zeit. Sie war erst ein paar Tage alt, glaube ich, als man sie fand, wie Moses im Binsenkörbchen, pflegte mein Mann zu sagen. Mein Schwiegervater zog sie wie ein eigenes Kind auf."

„Das war Robert Aylsham?"

„Ja."

Sie hatte ihre Haltung wiedergewonnen. Das schmale ausdrucksvolle Gesicht, das sie mir zuwandte, war ruhig, nur die Augen funkelten.

„Vielen Dank, daß Sie mir das alles gesagt haben. Es ist nicht gewöhnliche Neugier. Das versichere ich Ihnen. Ich bin so lange fort gewesen und nun ist es schwierig, die Fäden wieder aufzunehmen. Ich bin Martha Leigh."

Ich stutzte. „Martha Leigh von Westley?"

„Ja."

„Aber das ist höchst seltsam. Ich habe das Haus mit Mr. Rutland besichtigt. Sie wissen ja, daß er es von Ihnen zu kaufen beabsichtigt."

„So sind Sie also die Mrs. Aylsham, die ihn begleitet hatte. Meine Haushälterin hat mir davon erzählt. Vielleicht sehen wir uns wieder."

Sie reichte mir die Hand, und ich fühlte ihren warmen festen Druck, dann ging sie die Auffahrt hinunter. Der wartende Reitknecht half ihr in den Sattel, dann bestieg er sein eigenes Pferd und trabte ihr nach.

Ich stand immer noch da, als Oliver zurückkam und meinen Arm nahm.

„Wir müssen jetzt gehen, meine Liebe. Es kommt ein kalter Wind auf, und du darfst dich nicht verkühlen."

„Oliver, hast du jemanden namens Martha Leigh gekannt?"

„Die Leighs lebten in Westley, aber als ihr Bruder starb und sie fortzogen, war ich noch sehr jung. Das Haus war, wie du weißt, seit damals unbewohnt."

„Das war Martha Leigh. Sie ist für den Verkauf des Gutes zurückgekommen."

„Tatsächlich? Josh Rutland wird sich freuen."

„Sie hat mich nach Justin gefragt."

„Es muß recht sonderbar sein, wenn man nach so langer Abwesenheit zurückkehrt. Jetzt komm aber, mein Schatz, man wartet schon auf uns."

Thatchers war überfüllt. Viel mehr Leute waren gekommen, als wir eingeladen hatten, und mußten begrüßt und unterhalten werden. Ich hatte keine Zeit, über Martha Leigh nachzudenken. Es war amüsant zu beobachten, wie Cherry Hugh Berkeley gegen Harry ausspielte, und wie beide jungen Männer sich um ihre Gunst bemühten. Als ich zu Robert hinaufging, folgte sie mir.

„Du solltest deine Verehrer nicht allein lassen", sagte ich lächelnd zu ihr. „Ich wäre nicht überrascht, wenn sie sich zu prügeln beginnen."

„Ach Unsinn", sagte sie leicht errötend. „Ich mache mir aus keinem der beiden das geringste."

„Das freut mich zu hören. Jetzt geh hinunter und vertrete mich ein paar Minuten, solange ich oben bin. Laß Oliver nicht mit den Gästen allein."

„Ich würde lieber bei dir und dem Baby bleiben."

„Nein, das wirst du nicht tun. Geh schon."

Als sie fort war, schickte ich Patty in die Küche und nahm Robert aus seiner Wiege. Ich hatte mich entgegen dem Rat aller, mit Ausnahme von Tante Jess, entschlossen, ihn selbst zu stillen.

„Ich halte nichts von Ammen", hatte ich entschieden erklärt. „Ihr wißt, was sie hier sagen, ein Kind saugt die Laster und Tugenden seiner Amme mit ihrer Milch."

„Das ist doch Quatsch!" mischte sich Papa in die Diskussion ein, „du wirst dir die Figur verderben, Clary."

„Nein, das werde ich nicht, und ich will, daß mein Sohn ganz mir gehört."

Ich saß dort eine Weile, genoß den Frieden und die Ruhe, bis schließlich Oliver in das Schlafzimmer kam.

„Ich habe gewußt, daß du hier bist", sagte er und nahm mir Robert fort. „Er hat genug gehabt. Willst du, daß er platzt?" Er legte das Kind in die Wiege und wandte sich dann wieder mir zu. „Ich glaube, du bist in ihn viel mehr vernarrt als in deinen Gatten." Er beugte sich über mich und küßte meine Brust, bevor ich mein Kleid wieder zuhaken konnte.

„Wenn du das glaubst, bist du sehr leichtgläubig", belehrte ich ihn lächelnd, und wir gingen sehr glücklich gemeinsam hinunter, um unsere letzten Gäste zu verabschieden.

Ein oder zweimal hatte ich während des Tages an Martha Leigh gedacht. In ihrem Benehmen, in der Art, wie sie Justin nachsah, war etwas gewesen, das mich beunruhigte. Aber darüber zu sprechen hatte ich erst spät in der Nacht Gelegenheit. Nachdem Cherry zu Bett gegangen war, machte Oliver noch seinen Rundgang ums Haus, dann kam er herein, verschloß und verriegelte die Tür.

„Wenn das milde Wetter anhält", sagte er „könnte es plötzlich zu tauen beginnen."

„Würde das etwas ausmachen?"

„Möglicherweise, wenn es mit der Flut zusammenfällt. Dann kann es eine Überschwemmung geben. Das ist schon einmal vor einigen Jahren passiert."

„Besteht eine wirkliche Gefahr?"

„Hoffentlich nicht, aber die Dämme könnten brechen. Ich glaube nicht, daß sie schon genügend verstärkt sind, und habe Justin bereits gewarnt, daß einmal die Maschinen den Wasserfluten nicht mehr standhalten werden, aber er hört nicht auf mich. Ich habe jedoch an den kritischen Punkten Wachposten aufgestellt. Wir sollten rechtzeitig Warnung erhalten." Er gähnte und räkelte sich träge. „Ich weiß nicht, wie du dich fühlst, meine Liebe, aber ich bin totmüde. Ich habe viel zu oft auf die Gesundheit unseres hübschen Jungen getrunken. Jetzt nichts wie ins Bett."

„Noch nicht. Ich muß dir etwas erzählen."

„Mein Gott, muß das jetzt sein?"

„Ja, es ist wichtig. Ich hätte es dir schon früher sagen sollen, aber es war nie recht Zeit dafür. Du erinnerst dich an die Nacht, als ich mich in der Marsch verirrt hatte?"

„Ja", sagte er resigniert und setzte sich wieder. „Was war da?"

Nun erzählte ich ihm alles, was mir Ned Starling mit seiner trockenen rauhen Stimme gesagt hatte, und er hörte mir bis zum Ende schweigend zu.

„Einiges davon habe ich vermutet", erwiderte er schließlich, „aber ich wußte nichts von Henry Leigh, oder wie Ned Starlings Vater starb. Es ist ein seltsamer Gedanke, daß dieser arme Teufel, der alle diese Jahre über seinem Mißgeschick gebrütet hat, mein Vetter ist, ein Aylsham, einer von uns."

„Justin ist ein zweifacher Mörder."

„In gewissem Sinn, aber was kann ihm jetzt nachgewiesen werden? Männer haben schon früher Duelle ausgefochten, es ist gar nicht so lange her, daß Wellington auf Lord Winchilsea geschossen hat."

„Der ist aber nicht gestorben."

„Das hätte leicht sein können."

„Nein, da ist ein Unterschied, das weißt du auch, und was ist mit dem armen Mann, den er so kaltherzig ertrinken ließ?"

„Vielleicht hat er gemeint, er kann sich selbst retten."

„Wie kannst du so etwas sagen?" Ich war entrüstet. „Willst du ihn verteidigen?"

„Nein, bei Gott nicht. Glaubst du, ich habe Jake vergessen? Justin hat zwar das Gewehr nicht selbst abgefeuert, aber er ist dafür verantwortlich. Ich kann ihm das niemals verzeihen. Aber das andere ist schon so lange her. Nach dem Gesetz kann keine Anklage gegen ihn erhoben werden."

„Dein Großvater muß ihn für schuldig gehalten haben. Hat er ihn nicht deshalb enterbt?"

„Ja, das stimmt", sagte Oliver langsam, „und gesagt hat es ihm wohl Isaac Starling. Das erklärt eine Menge. Aber selbst da wollte Großvater nicht, daß gegen ihn Anklage erhoben wurde. Der alte Mann war gebrochen, als er glaubte, Justin sei gestorben."

„Es ist so unfair. Warum soll ein Mann wie er alles haben, und du hast nichts?"

„Es hat keinen Sinn, so etwas zu sagen, meine Liebe. Ich habe mich seit langem damit abgefunden. Es ist aus und vorbei."

„Da bin ich nicht sicher", sagte ich langsam.

„Was meinst du damit?"

„Warum hat Sir Henry Leigh ihn zum Duell gefordert? Was war der wirkliche Grund?"

„Spielt das heute noch eine Rolle?"

„Ich weiß nicht, aber als ich mit Joshua Rutland nach Westley gefahren bin, habe ich ein Porträt gesehen . . . Eine Bleistiftzeichnung von Martha Leighs jüngerer Schwester Alyne . . ."

Er schaute auf. „Und wenn schon? Ein Name ist nur ein Name. Ich erinnere mich, ihn auf einem mittelalterlichen Grabstein gesehen zu haben . . ."

„Es war nicht der Name. Es war die Ähnlichkeit."

„Ähnlichkeit? Mit wem?"

„Mit Alyne."

„Was!" Er starrte mich an. „Das mußt du dir eingebildet haben. Der Name, das halbdunkle Zimmer . . . Junge Mädchen können sich sehr ähnlich sehen . . ."

„Das habe ich mir damals auch gesagt. Die Ähnlichkeit war nicht auffällig, aber sie war da, und weil inzwischen so viel anderes geschehen ist, habe ich nicht mehr daran gedacht, bis mir heute Martha Leigh so viele Fragen stellte."

„Das ist doch ganz natürlich. Sie war so lange fort, alles muß ihr fremd erscheinen."

Genau wie ich versuchte er Einwendungen vorzubringen, aber ich wußte, daß wir beide dasselbe dachten, und doch konnten wir es nicht in Worte kleiden. Es war zu schrecklich, auch nur daran zu denken.

Oliver war aufgestanden. Er stützte einen Arm auf den Kaminsims und sah hinab in das erlöschende Feuer, das Gesicht im Schatten.

„Alyne tut mir leid. Es muß eine Hölle sein, an einen solchen Mann gebunden zu sein."

„Sie sucht sich wohl ihren Trost selbst." Ich hatte nicht beabsichtigt, etwas derartiges zu sagen, und Oliver fuhr sogleich auf.

„Was zum Teufel meinst du damit?"

Plötzlich war ich wütend. „Genau was ich sage. Auf einen Wink kann sie ein Dutzend Männer haben, sogar dich. Sie hat nie wirklich auf dich verzichtet. Sie braucht nur mit dem kleinen Finger zu winken, und du rennst ihr nach. Sogar in der Nacht, in der Robert geboren wurde, hast du dich hauptsächlich um Alyne gekümmert, nicht um mich, nicht um deine Frau und um dein Kind."

„Das ist eine verdammte Lüge. Ich habe es nicht gewußt . . . Woher hätte ich?"

„War ich nicht in ebenso großer Gefahr wie sie? Wie oft hast du sie seit jener Nacht getröstet, seit sie herkam, um sich bei dir auszuweinen und zu erzählen, daß Justin sie mit der Peitsche liebt?"

„Glaubst du das wirklich von mir?"

„Ist es etwa nicht wahr?" sagte ich in meinem Zorn. „Leugne es, wenn du kannst, aber Alyne prahlt damit . . . und da sind noch andere Männer."

„Was für andere Männer?" Er packte mich bei den Schultern. „Antworte mir. Was für andere?"

Aber ich konnte es ihm nicht sagen. Ich wollte es, brachte es aber nicht über mich, ihm ins Gesicht zu sagen, daß Bulwer Rutland mit ihr geschlafen und sie ein Kind von ihm hatte . . . Wenn er es war . . . Wie konnte ich etwas glauben, was sie mir erzählt hatte? Ich sagte: „Finde es doch selbst heraus."

„Warum haßt du sie so sehr?"

„Das tue ich nicht, du weißt, daß ich sie nicht hasse, aber sie braucht weder dein Mitleid noch das meine. Das hat sie nie gebraucht."

„Weißt du das so genau?" Dann ließ er mich los. Eine Weile stand er still da und sah auf mich hinab. „Das ist lächerlich. Wir sind beide müde und sagen Dinge, die uns morgen leid tun werden."

„Ich wollte, ich könnte es so sehen", sagte ich und hatte Mühe, meine Stimme zu beherrschen.

„Es ist so. Hören wir doch auf, uns wegen Alyne zu streiten", erwiderte er mit einem schwachen Lächeln. „Wir haben doch vieles gemeinsam durchgestanden, seit du damals für mich einen Meineid geschworen hast. Zählt das alles nichts?"

„Doch, das glaube ich."

„Du weißt, daß es zählt. Nicht Justin und Alyne sind für uns wichtig, sondern wir selbst und was wir gemeinsam tun. Glaubst du das nicht auch?"

„Ja."

„Dann laß uns also versuchen, das Beste voneinander zu glauben, nicht das Schlimmste." Er beugte sich vor und strich mir über die Wange. „Geh jetzt ins Bett. Laß sie ihr Leben leben, wie sie es müssen."

„Kommst du auch?"

336

„Später."

Aber er kam nicht. Ich schlief zum ersten Mal seit vielen Wochen allein und war todunglücklich. Das Bewußtsein, daß ich selbst diese Kluft zwischen uns aufgerissen hatte, brachte mir keinen Trost.

Ich hätte nur allzugerne Justin und Alyne aus unserem Leben herausgehalten, aber das war unmöglich. Wir waren gegen unseren Willen aneinander gekettet. Die ganze Woche hatte ich bei meinen alltäglichen Beschäftigungen das Gefühl, daß irgendein Unheil über uns schwebte, und nicht einmal die immerwährende Freude an meinem Sohn konnte meine innere Unruhe zerstreuen.

Ein kalter Landregen, der Tag und Nacht anhielt, hatte das milde Wetter abgelöst, und ich wußte, daß Oliver sich Sorgen machte. Jeden Winter wurden die Felder und die Fußböden einiger tiefer liegender Hütten überflutet, aber die Marschleute machten sich nichts daraus. Sie wateten in ihren schweren Stiefeln herum, brachten alles Wertvolle in den Oberstock und fegten hinterher Schlamm und Schlick gutgelaunt wieder hinaus. Aber in manchen Jahren war es anders, und diesmal hatten wir einen besonders harten Winter gehabt. In den Wochen vor Weihnachten war eine Menge Schnee gefallen, und die Kälte ließ die Kanäle tief zufrieren. Als es zu tauen begann, stieg das Wasser über die Ufer. Viele Leute waren bereits obdachlos oder lebten in den Ruinen der Hütten, die Justin ihrer Dächer beraubt hatte.

Oliver hatte unsere Scheunen geöffnet, und Frauen, Kinder und Tiere suchten dort Schutz. Ich gab ihnen soviel zu essen, wie ich nur konnte, und sie froren an jämmerlich kleinen Feuern. Der Regen setzte einen Tag aus, so daß wir alle aufatmeten und Gott dankten. Dann begann er wieder, nicht so schwer, aber beharrlich.

Eines Morgens gegen Ende der Woche sagte Oliver: „Ich hoffe immer noch, daß uns das Schlimmste erspart bleibt, aber ich wäre viel glücklicher, wenn wir darauf vorbereitet wären. Ravensley war immer sicher gewesen. Ich habe Justin begreiflich gemacht, daß er die Nebengebäude öffnen muß, daß er Heu und Stroh, Decken, Nahrung und was sonst noch möglich ist, zur Verfügung stellen muß. Wenn das Wasser weiter steigt, wo können die armen Teufel sonst eine Zuflucht finden? Kommst du mit mir zum Herrenhaus, Clarissa? Alyne wird Hilfe brauchen."

„Wie kann ich das? Ich muß mich ja um Robert kümmern."

„Du brauchst nicht den ganzen Tag zu bleiben, nur ein paar Stunden. Ich glaube nicht, daß eine unmittelbare Gefahr besteht, und jedenfalls war Thatchers bisher immer sicher. Justin wird eher auf dich hören als auf mich. Bitte komm, Clary."

Ich wußte, wie sehr ihm das am Herzen lag, so fuhr ich mit ihm im Wagen mit, nachdem ich Cherry und Mrs. Starling genaue Anweisungen gegeben hatte. Auf der Straße begegneten wir Dr. Thorney, und er sprach uns an.

„Dem Himmel sei Dank, es regnet nicht mehr so schwer."

„Seien Sie nicht allzu sicher", rief Oliver ihm nach. „Die Gefahr besteht immer noch."

Der Arzt knallte fröhlich mit der Peitsche und fuhr weiter.

„Was zum Teufel hat er in Ravensley zu tun gehabt?" sagte Oliver und trieb das Pferd an.

„Vielleicht ist jemand von der Dienerschaft krank", aber Angst stieg in mir auf.

Als wir in den Hof einfuhren, kam einer der Männer heraus. „Halten Sie das Pferd für mich", wies ihn Oliver an. „Ich werde nicht lange brauchen."

Annie empfing uns mit besorgter Miene in der Halle. „Lord Aylsham ist in der Bibliothek", sagte sie zu Oliver. „Die Herrin ist noch nicht heruntergekommen."

„Ist sie krank, Annie?"

„Nicht krank, Miss Clarissa, nicht gerade krank, aber sie hat sich ein oder zwei Tage nicht wohlgefühlt." Sie wartete, bis Oliver verschwunden war, dann legte sie mir die Hand auf den Arm. „Ich habe schon vor ein paar Wochen erraten, was los ist", flüsterte sie, „aber ich habe nichts gesagt. Das ist nicht meine Sache, und Miss Alyne ist immer sehr verschlossen gewesen. Sie hat auch heute früh keinen Arzt gewollt. Aber der Herr hat darauf bestanden."

„Vielleicht ist es besser, ich gehe zu ihr hinauf."

Ich klopfte an Alynes Tür und trat ein. Ich weiß nicht, was ich erwartet hatte, vielleicht daß ich sie im Bett finden würde, verstört und in Tränen aufgelöst, aber sie saß voll angezogen vor ihrem Spiegel, kämmte sich ihr langes Haar und steckte es zu einem losen, schimmernden Knoten auf.

„Kommst du, um beim großen Krach dabei zu sein, Clarissa?" fragte sie ruhig.

„Alyne, wie kannst du so etwas sagen?"

Sie lächelte meinem Spiegelbild zu. „Es ist wirklich zu dumm. Vermutlich mußte es so kommen, aber ich hätte es mir lieber nicht gerade jetzt gewünscht. Wir sind uns letzte Nacht fürchterlich in die Haare geraten, und ich bin lächerlicherweise ohnmächtig geworden."

„Worüber habt ihr gestritten?"

„Das hat damit nichts zu tun", sagte sie und legte die Hand auf ihren Bauch. „Man sieht es noch nicht, aber es ist mir in letzter Zeit öfters passiert, daß ich ohnmächtig werde, meine ich. Das sieht mir gar nicht ähnlich. Deshalb hat er Dr. Thorney kommen lassen."

„Und wird der es ihm berichtet haben?"

„Vermutlich."

„Und Justin hat nichts gesagt?"

„Noch nicht, aber jedenfalls gehe ich jetzt hinunter und sage es ihm selbst."

Ich wurde aus ihr nicht klug. Sie wirkte weder ängstlich noch bekümmert noch beschämt. Eher sah sie triumphierend aus. Sie stand auf und strich ihr dunkelrotes, mit Silberborten besetztes Kleid glatt. Es unterstrich die Blässe ihres Gesichts und das hell schimmernde Haar. Nach einem letzten Blick in den Spiegel wandte sie sich zur Tür.

„Kommst du mit, Clarissa? Es kann recht heiter werden."

Ich folgte ihr die Treppe hinunter und wünschte, weit fort zu sein, und doch wußte ich, daß ich bis zum Ende durchhalten mußte. Mit hocherhobenem Kopf betrat sie die Bibliothek. Justin saß hinter seinem Pult.

Sie lächelte Oliver zu. „Guten Morgen. Hat Justin dir schon die gute Nachricht mitgeteilt? Dr. Thorney hat mir gerade gesagt, daß wir nun endlich ein Kind haben werden."

Ich sah es Oliver an, daß er es nicht gewußt hatte. Justin mußte geschwiegen und die bittere Wahrheit hinuntergeschluckt haben, aber daß Alyne so herausfordernd damit prahlte, war zuviel für seine Selbstbeherrschung. Er stand langsam auf und beugte sich über das Pult.

„Du Hure", sagte er, „du verdammte Hure!"

Oliver war aufgesprungen, aber Alyne machte eine abwehrende Handbewegung. „Warum? Was ist dir nicht recht?" sagte sie im gleichen lebhaften Ton. „Ich habe gedacht, es wird dich freuen. Das hast du doch immer gewollt, seit wir verheiratet sind."

Die Grausamkeit in ihrer sorglosen Stimme verschlug mir den Atem. Justin kam hinter seinem Pult hervor. Uns schenkte er überhaupt keine Beachtung, als wären wir Luft.

„Von wem ist es?" fragte er, und als sie nicht antwortete, brüllte er plötzlich: „Von wem?"

„Von wem sonst als von dir, mein lieber Justin?" sagte sie mit leisem Spott. „Und schrei nicht so. Soll die Dienerschaft glauben, daß du nicht einmal ein Kind zustande bringst?"

Mit einer raschen Bewegung ergriff er ihren Arm und drehte ihn ihr auf den Rücken: „Der Teufel hol dich, sag mir, von wem."

„Entweder du brichst mir den Arm oder du peitschst mich aus, wie du den armen Jethro gepeitscht hast . . ."

„Von wem?" Sein Griff wurde noch härter, und sie stöhnte vor Schmerz auf.

Oliver sagte rauh: „Laß sie los. Du tust ihr weh."

Justin wandte sich ihm mit verzerrtem Gesicht zu. „Ist es von dir? Wenn ja, bei Gott, dann sollst du es büßen."

„Nicht von Oliver", sagte Alyne rasch. „Du solltest ihn mittlerweile kennen. Er hat Grundsätze. Er achtet Frauen, was mehr ist, als du je getan hast."

„Von wem dann? Von wem?" Er schrie es, und ich glaube, er tat mir in diesem Augenblick fast leid, aber Alyne war unbarmherzig.

„Von wem", äffte sie ihn nach, „von wem? Spielt das eine Rolle? Wie wäre es, wenn ich sagte, daß ich es nicht weiß. Es kann einer von einem halben Dutzend gewesen sein."

Er ließ sie los und starrte sie an, sein Gesicht wurde aschgrau. „So hat also Ram Lall die ganze Zeit recht gehabt."

„Ram Lall!" fauchte sie ihn mit ätzender Verachtung an. „Dein schwarzer Hund, dein dreckiger Spion, des Teufels Schatten . . ."

„Eine Hure", murmelte er, „und ich wollte ihm nicht glauben, eine verfluchte Hure, die mir einen namenlosen Bastard unterschieben will . . ."

„Ist das schlimmer, als was du getan hast?" Plötzlich schrie sie ihn an. „Nacht für Nacht, bis mir bei deiner Berührung übel wurde . . . Ist es da ein Wunder, daß es mich nach einem Mann verlangte, einem richtigen Mann, den ich lieben konnte, und der mich liebte . . ."

Er schlug ihr so hart auf den Mund, daß sie taumelte und in die Knie sank, und bevor ich Oliver zurückhalten konnte, hatte er sich auf seinen Onkel gestürzt. Sie rangen für einen Augenblick miteinander, und dann zwangen die kräftigen Fäuste Olivers den taumelnden Justin an sein Pult zurück.

Ich hatte mich neben Alyne gekniet, aber sie stieß mich fort und stand auf. „Laß ihn, Oliver", sagte sie tonlos. „Ich bin es nicht wert, daß man meinetwegen kämpft."

Er stand keuchend da, Empörung und Mitleid spiegelten sich in seinem Gesicht. „Ich wußte nicht . . . ich hätte nie gedacht . . ."

„Was wirst du jetzt tun?" fragte ich sie leise.

„Tun?" Mit einem seltsamen Ausdruck schaute sie erst mich, dann Justin an. „Er wird darüber hinwegkommen. Sein Stolz wird dafür sorgen." Sie preßte ein Taschentuch gegen ihren blutenden Mund, und in derselben stolzen Haltung verließ sie schwankend das Zimmer.

„Geh ihr nach", sagte Oliver, aber ich zögerte noch und schaute Justin an, der sich mit dem Rücken gegen uns auf sein Pult stützte.

„Geht", sagte er heiser, „verschwindet alle beide von hier."

Oliver rührte sich nicht. „Ich gehe nicht, bevor ich nicht sicher bin, daß du ihr nichts antun wirst."

„Sie ist meine Frau. Was ich mit ihr tue, ist meine Sache."

„Es ist auch die meine. Sie ist meine Schwester . . ."

Justin fuhr herum. „Zum Teufel mit der Schwester! Glaubst du, ich weiß nicht, wie du sie begehrt hast . . . Sie wahrscheinlich auch gehabt hast, verheiratet oder nicht." Dann überschlug sich seine Stimme. „Gott helfe mir, ich liebe sie! Wie kann ich das ertragen?"

„Du darfst sie nicht anrühren . . ."

„Ich werde tun, was ich will", knurrte Justin. „Laß mich allein, verdammt!"

Es gab nichts, was wir hätten tun können. Oliver nahm meinen Arm und führte mich hinaus. Draußen in der Halle sagte er: „Ich lasse sie nicht hier. Geh hinauf und sage ihr, daß sie zu uns kommen kann."

Nicht das, lieber Gott, nicht das . . . Aber ich wagte nicht auszusprechen, was ich dachte. „Ist das klug?"

„Allmächtiger, du weißt doch so gut wie ich, wie er ist. Willst du, daß es zu einem Mord kommt?"

Ich lief die Treppe hinauf, aber Alynes Türe war geschlossen und versperrt. Ich rüttelte an der Klinke, ich bat sie zu öffnen, aber sie sagte nur: „Geh, Clarissa. Ich brauche weder dich noch Oliver."

Als ich wieder unten ankam, fragte Oliver ungeduldig: „Wo ist sie?"

„Sie will nicht mitkommen."

„Sie muß."

„Ich sage dir doch, sie will nicht."

Er überlegte. „Nun gut. Ich bringe dich nach Hause, und dann fahre ich zurück. Sie hat bis dahin vielleicht ihre Meinung geändert."

Die Szene, deren Zeugen wir gerade gewesen waren, hatte uns vorübergehend von dem Zweck unseres Besuches abgebracht. Erst als wir auf den Hof hinaustraten, merkten wir, was selbst in dieser kurzen Zeit geschehen war.

Einer der Stallknechte kam eilig auf uns zu. „Es hat keinen Zweck, es zu versuchen, Mr. Oliver. Sie kommen nicht durch."

„Was zum Teufel meinen Sie?"

„Es ist wahr, Sir. Jack Moysey war gerade vor ein paar Minuten da. Er hat gesagt, ich soll den Herrn und auch Sie warnen. Nichts wird die Flut aufhalten, nicht einmal die Dampfpumpen. Sie kommt wie eine große Wasserwand, sagt er, über die Marsch und reißt alles mit."

„Ich muß zurück nach Thatchers", sagte ich außer mir, „ich muß. Dort ist das Kind und Cherry . . ."

„Schon gut, schon gut, meine Liebe." Oliver dachte einen Augenblick nach. „Ich reite hin und bringe sie hierher zurück." Er wandte sich an den Mann. „Satteln Sie mir rasch ein Pferd."

„Ich komme mit dir."

„Nein, das wäre nutzlos und würde es nur schwieriger machen. Ich kann irgendwie durchkommen, aber nicht wir beide. Jetzt sei vernünftig. Du bist hier in Sicherheit."

„Und wenn die Flut Thatchers erreicht?"

„Wenn das geschieht, was ich nicht glaube, können sie in den Oberstock gehen. Cherry gerät nicht leicht in Panik, und Mrs. Starling hat Überflutungen schon früher erlebt."

„O Gott, wenn . . . O Oliver, ich habe solche Angst . . ."

„Nun hör mir gut zu." Er nahm meine beiden Hände in die seinen und hielt sie fest. „Es wird alles gut gehen. Ich weiß das. Ich will als erstes dafür sorgen, daß sie in Sicherheit kommen, das schwöre ich dir. Und du hilfst ihnen inzwischen hier, daß alles bereit ist. Gegen Abend wird eine große Menge Leute obdachlos sein. Sie werden Essen und Wärme und einen Platz zum Schlafen brauchen. Sorg dafür. Warte nicht auf Justin oder Alyne. Treib die Dienerschaft an. Sie werden tun, was du sagst. Sie sind Marschleute. Sie wissen nur zu gut, was geschehen kann. Ich verspreche dir zurückzukommen, sobald ich kann."

Ich wußte, daß er recht hatte, aber die nächsten paar Stunden waren die schlimmsten in meinem Leben. Die ganze Zeit, während ich eine Unterkunft vorbereitete, Decken vom Dachboden zu bringen befahl, die Essensvorräte überprüfte, die Köchin große Töpfe heißer Suppe zubereiten ließ, dachte ich an Cherry und das Baby. Tante Jess und Papa waren Gott sei Dank in Sicherheit. Copthorn stand auf einem kleinen Hügel, während sich Thatchers in eine Mulde duckte, wo es vor scharfem Wind geschützt war, aber von der Flut erreicht werden konnte. Wasser hat eine schreckliche Unausweichlichkeit. Man kann es nicht zurückhalten. Es wälzt sich weiter und weiter und verschlingt alles, was auf seinem Weg liegt. Die Unruhe und Angst ließ mich, so phantastisch es klingen mag, Alyne und Justin vollkommen vergessen.

Später am Nachmittag brachte mir Lizzie einen Tee, ich trank ihn kochend heiß, fühlte, wie mich die Wärme durchrieselte, und war dankbar dafür. Ein eisiger Wind war aufgekommen. Niemand, der je einen richtigen Marschwind erlebt hat, kann ihn vergessen. Er kommt direkt von der Nordküste und den schneebedeckten Buchten heulend über die Marsch gefegt und ist so schneidend wie die Schwerter der Wikinger, die unser Land vor tausend Jahren in ihren Großbooten überfielen.

Ich ging wieder aus dem Haus, in meinen Mantel gehüllt, der Regen schlug mir ins Gesicht, und mit schmerzenden Augen sah ich, daß das Wasser näher gekommen war. Hinter dem Garten wogte meilenweit eine graue See. Angenommen, es stieg höher und höher, angenommen, es verschlang uns alle, sogar Ravensley . . . Ich zitterte vor Furcht und Kälte und wollte gerade wieder hineingehen, als ich eine Gruppe durchnäßter Menschen über den Rasen kommen sah. Eine Gestalt löste sich von ihnen, lief auf mich zu und rief meinen Namen. Es war Cherry, halb schluchzend, halb lachend, die triefend nasse Prickle im Arm. Hinter ihr kam Moggy, ein riesiges Bündel auf der Schulter, und im Arm, in ein buntes Gemisch von Decken und Schals gehüllt, ein kleines schreiendes empörtes Baby.

„Hier, mein Herzchen", sagte er und drückte mir Robert in den Arm, „hier gehörst du hin, junger Herr, gesund und munter, und jetzt schrei nicht mehr so!"

Wenn ich hätte in die Knie sinken und Gott danken können, hätte ich es getan. So tat ich das Nächstliegende und küßte Moggy auf die rauhe wettergegerbte Wange.

„Gott segne Sie, Missus, das war der schönste Dank!" murmelte er und errötete bis zu den Ohren.

„Ich bin Ihnen so dankbar, Moggy. Wo ist Mr. Oliver?"

„Er ist mit Nampy im Boot unterwegs. Da gibt es noch viele arme Teufel, die vermutlich auf ihren Dächern hocken. Ich muß auch zurück." Mit einem Finger tippte er dem Kind auf die Wange. „Du hörst jetzt auf zu schreien, Junge, du bist doch jetzt bei deiner Mama in Sicherheit."

„Wollen Sie nicht rasch etwas essen?"

„Nein, dafür ist später Zeit", und grinsend machte er sich wieder auf den Weg über das nasse Gras.

Ich führte Cherry rasch in das Haus. In Alynes kleinem Wohnzimmer brannte ein Feuer, und es war dort warm und gemütlich. Cherry kniete sich vor den Kamin, rieb ihr Haar mit einem Tuch und trocknete dann auch Prickle ab, während ich das hungrige Baby stillte.

„Zuerst war es aufregend", sagte sie, „als das Wasser wie ein brauner Teppich über den Weg rollte. Aber als es über die Stufen stieg, und wir es nicht aufhalten konnten, bekam ich Angst. Wir haben alles, was wir konnten, in den Oberstock getragen, aber deine Teppiche werden wohl ruiniert sein, Clarissa."

„Was macht das schon aus, wenn nur du in Sicherheit bist!"

„Selbst als Oliver gekommen ist, hatten wir Schwierigkeiten, ins Boot zu gelangen. Er kletterte bei einem Fenster herein und nahm mir Robert ab, dann bin ich gesprungen. Er hat gewußt, daß wir bei Moggy in guten Händen sind."

„Was ist mit Mrs. Starling und Ben und den Mädchen?"

„Sie sind in die Kirche hinaufgeflüchtet. Der Pfarrer hat sie geöffnet, und einige aus dem Dorf haben dort bereits Schutz gesucht."

Erst als das Baby friedlich in einer improvisierten Wiege schlief, und Cherry ihre nassen Kleider ausgezogen hatte, dachte ich wieder an Alyne.

„Ich werde sie bitten, dir etwas zum Anziehen zu leihen", sagte ich. „Ihr habt fast die gleiche Größe."

Ich ging rasch den Korridor entlang. Die Türe zu Alynes Schlafzimmer stand weit offen, was mich überraschte, und das Zimmer war leer. Ich wühlte ein einfaches Wollkleid aus ihrem vollgestopften Schrank und brachte es Cherry.

„Sie ist nicht da. Zieh es an und paß auf das Baby auf, ich gehe jetzt wieder hinunter."

Alyne war weder im Eßzimmer, noch in der Küche, noch sonst wo im Haus. Ich befragte Annie und Lizzie, aber keine der beiden hatte sie gesehen.

„Während Sie mit Miss Cherry oben waren, ist eine Dame gekommen", fuhr Annie fort. „Sie hat eine große Kiste Lebensmittel mitgebracht und einen Haufen Decken und Matten, die den Leuten da draußen zustatten kommen werden. Wir brauchen alles, was wir erwischen können, bevor der Tag um ist."

„Wer war das, Annie?"

„Hab sie nie zuvor gesehen. Sie ist von der anderen Seite in einem schönen Wagen gekommen, der bis zum Dach angespritzt war, und der Kutscher hat fürchterlich geflucht. Sie wollte den Herrn sprechen, so habe ich sie in die Bibliothek geführt."

„Ist Lord Aylsham immer noch dort?"

„Er hat keinen Schritt herausgetan, trotz allem, was da vorgeht." Annies Gesicht verriet heftige Mißbilligung. „Dieser sein Inder hat ein Tablett hineingetragen, und wie er herauskommt, hat er ausgesehen, als hätte ihn was gebissen."

„Wann ist diese Dame gekommen?"

„Erst vor ein paar Minuten. Ich bin mit ihr hineingegangen, um das Tablett zu holen. Er hat nichts davon angerührt."

Ich zögerte vor der Tür der Bibliothek, schwankend, ob ich hineingehen solle oder nicht. Justin mußte den ganzen Morgen daringeblieben sein, über seinem Unglück brütend und blind gegen das, was sich vor seiner eigenen Tür zutrug. Der Ärger stieg in mir hoch, daß Oliver sein Leben riskierte, während sein Onkel dasaß, nichts tat und sich von der Verantwortung drückte.

Ich öffnete rasch die Türe und stockte, denn da standen sie, genau wie sie vor der Kirche gestanden hatten, und musterten einander schweigend.

Dann sagte Martha Leigh ruhig, als beendete sie etwas bereits Gesagtes. „Du bist ein Zerstörer, Justin, wie der indische Gott Shiwa. Du hast die Liebe zwischen meiner Schwester und mir getötet, du hast meinen Bruder gemordet . . ." Er hob den Kopf, wie zum Protest, aber sie brachte ihn mit einer Geste zum Schweigen. „Ich weiß, was du sagen wirst. Es war ein Duell, und er hat dich gefordert, aber es war trotzdem Mord. Harry war kein Schütze, und du hast es gewußt. Ich hätte deine Schuld in die ganze Welt hinausgeschrieen, aber meine Schwester hielt mich zurück, weil sie, Gott vergebe ihr, dich immer noch liebte . . ."

Er sagte mit einer Spur von Ungeduld: „Wozu das alles heute? Ich schwöre, ich hatte nie die Absicht . . ."

„Einem jungen Mädchen das Herz zu brechen", sagte sie höhnisch. „O nein, es hat dir nur Spaß gemacht, mit Liebe und Träumen und Leben zu spielen, als ob alles Recht bei dir wäre, als ob du Gott wärst und wir anderen nur dein Spielzeug."

„Um Himmels willen, Martha, das ist doch alles längst vorbei."

„Nichts ist jemals ganz vorbei. Es hinterläßt Narben. Hast du dich nie gefragt, was du zurückgelassen hast?"

„Wie meinst du das?"

„Da war ein Kind . . ."

„Das glaube ich dir nicht."

„Aber es ist wahr."

„Wo ist dieses Kind?"

Martha Leigh machte zum ersten Mal eine Bewegung und strich sich mit der Hand müde über das Gesicht. „Ich wollte, ich wüßte es mit Sicherheit."

„Du sprichst in Rätseln."

Sie ging von ihm fort zum Fenster. Es war schon fast dunkel und gegen das Dämmerlicht zeichneten sich ihre herben Züge scharf ab. Sie sprach so leise und rasch, daß ich sie nur mit Mühe verstand.

„Wir sind von Westley weggezogen. Was hätten wir sonst tun können, meine Schwester und ich? Ich fand es schwer, ihr Henrys Tod zu verzeihen, denn in diesen Nächten lief sie zu dir in den Schwarzen Hund. Du weißt, wie sie war, voller Launen und Grillen, deine Marschhexe pflegtest du sie zu nennen . . . Sie war todunglücklich, als du ohne ein Wort fortgegangen bist. Einmal hat sie sich umzubringen versucht, indem sie sich die Pulsadern aufschnitt . . ."

„O Gott, nein", stammelte er heiser.

„Es ist wahr", fuhr sie unbarmherzig fort. „Wir dachten, sie würde sich ändern, wenn das Kind kam, aber eine Woche nach seiner Geburt verschwand es aus der Wiege und sie mit ihm. Tage später zogen sie sie ertrunken aus dem Fluß, ihr Kind hat man nie gefunden."

„Es tut mir leid." Er hatte sich umgewandt, so daß ich sein Gesicht nicht sehen konnte. „Ich wußte nichts davon . . . Wie hätte ich es erfahren sollen?"

„Hast du je auch nur einen Gedanken darauf verschwendet, was du uns angetan hast?" Er antwortete nicht und sie fuhr rasch fort: „Der Schock machte mich für lange Zeit krank. Als ich genesen war, wollte ich nur so weit fort wie möglich, fort aus diesem Land. So erfuhr ich nie, daß man ein Baby in der Marsch gefunden hatte, ein Baby ohne Namen und Eltern . . . Ein Baby, das vielleicht deine Frau ist."

Ich konnte immer noch nicht sein Gesicht sehen, aber ich hörte den Schrei, der sich ihm entrang. „Das werde ich nie glauben. Das ist deine Rache, eine billige feige Rache für eine Jugendtorheit . . ."

„Nicht die Torheit eines Jungen, sondern eines Mannes, der sich nahm, was er wollte, ohne Rücksicht auf andere. Jahrelang habe ich von dem Kind geträumt, das verschwunden war . . . und jetzt wage ich nicht einmal zu hoffen, denn wenn es so ist, dann hast du auch ihr Leben zerstört."

Er bewegte sich unruhig, als sei er unschlüssig, was er tun solle, und ich konnte nicht länger verborgen bleiben. Mit einer raschen Bewegung öffnete und schloß ich die Tür abermals und trat ein.

Er starrte mich an, dann sagte er heiser: „Wo ist Alyne? Hol sie, Clarissa."

„Alyne ist nicht in ihrem Zimmer. Ich wollte dich fragen, ob sie bei dir war."

„Sie muß da sein."

„Sie ist nicht im Haus. Wir haben sie überall gesucht."

„Dann sucht noch einmal", sagte er heftig. „Fragt die Dienerschaft, fragt alle Leute."

Wir durchsuchten das ganze Haus von oben bis unten, die Scheunen, die Ställe, die Nebengebäude. Wir fragten jedermann, aber niemand hatte sie gesehen. Ich glaube nicht, daß Justin merkte, was sich in den letzten wenigen Stunden abgespielt hatte. Olivers Besorgnisse waren ihm übertrieben erschienen, und wie schnell das Wasser steigen kann, hatte er nie erlebt. Er starrte auf die zusammengekauerten Gruppen fröstelnder Leute und war beunruhigt, weil er die Ablehnung in ihren Gesichtern und ihr Zurückschrecken vor ihm sah. Ravensley war wie eine Insel in einer Wasserwüste.

Erst als er in das Herrenhaus zurückkehrte, kam einer der Jungen, die im Hof arbeiteten, und sagte, ein Pferd fehle im Stall.

„Das Pferd von Mylady", fügte er ängstlich hinzu, „das, was sie immer reitet."

„Seit wann ist es fort?"

Der Junge sah verstört aus. „Schon vor einiger Zeit, Mylord. Ich habe bei dem ganzen Hin und Her nicht achtgegeben."

„Aber was ist ihr denn eingefallen? Wo wollte sie denn hin? Jetzt auszureiten ist doch Wahnsinn."

„Sie hat vielleicht nicht gewußt, daß die Überschwemmung so ernst ist. Sie ist so plötzlich gekommen."

„Wann hast du sie das letzte Mal gesehen, Clarissa?"

„Nicht mehr seit dem Morgen."

„Mein Gott, was habe ich getan?" Er verbarg für einen Augenblick sein Gesicht in den Händen. Als er wieder aufsah, war er totenbleich.

Ich wußte, woran er dachte. Hatte sie das Haus mit Absicht verlassen, um den Tod zu suchen, wie jenes andere Mädchen vor so langer Zeit? Aber irgendwie schien mir das nicht wahrscheinlich. Alyne war am Morgen nicht verzweifelt gewesen. Es gab da ein Geheimnis, das ihr Kraft verliehen hatte.

Martha Leighs Augen wanderten von einem Gesicht zum anderen. „Was ist geschehen, das sie bei einem solchen Wetter von Zuhause fortgetrieben hat?"

Justin achtete nicht auf sie. Er packte mich am Arm und sah mir ins Gesicht. „Sie muß ein Ziel gehabt haben, was kann da dahinterstecken, Clarissa? Was weißt du? Gibt es einen Ort, irgendwo, wohin sie geritten sein konnte?"

Ich sagte langsam: „Ich habe sie einmal im Schwarzen Hund gesehen."

„Im Schwarzen Hund in Westley?"

Ich sah den Blick, den die beiden wechselten. Er war nur flüchtig, aber ich dachte, wie seltsam es war, daß sich dort Alyne Leigh mit ihrem Liebhaber getroffen hatte, so wie jetzt ihre Tochter mit Bulwer.

„Sie konnte unmöglich durchkommen", sagte Justin.

„Doch, ich bin ja auch hergekommen", erwiderte Martha Leigh.

„Die Straße war überflutet, aber passierbar. Der Damm ist ein gutes Stück höher als die Marsch."

„Ich reite gleich hin."

„Aber das kannst du nicht", rief ich. „Das war vor Stunden. Jetzt ist es hoffnungslos. In der ganzen Marsch sind Männer zu Rettungsaktionen unterwegs. Oliver ist bei ihnen. Wenn sie dort ist, werden sie sie finden."

Doch er wollte nicht auf uns hören. Er beharrte wie ein Verrückter auf seinem Entschluß. Ich glaube wirklich, daß der Schock in ihm ein Verantwortungsgefühl erweckt hatte, daß das bittere Los der Männer und Frauen, die sich in seinen Scheunen drängten, ihm klargemacht hatte, was er nicht nur Alyne, sondern auch allen jenen, deren Leben von ihm abhing, schuldete.

Wir sahen ihm nach, als er mit Ram Lall und einem Stallknecht fortging. Es war schon fast dunkel. Sie trugen Laternen und stapften über die nassen Felder zum Bootsplatz.

Martha Leigh sagte ruhig: „Darf ich bei Ihnen bleiben? Ich möchte gerne helfen, wenn ich kann."

„Ich wäre Ihnen dankbar. Es ist nur Cherry da und sie ist noch sehr jung."

Wir gingen zusammen zum Haus zurück, und in der Halle fragte sie mich: „Wieviel haben Sie gehört, als Sie in die Bibliothek kamen?"

Ich sah sie an. „Glauben Sie wirklich, daß Alyne das Kind Ihrer Schwester ist?"

„Wie könnte ich das mit Bestimmtheit? Als ich sie in der Kirche sah, war etwas an ihr, etwas in ihrem Gesicht, das mich anzog . . . und als ich dann hörte, woher sie gekommen ist . . . ich wollte nicht davon sprechen, aber er brachte mich auf . . ." Sie wandte sich mir zu. „Wer spielt so mutwillig mit unserem Leben? Ist es Gott oder der Teufel?"

Sie war eine seltsame Frau, aber sie hatte eine unwiderstehliche Kraft und eine Stärke, für die ich ihr während dieses langen Abends dankbar war.

Viele der Kühe und Schafe waren bereits auf höher gelegenes Land gebracht worden. Die Marschleute fühlen instinktiv, wann die Flut kommen wird, aber keiner hatte erwartet, daß sie dieses Jahr so verheerend sein würde. Auf jedem Platz, der noch frei war, drängten sich mitleiderregende Leute mit Kindern an der Hand und Bündeln, voll mit dem Wertvollsten, das sie hastig im letzten Augenblick zusammengepackt hatten. Da gab es Hunde, eine Katze in einem Korb, Kinder mit ihrer Lieblingshenne, einen Hänfling in einem Käfig, eine Ziege, sogar einen Affen, und wir taten unser möglichstes, ihnen Nahrung, Unterkunft und ein wenig Trost zu geben. Cherry übernahm die Kinder, durchstöberte die alten Schränke auf dem Dachboden nach Spielsachen, um sie zu beschäftigen, und organisierte Spiele für die älteren. Martha Leigh hatte eine fast wunderbare Gabe, mit Tieren umzugehen. Sie besänftigte knurrende Hunde, beruhigte hysterische Kinder, deren Lieblingstiere verlorengegangen waren, und irgendwann im Verlauf des Abends fanden wir ein paar ruhige Minuten, um miteinander zu sprechen, und ich erzählte ihr ein wenig von dem, was Alyne mir gesagt hatte.

Sie kniete neben einem Hund, der sich auf der wilden Flucht die Pfote verletzt hatte. Mit geschickten Fingern schiente sie sie und machte einen festen Verband aus Leinwandstreifen. Mit einer Hand den winselnden Hund liebkosend, lehnte sie sich zurück.

„Ich habe immer geglaubt, daß wir Kräfte haben, die wir nicht verstehen", sagte sie langsam, „Kräfte, die unterhalb unseres Bewußtseins liegen. Vielleicht war Justin in seinem tiefsten Inneren zu Alyne hingezogen und merkte nicht, daß es nicht die Anziehungskraft zwischen Mann und Frau war, sondern etwas Instinktives, etwas ganz anderes, und der Konflikt brachte ihm nur Angst und Zweifel, die er auf die einzige Art, die er kannte, zu überwinden versuchte."

Ich verstand sie nicht ganz, aber an Martha Leigh war etwas, das sie von allen anderen unterschied, und ich fragte mich, wieviel Wahrheit in dem liegen mochte, was sie gesagt hatte.

Als ich zu Robert hinaufging, war das stille Zimmer wie ein sicherer Hafen. Da lag er, rosig und warm, und machte sich nicht das geringste aus seiner behelfsmäßigen Wiege. Ich hingegen dachte wieder an Oliver und war von tiefer Sorge erfüllt. Einmal sank ich, ohne mich zu schämen, in die Knie und betete zu Gott, daß er ihn mir zurückschicken möge. Dann ging ich wieder hinunter, um mich den zahllosen Aufgaben zu widmen, die noch auf mich warteten.

Es war schon spät in der Nacht, als wir, Cherry, Martha und ich, uns erschöpft und halb verhungert schließlich zu Tisch setzten. Annie hatte gerade die Terrine mit heißer Suppe hereingebracht, und wir hatten kaum einen Löffel davon gegessen, als Lizzie hereingestürzt kam.

„Er hat sie gefunden! Mr. Oliver hat Miss Alyne gefunden! Er bringt sie gerade herein."

Wir vergaßen, wie hungrig wir waren. Ich lief in die Halle hinaus, Martha hinter mir. Oliver kam durch die Türe herein und trug sie auf seinen Armen. Sie war schlaff und ohne Leben, triefnaß, mit tödlich bleichem Gesicht, und ihr langes Haar hing fast bis zum Boden.

„Sie atmet noch, aber nur schwach", sagte er.

„Bring sie rasch hinauf. Lizzie, holen Sie Wärmepfannen, Decken, heiße Ziegel . . ."

Er trug sie hinauf und legte sie auf das Bett. Wir zogen ihr die nassen Kleider aus. Sie war so tief bewußtlos und so eisig kalt, daß ich um ihr Leben bangte.

„Ist Dr. Thorney noch da?" fragte ich Lizzie.

„Ja, er ist draußen in der Scheune und schient eben Jim Gibsons gebrochenen Arm."

„Holen Sie ihn rasch und schicken Sie jemanden, der hier Feuer macht."

Ich überließ es Martha und Cherry, sie in warme Decken zu hüllen und ihr heiße Ziegel an die Füße zu legen, und ging hinunter zu Oliver. Er war noch mit Moggy und Nampy in der Halle. Als ich die Treppe herabkam, wandte er sich mir zu.

„Wie steht's mit ihr?"

„Sie lebt, aber das ist auch alles. Gott sei Dank ist der Arzt da. Lizzie holt ihn gerade. Wo hast du sie gefunden?"

„Im Schwarzen Hund. Sie muß irgendwie hingelangt sein, aber alle waren bereits geflüchtet. Der Gasthof war leer, und das Wasser stand bis zum ersten Stock. Ich habe sie nur zufällig entdeckt. Sie war an ein Fenster gekrochen und klammerte sich daran. Als ich hineinstieg, um sie zu holen, brach sie zusammen. Wo ist Justin?"

„Er machte sich auf die Suche nach ihr, sobald wir feststellten, daß sie das Haus verlassen hatte."

„Wann war das?"

„Sie muß schon am Morgen, fast unmittelbar nach dir, fortgegangen sein."

„Warum, Clarissa, warum wollte sie zum Schwarzen Hund?"

„Woher soll ich das wissen?"

„Stimmt das mit dem Kind?"

„Ja. Wir haben sie erst am Nachmittag gegen vier Uhr vermißt."

„Und jetzt ist beinahe Mitternacht. Ich muß nochmal fort. Ich muß versuchen, Justin zu finden und ihm zu sagen, daß sie in Sicherheit ist."

„Das kannst du nicht tun!" rief ich. „Du wirst in der Dunkelheit niemanden finden. Du mußt dich ausruhen und zuerst etwas essen."

„Du hast keine Ahnung, wie es ist, Clarissa. Der Wind stürzt Bäume um, zerfetzt die Büsche, reißt Dächer mit, und über alles wälzt sich das Wasser wie ein schwarzer reißender Strom. Nichts kann sich ihm entgegenstellen. Einmal haben wir geglaubt, daß das Boot untergehen würde und wir mit ihm."

Er schwankte vor Erschöpfung, und ich brachte ihn endlich dazu, sich zu setzen und etwas zu essen. Moggy und Nampy schickte ich in die Küche.

„Dort gibt es warmes Essen und etwas zu trinken."

Moggy grinste und tippte an seine Kappe. „Schönen Dank, Missus."

Ich schenkte Oliver ein Glas Brandy ein und füllte einen Teller mit heißer Suppe. Gerade als er seinen Löffel nahm, kam Cherry herein.

„Martha läßt dir sagen, daß der Arzt jetzt bei Alyne ist."

„Was tut Martha Leigh hier?" fragte Oliver.

„Sie hat Nahrungsmittel und Decken gebracht, und dann ist sie geblieben, um zu helfen. Sie war wunderbar. Ich weiß nicht, was wir ohne sie getan hätten."

Er war zu müde, um weitere Fragen zu stellen, und ich war dankbar dafür.

Er löffelte seine Suppe aus und stand auf. „Ich sollte jetzt lieber gehen. Justin kennt die Marsch nicht so wie wir."

„Warum sollst du dein Leben für ihn wagen?" sagte Cherry wild. „Ich habe mit den armen Leuten da draußen gesprochen, die alles verloren haben, und es ist seine Schuld."

„Nicht ganz, Kleine", lächelte Oliver schwach. „Justin kann Wind und Wasser nicht beherrschen."

„Es wäre nicht geschehen, hätte er nicht diese höllischen Maschinen aufgestellt. Das sagen alle. Nichts von alledem wäre passiert, wenn er nicht zurückgekommen wäre. Dann hätte alles dir gehört."

„Ich bin auch kein Gott, Kleine, und jetzt darf ich keine Zeit mehr vergeuden."

Moggy überzeugte ihn schließlich, daß es reiner Wahnsinn wäre, nochmals in diese pechschwarze Finsternis hinauszufahren, wo man weder etwas sehen, noch gesehen werden konnte.

„Da kann keiner von uns vor dem ersten Morgenlicht etwas tun. Dann werden wir ihn finden, wenn er noch lebt."

Oliver protestierte noch, aber er setzte ja nicht nur sein eigenes Leben aufs Spiel, sondern auch das Leben der ihm ergebenen Männer, die mit ihm den ganzen Tag so hart gekämpft hatten. Er ließ sich von mir aus dem Mantel helfen, und ich schob ihn zum Sofa.

„Leg dich hier hin", sagte ich, „und ich hole dir eine Decke."

Als ich zurückkam, war er bereits eingeschlafen und rührte sich kaum, als ich ihm die Stiefel auszog. Ich hüllte ihn ein und beugte mich herab, um ihn zu küssen. Er murmelte etwas, aber ob es Alynes Namen oder der meine war, weiß ich nicht sicher.

5

Zuerst dachten wir, wir würden sie verlieren. Dr. Thorney konnte trotz aller Bemühungen die Blutung nicht aufhalten. Sie wollte nicht aufhören, und das Leben schien mit ihr zu verströmen. Ich glaube, ohne Martha Leigh wäre Alyne sicherlich gestorben. Ihre Kraft, ihre ruhige Entschlossenheit erhielt sie am Leben.

Im ersten Morgengrauen keimte trotz aller Ängste Hoffnung auf, und ich ging hinunter. Oliver war bereits wach und trank eine dampfende Tasse Kaffee.

„Moggy wartet draußen. Ich gehe jetzt. Gott allein weiß, wann wir zurück sein werden."

„Ich wollte, ich könnte mitkommen."

Er legte den Arm um mich und drückte mich an sich. „Kann ich Robert einen Augenblick sehen?"

Wir gingen hinauf. Das Kind schlief noch. Oliver kniete neben der Wiege nieder und küßte es auf die rosige Wange. „Das allein ist wichtig. Wenn ich daran denken kann, an dich und das Kind, dann wird alles gut."

„Was meinst du damit?"

„Ich weiß nicht. Es ist nur so ein Gedanke. Justin und ich waren so lange uneins, das muß einmal enden, und ich habe das Gefühl, jetzt ist dafür Zeit." Er rieb sich mit der Hand das Kinn und lächelte flüchtig. „Die alte Kinderfrau würde sagen, ein dunkler Schatten fällt über mein Grab. Wie geht es ihr übrigens?"

„Sie prophezeit Trauer und Unglück und genießt jede Minute."

„Das sieht ihr ähnlich."

„Liebster, mußt du wirklich fort?"

„Ja, ich muß." Er stand auf. „Ich weiß nicht, was wir ohne dich getan hätten, Clarissa. Ich hoffe, Justin wird dir dankbar sein."

„Ich habe es nicht für ihn getan, sondern für dich."

„Du lieber Himmel, ich habe beinahe vergessen. Wie geht es Alyne heute morgen?"

Vielleicht war es selbstsüchtig von mir, aber es machte mich glücklich, daß er erst nachträglich an sie gedacht hatte.

„Erst schien es, als würde sie das Kind verlieren . . ."

„Vielleicht wäre das besser für sie."

„Sag das nicht. Der Arzt meinte, daß sie es übersteht, wenn wir gut für sie sorgen."

„Das wenigstens können wir tun."

Ich hüllte mich in meinen dicken Mantel und ging mit ihm hinaus, wo Moggy und Nampy im Boot warteten. Die Verwüstung überstieg jede Beschreibung. Eine graue Wassermasse leckte gierig am Ufer, und nur da und dort ragten kahle Bäume hervor. Äste, Hausrat, tote Hühner, ein Schaf, ein Schwein, sogar ein abscheulich aufgedunsenes Pferd schwammen ekelerregend auf der Oberfläche, und anderswo mußte es noch schlimmer aussehen.

Ich drückte Oliver an mich. „Paß auf dich auf, Liebster."

„Das werde ich. Sei ohne Sorge."

Ich brachte es nicht fertig, sie wegrudern zu sehen, es war so erschreckend, so endgültig. So wandte ich ihnen den Rücken und ging rasch ins Haus, um mich mit tausend Dingen zu beschäftigen.

Es war Moggy, der mir kurz und so anschaulich schilderte, was geschehen war, daß ich es direkt vor mir sah.

„Es war schon ganz hell, wie wir zur Spinney-Mühle gekommen sind. Sie kennen sie ja, Missus. Da ist höher als bei den anderen ein Rundgang, und da steht Lord Aylsham und hält sich am Geländer fest. Er muß irgendwann in der Nacht hinaufgeklettert sein. Der Wind konnte einem das Haar vom Kopf blasen und jeden Augenblick habe ich gedacht, er wehte ihn herunter. Mr. Oliver ruft zu ihm hinauf, er soll über die eiserne Leiter herunterkommen, wir werden ihm helfen, aber er rührt sich nicht, und wie ich mit dem Boot auf die andere Seite fahre, sehe ich warum. Ned Starling ist oben auf der Leiter, sitzt einfach dort und rührt sich nicht. Lauert auf ihn wie eine Spinne auf die Fliege. Er hatte ihn in der Falle. Mr. Oliver ruft seinem Onkel hinauf, er soll springen, aber dazu hat er zuviel Angst. Dann sagt er zu mir, es nützt nichts, Moggy, ich muß selbst hinauf. Ich versuche ihm zu erklären, daß das keinen Zweck hat. Ich kenne doch Ned. Er ist kein schlechter Mensch, aber gerade in dieser Sache ist er nicht richtig im Kopf."

„Was geschah dann?"

„Mr. Oliver steigt die Leiter hinauf, und ich kann nicht hören, was er sagt, weil der Wind so pfeift, aber ich weiß, er redet Ned zu. Sie stehen dicht beisammen, und ich meine, er hat Ned an die Wand gedrückt, denn er ruft seinem Onkel zu, er soll rasch kommen. Aber der rührt sich nicht, nicht rasch genug, und plötzlich muß Ned heftig zugeschlagen haben, denn Mr. Oliver ist rückwärts über das Geländer gefallen und mit dem Kopf auf dem Dach des Schöpfrades aufgeschlagen. Ich höre Lord Aylsham schreien, sehe aber nicht warum, weil ich gerade Mr. Oliver aus dem Wasser ziehe. Dem rinnt das Blut über das Gesicht, und er ist bewußtlos. Als nächstes höre ich ein gewaltiges Klatschen, und das sind die beiden, Lord Aylsham und Ned, von der Mühle herunter und ins Wasser. Nampy versucht, zu ihnen hinzurudern. Wir haben sie miteinander ringen gesehen, aber ich war furchtbar in Sorge wegen Mr. Oliver. Ich habe es ihm so bequem gemacht, wie ich konnte, mit meinem Mantel unter seinem Kopf, und wie ich wieder aufschaue, waren sie fort, verschwunden, keine Spur von ihnen irgendwo und so sage ich zu Nampy, wir müssen ihn rasch nach Hause bringen."

„Der Himmel wird es Ihnen lohnen", sagte ich inbrünstig.

Nie, niemals, bis zu meinem Todestag werde ich vergessen, wie die beiden Marschleute Oliver über den Rasen und ins Haus trugen. Alle Befürchtungen schienen plötzlich entsetzliche Wirklichkeit geworden zu sein. Ich konnte mich nicht rühren. Ich stand wie versteinert da, starrte auf das Blut, das verklebte Haar, das bleiche, leblose Gesicht.

Es war Martha Leigh, die sich um ihn kümmerte und sagte: „Bringt ihn vorsichtig hinein. Paßt auf, daß er an nichts aneckt."

Sie legten ihn auf das Sofa, auf dem er in der vergangenen Nacht geschlafen hatte, und sie beugte sich über ihn. Mir schien die Zeit endlos, bis sie sagte: „Er ist nicht tot, vermutlich eine Gehirnerschütterung. Wir wollen den Arzt holen und fragen, was wir tun sollen, bevor wir ihn bewegen."

Er war den ganzen restlichen Tag und einen Teil der Nacht bewußtlos und wann immer ich mich nicht um das Kind kümmern mußte, wich ich ihm nicht von der Seite. Gegen Morgen bewegte er sich, stöhnte ein wenig vor Kopfschmerzen und fragte, was geschehen war. Ich ließ ihn das Beruhigungsmittel trinken, das der Arzt mir gegeben hatte, und er schlief gleich wieder ein.

In der Frühe kam Annie herein, entsetzt und aufgeregt, und erzählte uns, daß man Justin gefunden hatte.

Oliver setzte sich mühsam auf. „Ist er tot?"

„Ja, mausetot."

„Wo ist er?"

„Draußen . . . im Hof . . ."

„Ich komme hinaus."

„Das sollst du nicht", protestierte ich. „Der Arzt sagt, du mußt nach dieser Verletzung am Kopf ruhig liegen."

Aber er bestand darauf, so half ich ihm in seinen Schlafrock, und er tappte schwankend die Treppe hinunter.

Die Männer traten beiseite, als wir in der Türe erschienen. Justin und der Mann, der so lange und geduldig auf seine Rache gewartet hatte, lagen eng umschlungen da, als hätte die Liebe sie zusammengebracht und nicht der Haß.

Oliver starrte sie schweigend an, bis Moggy das Schweigen zu brechen wagte.

„Was sollen wir mit ihnen tun?"

„Tragen Sie Lord Aylsham in sein Zimmer und bringen Sie . . . bringen Sie den anderen in eine der Scheunen. Behandelt ihn anständig. Er mußte das tun, was er getan hat."

Moggy nickte. „Ja, Sir, so soll es sein."

Sie beugten sich über die Leichen, aber Oliver rührte sich immer noch nicht. Er sah so bleich und krank aus, daß ich dachte, er würde ohnmächtig werden. Ich griff nach seiner Hand und fühlte, wie sich seine Finger fest um die meinen schlossen. Als die Männer sich langsam entfernten, richtete er sich auf. Ich sah ihn in dem scharfen Wind frösteln.

„Wir sollten lieber hineingehen", sagte ich.

Da wandte er sich mir mit einem schwachen Lächeln zu. „Mach dir keine Sorgen, Clarissa. Ich bin in Ordnung, da ist nur das verdammte Kopfweh."

Wir gingen zusammen in das Haus zurück, und nachdem ich ihn überredet hatte, sich wieder ins Bett zu legen, raffte ich mich auf und ging in die Scheune, wo Ned Starling anständig in ein weißes Tuch gehüllt lag. Ein schwarzer, durchnäßter und zitternder Köter lag neben ihm. Er mußte durch das Wasser geschwommen sein, um seinen geliebten Herrn zu finden. Ben kniete neben ihm und redete auf ihn ein, er solle doch aus der Schüssel Fleischbrocken fressen.

„Er ist ganz verhungert", sagte er, und schaute mich so herausfordernd an, daß ich erriet, er hatte die Küche geplündert, als ihm die Köchin den Rücken zuwandte.

„Schon gut, Ben, du kannst an meiner Stelle für ihn sorgen", erwiderte ich ruhig und ließ ihn bei dem Hund.

An diesem schrecklichen Tag dachte ich überhaupt nicht an Ram Lall, erst als er spät abends ins Haus geschlichen kam. Er hatte nie viel gesprochen, aber nun hockte er schweigend und zitternd in der Küche, starrte abwesend vor sich hin und trauerte so tief über den Verlust seines Herrn, daß sogar die Dienerschaft Mitleid mit ihm hatte und ihn am Feuer sitzen ließ. Der Schatten des Teufels und der schwarze Hund, dachte ich ironisch, hatten beide auf ihre Weise geliebt.

Mehr als eine Woche waren wir vollkommen abgeschnitten, dann begann das Wasser langsam abzuebben und hinterließ eine unbeschreibliche Verwüstung. Sobald er dazu imstande war, leitete Oliver die Bergungsarbeiten. Nach seines Onkels Tod ruhte alles auf seinen Schultern. Als die Straße nach Westley soweit gesäubert war, daß man darüberreiten konnte, verließ uns Martha Leigh, obgleich wir sie zum Bleiben drängten. Sie war keine Frau, die ihre Gefühle zeigte, und ich hatte keine Ahnung, was sie zu tun beabsichtigte.

„Ich sehe euch noch einmal, bevor ich nach Italien zurückkehre", war alles, was sie sagte, als ich ihr für ihre Hilfe dankte.

Es hatte so viel Zerstörung, so viele Verluste an Menschenleben gegeben, daß Justins Begräbnis notwendigerweise in aller Stille stattfand. Er wurde neben seinem Bruder und seinem Vater in der Familiengruft bestattet, und als wir aus der Kirche zurückkehrten, ging ich zu Alyne hinauf.

Sie hatte seinen Tod sehr ruhig hingenommen, kaum etwas gesagt, und bei den vielen Dingen, um die ich mich kümmern mußte, hatte ich die Pflege größtenteils Cherry und Annie Pearce überlassen. Sie hatte sich langsam, aber stetig erholt, doch erlaubte ihr Dr. Thorney noch nicht aufzustehen.

Als ich eintrat, saß sie, gegen Kissen gelehnt, mit einem weißen Spitzenschal um ihre Schultern, und sah schwach und wunderschön aus.

„Ist alles vorüber, Clarissa?" fragte sie.

„Ja. Peter Berkeley und ein paar andere sind wieder zurück. Oliver ist noch bei ihnen."

„Er ist mich noch nicht besuchen gekommen."

„Er hatte so viel zu tun. Er war die ganze Woche jeden Tag fort und hat nach seinem Sturz immer noch Schmerzen."

„Echt Oliver, daß er versucht, Justin zu retten, und dabei beinahe selbst draufgeht. Warum hat er ihn nicht dort gelassen? Niemand hätte es erfahren."

„Mußt du wirklich so etwas fragen?" erwiderte ich trocken. „Wie fühlst du dich heute? Bist du stark genug, um ein wenig mit mir zu reden?"

„Wenn du es willst." Ich zog einen Stuhl neben das Bett, und sie sah mich an. „Worüber willst du mit mir reden, Clarissa?"

„Da ist die Zukunft, die zu bedenken ist."

„Deine oder meine?"

„Beide." Ich überlegte einen Augenblick und wußte nicht, womit ich beginnen sollte. „Ich habe dich noch nicht gefragt, warum du damals zum Schwarzen Hund wolltest."

„Ich dachte, du hättest es erraten." Sie hob den Kopf. „Es spielt jetzt keine Rolle mehr, so kannst du es ruhig wissen. Ich hätte mich dort mit Bulwer treffen sollen. Wir wollten zusammen fortgehen."

Das war es also, warum sie Justin so herausfordernd verhöhnt hatte.

„Und was war dann?"

„Er war nicht dort. Als ich im Gasthof ankam, waren alle fort. Er war leer. Zuerst habe ich gedacht, ich könne warten, und dann plötzlich, gerade als ich hineinging, hörte ich ein schreckliches Getöse und wußte, daß die Dämme gebrochen waren. Ich begann die Straße hinunterzurennen, aber die Flut kam zu rasch. Sie hätte mich beinahe mitgerissen. Ich weiß nicht, wie es mir gelungen ist, zum Haus zurückzukommen. Ich erinnere mich, daß ich die Stiege hinauflief, um dem Wasser zu entkommen. Ich hatte furchtbare Angst." Leicht zitternd barg sie ihr Gesicht in den Händen.

„Es muß schrecklich gewesen sein. Gott sei Dank, daß Oliver dich noch rechtzeitig erreichte."

„Ich erinnere mich, daß ich das Boot gesehen habe und zu rufen versuchte, dann an nichts mehr, bis ich hier bei euch wieder zu mir kam. In diesen ersten Tagen wollte ich sterben . . . Ohne Martha Leigh wäre ich wohl gestorben." Sie sah mich mit großen Augen an. „Weißt du, Clarissa, ich habe sie gesehen, als ich ein Kind war, ohne zu wissen, wer sie war, und auf irgendeine sonderbare Weise fühlte ich mich wieder als Kind, und sie war es, die mich zurückhielt und mich nicht gehen ließ."

Martha Leigh hatte ihr also nichts gesagt. Glaubte sie wirklich, daß Alyne das Kind ihrer Schwester war? Glaubte ich es? Wir schwiegen einen Augenblick, dann rückte sich Alyne ein wenig im Bett zurecht.

„Das war natürlich dumm. Das Leben muß gelebt werden, was immer einem geschieht. Heute ist mir zum erstenmal etwas klar geworden, Clarissa. Ich bin Lord Aylshams Witwe und das Kind, wenn es ein Junge ist, wird sein Erbe sein."

Ich starrte sie an. Der Gedanke war mir nie gekommen. Es hatte so selbstverständlich geschienen, so richtig, daß Oliver nun der Herr auf Ravensley sein würde, nachdem sein Onkel tot war.

„Aber es ist nicht Justins Kind", sagte ich langsam.

„Wer will das behaupten?"

„Ich weiß es, und Oliver weiß es."

„Das wäre euer Wort gegen das meine, und glaubst du wirklich, daß Oliver öffentlich bekanntgeben würde, daß die Witwe seines Onkels einen Bastard gebären wird?"

Ich wußte, daß sie recht hatte. Oliver würde schweigen, koste es, was es wolle, und mich packte eine rasende Wut, nicht meinetwegen, sondern seinetwegen, daß er ein zweites Mal betrogen, gezwungen werden sollte, die zweite Geige nach eines anderen Mannes Sohn zu spielen.

„Und was wird mit Rittmeister Rutland?" fragte ich.

„Was soll werden? Er ist nicht gekommen, wie er versprochen hatte." Ihr Gesicht war wie aus Stein, aber ich ahnte dahinter die Bitterkeit, die grausame Enttäuschung. „Vielleicht hatte er nie beabsichtigt zu kommen." Dann wandte sie sich mit einem leicht spöttischen Lächeln wieder mir zu. „Schau nicht so unglücklich drein, Clarissa. Vielleicht wird es ein Mädchen. Dann kannst du doch noch Lady Aylsham auf Ravensley werden."

Ich wußte nicht, ob sie mich mit Absicht quälte oder nur entschlossen war, ihre Trumpfkarte auszuspielen, aber ich hatte auch eine Waffe. Das Verlangen, sie zu gebrauchen, unwiderruflich zu verletzen, brannte so heftig in mir, daß ich nicht schweigen konnte. Ich stand auf, ging zum Fenster, starrte hinaus und haßte mich selbst für das, was ich zu tun beabsichtigte.

„Alyne", sagte ich, „was hat dir Martha Leigh von sich selbst erzählt?"

„Sehr wenig", sagte sie überrascht. „Aber ich mochte sie. Sie hat mich gebeten, sie zu besuchen, bevor sie nach Italien zurückfährt."

„Hat sie denn nicht gesagt, daß vor dreiundzwanzig Jahren ihre Schwester ein Kind hatte?"

„Nein, warum sollte sie?"

„Und daß diese Schwester, von ihrem Liebhaber verlassen und in größter Verzweiflung, sich ertränkte?"

„Ertränkte?" wiederholte sie und ihre Stimme klang seltsam unsicher. „Was hat das alles mit mir zu tun?"

„Weil sie das Kind nicht mit ertränkte. Es wurde ausgesetzt in der Marsch gefunden."

„Deshalb ist sie also gestorben . . ."

Ich wandte mich nach ihr um und sah, daß sie sehr bleich geworden war. „Warum sagst du das?"

Sie starrte vor sich hin. „Ich habe einmal ihr Grab im Friedhof von Westley gesehen. Sie hatte den gleichen Namen wie ich, da wußte ich es. Es war, als strecke sie ihre Hand nach mir aus. Das meinst du doch? Sie war meine Mutter." Sie fuhr sich wieder mit der Hand über das Gesicht, und ihre Stimme klang verwundert. „Alyne Leigh aus Westley Manor war meine Mutter. Und mein Vater? Wer war mein Vater? Weißt du das auch, Clarissa?"

Ich mußte wegsehen, bevor ich es herausbrachte. Ich konnte die Freude in ihren Augen nicht sterben sehen. „Alyne Leighs Geliebter war Justin Aylsham."

Es dauerte lange, bevor sie leise sagte: „Das glaube ich nicht."

„Ich meine doch, daß du es glaubst." Ich fuhr rasch fort, bevor mich mein Mut verließ. „Und wenn du beabsichtigst, Bulwer Rutlands Sohn an die Stelle zu setzen, die Oliver zusteht, dann werde ich sagen, was ich weiß, dann werde ich jedermann erzählen, daß dein Gatte auch dein Vater war."

„Ich kann es nicht glauben, und ich will es nicht glauben. Es ist eine Lüge, es muß eine Lüge sein."

Ihre Hände verkrampften sich in die Decke, und ich war plötzlich entsetzt über das, was ich getan hatte. Ich war nicht einmal sicher, ob es die Wahrheit war. Niemand konnte sicher sein. Martha Leigh hatte geschwiegen, und ich hatte sie verraten.

„Oliver wird das nie zulassen", flüsterte sie, „nie . . . das weiß ich. Er liebt mich immer noch."

Und das ließ mich wieder hart werden. „Bist du so sicher? Du kannst nicht zurück, Alyne. Alles ist jetzt anders. Oliver hat einen Sohn."

Unsere Blicke begegneten sich, und ich wußte, es würde zwischen uns einen schonungslosen Kampf geben. Dann war ich aus dem Zimmer, lehnte mich gegen die geschlossene Tür und atmete schwer, als wäre ich einen langen Weg gelaufen. Ich brauchte einige Minuten, bevor ich mich zusammenreißen und hinunter zu unseren Gästen gehen konnte.

Von der Gehirnerschütterung war Oliver ein quälendes Kopfweh geblieben. An diesem Abend, nachdem alle gegangen waren, und wir unser Abendbrot gegessen hatten, lag er mit geschlossenen Augen auf dem Sofa, und ich setzte mich auf einen Schemel neben ihn.

Nach einer Weile sagte ich: „Oliver, was wird jetzt mit Alyne geschehen?"

„Warum? Geht es ihr schlechter?"

„Nein, sie erholt sich sehr gut, aber Ende Sommer wird das Kind zur Welt kommen."

Er öffnete die Augen und setzte sich auf. „Ich habe nie gefragt. Vielleicht wollte ich es irgendwie nicht wissen. Wer ist der Vater ihres Kindes?"

„Bulwer Rutland."

Er verzog angeekelt den Mund. „Dieser verdammte Schweinehund! Und er läßt sie allein damit fertigwerden?"

„Nein, anscheinend nicht. Alyne sollte ihn im Schwarzen Hund treffen, aber er ist nicht gekommen."

„Hat sich aller Wahrscheinlichkeit nach gedrückt. Wo steckt er nur jetzt um Himmels willen?"

„Spielt das eine Rolle?"

„Wäre ich nicht hier angehängt, würde ich nach London fahren, den Kerl aufspüren und ihn meine Peitsche fühlen lassen."

„Was würde das nützen?" sagte ich trocken. „Für uns ist etwas anderes wichtiger. Bist du dir klar, daß für alle außer uns ihr Kind Justins Erbe ist?"

Ich erkannte an der Art, wie er die Lippen zusammenpreßte, daß er sich bereits Gedanken darüber gemacht hatte. Er sagte müde: „Damit werden wir uns auseinandersetzen müssen, wenn es so weit ist, so wie ich auch bald einmal Jethro Mitteilung machen muß. Alyne ist Justins Witwe, und ich werde für sie entsprechende Vorkehrungen treffen."

O Gott, dachte ich, soll das ewig so weitergehen? Mußte ich weiterhin ihre Anwesenheit hier im Haus ertragen, während Bulwer Rutlands Sohn als ein Aylsham aufwuchs und vorrangig vor meinem Robert den Titel erbte? Es mußte einen Ausweg geben, unbedingt.

„Oliver", sagte ich, „Martha Leighs Schwester hatte ein Kind, das sie in der Marsch aussetzte, als sie sich ertränkte."

Er sah mich mit gerunzelter Stirn an: „Woher weißt du das?"

„Von Martha Leigh selbst."

„Und Justin war ihr Liebhaber, das meinst du doch? Wußte er von dem Kind?"

„Sie hat es ihm in jener Nacht gesagt, bevor er auf die Suche nach Alyne gegangen ist."

„Mein Gott, was für eine Hölle muß er durchgemacht haben. Vielleicht hatte er es deshalb getan. Vielleicht wollte er nicht länger leben." Er stand auf und ging unruhig auf und ab. „Ich glaube es nicht. Warum sollte Alyne dieses Kind sein? Es ist mehr als ein Baby in der Marsch ausgesetzt worden."

Aber ich bohrte weiter. „Glaubst du, daß deine Mutter von Alyne gesprochen hat, als sie zu ihm nach Indien kam?"

Er wandte sich nach mir um. „Willst du ihn unbedingt zu einem

Scheusal stempeln? Er wußte am ersten Tag seiner Ankunft nichts von ihr. Ich erinnere mich, wie überrascht er war und wie er sie damals ansah."

Plötzlich wußte ich, daß er recht hatte, wußte es aus der Art, wie ich selbst fühlte. Wenn Olivers Mutter je den Verdacht gehabt hatte, daß das Kind, das ihr Gatte ins Haus nahm, von ihrem Liebhaber stammte, würde sie dieses Wissen eifersüchtig im Herzen gehütet und ihm nie zugegeben haben, daß sie es wußte.

„Du hast doch zu niemandem davon gesprochen, Clarissa?"

„Nein . . ."

„Dann vergiß es ein für allemal. Ich will damit nichts zu tun haben, verstehst du?"

„Wie du meinst", erwiderte ich und betete, daß er nie erfahren möge, wie unbarmherzig ich meine Kenntnis an diesem Nachmittag gebraucht hatte.

Einige Tage lang kam die Sache zwischen Alyne und mir nicht mehr zur Sprache, obwohl ich es manchmal, wenn ich sie ansah, schwer fand, bittere Worte hinunterzuschlucken.

Die Überschwemmung war so schwer und hatte so viel Land überflutet, daß wir in Ravensley noch immer weitgehend isoliert waren. Die Postkutschen kamen nicht durch, so daß wir von allen Nachrichten abgeschnitten waren, und unser erster Besucher aus London war Harry, der eines Abends unerwartet auf einem abgehetzten Pferd eintraf. Beide waren von oben bis unten mit Kot bespritzt.

„Gott sei Dank seid ihr alle heil", rief er, als er in seinem nassen Mantel und schmutzigen Hosen ins Wohnzimmer kam. „Ich war zuerst in Thatchers, und das Herz ist mir in die Hosen gerutscht, als ich den schrecklichen Zustand gesehen habe, in dem es sich befindet, und dann bin ich nach Copthorne geritten. Tante Jess hat mir gesagt, daß ihr hier seid."

„Wie um alles in der Welt bist du durchgekommen?"

„Mein Pferd ist zweimal gestürzt und hat mich abgeworfen, aber wir haben es geschafft. O Clary, wie froh bin ich, dich zu sehen!"

Ich hätte nie gedacht, daß Harry sich solche Sorgen machen würde, und schwankte zwischen Weinen und Lachen, als er mich an sich drückte. Er schüttelte Oliver die Hand, strahlte Cherry an und küßte sie impulsiv auf die Wange, bevor sie protestieren konnte. Dann wandte er sich linkisch an Alyne.

„Mein Vater hat mir von Lord Aylshams Tod berichtet. Es muß für

Sie ein großer Schmerz gewesen sein."

„Sie brauchen sich nicht zuviel Gedanken zu machen, Harry", sagte sie gelassen. „Ich gewöhne mich allmählich daran, eine Witwe zu sein."

Er sah verwirrt aus, daher sagte ich eilig: „Bist du hungrig? Hast du was gegessen?"

„Nein, nichts, fällt mir gerade ein. Den ganzen Tag keinen Bissen. Ich wollte keine Zeit vergeuden, nur schnell her."

„Komm und zieh die nassen Sachen aus, und Annie wird dir was zum Essen bringen."

Später am Abend, als wir alle ruhig beisammen saßen und über das Geschehene sprachen, sagte Harry: „Ich beneide euch nicht um die Aufräumungsarbeiten. Es wird lange brauchen, bis das Land wieder zu etwas zu gebrauchen ist."

„Wenigstens sechs Monate", erwiderte Oliver. „Und da ist noch ein anderes Problem. Ich habe versucht, Mr. Gwilliam Nachricht zu geben. Er ist der Rechtsberater der Aylshams und verwahrt das Testament meines Onkels wie auch die Verträge mit Joshua Rutland, aber vermutlich hat sie ihn noch nicht erreicht. Sobald ich mich hier freimachen kann, werde ich selbst nach London reiten müssen."

„Ich kann mir nicht vorstellen, daß sich Josh Rutland zur Zeit viel um geschäftliche Dinge kümmert", sagte Harry düster.

„Warum?" fragte ich. „Ist er erkrankt?"

Er sah uns der Reihe nach an. „Ihr könnt es natürlich noch nicht gehört haben, so abgeschnitten, wie ihr wart. Die endgültige Bestätigung kam erst kurz bevor ich London verließ. Es handelt sich um Bulwer."

„Was ist mit Rittmeister Rutland?"

„Er ist tot."

Der Schock ließ uns für einen Augenblick verstummen. Dann stand Alyne auf. Sie sah in ihrem schwarzen Kleid sehr hinfällig aus. „Wie ist er gestorben?" fragte sie. „Wie? Ich muß es wissen."

„Er ist ertrunken."

„Ertrunken?" wiederholte Oliver. „Um Himmels willen, wie konnte das geschehen?"

„Ich weiß nicht, was ihn veranlaßt hat", erwiderte Harry ein wenig zögernd, „nur, daß er London in großer Eile verlassen hat. Er war auf dem Weg nach hier und ist wie immer gefahren, als wäre der Teufel hinter ihm her. Er muß in diese verdammte Flut geraten sein. Der Wagen ist umgestürzt und in die Brüche gegangen. Er hat nicht die Spur einer Chance gehabt."

„Armer Teufel!"

Alyne stand mit gefalteten Händen steif da. „Mein Gott", flüsterte sie, „ich wußte es nicht. Ich dachte . . . ich dachte, er kümmere sich nicht . . ."

Ich ging rasch zu ihr und legte ihr die Hand auf den Arm. „Ist dir nicht wohl?"

„Mach dir keine Sorgen." Sie ließ sich wieder auf das Sofa sinken. „Sprich weiter, Harry, bitte."

Er sah sie neugierig an. „Ich wollte Sie nicht aufregen. Ich hatte vergessen, wie gut Sie ihn gekannt haben müssen. Ich meine, er ist damals mit seinem gebrochenen Bein eine ganze Weile in Ravensley gewesen. Es war so ein gräßliches Mißgeschick, und daß es ausgerechnet Bulwer passieren mußte!"

„Hat Rittmeister Rutland gesagt, warum er herkommen wollte?" fragte Cherry ungeachtet meines warnenden Blickes.

„Nein. Er hat zwar in der Offiziersmesse davon gesprochen, seinen Abschied zu nehmen und ins Ausland zu ziehen, hat aber nie verraten, warum, und war verdammt zugeknöpft, wenn wir ihn deshalb bedrängt haben", schwatzte Harry weiter. „Wir haben alle gedacht, da steckt eine Frau dahinter und sie hat ihn vor die Wahl gestellt, entweder oder – nicht gesellschaftsfähig natürlich, aber Bulwer war nie sehr heikel, was Frauen betraf . . ."

„Ist es nicht traurig genug, daß er tot ist? Müssen Sie immer weiter über ihn reden?" rief Alyne plötzlich, so daß Harry betreten aufschaute. Dann stand sie auf. „Tut mir leid . . . entschuldigen Sie bitte. Ich bin wohl etwas müde . . . Darf ich mich zurückziehen?"

Sie verließ rasch das Zimmer, aber wir sahen alle noch die Tränen über ihr Gesicht laufen. Harry schloß die Türe hinter ihr.

„Mein Gott, da schwatze ich fort und fort. Ich hätte mehr Takt haben sollen, besonders so bald nach Lord Aylshams Tod."

„Es ist nicht nur das", sagte ich. „Sie hat selbst viel Schlimmes erlebt. Die Flut hat sie erreicht, und sie hätte ertrinken können, wäre Oliver nicht rechtzeitig gekommen. Sie hat sich davon noch nicht ganz erholt."

„Du lieber Himmel, das macht es noch schlimmer. Was war ich doch für ein Idiot! Warum seid ihr mir nicht ins Wort gefallen?"

„Du konntest es nicht wissen", sagte Oliver und wechselte unvermittelt das Thema. „Ich glaube, wir haben jetzt genug über unsere Sorgen gesprochen. Was ist, Harry, hast du weiter über deine eigene Zukunft nachgedacht?"

„Hin und wieder", erwiderte er mit einem Seitenblick auf Cherry. „Ich wäre froh, wenn du mich beraten könntest, solange ich hier bin."

Den ganzen Abend sprachen wir mit Absicht von anderen Dingen. Ich vermutete, daß Harry die Wahrheit ahnte, hielt es aber für besser zu schweigen. Nicht, daß ich meinem jungen Bruder nicht getraut hätte, aber er konnte indiskret sein, und Oliver wäre es nicht recht gewesen, wenn der Name Aylsham unter seinen Kameraden in der Offiziersmesse herumgetragen wurde. Immerhin hatte er uns die mit Alyne zusammenhängenden Probleme deutlich zum Bewußtsein gebracht, und was sich ein paar Tage später, nachdem Harry nach London zurückgeritten war, ereignete, ließ sie uns noch viel stärker empfinden.

Es war an einem strahlenden Morgen. Wir waren nach so viel grauem Himmel und Regen dankbar für die Sonne, gingen ein wenig im Garten spazieren. Wenn Alyne ihrem Liebhaber nachtrauerte, so zeigte sie es uns nicht. Nachdem Harry uns die Nachricht gebracht hatte, war sie für einen Tag in ihrem Zimmer geblieben, aber nun kam sie wieder herunter, bleich, aber durchaus gefaßt.

Die Luft war eisig, aber wir waren warm angezogen, und es roch nach Frühling. Narzissen sprossen bereits aus ihren grünen Blättern, und unter der Hecke begannen Schlüsselblumen zu blühen. Oliver, der auf sein Pferd wartete, deutete über die Marsch, wo das zurückweichende Wasser einen dicken schlammigen Bodensatz zurückgelassen hatte.

„Gott allein weiß, wann wir so weit sein werden, mit der Frühjahrssaat zu beginnen. Will Burton macht sich schreckliche Sorgen deshalb."

Dann kam der Stallmeister über den Rasen gelaufen. „Jack Moysey ist da, Mylord, und möchte Sie dringend sprechen."

„Das wird etwas mit den Dampfpumpen zu tun haben. Sie haben versucht, sie wieder in Gang zu bringen. Entschuldige mich, meine Liebe, ich sollte mich lieber auf den Weg machen."

„Er sagt, die Ingenieure wissen nicht recht weiter, Mylord, mit dem ganzen Schlamm in den Maschinen. Sie sollen so schnell als möglich hinkommen", fuhr der Mann fort, während sie zusammen fortgingen.

Ich sah Alyne die Stirn runzeln, aber sie sagte nichts. Ich hatte wohl gemerkt, daß sich die ganze Zeit alle, die im Gut arbeiteten, instinktiv an Oliver gewandt hatten. Es war fast, als wäre die Anwesenheit seines Onkels hier nur ein Zwischenspiel gewesen, und nun kehrten sie dankbar zu dem Mann zurück, dem sie vertrauten. Im Haus war es dasselbe. Die Dienerschaft kam zu mir oder Oliver um Anweisungen, obwohl ich mich, sobald Alyne auf war, bemühte, sie an sie zu verweisen. Die Tatsache, daß wir in Ravensley bleiben mußten, weil Thatchers noch immer unbewohnbar war, machte es noch schlimmer. Ich hatte gelegentlich ein ernstes Wort mit Annie Pearce gesprochen, aber sie hatte nur die Lippen verzogen und mit den Achseln gezuckt.

„Ich habe Miß Alyne nie als meine Herrin angesehen und werde es auch nicht", sagte sie widerspenstig.

Seit Tagen hatte ich einen Ausbruch erwartet, und in dieser Nacht war es so weit. Cherry verbrachte den Abend mit Papa und Tante Jess. Oliver arbeitete in der Bibliothek und kam ziemlich spät mit einem Brief in der Hand in den Salon.

„Endlich habe ich Nachricht von Gwilliam. Berkeley hat die Post von Cambridge geholt und sie mir geschickt. Er schreibt, daß er in ein paar Tagen bei uns zu sein hofft. Ich werde erleichtert sein, wenn ich weiß, wo wir stehen."

„Nimmst du nicht eher zuviel auf dich?" fragte Alyne ruhig. „Du bist doch noch nicht Lord Aylsham."

Ich war sicher, daß Oliver daran kaum gedacht hatte. Die Verantwortung war zu schwer gewesen, und es hatte so viel zu tun gegeben. Jetzt wandte er sich ihr zu und sah sie an.

„Tut mir leid, wenn es diesen Anschein gehabt hat. Ich wollte dir lediglich die Last von den Schultern nehmen, solange du krank warst."

„Das weiß ich und bin dir dankbar, aber nun geht es mir wieder gut, und ich bin schließlich Justins Witwe, und dies ist mein Haus."

Das traf mich an meinem empfindlichsten Punkt. Ich sagte rasch: „Willst du, daß wir ausziehen?"

„Das wird leider kaum möglich sein", erwiderte sie sanft, „bei dem Zustand, in dem Thatchers ist. Aber ich meine, Oliver sollte die Dienerschaft darauf aufmerksam machen, daß im Augenblick niemand ein Anrecht auf Ravensley oder den Titel hat."

„Wenn die Männer mich falsch angesprochen haben, tut es mir leid. Es schien unter den Umständen nicht wichtig, aber wenn es dich kränkt, werde ich es ihnen sagen."

„Vielleicht hast du auch vergessen, daß mein Kind, wenn es ein Sohn ist, Lord Aylsham auf Ravensley sein wird und nicht du."

Oliver hatte sich gebückt, um ein neues Scheit auf das Feuer zu legen, und richtete sich auf, bevor er antwortete. Ich wartete atemlos, denn plötzlich war diese Frage zwischen ihnen aktuell geworden, und ich fühlte, daß ich mich nicht einmischen sollte.

„Ich glaube, daß eher du etwas vergessen hast", sagte er schließlich. „Nach deiner eigenen Feststellung kann der Vater deines Kindes einer von einem halben Dutzend sein."

Sie errötete leicht, erwiderte aber mit fester Stimme: „Als ich das gesagt habe, war ich verstört, wie von Sinnen, du mußt das doch gemerkt haben."

„Da bin ich nicht so sicher. Ich weiß, du wolltest Justin verletzen, aber ich habe dir geglaubt, ebenso er und auch Clarissa."

Mir schien, daß seine Haltung sie überraschte. „Was immer du glaubst, du kannst es nicht beweisen."

„Vielleicht nicht, aber da ist noch etwas anderes zu bedenken. Würde Rittmeister Rutland gewünscht haben, daß sein Sohn als Lügner und Betrüger aufwächst und sich mit einem Titel und einem Namen schmückt, der ihm nicht zusteht?"

„Bulwer ist tot", erwiderte sie, „ich will das Beste für mein Kind und werde es durchsetzen."

„Ich werde es nicht zulassen, Alyne. Ich sage dir schon jetzt ganz offen, ich werde es nicht gestatten, daß Rutlands Kind den Platz einnimmt, der meinem Sohn zusteht."

„Wie willst du es verhindern?" fragte sie mit einem Triumph in der Stimme, der einen rasend machen konnte. „Es ist ein schmutziges Geschäft, in der Vergangenheit zu wühlen, oder willst du Clarissas Drohung wahrmachen, willst du die Geschichte breittreten, daß mein Gatte auch der Liebhaber meiner Mutter war, und den Namen Aylsham in den Schmutz ziehen, daß daraus der Skandal des Jahrhunderts wird?"

Olivers Blick schwenkte kurz zu mir herüber und dann zurück zu Alyne: „Wenn meine Frau das gesagt hat, dann hat sie für Robert gekämpft, so wie ich kämpfen werde."

„Ich bin mir nicht so sicher. Es wird dir unangenehm sein, Oliver. Da wird allerhand Dreck aufgerührt werden, weil ich nicht so leicht nachgebe, und ich werde gewinnen, verlaß dich darauf, als hilflose Witwe, dem habgierigen Neffen ihres Gatten ausgeliefert." Dann zuckte sie die Achseln. „Vielleicht wird es nie dazu kommen. Vielleicht wird das Kind ein Mädchen sein. Du wirst gegen eine Miss Aylsham auf Ravensley doch wohl nichts einzuwenden haben. Es ist ein Hassardspiel. Dein Vater würde es zu schätzen wissen, Clarissa. Ich rate euch, es sehr sorgfältig zu überlegen, allen beiden."

Dann verließ sie uns mit einem unergründlichen leisen Lächeln, und innerhalb weniger Minuten lagen Oliver und ich in bitterem Streit miteinander, was unsinnig war, denn zum ersten Mal hatte er ihr alles das ins Gesicht gesagt, was ich erhofft hatte. Vielleicht war unsere Müdigkeit und Überarbeitung schuld, daß uns die Nerven so leicht durchgingen.

Es begann ganz ruhig. Ich sagte nur: „Wenn du es für besser hältst,

Oliver, könnten wir bei Tante Jess und Papa wohnen. Ich weiß, wir wären ein wenig beengt, mit Patty und Jenny und dem Kind, und es fragt sich, was Cherry tun wird . . ."

„Ich werde nichts dergleichen tun", sagte er schroff. „Ravensley ist groß genug, das weiß der Himmel, und ich habe hier ebenso viel Rechte wie Alyne. Außerdem weiß jeder, wo er mich finden kann, und es ist um etliches bequemer, als in Copthorne zu leben."

„Aber wenn uns Alyne nicht hier haben will?"

„Zum Teufel mit Alyne und ihren Launen! Damit muß sie sich abfinden."

„Gut und schön, wenn du es sagst, aber ich muß den ganzen Tag mit ihr beisammen sein, und von jetzt an wird es vermutlich viel schwieriger werden."

„Ich sehe nicht ein, warum. Der Haushalt läuft doch mehr oder weniger von selbst, und da ist noch etwas anderes." Er wandte sich mir mit gerunzelter Stirn zu. „Warum um alles in der Welt hast du ihr mit der Geschichte über Justin und die Leighs gedroht? Ich dachte, wir wären übereingekommen, es nicht zu erwähnen. Martha Leigh hat taktvoll geschwiegen. Konntest du das nicht auch? Wenn die Dienerschaft davon hört, weißt du ebenso gut wie ich, was dann geschieht. Dann wird es einen Haufen wilder Gerüchte ringsum geben. Die Lage ist schlimm genug, auch ohne einen solchen Makel auf dem Familiennamen."

„Sie hat mich wütend gemacht", verteidigte ich mich. „Sie hat damit geprahlt, was sie uns antun könne."

„Glaubst du wirklich, ich würde von so einer ekelhaften Geschichte Gebrauch machen, selbst wenn ich zehnmal von ihrer Wahrheit überzeugt wäre?"

„Ich habe nur an dich gedacht."

„Mein Gott, du solltest mich mittlerweile besser kennen! Ich würde lieber für den Rest meiner Tage bittere Not leiden, als meine Hände mit einem so abscheulichen Skandal beschmutzen! Was immer Justin getan hat, ich habe weiß Gott nichts für ihn übrig, aber er ist jetzt tot und ebenso das Mädchen, das er entehrt hatte. Das ist vergangen und vorbei, und jedenfalls ist es nicht Alynes Schuld. Man kann ihr nichts vorwerfen."

Das brachte mich auf. „Es ist mit dir immer das gleiche. Du denkst nur an Alyne, immer an Alyne. Sie darf nicht gekränkt werden; sie muß vor allem beschützt werden, sogar vor ihrer eigenen Torheit. Soll sie doch liegen, wie sie sich gebettet hat. Sie hat Justin zur Eifersucht getrieben, bis er nahezu verrückt wurde; sie hat sich Bulwer Rutland zum Geliebten genommen, jetzt trägt sie ein Kind von ihm, und das ist dir wichtiger als dein eigener Sohn. Papa hatte recht, als er sagte, ich sei verrückt, einen Mann zu heiraten, für den ich immer nur ein Ersatz sein würde."

„Der Teufel soll deinen Vater holen! Ohne mich wäre er im Schuldturm gestorben, und wenn Joshua Rutland sein Darlehen zurückverlangt, und jetzt, wo sein Sohn tot ist, weiß der Himmel, ob er das nicht tun wird, dann ende ich vielleicht auch dort."

„Glaubst du, ich bin mir nicht bewußt, daß ich mein ganzes Leben in deiner Schuld stehen werde?"

„Oh, zur Hölle damit!" rief er heftig. „Ich habe es nie bedauert und werde es auch nicht. Lassen wir das doch ein für allemal aus dem Spiel."

Aber ich konnte mich nicht bremsen. Es war schon zu lange aufgestaut. So warfen wir einander weiter häßliche Worte an den Kopf, bis ich es nicht länger ertragen konnte. Ich sagte: „Wenn du das denkst, dann nehme ich Robert und Patty und gehe allein nach Copthorne. Das wird dir jede Freiheit geben, die Sache mit Alyne nach deinem Gutdünken zu regeln."

Bevor er mich aufhalten konnte, lief ich aus dem Zimmer und die Treppe hinauf zu meinem Kind. Dort war es ruhig. Eine abgedunkelte Lampe brannte, und Patty döste am Feuer. Als ich hereinkam, schaute sie auf.

„Ist etwas passiert?"

„Nein, alles in Ordnung", sagte ich. „Regen Sie sich nicht auf, ich wollte nur nach dem Kind sehen."

„Es schläft, Mylady."

„Ich bin nicht Mylady, Patty. Denken Sie doch daran."

„Entschuldigen Sie, Madam. Es kommt mir einfach so auf die Lippen."

Ich sah auf Robert hinunter. Er lag da so zufrieden, die Arme über dem Kopf, die kleinen Fäuste geballt. Er sah Oliver so sehr ähnlich, daß mir nach Weinen zumute war, aber ich war fest entschlossen. Ich stopfte die Decke rings um ihn fest, beugte mich herab und küßte ihn, bevor ich sagte: „Sie können morgen früh mit dem Packen beginnen, Patty. Wir fahren nach Copthorne."

Sie schaute überrascht auf. „Kommt der Herr mit uns?"

„Nein, er hat hier zuviel zu tun. Ich möchte Mittag schon dort sein."

„Sollten wir nicht warten, bis wir Miss Cavendish verständigt haben, Madam? Prue wird sehr unzufrieden sein."

„Um Himmels willen", rief ich, „werden Sie endlich tun, was ich sage, und aufhören, mir zu widersprechen?"

„Tut mir leid, Madam, ich habe nur gedacht . . ."

„Schon gut, Patty", unterbrach sie Oliver. „Sie brauchen sich keine
Sorgen zu machen. Niemand von uns geht nach Copthorne."

Er mußte leise hinter mir hereingekommen sein. Ich wandte mich
um, die Nerven gingen mir wieder durch. „Es ist mir gleich, was du
tust, ich jedenfalls fahre morgen von hier fort."

„Du wirst nichts dergleichen tun. Jetzt komm schon, meine Liebe,
es ist sehr spät. Patty muß ins Bett, und ich auch."

Er zog mich fest am Arm mit, und ich konnte vor dem Kindermädchen nicht mit ihm streiten. Sie musterte uns bereits mit neugierigen
Blicken. Ich ging mit ihm in unser Schlafzimmer, aber dort schüttelte
ich seinen Griff ab.

„Ich verlasse dich, Oliver. Du kannst mich nicht zurückhalten."

„Doch, das kann ich." Er schloß ruhig die Türe hinter sich.

„Wie? Hast du die Absicht, mich einzusperren?"

„Keineswegs. Zuerst appelliere ich an deine Vernunft . . ."

„Ich habe es satt, vernünftig und geduldig und nachsichtig zu sein",
sagte ich heftig, „damit habe ich nichts erreicht", und damit kehrte ich
ihm den Rücken, damit er nicht die Tränen sah, die ich nicht zurückhalten konnte.

„Zweitens", fuhr er ruhig fort, „bist du meine Frau und wirst es bleiben, weil ich dich brauche und nicht von dir getrennt sein möchte,
selbst nicht auf eine so kurze Entfernung wie nach Copthorne."

„Das ist überhaupt kein Grund", sagte ich mit erstickter Stimme,
und er trat hinter mich und legte mir die Arme um die Hüften.

„Ich hätte gedacht, es wäre der beste von allen. Ich bedaure das, was
ich dir unten gesagt habe, aber ich empfinde diese ganze Geschichte
ebenso quälend und schmerzlich wie du. Clarissa, wann wirst du endlich aufhören, so dumm eifersüchtig auf Alyne zu sein?"

„Ich wollte, ich könnte es", flüsterte ich, „aber sie ist so schön, und
du hast sie so sehr geliebt . . ."

„Das ist lange her, und ich habe mich geändert, genau wie sie. Und
außerdem", er drehte mich zu sich herum, „obwohl du dich so sehr
bemühst, es nicht zu glauben, du bist auch schön."

„Nicht so wie sie . . ."

„So wahr mir Gott helfe, ich will keine zweite wie sie! Ich will dich.
Ich weiß, ich habe mich seit Justins Tod wie ein gereizter Bär aufge-
führt", lächelte er, „sogar wie ein sehr gereizter . . . Du mußt mit mir
Geduld haben, Liebe. Ich muß beruhigt und gestreichelt werden."

„O Oliver . . ."

„So ist es besser, so habe ich dich gern." Er begann, mein Kleid aufzuhaken, und beugte sich herab, um meine Brust zu küssen. „Siehst du, ich habe dich sehr lieb . . .“

„Ehrlich?“

„Ehrlich. Dich und keine andere. Glaubst du es mir jetzt?“

„Ich muß wohl.“

„Gut.“

Er zog mich enger an sich. Wir waren seit Roberts Geburt nicht mehr zusammen gekommen, zuerst, weil ich so schwach war, und dann, weil die Überschwemmung soviel Spannung und Mühsal gebracht hatte, so daß wir sehr danach verlangten und es nach der langen Pause um so schöner war. In dieser Nacht wußte ich, daß er mein war, mir gehörte wie nie zuvor, und was immer die Zukunft brachte, wir würden es gemeinsam überstehen.

Mr. Gwilliam kam zwei Tage später an. Ich hatte ihn mir irgendwie als dürren trockenen Mann vorgestellt, aber es stellte sich heraus, daß er dick und rosig war, fast völlig kahl und mit klugen grauen Augen hinter dicken Brillengläsern. Er kannte Oliver natürlich gut und beugte sich tief über Alynes Hand.

„So eine unerwartete Tragödie“, sagte er. „Die Nachricht traf mich sehr schmerzlich. Was veranlaßte Lord Aylsham zu so einem schrecklichen Wagnis?“

„Wir waren alle in Gefahr“, sagte Oliver kurz.

„Mein Gatte wäre beinahe selbst ums Leben gekommen, als er versuchte, seinen Onkel zu retten“, warf ich rasch ein.

„Ich habe davon gehört. Es muß ein entsetzliches Erlebnis gewesen sein. Ich habe einige der Schäden während meiner Fahrt hierher gesehen und fürchte sehr, daß ihre Beseitigung sehr lange dauern wird.“ Er schaute Oliver fragend an. „Könnte ich vielleicht ein paar Worte mit Ihnen sprechen, Mr. Aylsham, bevor wir zur Sache kommen?“

„Ich sehe nicht ein warum“, unterbrach Alyne. „Sicherlich betrifft das Testament von Lord Aylsham doch hauptsächlich mich.“

„Und Mr. Aylsham auch“, bemerkte der Anwalt trocken. „Er ist schließlich der Erbe des Titels.“

„Nicht wenn . . .“

Aber Oliver mischte sich ein, bevor Alyne mehr sagen konnte. „Vielleicht wäre es am besten, gleich zu beginnen, Mr. Gwilliam, falls Sie von der Fahrt nicht zu ermüdet sind. Darf ich Ihnen erst eine kleine Erfrischung anbieten?“

„Vielen Dank. Ein Glas Sherry wäre mir sehr angenehm.“

Es lag etwas Unheilverkündendes in seinem Gehaben, das uns in größte Spannung versetzte, aber er ließ sich Zeit, nippte an seinem

Sherry und breitete die Papiere aus seiner Ledertasche mit lähmender Langsamkeit vor sich aus. Dann schaute er uns der Reihe nach über seine Brillengläser hinweg an.

„Das sind ein oder zwei Legate für die Diener. Genaugenommen sollten sie anwesend sein." Er sah in seinen Papieren nach. „Insbesondere für Miss Annie Pearce und Lord Aylshams indischen Kammerdiener Ram Lall. Dann noch für Jethro Aylsham, den außerehelichen Sohn des Verstorbenen."

„Jethro ist im Internat, und ich habe es für das beste gehalten, ihn nicht nach Hause zu holen."

„Ich verstehe, Mr. Aylsham, und er ist natürlich minderjährig."

„Können wir das nicht endlich erledigen?" fragte Alyne ungeduldig.

Die Dienerschaft wurde zusammengerufen und kam, angeführt von Annie und Ram Lall. Sie setzten sich bei der Türe dicht nebeneinander. Es war in gewissem Sinn amüsant, wie sie nach Justins Tod den unglücklichen Inder unter ihre Fittiche genommen hatten. Mr. Gwilliam rückte seine Brille zurecht und griff nach der Urkunde. Der erste Teil des Testaments enthielt nichts Erwähnenswertes. Der Titel und das Gut gingen an den nächsten männlichen Verwandten über, in diesem Fall an Oliver, wenn nicht . . . Hier schaute Mr. Gwilliam für einen Augenblick Alyne an, und ich fragte mich, ob er etwas merkte. Selbst jetzt war ihre Schwangerschaft für jene, die sie nicht gut kannten, nicht erkennbar. Ich erwartete, daß sie ihn unterbrechen werde, aber sie sagte nichts, und er fuhr geläufig im formellen Ton des Juristen fort. Da war eine Verfügung für Jethros Ausbildung, ein kleines Legat für Annie Pearce, ein größeres für Ram Lall und ein Leibgedinge für seine Frau. Es war niedriger, als ich erwartet hatte, und ich sah, wie sich Alynes Gesicht rötete.

„Lord Aylsham hat einen großen Teil seines privaten Vermögens im Gut investiert", murmelte Mr. Gwilliam fast entschuldigend, „und dieses ist, wie ich fürchte, stark mit Schulden belastet, aber er nahm zweifellos an, daß sich sein Neffe um die Unterbringung und Versorgung seiner Witwe kümmern würde."

Er machte eine Pause, und Oliver fragte: „Ist das alles?"

„Nein, nicht ganz. Lord Aylsham hat mich zu Beginn des Jahres aufgesucht und einen Nachtrag hinzugefügt."

Alyne schaute auf, und Oliver sagte: „Einen Augenblick, Mr. Gwilliam, ich glaube, wir brauchen die Dienerschaft nicht länger." Er entließ sie mit einer Handbewegung. „Vielen Dank. Sie können jetzt gehen. Annie, veranlassen Sie bitte, daß das Zimmer für Mr. Gwilliam bereit gemacht wird. Er bleibt heute nacht hier."

„Ich danke Ihnen, Mylord. Das ist sehr freundlich von Ihnen."

Als die Tür geschlossen wurde, stand Alyne auf. „Bevor wir fortfahren, Mr. Gwilliam, glaube ich, sollten Sie wissen, daß ich ein Kind erwarte."

„Tatsächlich?" Der Blick des Anwalts blieb auf seine Papiere geheftet. „Ich habe es nicht gewußt, und Lord Aylsham hat nichts davon gesagt."

„Er wußte es nicht, aber macht das einen Unterschied?"

„Das könnte es unter gewissen Umständen." Mr. Gwilliam zog ein seidenes Taschentuch hervor und begann seine Gläser zu putzen.

Alyne setzte sich wieder, und Oliver sagte: „Vielleicht sollten Sie uns jetzt lieber den Rest mitteilen."

Mr. Gwilliam warf ihm einen flehenden Blick zu. „Glauben Sie mir, Mylord, ich habe versucht, ihn zu überreden. Es war höchst ungewöhnlich, aber er ließ sich nicht davon abbringen."

„Um Himmels willen", rief Alyne gereizt. „Wie lange sollen wir noch warten? Was steht in dem Nachtrag?"

Der Anwalt setzte seine Brille wieder auf und griff nach dem Dokument. Mit staubtrockenen Worten erklärte Justin vor aller Welt, daß er ein Kind, das von seiner Frau Alyne, Lady Aylsham, geboren würde, enterbe, da aus Gründen, die hier nicht erörtert werden müßten, ihre Ehe unvollzogen geblieben sei.

Es lag eine Bosheit darin, die nur bitterster und quälendster Eifersucht entsprungen sein konnte, und sie ließ uns alle für einen Augenblick verstummen. Dann sprang Alyne auf.

„Wie kann er wagen, so etwas zu behaupten? Wie kann er das? Er hat mich enterbt. Er hat Schande über mich gebracht."

„Glauben Sie mir, Mylady, ich habe diesen Nachtrag nicht gerne aufgenommen."

„Er kann nicht bei Sinnen gewesen sein."

„Nein, so war es nicht. Ich muß leider sagen, daß er vollkommen klar war."

„Wann hat er das veranlaßt?"

„Nicht lange vor dieser unglücklichen Überflutung. In der letzten Februarwoche."

Ich schaute zu Alyne hinüber. Es war länger als ein Monat später, als sie mir gesagt hatte, sie sei schwanger, so daß er es vielleicht vermutet und entsprechende Vorkehrungen getroffen hatte, wenn auch in der Hoffnung, daß er sich entgegen aller Erwartung geirrt habe. Wie widersprüchlich doch unsere Gefühle sind! Ich glaubte Alyne zu hassen, aber in diesem Augenblick, obgleich damit die Entscheidung endgültig zugunsten Olivers gefallen war, tat sie mir außerordentlich leid. Schweigend und würdevoll ging sie mit hocherhobenem Kopf aus dem Zimmer.

„Höchst bedauerlich", murmelte Mr. Gwilliam, „noch schlimmer, als ich es mir vorgestellt habe. Deshalb wollte ich ja vorher mit Ihnen sprechen, Mylord. Wir hätten vielleicht einen Weg gefunden, es für sie nicht so schwer zu machen."

„Sie hätte es auf jeden Fall erfahren müssen. Ich wäre Ihnen sehr verpflichtet, wenn Sie darüber schweigen würden."

„Selbstverständlich", erwiderte Mr. Gwilliam schockiert. „Familienstreitigkeiten hält man am besten geheim."

„Ich werde dafür sorgen, daß ihr nichts abgeht", fuhr Oliver fort.

„Natürlich, dessen bin ich ganz sicher."

Cherry hatte die ganze Zeit nur still zugehört, aber sobald sich Mr. Gwilliam in sein Zimmer zurückgezogen hatte, um sich vor dem Abendessen noch etwas auszuruhen, sprang sie auf.

„Ich bin so froh. Onkel Justin muß erkannt haben, was sie für ein Biest ist."

Oliver fuhr sie scharf an. „Jemanden, der am Boden liegt, schlägt man nicht auch noch, Cherry. Ohne die Gnade Gottes hättest du in einer ähnlichen Lage sein können."

„Ich wäre stolz gewesen, von Jake ein Kind zu tragen", gab seine Schwester zurück. „Ich hätte nie gelogen, wie sie euch alle belügen wollte. Oh, ich weiß alles darüber, obwohl du und Clarissa es vor mir geheimhalten wolltet. Und ich weiß sehr genau, was geschehen wäre. Du hättest ihr klein beigegeben, du mit deinem weichen Herzen", und sie schlang ihre Arme um Olivers Nacken, „und jetzt kannst du das nicht. Diesmal hat sich Onkel Justin, ohne es zu wissen, als dein Freund erwiesen."

„Du sagst aber niemanden etwas davon, Cherry."

„Natürlich nicht, Dummkopf, aber es macht doch einen gewaltigen Unterschied!"

„Nun laß das, Kleine. Bitte denk daran, daß ich jetzt dein Vormund bin und du in Zukunft das zu tun hast, was ich dir sage."

„Heißt das, daß ich im Dorf keine Schule eröffnen darf, wenn ich möchte?"

„Mein Gott, wo ist diese Idee bloß wieder her?"

„Ich überlege mir das schon eine ganze Weile. Ich habe es sogar mit Harry besprochen, als er hier war, und er hält es für einen glänzenden Gedanken."

„O wirklich? Nun, ich nicht. Das ist doch Unsinn."

„Ich habe nur so lange warten müssen, bis ich ganz sicher war, daß du Lord Aylsham bist, denn dann brauchst du Thatchers nicht mehr und kannst es mir überlassen."

„Das habt ihr also zwischen euch ausgeheckt. Hast du was davon gewußt, Clarissa?"

„Kein Wort."

„Wirst du also?"

„Was?"

„Mir Thatchers für eine Schule überlassen?"

„Ich weiß nicht . . ."

„Vielleicht kann Harry rauskommen und hier leben, wenn er nicht mehr Soldat sein will . . ."

„Nun mach aber einen Punkt!" Er lachte und gab ihr einen Klaps auf den Po. „Es wird noch eine gute Weile dauern, bevor ich eine Entscheidung dieser Art treffen kann."

Für einen Augenblick hatte Cherrys unbezähmbare Begeisterung unsere trübe Stimmung aufgelockert, aber es wurde kein sehr gemütlicher Abend. Alyne kam nicht wieder herunter, und Oliver verschwand gleich nach dem Essen mit Mr. Gwilliam in der Bibliothek, um Geschäftliches zu besprechen. Cherry plapperte glücklich über allerhand Pläne, während wir bei unserer Stickerei saßen, und ich beschäftigte mich mit dem unangenehmen Gedanken, daß wir zwar in gewissem Sinn erreicht hatten, was ich mir für Oliver wünschte, daß aber die Frage von Alynes Zukunft noch ungelöst geblieben war.

Es war erstaunlich, wie rasch sich das Gerücht verbreitete. Obgleich keiner von uns einen Ton über Justin und Alyne sagte, hatte die Dienerschaft irgendwie Wind davon bekommen und Andeutungen eines höchst unerfreulichen Skandals gelangten in verstümmelter Form zu unserer Kenntnis. Selbst Sir Peter Berkeley spielte diskret darauf an, als er eines Tages kam, um über die Überschwemmung zu sprechen.

„Es ist einfach teuflisch", sagte Oliver später zu mir. „Ich wußte nicht, was ich sagen soll. Wir müssen dem irgendwie Einhalt gebieten."

„Ich sehe nicht wie. Der Dienerschaft einen Verweis zu erteilen und zu verbieten, darüber zu sprechen, wühlt die Sache nur noch mehr auf."

Dann, an einem Sonntag, als wir zur Kirche gingen, gab es einen öffentlichen Skandal. Ein paar Dorfburschen, jugendliche Radaubrüder, grinsten und riefen Alyne Zoten nach, als wir zu unserem Wagen gingen. Sie liefen davon, als sich Oliver ärgerlich nach ihnen umwandte, und viele ältere Leute sahen beiseite und wichen aus unserer Nähe.

Als wir zu Hause anlangten, sagte Alyne mit zusammengepreßten Lippen: „Sie wollen mich aus Ravensley vertreiben, aber das wird ihnen nicht gelingen."

„Mach dir nichts draus. Sie werden es in ein paar Wochen vergessen haben", sagte ich unbehaglich.

Sie schaute Oliver direkt an. „Der Teufel tritt dich gerade dann, wenn du es am wenigsten erwartest. Das hast du mir einmal gesagt. Ich hätte dich heiraten sollen, dann würde ich jetzt nicht wie ein Bettler dastehen . . ."

„Red nicht solchen Unsinn, Alyne. Du weißt, das ist nicht wahr."

„Nicht wahr? Clarissa wird anderer Meinung sein. Ravensley ist jetzt ihr Heim, nicht das meine. Es ist wieder wie einst. Die mächtigen Aylshams und der Balg aus der Marsch. Darf ich bitte den Wagen haben, Mylord?" fuhr sie ironisch fort. „Ich möchte nach London fahren."

„Du kannst ihn jederzeit haben, wenn du willst, aber glaubst du, du solltest es jetzt schon wagen? Die Straßen sind noch in ziemlich schlechtem Zustand."

„Wenn ich meinen Bastard verliere, wen würde das schon kümmern außer mich."

„Alyne, bitte!" rief ich aus.

„Mach dir keine Sorgen, Clarissa. Ich habe nicht die Absicht, mich wie einst meine Mutter zu ertränken."

Oliver sagte beschwichtigend: „Wenn es dir nichts ausmacht, ein paar Tage zu warten, bringe ich dich selbst nach London. Ich muß sehr bald hinfahren."

Damals ahnte ich noch nichts von ihrer Absicht, und erst am nächsten Tag merkte ich, wie unsinnig es von mir war, mich so um sie zu sorgen. Alyne hatte immer genau gewußt, was sie wollte, und ihr Ziel mit allen Mitteln verfolgt.

Papa und Tante Jess waren für einen Nachmittag zu uns gekommen, und wir saßen alle im Salon. Oliver und mein Vater studierten einen Plan des Gutes. Tante Jess war über Roberts Wiege gebeugt und sah zu, wie Cherry versuchte, seine Aufmerksamkeit zu erwecken, indem sie die Silberglocke am Wiegenrand schüttelte.

„Er hat mir zugelächelt", erklärte sie triumphierend.

„Unsinn, dazu ist er viel zu jung", sagte ich lachend und hob Prickle auf, die eifersüchtig von einer Ecke des Teppichs zusah. Annie klopfte und kam herein.

„Mr. Rutland läßt fragen, ob er Sie sprechen kann, Mylord."

Oliver schaute überrascht auf. „Genau der Mann, den ich brauche. Führen Sie ihn herein, Annie."

Als Joshua Rutland in der Türe erschien, konnte ich kaum meinen Augen glauben. Er sah zehn Jahre älter aus, und sein heiteres Selbstbewußtsein war völlig verschwunden. Ich ging ihm entgegen.

„Mr. Rutland, welche Freude, Sie zu sehen."

„Ich wollte schon früher kommen." Sein Blick wanderte über uns und blieb einen Augenblick auf dem Kind haften. „Das war eine böse Sache in mehr als einer Hinsicht."

„Das kann man wohl sagen", erwiderte Oliver warm und schüttelte ihm die Hand. „Und wir haben eine Menge zu besprechen. Ich glaube, Sie kennen Miss Cavendish und Colonel Fenton. Wollen Sie sich nicht setzen?"

Aber er rührte sich nicht. „Es war schlimm für uns alle, und das Geld ist dabei das wenigste", sagte er traurig. „Sie wissen doch, daß ich meinen Jungen verloren habe."

„Ja", sagte ich leise, „mein Bruder hat es uns berichtet. Nehmen Sie unser tiefstes Beileid entgegen."

„Ertrunken in dieser verdammten Flut", sagte er mit gebrochener Stimme. „Ich wünschte bei Gott, ich wäre nie hierher gekommen, hätte nie den Fuß in diese verdammte Marsch gesetzt."

Es war schwer, eine passende Antwort zu finden, und in der Stille erschien Alyne an der Türe. Ich habe nie erfahren, ob man sie von seiner Ankunft unterrichtet hatte, oder ob es reiner Zufall war, aber sie sah unbeschreiblich schön aus. Sie war einer der wenigen Menschen, die Trauerkleidung nur noch schöner macht. Ihre Haut wirkte milchweiß gegen den schwarzen Samt, und die Witwenhaube verbarg nicht das helle schimmernde Haar. Sie machte einen Schritt auf ihn zu.

„Ich habe auch um ihn getrauert, Mr. Rutland", sagte sie mit belegter Stimme. „Als Harry Fenton uns erzählte, was geschehen war, habe ich nicht gewußt, wie ich noch weiterleben soll."

Er starrte sie an. „Sie wagen das mir zu sagen, Sie, seine Mörderin, stehen da frech vor mir, und mein Junge hat Hölle und Flut nicht gescheut, um zu Ihnen zu gelangen . . ." Seine Stimme wurde immer lauter. Ich trat zu ihm und legte ihm die Hand auf den Arm, aber er schüttelte sie ab und fuhr fort: „Was haben Sie ihm angetan? Wie konnten sie ihn so behexen, daß er alles fortwarf, was zählte, seinen Vater, seine Karriere, sein Leben . . ."

Alyne flüsterte kaum vernehmlich: „Woher wissen Sie das?"

„Ich bin kein Narr, Miss, ich wußte, daß etwas los war, aber nicht das. In Christi Namen, was hat ihn veranlaßt, wie ein Verrückter hierher zu fahren? Zu schnell wie immer. Ich habe ihm oft und oft gesagt, er soll mehr achtgeben." Der alte Mann zitterte. „Ich hätte nichts erfahren, hätte mir Croft nicht gesagt, wo er hinwollte . . . Und alles Ihretwegen . . . Alle meine Pläne über den Haufen geworfen wegen einer ehebrecherischen Hure . . ." Er packte sie bei den Schultern und schüttelte sie so, daß sie aufschrie.

„Das ist nicht wahr. Ich habe ihn geliebt."

„Liebe . . . Was können Sie von Liebe wissen?"

Dann ermahnte ihn Oliver: „Lassen Sie sie los, Mr. Rutland."

Er ließ die Arme sinken, sein Zorn war verraucht. „Tut mir leid", murmelte er, „neuerdings weiß ich manchmal kaum, was ich tue." Oliver geleitete ihn zu einem Stuhl, und er sank auf ihn nieder. „Eines weiß ich sicher", murmelte er, „ich werde nie mehr hierherkommen, niemals den Fuß in diese verdammte Gegend setzen . . ."

Papa hatte ein Glas mit Brandy gefüllt und brachte es ihm, aber der alte Mann schob es fort und starrte brütend vor sich hin.

Alyne hatte sich gefaßt. Sie strich ihr in Unordnung geratenes Haar zurück. „Mr. Rutland, hat Bulwer Ihnen gesagt, warum wir gemeinsam fortgehen wollten?"

Er schüttelte den Kopf. „Er hat nie sehr viel über sich erzählt."

Sie ging unsicher durchs Zimmer und fiel neben ihm auf die Knie. „Haben Sie nicht gewußt, daß Sie ein Enkelkind bekommen würden?"

Er sah ihr prüfend ins Gesicht, dann wandte er den Blick ab. „Wie soll ich das glauben?"

Sie legte ihre Hand auf die seine. „Schauen Sie mich an, Mr. Rutland. Würde eine Frau so etwas gestehen, wenn es nicht wahr wäre?"

Er strich ihr mit einem seiner dicken Finger übers Haar. „Vermutlich nicht . . . Wenn ich nur sicher sein könnte . . ."

„Das können Sie, ich schwöre es . . . Clarissa wußte es und auch Justin, bevor er starb."

„Was, junge Frau, Sie haben es ihm ins Gesicht gesagt, das war recht tapfer." Er schwankte bereits, und sie nützte ihren Vorteil aus, dem besseren Wissen von Oliver und uns allen zum Trotz. „Wenn das Kind, das ich trage, ein Junge wird, hätte er Lord Aylsham werden können, aber ich wollte nicht betrügen, ich wollte nicht, daß Bulwers Kind, Ihr Enkel, einen falschen Namen trägt." Sie ließ den Tränen, die über ihre Wangen rollten, freien Lauf. Mr. Rutland beugte sich vor und umschloß ihr Gesicht mit beiden Händen. Sie hatte ihm Hoffnung gegeben, und er klammerte sich rührend daran.

„Haben Sie ihn so sehr geliebt?"

„Von ganzem Herzen."

Er starrte sie eine ganze Weile an, dann stand er auf. „Ich wollte einiges mit Lord Aylsham besprechen und dann nach Westley fahren. Was soll ich mit einem so großen Haus tun? Ich wollte es für meinen Jungen."

Alyne hatte sich ebenfalls erhoben. „Nehmen Sie mich mit. Martha Leigh hat uns in diesen schrecklichen Tagen viel geholfen. Ich würde mich freuen, sie wiederzusehen."

„Können Sie wirklich so weit fahren?" fragte er besorgt.

„Natürlich. Ich fühle mich ganz wohl, und es würde mich so glücklich machen."

Er sah uns alle an. „Ich werde gut auf sie aufpassen."

„Sicherlich", erwiderte Oliver, „und wenn Sie zurückkommen, würden meine Frau und ich uns freuen, wenn Sie über Nacht bei uns blieben."

„Vielen Dank. Das wäre mir sehr angenehm."

Als Alynes Hut und Mantel geholt worden waren, und sie mit Mr. Rutland im Wagen fortgefahren war, warf Tante Jess uns einen bezeichnenden Blick zu.

„Nein, so etwas", sagte sie kopfschüttelnd zu Oliver. „Ich habe vermutet, daß da irgend etwas war, aber nichts derartiges. Du und Clarissa habt es vermutlich die ganze Zeit gewußt."

„Es war schließlich eine Familienangelegenheit", sagte Oliver besänftigend.

„Bei Gott", rief Papa plötzlich. „Das war das hübscheste Stück Schauspielkunst, das ich je außerhalb des Theaters gesehen habe. Die junge Frau weiß, was sie will! Sie hat genau den richtigen Augenblick gewählt, um dem gebrochenen alten Mann zu erzählen, daß sein geliebter Sohn ein Kind hinterlassen hat."

„Es muß sie viel gekostet haben", murmelte Oliver.

„Mein lieber Junge, das soll wohl ein Witz sein! Joshua Rutland ist um vieles reicher als du. Er könnte Ravensley kaufen und es kaum spüren. Wenn er das Kind als seinen Erben anerkennt . . . und es ist mir völlig klar, daß er ihr binnen kurzem aus der Hand fressen wird . . . wird sie den Rest ihres Lebens in Luxus verbringen."

„Papa, wie kannst du so zynisch sein?" sagte ich warm. „Alyne hat Rittmeister Rutland wirklich geliebt."

Cherry fuhr auf: „Sie hat nie jemanden geliebt außer sich selbst, und ich finde es abscheulich. Sie wird ihn überreden, Westley von Martha Leigh zu kaufen, und wird dort leben."

„Und wenn sie es tut?" erwiderte Oliver. „Wir haben dafür Ravensley." Er ging zum Fenster. „Es wird ein höllischer Kampf werden, aber ich meine doch, wir werden es schaffen."

„Natürlich wirst du das", sagte Papa herzlich. „Ich habe über manches nachgedacht, Oliver. Mit deinen Ansichten solltest du deinen Sitz im Oberhaus einnehmen. Das Land braucht dort junges Blut, weiß Gott."

„Vielleicht." Er lächelte gequält. „Ich wollte nur, daß Jake noch bei uns wäre."

Danach blieb er still, sagte kaum noch etwas, und dann und wann schaute ich verstohlen zu ihm hinüber, ein wenig besorgt und verwirrt.

Es war noch nicht ganz dunkel, als Papa und Tante Jess im Wagen fortfuhren, und Oliver wandte sich auf der Treppe an mich.

„Nimm dir einen Schal, Clarissa, ich möchte dir etwas zeigen."

Als ich zurückkam, wartete er auf mich mit einer Laterne. „Wo gehen wir hin?"

„Warte es ab."

Wir überquerten den Hof, und ich konnte sehen, daß hinten im Stall eine der Boxen gesäubert und frisch ausgemalt war.

„Was gibt's da?" fragte ich.

Er stieß die obere Türhälfte auf und hielt die Laterne hoch. Ein prächtiges Füllen stand darin, kohlschwarz mit einer weißen Blesse.

„Gefällt es dir? Es hat einen Stammbaum so lang wie mein Arm."

Es verschlug mir den Atem. „O Oliver, gehört es wirklich mir?"

„Dir allein. Wir werden es unter deinen Farben laufen lassen, und ich habe deinen Papa gebeten, sein Training zu überwachen."

„O du Lieber", rief ich und stockte plötzlich. „Können wir uns das leisten?"

„Vermutlich nicht. Ich habe mir den ganzen Nachmittag den Kopf zerbrochen, wo ich etwas Bargeld auftreiben kann."

„Das war es also, und ich habe gedacht . . ."

„Was hast du gedacht?"

„Das spielt jetzt keine Rolle."

„Du hast gedacht, es sei wegen Alyne."

„Ich weiß nicht, ich war nicht sicher . . ." Das Fohlen stieß mich ausgelassen mit der Nase an.

„Sei vorsichtig." Oliver zog mich ein wenig zurück. „So etwas habe ich vermutet. Irgendwie mußte ich dir beweisen, daß du unrecht hast. Ich habe darüber seit Roberts Geburt nachgedacht und Berkeley gebeten, sich für mich umzusehen. Als sich das vor einigen Tagen ergab, wußte ich, daß es genau das Richtige war."

„Du mußtest mir gar nichts beweisen."

„Ich glaube doch."

„O mein Schatz . . ." Es war eine verrückte Verschwendung, und doch erschien es mir als die wunderbarste Sache der Welt. Es war fast ein Jahr her, seit ich diesen meinen unmöglichen Traum erwähnt hatte, aber er hatte sich daran erinnert.

„Zufrieden?"

„O ja . . ."

„Gut."

Er schloß die Stalltür, und wir blieben noch einen Augenblick stehen. Der Wind aus der Marsch zauste unser Haar, und rings um uns roch es unbeschreiblich nach Wasser und Gras und kommendem Frühling. Dann gingen wir, Arm in Arm, zurück nach Ravensley.

CONSTANCE HEAVEN

Das Haus der Kuragin

Roman, 360 Seiten, Ganzleinen

„Mit diesem Roman hat die Autorin alles andere als eine oberflächliche Liebesgeschichte geschrieben. Sie versteht es, den Glanz und das Elend der Zarenzeit vor den Augen des Lesers entstehen zu lassen. Ein spannender und unterhaltsamer Roman, der bestimmt viele Leser gewinnen wird."

Südfunk

„Die Weite der russischen Steppen, die Stille der Wälder, der Glanz des kurzen Sommers und die unerbittliche Kälte des Winters werden in begeisternder Weise von kundiger Hand geschildert."

Der Bund, Bern

„Constance Heaven versteht es, Frauenromane im gutenglischen Stil des 19. Jahrhunderts zu schreiben, wie sie auch heute noch nichts an Beliebtheit verloren haben."

Frankfurter Neue Presse

CONSTANCE HEAVEN

Das Erbe der Astrow

Roman, 340 Seiten, Ganzleinen

„Constance Heaven hat sich im ‚Erbe der Astrow' selbst übertroffen. Die Geschichte der großen Liebe Sophie Westons zu Leon, dem verarmten Aristokraten und Revolutionär, ist noch geheimnisvoller, noch spannender als das ‚Haus der Kuragin' – und ebenso romantisch."

Aktuelle Wirtschaft

PAUL ZSOLNAY VERLAG

CONSTANCE HEAVEN

Stürmischer Walzer

Roman, 283 Seiten, Ganzleinen

„Constance Heaven . . . hat das alte Wien und seine Atmosphäre
am Vorabend der achtundvierziger Revolution offensichtlich sehr gut
getroffen. Ihr Buch ist leicht zu lesen, hat aber dennoch Tiefgang. Die
Heldin erzählt selbst, und sie entwickelt dabei den Charme ihrer Autorin voll."

Bücherschiff

„Es ist die Geschichte vom Aufruhr zweier Herzen, eine be-
schwingte Romanze voller Überraschungen – wie eine Ballnacht in der
Walzerstadt . . ."

Das gute Buch

CONSTANCE HEAVEN

Königin mit Liebhaber

Roman, 360 Seiten, Ganzleinen

„Kabale und Liebe im Elisabethanischen England – die Autorin
fängt das Zeitkolorit farbig ein und läßt Hauptfiguren und Statisten
dieser Zeit mit Phantasie und historischer Genauigkeit lebendig werden."

Berliner Morgenpost

„Daß die Autorin eine wildbewegte Zeit auch mit adäquaten Mitteln
zu schildern weiß, macht den zusätzlichen Reiz der Lektüre aus."

ORF

PAUL ZSOLNAY VERLAG